A herança de Ana Bolena

OBRAS DA AUTORA PUBLICADAS PELA EDITORA RECORD

Série *Tudors*
A irmã de Ana Bolena
O amante da virgem
A princesa leal
A herança de Ana Bolena
O bobo da rainha
A outra rainha
A rainha domada
Três irmãs, três rainhas
A última Tudor

Série *Guerra dos Primos*
A rainha branca
A rainha vermelha
A senhora das águas
A filha do Fazedor de Reis
A princesa branca

Terra virgem

PHILIPPA GREGORY

A herança de Ana Bolena

Tradução de
ANA LUIZA BORGES

10ª edição

EDITORA RECORD
RIO DE JANEIRO • SÃO PAULO
2022

CIP-Brasil. Catalogação na fonte
Sindicato Nacional dos Editores de Livros, RJ.

G833h Gregory, Philippa
10ª ed. A herança de Ana Bolena / Philippa Gregory; tradução de Ana
Luiza Borges. – 10ª ed. – Rio de Janeiro: Record, 2022.

Tradução de: The Boleyn inheritance
Sequência de: A irmã de Ana Bolena
Continua com: O amante da virgem
ISBN 978-85-01-08100-1

1. Ana Bolena, Rainha, consorte de Henrique VIII, Rei da Inglaterra, 1507-1536 – Ficção. 2. Rainhas – Grã-Bretanha – Ficção. 3. Novela inglesa. I. Borges, Ana Luiza Dantas. II. Título.

08-0463

CDD – 823
CDU – 821.111-3

Título original inglês:
THE BOLEYN INHERITANCE

Copyright © 2006 Philippa Gregory Ltd

Texto revisado segundo o novo Acordo Ortográfico da Língua Portuguesa.

Todos os direitos reservados. Proibida a reprodução, no todo ou em parte, através de quaisquer meios. Os direitos morais da autora foram assegurados.

Direitos exclusivos de publicação em língua portuguesa somente para o Brasil adquiridos pela
EDITORA RECORD LTDA.
Rua Argentina, 171 – Rio de Janeiro, RJ – 20921-380 – Tel.: (21) 2585-2000, que se reserva a propriedade literária desta tradução.

Impresso no Brasil

ISBN 978-85-01-08100-1

Seja um leitor preferencial Record.
Cadastre-se em www.record.com.br e receba informações sobre nossos lançamentos e nossas promoções.

Atendimento e venda direta ao leitor:
sac@record.com.br

Para Anthony

Jane Bolena, Blicking Hall, Norfolk, julho de 1539

Faz calor hoje, o vento sopra sobre as planícies e pântanos com o mau cheiro da peste. Em tempo como este, se meu marido estivesse ainda comigo, não ficaríamos presos a um lugar, observando um alvorecer plúmbeo e um pôr do sol vermelho, sem lustro; estaríamos viajando com a corte do rei, avançando pelos descampados e planaltos de Hampshire e Sussex, a região rural mais fértil e mais bela de toda a Inglaterra, cavalgando as íngremes estradas montanhosas e avistando o mar. Sairíamos para caçar todo o amanhecer, almoçando sob a proteção das densas copas das árvores ao meio-dia e dançando no salão de alguma casa de campo à noite à luz amarela e bruxuleante das tochas. Éramos amigos das famílias mais eminentes da região, éramos os favoritos do rei, aparentados com a rainha. Éramos amados; éramos os Bolena, a família mais sofisticada e bela da corte. Ninguém era capaz de conhecer George sem desejá-lo, ninguém resistia a Ana, todos me cortejavam como passaporte para obter sua atenção. George era estonteante com seus cabelos e olhos escuros, sempre montado nos mais belos cavalos, sempre ao lado da rainha. Ana estava no auge de sua beleza e inteligência, tão sedutora quanto mel escuro. E eu estava sempre com eles.

Os dois costumavam cavalgar juntos, competindo, emparelhados como amantes, e eu ouvia suas risadas acima do bater dos cascos quando passavam velozmente. Às vezes, ao vê-los juntos, tão imponentes, tão jovens, tão belos, não saberia dizer qual dos dois eu amava mais.

A corte toda ficava admirada com os dois, com aqueles olhos Bolena, escuros, que sabiam flertar, com a sua vida de luxo: jogadores, amantes da aventura, mas também defensores ardorosos da Reforma da Igreja, tão audaciosos em sua leitura e pensamentos. Do rei ao auxiliar da cozinha, não havia uma só pessoa que não se deslumbrasse com os dois. Mesmo hoje, três anos depois, não consigo acreditar que não mais os veremos. Certamente, um casal tão jovem, tão cheio de vida, não pode simplesmente morrer, pode? Na minha cabeça, no meu coração, continuam cavalgando juntos, ainda jovens, ainda belos. E por que eu não desejaria apaixonadamente que isso fosse verdade? Só fazia três anos que não os via: há três anos, dois meses e nove dias foi a última vez que os dedos desatentos dele roçaram os meus, quando sorriu e disse: "Bom dia, esposa, tenho de ir, tenho de resolver tudo hoje." Era uma manhã de maio e estávamos nos preparando para o torneio. Eu sabia que ele e sua irmã estavam com problemas, mas não sabia se eram graves.

Todo dia da minha nova vida, caminho até a encruzilhada na aldeia, onde há um marco sujo assinalando a estrada para Londres. Distinto na lama e líquen, o entalhe diz: "Londres, 120 milhas." É tão longe, tão longe. Todo dia me curvo e o toco, como um talismã, e depois retorno à casa do meu pai, que me parece muito pequena, depois de ter vivido nos maiores palácios do rei. Vivo da caridade do meu irmão, da boa vontade de sua mulher que não gosta de mim, de uma pensão de Thomas Cromwell, o agiota presunçoso, o novo grande amigo do rei. Sou uma vizinha pobre vivendo à sombra da suntuosa casa que antes me pertencia, uma casa Bolena, uma das muitas casas. Vivo calmamente, pobremente, como uma viúva sem casa própria, que nenhum homem quer.

E é porque sou uma viúva sem casa que nenhum homem me quer. Uma mulher de quase 30 anos, com a expressão marcada pela decepção, mãe de um filho ausente, uma viúva sem perspectiva de se casar de novo, a única sobrevivente de uma família desafortunada, herdeira do escândalo.

Meu sonho é que, um dia, essa sorte mude. Verei um mensageiro de libré dos Howard vindo por essa mesma estrada, me trazendo uma carta do duque de Norfolk, me chamando de volta à corte, dizendo que há trabalho para mim de novo: servir à rainha, segredos a cochichar, conspirações a tramar, a eterna vida hipócrita do cortesão, em que ele é um perito, e eu sou a sua principal discípula. Meu sonho é que o mundo vai mudar de novo, vai virar de cabeça para baixo, e nós ficaremos em cima, mais uma vez, e serei reintegrada. Salvei o duque uma vez, quando corremos grave perigo, e em troca, ele me salvou. Nossa grande tristeza foi não poder salvar os dois, os dois que agora cavalgam, riem e dançam somente em meus sonhos. Toco no marco mais uma vez e imagino que o mensageiro vai chegar amanhã. Ele estenderá um papel selado com o emblema dos Howard: fundo e brilhante na cera vermelha: "Mensagem para Jane Bolena, a viscondessa de Rochford", dirá ele, olhando para a minha veste simples e a lama na bainha do meu vestido, minha mão manchada com o barro no marco de Londres.

"Eu a receberei", direi. "Sou ela. Tenho esperado por isso." E a pegarei com minha mão suja: minha herança.

Ana, duquesa de Cleves, Duren, Cleves, julho de 1539

Mal me atrevo a respirar. Estou tão imóvel quanto um cepo, um sorriso paralisado no rosto, meus olhos arregalados, olhando intrepidamente para o artista, parecendo, espero, digna de confiança, meu olhar franco e firme indicando honestidade, mas não falta de pudor. As joias emprestadas são as melhores que minha mãe conseguiu, e sua função é mostrar a um observador crítico que não estamos na completa miséria, embora meu irmão não vá oferecer nenhum dote a meu marido. O rei terá de me escolher por minha aparência e conexões políticas. Não tenho mais nada a oferecer. Mas ele tem de me escolher. Estou absolutamente determinada a que ele me escolha. Ir embora daqui é tudo o que quero.

    No outro lado da sala, cuidadosamente não observando meu retrato se formar sob os movimentos rápidos do *crayon* do pintor, está minha irmã, esperando a sua vez. Que Deus me perdoe, mas rezo para que o rei não a escolha. Está tão ansiosa quanto eu para sair de Cleves, e saltar para a grandiosidade que é o trono da Inglaterra. Mas ela não precisa dele tanto quanto eu. Nenhuma garota no mundo precisa tanto dele quanto eu.

    Não que eu vá dizer uma única palavra sequer contra meu irmão, nenhuma agora nem nos anos por vir. Nunca direi nada contra ele. É um filho modelo para a minha mãe e um sucessor digno do ducado de Cleves. Durante os últimos meses de vida do meu pobre pai, quando ele estava claramente louco como qualquer bobo da corte, foi meu irmão que o pôs à força na câmara e trancou a porta pelo lado de fora, e declarou publicamente que ele estava com febre. Foi o meu irmão que proibiu minha mãe de chamar médicos ou mesmo padres para expulsar os demônios que ocupavam a mente desvairada do meu pai. Foi o meu irmão, astuto — como um boi é astuto, de uma maneira lenta e maliciosa —, que disse que deveríamos alegar que meu pai era um beberrão, em vez de permitir que o estigma da loucura prejudicasse a reputação da nossa família. Não progrediremos se houver suspeita contra o nosso sangue. Mas se difamarmos nosso próprio pai, o chamarmos de beberrão, se lhe negarmos a ajuda da qual ele tão desesperadamente necessita, poderemos ascender. Dessa maneira, farei um bom casamento. Dessa maneira, minha irmã fará um bom casamento. Dessa maneira, meu irmão poderá fazer um bom casamento e garantir o futuro da nossa casa, embora meu pai lute sozinho com seus demônios, sem ajuda.

Ouvindo meu pai choramingar à porta de sua câmara dizendo que agora já era um bom garoto, se nós o deixaríamos sair? Ouvindo meu irmão responder com firmeza, sem vacilar nem por um instante, que ele não podia sair, me perguntei se, de fato, não teríamos nos enganado e o meu irmão estivesse tão louco quanto meu pai, minha mãe também, e a única pessoa sã na casa fosse eu, já que somente eu estava muda de terror com o que estávamos fazendo. Mas não falei a ninguém esse pensamento, tampouco.

Desde a mais tenra infância, eu tinha vivido sob a disciplina do meu irmão. Ele sempre seria o duque dessas terras abrigadas entre os rios Meuse e Rhine. Um patrimônio pequeno, mas tão bem-localizado que toda nação da Europa quer a nossa amizade: a França, os espanhóis e austríacos Hapsburgo, o sacro imperador romano, o próprio papa, e agora, Henrique da Inglaterra. Cleves é a fechadura para o coração da Europa, e o duque de Cleves é a chave. Não é de admirar que meu irmão se valorize tanto, ele está certo em agir assim; só eu às vezes me pergunto se ele, na verdade, não é um príncipe insignificante que se senta à mesa abaixo do grande saleiro* no banquete suntuoso que é a cristandade. Mas não digo a ninguém que penso isso, nem mesmo à minha irmã Amélia, não confio em ninguém.

---

*"Above the salt", "Below the salt" ("acima do sal", "abaixo do sal"), expressões que ainda subsistem, relacionadas a um antigo costume, em casas de pessoas de posição social de destaque de se colocar um grande saleiro próximo ao meio de uma mesa comprida na qual os lugares acima eram designados aos convidados mais distintos e aqueles abaixo, aos dependentes, inferiores, sem influência social. (*N. da T.*)

Ele manda em minha mãe, pois a importância de sua posição no mundo lhe dá esse direito, e ela é seu camareiro-mor, seu mordomo, seu papa. Com a bênção de minha mãe, meu irmão manda em minha irmã e em mim porque ele é o filho e herdeiro, e nós somos os fardos. Ele é um homem jovem e abençoado com um futuro de poder e oportunidade e nós somos mulheres jovens destinadas a ser ou esposas ou mães, na melhor das hipóteses; ou solteironas parasitas, na pior. Minha irmã mais velha, Sybilla, já escapuliu: deixou a casa assim que pôde, assim que o seu casamento pôde ser arranjado. Ela agora está livre da tirania da atenção fraterna. É a minha vez de ir. Tem de ser eu a próxima. Tenho de me libertar. Não podem ser tão despropositadamente cruéis comigo enviando Amélia em meu lugar. Sua oportunidade virá, a sua hora chegará. Mas sou a próxima irmã, tem de ser eu. Não posso imaginar nem mesmo por que oferecem Amélia, a menos que seja para me forçar a mais subserviência. Se for isso, funcionou. Estou apavorada com a possibilidade de ser rejeitada por uma garota mais jovem e meu irmão deixar isso acontecer. Na verdade, ele ignora seus próprios interesses para me atormentar.

Meu irmão é um duque insignificante, em todos os sentidos da palavra. Quando meu pai morreu, ainda sussurrando para alguém abrir a porta, meu irmão o sucedeu, mas nunca à altura. Meu pai era um homem do mundo, frequentou as cortes da França e da Espanha, viajou pela Europa. Meu irmão, ficando em casa como acontece, acha que o mundo não pode lhe dar nada maior do que o seu próprio ducado. Acha que não existe livro melhor do que a Bíblia, nenhuma igreja melhor do que aquela com as paredes nuas, nenhum guia melhor do que a sua própria consciência. Com somente um pequeno domínio doméstico para administrar, suas ordens caem pesadamente em alguns poucos criados. Com somente uma pequena herança, ele está alerta às necessidades de sua própria dignidade, e a minha falta de dignidade faz eu sentir todo o peso da sua. Quando está embriagado ou feliz, me chama de a mais rebelde de suas súditas e me acarinha com uma mão pesada. Quando sóbrio ou irritado, diz que sou uma garota que não sabe o seu lugar e ameaça me trancafiar em meu quarto.

Esta não é uma ameaça vazia em Cleves nos dias de hoje. Esse é um homem que trancafiou o próprio pai. Eu o acho perfeitamente capaz de me aprisionar. E se eu gritar na porta, quem me deixará sair?

Mestre Holbein me faz um breve e abrupto sinal com a cabeça, indicando que posso ceder o lugar à minha irmã. Não tenho permissão para ver o meu retrato. Nenhuma de nós pode ver o que ele manda para o rei na Inglaterra. Não está ali para nos lisonjear nem nos pintar como beldades. Está ali para esboçar uma representação acurada, como só o seu talento pode produzir, de modo que o rei da Inglaterra possa escolher uma de nós, como se fôssemos éguas de Flandres enviadas ao garanhão inglês.

Mestre Holbein joga o corpo para trás quando minha irmã, afobada, joga o seu à frente; ele pega uma nova folha de papel, examina a ponta de seu pastel. Mestre Holbein viu cada uma de nós, todas candidatas à posição de rainha da Inglaterra. Pintou Christiana de Milão e Louise de Guise, Marie de Vendome e Ana de Guise. Portanto, não sou a primeira jovem cujo nariz ele mediu com seu lápis seguro à distância de um braço e um olho semicerrado. Até onde sei, haverá outra garota depois de minha irmã Amélia. Ele talvez pare na França no caminho de volta à Inglaterra para franzir as sobrancelhas diante de outra garota com o sorriso afetado e capturar sua imagem e delinear seus defeitos. Não há propósito nenhum em me sentir rebaixada, como uma peça de fustão exposta para venda, por esse processo.

— Não gosta de ser pintada? É tímida? — perguntou-me ele asperamente no momento em que meu sorriso se desvaneceu quando me olhou como um pedaço de carne na tábua do cozinheiro.

Não lhe disse o que sentia. Não faz sentido oferecer informação a um espião.

— Quero me casar com ele — foi tudo o que eu disse. Ele ergueu uma sobrancelha.

— Apenas pinto os retratos — observou ele. — É melhor que diga seu desejo aos emissários dele: os embaixadores Nicholas Wotton e Richard Beard. Não há por que dizê-lo a mim.

Assenti com a cabeça, como se aceitasse seu conselho. Não vou lhes dizer nada.

Sento-me no ressalto da janela em minhas melhores roupas, apertada em um corpete tão justo que são necessárias duas criadas para atá-lo, e terei de ser libertada dele quando o retrato terminar. Observo Amélia pôr a cabeça de lado, assumir uma expressão triunfante e sorrir de maneira sedutora para o mestre Holbein. Peço a Deus que ele não goste dela. Peço a Deus que ele não a pinte como ela é, mais roliça, mais bonita do que eu. Realmente não lhe importa ir ou não para a Inglaterra. Oh! Seria um triunfo para ela, um salto de filha caçula de um pobre ducado a rainha da Inglaterra, um salto que a elevaria, elevaria a nossa própria família e toda a nação de Cleves. Mas ela não precisa sair daqui como eu preciso. Não é uma necessidade para ela como é para mim. Eu quase diria: desespero.

Concordei em não ver a pintura de mestre Holbein, portanto, não olhei. Uma coisa posso afirmar a meu respeito: se dou minha palavra, a mantenho, embora seja apenas uma garota. Ao invés disso, olhei pela janela o pátio de nosso castelo. As cornetas da caça ressoam na floresta, o grande portão é aberto, os caçadores entram, meu irmão atrás. Imediatamente, percebo que o irritei. Ele vai achar que não devo ficar à janela, onde posso ser vista por qualquer um no pátio do castelo. Apesar de me mover rápido demais para ter sido possível ele me ver em detalhe, sinto que ele sabe que meu corpete é apertado e que o decote quadrado do meu vestido é baixo, embora uma musselina cubra-me até o queixo. Retraio-me ao ouvir a repreensão que ele grita na direção da janela. Está irritado comigo, mas não dirá isso. Não se queixará do vestido, que posso explicar, se queixará de outra coisa, mas ainda não sei o que será. Tudo do que tenho certeza é que, em algum momento, hoje ou amanhã, minha mãe me chamará ao seu quarto, e ele estará lá, atrás da cadeira, ou virado de costas, ou simplesmente entrará como se não tivesse nada a ver com ele, como se estivesse indiferente, e ela me dirá, em tom reprovador: "Ana, soube que você..." E vai ser sobre algo que aconteceu dias atrás, de que já me esqueci, mas que ele terá sabido e guardado até esse momento, de modo que eu tenha errado, e talvez até mesmo seja punida, e ele não dirá uma palavra sobre ter-me visto sentada à janela, parecendo bonita, que é o meu verdadeiro insulto a ele.

Quando eu era menina, meu pai costumava me chamar de seu *falke*, seu falcão branco, seu falcão gerifalte, ave de rapina das frias neves do norte. Quando me via com meus livros ou costurando, ria e dizia: "Oh, meu pequeno falcão, está engaiolado? Vamos, vou libertá-lo!" E nem mesmo minha mãe conseguia me deter de fugir do gabinete de estudo para ficar com ele.

Nesse momento desejo, como desejo, que ele pudesse me chamar de novo.

Sei que minha mãe acha que sou uma garota tola, e meu irmão acha ainda pior; mas se eu fosse rainha da Inglaterra, o rei confiaria em mim nesta posição, eu não introduziria as modas francesas nem as danças italianas. Confiariam em mim, o rei poderia confiar honra a mim. Sei como a honra de um homem é importante, e não desejo outra coisa se não ser uma boa garota, uma boa rainha. Mas também acredito que por mais rigoroso que seja o rei da Inglaterra, terei permissão para me sentar à janela do meu próprio castelo. O que quer que digam de Henrique da Inglaterra, acho que ele me falaria francamente, se eu o ofendesse, e não pediria à minha mãe que me castigasse por outra coisa.

Catarina, Norfolk House, Lambeth, julho de 1539

Agora, vejamos, o que tenho?

Tenho um pequeno cordão de ouro de minha mãe, falecida há muito tempo, que guardo em minha caixa especial de joias, que contém apenas esta joia; mas tenho certeza de que ganharei mais. Tenho três vestidos, um deles, novo. Tenho uma peça de renda francesa que ganhei de meu pai, em Calais. Tenho meia dúzia de fitas. E mais do que qualquer outra coisa, tenho a mim. Tenho a mim, como sou gloriosa! Tenho 14 anos, imaginem só! Quatorze!

Quatorze anos, jovem, nascida nobre embora, tragicamente, não rica; mas apaixonada, maravilhosamente apaixonada. Milady, minha avó, a duquesa, me dará um presente de aniversário, sei que sim. Sou sua favorita e ela gosta que eu pareça bonita. Talvez uma seda para um vestido, talvez uma moeda para comprar renda. Minhas amigas na câmara das damas de honra vão me oferecer um banquete hoje à noite, quando supostamente estaríamos dormindo: os rapazes baterão à porta da maneira combinada, e nos apressaremos em deixá-los entrar e gritarei "oh, não!" como se quisesse estar apenas com as garotas, como se não estivesse apaixonada, loucamente apaixonada por Francis Dereham. Como se não tivesse passado o dia todo ansiando por essa noite, quando o verei. Daqui a cinco horas o verei. Não! Acabo de consultar o precioso relógio francês de minha avó. Quatro horas e quarenta e oito minutos.

Quarenta e sete minutos.

Quarenta e seis. Realmente estou perplexa com minha dedicação a ele, a ponto de observar um relógio marcar a hora até estarmos juntos. Deve ser o amor mais apaixonado, mais devotado, e devo ser uma garota de uma sensibilidade realmente rara para sentir isso tão intensamente.

Quarenta e cinco; mas é terrivelmente maçante ficar esperando.

Não disse a ele como me sinto, é claro. Eu morreria de vergonha se tivesse de lhe dizer pessoalmente. Acho que talvez eu morra, de qualquer jeito, de tanto amá-lo. Não contei a ninguém, exceto à minha querida amiga Agnes Restwold, e a fiz jurar segredo sob o risco de pena de morte, de uma morte por traição. Ela diz que será enforcada, arrastada e esquartejada antes de contar a quem quer que seja que estou apaixonada. Diz que irá para o cadafalso como minha prima, a rainha Ana, antes de trair o meu segredo. Diz que terão de despedaçá-la antes que conte. Também contei a Margaret Morton e ela diz que nem a própria morte a faria contar, que podiam jogá-la na caverna do urso. Diz que poderiam queimá-la antes que contasse. Isso é bom porque significa que uma delas vai lhe contar antes que ele venha à câmara hoje à noite, e ele vai ficar sabendo que gosto dele.

Eu o conheço há meses, metade de uma vida. No começo, só o observava, mas agora, ele sorri e diz olá para mim. Uma vez me chamou pelo nome. Vem com os outros rapazes da casa visitar as garotas em nossa câmara, e acha que está apaixonado por Joan Bulmer que tem os olhos como os de uma rã, e se não fosse tão fácil receber seus favores, nenhum homem olharia duas vezes para ela. Mas ela é liberal, na verdade, muito liberal. E portanto é a mim que ele não olha duas vezes. Não é justo. É tão injusto. Ela é uns bons dez anos mais velha do que eu, casada, e, portanto, sabe como atrair um homem, o que ainda tenho de aprender. Dereham também tem mais de vinte. Todos me acham uma criança; mas não sou uma criança, e vou mostrar isso a eles. Tenho 14 anos, estou pronta para o amor. Estou pronta para um amante, e tão apaixonada por Francis Dereham que vou morrer se não vê-lo imediatamente. Quatro horas e quarenta minutos.

Agora, a partir de hoje, tudo tem de ser diferente. Agora que tenho 14 anos, certamente tudo vai mudar. Tem de mudar, sei que vai mudar. Vou usar o meu novo capelo francês e direi a Francis Dereham que tenho 14 anos e ele vai me ver como sou realmente: agora, uma mulher, uma mulher com alguma experiência, uma mulher adulta; e então veremos por quanto tempo consegue me ignorar quando pode atravessar o quarto e se deitar na minha cama.

É verdade que ele não é o meu primeiro amor; mas nunca senti algo assim por Henry Manox, e se ele disse que senti, então é um mentiroso. Henry Manox era bom o bastante para mim quando eu era menina, e vivia no campo, uma criança realmente, aprendendo a bancar a virginal e não sabendo nada de beijar e tocar. Quando ele me beijou pela primeira vez eu nem mesmo gostei muito, e pedi que parasse, e quando ele pôs a mão sobre a minha saia, fiquei tão chocada que gritei. Eu tinha só 11 anos. Não conhecia os prazeres de uma mulher. Mas agora conheço. Três anos na câmara de damas de honra me ensinaram toda a malícia e artifício que devo usar. Sei o que o homem quer, e sei como flertar com ele e sei, também, quando parar.

Minha reputação é o meu dote — minha avó salientou que não tenho outro — velha rabugenta — e ninguém nunca dirá que Catarina Howard não sabe o seu dever e da sua família. Sou agora uma mulher, não uma criança. Henry Manox quis ser meu amante quando eu era uma criança no campo, quando eu não sabia praticamente nada, quando não tinha visto ninguém ou, de qualquer maneira, ninguém que importasse. Eu o teria deixado me possuir, também, depois de me intimidar durante semanas para que eu completasse o ato, mas no fim, foi ele que parou subitamente, com medo de ser pego. As pessoas pensariam mal de nós, já que ele tinha mais de 20 anos e eu, 11. Íamos esperar até eu ter 13. Mas agora moro em Norfolk House, em Lambeth, não enterrada em Sussex, e o próprio rei pode passar a cavalo pela nossa porta a qualquer dia, o arcebispo é nosso vizinho, meu tio Thomas Howard, duque de Norfolk, nos visita com toda a sua comitiva, e uma vez, se lembrou do meu nome. Estou muito distante de Henry Manox, agora. Não sou uma camponesa que pode ser intimidada a lhe dar beijos e ser forçada a mais, estou muito acima disso agora. Sei o que se passa num quarto, e sou uma garota Howard, tenho um futuro brilhante à minha frente.

Exceto por (e isso é uma tragédia tão grande, que não sei como lidar com ela), apesar de eu ter idade para ir para a corte — e, como uma garota Howard, meu lugar natural seria nas câmaras da rainha —, não haver uma rainha! É um desastre para mim. Não existe nenhuma rainha, a rainha Jane morreu de parto, o que me parece simplesmente preguiça, realmente, e, portanto, não há lugar na corte para damas de honra. É uma má sorte terrível para mim, acho que nenhuma garota foi mais desafortunada do que eu tenho sido: completar meus 14 anos em Londres, justo quando a rainha morre, e a corte toda ficará de luto por anos. Às vezes, acho que o mundo todo conspira contra mim, como se as pessoas quisessem que eu vivesse e morresse velha e solteirona.

Do que adianta ser bonita se nenhum nobre vai me conhecer? Como alguém vai ver como sou encantadora se ninguém vai me olhar? Se não fosse o meu amor, meu belo e doce amor, meu Francis, Francis, Francis, eu entraria em desespero e me jogaria no Tâmisa antes de me tornar um dia mais velha.

Mas graças a Deus, pelo menos tenho Francis por que lutar, o mundo por que lutar, e Deus, se ele realmente sabe tudo, só pode ter-me feito tão refinada para um grande futuro. Ele deve ter um plano para mim? Quatorze completos? Certamente Ele e Sua sabedoria não me desperdiçarão em Lambeth.

Jane Bolena, Blickling Hall, Norfolk, novembro de 1539

Chega finalmente, quando os dias se tornam escuros e começo a sentir um verdadeiro pavor de mais um inverno no campo, a carta que eu queria. É como se a tivesse esperado durante toda a minha vida. Minha vida pode começar agora. Posso retornar à luz das velas, ao calor dos braseiros de carvão, a um círculo de amigos e rivais, à música, à boa comida, à dança. Sou chamada à corte, graças a Deus, sou chamada de volta à corte e devo servir à nova rainha. O duque, meu patrono e mentor, encontrou um lugar para mim na câmara da rainha, mais uma vez. Vou servir à nova rainha da Inglaterra. Vou servir à rainha Ana da Inglaterra.

O nome soa como um toque de alarme: rainha Ana, rainha Ana de novo. Os conselheiros que recomendaram o casamento não sentiram em algum momento, ao ouvirem as palavras rainha Ana, um arrepio de horror? Será que se lembraram de como a primeira Ana foi desafortunada? Da desgraça que trouxe ao rei, da ruína de sua família, da minha própria perda? Perda insuportável. Mas não, vejo que uma rainha morta é rapidamente esquecida. Quando essa nova rainha chegar, a outra rainha Ana, minha rainha Ana, minha irmã, minha irmã adorada, meu tormento, passará a ser nada mais do que uma recordação rara — minha recordação. Às vezes, acho que sou a única no país todo que se lembra. Às vezes, acho que sou a única no mundo inteiro que se assombra, a única amaldiçoada com a recordação.

Ainda sonho com ela frequentemente. Sonho que é jovem de novo, sempre rindo, sem se importar com nada a não ser com o que lhe dá prazer, com o capelo puxado para trás, deixando à mostra seu cabelo escuro, suas mangas compridas elegantes, seu sotaque francês exagerado. No pescoço, o pingente com o "B" proclamando que a rainha da Inglaterra é uma Bolena, assim como eu. Sonho que estamos em um jardim ensolarado e George está feliz; minha mão está no braço dele, e Ana está sorrindo para nós dois. Sonho que todos nós ficaremos mais ricos do que qualquer um poderia imaginar, teremos casas, castelos e terras. Abadias serão demolidas para termos pedras para nossas casas, crucifixos serão fundidos para nossas joias. Teremos os peixes do lago da abadia, nossos cães de caça correrão pelas terras da igreja. Abades e priores abrirão mão de suas casas para nós, os santuários perderão a santidade e nos honrarão. O país servirá à nossa glória, nosso enriquecimento e diversão. Mas então sempre acordo, e fico deitada tremendo. É um sonho tão glorioso; mas desperto completamente imobilizada de terror.

Mas chega de sonhar! Estarei na corte, mais uma vez. Mais uma vez serei a amiga mais íntima da rainha, uma companheira constante em sua câmara. Verei tudo, saberei de tudo. Estarei de novo no centro da vida, serei a nova dama de honra da rainha Ana, a servirei tão lealmente e tão bem quanto servi às outras três rainhas do rei Henrique. Se ele pode se rebelar e se casar de novo sem temer fantasmas, eu também posso!

E servirei a meu parente, meu tio por casamento, o duque de Norfolk, Thomas Howard, o homem mais importante na Inglaterra, depois do rei. Um soldado, conhecido pela velocidade de suas marchas e pela crueldade abrupta de seus ataques. Um cortesão que nunca nenhum vento consegue vergar, que serve constantemente a seu rei, à sua própria família, a seus próprios interesses. Um nobre com tanto sangue azul em sua família que sua reivindicação ao trono é tão válida quanto a de qualquer Tudor. Ele é meu parente, meu protetor, meu senhor. Salvou-me de uma morte por traição, uma vez, disse-me o que tinha de fazer e como fazer. Pegou-me quando vacilei, e me conduziu para fora da Torre sombria, para a segurança. Desde então, jurei-lhe fidelidade eterna. Ele sabe que sou dele. Mais uma vez ele tem um trabalho para eu fazer, e honrarei minha dívida com ele.

Ana, cidade de Cleves, novembro de 1539

Consegui! Vai ser eu! Serei a rainha da Inglaterra. Solto-me das peias como um falcão livre, e voarei para longe. Amélia passa o lenço nos olhos porque está resfriada, e tenta parecer chorar porque vou partir. É uma mentirosa. Não ficará nem um pouco triste quando eu for embora. Sua vida como a única duquesa em Cleves será muito melhor do que a de minha irmã mais nova. E quando eu me casar — e que casamento! —, suas chances de uma boa relação serão muito maiores. Minha mãe tampouco parece feliz, mas a sua apreensão é verdadeira. Está tensa há meses. Gostaria de pensar que é por me perder, mas não é. Está se moendo de preocupação com quanto custará minha viagem e minhas roupas de casamento ao tesouro do meu irmão. Ela tanto é a responsável pelas finanças quanto pela administração da casa. Mesmo com a Inglaterra renunciando à exigência de um dote, esse casamento está custando mais do que minha mãe quer pagar.

"Mesmo que os pregoeiros sejam de graça, terão de ser alimentados", diz ela com irritação, como se pregoeiros fossem animais de estimação exóticos e caros que eu, em minha vaidade, tivesse exigido, em vez de um empréstimo de minha irmã Sybilla, que me escreveu francamente que não seria nada bom para ela na Saxônia se eu fosse para um dos maiores reis da Europa em algo não muito superior a uma carroça com dois guardas.

Meu irmão quase não diz nada. É um grande triunfo para ele e um grande passo no mundo para o seu ducado. Ele forma uma liga com outros príncipes protestantes e duques da Alemanha, que esperam que esse casamento incite a

Inglaterra a se unir a essa aliança. Se todas as potências protestantes da Europa se unissem, poderiam atacar a França ou as terras dos Hapsburgo e propagar a palavra da Reforma. Poderiam alcançar até mesmo Roma, poderiam fazer o papa se curvar em sua própria cidade. Quem sabe que glória Deus concederia se eu apenas fosse uma boa esposa de um marido que nunca se satisfez antes?

— Deve cumprir seu dever com Deus assim como serve a seu marido — diz meu irmão pomposamente.

Espero para ver o que exatamente ele quer dizer com isso.

— Ele assume a religião de suas esposas — prossegue ele. — Quando se casou com uma princesa de Espanha, foi nomeado Defensor da Fé pelo próprio papa. Quando se casou com Lady Ana Bolena, ela o afastou da superstição para a iluminação da Reforma. Com a rainha Jane, tornou-se católico de novo e, se ela não tivesse morrido, ele certamente se reconciliaria com o papa. Agora, embora ele não seja amigo do papa, seu país é quase católico. Ele pode se tornar de novo católico romano em um instante. Mas se orientá-lo como deve fazer, se declarará um rei e líder protestante, e se unirá a nós.

— Farei o possível — replico incerta. — Mas tenho apenas 24 anos. Ele é um homem de 47 e rei desde a sua juventude. Talvez não me dê ouvidos.

— Sei que você cumprirá o seu dever. — Meu irmão tenta me tranquilizar, mas à medida que se aproxima a hora de eu partir, ele vai se tornando mais inseguro.

— Não teme pela segurança dela? — ouço minha mãe murmurar para ele quando ele se senta com seu vinho, à noite, e olha fixo para a lareira, como se previsse o futuro sem mim.

— Se ela se comportar, estará segura. Mas só Deus sabe, ele é um rei que aprendeu que pode fazer o que quiser em suas próprias terras.

— Refere-se às suas esposas? — pergunta ela em um sussurro.

Ele dá de ombros, constrangidamente.

— Ela nunca lhe dará motivos para que duvide dela.

— Ela tem de ser alertada. Ele terá o poder de vida e morte sobre ela. Ele poderá fazer o que quiser com ela. Ele a controlará completamente.

Estou escondida no fundo da sala, e sorrio ao ouvir essa observação feita por meu irmão. Com essa única frase finalmente compreendo o que o tem perturbado durante todos esses meses. Ele vai sentir a minha falta. Vai sentir a minha falta como um dono sentiria a falta de seu cachorro preguiçoso, depois de finalmente afogá-lo num acesso de mau humor. Acostumou-se tanto a me intimidar, descobrir erros em mim, me perturbar de mil maneiras diariamente, que agora, a ideia de outro homem mandar em mim o atormenta. Se ele um dia tivesse me amado, eu chamaria isso de ciúme, e seria fácil compreender. Mas não é amor o que sente por mim. É mais como um ressentimento de tal modo constante que se tornou um hábito, que eu ser removida, como um dente doendo, não lhe traz nenhum alívio.

— Pelo menos ela estará ao nosso serviço na Inglaterra — diz ele sordidamente. — Aqui ela é mais do que inútil. Ela tem de convencê-lo à religião reformada. Tem de fazer com que se declare luterano. A não ser que estrague tudo.

— E como ela poderia estragar? — replica minha mãe. — Ela só precisa ter um filho dele. Não há nenhuma grande habilidade nisso. Sua saúde é boa, suas regras são regulares, e 24 anos é uma boa idade para dar à luz. — Refletiu por um momento. — Ele deve desejá-la — disse ela razoavelmente. — É bem-feita e se porta bem, cuidei para que fosse assim. Ele é um homem dado à lascívia e se apaixona à primeira vista. Provavelmente sentirá muito prazer carnal com ela de início, no mínimo porque é uma novidade, e virgem.

Meu irmão dá um pulo da cadeira.

— Que vergonha! — disse ele, suas bochechas queimando mais do que pelo calor da lareira. Todo mundo para de falar ao ouvir sua voz, depois rapidamente todos se viram, tentando não olhar. Levanto-me calmamente do meu banco e vou mais para o fundo da sala. Se o seu humor se agravar, é melhor eu escapulir daqui.

— Filho, eu não falei nada de errado — diz minha mãe, rapidamente para aplacá-lo. — Só quis dizer que ela provavelmente vai cumprir seu dever e agradá-lo...

— Não suporto pensar nela... — interrompeu-se ele. — Não suporto isso! Ela não deve procurá-lo! — diz ele com ferocidade. — Tem de adverti-la. Não deve fazer nada impróprio a uma moça. Não deve fazer nada leviano. Deve avisá-la de que é minha irmã, sua filha, antes de ser uma esposa. Ela tem de se comportar friamente, com dignidade. Não deve ser sua prostituta, ela não tem de desempenhar o papel de uma sem-vergonha, ambiciosa...

— Não, não — replica minha mãe, baixinho. — Não, é claro que não. Ela não é assim, William, meu senhor, querido filho. Como sabe, foi criada estritamente com temor a Deus e para respeitar seus superiores.

— Pois diga-lhe de novo — grita ele. Nada o acalmará, é melhor eu sair daqui. Vai ficar fora de si se souber que o vi assim. Coloco a mão atrás de mim e sinto o calor reconfortante da tapeçaria espessa que cobre a parede. Movo-me vagarosamente, minha roupa escura quase invisível nas sombras da sala.

— Eu a vi quando o pintor estava aqui — diz ele, e sua voz soa gutural. — Vaidosa, exibindo-se bem-vestida. O corpete... apertado. Seus seios... à mostra... tentando se mostrar desejável. Ela é capaz de pecar, mamãe. Ela está inclinada a... está inclinada a... Seu temperamento é naturalmente... — não consegue concluir.

— Não, não — replica minha mãe gentilmente. — Ela só quer que acreditemos nela.

— ... lascivo...

A palavra soa livre, cai no silêncio da sala como se pertencesse a qualquer um, como se pertencesse a meu irmão e não a mim.

Estou, agora, à porta, minha mão erguendo, delicadamente, o trinco, um dedo abafando seu ruído. Três mulheres da corte se levantam casualmente na minha frente e encobrem minha retirada. A porta se abre, suas dobradiças untadas não fazem nenhum ruído. A corrente de ar faz as chamas na lareira oscilarem, mas meu irmão e minha mãe estão de frente um para o outro, extasiados com o horror da palavra e não se viram.

— Tem certeza? — ouço-a perguntar.

Fecho a porta antes de ele responder, e vou rápida e silenciosamente para a câmara em que as damas de honra estão sentadas próximas ao fogo, com minha irmã, jogando cartas. Juntaram rapidamente as cartas e limparam a mesa ao ouvirem a porta abrir, depois riram de alívio ao verem que era eu, que não tinham sido pegas jogando: um prazer proibido para mulheres solteiras nas terras de meu irmão.

— Vou para a cama, estou com dor de cabeça, não devo ser perturbada — digo abruptamente.

Amélia assente com a cabeça.

— Pode tentar — diz ela com ar de entendida. — O que você fez agora?

— Nada — replico. — Como sempre, nada.

Vou rapidamente para a nossa câmara privada e jogo minhas roupas na arca aos pés da cama e pulo de camisa para o colchão, fechando o cortinado ao redor, puxando as cobertas. Estremeço na frieza do linho e espero a ordem que sei que virá.

Em apenas alguns instantes, Amélia abre a porta.

— Tem de ir aos aposentos da mamãe — diz ela em triunfo.

— Diga-lhe que estou passando mal. Devia ter-lhe dito que eu estava deitada.

— Eu disse. Ela mandou que se levantasse, vestisse um manto e fosse. O que você fez agora?

Franzo o cenho diante de sua expressão luminosa.

— Nada. — Levanto-me contra a vontade. — Nada. Como sempre, não fiz nada. — Pego o manto pendurado atrás da porta e ato as fitas do queixo ao joelho.

— Respondeu para ele? — pergunta Amélia com júbilo. — Por que sempre discute com ele?

Saio sem responder, passando pela câmara silenciada e desço para os aposentos de minha mãe, na mesma torre, no andar debaixo do nosso.

De início, parece que ela está só, mas então percebo a porta semiaberta de sua câmara privada e não preciso ouvi-lo, não preciso vê-lo. Simplesmente sei que ele está lá, observando.

Ela está de costas para mim, quando entro na sala e, ao se virar, vejo a vara de vidoeiro em sua mão e sua face está inflexível.

— Não fiz nada — falo imediatamente.

Ela suspira com irritação.

— Querida, isso são maneiras de se entrar em uma sala?

Baixo a cabeça.

— Milady, minha mãe — falo baixinho.

— Estou triste com você — diz ela.

Ergo o olhar.

— Lamento. Como a ofendi?

— Foi chamada a cumprir um dever sagrado, deve conduzir seu marido à igreja reformada.

Confirmo com um movimento da cabeça.

— Foi chamada para ocupar uma posição de grande honra e grande dignidade, e tem de se comportar com firmeza para merecê-la.

Incontestável. Baixo a cabeça de novo.

— Você tem um espírito rebelde — prossegue ela.

Verdade.

— Faltam-lhe as qualidades apropriadas de uma mulher: submissão, obediência, reverência ao dever.

Verdade de novo.

— E receio que tenha um traço inato de libertina — diz ela com a voz grave.

— Não, não tenho — respondo tão calma quanto ela. — Não é verdade.

— Tem. O rei da Inglaterra não vai tolerar uma esposa libertina. A rainha da Inglaterra tem de ser uma mulher sem mancha em seu caráter. Tem de ser perfeita.

— Milady, minha mãe, eu...

— Ana, pense nisso! — diz ela, e pela primeira vez, percebo uma sinceridade em seu tom. — Pense bem! Ele mandou Lady Ana Bolena ser executada por infidelidade, acusando-a de pecar com metade da corte, inclusive com seu próprio irmão. Tornou-a sua rainha e depois desfez tudo sem nenhum motivo nem prova, só por sua vontade. Acusou-a de incesto, bruxaria, dos crimes mais injuriosos. Ele é um homem obcecado por sua reputação, loucamente obcecado. A próxima rainha da Inglaterra não poderá levantar dúvidas nunca. Não podemos garantir sua segurança se uma única palavra for levantada contra você!

— Milady...

— Beije a vara — diz ela antes que eu argumente.

Ela me estende a vara e a toco com meus lábios. Por trás da porta de sua câmara privada, ouço-o suspirar levemente, muito levemente.

— Segure a cadeira — ordena ela.

Curvo-me e me agarro nos dois lados da cadeira. Delicadamente, como uma dama erguendo um lenço, ela pega a bainha do manto e o ergue acima dos meus quadris, depois levanta minha camisa de dormir. Meu traseiro está exposto, se meu irmão quiser olhar através da porta semiaberta, poderá me ver como uma garota em um bordel. A vara assobia no ar e então, sinto a dor do açoite em minhas coxas. Grito, e depois mordo meu lábio. Estou desesperada para saber quantos cortes levarei. Trinco os dentes e espero a chibatada seguinte. O zunido no ar e depois a dor, como o corte de espada em um duelo desonroso. Dois. O som do seguinte acontece rápido demais para eu ter tempo de me preparar, e grito de novo, minhas lágrimas repentinamente quentes e correndo rápidas como sangue.

— Levante-se, Ana — diz ela friamente, e baixa minha camisa e o manto.

As lágrimas correm por minha face, e me escuto soluçar como uma criança.

— Vá para o seu quarto e leia a Bíblia — diz ela. — Pense principalmente em seu chamado real. A mulher do César, Ana. Mulher do César.

Tenho de fazer uma mesura para ela. O movimento desajeitado provoca mais uma onda de dor e choro como um cachorrinho chicoteado. Vou para a porta e a abro. O vento sopra a porta que escapa da minha mão, e na rajada, a porta interna da câmara privada se abre inopinadamente. No escuro, está o meu irmão, seu rosto retesado como se fosse ele a sofrer a chibata, seus lábios apertados como se para impedir seu grito. Por um instante terrível, nossos olhares se encontram, ele fica olhando para mim, sua face tomada por uma necessidade desesperada. Baixo o olhar, viro-me como se não o tivesse visto, como se estivesse cega a ele. O que quer que deseje de mim, não quero saber. Saio da sala com o andar vacilante, a camisa se grudando no sangue na parte de trás de minhas coxas. Estou louca para escapar deles dois.

Catarina, Norfolk House, Lambeth, novembro de 1539

— Vou lhe chamar de esposa.
— Vou lhe chamar de marido.
Está tão escuro que não o vejo sorrir; mas sinto a curva de seus lábios quando me beija de novo.
— Vou lhe comprar uma aliança e poderá usá-la no cordão ao redor de seu pescoço, e mantê-la oculta.
— Eu lhe darei uma boina de veludo bordada com pérolas.
Ele abafa o riso.
— Pelo amor de Deus, façam silêncio e nos deixem dormir! — diz alguém aflito no dormitório. Provavelmente Joan Bulmer, sentindo falta desses beijos que agora recebo em meus lábios, em minhas pálpebras, em minhas orelhas, em meu pescoço, em meus seios, em cada parte do meu corpo. Ela estará sentindo saudade do amante que era dela, e agora é meu.
— Devo ir lhe dar um beijo de boa-noite? — sussurra ele.
— Psiuuu — reprovo-o, e com a minha própria boca, o impeço de responder.
Estamos sonolentos depois de fazer amor, os lençóis emaranhados à nossa volta, vestes e roupas íntimas juntas em uma trouxa, o cheiro do seu cabelo, do seu corpo, do seu suor em mim. Francis Dereham é meu como jurei que seria.
— Sabe que se jurarmos nos casar perante Deus e eu lhe der uma aliança, será o mesmo que nos casarmos na Igreja? — pergunta ele seriamente.

Estou adormecendo. Sua mão está acariciando a minha barriga, sinto que me mexo e suspiro, e abro as pernas convidando um toque mais íntimo de novo.

— Sim — digo, me referindo ao seu toque.

Ele me entende errado, é sempre tão sério.

— Então, vamos fazer isso? Vamos nos casar em segredo e ficarmos juntos para sempre, e quando eu tiver feito minha fortuna, contaremos a todo mundo e viveremos como marido e mulher?

— Sim, sim — começo a gemer um pouco de prazer, só estou pensando no movimentos de seus dedos ágeis. — Oh, sim.

De manhã, ele tem de pegar rápido suas roupas e fugir, antes que a criada da minha avó chegue com diligência e cerimônia para destrancar a porta do nosso quarto. Ele escapa instantes antes de ouvirmos seus passos pesados na escada; mas Edward Waldgrave se atrasa e tem de rolar para debaixo da cama de Mary e torcer para que os lençóis, que se arrastam no chão, o ocultem.

— Estão felizes esta manhã — diz a Sra. Franks, desconfiadamente, enquanto abafamos o riso. — E não há nada do que rirem se pensarem em sua consciência.

Fizemos a cara mais séria que conseguimos e a acompanhamos escada abaixo para assistir à missa na capela. Francis está na capela, de joelhos, bonito como um anjo. Olha para mim e meu coração se agita. É tão maravilhoso ele estar apaixonado por mim.

Quando o serviço se encerra e todos se apressam a ir comer o desjejum, faço uma pausa no banco em que está, para ajeitar as fitas de meu sapato, e vejo que ele volta a se ajoelhar como se estivesse absorto na oração. O padre apaga vagarosamente as velas, junta suas coisas, anda gingando pelo corredor central, e ficamos a sós.

Francis vem para perto de mim e estende sua mão. É um momento muito solene, tão bom quanto uma peça. Gostaria de poder nos ver, sobretudo minha cara séria.

— Catarina, vai se casar comigo? — diz ele.

Eu me sinto muito adulta. Sou eu que estou fazendo isso, assumindo o controle do meu próprio destino. Minha avó não fez esse casamento para mim, nem meu pai. Ninguém nunca ligou para mim, me esqueceram, confinada nesta casa. Mas escolhi o meu próprio marido, farei o meu próprio futuro. Sou como minha prima Maria Bolena, que se casou em segredo com um homem de quem ninguém gostava, e depois ficou com toda a herança Bolena.

— Sim — respondo. — Vou. — Sou como minha prima, a rainha Ana, que almejou o maior casamento do mundo, quando ninguém achava que seria possível. — Sim, me casarei — digo.

O que ele queria dizer com casamento, não sei exatamente. Acho que queria dizer que eu usarei uma aliança no cordão, que poderei mostrar às outras garotas, e que estaremos comprometidos um com o outro. Mas para a minha surpresa, ele me conduz ao altar. Por um instante, hesito, não sei o que ele quer fazer, e não sou uma grande entusiasta da oração. Se não nos apressarmos, vamos nos atrasar para o desjejum, e gosto do pão quando ainda está quente, saído do forno. Mas aí percebo que estamos representando o nosso casamento. Queria ter usado o meu melhor vestido esta manhã, mas agora é tarde demais.

— Eu, Francis Dereham, tomo Catarina Howard como esposa legítima — diz ele com firmeza.

Sorrio. Se pelo menos tivesse posto meu melhor capelo, já ficaria perfeitamente satisfeita.

— Agora é você — incitou ele.

— Eu, Catarina Howard, tomo Francis Dereham como meu esposo legítimo — repito obedientemente.

Ele se curva e me beija. Sinto meus joelhos fraquejarem ao seu toque, tudo o que quero é que o beijo dure para sempre. Eu me pergunto se poderemos ir um pouco mais adiante do que isso se pudermos escapar furtivamente para o banco murado de minha avó. Mas ele se detém.

— Percebe que agora somos casados? — confirma ele.

— Este é o nosso casamento?

— Sim.

Dou um risinho.

— Mas só tenho 14 anos.

— Isso não faz diferença já que deu sua palavra diante de Deus. — Muito sério, pôs a mão no bolso e tirou uma bolsa. — Aqui tem 100 libras — diz ele solenemente. — Vou deixá-las aos seus cuidados e, no Ano-Novo, irei à Irlanda e farei minha fortuna, de modo que possa retornar e assumi-la abertamente como minha mulher.

A bolsa é pesada, ele poupou uma fortuna para nós. É tão excitante.

— Devo guardar o dinheiro?

— Sim, como minha boa esposa.

É tão encantador que a sacudo e ouço as moedas tilintarem. Posso guardá-la em minha caixa de joias vazia.

— Vou ser uma boa esposa para você! Vai se surpreender!

— Oh, sim. Como eu disse. É um casamento legítimo perante Deus. Agora somos marido e mulher.

— Oh, sim. E quando tiver feito sua fortuna, vamos nos casar de verdade, não vamos? Com um vestido novo e tudo o mais?

Ele franze o cenho por um instante.

— Você entendeu? — diz ele. — Sei que é jovem, Catarina, mas tem de entender. Nós estamos casados agora. Uma união legal. Não podemos casar de novo. É isso. Acabamos de nos casar. Um casamento entre duas pessoas perante Deus é um casamento tão indissolúvel quanto um com contrato assinado. Você agora é minha mulher. Estamos casados aos olhos de Deus e da lei do mundo. Se alguém pedir a sua mão, você é minha mulher, minha esposa legítima. Está entendendo?

— É claro que sim — respondo rapidamente. Não quero parecer idiota. — É claro que entendo. Tudo o que estou dizendo é que quero usar um vestido novo quando contarmos a todo mundo.

Ele ri como se eu tivesse dito alguma coisa engraçada e me pega de novo nos braços e beija a base do meu pescoço e passa o rosto em minha pele.

— Vou lhe comprar um vestido de seda azul, Sra. Dereham — promete ele. Fecho os olhos de prazer.

— Verde — digo. — O verde Tudor. O rei prefere verde.

Jane Bolena, Greenwich, dezembro de 1539

Graças a Deus estou aqui, em Greenwich, o mais belo dos palácios do rei, de volta aonde é o meu lugar, aos aposentos da rainha. A última vez em que estive aqui, cuidei de Jane Seymour que queimava de febre, chamando Henrique que nunca vinha; mas agora os aposentos foram repintados, fui reintegrada e ela foi esquecida. Só eu sobrevivi. Sobrevivi à queda da rainha Catarina, à desgraça da rainha Ana e à morte da rainha Jane. É um milagre eu ter sobrevivido, mas cá estou eu de volta à corte, algumas das poucas favorecidas, das muito poucas. Servirei à nova rainha como servi às suas antecessoras, com amor e lealdade, e atenta as minhas próprias oportunidades. Mais uma vez, entrarei e sairei das melhores câmaras dos melhores palácios do país, como se fossem a minha casa. Mais uma vez, estou no lugar para onde nasci e para o qual fui criada.

Às vezes posso até mesmo me esquecer de tudo o que aconteceu. Às vezes me esqueço de que sou uma viúva de 30 anos, com um filho afastado de mim. Penso ser de novo jovem, com um marido que venero e com uma vida pela frente. Retornei ao centro do meu mundo. Quase posso dizer que renasci.

O rei planejou o casamento para o Natal e as damas da rainha estão sendo reunidas para as festividades. Graças ao duque, sou uma delas, reintegrada às amigas e rivais que conheço desde a minha infância. Algumas delas me recebem de volta com um sorriso retorcido e uma saudação sarcástica, algumas me olham de esguelha. Não que amassem tanto Ana — não elas —, mas estão assustadas com a sua queda e se lembram de que fui a única que escapei, que escapei como por mágica, o que as faz se benzerem e cochicharem antigos comentários contra mim.

Bessie Blount, a antiga amante do rei, hoje casada muito acima de sua posição com lorde Clinton, me recebe muito gentilmente. Não a via desde a morte de seu filho Henry Fitzroy, que o rei tornara duque, duque de Richmond, simplesmente por ser um bastardo real, e quando digo o quanto lamento sua perda, palavras cordiais fúteis, ela subitamente segura minha mão e me olha, seu rosto pálido e ávido, como se me perguntasse, sem palavras, se sei como ele morreu. Devo lhe contar como ele morreu?

Sorrio friamente e liberto meu pulso de seus dedos. Não posso responder porque realmente não sei, e se soubesse não lhe diria.

— Lamento muito a perda do seu filho — digo novamente.

Ela provavelmente nunca saberá por que nem como ele morreu. Tampouco milhares de pessoas. Milhares de mães viram seus filhos marcharem para proteger os santuários, os locais sagrados, as estátuas à margem das estradas, os mosteiros e as igrejas, e milhares de filhos nunca retornaram. O rei decide o que é fé e o que é heresia, não cabe ao povo decidir. Nesse mundo novo e perigoso, não cabe nem mesmo à Igreja decidir. O rei decide quem vai viver e quem vai morrer, ele agora tem o poder de Deus. Se Bessie realmente quer saber quem matou seu filho, é melhor que pergunte ao rei, pai dele. Mas ela conhece Henrique bem demais para fazer isso.

As outras mulheres viram Bessie me saudar e algumas se aproximam: as Seymour, Culpepper, Neville, todas as famílias eminentes do país comprimiram suas filhas no espaço restrito dos aposentos da rainha. Algumas pensam mal de mim, e outras suspeitam do pior. Não ligo. Já enfrentei coisa pior do que o despeito de mulheres invejosas, e de qualquer maneira sou parente da maioria delas e rival de todas. Se alguma quiser criar problemas para mim, vai ser melhor que se lembre de que estou sob a proteção de milorde duque, e somente Thomas Cromwell é mais poderoso do que nós.

A que eu temo, quem realmente não quero ver, é Catarina Carey, filha de Maria Bolena, minha cunhada maldosa. Catarina é uma criança, uma garota de 15 anos, eu não devia temê-la, mas — para dizer a verdade — sua mãe é uma mulher que se deve temer e nunca foi uma grande admiradora minha. Milorde duque conseguiu um lugar na corte para a jovem Catarina e ordenou que sua mãe a mandasse para a fonte de todo poder, a fonte de toda riqueza, e Maria, a relutante Maria, obedeceu. Posso imaginar sua contrariedade ao comprar os vestidos para a sua filha, ensinar-lhe como usar o cabelo, a fazer as mesuras e a dançar. Maria viu sua família subir aos céus com a beleza e inteligência de sua irmã e de seu irmão, e depois viu seus corpos em pedaços nos pequenos esquifes. Ana foi decapitada, seu corpo envolvido em uma caixa, sua cabeça em uma cesta. George, o meu George... Não suporto pensar nisso.

É o bastante dizer que Maria me culpa por todo o seu sofrimento e perda, me culpa pela perda de seu irmão e de sua irmã, e nunca pensa em seu próprio papel na tragédia. Ela me culpa como se eu pudesse tê-los salvo, como se eu não tivesse feito tudo em meu poder até aquele dia, o último dia, no cadafalso, quando finalmente ninguém podia fazer mais nada.

Está errada em me culpar. Mary Norris perdeu seu pai Henry no mesmo dia e pelo mesmo motivo, e me cumprimenta com respeito e um sorriso. Não guarda nenhum ressentimento. Foi instruída, apropriadamente, por sua mãe de que o fogo do desprazer do rei pode queimar qualquer um, não há razão para culpar os sobreviventes que escaparam a tempo.

Catarina Carey é uma donzela de 15 anos, vai partilhar aposentos com outras garotas novas, com nossa prima, Catarina Howard, Ana Bassett, Mary Norris, com outras jovens ambiciosas que nada sabem e esperam por tudo. Eu as guiarei e aconselharei como uma mulher que serviu a rainhas antes. Catarina Carey não vai ficar cochichando com suas amigas sobre o tempo que passou com sua tia Ana na Torre, os acordos de última hora, as promessas, a suspensão da sentença prometida e que nunca aconteceu. Não lhes dirá que todas nós deixamos Ana ser decapitada — sua santa mãe sendo tão culpada quanto qualquer outra. Ela foi criada como uma Carey, mas é uma Bolena, uma bastarda do rei e uma Howard: saberá manter a boca fechada.

Na ausência da nova rainha, temos de nos acomodar em seus aposentos, sem ela. Temos de esperar. O tempo está ruim para a sua viagem, que se torna lenta de Cleves a Calais. Agora estão achando que ela não chegará a tempo do casamento se realizar no Natal. Se tivesse podido aconselhá-la, teria lhe dito que viesse de navio independentemente do perigo. É uma longa viagem, eu sei, e o mar inglês no inverno é muito perigoso, mas uma noiva não deve se atrasar para o seu casamento; e este rei não gosta de esperar. Não é um homem que se pode contrariar.

Na verdade, não é mais o príncipe que ele foi. Quando fui para a corte pela primeira vez, ele era o jovem marido de uma bela mulher, era o rei dourado.

Chamavam-no de o príncipe mais belo da cristandade, e não era bajulação. Maria Bolena estava apaixonada por ele, Ana estava apaixonada por ele. Não havia uma garota sequer na corte, no país todo, que fosse capaz de resistir a ele. Então, ele se voltou contra sua mulher, a rainha Catarina, uma boa mulher. Ana o ensinou a ser cruel. A corte dela, uma corte impiedosa, inteligente e jovem, impôs-lhe uma infelicidade obstinada e ensinou o rei a dançar conforme a nossa música herege. Nós o enganamos dizendo que a rainha tinha mentido para ele, depois o convencemos a pensar que Wolsey o tinha traído. E então, sua mente desconfiada, afocinhando como um porco, escapou do controle. Ele começou a duvidar de nós. Cromwell convenceu-o de que Ana o tinha traído, os Seymour o incitaram a acreditar que todos havíamos conspirado. No fim, o rei perdeu algo mais importante do que uma esposa, até mesmo do que duas esposas: perdeu o senso de confiança. Nós lhe ensinamos a desconfiança, e o esplendor dourado do menino perdeu o lustro no homem. Agora, cercado de pessoas que o temem, tornou-se um tirano. Tornou-se um perigo, como um urso que foi açulado a uma prepotência perversa. Disse à princesa Mary que mandaria matá-la se o contestasse, e agora é declarada bastarda, não mais princesa. A princesa Elizabeth, a nossa princesa Bolena, minha sobrinha, foi declarada ilegítima e sua governanta diz que a criança nem mesmo se veste adequadamente. E por fim, essa questão com Henry Fitzroy, filho do próprio rei: um dia é legitimado e proclamado príncipe de Gales, no dia seguinte é vitimado de uma doença fatal e misteriosa, e meu próprio senhor ordena que seja enterrado à meia-noite. Seus retratos são destruídos e a menção de seu nome é proibida. Que tipo de homem é esse que vê seu filho morrer e ser enterrado e não diz uma palavra? Que espécie de homem é esse que diz às suas duas filhas que não é o seu pai? Que espécie de homem é capaz de mandar seus amigos e sua mulher serem executados e dançar quando suas mortes lhe são relatadas? Que tipo de homem é esse a quem concedemos poder absoluto sobre nossas vidas e almas?

E talvez ainda pior do que tudo isso: os bons padres enforcados nas vigas de suas próprias igrejas; os homens contemplativos caminhando para o poste em que seriam amarrados e queimados, os olhos baixos, seus pensamentos no paraíso; as rebeliões no norte e no leste, e o rei jurando que os rebeldes podiam confiar nele, que ele ouviria seus conselhos, e então a traição terrível que levou os tolos que nele confiaram, aos milhares por todo o país, ao cadafalso, que tornou milorde Norfolk o açougueiro de seus conterrâneos. O rei matou milhares, o rei continua a matar milhares e milhares de seu próprio povo. O mundo fora da Inglaterra diz que ele enlouqueceu e espera a nossa rebelião. Mas como cães assustados na caverna do urso, não ousamos mais do que observá-lo e rosnar.

De qualquer maneira ele está feliz, apesar de a rainha não ter chegado. Ainda tenho de ser apresentada a ele, mas me disseram que me receberá, e a todas as outras damas, gentilmente. Ele está jantando quando entro furtivamente em seus aposentos para ver o retrato da nova rainha, que ele mantém em sua sala de audiência. A sala está vazia, o retrato está em um cavalete iluminado por grandes velas quadradas. Ela tem a aparência doce, tem-se de admitir. Tem um rosto franco, olhos adoráveis. Percebo imediatamente do que ele gosta nela. Ela não tenta seduzir, não há nenhuma sensualidade em sua expressão. Não parece coquete nem perigosa, ou pecadora. Não tem nenhum verniz, não tem sofisticação. Parece ter menos de 24 anos, até mesmo diria que parece um tanto simples para meus olhos críticos. Não será uma rainha como foi Ana; isso é uma certeza. Não é uma mulher que vai virar a corte e o país de cabeça para baixo, fazê-lo mudar de pensamento. Não é uma mulher que vá enlouquecer os homens de desejo e fazer com que escrevam versos de amor. E, é claro, isso é exatamente o que ele quer agora — nunca mais amar uma mulher como Ana.

Ana estragou-o para o desafio, talvez para sempre. Ela pôs fogo na sua corte e tudo acabou sendo consumido pelas chamas. Ele é como um homem cujas sobrancelhas foram chamuscadas, e eu sou a mulher cuja casa está em chamas. Ele não quer mais se casar com uma mulher desejável. Eu não quero nunca mais sentir o cheiro da fumaça. Ele quer uma mulher do seu lado que seja tão regular quanto um boi no arado, e então ele possa buscar flerte, perigo e sedução em outro lugar.

— Um belo retrato — diz um homem atrás de mim. Viro-me e vejo o cabelo escuro e o rosto comprido e pálido de meu tio, Thomas Howard, o duque de Norfolk, o homem mais eminente no reino, depois do próprio rei.

Faço-lhe uma reverência profunda.

— Realmente, senhor — digo.

Ele confirma com a cabeça, seus olhos escuros firmes.

— Acha que corresponderá à pessoa?

— Logo saberemos, milorde.

— Pode me agradecer por ter-lhe conseguido uma posição entre o seu pessoal — diz ele casualmente. — Foi um ato meu. Encaro-o como uma questão pessoal.

— Eu realmente lhe agradeço muito. Estou em dívida eternamente. Sabe que só tem de ordenar.

Ele assente com a cabeça. Nunca me demonstrou generosidade, exceto uma vez, um grande favor: puxou-me do fogo que incendiava a corte. É um homem ríspido, de poucas palavras. Dizem que ele amou somente uma mulher, Catarina de Aragão, e observou-a ser empurrada para a pobreza, abandono e morte, para pôr sua própria sobrinha em seu lugar. Portanto sua afeição tem pouco valor.

— Vai me dizer o que acontece em seus aposentos — diz ele balançando a cabeça para o retrato. — Como sempre fez. — Estende os braços para mim, confere-me a honra de me conduzir ao jantar. Faço outra reverência, ele gosta de demonstração de deferência, e ponho minha mão levemente em seu braço. — Vou querer saber se ela agrada o rei, quando ela concebe, quem ela vê, como se comporta, e se introduz pregadores luteranos. Esse tipo de coisa. Você sabe.

Eu sei. Dirigimo-nos à porta.

— Espero que ela o oriente na questão da religião — diz ele. — Não podemos admitir que ele se volte para a Reforma. O país não vai tolerar isso. Deve olhar seus livros, ver se ela está lendo algo proibido. E vigiar suas damas, para ver se estão nos espionando, se apresentando a Cleves. Se qualquer uma delas expressar qualquer heresia, vou querer saber imediatamente. Sabe o que tem de fazer.

Sei. Não há nenhum membro nessa grande família que não saiba qual é a sua tarefa. Todos nós trabalhamos para manter o poder e a riqueza dos Howard, e resistimos juntos.

Ouço as vozes da corte se banqueteando ao caminharmos para lá, homens servindo grandes jarras de vinho e travessas de carne, enfileirados para servir centenas de pessoas que vieram observar, ver o grande monstro que é a corte interna das pessoas mais nobres, um animal com cem bocas e um milhão de planos secretos, e duzentos olhos observando o rei como a única fonte de toda a riqueza, poder e favor.

— Vai achá-lo mudado — diz o duque baixinho, sua boca em meu ouvido. — Todos nós achamos difícil satisfazê-lo.

Penso no garoto mimado que num instante podia ser distraído com uma piada, uma aposta ou um desafio.

— Ele sempre foi volúvel.

— Ele é pior que isso, agora — diz milorde. — Seu humor muda sem aviso, ele é violento. É capaz de vociferar contra Cromwell e esbofeteá-lo, e mudar de atitude logo em seguida. A fúria o deixa escarlate. Alguma coisa que o agrade de manhã pode irritá-lo na hora do jantar. Você tem de ficar alerta.

Concordo com a cabeça.

— Agora o servem com o joelho flexionado — reparo a nova moda.

Ele dá um risinho.

— E o chamam de "Majestade" — diz ele. — "Sua Graça" era bom o bastante para os Plantageneta, mas não para este rei. Ele tem de ser "Majestade", como se fosse um deus.

— E as pessoas fazem isso? — pergunto com curiosidade. — Concedem-lhe essa honra máxima?

— Você mesma o fará — replica ele. — Henrique será Deus, se quiser, ninguém tem a audácia de contrariá-lo.

— Os lordes? — pergunto pensando no orgulho dos homens eminentes no reino que aclamaram o pai desse homem como um igual, cuja lealdade lhe conquistou o trono.

— Você vai ver — replica milorde sinistramente. — Mudaram as leis da traição, de modo que até mesmo pensar em oposição é uma ofensa capital. Ninguém se atreve a discutir com ele, o que resultaria em uma batida à porta à meia-noite e ser levado à Torre para ser interrogado, e sua mulher enviuvaria sem nem mesmo um julgamento.

Olho para a mesa no alto, onde o rei está sentado, um corpanzil pesado, esparramado, sobre o trono. Está enchendo a boca de comida enquanto o observamos, as duas mãos no rosto. Nunca vi ninguém tão gordo em toda a minha vida: os ombros grossos, o pescoço como o de um boi, as feições dissolvendo-se no seu rosto em forma de lua, os dedos parecendo pudins inchados.

— Meu Deus, ele virou um monstro! — exclamo. — O que houve com ele? Está doente? Não o teria reconhecido. Deus sabe como não é o príncipe que foi.

— Ele é um perigo — diz milorde, sua voz não mais que um sussurro. — A si mesmo por suas indulgências, e aos outros por seu gênio. Tenha cuidado.

Estou mais abalada do que demonstro quando me dirijo à mesa das damas da rainha. Elas se afastam para me dar lugar e me cumprimentam pelo nome, muitas me chamando de prima. Sinto os pequenos olhos suínos do rei em mim, e lhe faço uma reverência profunda antes de me sentar. Ninguém mais presta atenção ao animal em que o príncipe se transformou, é como um conto de fadas e fomos todos enfeitiçados de modo a não ver a ruína do homem.

Sirvo-me da travessa comum, o melhor vinho é vertido em minha taça. Olho em volta. Este é o meu lar. Conheço a maior parte dessas pessoas desde que nasci, e graças ao cuidado do duque em casar todos os Howard em benefício próprio, sou parente de quase todos eles. Como a maioria, servi a uma rainha atrás da outra. Como a maioria, acompanhei a moda dos capelos adotada por minha senhora real: capelo Gable, capelo francês, capelo inglês. E nas orações: papista, reformista, católica inglesa. Gaguejei em espanhol, conversei em francês, e me sentei em um silêncio introspectivo e costurei camisas para os pobres. Não há muito sobre as rainhas da Inglaterra que eu não saiba, que eu não tenha visto. E logo verei a próxima e saberei tudo a seu respeito: seus segredos, suas esperanças e suas deficiências. Eu a vigiarei e relatarei tudo a milorde duque. E talvez, até mesmo em uma corte cada vez mais amedrontada sob o governo de um rei que se torna um tirano mais inclemente a cada dia, mesmo sem meu marido e mesmo sem Ana, aprenderei a ser feliz de novo.

Catarina, Norfolk, Lambeth, dezembro de 1539

E o que vou receber de Natal? Sei que ganharei uma bolsa bordada de minha amiga Agnes Restwold, uma página de um livro de orações copiada a mão por Mary Lascelles (estou tão excitada com esse prospecto que mal posso respirar) e dois lenços de minha avó. Até agora tudo muito sem graça. Mas o meu querido Francis vai me dar uma camisa do melhor linho bordado, e teci para ele, com minhas próprias mãos durante dias, uma braçadeira com minhas cores preferidas. Estou feliz por ele gostar tanto de mim, e é claro que o amo também, mas ele não me trouxe a aliança como prometeu e está decidido a ir para a Irlanda no mês que vem para fazer a sua fortuna, e então serei deixada sozinha, e por quê?

A corte está em Greenwich para o Natal, queria que estivesse em Whitehall porque pelo menos eu poderia ir ver o rei jantar. Meu tio, o duque, está lá, mas não nos chamou, e embora minha avó tenha ido jantar, não me levou com ela. Às vezes acho que nunca vai acontecer nada para mim. Absolutamente nada vai acontecer, e vou viver e morrer como uma solteirona a serviço da minha avó. Vou fazer 15 anos no próximo ano e, claramente, ninguém sequer cogitou sobre o meu futuro. Quem liga para mim? Minha mãe está morta e meu pai mal se lembra do meu nome. É terrivelmente triste. Mary Lumleigh vai se casar no ano que vem, estão firmando o contrato, e ela faz pose de rainha para mim, como se eu me importasse com ela e com seu noivado oportunista. Eu não ia querer esse casamento nem que me fosse oferecido com uma fortuna, e disse isso a ela. Discutimos e a gola de renda que ela ia me dar de Natal vai ser dada a outra pessoa, e não me importo com isso também.

A rainha deve estar agora em Londres, mas teve de se atrasar de maneira tão idiota que minhas esperanças de sua imponente entrada em Londres e de um casamento maravilhoso também foram adiadas. É como se as próprias graças atuassem para me fazerem infeliz. Estou condenada. Tudo o que quero é um pouco de dança! Qualquer um entenderia que uma garota de quase 15 anos, isto é, que fará 15 anos no ano que vem, dançasse antes de morrer!

É claro que haverá dança aqui no Natal, mas não foi a isso que me referi. Qual o prazer de dançar se todos aqueles que a veem a viram diariamente durante o ano que passou? Qual o prazer da festa se todos os rapazes na sala lhe são tão familiares quanto as tapeçarias nas paredes? Que alegria ter os olhos de um homem em você se são do seu próprio homem, seu próprio marido, e ele irá para a sua cama quer você dance bonito, quer não? Tento uma virada e uma reverência especial, que tenho praticado, e não me adianta nada. Ninguém parece notar, exceto minha avó, que vê tudo. Ela me retira da fila, põe o dedo debaixo do meu queixo e diz:

— Menina, não precisa se exibir como uma vadia italiana. Todos a estamos observando, de qualquer maneira. — O que entendi como não devendo dançar como uma dama, como uma jovem elegante, mas como uma criança.

Fiz uma mesura e nada respondi. Não há como discutir com milady minha avó, seu gênio é terrível, e ela é bem capaz de me mandar para o quarto no mesmo instante, se eu abrir a boca. Realmente acho que sou tratada cruelmente.

— E o que é isso que dizem de você e o jovem Dereham? — pergunta ela de súbito. Achei que já a havia alertado.

— Não sei o que dizem, minha avó — replico rapidamente.

Rápido demais para ela, pois bate na minha mão com seu leque.

— Não se esqueça de quem é, Catarina Howard — diz ela bruscamente. — Quando seu tio mandar que sirva à rainha, sei que não se recusará por causa de um flerte passageiro, estou certa?

— Servir à rainha? — Vou direto ao ponto que interessa.

— Talvez — replica ela, com irritação. — Talvez ela venha a precisar de uma dama de companhia, se a garota tiver sido bem-criada e não for reputada como uma vadia.

Fico sem fala de desespero.

— Minha avó... eu...

— Não tem importância — diz ela e faz sinal com a mão para que eu volte a dançar. Agarro-me em sua manga e imploro para saber mais, mas ela ri e me manda dançar. Enquanto ela me observa, salto como uma boneca de madeira, sou tão correta nos passos e tão polida em meu comportamento que pareço carregar uma coroa na cabeça. Danço como uma freira, danço como uma vestal, e quando ergo o olhar para ver se ela está impressionada com minha modéstia, vejo que está rindo para mim.

Portanto, essa noite, quando Francis vem à minha câmara, encontro-o à porta.

— Não pode entrar — digo abruptamente. — Minha avó sabe tudo a nosso respeito. Alertou-me quanto à minha reputação.

Ele parece chocado.

— Mas meu amor...

— Não posso correr esse risco — digo. — Ela sabe muito mais do que imaginamos. Só Deus sabe o que ela ouviu ou quem lhe disse.

— Não vamos renegar um ao outro — diz ele.

— Não — replico, sem convicção.

— Se ela perguntar, deve dizer que nos casamos perante Deus.

— Sim, mas...

— E venho procurá-la como marido.

— Não pode. — Nada neste mundo vai me impedir de ser a nova dama de companhia da rainha. Nem mesmo meu amor imortal por Francis.

Ele põe a mão em minha cintura e mordisca a minha nuca.

— Irei para a Irlanda daqui a alguns dias — diz ele baixinho. Não vai me mandar embora com o coração partido.

Hesito. Ficaria muito triste se sofresse, mas tenho de ser dama de companhia da rainha. Nada é mais importante do que isso.

— Não quero que sofra — digo. — Mas vou ter de assumir uma posição junto à rainha, e quem sabe o que pode acontecer?

Ele me larga abruptamente.

— Oh, então acha que vai para a corte flertar? — pergunta ele contrariado. — Com algum grande lorde? Ou com um dos seus primos? Um Culpepper ou um Mowbray ou um Neville?

— Não sei — replico. É realmente maravilhoso como posso ser digna. Até pareço minha avó. — Não posso discutir meus planos com você agora.

— Kitty! — grita ele, dividido entre a raiva e o desejo. — Você é a minha mulher, você é minha noiva prometida! Você é minha amada!

— Tenho de pedir que se retire — digo com imponência, fecho a porta em sua cara, corro e pulo para a cama.

— O que foi agora? — pergunta Agnes. No extremo do dormitório, puxaram o cortinado em volta da cama, um rapaz e uma garota leviana estão fazendo amor, e ouço a arfada e os suspiros.

— Não podem fazer silêncio? — grito. — É realmente indecente. É ofensivo para uma moça nova como eu. Indecente. Não devia ser permitido.

Ana, Calais, dezembro de 1539

Em toda esta longa viagem, comecei a aprender como serei quando for rainha. As damas inglesas que o rei mandou para me acompanharem, falam inglês comigo todo dia, e milorde Southampton tem ficado do meu lado em toda cidade que entramos, tem-me estimulado e orientado da maneira mais prestativa. É um povo formal e digno, tudo tem de ser feito mecanicamente, de acordo com as normas, e estou aprendendo a esconder minha excitação com as saudações, a música, a multidão que corre para me ver. Não quero parecer uma irmã camponesa de um duque sem importância. Quero ser como uma rainha, uma verdadeira rainha da Inglaterra.

Em cada cidade que passo, o povo se comprime nas ruas para me receber, chamando meu nome e me oferecendo buquês de flores e presentes. A maioria das cidades fez um discurso de lealdade e me presenteou com uma bolsa de ouro ou uma joia valiosa. Mas a minha chegada à primeira cidade inglesa, o porto de Calais, torna todo o resto pequeno. É um castelo inglês potente, com uma grande cidade murada ao seu redor, construído para resistir a qualquer ataque da França, o poderoso inimigo, logo ali, do lado de lá dos portões fortemente guarnecidos. Entramos pelo portão sul que dá para a estrada que vai para o reino da França, e somos recebidos por um nobre inglês, lorde Lisle, e dezenas de cavalheiros e nobres vestidos com elegância, com um pequeno exército de homens usando fardas vermelhas e azuis.

Agradeço a Deus ter mandado lorde Lisle para ser meu amigo e conselheiro nesses dias difíceis, pois ele é um homem gentil, com um quê em sua aparência que lembra meu pai. Sem ele eu teria ficado sem fala de terror, além de não saber inglês. Está vestido tão elegantemente quanto um rei, e está acompanhado por tantos nobres ingleses que chegam a formar um mar de peles e veludo. Ele pega minha mão fria em suas mãos quentes, sorri para mim, e diz: "Coragem." Só entendo a palavra depois de perguntar ao meu intérprete, mas reconheço um amigo ao vê-lo, e consigo dar um ligeiro e pálido sorriso. Ele põe minha mão em seu braço e me conduz pela rua ampla até o porto. Os sinos ressoam me dando as boas-vindas, e as esposas dos mercadores e crianças flanqueiam as ruas para me verem, os meninos aprendizes e os criados, todos gritam, quando passo: "Ana de Cleves, hurra!"

No porto, estão dois navios imensos, os navios do próprio rei, um chamado Sweepstake, que significa algo relacionado a jogo, e outro chamado Lion, ambos com bandeiras adejando, e as cornetas ressoam quando me aproximo. Foram enviados da Inglaterra para me levarem ao rei, e com eles, uma imensa frota. A artilharia dispara e o canhão estrondeia, e a cidade toda é envolta pela fumaça e barulho, uma grande demonstração de reverência, e, portanto, sorrio e tento não me retrair com os estrondos. Vamos para o Staple Hall,* onde o prefeito da cidade e os mercadores me recebem com longos discursos e duas bolsas de ouro, e Lady Lisle me apresenta minhas damas de honra.

Todos me acompanham de volta à casa do rei, o castelo de Chequer, e fico de pé enquanto o pessoal da casa se apresenta, um por um, dizendo seu nome e seus cumprimentos, e fazendo uma reverência. Estou tão cansada e esgotada que sinto meus joelhos começarem a fraquejar, mas não param de se apresentar, um depois do outro. Milady Lisle fica ao meu lado e diz cada nome em meu ouvido, e me fala um pouco deles, mas não a entendo e, além disso, são muitos os estranhos para que eu memorize todos. É uma multidão de gente que me deixa tonta; mas todos sorriem gentilmente para mim, todos fazem mesuras respeitosas. Deveria estar contente com toda essa atenção, não exaurida, eu sei.

Assim que a última dama, criado e pajem fazem sua reverência e posso sair decentemente, digo que gostaria de ir à minha câmara privada antes do jantar, o que meu intérprete lhes transmite. Mas ainda não posso ficar em paz. Tão logo

---

*Staple port é uma expressão medieval que denota o porto onde produtos específicos eram regulados, uma espécie de feitoria. O rei autorizava um grupo particular de mercadores a comercializar uma *commodity* em seu reino, e a negociação deveria ser feita no empório desse porto. *The Staple* era o porto onde a exportação de lã era negociada e que, de 1363 a 1558, foi em Calais. (*N. da T.*)

entro em meus aposentos privados, há mais rostos estranhos esperando para serem apresentados como criadas ou membros de minha câmara privada. Estou tão exausta que digo que quero ir para o quarto, mas nem mesmo ali consigo ficar em paz. Entram Lady Lisle e outras damas de honra para se certificarem de que não estou precisando de nada. Uma dúzia delas entra, alisam os lençóis, ajeitam as cortinas e ficam por ali, olhando para mim. Em desespero absoluto, digo que quero rezar e vou para o pequeno gabinete do lado do quarto e fecho a porta em suas caras prestativas.

Ouço-as aguardando do lado de fora, como uma audiência esperando o bobo da corte aparecer e fazer malabarismos e truques de mágica: um pouco intrigadas com o atraso, mas bem-humoradas. Encosto-me na porta e passo as costas da mão na testa. Sinto frio, mas ainda assim estou suando, como se estivesse com febre. Tenho de fazer isso. Sei que posso fazer, sei que posso ser rainha da Inglaterra, e uma boa rainha. Vou aprender sua língua, já entendo a maior parte do que me dizem, embora tropece ao falar. Vou aprender todos esses nomes, suas posições e a maneira adequada de me dirigir a eles, de modo que não tenha de ficar sempre em pé como uma boneca com um titereiro ao meu lado, me dizendo o que fazer. Assim que chegar à Inglaterra, encomendarei novas roupas. Minhas damas e eu, em nossas roupas alemãs, parecemos patinhos gordos ao lado de cisnes ingleses. Elas andam seminuas, com capelos mínimos na cabeça, flertam com seus vestidos leves, enquanto estamos atadas em fustão como se fôssemos pacotes pesadões. Aprenderei a ser elegante, aprenderei a agradar, aprenderei a ser uma rainha. Certamente aprenderei a me encontrar com centenas de pessoas sem suar frio.

Ocorre-me que acharão meu comportamento muito estranho. Primeiro, digo que quero me vestir para o jantar, depois entro num gabinete pouco maior que um armário e as faço esperar do lado de fora. Vou parecer absurdamente devota, ou pior ainda, saberão que sou terrivelmente tímida. Assim que penso nisso, fico paralisada no gabinete, sinto-me uma completa boboca camponesa. Mal consigo reunir coragem para sair.

Escuto à porta. Está muito silencioso do lado de lá, talvez tenham-se cansado de me esperar. Talvez tenham todas saído para trocar de roupa mais uma vez. Hesitantemente, entreabro a porta e espio.

Há somente uma dama, sentada à janela, olhando calmamente o pátio embaixo. Quando ouve o rangido traidor da porta, ergue o olhar, e sua expressão é gentil e interessada.

— Lady Ana? — diz ela, levanta-se e faz uma reverência.

— Eu...

— Sou Jane Bolena — diz ela, percebendo com razão que não posso me lembrar de um nome sequer mencionado na confusão daquela manhã. — Sou uma de suas damas de honra.

Quando diz seu nome, fico completamente confusa. Deve ser parente de Ana Bolena. Mas o que está fazendo em minha câmara? Certamente não pode estar a meu serviço. Certamente deveria estar no exílio ou em desgraça.

Procuro em volta alguém que possa nos servir de intérprete, e ela sorri e sacode a cabeça. Aponta para si mesma e diz:

— Jane Bolena — em seguida diz lentamente: — Serei sua amiga.

Eu a compreendo. Seu sorriso é afetuoso e sua expressão é franca, percebo que quer dizer que será minha amiga. E a ideia de ter uma amiga em quem confiar nesse mar de gente estranha provoca um nó em minha garganta e reprimo as lágrimas. Estendo a mão para que ela a aperte, como se fôssemos simples camponesas no mercado.

— Bolena? — gaguejo.

— Sim — replica ela, pegando minha mão com a sua mão fria. — E sei tudo sobre como é assustador ser a rainha da Inglaterra. Quem saberia mais do que eu como é difícil? Vou ser uma amiga sua — repete ela. — Pode confiar em mim. — E aperta minha mão afetuosamente. E acredito nela e nós duas sorrimos.

Jane Bolena, Calais, dezembro de 1539

Ela nunca vai agradá-lo, pobre criança, não em toda a sua vida, não em milhares de anos. Estou perplexa por seus embaixadores não o terem avisado. Pensaram em fazer uma aliança contra a França e a Espanha, uma aliança protestante contra os reis católicos, e não pensaram, nem por um instante, nos gostos do rei Henrique.

Não há nada que ela possa fazer para se tornar o tipo de mulher que o atrai. A preferência dele é por mulheres inteligentes, sorridentes e encantadoras, com um ar de que tudo prometem. Até mesmo Jane Seymour, embora calada e obediente, irradiava um calor dócil que sugeria prazer sensual. Mas essa é como uma criança, uma criança desajeitada, com um olhar infantil franco e um sorriso abertamente amistoso. Parece estremecer quando alguém lhe faz uma reverência, e quando viu os navios no porto pareceu que ia aplaudir. Quando está cansada ou assoberbada empalidece como uma criança amuada e parece prestes a chorar. Seu nariz fica vermelho quando está ansiosa, como uma camponesa com frio. Se não fosse tão trágico, seria uma comédia e tanto, essa garota desajeitada calçando os sapatos de saltos com diamante incrustado de Ana Bolena. O que pensaram quando acharam que ela alcançaria essa posição?

É a sua própria inépcia que me dá a chave sobre a sua pessoa. Posso ser sua amiga, sua grande amiga e aliada. Ela vai precisar de uma amiga, pobre menina perdida, vai precisar de uma amiga que está familiarizada com uma corte como a nossa. Posso introduzi-la em tudo que precisa saber, posso lhe ensinar as habilidades que deve aprender. E quem melhor do que eu, que estive no coração da corte mais eminente que a Inglaterra já teve e a vi ser consumida pelo fogo? Quem melhor do que eu para manter a rainha a salvo, eu que vi uma rainha destruir a si mesma e sua família junto? Prometi ser amiga dessa nova rainha e posso honrar essa promessa. Ela é jovem, somente 24 anos, e vai crescer. É ignorante, mas pode aprender. É inexperiente, mas a vida pode corrigir isso. Posso fazer muito por essa jovem graciosa, e será um verdadeiro prazer e uma oportunidade de guiá-la e ser sua mentora.

Catarina, Norfolk House, dezembro de 1539

Meu tio vem ver minha avó e devo estar preparada para o caso de ele vir me buscar. Todos sabemos o que está para acontecer, mas estou tão excitada como se estivesse esperando uma surpresa. Treinei meu andar até ele e minha reverência. Pratiquei minha expressão de surpresa e meu sorriso encantado diante da notícia maravilhosa. Gosto de estar preparada, gosto de ter ensaiado, e mandei Agnes e Joan representarem o papel de meu tio até eu aperfeiçoar minha aproximação, minha reverência e meu gritinho de alegria.

O quarto das damas de honra está farto de mim, como se elas estivessem com indigestão por terem comido maçãs verdes demais. Mas lhes digo, é só esperar, sou uma Howard, é claro que serei chamada à corte, é claro que servirei à rainha, e é uma pena, evidentemente, deixá-las.

Dizem que terei de aprender alemão, e que não haverá dança. Sei que é mentira. Ela vai viver como uma rainha, e se é sem graça, eu brilharei mais. Dizem que todos sabem que ela vive reclusa, e que holandeses não comem carne, só queijo e manteiga o dia todo. Sei que é mentira — por que mais os aposentos da rainha, em Hampton Court, seriam repintados senão para ter uma corte e receber convidados? Dizem que todas as suas damas já foram designadas e metade delas já partiu ao seu encontro em Calais. O meu tio está vindo dizer que perdi a oportunidade.

Isso, finalmente, me assusta. Sei que as sobrinhas do rei, Lady Margaret Douglas e a marquesa de Dorset concordaram em ser suas principais damas e receio que seja tarde demais para mim.

— Não — digo a Mary Lascelles —, ele não pode estar vindo para dizer que deverei ficar aqui. Não pode estar vindo para dizer que é tarde demais para mim, que não restou nenhum lugar para mim.

— E se ele disser, que seja uma lição para você — replica ela firmemente. — Que seja uma lição para que corrija seus modos. Não merece ir para a corte da rainha sendo tão leviana quanto está sendo com Francis Dereham. Nenhuma dama verdadeira vai querê-la em suas câmaras, quando bancou a vadia com um homem desse tipo.

Isso é tão indelicado que ofego e sinto as lágrimas chegando.

— E não chore — diz ela, entediada. — Não chore, Catarina. Só vai conseguir deixar seu nariz vermelho.

Instantaneamente, seguro o nariz para impedir as lágrimas.

— Mas se ele disser que terei de ficar aqui e não fazer nada, vou morrer! — digo. — Vou completar 15 anos este ano, depois terei 18, 19, 20, e estarei velha demais para me casar, e morrerei aqui, servindo à minha avó, sem ter conhecido nenhum outro lugar, sem ter visto mais nada, sem nunca ter dançado na corte.

— Ah, besteira! — diz ela irritada. — Não consegue pensar em outra coisa a não ser na sua vaidade, Catarina? Além disso, até parece que já fez muito para uma virgem de 14 anos.

— Fiz nada — digo com o nariz ainda apertado. Solto-o e pressiono as bochechas com meus dedos frios. — Não fiz nada.

— É claro que vai servir à rainha — diz ela com desdém. — Seu tio não é do tipo de perder a chance de colocar alguém da família nessa posição, por pior que você tenha-se comportado.

— As garotas disseram...

— As garotas estão com inveja de você, sua boba. Se você fosse ficar, estariam todas à sua volta se mostrando solidárias.

É tão verdade que até mesmo eu posso ver isso.

— Ah, sim.

— Portanto, lave o rosto de novo e vá à câmara de milady. Seu tio deve chegar a qualquer momento.

Vou o mais rápido que posso, parando somente para dizer a Agnes, Joan e Margaret que eu sei muito bem que vou para a corte e que nunca acreditei nelas nem por um instante, e então ouço gritarem: "Catarina! Catarina! Ele chegou!" e disparo para a sala de milady e lá está ele, meu tio, em pé diante do fogo aquecendo suas costas.

Seria necessário mais do que o fogo para aquecer esse homem. Minha avó diz que ele é o martelo do rei: sempre que há um trabalho difícil e sujo a fazer é meu tio que conduz o exército inglês a subjugar o inimigo. Quando o norte se levantou para defender a antiga religião, apenas dois anos atrás, quando eu era menina, foi meu tio que levou os rebeldes a criarem juízo. Prometeu-lhes perdão e depois os levou à forca. Salvou o trono do rei e poupou ao rei o trabalho de combater suas próprias batalhas e reprimir uma grande rebelião. Minha avó diz que ele não conhece outro argumento além do nó da forca. Diz que ele enforcou milhares, embora, em seu interior, concordasse com sua causa. Sua própria fé não o detinha. Nada o detinha. Vejo em seu rosto que é um homem duro, um homem que não é facilmente abrandado; mas veio me ver e vou lhe mostrar que tipo de sobrinha ele tem.

Faço uma reverência profunda, como praticamos repetidamente na câmara das damas, inclinando-me um pouco à frente, de modo que milorde possa ver as curvas tentadoras de meus seios apertadas no alto do meu decote. Ergo o olhar lentamente antes de me levantar, de modo que me veja quase de joelhos diante dele, dando-lhe um momento para pensar sobre o prazer que eu poderia proporcionar ali embaixo, meu pequeno nariz quase encostado em seu calção.

— Milorde tio — respiro ao me levantar, como se tivesse sussurrando em seu ouvido na cama. — Tenha um bom-dia, senhor.

— Bom Deus — diz ele de maneira desconcertantemente franca, e minha avó divertida emite um breve "Huh".

— Ela é... um mérito seu, senhora — diz ele quando me levanto sem cambalear e me posiciono na sua frente. Ponho as mãos para trás para apresentar meus seios de maneira vantajosa, e curvo as costas também, para que ele possa admirar a finura de minha cintura. Com meus olhos modestamente baixos passaria por uma colegial se não fosse o impulso do meu corpo e o pequeno sorriso semioculto.

— Ela é inteiramente uma garota Howard — diz minha avó, que não tem uma excelente opinião sobre as garotas Howard, conhecidas como são por sua beleza e atrevimento.

— Esperava uma criança — diz ele, como se muito satisfeito por me ver crescida.

— Uma criança muito inteligente. — Ela me lança um olhar severo para me lembrar de que ninguém está interessado em saber o que aprendi enquanto sob seus cuidados. Arregalo os olhos inocentemente. Eu tinha 7 anos quando vi pela primeira vez uma dama de companhia na cama com um pajem. Tinha 11 anos quando Henry Manox me pegou pela primeira vez. Como ela achou que eu me revelaria?

— Ela vai se sair muito bem — diz ele, depois de um tempo para se recuperar. — Catarina, sabe dançar, cantar e tocar alaúde, coisas assim?

— Sei, milorde.

— Ler e escrever em inglês, francês e latim?

Lancei um olhar angustiado à minha avó. Sou tremendamente idiota, e todo mundo sabe disso. Sou tão idiota que nem mesmo sei se devo mentir ou não.

— Por que ela precisaria disso? — pergunta ela. — A rainha só fala holandês, não é?

Ele confirma com a cabeça.

— Alemão. Mas o rei gosta de mulher instruída.

A duquesa sorri.

— Gostava — replica ela. — A garota Seymour não era nenhuma grande filósofa. Acho que ele perdeu o gosto por debater com suas mulheres. Você gosta de mulher instruída?

Ele bufou brevemente. O mundo todo sabe que ele e sua mulher estão separados há anos, de tanto que se odeiam.

— De qualquer maneira, o mais importante é que ela agrade à rainha e à corte — decreta meu tio. — Catarina, você irá para a corte e será uma das damas de honra da rainha.

Sorrio para ele.

— Está feliz em ir?

— Sim, milorde. Estou muito grata — lembrei-me de acrescentar.

— Foi colocada em uma posição de tal importância para ser um crédito para a sua família — diz ele solenemente. — Sua avó me disse que é uma boa garota e que sabe como se comportar. Não nos decepcione.

Concordo com um movimento da cabeça. Não me atrevo a olhar para a minha avó que sabe tudo sobre Henry Manox, que me pegou uma vez no corredor com Francis, com minha mão na frente de seu calção, e a marca da sua mordida em meu pescoço, e me chamou de prostituta em desenvolvimento e de vadia idiota, e me deu um tabefe que fez minha cabeça zunir, e me advertiu de novo contra ele no Natal.

— Haverá rapazes que a cortejarão — avisa meu tio, como se eu nunca tivesse visto um rapaz antes. Lanço um olhar rápido para a minha avó, mas está sorrindo brandamente. — Não se esqueça de que nada é mais importante do que a sua reputação. Sua honra tem de ser imaculada. Se eu ouvir qualquer comentário indecoroso a seu respeito, e com isso quero dizer qualquer um e pode ter certeza que me dizem tudo, eu a retirarei imediatamente da corte e não a mandarei para cá, mas sim para a casa de campo de sua avó, em Horsham. Onde a deixarei para sempre. Está entendendo?

— Sim, milorde. — A resposta saiu como um sussurro aterrorizado. — Prometo.

— Eu a verei na corte quase diariamente — diz ele. Quase desejei não ir. — E de vez em quando eu a chamarei aos meus aposentos para que me diga como está indo com a rainha etc. Você será discreta e não fará comentários. Manterá os olhos abertos e a boca fechada. Será aconselhada por sua parenta Jane Bolena que também serve nos aposentos da rainha. Vai se empenhar em se tornar íntima da rainha, será sua amiga. Do favor dos príncipes vem a riqueza. Nunca se esqueça. Disso depende você ser bem-sucedida, Catarina.

— Sim, milorde.

— E mais uma coisa — disse ele.

— Sim, tio?

— Modéstia, Catarina. É o maior trunfo de uma mulher.

Faço uma reverência profunda, minha cabeça baixa com a modéstia de uma freira. Um riso sarcástico de minha avó me diz que ela não está convencida. Mas quando ergo o olhar, meu tio está sorrindo.

— Convincente. Pode ir — diz ele.

Faço outra mesura e fujo da sala antes que ele diga algo pior. Eu tinha ansiado ir para a corte por causa dos bailes e rapazes, e ele fez parecer que era como ir servir a um exército.

— O que ele disse? O que ele disse? — Estão todas no corredor, loucas para saber das notícias.

— Eu vou para a corte! — exultei. — E vou ganhar vestidos novos, e ele disse que serei a garota mais bonita na câmara da rainha, e vai ter baile toda noite, e acho que nunca mais vou ver nenhuma de vocês.

Ana, Calais, dezembro de 1539

Finalmente, graças a Deus, durante a travessia dos mares ingleses, faz bom tempo, depois de dias de atraso. Esperava receber uma carta de casa antes de zarpar, mas apesar de termos de esperar tanto pelo bom tempo, ninguém me escreveu. Achei que minha mãe me escreveria. Mesmo que não esteja sentindo a minha falta, achei que me enviaria algumas palavras de aconselhamento. Achei que Amélia já estivesse querendo ser visitada na Inglaterra e que me escreveria uma carta de saudações. Quase ri de mim mesma nesta noite ao pensar em como devo estar desanimada para desejar uma carta de Amélia.

A única de que eu tinha certeza era a de meu irmão. Eu tinha certeza de que receberia uma carta dele. Ele não recuperou a compostura comigo durante os preparativos para a partida, e nos separamos como sempre vivemos: eu com um temor ressentido de seu poder, e ele, com uma irritação que não consegue expressar. Achei que me escreveria para me dizer que negócios efetuar na corte inglesa, certamente representarei meu país e nossos interesses, não? Mas há todos os lordes de Cleves que viajam comigo, e sem dúvida ele falou com eles, ou lhes escreveu. Deve ter decidido que não estou apta a negociar por ele.

De qualquer maneira, achei que me escreveria estabelecendo regras de como me comportar. Afinal, passou a vida me dominando, e não pensei que simplesmente me deixaria partir. Mas parece que estou livre dele. Em vez de ficar feliz com isso, estou inquieta. É estranho deixar minha família, e nenhum deles me enviar uma palavra de boa sorte.

Vamos zarpar amanhã cedo para aproveitar a maré, e estou aguardando em meus aposentos na casa de campo do rei, The Chequer, a chegada de lorde Lisle, quando ouço algo parecido com uma discussão na sala de audiências no lado de fora. Por sorte, minha tradutora Lotte está comigo e a um sinal meu, passa pela porta e escuta atentamente o rápido discurso, em inglês. Sua expressão é concentrada, ela franze o cenho, e então, quando ouve passos se aproximando, corre para dentro da sala e se senta ao meu lado.

Lorde Lisle faz uma mesura ao entrar, mas está afobado. Passa a mão no gibão de veludo, como se para se compor.

— Perdoe-me, Lady Ana — diz ele. — A casa está de cabeça para baixo com os preparativos. Virei buscá-la em uma hora.

Lotte sussurra o que ele me disse, faço uma mesura e sorrio. Ele relanceia os olhos para a porta.

— Ela nos ouve? — pergunta ele a Lotte, e ela me relanceia os olhos e me vê assentir com a cabeça. Ele chega para mais perto.

— O secretário Thomas Cromwell é da sua religião — diz ele baixinho. Lotte sussurra as palavras em alemão em meu ouvido, de modo que eu o compreenda. — Ele protegeu, de maneira errada, centenas de luteranos nesta cidade que está sob meu comando.

É claro que entendo as palavras, mas não seu significado.

— São hereges — diz ele. — Renegam a autoridade do rei como líder espiritual e renegam o milagre sagrado do sacrifício de Jesus Cristo, o milagre de seu vinho se transformar em sangue. Esta é a crença da Igreja da Inglaterra e negar isso é uma heresia punida com a morte.

Ponho a mão delicadamente no braço de Lotte, sei que são assuntos perigosos, e não sei o que devo dizer.

— O próprio secretário Cromwell pode ser acusado de heresia se o rei souber que ele protege esses homens — adverte lorde Lisle. — Eu estava dizendo a seu filho, Gregory, que esses homens podem ser acusados, independentemente de quem os protege. Eu o estava advertindo de que não posso fazer vista grossa, eu o estava advertindo de que bons ingleses pensam como eu, que não se pode fazer pouco de Deus.

— Não sei nada sobre essas questões inglesas — replico prudentemente. — Tudo o que desejo é ser guiada por meu marido. — Penso por um breve instante em meu irmão que me encarregou de afastar meu marido dessas superstições papistas e de conduzi-lo à clareza da Reforma. Acho que terei de desapontá-lo de novo.

Lorde Lisle assente com um movimento de cabeça, faz uma mesura e recua.

— Perdoe-me — diz ele. — Eu não deveria tê-la perturbado com isso. Só quis deixar claro que me causa indignação a proteção dessa gente por Thomas Cromwell, e que sou absolutamente leal ao rei e à sua Igreja.

Balanço a cabeça uma vez, pois o que mais posso fazer ou dizer? E ele sai. Viro-me para Lotte.

— Isso não é certo — diz ela baixinho. — Ele acusou Thomas Cromwell de proteger os luteranos, mas o filho, Gregory Cromwell, o acusou de ser um papista secreto e que deve ser vigiado. Estavam ameaçando um o outro.

— O que ele espera que eu faça? — pergunto sem entender. — Ele não acha que eu julgaria uma questão desse tipo, acha?

Ela parece perturbada.

— Talvez que fale com o rei. Que o influencie.

— Lorde Lisle disse, em outras palavras que, a seus olhos, eu sou uma herege. Renego que o vinho se transforma em sangue. Qualquer um com um pingo de juízo deve saber que isso não acontece.

— Eles realmente executam hereges na Inglaterra? — pergunta a mulher nervosamente.

Confirmo com a cabeça.

— Como?

— São queimados.

Diante de sua expressão de horror, estou para explicar que o rei sabe da minha fé e supostamente se aliaria ao meu irmão protestante e à sua liga de duques protestantes, quando sou interrompida por um grito à porta de que os navios estão prontos para zarpar.

— Vamos — digo com um impulso súbito de valentia. — Vamos, quaisquer que sejam os riscos. Nada pode ser pior do que Cleves.

Partir de um porto inglês em um navio inglês parece o começo de uma nova vida. A maior parte de meus companheiros de Cleves me deixará agora, portanto há mais despedidas, e depois embarco. As embarcações a remo rebocam o navio para fora da enseada. As velas são içadas e chiam com o vento, o navio se ergue como se levantasse voo e, nesse momento, me sinto realmente uma rainha indo para o meu país, como uma rainha em uma história.

☙

Vou para a proa e olho a água em movimento, a crista das ondas brancas no mar preto, e me pergunto quando verei meu novo lar, meu reino, minha Inglaterra. À minha volta, as pequenas luzes dos navios que navegam conosco. É uma frota, cinquenta grandes embarcações, a frota da rainha, e percebo a riqueza e o poder do meu novo país.

Vamos navegar o dia todo, dizem que o mar está calmo, mas as ondas me parecem muito altas e perigosas. Os pequenos navios sobem um muro de água e descem pela depressão estreita entre as ondas. Às vezes, perdemos de vista os outros navios da frota. As velas encapelam-se e rangem como se fossem rasgar, e os marinheiros ingleses puxam os cabos e se agitam pelo convés como homens enlouquecidos e blasfemos. Observo o dia amanhecer, um sol cinza sobre um mar cinza, e sinto a imensidão da água ao redor e abaixo, e então vou repousar em minha cabine. Algumas das damas sentem enjoo, mas eu me sinto bem. Lady Lisle fica comigo parte do dia, e algumas outras, Jane Bolena entre elas. Tenho de aprender os nomes de todas as outras. O dia passa lentamente, subo ao convés, mas só vejo navios à nossa volta, até onde posso ver, a frota inglesa me faz companhia. Poderia me sentir orgulhosa de toda essa atenção comigo, porém mais do que qualquer outra coisa, sinto-me desconfortável em ser o centro e a causa de tanto trabalho e atividade. Os marinheiros, todos eles, tiram a boina e fazem uma mesura sempre que saio da cabine, e duas das damas sempre têm de me escoltar, mesmo que eu vá somente até a proa. Depois de algum tempo, me sinto tão conspícua, tão desassossegada, que forço a mim mesma ficar sentada quieta em minha cabine e observo as ondas subirem e descerem pela pequena janela, ao invés da inconveniência de ficar perambulando.

A primeira visão que tenho da Inglaterra é uma sombra escura sobre águas escuras. Estava ficando tarde quando chegamos ao pequenino porto chamado Deal, mas embora esteja escuro e chovendo, sou recebida por mais pessoas eminentes. Levam-me para repousar e comer no castelo, e há centenas, realmente centenas de pessoas que vêm beijar minha mão e me dar as boas-vindas em meu novo país. Na neblina, encontro lordes e suas ladies, um bispo, o administrador do castelo, mais algumas damas que me servirão em minha câmara, algumas damas virgens que serão minhas companheiras. Claramente não terei mais um momento sequer a sós durante toda a minha vida.

Assim que comemos temos de partir, há um plano estrito sobre onde ficarmos, onde jantarmos, mas me perguntam, muito cortesmente, se estou pronta para viajar. Aprendo rapidamente que isso não significa perguntar se eu gostaria de partir. Significa que o plano manda prosseguirmos e estão esperando meu assentimento.

Portanto, embora seja noite e eu esteja tão cansada que daria uma fortuna para descansar ali, entro na liteira que meu irmão equipou para mim, arcando com os gastos de má vontade, e os lordes montam seus cavalos, as damas os seus, e chocalhamos no escuro da estrada, com soldados à frente e atrás de nós, como se fôssemos um exército invasor, e lembro a mim mesma que agora sou uma rainha, e se é assim que as rainhas viajam e são servidas, terei de me acostumar, e não ficar ansiando por uma cama tranquila e uma refeição sem uma plateia observando cada movimento meu.

Passamos a noite no castelo em Dover, chegando já no escuro da noite. No dia seguinte estou tão cansada que mal consigo me levantar, mas meia dúzia de criadas está lá segurando meu vestido, minha escova de cabelo e meu capelo, e as damas de honra jovens atrás delas, e as damas de honra casadas atrás dessas. Chega uma mensagem do duque de Suffolk perguntando se eu gostaria de ir a Canterbury depois de dizer minhas preces e comer o desjejum. Entendo que ele está ansioso por partir, que temos de nos apressar, que tenho de dizer minhas preces e comer rapidamente, e desse modo, respondo que ficarei encantada, e que estou ansiosa para partir.

Claramente é uma mentira, já que choveu a noite toda, e o tempo só faz piorar, começando a chover granizo. Mas todo mundo prefere acreditar que estou ansiosa para ver o rei, e minhas damas me envolvem com o manto o melhor que podem, e nos arrastamos para o pátio sob um vendaval, e partimos pela estrada que chamam de Watling Street para a cidade de Canterbury.

O arcebispo em pessoa, Thomas Cranmer, um homem gentil com um sorriso generoso, me recebe na estrada fora da cidade, e cavalga do lado de minha liteira durante a meia milha final. Olho a chuva que cai lá fora: esta era a grande estrada dos peregrinos ao santuário de São Tomás Becket, na catedral. Vejo a agulha da torre da igreja muito antes de ver as muralhas da cidade — construída tão alta e bela, que a luz a alcança através das nuvens escuras, como se Deus estivesse tocando no lugar sagrado. A estrada, aqui, é pavimentada, e casas alternadas à sua margem foram construídas para abrigar peregrinos que costumavam vir de toda a Europa rezar nesse belo santuário. Esse foi um dos importantes sítios sagrados do mundo — há somente alguns anos.

Agora está tudo mudado. Tão diferente que é como se tivessem demolido a igreja. Minha mãe me avisou para não comentar o que tínhamos ouvido falar das grandes mudanças do rei, nem sobre o que vejo, por mais impactante que seja. Os próprios comissários do rei foram ao santuário e pegaram o tesouro oferecido ao santo. Entraram na câmara mortuária e atacaram de surpresa o próprio esquife com o santo. Dizem que pegaram o corpo martirizado e o jogaram no monturo fora dos muros da cidade, tão determinados estavam em destruir esse local sagrado.

Meu irmão diria que é uma boa coisa, que os ingleses deram as costas à superstição e às práticas papistas, mas ele não viu como as casas para os peregrinos foram tomadas por bordéis e hospedarias e que há mendigos em toda parte ao longo das vias em Canterbury. Meu irmão não sabe que metade das casas em Canterbury eram hospitais para os pobres e doentes, e que a igreja pagava para que os pobres fossem tratados, e não sabe que freiras e monges dedicaram a vida a servir aos pobres. Agora, nossos soldados têm de abrir caminho por uma multidão de gente murmurando que busca o refúgio sagrado que lhe prometeram; mas não há nada mais. Tomo cuidado em não comentar nada quando nossa cavalgada atravessa os grandes portões e o arcebispo desmonta para me introduzir na bela casa que foi, claramente, uma abadia até talvez há poucos meses. Olho em volta ao entrarmos em um belo salão onde os viajantes eram livremente entretidos e onde os monges jantavam. Sei que o meu irmão quer que eu afaste ainda muito mais esse país da superstição e do papado, mas ele não viu os estragos causados em nome da Reforma.

As janelas, antes de vitrais coloridos ilustrando belas histórias, foram estilhaçadas de maneira tão descuidada que a pedra se quebrou e o arabesco da cantaria foi esmagado. Se um garoto travesso fizesse isso nas janelas, seria açoitado. No telhado abobadado havia pequenos anjos e, creio eu, um friso de santos que foram derrubados por algum estúpido com um martelo negligente. É uma insensatez, eu sei, me afligir por coisas de pedra; mas os homens que fizeram esse trabalho divino não o fizeram de uma maneira divina. Poderiam ter derrubado as estátuas e depois refeito as paredes. Mas ao invés disso, simplesmente os decapitaram, deixando os corpos dos pequenos anjos sem cabeça. Como isso serve à vontade de Deus não consigo entender.

Sou uma filha de Cleves e nos voltamos contra o papado e com razão; mas eu não tinha visto esse tipo de estupidez. Não consigo atinar por que homens acreditariam que o mundo é melhor com algo belo destruído, com algo quebrado em seu lugar. Então me conduzem aos meus aposentos, que claramente antes pertenceram ao prior. Foram emboçados e pintados de novo, e ainda cheiram a caiação. E aqui começo a perceber a verdadeira razão para a reforma religiosa neste país. Este belo edifício, as terras em que se localiza, as grandes fazendas que pagam o aluguel, e os rebanhos de carneiros que dão sua lã, tudo isso pertencia ao papa e à Igreja. A Igreja era o maior proprietário de terras na Inglaterra. Agora, toda essa riqueza pertence ao rei. Pela primeira vez me dou conta de que não se trata de reverência a Deus. Talvez não tenha nada a ver com Deus. Mas com a ganância do homem aqui também.

E também com a vaidade, quem sabe, pois Tomás Becket foi um santo que desafiou um rei tirano da Inglaterra. Seu corpo jaz na cripta dessa catedral extravagante, encerrado em ouro e pedras preciosas, e o próprio rei — que ordenou a demolição de seu santuário — costumava vir rezar aqui pedindo ajuda. Mas agora ele não precisa de ajuda, e rebeldes são enforcados neste país, e toda a riqueza e beleza devem lhe pertencer. Meu irmão diria que isso é certo, e que um país não pode ter dois chefes.

Estou trocando, sem ânimo, de vestido para o jantar quando ouço outro troar de artilharia, e apesar de estar escuro como breu e ser quase meia-noite, Jane Bolena chega sorrindo para me dizer que há centenas de pessoas no salão que vieram me dar as boas-vindas a Canterbury.

— Muitos cavalheiros? — pergunto em meu inglês afetado.

Ela sorri, sabe que estou temendo uma fila comprida de apresentações.

— Só querem vê-la — replica claramente, apontando para os seus olhos. — Só precisa acenar. — Mostra-me como acenar e a mascarada que encenamos uma com a outra enquanto aprendo seu idioma me provoca um risinho abafado.

Aponto a janela.

— Boa terra — digo.

Ela assente com a cabeça.

— Terra da abadia, terra de Deus.
— Agora do rei?
Ela dá um sorriso retorcido.
— O rei agora é líder da Igreja, entende? Toda a riqueza — hesita —, toda a riqueza espiritual da Igreja agora é sua.
— E o povo está feliz? — pergunto. Estou tão frustrada por ser incapaz de falar fluentemente. — Os maus padres se foram?
Ela relanceia o olhar para a porta, como se para se certificar de que não pode ser ouvida.
— O povo não está feliz — replica ela. — O povo amava os santuários e os santos, não sabe por que as velas estão sendo levadas embora. Não sabe por que não pode rezar por ajuda. Mas não deve falar disso com ninguém a não ser comigo. É a vontade do rei que a Igreja seja destruída.
Balanço a cabeça.
— Ele é protestante? — pergunto.
Seu rápido sorriso faz seus olhos cintilarem.
— Oh, não! — replica ela. — Ele é o que quer ser. Destruiu a Igreja de modo que pudesse se casar com minha cunhada, que acreditava em uma igreja reformada e o rei acreditou com ela. Depois, ele destruiu sua mulher. Ele fez a Igreja quase voltar a ser católica, quase restaurou a missa, mas nunca devolveu a riqueza. Quem sabe o que fará em seguida? Quem pode saber em que acreditará a seguir?
Entendo só um pouco do que diz, de modo que me viro e olho pela janela a chuva que cai e o escuro cor de breu. A ideia de um rei que pode determinar não somente a vida que seu povo leva, mas também, até mesmo, a natureza do Deus que adorarão me causa um arrepio. Esse é um rei que destruiu o santuário de um dos santos mais importantes da cristandade, esse é um rei que transformou os grandes mosteiros do país em casas particulares. Meu irmão estava completamente enganado ao me ordenar conduzir esse rei ao pensamento certo. Esse é um rei que só faz o que quer, e acho que ninguém pode detê-lo ou persuadi-lo.
— Temos de ir ao jantar — diz Jane Bolena gentilmente. — Não fale dessas coisas com ninguém.
— Sim — replico. E com ela apenas um passo atrás de mim, abro a porta de minha câmara privada para a multidão de gente que me aguarda na sala de audiências e encaro aqueles rostos todos desconhecidos e sorridentes mais uma vez.

Estou tão satisfeita por me ver fora da chuva e do escuro, que tomo uma boa taça de vinho e como com vontade no jantar, embora sentada sozinha sob um dossel e sendo servida por meus homens, que se ajoelham ao me oferecer os pratos. Há centenas de pessoas jantando no salão e mais centenas de outras espiando pelas janelas e portas, me olhando como se eu fosse um animal estranho.

Vou me acostumar com isso, sei que tenho de me acostumar, e vou me acostumar. Não faz sentido ser rainha da Inglaterra e ficar embaraçada com os criados. Esta abadia roubada não é nem mesmo um dos grandes palácios do país, e ainda assim, nunca tinha visto um lugar tão rico de dourados, quadros e tapeçarias. Pergunto ao arcebispo se este é o seu palácio, e ele sorri e responde que sua casa fica perto. É um país de riquezas quase inconcebíveis.

Só vou para a cama nas primeiras horas da manhã, e nos levantamos de novo bem cedo para seguir viagem. Por mais cedo que iniciemos, perdemos muito tempo para partir com mais gente a cada dia para nos acompanhar. O arcebispo e todo o seu séquito, de fato centenas deles, viajam agora comigo, e hoje se unem a nós mais outros grandes senhores que me escoltam em Rochester. O povo se alinha nas ruas para me saudar e sorrio e aceno o tempo todo.

Gostaria de me lembrar do nome de cada um, mas toda vez que paramos em algum lugar, um homem ricamente vestido aparece e faz uma reverência para mim, e Lady Lisle ou Lady Southampton, ou qualquer outra dama, sussurra algo em meu ouvido, e sorrio e estendo a mão, e tento me lembrar do último grupo de nomes. De qualquer maneira, todos se parecem: todos vestidos em um belo veludo, usando correntes de ouro, pérolas e pedras preciosas nos chapéus. E são dezenas, centenas, metade da Inglaterra veio prestar seus cumprimentos a mim, e não distingo mais um homem do outro.

Jantamos em um suntuoso salão com muita cerimônia, e Lady Browne, que ficará encarregada de minhas damas de honra virgens, me é apresentada. Ela, por sua vez, me apresenta cada dama, e sorrio à fila interminável de Catarinas, Marys, Elizabeths, Anas, Bessies, Madges, todas elas elegantes e bonitas sob seus capelos minúsculos, que deixam seu cabelo à mostra, de uma maneira que meu irmão acusaria de impudico, todas elas encantadoras em pequenos sapatos de pano, todas elas olhando fixo para mim, como se eu fosse um falcão selvagem pousado em um galinheiro. Lady Browne, principalmente, me olha de maneira embaraçosa. Faço sinal a Lotte e peço-lhe que diga a Lady Browne em inglês que espero que ela me aconselhe sobre como me vestir à moda inglesa, quando chegarmos a Londres. Ao receber minha mensagem, ela enrubesce, se vira e não me olha mais fixamente, e receio que esteja realmente achando o meu vestido muito estranho e que sou feia.

Jane Bolena, Rochester, dezembro de 1539

— Aconselhá-la a como se vestir! — sussurra Lady Browne para mim, como se fosse culpa minha a nova rainha da Inglaterra parecer tão estrangeira. — Jane Bolena, diga-me! Ela não podia ter trocado de vestido em Calais?

— Quem poderia tê-la aconselhado? — pergunto razoavelmente. Afinal, todas as suas damas se vestem como ela.

— Lorde Lisle poderia tê-la avisado. Poderia tê-la advertido de que não poderia ir à Inglaterra parecendo um frei em fustão. Como esperam que eu controle suas damas, quando riem dela até não poder mais? Quase tive de bater em Catarina Howard. Essa menina está somente um dia no serviço real e já imita o andar da rainha, e o que é pior, imita-a com perfeição.

— As meninas são sempre maldosas. É você quem lhes impõe a ordem.

— Não há tempo para costureiros até chegar a Londres. Ela terá de prosseguir como começou, mesmo que pareça um embrulho. O que ela está fazendo agora?

— Está descansando — digo defensivamente. — Achei que devia deixá-la em paz por um momento.

— Ela será a rainha da Inglaterra — diz ela. — Não é uma vida pacífica para nenhuma mulher.

Não respondo nada.

— Devemos dizer alguma coisa ao rei? Devo falar com meu marido? — pergunta Lady Browne, a voz baixa. Não devemos falar ao secretário Cromwell que temos... dúvidas? Vai dizer alguma coisa ao duque?

Penso rápido. Juro que não serei a primeira a falar contra essa rainha.

— Talvez devesse falar com Sir Anthony — replico. — Privadamente, como sua mulher.

— Posso lhe dizer que estamos de acordo? Certamente lorde Southampton percebe que ela não se ajusta a ser rainha. É tão sem graça! E quase muda!

— Não tenho opinião — digo rapidamente.

Ela ri na mesma hora.

— Oh, Jane Bolena, você sempre tem opinião. Quase nada lhe escapa.

— Talvez. Mas o rei a escolheu por causa da aliança protestante, e milorde Cromwell a escolheu porque nos deixa seguros contra a Espanha e a França, e talvez o fato de seu capelo ser do tamanho de uma casa não tenha importância para ele. Sempre se pode trocar de capelo. E não serei eu quem vai sugerir ao rei que as mulheres com que se compromete solenemente e de maneira irrevogável não se ajustam a ser rainhas.

Isso a detém na hora.

— Acha que serei mal-interpretada se criticá-la?

Penso na garota de rosto branco que espreitou para fora do gabinete em Calais, tímida demais e assustada demais para se sentar com sua própria corte, e percebo que quero defendê-la contra essa falta de generosidade.

— Não tenho críticas a lhe fazer — digo. — Sou sua dama de companhia. Poderei aconselhá-la sobre seus vestidos ou cabelo, se me pedir. Mas não direi uma palavra contra ela.

— Oh, de jeito nenhum, ainda não — corrige Lady Browne friamente. — Não até ser vantajoso para si mesma.

Não respondo, pois, quando vou fazê-lo, a porta se abre e o guarda anuncia:

— Srta. Catarina Carey, dama de companhia da rainha.

É ela. Minha sobrinha. Finalmente terei de encarar a menina. Consigo sorrir e estendo minhas mãos para ela.

— A pequena Catarina! — exclamo. — Como cresceu!

Ela pega minhas mãos, mas não ergue a face para me beijar. Olha-me calmamente, como se me avaliasse. A última vez que a vi foi quando ficou atrás de sua tia Ana, a rainha, no patíbulo, e segurou seu manto quando ela pôs a cabeça no cadafalso. A última vez que ela me viu foi do lado de fora do tribunal, quando me chamaram para depor. Lembro-me de como ela me olhou: com curiosidade. Olhou para mim com curiosidade, como se nunca tivesse visto uma mulher desse tipo.

— Está com frio? Como foi a viagem? Quer um pouco de vinho? — Eu a levo para perto do fogo, ela vai, mas sem entusiasmo. — Esta é Lady Browne — digo. Sua mesura é boa, ela é graciosa. Foi bem-educada.

— Como está a sua mãe? E seu pai?

— Estão bem. — Sua voz é clara, com somente um quê ligeiro do sotaque do campo.

— Minha mãe lhe mandou uma carta.

Tira-a do bolso e a entrega a mim. Levo-a para a luz da grande vela quadrada e rompo o selo.

Jane Bolena

Assim começa Maria Bolena, sem um título, como se eu não tivesse o nome de sua casa, como se eu não fosse Lady Rochford, enquanto ela vive em Rochford Hall. Como se ela não tivesse minha herança e casa, enquanto eu tenho a dela, que é nada.

> *Muito tempo atrás escolhi o amor do meu marido à vaidade e perigo das cortes, e talvez todos tivéssemos sido mais felizes se você e minha irmã tivessem feito o mesmo — que Deus tenha piedade de sua alma. Não tenho nenhum desejo de retornar à corte, mas desejo a você e à nova rainha Ana melhor sorte que antes, e espero que suas ambições lhe deem a felicidade que busca, e não a que alguns pensam que merece.*
>
> *Meu tio ordenou a ida de minha filha Catarina à corte e, em obediência a ele, ela chegará no Ano-Novo. A minha instrução a ela foi que obedecesse somente ao rei e seu tio, que ela fosse guiada somente por meu conselho e sua própria consciência. Disse-lhe que, no fim, você não foi amiga de minha irmã nem do meu irmão e a aconselhei a tratá-la com o respeito que merece.*
>
> *Maria Stafford*

Estou tremendo depois de ler a carta e a releio como se pudesse parecer diferente em uma segunda leitura. Respeito que eu mereço? Respeito que eu mereço? O que fiz a não ser mentir e enganar para salvar os dois até o último momento, e depois que outra coisa fiz a não ser proteger a família do desastre que nos causariam? O que mais eu podia fazer? O que poderia ter feito de forma diferente?

Obedeci ao duque, meu tio, como era meu dever fazer, fiz o que ele me ordenou, e minha recompensa é a seguinte: sou sua parenta leal e honrada por ele como tal.

Quem é ela para dizer que poderia ter sido uma boa esposa? Amei meu marido com cada cantinho do meu ser, e teria sido tudo para ele se não fossem ela e sua irmã, e a rede com que o envolveram e que ele não conseguiu romper, que eu não consegui romper para ele. Ele não estaria vivo hoje se não tivesse se arruinado com a desgraça da sua irmã? Não seria hoje meu marido e pai de nosso filho, se não tivesse sido acusado e decapitado com Ana? E o que Maria fez para salvá-lo? O que ela fez algum dia que não o que lhe fosse conveniente?

Dá-me ganas de gritar de raiva e desespero por ela ter desencadeado esses pensamentos de novo na minha cabeça. Por ela duvidar do meu amor por George, por ela me reprovar! Fico sem palavras diante da malícia de sua carta, de sua acusação velada. O que mais eu poderia ter feito? Tenho vontade de gritar. "Você estava lá, e não foi uma salvadora de Ana e George. O que mais qualquer um de nós poderia ter feito?"

Mas ela sempre foi assim, ela e sua irmã; elas sempre conseguiram me fazer sentir que percebiam melhor, que compreendiam melhor, que refletiam melhor. Desde o momento em que me casei com George sabia que suas irmãs seriam consideradas mulheres jovens mais elegantes do que eu: uma a amante do rei, e depois a outra. Uma, no fim, a mulher do rei e rainha da Inglaterra. Nasceram para a nobreza! As irmãs Bolena! E eu não passava da cunhada. Que seja assim. Eu não cheguei onde estou hoje, não prestei testemunho nem fiz votos para ser repreendida por uma mulher que fugiu ao primeiro sinal de perigo e se casou com um homem para se esconder no campo e pregar aos protestantes que bons tempos virão.

Catarina, sua filha, me olha com curiosidade.

— Ela lhe mostrou isto? — pergunto, e minha voz está tremendo. Lady Browne olha para mim de maneira avidamente inquiridora.

— Não — replica Catarina.

Jogo a carta no fogo como se fosse uma prova contra mim. Nós três a observamos se transformar em cinzas.

— Responderei mais tarde — digo. — Não tinha nada importante. Vou ver se já prepararam seu quarto.

É uma desculpa para me afastar delas, das duas e das cinzas macias da carta no fogo. Saio rapidamente e chamo as criadas, repreendo-as por falta de atenção, em seguida vou para o meu quarto e encosto minha testa quente na vidraça fria. Vou ignorar essa infâmia, vou ignorar esse insulto, vou ignorar essa inimizade. Independentemente da causa. Vivo no centro da corte. Sirvo ao meu rei e à minha família. Com o tempo, todos me reconhecerão como a melhor dela, a garota Bolena que serviu ao rei e à família até o fim, nunca se retraindo, nunca vacilando, mesmo que o rei tenha engordado e se tornado perigoso, e a família toda esteja morta, menos eu.

Catarina, Rochester, 31 de dezembro de 1539

Agora vejamos. O que tenho? O que tenho agora que sou praticamente uma adulta na corte?

Tenho três vestidos novos, o que é bom, mas não um vasto guarda-roupa para uma garota que espera ser muito observada e comentada. Tenho três capelos novos para combinar, muito bonitos, mas nenhum adornado com mais do que renda dourada, e vejo que várias mulheres na corte usam pérolas e até mesmo pedras preciosas nos capelos. Tenho algumas luvas boas, um manto novo, um regalo e duas golas de renda, mas não posso afirmar se a qualidade e a quantidade de minhas roupas são apropriadas. E do que adianta estar na corte se não tenho muitas coisas bonitas para usar?

Apesar de todas as minhas esperanças, a vida na corte não está parecendo muito feliz. Viemos de barco de Gravesend, com o pior tempo que já vi, com chuva e um vento terrível, cuja força arrancou meu capelo e deixou meu cabelo todo embaraçado, minha capa de veludo nova toda molhada, o que com certeza a deixará manchada. A rainha nos recebeu com a cara apática como a de um peixe, e por mais que digam que está cansada, parece mais é perplexa com tudo, como uma camponesa que vai à cidade pela primeira vez, ela olha espantada para as coisas mais comuns. Quando o povo a saúda, ela sorri e acena como uma criança em um parque de diversões, e quando é chamada para receber um lorde, sempre olha em volta buscando uma de suas companheiras de Cleves, murmura algo para elas, em sua língua estúpida, estende a mão como se estivesse servindo um pedaço de carne, e não diz absolutamente nada em inglês.

Quando fui apresentada a ela, mal olhou para mim, olhou para todas nós, as garotas novas, como se não soubesse o que estávamos fazendo em sua câmara, nem o que fazer conosco. Achei que ela poderia, pelo menos, pedir música, e eu tinha uma canção pronta para ser cantada, mas de maneira absurda ela disse que tinha de rezar e saiu, fechando-se em seu gabinete. Minha prima Jane Bolena diz que ela age assim quando quer ficar só, e que é um sinal não de devoção, mas de timidez, e que devemos ser gentis com ela, pois logo aprenderá a nossa língua e deixará de ser tão simples.

Não consigo imaginar isso. Ela usa uma camisa debaixo do vestido que vai até quase o seu queixo. Usa um capelo que deve pesar uma tonelada enfiado em sua cabeça, tem os ombros largos, não dá para ver o tamanho de seus quadris por baixo do vestido que parece uma tigela de pudim. Lorde Southampton parece muito atencioso com ela, mas talvez esteja apenas aliviado por sua viagem em breve chegar ao fim e seu trabalho ser concluído. Os embaixadores ingleses que estavam em Cleves, conversam com ela em sua língua, e então ela é toda sorrisos e responde como um patinho grasnando. Lady Lisle parece gostar dela. Jane Bolena está quase sempre do seu lado. Mas receio que essa não venha a ser uma corte muito alegre para mim, e de que adianta uma corte se não é animada com dança e flertes? Na verdade, do que adianta ser uma rainha jovem se ela não for alegre, fútil e tola?

Jane Bolena, Rochester, 31 de dezembro de 1539

Haverá *bull-baiting** depois do jantar e Lady Ana foi conduzida à janela que dá para o pátio, de modo que tenha a melhor vista. Assim que aparece à janela, os homens no pátio embaixo a recebem com vivas, embora estejam soltando os cachorros e seja raro homens comuns interromperem um esporte nesses momentos. Ela sorri e acena para eles. Está sempre à vontade com as pessoas comuns, e gostam dela por isso. Por toda parte, na estrada, ela sorri para o povo que sai para vê-la, e lança um beijo para as crianças que jogam buquês de flores em sua liteira. Todo mundo está surpreso com isso. Desde Catarina de Aragão não temos uma rainha tão sorridente e agradável com o povo comum, e desde Aragão, a Inglaterra não tinha uma princesa estrangeira. Sem dúvida essa também aprenderá com o tempo a ficar à vontade com a corte.

Fico de um lado seu e uma de suas amigas alemãs do outro, para lhe traduzir o que está sendo dito. Lorde Lisle está aqui, é claro, e o arcebispo Cranmer. Está se dedicando a ser agradável, evidentemente. Talvez ela seja candidata de Cromwell e, portanto, um trunfo para o seu rival; mas o seu pior temor foi que o rei escolhesse uma princesa papista, e esse arcebispo adepto da Reforma visse, então, sua Igreja retornar aos velhos costumes mais uma vez.

---

*Bull-baiting, esporte em que o touro é açulado por cães especialmente treinados, muito comum na Inglaterra no tempo da rainha Ana. Com outros esportes sangrentos envolvendo animais, foi proibido em 1835. (*N. da T.*)

Parte da corte está às janelas para ver o touro açulado, alguns estão fofocando em voz baixa nos fundos da sala. Não consigo escutar direito o que dizem, mas penso que tem mais gente além de Lady Browne que acha que Lady Ana não foi feita para a grande posição que foi chamada a ocupar. Julgam-na severamente por sua timidez e seu desconhecimento da língua. Culpam-na por suas roupas e riem dela por não saber dançar, cantar ou tocar alaúde. É uma corte cruel, frívola, e ela é um alvo fácil para o sarcasmo. Se isso continuar, o que vai acontecer? Ela e o rei estão quase casados. Nada pode impedir o casamento. Ele não pode mandá-la de volta para casa em desgraça, pode? Pelo crime de usar um capelo pesado? Nem mesmo o rei pode fazer isso. Nem mesmo este rei, pode? Isso derrubaria o tratado de Cromwell e destruiria todos os seus planos, destruiria o próprio Cromwell, tornaria a Inglaterra hostil perante a França e a Espanha sem qualquer aliança protestante como nosso suporte. Não consigo imaginar o que vai acontecer.

No pátio embaixo, estão se preparando para libertar o touro, seu tratador desata a corda na argola em seu nariz, sai rapidamente do caminho, saltam por cima das tábuas, e os homens que estavam sentados nos bancos de madeira se levantam e começam a gritar as apostas. O touro é um animal grande com patas sólidas e uma cabeça grossa e feia. Vira-se para cá e para lá, localizando os cães com um olho e depois com o outro. Nenhum deles está ansioso por ser o primeiro a atacar, estão com medo dele, de seu poder e de sua força.

Sinto-me sem ar. Não vejo esse tipo de esporte desde a última vez na corte, tinha-me esquecido da excitação selvagem provocada por cães latindo e o animal grande que derrubarão. É raro ver um touro tão grande quanto esse, seu focinho cheio de cicatrizes das lutas anteriores, seus chifres não afiados. Os cães se mantêm afastados e latindo, latidos persistentes com o som eletrizante do medo por trás. Ele se vira de um para o outro, ameaçando-os com o movimento de seus chifres, e eles recuam formando um círculo ao seu redor.

Um ataca e quando o touro gira, nunca imaginaríamos que um animal tão grande fosse capaz de se mover tão rapidamente. Sua cabeça se abaixa e há um grito, como se fosse humano, do cachorro, enquanto os chifres machucam seu corpo. Seus ossos com certeza foram quebrados. Ele caiu e não consegue se mover, geme como um bebê, o touro fica sobre ele, a cabeça baixa, penetrando seu grande chifre no cachorro que grita.

Eu me pego gritando, se bem que não saiba se pelo cachorro ou pelo touro. Há sangue no pavimento, mas o ataque do touro o deixou desprotegido para os outros cachorros, e outro investe contra ele e morde sua orelha, ele se vira, mas imediatamente outro se agarra à sua garganta e ali fica pendurado por um momento, os dentes brancos cintilando à luz das tochas, enquanto o touro urra pela primeira vez, urro que faz todas as damas gritarem, eu inclusive, e todo mundo agora se aglomera nas janelas para ver o touro mover sua cabeça, os cachorros recuarem, e um deles uivar de fúria.

Percebo que estou tremendo, gritando para os cães continuarem! Ataquem! Quero ver mais, quero ver tudo, e Lady Ana, ao meu lado, está rindo. Também excitada, ela aponta para o touro, para a sua orelha sangrando, balança a cabeça e diz:

— Ele vai ficar furioso! Vai matá-los com certeza! — E de súbito, um homem corpulento que não conheço, um estranho cheirando a suor, vinho e cavalos, surge à nossa frente, na janela da sacada em que estamos, me empurra com grosseria e diz à Lady Ana:

— Trago-lhe as saudações do rei da Inglaterra — e a beija na boca.

Viro-me imediatamente para chamar os guardas. É um homem de quase 50 anos, gordo, com idade suficiente para ser seu pai. Ela pensa imediatamente que é um louco bêbado que conseguiu penetrar em sua câmara. Ela cumprimentou centenas, milhares de homens, com um sorriso e a mão estendida, e agora, esse homem, vestindo nada além de um manto claro e um capuz sobre a cabeça, aproxima-se dela, põe seu rosto no dela, sua boca babona na dela.

Então reprimo meu grito de alarme, vejo sua altura e os homens que entraram com ele, com mantos iguais, e o reconheço como o rei. No mesmo instante, como um milagre, ele não mais parece velho e gordo e de certa forma asqueroso. Assim que percebo que é o rei, vejo o príncipe que sempre vi, o que chamam de o mais belo príncipe da cristandade, aquele por quem me apaixonei. É Henrique, rei da Inglaterra, um dos homens mais poderosos do mundo todo, o dançarino, o músico, e desportista, o cavaleiro elegante, o amante. É o ídolo da corte inglesa, grande como o touro no pátio embaixo, perigoso como um touro ferido, capaz de incitar qualquer desafiador e de matar.

Não faço uma reverência por que ele está disfarçado. Aprendi com a própria Catarina de Aragão que não se deve ver através de seus disfarces, que ele gosta de tirar a máscara e esperar que todos exclamem que não faziam ideia de quem era o belo estranho, que o admirem por si mesmo, sem saberem que era o nosso maravilhoso jovem rei.

E assim, como não consigo avisar Lady Ana, a cena em nossa galeria se torna igual à cena sangrenta do touro açulado no pátio embaixo. Ela o empurra, as duas mãos firmes em seu peito gordo, e o rosto dela, às vezes tão apático e impassível, está rubro. Ela é uma mulher modesta, uma garota intocada, e fica horrorizada com o insulto desse homem. Esfrega as costas da mão no rosto para limpar o gosto dos lábios dele. Com horror, ela vira a cabeça e cospe.

Ela diz alguma coisa em alemão que não precisa de tradução, que claramente é uma praga contra esse plebeu que teve a presunção de tocar nela, de exalar seu hálito cheirando a vinho em seu rosto.

Ele cambaleia para trás, ele, o grande rei, quase retrocede diante do escárnio dela. Nunca em toda a sua vida uma mulher o empurrou, nunca em toda a sua vida viu no rosto de uma mulher uma expressão que não fosse de desejo e boas-vindas. Fica pasmo. Na face enrubescida e no olhar ofendido da princesa, percebe a opinião franca sobre si mesmo, como ele realmente é: um velho que há muito passou de seu apogeu, que deixou de ser bonito, deixou de ser desejável, um homem que uma mulher jovem empurra rudemente porque não suporta o seu cheiro, porque não suporta o seu toque.

Ele recua como se tivesse recebido um tapa mortal na cara, no coração, nunca o vi assim antes. Quase vejo os pensamentos que correm por trás de sua cara flácida espantada. A percepção súbita de que não é mais bonito, a percepção de que não é desejável, a terrível percepção de que ele é velho e doente e de que um dia vai morrer. Deixou de ser o príncipe mais belo da cristandade, é um velho tolo que achou que poderia vestir um manto, um capuz, e cavalgar para se encontrar com uma garota de 24 anos que admiraria o belo estranho e se apaixonaria pelo rei.

Está chocado até o fundo da alma, e sabe que parece tolo e confuso. Lady Ana é magnífica, sua arrogância se manifesta, ela está furiosa, é poderosa, defende sua dignidade e lhe lança um olhar que o dispensa de sua corte como um homem que ninguém gostaria de conhecer.

— Deixe-me — diz ela em inglês com um forte sotaque, e vira o ombro como se fosse empurrá-lo de novo.

Ela olha em volta procurando um guarda para prender esse intruso e percebe, pela primeira vez, que ninguém se mexeu para salvá-la, que estamos todos atônitos, ninguém sabe o que dizer ou fazer para compensar esse momento. Lady Ana ultrajada, o rei humilhado diante de seus próprios olhos, derrubado perante nós todos. A realidade da idade e decadência do rei torna-se súbita, dolorosa e imperdoavelmente evidente. Lorde Southampton dá um passo à frente, mas não sabe o que dizer. Lady Lisle olha para mim e vejo meu choque refletido em seu rosto. É um momento de tal constrangimento que todos nós — todos nós bajuladores, cortesãos, mentirosos habilidosos — ficamos sem palavras. O mundo que construímos por trinta anos, o mundo em que o nosso príncipe não tem idade, em que é eternamente belo, irresistivelmente desejável, foi despedaçado — e por uma mulher que nenhum de nós respeita.

Ele vira-se sem falar, quase tropeça ao sair, sua perna fedorenta cedendo, e Catarina Howard, a menina inteligente, emite um arquejo de absoluta admiração e diz a ele:

— Oh! Perdoe-me, Sir! Mas sou nova na corte, uma estranha como o senhor. Permite que lhe pergunte... quem é? Como se chama?

Catarina, Rochester,
31 de dezembro de 1539

Sou a única pessoa a vê-lo entrar. Não gosto de ver touro açulado, ou ursos, ou briga de galos, ou qualquer coisa no gênero. Acho isso absolutamente detestável — de modo que estou um pouco recuada das janelas. E estou olhando em volta, na verdade, estou olhando para um rapaz que eu já tinha visto antes, um rapaz muito lindo com um sorriso impertinente, quando vejo os seis entrando; seis homens velhos, tinham no mínimo 30 anos, e o rei grande e velho na frente, todos usando um manto igual, como uma fantasia em uma mascarada, adivinhei na mesma hora que era ele, e que tinha vindo disfarçado como um cavaleiro errante, velho bobo, e que a saudaria, ela fingiria não reconhecê-lo, e depois haveria dança. Na verdade, estou encantada em vê-lo, pois isso é sinal certo de que haverá dança, e fico pensando em como encorajar o belo rapaz a me tirar para dançar.

Quando ele a beija, dá tudo tremendamente errado. Vejo logo que ela não faz a menor ideia de quem ele é, alguém deveria avisá-la. Acha que não passa de um velho bêbado que entrou cambaleando para beijá-la, por causa de uma aposta, e é claro que fica chocada, e é claro que o repele, pois quando ele está vestido com um manto barato e não está acompanhado da corte mais suntuosa do mundo, não se parece nada com um rei. Na verdade, quando está com um manto barato e com seus companheiros também vestidos pobremente, se parece com um mercador comum, com um andar gingado e um nariz vermelho, chegado a um copo de vinho, e que deseja ir à corte e ver os nobres. Parece o tipo de homem que meu tio não reconheceria se o chamasse na rua. Um velho gordo, um velho vulgar, como um criador de carneiros bêbado no dia de mercado. Seu rosto está terrivelmente inchado, parecendo uma grande travessa redonda com gordura derretida, seu cabelo está reduzindo e grisalho, ele é monstruosamente gordo, e tem um ferimento na perna que o faz claudicar tanto que mais parece um marinheiro cambaleando. Sem a sua coroa, não é bonito, parece o velho e gordo avô de qualquer um.

Ele recua, ela resiste em sua dignidade, esfregando a boca para tirar o cheiro do seu hálito, e então — é tão horrível que quase grito com o choque —, ela vira a cabeça e cospe o gosto dele.

— Saia — diz ela e se vira de costas para ele.

Faz-se um silêncio absoluto, aterrador, ninguém diz uma palavra e, de repente, percebo, como se a minha própria avó estivesse do meu lado me orientando, sobre o que devo fazer. Não estou nem mesmo pensando em dançar e no rapaz; pela primeira vez não estou pensando em mim mesma, o que quase nunca acontece. Só penso, em um flash, que se finjo não conhecê-lo, ele então poderá continuar sem se reconhecer, e toda essa lamentável farsa desse velho tolo e sua vaidade grosseira talvez não estraguem tudo. Para dizer a verdade, sinto mais é pena. Acho que posso poupar-lhe esse constrangimento terrível de ter-se lançado impetuosamente sobre uma mulher e ter sido esbofeteado como um cão sarnento. Se alguém tivesse dito alguma coisa, eu teria ficado em silêncio. Mas ninguém disse nada e o silêncio prossegue de maneira insuportável. Ele tropeça, quase cai em cima de mim, pobre velho bobo e humilhado, e então fala suavemente: "Oh! Perdoe-me, senhor! Mas sou nova na corte, uma estranha, como o senhor. Permita que pergunte, quem é?"

Jane Bolena, Rochester, 31 de dezembro de 1539

Lady Browne está mandando as damas para a cama com um berro que a faz parecer um oficial da guarda. Estão superexcitadas, inclusive Catarina Howard, o centro de tudo isso, tão impetuosa quanto qualquer uma delas, uma verdadeira rainha da Primavera. Como ela falou com o rei, como o olhou de baixo para cima, como lhe pediu, como um estranho bonito, recém-chegado à corte, que tirasse Lady Ana para dançar, está sendo imitado e representado várias vezes, até ficarem tontas de tanto rir.

Lady Browne não está rindo, sua expressão é de zanga, de modo que apresso as garotas para a cama, dizendo-lhes que são muito tolas, que fariam melhor se imitassem Lady Ana e demonstrassem dignidade do que ficarem imitando os modos petulantes de Catarina Howard. Elas deslizam para a cama, duas a duas, apagamos a vela, as deixamos no escuro e trancamos a porta. Mal nos viramos, as escutamos cochichando, mas nenhum poder no mundo é capaz de fazê-las se comportar bem; e nem mesmo tentamos.

— Está preocupada, Lady Browne? — pergunto respeitosamente.

Ela hesita, está querendo muito confiar suas inquietações a alguém e eu estou ali, do seu lado, além de ser conhecida pela discrição.

— Isso não foi nada bom — diz ela bem devagar. — No fim, acabou tudo de maneira agradável, com dança e canto, e Lady Ana se recompôs rapidamente, assim que você lhe explicou tudo. Mas isso não foi nada bom, nada bom.

— O rei? — sugiro.

Ela assente com a cabeça e aperta os lábios como se para se impedir de falar mais.

— Estou exausta — digo. — Vamos tomar um copo de ale antes de nos deitarmos. Sir Anthony vai passar a noite aqui, não vai?

— Com certeza não se unirá tão cedo a mim em meus aposentos — disse ela, espontaneamente. — Duvido que qualquer um do círculo do rei durma esta noite.

— Como? — digo. Sigo na frente para a sala. As outras damas já foram se deitar, o fogo arde baixo, mas há uma jarra de ale do lado da lareira e meia dúzia de canecos. Sirvo a bebida para nós duas. — Problemas?

Ela senta-se na cadeira e se inclina à frente para sussurrar.

— Milorde meu marido disse que o rei jura que não se casará com ela.

— Não!

— Sim. Sim. Jurou isso. Disse que não pode gostar dela.

Bebe um longo gole de ale e olha para mim por cima do caneco.

— Lady Browne, deve ter entendido errado...

— Ouvi isso do meu próprio marido nesta mesma noite. O rei o agarrou pela gola, quase pela garganta, assim que nos retiramos, e disse que no instante em que viu Lady Ana foi tomado pela consternação, que não viu nada nela do que lhe haviam dito.

— Ele disse isso?

— Exatamente assim.

— Mas parecia tão feliz quando saímos.

— E estava genuinamente feliz tanto quanto Catarina Howard genuinamente ignorava a sua identidade. Ele é um noivo tão feliz quanto ela é uma criança inocente. Aqui, todos somos atores, mas o rei não vai desempenhar o papel do noivo ardente.

— Ele tem de fazer isso, estão comprometidos, o contrato foi assinado.

— Ele disse que não gosta dela. Disse que não pode gostar dela, e está culpando os homens que providenciaram esse casamento para ele.

Tenho de levar essa notícia ao duque, ele tem de ser avisado antes que o rei retorne a Londres.

— Culpando os homens que providenciaram o casamento?

— E os que a levaram para ele. Está furioso.

— Vai culpar Thomas Cromwell — predigo em voz baixa.

— Vai.

— E Lady Ana? Certamente não pode recusá-la, pode?

— Falam em impedimento — diz ela. — E por isso Sir Anthony e todos os outros não dormirão nesta noite. Os lordes de Cleves deverão apresentar uma cópia de um acordo para dizer que um contrato anterior de casamento foi retirado. Como não o têm, talvez tenham fundamentos para argumentar que o casamento não pode seguir em frente, que não é válido.

— De novo não — digo, imprudentemente. — Não a mesma objeção feita à rainha Catarina! Vamos todos parecer tolos!

Ela assente com a cabeça.

— Sim, a mesma. Mas é melhor para ela que seja declarado um impedimento agora e que seja enviada a salvo para casa do que ficar e se casar com um inimigo. Você conhece o rei, nunca a perdoará por cuspir seu beijo.

Não falo nada. São especulações perigosas.

— O irmão dela deve ser um idiota — digo. — Vai ser difícil para ela se ele não tomou medidas para a sua segurança.

— Eu não queria estar no seu lugar nesta noite — diz Lady Browne. — Você sabe que sempre achei que ela não agradaria ao rei e disse isso ao meu marido. Mas ele sabe mais e me respondeu que a aliança com Cleves é vital, que temos de nos proteger da França e da Espanha, temos de nos proteger das forças papistas. Há papistas capazes de marchar contra nós de toda parte da Europa, há papistas capazes de matar o rei em sua própria cama, aqui na Inglaterra. Temos de fortalecer os reformadores. O irmão dela é um líder dos príncipes e duques protestantes, é aí que está o nosso futuro. Respondi "sim, milorde, mas o rei não vai gostar dela. Marque bem minhas palavras: ele não vai gostar dela". E então, o rei entra, pronto para fazer a corte e ela o empurra como se ele fosse um comerciante bêbado.

— Ele não pareceu um rei naquele momento. — Não direi mais do que esse julgamento cauteloso.

— Ele não está em sua melhor forma — replica ela, tão cautelosamente quanto eu. Entre nós, concordamos, sem expressar, que o nosso belo príncipe se tornou um homem feio e grosseiro, um velho feio. E pela primeira vez, todos constatamos isso.

— Tenho de ir para a cama — diz ela pondo o caneco sobre a mesa. Não suporta nem mesmo pensar na decadência do príncipe que adorávamos.

— Eu também.

Deixo que vá para o seu quarto e espero até ouvir a porta se fechar. Então, sem fazer ruído, vou ao salão onde está um homem claramente bêbado de cair, de libré Howard. Faço um sinal com o dedo, ele se levanta e se afasta dos outros.

— Procure milorde duque — falo em seus ouvidos. — Vá imediatamente e o alcance antes que ele veja o rei.

Ele assente com a cabeça, compreende imediatamente.

— Diga-lhe, e somente a ele, que o rei não gosta de Lady Ana, que vai tentar declarar inválido o contrato de casamento, e que está culpando aqueles que arranjaram o casamento e culpará qualquer um que insistir nele.

O homem assente balançando a cabeça de novo. Penso bem se há mais alguma coisa que devo acrescentar.

— Isso é tudo. — Preciso lembrar a um dos homens mais habilidosos e inescrupulosos da Inglaterra que o nosso rival Thomas Cromwell foi o arquiteto e inspirador dessa união. Que essa é a nossa grande chance de derrubar Cromwell, como derrubamos Wolsey. Se Cromwell cair, o rei vai precisar de um conselheiro e quem melhor do que esse comandante em chefe? Norfolk.

— Vá já, e alcance o duque antes que ele veja o rei — repito. — Milorde não pode se encontrar com o rei sem ser alertado.

O homem faz uma mesura e sai da sala imediatamente, sem se despedir de seus companheiros embriagados. Por seu andar ligeiro, vê-se que está completamente sóbrio.

Vou para o meu quarto. Minha companheira de cama nessa noite, uma das damas de honra, já está adormecida, seu braço estendido no meu lado da cama. Deito-me sob os lençóis quentes. Não adormeço imediatamente, fico deitada em silêncio e escuto sua respiração do meu lado. Fico pensando na pobre Lady Ana e na inocência de seu rosto e franqueza do seu olhar. Eu me pergunto se Lady Browne tem razão e essa jovem corre perigo de vida simplesmente por ser a esposa que o rei não quer.

Certamente não. É claro que Lady Browne está exagerando. Essa moça é filha de um duque alemão, tem um irmão poderoso que a protegerá. O rei precisa da aliança com ela. Mas então me lembro de que seu irmão permitiu que ela viesse para a Inglaterra sem nenhum documento que garantisse seu casamento, e me admiro de que ele tenha sido tão negligente com ela, enviando-a em uma viagem tão longa a esse ninho de serpentes sem um protetor.

Ana, estrada para Dartford, 1º de janeiro de 1540

Nada poderia ser pior, me sinto uma tola. Estou tão feliz por estar viajando hoje, sentada desconfortavelmente na liteira, mas, pelo menos, só. Pelo menos não preciso encarar nenhum rosto simpático, secretamente rindo de mim, cochichando sobre o desastre do meu primeiro encontro com o rei.

Mas na verdade, como posso ser culpada? Ele tinha um retrato meu, o próprio Hans Holbein me pintou modesta, completamente submissa, com seu olhar sisudo, de modo que o rei tivesse o meu retrato para examinar, criticar e estudar, e ele tinha uma boa ideia de quem eu sou. Mas eu não tenho nenhum retrato dele, exceto a imagem que todos guardam: do jovem príncipe que subiu ao trono aos 18 anos, o príncipe mais belo do mundo. Eu sabia que ele agora tem quase 50. Sabia que não me casaria com um belo garoto, nem mesmo com um belo príncipe. Sabia que ia me casar com um rei que envelhecia. Mas não sabia como ele era. Nunca tinha visto nenhum retrato seu. E não estava esperando... isso.

Nem que ele fosse tão ruim, talvez. Posso imaginar o homem que ele foi. Ombros largos, beleza em um homem em qualquer idade. Disseram-me que ele continua a montar, a caçar, a não ser quando o ferimento em sua perna o incomoda, continua ativo. Percorre o país ele próprio, não delegou poder a conselheiros mais vigorosos, até onde se sabe, não perdeu sua presença de espírito. Mas tem pequenos olhos de suíno e uma pequena boca glutona em um rosto redondo como a lua cheia, inchado de gordura. Seus dentes devem ser muito ruins, pois seu hálito é fétido. Quando me agarrou e me beijou, seu fedor foi realmente terrível. Quando recuou, parecia uma criança mimada, prestes a chorar. Mas tenho de admitir que foi um mau momento para nós dois, acho que quando o empurrei não estava em meus melhores momentos tampouco.

Gostaria de não ter cuspido.

Foi um mau começo. Um começo ruim e indigno. Na verdade, ele não deveria ter surgido sem eu estar preparada, sem avisar. Só agora me contaram que ele gosta de se disfarçar, fantasiar, e fingir ser um homem comum, de modo que as pessoas possam descobri-lo e com deleite. Nunca me disseram isso antes. Pelo contrário, me martelavam a cabeça com a imagem de que a corte inglesa era formal, que as coisas deviam ser feitas de uma determinada maneira, que eu tinha de aprender ordens de precedência, que eu nunca deveria chamar um membro júnior de uma família para o meu lado na frente de um membro sênior, que essas coisas tinham mais importância para os ingleses do que a própria vida. Antes de deixar Cleves, minha mãe me lembrava diariamente de que a rainha da Inglaterra tinha de estar acima de qualquer reprovação, tinha de ser uma mulher de completa dignidade real e frieza; nunca ser informal, nunca ser leviana, nunca ser abertamente cordial. Todo dia ela me dizia que a vida de uma rainha da Inglaterra dependia de sua reputação irrepreensível. Ameaçou-me com o mesmo destino de Ana Bolena se eu fosse libertina, ardente e erótica como ela.

Portanto como eu chegaria a sonhar que um velho bêbado gordo apareceria de repente e me beijaria? Como eu imaginaria que deveria permitir um velho feio me beijar sem ser apresentado e sem aviso?

Ainda assim, gostaria de não ter cuspido o gosto fétido dele.

Pode ser que isso não tenha sido tão negativo. Hoje de manhã, ele me enviou uma bela zibelina de presente, peça muito cara e de alta qualidade. A pequena Catarina Howard, que é tão doce que confundiu o rei com um estranho e o saudou delicadamente, ganhou um broche de ouro. Sir Anthony Browne trouxe os presentes com um bonito discurso, e me disse que o rei tinha seguido na frente para preparar o nosso encontro oficial que acontecerá em um lugar chamado Blackheath, na periferia de Londres. Minhas damas afirmam que não haverá nenhuma surpresa de agora em diante, de modo que não preciso ficar alerta. Disseram que esse é o tipo de brincadeira preferida do rei e que, depois de casados, deverei ficar preparada para ele aparecer usando uma barba falsa ou um grande chapéu e me tirar para dançar, com todas nós fingindo não reconhecê-lo. Sorrio e digo que é encantador, embora na verdade esteja pensando: que estranho e que infantil e, de fato, como é insensatamente vaidoso ao esperar que as pessoas se apaixonem por ele ao verem esse homem comum, com a aparência que tem hoje. Talvez quando jovem e belo pudesse andar por aí disfarçado e as pessoas o recebessem bem por sua bela aparência e charme. Mas certamente, há muitos anos as pessoas só deviam fingir admirá-lo. Mas não expresso meus pensamentos. É melhor eu não dizer nada, já tendo estragado a brincadeira uma vez.

A garota que salvou o dia, saudando-o tão cortesmente, a pequena Catarina Howard, é uma de minhas damas de companhia. Chamei-a no meio da agitação da partida nessa manhã e agradeci, da melhor maneira que consegui em inglês, a sua ajuda.

Ela fez uma mesura e falou comigo em um inglês incompreensível.

— Ela disse que está encantada em servi-la — falou minha intérprete, Lotte. — E que é a primeira vez que está na corte, de modo que tampouco ela reconheceu o rei.

— Por que então ela falou com um estranho que entrou sem ser convidado? — pergunto perplexa. — Não deveria ignorá-lo? Um homem tão rude impondo sua presença?

Lotte passa isso para o inglês e vejo a garota me olhar como se houvesse mais do que a língua nos separando, como se fôssemos de mundos diferentes, como se eu viesse dos russos e travasse amizade com ursos.

— Was? — pergunto em alemão. Estendo minhas mãos para ela e ergo as sobrancelhas. — O quê?

Ela chega mais para perto, sussurra no ouvido de Lotte, sem tirar os olhos do meu rosto. Ela é tão bonitinha, parece uma boneca, e tão zelosa, que não consigo deixar de sorrir.

Lotte vira-se para mim, está quase rindo.

— Ela disse que é claro que sabia que era o rei. Quem mais seria capaz de passar pelos guardas e entrar na câmara? Quem mais é tão alto e tão gordo? Mas o jogo é fingir não conhecê-lo, e se dirigir a ele somente porque é um estranho bonito. Disse que apesar de só ter 14 anos e de sua avó dizer que ela é uma parva, sabe que os homens na Inglaterra gostam de ser admirados. Na verdade, quanto mais velhos, mais vaidosos e, certamente, os homens não são diferentes em Cleves.

Rio dela e de mim mesma.

— Não — replico. — Diga-lhe que os homens não são diferentes em Cleves, mas que esta mulher de Cleves é claramente uma boba e que serei guiada por ela no futuro, mesmo que só tenha 14 anos e independentemente do que sua avó acha.

Catarina, Dartford,
2 de janeiro de 1540

Horror total! Oh, Deus! Horror maior do que meus piores temores! Vou morrer disso, vou. Meu tio veio de Greenwich e me chamou para vê-lo. O que, por Deus, ele pode estar querendo comigo? Tenho certeza de que a minha conversa com o rei chegou aos seus ouvidos e ele a reprova e me mandará de volta para casa, de volta para a minha avó por comportamento impróprio. Vou morrer. Se ele me mandar para Lambeth, vou morrer de humilhação. Mas se me mandar de volta a Horsham, ficarei feliz em morrer de tédio. Vou me jogar no rio que existir por lá, tenha lá o nome que for: rio Horsh, rio Sham. Vou me afogar no lago para patos, se for preciso, e lamentarão quando eu me afogar e eles me perderem.

Deve ter sido assim para a rainha Ana quando ela soube que deveria se apresentar a ele, acusada de adultério e que ele não ficaria ao seu lado. Deve ter quase morrido de medo, deve ter ficado louca de terror, mas juro que não mais do que eu agora. Estou quase morrendo de terror. É possível que eu morra de pavor antes mesmo de vê-lo.

Fui chamada à sala de Lady Rochford, a desgraça é tão obviamente tenebrosa que deve ser mantida entre nós, os Howard, e quando entro, ela está sentada à janela, de modo que suponho que foi quem lhe contou sobre isso. Quando ela sorri para mim, franzo o cenho para a fofoqueira e faço uma cara horrível, para que saiba a quem agradeço a minha sentença.

— Tio, peço que não me mande para Horsham — digo, no momento que atravesso a porta.

Ele olha para mim com uma carranca.

— E bom dia, minha sobrinha — diz ele, gelidamente.

Faço uma reverência, quase caio de joelhos.

— Por favor, milorde, não me mande de volta a Lambeth tampouco — falo. — Eu imploro. Lady Ana não está descontente comigo, ela riu quando lhe disse... — Interrompo-me. Percebo, tarde demais, que revelar a meu tio que ter contado à noiva do rei que ele, além de velho e gordo, também é incrivelmente vaidoso, talvez não seja a coisa mais inteligente a fazer. — Não lhe disse nada — me corrigi. — Mas ela está satisfeita comigo e disse que aceitará meus conselhos mesmo que minha avó me ache uma parva.

Sua gargalhada sardônica me indica que concorda com o veredicto de minha avó.

— Bem, não meu conselho exatamente, senhor. Mas está satisfeita comigo e o rei também, pois me mandou um broche de ouro. Oh, por favor, meu tio, se deixar eu ficar, nunca mais vou falar nada, não vou nem mesmo respirar! Por favor, imploro. Sou completamente inocente de tudo!

Ele ri de novo.

— Sou — insisto. — Por favor, tio não vire a cara para mim, por favor, confie em mim. Serei uma boa garota, terá orgulho de mim, tentarei ser uma perfeita...

— Oh, cale-se, estou satisfeito com você — diz ele.

— Farei qualquer coisa...

— Eu disse que estou satisfeito com você.

Ergo os olhos.

— Está?

— Comportou-se de maneira encantadora. O rei dançou com você?

— Sim.

— E conversou com você?

— Sim.

— E pareceu gostar de você?

Tenho de refletir por um instante. Eu não diria exatamente "gostar". Ele não é um homem jovem, cujos olhos correm da minha face aos meus seios, enquanto conversa comigo, ou que enrubesce quando sorrio para ele. E além disso, o rei quase tropeçou em mim quando Lady Ana o rechaçou. Ele continuava chocado. Falaria com qualquer pessoa para ocultar seu ressentimento e embaraço.

— Ele não conversou comigo — falo involuntariamente.

— Fico muito contente por ele tê-la honrado com sua atenção — diz meu tio. Fala devagar como um professor que quisesse me fazer entender alguma coisa.

— Ah.

— Muito satisfeito.

Relanceio os olhos para Lady Rochford para ver se isso faz algum sentido para ela. Ela dá um leve sorriso e balança a cabeça.

— Ele me mandou um broche — lembro-lhe.

Ele me olha de maneira penetrante.

— Valioso?

Faço uma careta.

— Nada que se compare à zibelina que mandou a Lady Ana.

— Espero que não. Mas era de ouro?

— Sim, e bonito.

Ele vira-se para Lady Rochford.

— É?

— Sim — replica ela. Trocam um pequeno sorriso, como se se entendessem perfeitamente.

— Se Sua Majestade honrá-la falando-lhe de novo, se esforçará para parecer encantadora e agradável.

— Sim, milorde tio.

— São essas pequenas atenções que geram os grandes favores. O rei não está satisfeito com Lady Ana.

— Ele enviou-lhe zibelina — falo. — E muito bela e cara.

— Eu sei. Mas essa não é a questão.

Mas me parece que sim, no entanto sensatamente não o contradigo, e sim fico quieta e espero.

— Ele a verá diariamente — diz meu tio. — E pode continuar a agradá-lo. Depois então, é possível que ele lhe envie zibelina. Está entendendo?

Isso, sobre a zibelina, entendo.

— Sim.

— Portanto se quer ganhar presentes, e a minha aprovação, fará o máximo para se comportar de maneira encantadora e agradar o rei. Lady Rochford a aconselhará.

Ela assente com a cabeça para mim.

— Lady Rochford é uma cortesã habilidosa e sábia — prossegue meu tio. — Poucas pessoas o conhecem melhor. Ela dirá como tem de se comportar. É a nossa esperança e a nossa intenção que o rei a favoreça, que ele, em suma, se apaixone por você.

— Por mim?

Os dois confirmam com a cabeça. Estão completamente loucos? Ele é um velho, deve ter desistido de amar anos atrás. Tem uma filha, Lady Mary, muito mais velha do que eu, quase com idade para ser minha mãe. Ele é feio, seus dentes estão podres e sua coxeadura o faz mancar como um velho ganso gordo. Um homem como esse deve ter tirado da cabeça todo e qualquer pensamento sobre amor há muitos anos. Talvez pense em mim como uma neta, mas não de outra maneira.

— Mas ele vai se casar com Lady Ana — falo.

— Ainda assim.

— Está velho demais para se apaixonar.

Meu tio faz uma carranca tão feia que emito um gritinho de terror.

— Boba — diz ele concisamente.

Hesito por um momento. Estão realmente falando sério que querem que esse rei velho seja meu amante? Devo dizer alguma coisa sobre a minha virgindade e minha reputação imaculada, que em Lambeth parecia ter tanta importância?

— Minha reputação? — sussurro.

Meu tio ri de novo.

— Isso não tem importância — diz ele.

Olho para Lady Rochford que seria, supostamente, minha acompanhante em uma corte lúbrica e que vigiaria o meu comportamento e defenderia minha reputação.

— Posso lhe explicar tudo isso mais tarde — diz ela.

Entendi com isso que não devia falar mais nada.

— Sim, milorde — replico com doçura.

— Você é uma garota bonita — diz ele. — Dei dinheiro a Lady Rochford para providenciar um vestido novo para você.

— Oh, obrigada!

Ele sorri diante do meu entusiasmo repentino. Vira-se para Lady Rochford.

— E deixarei um valete com você. Poderá servi-la e realizar incumbências. Parece que vale a pena manter um homem com você. Quem teria pensado nisso? De qualquer maneira, mantenha-me informado a respeito do que acontece aqui.

Ela se levanta e faz uma mesura. Ele sai sem dizer mais nada. Nós duas ficamos a sós.

— O que ele quer? — pergunto completamente perplexa.

Ela olha para mim de cima a baixo, como se estivesse me medindo para o vestido.

— Isso não importa por enquanto — replica ela delicadamente. — Está satisfeito com você, isto é o principal.

Ana, Blackheath,
3 de janeiro de 1540

Este é o dia mais feliz da minha vida, pois hoje me apaixonei. Apaixonei-me não como uma garota tola se apaixona quando um rapaz a encara ou lhe conta uma história boba. Estou apaixonada e o meu amor durará para sempre. Hoje apaixonei-me pela Inglaterra e perceber isso tornou este dia o mais feliz da minha vida. Neste dia percebi que serei rainha deste país, deste belo e rico país. Tenho viajado por ele como uma tola, com os olhos fechados — na verdade, parte do tempo tenho viajado no escuro e no pior tempo concebível —, mas hoje faz sol e o céu está tão azul quanto os ovos de um pato selvagem, o ar está fresco e límpido, tão excitante e frio como vinho branco. Hoje, me sinto um gerifalte como meu pai costumava me chamar, sinto-me como se estivesse montando nos ventos frios, e olhando do alto este belo país que será meu. Viajamos de Dartford a Blackheath, a geada branca brilhando na estrada, e quando chegamos ao parque, todas as damas da minha corte me foram apresentadas, todas muito bem-vestidas, afetuosas e cordiais. Terei quase setenta damas e todas elas, inclusive primas e sobrinhas do rei, me receberam como amigas. Estou usando minha melhor roupa e sei que estou bem, acho que até mesmo o meu irmão teria orgulho de mim hoje.

Fizeram uma cidade de tendas com pano dourado, bandeiras coloridas adejando, protegidas pelos belos membros da guarda pessoal do rei, homens altos e tão belos que se tornaram lendários na Inglaterra. Enquanto esperamos pelo rei, entramos e tomamos um copo de vinho, e nos aquecemos nos braseiros. Estão queimando carvão betuminoso para mim, tudo do melhor, já que serei um membro da família real da Inglaterra. Os pisos estão cobertos com tapetes e as paredes da tenda com tapeçarias e seda, para aquecer. Então nos anunciam, a todos nós, que estávamos sorrindo e conversando animadamente, todos quase tão excitados quanto eu, que está na hora, e monto no meu cavalo e vou ao seu encontro. Parto cheia de esperanças. Talvez, nesse encontro cerimonial, eu vá gostar dele e ele de mim.

As árvores são altas e seus galhos desfolhados e pretos no inverno se alongam contra o céu como fios escuros em uma tapeçaria azul. O parque se estende por milhas, verde e puro, cintilando como gelo que derrete, o sol de um amarelo claro quase branco no céu. Por toda parte, contidas por cordas de cores vivas, pessoas de Londres sorriem, acenam para mim, e me abençoam, e pela primeira vez em minha vida, não sou Ana — a filha do meio de Cleves: menos bonita do que Sybilla, menos encantadora do que Amélia. Aqui sou somente Ana. O povo me conquistou. Esse povo estranho, rico, encantador, excêntrico está me dando as boas-vindas, como se querendo uma boa rainha, uma rainha honesta, e acreditando que eu possa — e eu sei que posso — ser essa rainha para eles.

Sei muito bem que não sou uma garota inglesa como a falecida rainha Jane, que Deus a tenha. Mas ao ver a corte e as famílias importantes da Inglaterra, acho que pode ser positivo eu não ser inglesa. Até mesmo eu percebo que a família Seymour, atualmente, goza do favor do rei, e pode facilmente se tornar extremamente poderosa. Estão por toda parte, esses Seymour, belos e presunçosos, sempre enfatizando que seu filho é o único filho homem do rei e herdeiro do trono. Se eu fosse o rei e essa fosse a minha corte, eu estaria farta deles. Se têm permissão para controlar o jovem príncipe, dominá-lo por causa de seu parentesco, então o equilíbrio desta corte dependerá deles. Até onde percebo, o rei não é muito cuidadoso ao escolher seus favoritos. Posso ter metade de sua idade, mas sei muito bem que o favor de um governante tem de ser muito pensado. Levei minha vida em desfavor com o filho favorito, e sei como o capricho é venenoso em um governante. O rei é caprichoso, mas talvez eu possa tornar a sua corte mais equilibrada, talvez eu possa ser para seu filho uma madrasta judiciosa, capaz de manter os bajuladores e cortesãos a uma distância segura do menino.

Sei que suas filhas foram afastadas dele, pobres meninas. Espero ser útil à pequena Elizabeth, que nunca conheceu a mãe e que passou a vida sob a sombra da desgraça. Talvez eu consiga trazê-la à corte e mantê-la perto de mim, reconciliá-la com seu pai. E a princesa Mary deve ser muito solitária, sem a mãe, e ciente que está longe de ser favorecida pelo pai. Posso ser gentil com ela, posso fazer com que supere seu medo do rei e que venha para a corte como minha parenta, ela não precisa dizer "madrasta", mas talvez eu possa ser uma boa irmã para ela. Para os filhos do rei, pelo menos, poderei ser uma força para o bem. E se formos abençoados, se eu for abençoada e tiver um filho, talvez possa dar um pequeno príncipe à Inglaterra, um jovem devoto que ajude a sanar as divisões deste país.

Há um murmúrio de excitação na multidão e vejo todas as cabeças se desviarem e depois se virarem de novo para mim. O rei está vindo na nossa direção, e todos os meus temores em relação a ele desaparecem em um instante. Agora ele não está fingindo ser um homem comum, não está ocultando a majestade com um disfarce de velho tolo e vulgar. Hoje ele está vestido como um rei, montando como um rei, em um manto bordado com diamantes, com uma gola de diamantes, um chapéu de veludo bordado de pérolas, e o cavalo mais belo que acho que já vi. Está magnífico, parece um deus à luz invernal brilhante, seu cavalo curveteando em sua própria terra, pesado de joias, cercado da guarda real com as cornetas ressoando. Sorri ao se aproximar de mim e ao nos cumprimentarmos. As pessoas gritam vivas ao nos verem juntos.

— Bem-vinda à Inglaterra — diz ele bem devagar para que eu entenda e replique cautelosamente em inglês.

— Milorde, estou muito feliz em estar aqui e tentarei ser uma boa esposa.

Acho que vou ser feliz, acho que é possível. O mal-entendido constrangedor anterior pode ser esquecido. Ficaremos casados durante anos, seremos felizes juntos. Daqui a dez anos, quem se lembrará de uma coisa tão pequena como essa?

Minha carruagem chega e atravesso o parque até o palácio de Greenwich, que fica à margem do rio que está repleto de barcos adornados de bandeiras coloridas, e os cidadãos londrinos usando sua melhor roupa. Há músicos que tocam a nova canção intitulada "Feliz Ana", escrita para mim. Há um cortejo cívico para celebrar a minha chegada, e todos estão sorrindo e acenando. Portanto, sorrio e aceno de volta.

A nossa procissão aproxima-se de Greenwich e de novo me dou conta de que país é este: este meu novo lar. Greenwich não é um castelo, não é uma fortificação para proteção contra um inimigo possível, é um palácio construído para um país em paz, um palácio belo e imponente, tão refinado quanto qualquer um da França. Dá para o rio e é o edifício mais belo de pedra e do precioso cristal de Murano que já vi na minha vida. O rei percebe minha expressão encantada e conduz seu cavalo para o lado de minha carruagem. Inclina-se e me diz que este é simplesmente um de seus vários palácios, mas o seu favorito e que com o tempo, quando viajarmos pelo país, verei os outros, e que espera que eu goste de todos eles.

Levam-me aos aposentos da rainha para descansar e pela primeira vez não tenho vontade de me esconder na câmara privada, pelo contrário, estou feliz por estar aqui, com as damas ao meu redor, e outras me aguardando na grande sala de audiências. Vou à sala de vestir privada e troco de roupa, vestindo o vestido de tafetá que debruaram com a zibelina dada pelo rei. Acho que nunca fui tão afortunada em minha vida. Conduzo minhas damas ao jantar, me sentindo como se já fosse a rainha. Na entrada do salão de jantar, o rei pega minha mão e me conduz pelas mesas, e todos fazem reverências e sorrimos, as mãos dadas como se já fôssemos marido e mulher.

Começo a identificar as pessoas e a saber seus nomes, de modo que a corte agora deixa de ser um borrão inamistoso. Vejo lorde Southampton, que parece cansado e preocupado, o que deve ser pelo que fez para me introduzir ali. Seu sorriso é tenso e estranho, seu cumprimento é frio. Desvia o olhar do rei como se algum problema o perturbasse, e me lembro da minha decisão de ser uma rainha justa nessa corte comandada pelo capricho. Talvez eu venha a saber o que está perturbando lorde Southampton, talvez eu possa ajudá-lo.

O principal conselheiro do rei, Thomas Cromwell, faz uma mesura para mim e o reconheço, pela descrição de minha mãe, como o homem, mais do que qualquer outro, que buscou a aliança conosco e com os duques protestantes da Alemanha. Esperava que me saudasse mais afetuosamente já que o meu casamento é o triunfo de seus planos, mas ele se mostra calado e omisso, e o rei me conduz passando por ele com apenas uma palavra breve.

O arcebispo Cranmer também está jantando conosco e reconheço lorde Lisle e sua mulher. Também ele parece cansado e cauteloso, e me recordo de seus temores, em Calais, em relação às divisões do reino. Sorrio-lhe afetuosamente. Sei que tenho trabalho a fazer neste país. Se eu conseguir salvar um herege da fogueira, terei sido uma boa rainha, e tenho certeza de que posso usar minha influência para trazer a paz a este país.

Começo a sentir que tenho amigos na Inglaterra, e quando olho para o salão e vejo minhas damas de honra, Jane Bolena, a generosa Lady Browne, a sobrinha do rei Lady Margaret Douglas e a pequena Catarina Howard entre elas, começo a achar que este será realmente o meu novo lar, e o rei, meu marido de verdade, que seus amigos e seus filhos serão a minha família, e que serei feliz aqui.

Catarina, palácio de Greenwich, 3 de janeiro de 1540

Exatamente como sempre sonhei, haverá dança depois do jantar e uma bela câmara repleta dos rapazes mais bonitos do mundo. É melhor do que meus maiores sonhos, tenho um vestido novo, e preso nele, da maneira mais óbvia e exposta possível, o broche de ouro que ganhei do próprio rei da Inglaterra. Eu o tateio quase o tempo todo, como se apontasse para ele e dissesse: "O que acham disto? Nada mau para o meu primeiro dia na corte." O rei está em seu trono, parecendo poderoso e paternal, e Lady Ana está tão bonita quanto consegue ser (apesar do vestido horrível) ao seu lado. Se tivesse jogado a zibelina no rio Tâmisa, o efeito seria o mesmo do que costurada nessa tenda de tafetá. A aflição que sinto é tanta ao ver uma pele tão maravilhosa desperdiçada que, por um momento, quase ofusca o meu prazer.

Então relanceio os olhos pela sala — não de maneira arrogante, mas como se não procurasse nada em particular — e vejo um rapaz bonito, depois outro, uma meia dúzia, na verdade, que eu gostaria de conhecer melhor. Alguns deles estão sentados juntos a uma mesa, na mesa dos pajens, e cada um deles é filho de uma boa família, rica por direito próprio, e gozando do favor de um lorde. Dereham, pobre Dereham, não seria ninguém para eles, Henry Manox seria um criado. Esses serão meus novos cortejadores. Mal consigo desviar os olhos deles.

Percebo um ou dois olhares na minha direção e sinto aquele arrepio de excitação de prazer que me indica que estou sendo observada, que estou sendo desejada, que o meu nome será mencionado, que um bilhete será passado para mim, que a alegre aventura do flerte e sedução recomeçará. Um rapaz perguntará o meu nome, me enviará uma mensagem. Concordarei com um encontro, haverá uma troca de olhares e palavras tolas a respeito de dançar, esportes e jantar. Haverá um beijo, outro, depois, lentamente, deliciosamente, acontecerá uma sedução e sentirei outro toque, beijos deliciosos de outro rapaz, e sucumbirei apaixonada novamente.

    O jantar está delicioso, mas como aos pouquinhos, pois na corte há sempre alguém nos observando, e não quero parecer glutona. A nossa mesa está voltada para o salão, de modo que é natural eu erguer o olhar para ver o rei em seu jantar. Em suas roupas suntuosas, sua gola dourada, poderia ser confundido com uma das antigas imagens sobre um altar: isto é, uma imagem de Deus. Ele é tão imponente e grande e está tão carregado de ouro e pedras preciosas que fulgura como uma antiga montanha de tesouros. Há um pano dourado estendido sobre sua grande cadeira, com cortinas bordadas pendendo dos dois lados, e cada prato lhe é servido por um criado de joelhos. Até mesmo o criado que lhe oferece a tigela dourada para que molhe os dedos e enxuga suas mãos faz isso com os joelhos flexionados. Há mais um criado que lhe estende a toalha de linho. Baixam a cabeça ao se ajoelharem, como se ele possuísse uma importância sobrenatural que os impedisse de encará-lo.

    Portanto, quando ergue o olhar e me vê observando-o, não sei se devo desviar os olhos, fazer uma mesura, ou sei lá o quê. Fico tão confusa que dou um leve sorriso e tento desviar os olhos para logo voltá-los para ele, que continua a me observar. Então, penso que isso é justamente o que eu faria se estivesse tentando atrair um rapaz, e enrubesço e baixo os olhos para o prato, me sentindo uma boba. Depois, quando olho de novo, agora com a cabeça baixa, ele está olhando para o salão e, claramente, não me notou.

    Mas os olhos pretos argutos de meu tio Howard estão fixos em mim, e receio que faça uma carranca. Talvez eu devesse ter feito uma reverência ao rei quando o peguei me olhando. Mas o duque apenas balança a cabeça denotando aprovação e fala com um homem sentado à sua direita. Um homem que não me interessa, que deve ter uns 192 anos.

    Realmente estou perplexa com o quanto essa corte é de velhos, e o rei é quase um ancião. Sempre tive a impressão de que seria uma corte de pessoas jovens, belas e alegres; não de tantos velhos assim. Posso jurar que o rei não tem um amigo sequer com menos de 40 anos. Seu grande amigo Charles Brandon, que dizem ser a personificação do glamour e charme, é muito velho, deve estar na faixa dos 50. Milady minha a avó fala sobre o rei como se ele fosse o príncipe que ela conheceu em garota e, é claro, foi por isso que formei a impressão errada. Ela está tão velha que se esqueceu de que se passaram muitos anos. Ela provavelmente pensa que todos continuam jovens. Quando fala na rainha, sempre se refere à rainha Catarina de Aragão, não à rainha Jane, nem mesmo a Lady Ana Bolena. Simplesmente pula todas as rainhas depois de Catarina. Na verdade, minha avó tem tanto medo da queda de sua sobrinha Ana Bolena, que jamais a menciona, exceto como um terrível aviso a garotas travessas como eu.

Nem sempre foi assim. Lembro-me da primeira vez que fui à casa de minha avó, mãe de minha madrasta, em Horsham, e todas as frases serem intercaladas com "minha sobrinha a rainha", e toda carta a Londres era para lhe pedir um favor ou dinheiro, um lugar para um criado, ou a parte do espólio que cabia aos mosteiros, o pedido para expulsar um padre ou derrubar um convento. Então, ela teve uma filha e só se falava no "nosso bebê, a princesa Elizabeth", e torcia-se para que o bebê seguinte fosse um menino. Todos me prometiam que eu teria um lugar na corte, seria membro da casa de meu primo, que seria parenta da rainha da Inglaterra, quem sabe eu conseguiria ali um marido? Outro primo Howard: Mary casou-se com o filho bastardo do rei, Henry Fitzroy, e um primo estava destinado à princesa Mary. Estávamos de tal modo unidos pelo casamento aos Tudor, que nos tornaríamos reais. Mas então aconteceu que aos poucos, como a chegada do inverno e sem que se notasse logo o frio, foi-se falando cada vez menos nela, e havendo menos certeza em relação à sua corte. Um dia, então, minha avó convocou o pessoal todo da casa ao grande salão e comunicou abruptamente que Ana Bolena (chamou-a assim, sem título, definitivamente sem relação de parentesco) e sua família tinham caído em desgraça e traído seu rei, e que o seu nome e o de seu irmão nunca mais deveriam ser mencionados.

Evidentemente ficamos todos loucos para saber o que tinha acontecido, mas tivemos de esperar pelos comentários da criadagem. Só quando as notícias finalmente chegaram de Londres, fiquei sabendo o que minha prima, a rainha Ana, tinha feito. Minha criada me disse, é como se a escutasse agora: Lady Ana foi acusada de crimes terríveis, adultério com vários homens, inclusive seu irmão, bruxaria, traição ao enfeitiçar o rei, uma série de horrores dos quais uma única coisa se destacou para mim, eu uma menina tomada pelo choque. Que o seu acusador foi seu tio, o meu tio Norfolk. Que ele presidiu o tribunal, que ele proferiu sua sentença de morte, e que seu filho, meu belo primo, foi para a Torre, como um homem vai a uma feira de atrações, para ver seu primo ser decapitado.

Eu achava que o meu tio devia ser um homem tão temível que provavelmente era aliado do diabo; mas hoje rio desses temores infantis, agora que sou sua favorita, e tão prezada que ele ordenou Jane Bolena, Lady Rochford, que tomasse conta de mim com atenção especial, e lhe deu dinheiro para que comprasse um vestido para mim. Obviamente ele simpatizou comigo, e gosta de mim mais do que de qualquer outra das garotas Howard que colocou na corte, e acha que contribuirei para os interesses da família fazendo um casamento nobre ou me tornando amiga da rainha, ou atraindo o rei. Tinha achado que ele era um homem insensível e diabólico, mas agora o acho um tio bondoso comigo.

Após o jantar, há uma mascarada, e palhaçadas muito engraçadas do bobo da corte, depois uma cantoria insuportável. O rei é um grande músico, eu soube, de modo que em quase todas as noites teremos de suportar uma de suas músicas. O refrão dura um tempão e todos têm que escutar atentamente e aplaudir com entusiasmo exagerado no final. Lady Ana me parece ter a mesma opinião, mas comete o erro de olhar em volta com a expressão vazia, como se estivesse secretamente desejando estar em outro lugar. Percebo o rei relanceando os olhos para ela, depois desviando-os, como se irritado com a sua desatenção. Tomo a precaução de juntar as mãos sob o queixo e sorrir com os olhos semicerrados, como se mal conseguisse conter a alegria. Que sorte! Ele olha de novo na minha direção, casualmente, e claramente pensa que sua música me enleva. Lança-me um sorriso largo e aprovador, eu sorrio de volta e baixo os olhos como se receasse olhar para ele por tempo demais.

— Muito bem — diz Lady Rochford, e lhe sorrio triunfante. Adoro, adoro, adoro a vida na corte. Juro que vai mudar a minha cabeça.

Jane Bolena, palácio de Greenwich, 3 de janeiro de 1540

— Milorde duque — digo fazendo uma profunda reverência.

Estamos nos aposentos no palácio de Greenwich, uma série de belas salas, uma abrindo-se para a outra, quase tão espaçosas e belas quanto os aposentos da própria rainha. Estive ali uma vez com George, quando estávamos recém-casados, e me lembro da vista para o rio, da luz ao cair da tarde quando despertei, apaixonada, e ouvi o som dos cisnes sobrevoando rio abaixo em suas imensas asas.

— Ah, Lady Rochford — diz o duque, com a expressão cordial. — Preciso de você.

Espero.

— Está se dando bem com Lady Ana, são amigas?

— Até onde posso — replico cautelosamente. — Ela ainda fala pouco o inglês, mas me esforço para conversar com ela, e acho que gosta de mim.

— Ela confiaria em você?

— Falaria antes com suas companheiras de Cleves, acho. Mas às vezes me pergunta sobre a Inglaterra. Creio que confia em mim.

Ele vira-se para a janela e bate a unha do polegar em seus dentes amarelos. Sua face encovada está enrugada de pensamentos.

— Há um problema — diz ele devagar.

Espero.

— Como sabe, eles realmente a mandaram sem os documentos apropriados — diz ele. — Ela foi prometida quando criança a Francis de Lorraine, e o rei precisa que esse noivado seja cancelado, e descartado antes de seguirem adiante.

— Ela não está livre para se casar? — pergunto atônita. — Depois que os contratos foram assinados, que ela fez essa longa viagem e foi recebida pelo rei como sua noiva? Depois que a cidade de Londres a recebeu como a sua nova rainha?

— É possível — replica ele evasivamente.

É absolutamente impossível, mas não cabe a mim dizê-lo.

— Quem disse que ela talvez não esteja livre para se casar?

— O rei receia prosseguir. Sua consciência está inquieta.

Faço uma pausa, não consigo pensar rápido o bastante para dar sentido a isso. Esse é um rei que se casou com a mulher do próprio irmão e depois a pôs de lado alegando que o casamento de uma vida inteira era inválido. Esse é um rei que pôs a cabeça de Ana Bolena no cadafalso fundamentado em seu próprio julgamento sob a orientação exclusiva de Deus. Claramente esse não é um rei que seria dissuadido a se casar com uma mulher só porque um embaixador alemão não tinha um determinado pedaço de papel à mão. Então me lembro do momento em que ela o rechaçou e a expressão dele ao recuar em Rochester.

— É verdade então. Ele não gosta dela. Não pode perdoá-la pelo tratamento que recebeu em Rochester. Vai descobrir uma maneira de escapar do casamento. Vai alegar de novo um compromisso anterior. — Um olhar de relance à face sombria do duque me diz que percebi certo e quase rio alto dessa nossa guinada na peça que é a comédia do rei Henrique. — Ele não gosta dela e vai mandá-la de volta para casa.

— Se ela confessasse que se comprometeu antes, poderia voltar para casa sem desonra, e o rei ficaria livre — diz o duque em voz baixa.

— Mas ela gosta dele — digo. — De qualquer maneira, ela gosta dele. E não pode voltar para casa. Nenhuma mulher de juízo voltaria para casa. Retornar para ser um rebotalho em Cleves quando poderia ser rainha da Inglaterra? Ela nunca vai querer isso. Quem se casará com ela se ele a recusar? Quem se casará com ela se ele declarar que ela já estava comprometida antes? A vida dela terá terminado.

— Ela poderia se livrar do contrato anterior — replica ele razoavelmente.

— Ele existe?

Ele dá de ombros.

— Quase certamente não.
Reflito por um instante.
— Então como ela pode se livrar de algo que não existe?
Ele sorri.
— Isso é problema dos alemães. Ela pode ser mandada para casa contra a vontade, se não cooperar.
— Nem mesmo o rei pode sequestrá-la e expulsá-la do reino.
— Se ela pudesse ser induzida a dizer que houve um contrato anterior. — Sua voz ressoa como um sussurrar de seda. — Se sair de sua própria boca que ela não está livre para se casar...
Assinto com a cabeça. Começo a perceber o favor que ele quer de mim.
— O rei ficaria muito grato ao homem que lhe levasse uma confissão dela. E a mulher que levasse essa confissão cresceria em seu favor. E no meu.
— Estou sob o seu comando — replico para ganhar tempo. — Mas não posso fazê-la mentir. Se ela sabe que está livre para se casar, seria louca se afirmasse o contrário. E se eu alegar que ela falou o contrário, só precisará negá-lo. Será sua palavra contra a minha, e voltamos à verdade mais uma vez. — Faço uma pausa quando receio que algo aconteça. — Milorde, não há nenhuma possibilidade de acusação?
— Que tipo de acusação?
— De algum crime — replico nervosa.
— Quer dizer se ela pode ser acusada de traição?
Confirmo com a cabeça. Não vou proferir a palavra. Queria nunca mais escutá-la. Ela leva à Torre e ao cadafalso do carrasco. Tirou o meu amado de mim. Acabou com a vida que levávamos para sempre.
— Como poderia ser traição? — pergunta ele, como se não vivêssemos em um mundo perigoso onde tudo pode ser traição.
— A lei mudou muito, e ser inocente deixou de ser uma defesa.
Ele sacode a cabeça abruptamente.
— Não há nenhuma possibilidade de ele acusá-la. O rei da França está entretendo em Paris, neste exato momento, o sacro imperador romano. Enquanto conversamos, podem estar planejado um ataque conjunto contra nós. Não podemos fazer nada que irrite Cleves. Temos de fazer uma aliança com os príncipes protestantes ou nos arriscamos a ficar sozinhos para enfrentar a união da Espanha e da França contra nós. Se os papistas ingleses se sublevam de novo,

estaremos acabados. Ela tem de confessar estar comprometida com outro e ir para casa por livre e espontânea vontade, de modo que percamos a garota, mas conservemos a aliança. Ou se alguém persuadi-la a fazer a confissão, será perfeito. Mas se ela insistir em dizer que está livre para se casar, se insistir no casamento, o rei terá de se casar. Não podemos ofender seu irmão.

— Independentemente de o rei gostar ou não?

— Apesar de ele odiar isso, apesar de ele odiar o homem que o forçou a isso, e apesar de odiá-la.

Reflito por um momento.

— Se ele a odeia e ainda assim se casam, ele vai descobrir alguma maneira de se livrar dela mais tarde. — Estou pensando em voz alta.

O duque não fala nada, mas suas pálpebras ocultam seus olhos escuros.

— Oh, quem pode predizer o futuro?

— Ela vai estar em perigo todos os dias de sua vida — prevejo. — Se o rei quiser se livrar dela, logo pensará que é a vontade de Deus que isso aconteça.

— Geralmente é assim que a vontade de Deus se manifesta — diz o duque com um sorriso voraz.

— Portanto, ele a julgará culpada de alguma ofensa — digo. Não usarei a palavra traição.

— Se gosta um pouco dela, a convencerá a partir de agora — replica o duque em voz baixa.

Ando devagar de volta aos aposentos da rainha. Ela não será aconselhada por mim, antes de por seus embaixadores. E não estou livre para lhe dizer o que realmente penso. Mas se tivesse sido sua amiga de verdade teria lhe contado que Henrique não é homem para ser desposado, que a odeia antes do dia do casamento. A maldade dele em relação às mulheres que o irritam é fatal. Quem melhor do que eu para saber disso?

Ana, palácio de Greenwich, 3 de janeiro de 1540

A dama de companhia Jane Bolena parece perturbada e digo-lhe que pode se sentar do meu lado e pergunto, em inglês, se está bem.

Ela faz sinal para que a minha intérprete se sente conosco. Diz que está preocupada com uma questão de certa maneira delicada.

Penso que deve ser algo relacionado à precedência no casamento. Estão muito ansiosos em relação à ordem do serviço e às joias que as pessoas devem usar. Balanço a cabeça, concordando com o que deve ser um assunto sério, e pergunto em que posso ser útil.

— Pelo contrário, sou eu que estou ansiosa para lhe ser útil — replica ela, falando baixinho a Lotte, que traduz para mim. — Soube que seus embaixadores se esqueceram de trazer o contrato que a desobriga de um compromisso anterior.

— O quê? — falo tão abruptamente que ela adivinha o significado da palavra alemã e balança a cabeça, sua expressão tão grave quanto a minha.

— Não lhe disseram nada?

Sacudo a cabeça negando.

— Nada — replico em inglês. — Não contam nada.

— Então fico feliz em lhe falar antes que seja mal-aconselhada — diz ela rapidamente, e espero enquanto as palavras são traduzidas. Ela inclina-se à frente e pega as minhas mãos. Seu toque é quente, seu rosto está atento. — Quando lhe perguntarem sobre seu noivado anterior, deve responder que foi anulado e que viu o documento — diz ela muito séria. — Se perguntarem por que o seu irmão não o mandou, pode responder que não sabe, que a responsabilidade de apresentar os documentos não é sua. E realmente não é.

Estou sem fôlego, algo em sua veemência me deixa temerosa. Não consigo atinar com um motivo para meu irmão ter sido tão descuidado com meu casamento, em seguida me lembro de seu ressentimento constante comigo. Traiu seu próprio plano por despeito. Na última hora, não suportou o fato de eu lhe escapar tão facilmente.

— Sei que está chocada — diz ela. — Querida Lady Ana, ouça o meu conselho e não deixe que eles pensem, sequer por um momento, que não existe nenhum documento, que ainda está presa a um contrato anterior. Tem de dizer-lhes uma mentira consistente, convincente. Deve dizer-lhes que viu os documentos e que o seu noivado anterior foi definitivamente anulado.

— Mas foi — replico devagar. Repito em inglês, para que ela não tenha dúvidas. — Eu ver o documento. Não é mentira. Estou livre para me casar.

— Tem certeza? — pergunto com veemência. — Essas coisas podem ser feitas sem que a mulher tome conhecimento dos planos. Ninguém vai culpá-la se não tiver certeza. Pode ser franca comigo. Confie em mim. Diga-me a verdade.

— Foi cancelado — repito. — Sei que foi cancelado. O noivado foi plano do meu pai, não do meu irmão. Quando o meu pai ficou doente e morreu, meu irmão passou a governar e o noivado foi anulado.

— Então por que não tem o documento?

— Meu irmão — começo. — O idiota do meu irmão... Meu irmão não se importa com o meu bem-estar — traduz Lotte rapidamente. — E o meu pai morreu recentemente, minha mãe ficou muito abalada, e ele teve muito o que fazer. Ele guarda o documento na nossa sala de registros, eu mesma o vi, mas deve ter-se esquecido de mandá-lo. Havia muito o que providenciar.

— Se tiver qualquer dúvida deve me dizer — ela me alerta. — E poderei aconselhá-la quanto à melhor forma de agir. Viu que ao avisá-la demonstro ser completamente leal. Mas se houver a menor chance de o seu irmão não ter o documento, tem de me dizer, Lady Ana, tem de me contar para a sua própria segurança. E planejaremos juntas o melhor a fazer.

Balanço a cabeça.

— Agradeço o seu cuidado, mas não é necessário. Vi o documento eu mesma, e os embaixadores também — replico. — Não existe nenhum impedimento, sei que estou livre para me casar com o rei.

Ela balança a cabeça como se continuasse esperando algo mais.
— Fico feliz.
— E quero me casar com o rei.
— Se quiser evitar o casamento, agora que o viu, pode fazê-lo — diz ela calmamente. — É a sua chance de fugir. Se não gosta dele, pode retornar à sua casa em segurança, sem nenhuma palavra contra a sua pessoa. Poderei ajudá-la. Poderei transmitir a eles que me disse que não tem certeza, que talvez ainda esteja presa a esse contrato anterior.

Retiro minhas mãos das delas.
— Não quero fugir — replico simplesmente. — Esta é uma grande honra para mim e para o meu país, e uma grande alegria para mim.

Jane Bolena parece cética.
— De verdade — digo. — Desejo ser rainha da Inglaterra, passei a amar este país e quero viver aqui.
— Mesmo?
— Sim, por minha honra. — Hesito e então lhe digo a razão principal. — Eu não era feliz em minha casa — admito. — Não era respeitada nem bem-tratada. Aqui poderei ser alguém. Poderei fazer coisas boas. Na minha terra, nunca passarei de uma irmã indesejada.

Ela balança a cabeça indicando que entende. Muitas mulheres sabem o que é estar no caminho enquanto questões importantes prosseguem sem elas.
— Quero uma oportunidade — falo. — Quero uma oportunidade de ser a mulher que posso ser. E não uma criatura do meu irmão, uma filha de minha mãe. Quero ficar aqui e me tornar amada.

Ela fica em silêncio por um momento, eu fico surpresa com a intensidade de meu próprio sentimento.
— Quero ser uma mulher por méritos próprios — digo.
— Uma rainha nunca é livre — ressalta ela.
— É melhor do que ser a irmã não amada de um duque.
— Está bem — diz ela baixinho.
— Suponho que o rei esteja irritado por meus embaixadores terem se esquecido dos documentos, é isso? — pergunto.
— Estou certa que ele está — replica ela, seu olhar se tornando furtivo. — Mas lhe darão sua palavra de que está livre para se casar e tenho certeza de que tudo prosseguirá conforme planejado.

— Não existe possibilidade do casamento ser adiado? — Surpreende-me o meu próprio sentimento. Experimento uma forte sensação de que posso fazer muito por este país, de que posso ser uma boa rainha. Quero começar imediatamente.

— Não — responde ela. — Os embaixadores e o conselho do rei resolverão isso. Tenho certeza.

Faço uma pausa.

— Ele quer se casar comigo?

Ela sorri e toca na minha mão.

— É claro que sim. É um problema sem importância. Os embaixadores providenciarão o documento e o casamento prosseguirá. Contanto que tenha certeza de que o documento existe.

— Existe — replico, e não estou falando nada além da verdade. — Posso jurar.

Catarina, palácio de Greenwich, 6 de janeiro de 1540

Vou ajudar a rainha a se vestir para o casamento e terei de me levantar bem cedo para deixar tudo pronto. Poderia não acordar cedo, mas foi bom ser escolhida entre as outras garotas que dormem tão tarde e são tão preguiçosas. Na verdade, não é nada bom para elas ficarem na cama até tarde enquanto outras de nós já estamos de pé trabalhando para Lady Ana. Na verdade, todas, menos eu, são completamente inúteis.

Estendo seu vestido enquanto ela se lava. Catarina Carey me ajuda a estender a saia e as anáguas sobre a arca fechada, enquanto Mary Norris vai buscar as joias. A saia é imensa, parece um grande pião bem redondo, e preferiria a morte a me casar com uma roupa como essa. A maior beldade do mundo ia parecer um pudim bamboleando, pronto para ser comido. Não vale a pena ser rainha se tem de andar por aí feito uma tenda, é o que acho. O tecido é extremamente refinado — tecido com fios de ouro — e pesado, com tantas pérolas maravilhosas, e ela ainda tem de usar uma pequena coroa. Mary colocou-a diante do espelho e se ninguém estivesse ali, eu a teria experimentado, porém mesmo tão cedo já tem cerca de meia dúzia de nós, criadas e damas de honra, de modo que tenho de poli-la e deixá-la em paz. Ela é muito bem-forjada, trazida de Cleves por Lady Ana que me diz que as extremidades pontiagudas são supostamente rosmaninho, e que a sua irmã usou essa erva fresca no cabelo ao se casar. Respondo que parece uma coroa de espinhos e sua dama secretária me lança um olhar penetrante e não traduz minha observação. Melhor assim, realmente.

Ela vai usar o cabelo solto e quando sai do banho e se senta diante do espelho de moldura prateada, Catarina o penteia com escovadelas longas e suaves, como se escovaria o rabo de um cavalo. Seu cabelo é louro, e temos de reconhecer que de um louro dourado e, envolvida em um lençol e radiante por causa do banho, ela está com boa aparência nesta manhã. Está um pouco pálida, mas sorri para todas nós e parece muito feliz. Se eu fosse ela, estaria dançando de alegria por ser a rainha da Inglaterra. Mas acho que ela não é do tipo que dança.

Ela sai para o casamento e nós a seguimos posicionadas em uma ordem estrita de importância, o que significa que estou tão atrás que nem vale todo o esforço para estar ali, já que ninguém vai conseguir me ver, embora eu esteja usando meu vestido novo debruado de fio prateado, a coisa mais cara que já tive. É de um cinza bem claro e combina com meus olhos. Nunca pareci tão bonita, mas o casamento não é meu e ninguém presta a mínima atenção em mim.

O arcebispo Cranmer vai casá-los: sua voz monótona zumbindo, zumbindo, zumbindo como uma abelha velha. Pergunta se há alguma razão que impeça o casamento e se nós, a congregação, conhecemos algum impedimento e todos respondemos animadamente que "não, não conhecemos", e acho que sou a única tola que se pergunta o que aconteceria se alguém dissesse "parem o casamento, pois o rei já teve três esposas e nenhuma delas morreu de velhice!". Mas é claro que ninguém faz isso.

Se ela tivesse o mínimo de juízo ficaria alarmada. Não é um recorde tranquilizador. Ele é um grande homem, é claro, e sua vontade é a vontade de Deus, é óbvio; mas teve três mulheres e todas as três estão mortas. Não há esperança para uma noiva quando pensamos nisso. Mas não acho que ela seja da mesma opinião. Provavelmente ninguém é, a não ser que seja tão estúpido quanto eu.

O casamento é concluído e vão assistir à missa no gabinete privado do rei, e o resto de nós aguarda sem ter o que fazer, o que descubro ser uma das principais atividades na corte. Há um rapaz muito bonito, que por acaso se chama John Beresby, e que consegue passar pela multidão e se postar atrás de mim.

— Estou deslumbrado — diz ele.

— Não sei por quê — replico audaciosamente. — Mal amanheceu, é cedo demais.

— Não pelo sol, mas pela luz intensa de sua beleza.

— Ah, é isso — replico e lhe lanço um breve sorriso.

— É nova na corte?

— Sim, sou Catarina Howard.
— Sou John Beresby.
— Eu sei.
— Sabe? Perguntou meu nome a alguém?
— De jeito nenhum — respondo. Embora seja uma mentira. Reparei nele no primeiro dia em Rochester, e perguntei a Lady Rochford quem era.
— Perguntou sobre mim — diz ele, encantado.
— Não fique prosa — digo de maneira coquete.
— Diga-me que pelo menos poderei dançar com você mais tarde, no banquete de núpcias.
— Talvez — replico.
— Vou entender isso como uma promessa — sussurra ele, e então a porta se abre e o rei aparece com Lady Ana. Todos nós fazemos uma reverência profunda porque ela agora é rainha e uma mulher casada, e não consigo deixar de pensar que embora seja bom para ela, teria sido muito melhor se ela tivesse usado um vestido com uma longa cauda.

Ana, palácio de Greenwich, 6 de janeiro de 1540

Está feito. Sou rainha da Inglaterra. Sou uma mulher casada. Sento-me do lado direito de meu marido, o rei, no banquete de núpcias, e sorrio para o salão embaixo, de modo que todos, minhas damas, os lordes nas mesas, o povo comum na galeria, todos possam ver que estou feliz em ser sua rainha e que serei uma boa rainha e uma esposa feliz.

O arcebispo Cranmer realizou o serviço de acordo com os ritos da Santa Igreja Católica, na Inglaterra, de modo que sinto minha consciência um pouco incomodada. Isso não aproxima o país da religião reformada, como prometi ao meu irmão e a minha mãe que faria. Meu conselheiro, o conde Overstein, está ao meu lado e quando há um intervalo no jantar, comento baixinho com ele que espero que ele e os lordes de Cleves não estejam desapontados com meu fracasso em conduzir o rei à Reforma.

Ele diz que terei permissão de praticar minha fé como quiser, privadamente, mas que o rei não quer ser perturbado com questões de teologia no dia do seu casamento. Diz que o rei parece firme em manter a Igreja que ele fez, a católica, mas que renega a autoridade do papa. O rei se opõe tanto à Reforma quanto aos papistas fervorosos.

— Mas certamente poderíamos ter encontrado os termos que conviessem às duas partes, não? — falo. — O meu irmão estava ansioso para que eu apoiasse a Reforma da Igreja na Inglaterra.

Ele faz uma careta.

— A Reforma da Igreja não é como a entendemos — diz ele, e como fecha a boca, compreendo que não quer comentar mais.

— Certamente parece ter sido um processo lucrativo — comento com hesitação, pensando nas casas imponentes em que ficamos no caminho vindo de Deal, que claramente tinham sido mosteiros, ou abadias, e nas hortas de ervas medicinais ao redor sendo cavadas para plantarem flores, e nas plantações que alimentavam os pobres e que agora estavam sendo convertidas em parques para caça.

— Em nossa terra, achamos que seria um processo divino — diz ele concisamente. — Não nos demos conta de que estava ensopado de sangue.

— Não posso crer que destruir os santuários em que pessoas simples gostavam de fazer suas orações os aproxime de Deus — digo. — O que se ganha em proibi-las de acender velas para lembrar seus entes queridos?

— Ganha-se material e espiritualmente — replica ele. — Os tributos pagos à Igreja não foram suspensos, mas agora são pagos ao rei. E não cabe a nós comentar como a Inglaterra prefere dizer suas orações.

— Meu irmão...

— O seu irmão teria feito melhor se prestasse atenção à guarda de seus registros — diz ele, com uma irritação súbita.

— O quê?

— Ele deveria ter enviado a carta que a desobriga da promessa de se casar com o filho do duque de Lorraine.

— Isso não tem tanta importância, tem? — pergunto. — O rei não mencionou nada a respeito disso comigo.

— Tivemos de jurar que sabíamos da sua existência, e depois jurar que seria enviada em três meses, em seguida jurar que seríamos seus reféns até então. Se o seu irmão não enviá-la, só Deus sabe o que acontecerá conosco.

Fico atônita.

— Não podem sequestrá-los para exigir o documento do meu irmão, podem? Podem realmente achar que houve impedimento?

Ele sacode a cabeça.

— Eles sabem muito bem que está livre para se casar e que o casamento é válido. Mas por alguma razão que só eles próprios conhecem preferem lançar uma dúvida sobre a questão, e o erro do seu irmão ao permitir que viéssemos sem a carta possibilitou essa dúvida. E ficamos brutalmente embaraçados.

Baixo os olhos. O ressentimento do meu irmão age contra seus próprios interesses e os de seu próprio país, até mesmo contra os de sua própria religião. Sinto a raiva crescer dentro de mim ao pensar nele colocando em risco o meu casamento com seu ciúme e despeito. Como é idiota, como é um idiota perverso.

— Ele é negligente — é tudo o que digo, mas percebo minha voz tremer.

— Esse não é um rei com quem se pode ser negligente — avisa o conde.

Balanço a cabeça concordando, estou bem consciente do rei sentado em silêncio à minha esquerda. Ele não compreende alemão, mas não quero que olhe para mim e perceba outra coisa que não felicidade.

— Tenho certeza de que serei feliz — digo sorrindo e o conde faz uma mesura e retorna ao seu lugar.

♋

O entretenimento encerra-se e o arcebispo levanta-se de seu lugar à mesa, meus conselheiros me prepararam para esse momento e quando o rei se põe de pé, sei que também devo me levantar. Nós dois seguimos milorde Cranmer à grande câmara do rei e ficamos à porta enquanto o arcebispo dá a volta no quarto, balançando o incensório e borrifando a cama com água benta. Isso é realmente supersticioso e bizarro. Não sei o que minha mãe diria, só sei que ela não gostaria.

Em seguida, o arcebispo fecha os olhos e começa a rezar. Do meu lado, o conde Overstein sussurra uma rápida tradução.

— Reza para que vocês dois durmam bem e não sejam perturbados por sonhos demoníacos. — Tomo o cuidado para que a minha expressão seja de interesse e devoção. Porém é difícil manter o rosto contrito. Essas são as pessoas que destruíram os santuários para impedir que se rezasse por milagres, e ali, no palácio têm de rezar por proteção contra sonhos com demônios? Qual o sentido disso?

— Reza para que a rainha não sofra de esterilidade nem o rei de impotência, reza para que o poder de Satã não emascule o rei nem tire a feminilidade da rainha.

— Amém — digo logo, como se fosse possível acreditar nesse absurdo. Viro-me para as minhas damas e elas me acompanham da sala até a minha própria câmara, onde vestirei a camisola.

Quando retorno, o rei está em pé com a sua corte do lado da cama grande, e o arcebispo continua rezando. O rei está usando sua camisola com um belo manto forrado de pele sobre os ombros. Ele tirou a meia e vejo a volumosa atadura na sua perna que tem um ferimento aberto. A atadura está limpa, graças a Deus, mas ainda assim o cheiro da ferida exsuda no quarto e se mistura, de maneira nauseante, com o cheiro do incenso. As orações parecem ter prosseguido enquanto trocávamos de roupa. Na verdade, faz pensarmos que agora estamos a salvo de sonhos demoníacos e impotência. Minhas damas deram um passo à frente e retiraram o manto de meus ombros. Fico só de camisola na frente de toda a corte e me sinto tão humilhada e constrangida que quase desejo estar de volta a Cleves.

Lady Rochford ergue rapidamente as cobertas da cama para me proteger dos olhares inquiridores e deslizo por entre elas, sentando-me na cama recostada nos travesseiros. No outro lado da cama, um rapaz, Thomas Culpepper, ajoelha-se para Henrique se apoiar em seu ombro e outro homem segura o cotovelo do rei para empurrá-lo para cima. O rei Henrique resmunga como um cavalo de tiro cansado ao se arrastar para a cama. A cama afunda com o seu peso e eu tenho de torcer o corpo desajeitadamente e me agarrar na beirada para não rolar na sua direção.

O arcebispo ergue as mãos para uma bênção final e olho reto à frente. O rosto vivo de Catarina Howard encontra o meu olhar. Ela está com as mãos juntas contra os lábios, como se rezando com devoção, mas está claramente se esforçando para não rir. Finjo não tê-la visto, com receio de ela me fazer rir também, e quando o arcebispo conclui suas preces, eu digo "Amém".

Todos saem, graças a Deus. Não há nenhum indício de que assistirão ao casamento ser consumado, mas sei que vão precisar ver os lençóis de manhã e saber que foi feito. Essa é a natureza do casamento real. Isso e se casar com um homem com idade de ser seu pai e que você mal conhece.

Jane Bolena, palácio de Greenwich, 6 de janeiro de 1540

Sou uma das últimas a sair e fecho a porta sem fazer ruído, em mais um casamento do rei em que vi todo o processo, da corte até o leito nupcial. Alguns, como a tola Catarina Howard, acharão que a história termina aí, que essa é a conclusão de tudo. Eu sei que não. É aí que a história de uma rainha começa.

Antes da noite há contratos e promessas e, às vezes, esperanças e sonhos; raramente há amor. Depois dessa noite, será a realidade de duas pessoas desenvolvendo uma vida juntas. Para alguns é uma negociação que não pode ser realizada; meu tio é casado com uma mulher que ele não tolera, e agora vivem separados. Henry Percy casou-se com uma herdeira, mas nunca se libertou de seu amor por Ana Bolena. Thomas Wyatt odeia mortalmente sua mulher, mas nunca se recuperou de sua paixão por Ana quando era garota. O meu próprio marido... mas não vou pensar em meu marido agora. Vou me lembrar de que o amei, de que teria morrido de amor por ele — não importando o que pensasse de mim quando fomos colocados na cama juntos pela primeira vez. Independentemente de em quem ele pensava quando teve de consumar o ato. Que Deus o perdoe por ter-me em seus braços e pensar nela. Deus me perdoe por saber disso e deixar que me assombre. Finalmente, que Deus me perdoe por ter perdido a cabeça e o coração de tanto gostar de estar em seus braços e de tanto pensar nele com outra mulher — ciúme e luxúria fizeram eu me rebaixar tanto a ponto de ser o meu prazer, um prazer perverso e pecador, sentir seu toque e pensar nele tocando nela.

Não é uma questão de quatro pernas nuas em uma cama e pronto. Ela terá de aprender a obedecer-lhe. Não nas coisas grandiosas, em que qualquer mulher sabe simular. Mas nos milhares de compromissos banais que cabem a uma esposa diariamente. As milhares de vezes em um dia que se tem de morder os lábios, baixar a cabeça e não argumentar em público, nem em particular, nem mesmo nos recessos silenciosos de sua própria mente. Se o seu marido é um rei, isso tem mais importância ainda. Se o seu marido é o rei Henrique, é uma decisão de vida ou morte.

Todos tentam se esquecer de que Henrique é um homem implacável. O próprio Henrique tenta nos fazer esquecer. Quando está sendo encantador, ou se propõe a agradar, preferimos esquecer que estamos brincando com um urso selvagem. Não é um homem cujo temperamento pode ser domado. Não é um homem cujo humor seja constantemente dócil. Não é um homem capaz de controlar seus sentimentos, capaz de permanecer o mesmo durante dois dias seguidos. Eu o vi amar três mulheres com uma paixão absoluta. Eu o vi jurar a cada uma delas uma fidelidade eterna, inabalável. Eu o vi lutar sob o lema "Sir Coração Leal". Eu o vi condenar duas à morte, e ser informado da morte da terceira com a mente absolutamente tranquila.

A garota faz melhor agradando-o hoje à noite e lhe obedecendo amanhã, e lhe dando um filho varão dentro de um ano, ou eu, pessoalmente, não apostarei nem um fio de cabelo em suas chances.

Ana, palácio de Greenwich, 6 de janeiro de 1540

Deixam o salão um por um, e somos deixados à luz das velas e em um silêncio constrangedor. Não falo nada. Não cabe a mim falar. Lembro-me do aviso de minha mãe de que o que quer que acontecesse na Inglaterra eu nunca, mas nunca deveria dar ao rei motivo para pensar que sou impudica. Ele me escolheu porque acredita no caráter das mulheres de Cleves. Comprou para si mesmo uma virgem educada, com boas maneiras e contida, altamente disciplinada e é isso que devo ser. Minha mãe não falou francamente que desapontar o rei poderia me custar a vida, pois o destino de Ana Bolena nunca foi mencionado em Cleves desde o dia em que o contrato de meu casamento com o matador de suas esposas foi assinado. Desde o meu noivado é como se a rainha Ana tivesse sido agarrada e levada aos céus em completo silêncio. Fui advertida, constantemente advertida, de que o rei da Inglaterra não vai tolerar comportamento leviano de sua mulher, mas nunca ninguém me disse que ele pode fazer comigo o que fez com Ana Bolena. Ninguém nunca me alertou de que eu também posso vir a ser obrigada a baixar minha cabeça no cadafalso e ser decapitada por erros imaginários.

O rei, meu marido, na cama, ao meu lado, suspira pesadamente, como se estivesse muito cansado e por um momento acho que ele simplesmente adormeceu e esse dia exaustivo e amedrontador se encerra e amanhã despertarei como uma mulher casada e começarei minha nova vida como rainha da Inglaterra. Por um momento, me atrevo a esperar que meus deveres por hoje foram cumpridos.

Deito-me, como meu irmão gostaria que eu me deitasse, como uma criancinha paralisada. O meu irmão tinha horror ao meu corpo: horror e fascinação. Mandava eu usar golas altas, tecidos grossos, capelos pesados, botas de cano alto, de modo que tudo o que pudesse ver de mim, tudo o que qualquer pessoa pudesse ver de mim, fosse meu rosto semiobscurecido, e minhas mãos, dos pulsos aos dedos. Se pudesse, acho que ele teria me isolado como o imperador otomano aprisionava suas mulheres. Até mesmo o meu olhar era audacioso demais para ele, e preferia que eu não o olhasse diretamente. Se pudesse, ele teria mandado que eu usasse um véu sobre o rosto.

E ainda assim, me espionava constantemente. Estivesse eu na câmara de minha mãe costurando sob sua supervisão ou no pátio examinando os cavalos, bastaria erguer os olhos e me depararia com ele me olhando com irritação e... não sei bem... desejo? Não era lascívia. Ele nunca me quis como um homem quer uma mulher; é claro que sei disso. Mas me queria como se fosse me dominar completamente. Como se quisesse me devorar para que deixasse de perturbá-lo.

Quando éramos crianças, ele costumava nos atormentar, a nós três: Sybilla, Amélia e eu. Sybilla, três anos mais velha do que ele, conseguia fugir rápido o bastante para que não a pegasse; Amélia se derramava em lágrimas, como o bebê da família; somente eu me opunha a ele. Não batia nele quando me beliscava ou puxava meu cabelo. Eu não batia quando ele me acuava no pátio dos estábulos ou em um canto escuro. Simplesmente trincava os dentes e quando ele me machucava, eu não gritava. Nem mesmo quando deixava roxos meus pulsos frágeis de menina, nem mesmo quando fazia minha cabeça sangrar ao me jogar uma pedra. Nunca chorei, nunca implorei que parasse. Aprendi a usar o silêncio e a resistência como armas poderosas contra ele. Sua ameaça e seu poder eram o fato de que me machucaria. O meu poder era que eu ousava agir como se ele não conseguisse. Aprendi que conseguia suportar qualquer coisa que um garoto me fizesse. Depois, aprendi que sobreviveria a qualquer coisa que um homem me fizesse. Mais tarde ainda, percebi que ele era um tirano e, ainda assim, ele não me causou medo. Eu tinha aprendido o poder de sobreviver.

Quando fiquei mais velha e vi sua gentileza e autoridade com Amélia e seu respeito com minha mãe, percebi que a minha obstinação tinha gerado uma permanente dificuldade entre nós. Ele dominou o meu pai, o aprisionou em seu próprio quarto, o usurpou. Fez tudo isso com a bênção da minha mãe e com um senso orgulhoso de seu próprio direito. Aliou-se com o marido de Sybilla, dois príncipes pequenos, ambiciosos e unidos e, portanto, ele continua a dominá-la, mesmo depois de casada. Ele e minha mãe formam uma parceria poderosa, um casal que controla Juliers-Cleves. Mandam em Amélia; mas eu não sou dominada nem tratada com condescendência. Eu não seria tratada como bebê nem controlada. Para ele, me tornei uma comichão que ele tinha de coçar. Se eu tivesse chorado, ou implorado, se eu tivesse cedido ou ficado dependente como uma mulher, ele poderia ter-me perdoado, me adotado, me tomado sob sua proteção e cuidado de mim. Eu teria sido seu bichinho de estimação, como Amélia é: sua queridinha, a irmã que ele protege e mantém a salvo.

Mas quando compreendi tudo isso, era tarde demais. Ele estava trancado em sua irritação frustrada contra mim e eu tinha aprendido a alegria de sobreviver obstinadamente, apesar de tudo e de seguir meu próprio caminho. Ele tentou me escravizar, e tudo o que conseguiu foi me ensinar o anseio de ser livre. Desejei minha liberdade como outras garotas desejam o casamento. Sonhei com a liberdade como outras garotas sonham com um amante.

Esse casamento é minha fuga. Como rainha da Inglaterra, mando em uma fortuna maior do que a dele, governo um país maior do que Cleves, infinitamente mais populoso e poderoso. Conhecerei o rei da França como um igual, sou a madrasta de uma neta da Espanha, meu nome será proferido nas cortes da Europa e, se eu tiver um filho homem, ele será irmão do rei da Inglaterra e talvez rei ele próprio. Esse casamento é a minha vitória e a minha liberdade. Mas quando Henrique se mexe pesadamente na cama, suspira de novo como um velho exausto, e não como um noivo, eu sei, como soube o tempo todo, que troquei um homem difícil por outro. Terei de aprender como escapar da raiva desse novo homem e como sobreviver a ele.

— Está cansada? — pergunta ele.

Compreendo a palavra cansada. Confirmo com a cabeça e digo:

— Um pouco.

— Que Deus me ajude nesse negócio malconduzido — diz ele.

— Não entendo? Como assim?

Ele dá de ombros. Dou-me conta de que não está falando comigo, que está se queixando de algo pelo prazer de resmungar alto, exatamente como meu pai costumava fazer, antes de seus resmungos mal-humorados se tornarem loucura. A irreverência dessa comparação me faz sorrir e em seguida morder os lábios para ocultar como parece engraçado.

— Sim — diz ele de maneira ranzinza. — Pode rir.

— Gostaria de um pouco de vinho? — pergunto prudentemente.

Ele nega com a cabeça. Ergue os lençóis e o cheiro repugnante que exala me é soprado. Como um homem observando o que comprou no mercado, ele ergue a bainha da minha camisola acima da minha cintura, dos meus seios e então a solta, de modo que fica enrolada ao redor de meu pescoço. Receio parecer idiota, como um aldeão com um lenço amarrado apertado sob o queixo. Minhas bochechas estão vermelhas de vergonha, por ele ficar simplesmente olhando meu corpo exposto. Ele não liga para o meu desconforto.

Ele desce as mãos e abruptamente aperta meus seios, desce mais a mão grosseira, para a minha barriga, belisca a gordura. Fico perfeitamente imóvel, de modo que não ache que sou lasciva. Não é difícil me paralisar de horror. Deus sabe como ninguém se sentiria lascivo sob esse toque. Acariciei meu cavalo com mais afeição do que essa apalpação insensível. Ele se ergue e afasta minhas coxas com a mão pesada. Obedeço sem emitir nem um som. É essencial que saiba que sou obediente, mas não ansiosa. Ele vem para cima de mim e se deixa cair entre minhas pernas. Está apoiando o seu peso nos cotovelos, firmados ao lado da minha cabeça, e nos joelhos. Porém, mesmo assim, sua grande barriga flácida, me pressionando, me sufoca. A gordura de seu peito pressiona meu rosto. Sou um mulher alta, mas diminuo debaixo dele. Receio que se ele me pressionar com mais força eu não consiga respirar. É insuportável. Seu arfar em meu rosto é fétido por causa de seus dentes apodrecidos. Mantenho a cabeça rígida para não virar o rosto. Percebo que suspendo a respiração para não inalar seu fedor.

Ele baixa a mão e pega seu próprio membro. Já vi os cavalos nos estábulos em Duren e sei muito bem o que acontece nesse tatear duro. Solto o ar para o lado e me preparo para a dor. Ele emite um pequeno grunhido de frustração e sinto sua mão se mexendo, mas nada acontece. Ele impulsiona repetidamente em minha coxa com sua mão, mas isso é tudo. Fico imóvel, não sei o que ele quer fazer, nem o que espera de mim. O garanhão em Duren enrijeceu e empinou. Esse rei parece estar enfraquecendo.

— Milorde? — sussurro.

Ele se retira de mim e resmunga uma palavra que não conheço. Sua cabeça está enterrada no travesseiro ricamente bordado, o rosto continua voltado para baixo. Não sei se terminou ou está apenas começando. Vira a cabeça para mim. Seu rosto está muito vermelho e suando.

— Ana... — começa ele.

Ao dizer o nome fatal, se interrompe, se imobiliza no silêncio. Percebo que ele disse o seu nome, a primeira Ana que ele amou, que está pensando nela, a amante que o levou à loucura e que ele matou por ciúme.

— Eu, Ana de Cleves, sou — o incito.

— Sei disso — diz ele bruscamente. — Sua tola.

Com um impulso ele me puxa as cobertas, vira-se e deita-se de costas para mim. O ar liberado da cama é azedo e tem um cheiro horrível. É o cheiro do ferimento em sua perna, é o cheiro de carne pútrida, é o cheiro dele. Vai impregnar meus lençóis para sempre, até a morte nos separar. É melhor eu me acostumar.

Fico deitada muito quieta. Pôr a mão em seu ombro seria, creio eu, um comportamento lascivo, portanto é melhor não, se bem que lamento ele esta noite estar cansado e assombrado pela outra Ana. Terei de aprender a não me importar com o cheiro e com a sensação de estar sendo esmagada. Terei de cumprir o meu dever.

Fico deitada no escuro e olho o belo dossel da cama. Na luz baça que se torna mais escura à medida que cada vela quadrada, uma por uma, derrete e se apaga, vejo o fulgor do fio dourado e as cores vivas da seda. Ele é um homem velho, pobre velho, 48 anos, e foi um dia longo e exaustivo para nós dois. Ouço-o suspirar de novo, depois o suspiro se transforma em um ronco profundo. Quando tenho certeza de que dormiu, ponho minha mão levemente em seu ombro, onde o tecido úmido de sua camisola cobre seu corpo gordo e suado. Lamento que ele tenha fracassado nessa noite, e se ele tivesse permanecido acordado, e se falássemos a mesma língua e pudéssemos contar um ao outro a verdade, eu teria lhe dito que mesmo sem existir desejo entre nós, espero ser uma boa esposa e uma boa rainha para a Inglaterra. Que sinto pena dele em sua velhice e cansaço e que, sem dúvida, quando ele estiver descansado, poderemos fazer um bebê, o filho que nós dois queremos tanto. Pobre velho, gostaria muito de lhe dizer que não se preocupe, que tudo dará certo, que não quero um príncipe belo e jovem, que serei gentil com ele.

Catarina, palácio de Greenwich, 7 de janeiro de 1540

O rei já tinha saído quando chegamos à câmara no dia seguinte ao das núpcias, de modo que não vi o rei da Inglaterra de camisola em sua primeira manhã de casado, embora estivesse decidida a vê-lo. As criadas entraram levando ale para ela, lenha para o fogo e água para que se lave. Aguardamos até sermos chamadas para ajudá-la a se vestir. Ela estava sentada na cama com a touca de dormir na cabeça, uma trança sem um fio de cabelo fora do lugar pendia em suas costas. Eu diria que não tinha a aparência de uma garota que passara a noite se divertindo. Parecia exatamente a mesma de quando a coloquei na cama na noite anterior, calma e bonita à sua própria maneira, bastante agradável com todos, sem fazer nenhum pedido especial e sem se queixar de nada. Eu estava do lado da cama e como ninguém reparava em mim, retorci um pouco o lençol e dei uma olhada rápida.

Não vi nada. Absolutamente nada. Nem uma única coisinha solitária. Como uma garota que teve de lavar um lençol às escondidas e rapidamente, e dormir sobre ele molhado, mais de uma vez, sei quando um homem e uma donzela usaram a cama para mais do que dormir. Não essa cama. Aposto minha reputação como o rei não a possuiu e ela não sangrou. Apostaria a fortuna Howard em que dormiram, quando os deixamos a sós, quando os pusemos na cama, um ao lado do outro como um par de pequenos bonecos. O extremo do lençol nem sequer amarrotou, muito menos sujou. Apostaria a abadia de Westminster como nada aconteceu entre eles.

Sabia quem iria querer saber imediatamente, Lady Enxerida, é claro. Fiz uma reverência e saí do quarto, como se fosse realizar uma incumbência, e a encontrei quando saía de seu próprio quarto. Assim que me viu, agarrou minhas mãos e me puxou para dentro do quarto.

— Aposto qualquer fortuna como ele não a teve — digo triunfantemente, sem uma palavra de explicação.

Uma coisa que gosto em Lady Rochford é que ela sempre sabe do que estou falando. Nunca preciso lhe explicar nada.

— Os lençóis — prossigo. — Nenhuma marca neles, nem mesmo os amarrotaram.

— Ninguém os trocou?

Sacudi a cabeça negando.

— Fui a primeira a entrar, depois das criadas.

Ela estende a mão para o armário do lado da cama e pega um soberano, que me dá.

— Isso é muito bom — diz ela. — Você e eu, que fique entre nós, devemos ser sempre as primeiras a saberem de tudo.

Sorrio, mas estou pensando em algumas fitas que vou comprar com esse soberano para debruar meu novo vestido, e talvez algumas luvas novas.

— Não conte a mais ninguém — me avisa ela.

— Ahn? — protesto.

— Não — replica ela. — O conhecimento é sempre precioso Catarina. Se sabe de alguma coisa que ninguém mais sabe, então tem um segredo. Se sabe de alguma coisa que todo mundo sabe, não é melhor do que eles.

— Posso, pelo menos, contar a Anne Bassett?

— Eu lhe digo quando puder contar — diz ela. — Talvez amanhã. Agora volte para perto da rainha. Irei em um minuto.

Faço o que me manda, mas ao sair, vejo que está escrevendo um bilhete. Vai escrever ao meu tio contando que acho que o rei não possuiu sua mulher. Espero que lhe conte que fui eu a primeira a achar isso e não ela. Então talvez eu ganhe mais um soberano. Começo a perceber o que ele quer dizer com "posições importantes geram grandes favores". Estou ao serviço real há apenas alguns dias e já sou dois soberanos mais rica. Dê-me um mês e farei minha fortuna.

Jane Bolena, palácio de Whitehall, janeiro de 1540

Mudamos para o palácio de Whitehall, onde o casamento será celebrado com um torneio durante uma semana, e depois o último dos visitantes retornará a Cleves e nós todos nos estabeleceremos em nossa nova vida com a nova rainha Ana. Ela nunca viu nada na escala ou do estilo desse torneio, e a sua excitação a torna cativante.

— Lady Jane, onde me sento? — me pergunta ela. — E como? Como? Sorrio para a sua face entusiasmada.

— Sente-se aqui — replico, mostrando o compartimento da rainha. — Os cavaleiros virão à arena e os arautos os anunciarão. Às vezes, contam uma história, às vezes recitam um poema sobre suas vestimentas. Depois combatem ou montados ou corpo a corpo, com espadas. — Penso em como explicar.

Agora, nunca sei o quanto ela compreende; está aprendendo a língua muito rapidamente.

— É o torneio planejado pelo rei mais importante em muitos anos — digo. — Vai durar uma semana. Haverá dias de celebração com belas fantasias e todos em Londres virão ver as mascaradas e os combates. A corte estará em primeiro plano, é claro, mas atrás estarão os membros de boas famílias e os cidadãos eminentes de Londres, e atrás, as pessoas comuns que virão aos milhares. É uma grande celebração para o país todo.

— Eu me sento aqui? — pergunta ela apontando para o trono.

Observo-a ocupar o seu lugar. Para mim, é claro, esse camarote está cheio de fantasmas. O lugar agora é seu; mas antes dela houve a rainha Jane, e antes a rainha Ana, e quando eu era jovem, ainda solteira, e apenas uma garota cheia de esperanças e ambições, e loucamente apaixonada, servi à rainha Catarina, que se sentou nesse mesmo trono, sob o seu dossel, em que o rei havia mandado bordar em dourado Cs e Hs, para Catarina e Henrique, e ele próprio havia combatido sob o nome Sir Coração Leal.

— Novo é? — pergunta ela, dando tapinhas no cortinado que ondula à volta do camarote real.

— Não — respondo, obrigada por minha memória a dizer a verdade. — Este cortinado sempre foi usado. Veja, dá para ver. — Viro o tecido e ela pode ver onde as outras iniciais tinham sido bordadas. Tinham retirado o bordado da frente do cortinado, mas deixado os de trás. Via-se claramente o C e o H, entrelaçados com nós de amantes. Costurado em cima, do lado de cada H está um H&A. É como convocar um fantasma para ver suas iniciais aqui de novo. Essas foram as cortinas que protegeram sua cabeça do sol naquele torneio da primavera, quando fazia tanto calor, e todos sabíamos que o rei estava com raiva, e todos sabíamos que o rei estava apaixonado por Jane Seymour, mas ninguém sabia o que ia acontecer.

Lembro-me de Ana se debruçando na frente do camarote para deixar cair seu lenço para um dos lutadores, lançando um olhar de esguelha para o rei, para ver se ele estava com ciúme. Lembro-me da expressão indiferente no rosto dele e de como ela empalideceu e voltou a se recostar na cadeira. Ele tinha o mandado de sua detenção em seu gibão naquele momento, naquele exato momento, mas não falou nada. Estava planejando mandá-la à morte, mas ficou sentado do seu lado durante quase o dia todo. Ela riu, conversou e distribuiu seus favores. Sorriu para ele, flertou, sem fazer ideia de que ele tinha decidido que ela iria morrer. Como pôde fazer isso com ela? Como pôde? Como pôde se sentar ao seu lado, com a sua nova amante em pé sorrindo atrás deles dois, e sabendo que em alguns dias Ana estaria morta? Morta, e meu marido morto com ela, o meu marido morrendo por ela, o meu marido morrendo por amor a ela. Que Deus perdoe o meu ciúme. Que Deus a perdoe por seus pecados.

Sentada em seu lugar, suas iniciais se exibindo como uma mancha escura no lado avesso, oculto, do cortinado, estremeço como se alguém tivesse posto o dedo frio em meu pescoço. Se existe um lugar mal-assombrado, esse lugar é aqui. Esse cortinado foi bordado e bordado de novo, com as iniciais de três garotas bonitas condenadas. As costureiras da corte retirarão mais um A em alguns anos? Esse camarote vai acolher outro fantasma? Virá outra rainha depois dessa nova Ana?

— O quê? — me pergunta ela, a nova garota, que nada sabe.

Aponto para os pontos do bordado.

— C: Catarina de Aragão — replico simplesmente. — A: Ana Bolena. J: Jane Seymour. — Viro a cortina do lado direito para que veja suas próprias iniciais orgulhosas e recentes no tecido. — E agora, Ana de Cleves.

Ela me lança seu olhar franco e pela primeira vez penso que talvez a tenha subestimado. Talvez ela não seja uma tola. Talvez por trás desse rosto franco exista uma inteligência sagaz. Por ela não falar minha língua, me dirijo a ela como a uma criança e penso nela com a perspicácia de uma criança. Mas ela não está assustada com esses fantasmas, não é assombrada por eles como eu sou.

Ela encolhe os ombros.

— Rainhas antes — diz ela. — Agora: Ana de Cleves.

Ou isso é muita coragem ou o estoicismo de uma idiota.

— Não está com medo? — pergunto bem baixinho.

Ela compreende as palavras, sei que sim. Posso perceber isso em sua quietude e na súbita inclinação atenta de sua cabeça. Ela me olha direto nos olhos.

— Medo de nada — responde ela. — Nunca medo de nada.

Por um momento sinto vontade de alertá-la. Ela não é a única garota valente a se sentar nesse camarote e ser honrada como rainha, e depois acabar a vida sem o título, enfrentando a morte sozinha. Catarina de Aragão teve a coragem de um cruzado, Ana teve a coragem de uma prostituta. O rei reduziu-as a nada.

— Deve ter cuidado — digo.

— Não ter medo de nada — repete ela. — Nunca medo.

Ana, palácio de Whitehall, janeiro de 1540

Fiquei deslumbrada com a beleza do palácio de Greenwich, mas estou completamente atônita com Whitehall. Parece-se mais com uma cidade do que com um palácio, há milhares de salões, casas, jardins e pátios, por onde somente os nobres parecem saber andar. Foi a residência dos reis da Inglaterra desde sempre, e cada grande lorde e sua família tem sua própria casa construída dentro da meia dúzia de acres em que o palácio se estende. Todo mundo conhece uma passagem secreta, todo mundo conhece um atalho, todo mundo conhece uma porta que é convenientemente deixada aberta para as ruas, e uma vereda que leva rapidamente ao píer, onde se pode conseguir um barco. Todo mundo, menos eu e meus embaixadores de Cleves, que nos perdemos nessa coelheira dezenas de vezes ao dia e que nos sentimos cada vez mais idiotas e mais parecidos a camponeses.

Para além dos portões do palácio está a cidade de Londres, uma das mais populosas e barulhentas cidades do mundo. Desde o alvorecer ouço os gritos dos vendedores ambulantes, mesmo de meus aposentos ocultos bem no interior do palácio. À medida que o dia se impõe, o barulho e os negócios se intensificam, até parecer que não existe nenhum lugar no mundo em paz. Um constante fluxo de pessoas passa pelos portões com coisas para vender e barganhas a fazer e, pelo que Lady Jane me conta, um fluxo contínuo de petições para o rei. Essa é a verdadeira casa do Conselho Privado; o Parlamento fica justo mais adiante na estrada do palácio de Westminster. A Torre de Londres, o ímã fortificado do poder de todo rei, fica logo ali, no rio. Se este grande reino vai ser o meu lar, terei de aprender a andar por este palácio, e depois, por Londres. Não há por que me esconder em meu gabinete, esmagada pelo barulho e agitação, tenho de sair e andar pelo palácio e deixar que as pessoas — que aos milhares apinham o lugar do amanhecer ao anoitecer — olhem para mim.

Meu enteado, príncipe Eduardo, está em visita à corte, vai assistir à justa amanhã. Ele só tem permissão para vir à corte raramente por causa do receio de que contraia uma infecção — e nunca no verão, por medo da peste. Seu pai o venera, por causa de seu cabelo louro, acho; mas também por ser o único menino, o único herdeiro Tudor. Um único menino é uma coisa extremamente preciosa. Todas as esperanças da nova linhagem estão depositadas no pequeno Eduardo.

É uma sorte ele ser uma criança forte e tão saudável. Tem o cabelo da cor do ouro e um sorriso que nos dá vontade de pegá-lo, de abraçá-lo. Mas é muito independente e se sentiria insultado se eu impusesse meus beijos. Portanto, quando vamos ao seu quarto de brinquedos, tenho o cuidado de apenas me sentar ao seu lado, e deixo que os traga para mim, um por um, que ele coloca na minha mão com grande prazer e interesse. "Glish", diz ele. "Maow." E nunca pego sua mãozinha gorducha nem dou um beijinho em sua palma, embora ele erga seus olhos escuros e redondos como uma bala para mim, e dê um sorriso muito doce.

Gostaria de poder passar o dia em seu quarto. Para ele, não tem importância eu não falar inglês ou francês ou latim. Ele me entrega um pião de madeira entalhada e diz, solenemente, "moppet", e replico "moppet", e então ele busca outra coisa. Nós dois não precisamos muito da língua nem de muita inteligência para passar uma hora juntos.

Quando está na hora de ele comer, permite que eu o levante e ponha na cadeira e que me sente com ele, enquanto é servido com toda honra e respeito ordenados por seu pai. Servem-lhe com um joelho flexionado; ele se senta ereto e pega sua porção de qualquer um da dezena de pratos elaborados, como se já fosse rei.

Ainda não digo nada, pois sou sua madrasta há muito pouco tempo, porém mais tarde, talvez depois da minha coroação no mês que vem, perguntarei a milorde o rei se o menino não pode ter um pouco mais de liberdade para correr e brincar, e uma dieta mais simples. Talvez possamos visitá-lo mais vezes em sua própria casa, mesmo que não possa vir à corte. Talvez eu consiga permissão para vê-lo com frequência. Penso no coitadinho sem mãe para cuidar dele, e acho que poderia criá-lo, vê-lo tornar-se rapaz, um bom rapaz que será o rei Eduardo da Inglaterra. E depois poderia rir de mim mesma pelo egoísmo do dever. É claro que quero ser uma boa madrasta e rainha para ele. Porém, mais do que qualquer outra coisa, desejo cuidar dele. Quero ver seu rostinho se iluminar quando eu entrar em seu quarto, não somente por esses poucos dias, mas diariamente. Quero ouvi-lo dizer "ranhana", que é tudo que consegue de "rainha Ana". Quero ensinar-lhe suas orações, as letras, como se comportar. Quero-o para mim. Não somente porque não tem mãe, mas porque não tenho filhos e quero alguém a quem amar.

Não é o meu único enteado, é claro. Mas Lady Elizabeth não tem permissão para vir à corte. É obrigada a ficar no palácio de Hatfield, um pouco distante de Londres, e o rei não a reconhece, a não ser como sua bastarda, gerada por Lady Ana Bolena; e há quem diga que nem isso, mas sim filha de outro homem. Lady Jane Rochford — que sabe tudo — me mostrou um retrato de Elizabeth e apontou para o seu cabelo, vermelho como as brasas de uma lareira, e sorriu como se dissesse que não havia a menor dúvida de que era filha do rei. Mas o rei Henrique tornou seu direito só reconhecer os filhos que quiser, e Lady Elizabeth será criada longe da corte, como uma bastarda real, e casará com um nobre quando tiver idade para isso. A menos que eu consiga falar com ele antes. Talvez, depois de um pouco de tempo casados, se eu for capaz de lhe dar um segundo filho varão, ele se torne mais bondoso com a menina que precisa dessa generosidade.

Em contraste, a princesa Mary tem agora permissão para frequentar a corte, embora Lady Rochford tenha-me dito que ela esteve em desgraça durante anos, desde a contestação de sua mãe. A recusa da rainha Catarina em deixar Henrique livre fez com que ele renegasse o casamento e renegasse sua filha. Tenho de me esforçar para não pensar o pior dele por causa disso. Foi muito tempo atrás, e não me cabe julgar. Mas impor à criança a frieza de que o objeto foi sua mãe, me parece cruel. É como o meu irmão me culpar pelo amor que meu pai sentia por mim. É claro que a princesa Mary não é mais uma criança. É uma moça e pronta para o casamento. Acho que sua saúde é frágil, e ela não tem estado bem para vir me conhecer, embora Lady Rochford diga que ela está bem, mas tenta evitar a corte porque o rei tem mais um noivo em mente para ela.

Não posso culpá-la por isso, primeiro disseram que ela devia se casar com meu irmão William, depois escolheram o príncipe da França e, depois um príncipe Hapsburgo. É natural que o seu casamento seja uma questão de debate contínuo até ser acertado. O que é estranho é o fato de ninguém saber o que está levando ao comprá-la. Não há um grande valor em seu nome, pois o pai a renegou antes e voltou a reconhecê-la, mas pode renegá-la de novo a qualquer momento, na medida em que nada importa a ele a não ser sua própria opinião, que ele diz ser a vontade de Deus.

Quando eu conquistar mais poder e influência com milorde o rei, falarei com ele sobre definir a posição da princesa Mary de uma vez por todas. Não é justo que ela não saiba se é uma princesa ou não é nada, e nunca vai conseguir se casar com um homem de certa posição enquanto sua própria for duvidosa. Acho que o rei não considera o ponto de vista dela. E não há ninguém que a defenda. Sem dúvida a coisa certa a fazer, como sua mulher, é ajudá-lo a ver as necessidades de suas filhas assim como a exigência de sua própria dignidade.

A princesa Mary é uma papista convicta e fui criada em um país que rejeita os abusos de papistas e defende uma igreja mais pura. Talvez sejamos inimigas em relação à doutrina, mas ainda assim podemos ser amigas. Mais do que tudo, quero ser uma boa rainha para a Inglaterra e uma boa amiga dela e, certamente, ela vai entender isso. Apesar de todas as coisas que falam de Catarina de Aragão, todo mundo sabe que ela foi uma boa rainha e uma boa mãe. Tudo o que mais quero é seguir o seu exemplo; sua filha pode até mesmo gostar disso.

Catarina, palácio de Whitehall, janeiro de 1540

Sou chamada para ensaiar uma mascarada, um quadro para abrir o torneio. O rei irá disfarçado de um cavaleiro vindo do mar, e nós seremos as ondas ou peixes ou algo parecido, na pauta de sua música, e seremos seis. Acho que vamos representar as musas, mas não tenho certeza. Agora que penso nisso nem mesmo sei o que musa significa. Mas espero que seja o tipo de coisa que tem uma roupa feita de belas sedas.

Anne Bassett é outra dançarina, e Alison, Jane, Mary, Catarina Carey e eu. De nós seis, Anne provavelmente é a mais bonita, com seu cabelo louro, grandes olhos azuis, e sabe — o que tenho de aprender — olhar para baixo e para cima de novo, como se tivesse ouvido alguma coisa interessante e indecente. Se lhe dizemos o preço de uma peça de tarlatana, ela olha para baixo e para cima de novo, como se tivéssemos lhe sussurrado que a amamos. Mas só se alguém estiver olhando, é claro. Se estivermos a sós, ela não se dá o trabalho de fazer isso. Torna-se mais atraente quando se esforça. Depois dela, sou a garota mais bonita. Ela é filha de lorde e Lady Lisle e uma grande favorita do rei, que gosta muito desse olhar para baixo e para cima e lhe prometeu dar um cavalo, o que acho um bom presente por não fazer nada mais do que bater suas pestanas. Realmente há uma fortuna a fazer na corte, se sabemos como.

Entro na sala correndo porque estou atrasada, e lá está o próprio rei com dois ou três de seus melhores amigos — Charles Brandon, Sir Thomas Wyatt e o jovem Thomas Culpepper — e os músicos, e a pauta na mão.

Faço uma cortesia profunda imediatamente, e vejo que Anne Bassett está lá, na frente, parecendo muito recatada, e com ela estão mais quatro garotas, enfeitadas como um ninho de pequenos cisnes, esperando atrair o olhar real.

Mas ao me ver, é para mim que o rei sorri. Realmente. Vira-se e diz:
— Ah, minha amiguinha de Rochester.
Faço outra reverência e me ergo inclinada à frente, de modo que os homens possam ter uma boa visão do meu decote baixo e de meus seios.
— Sua Graça! — Respiro como se mal pudesse falar de luxúria.
Percebo que todos gostam disso e Thomas Culpepper, que tem os olhos azuis mais encantadores, pisca maliciosamente para mim, como um Howard para outro.
— Você realmente não me reconheceu em Rochester, querida? — pergunta o rei. Atravessa a sala e põe o dedo sob o meu queixo e vira minha cabeça para ele, como se eu fosse uma criança, do que não gosto muito. Mas fico parada e digo:
— Não, senhor, com certeza, não. Mas o reconheceria de novo.
— Como me reconheceria? — pergunta ele indulgentemente, como um pai carinhoso no Natal.

Bem, isso me pega de surpresa porque não sei. Não tenho o que dizer, estava simplesmente sendo agradável. Tenho de responder alguma coisa, mas nada me ocorre. Por isso ergo o olhar para ele como se minha cabeça estivesse cheia de confissões, mas não me atrevo a falar nada, e para meu imenso prazer sinto um leve calor em minhas bochechas e sei que estou corando.

Enrubesço por nada além de vaidade, é claro, e o prazer de ser selecionada pelo rei em pessoa na frente daquela desmazelada Anne Bassett, mas também pelo desconforto de não ter nada a dizer, nem um pensamento na minha cabeça. Mas ele confunde o rubor com modéstia e põe imediatamente minha mão em seu braço e me afasta dos outros. Mantenho os olhos baixos, nem mesmo pisco de volta a Thomas Culpepper.

— Silêncio, menina — diz ele bondosamente. — Pobrezinha, não quis deixá-la embaraçada.
— É muito gentil — é tudo o que consigo murmurar. Dá para ver que Anne Bassett olha para nós com vontade de me matar. — Sou muito tímida.
— Querida criança — diz ele com ardor.
— Foi quando me perguntou...
— Quando perguntei o quê?

Recupero um pouco do fôlego. Se ele não fosse rei, eu saberia como representar melhor. Mas ele é o rei e isso me deixa insegura. Além do mais é um homem com idade bastante para ser meu avô, e parece indecente flertar com ele. Então relanceio os olhos para cima e percebo que tenho razão. Está com aquela expressão no rosto. A expressão que tantos homens assumem ao olhar para mim. Como se quisessem me engolir, me capturar, me devorar em uma única tragada.

— Quando me perguntou se o reconheceria outra vez — digo com a voz frágil, de menina. — Eu reconheceria.

— Como? — Inclina-se à frente para me escutar e, de súbito, percebo em um arroubo de excitação que não importa que ele seja o rei. É doce comigo, como o administrador de minha avó. A mesma expressão suave, amorosa. Juro que a reconheço. Teria de reconhecer, tendo-a visto tantas vezes. É aquela expressão idiota, desmanchada, que a cara dos velhos mostram ao me ver, realmente obscena. É como velhos olham para mulheres jovens, com idade de serem suas filhas, e se imaginam jovens como seus filhos. É a expressão do rosto dos velhos quando desejam uma mulher com idade para ser sua filha, e que sabem que não deveriam desejar.

— Porque é tão bonito — digo, olhando diretamente nos seus olhos, assumindo o risco e vendo o que vai acontecer. — Sua Graça é o homem mais bonito da corte.

Ele fica imóvel, quase como se escutasse uma bela música. Como um homem encantado.

— Você me acha o homem mais bonito da corte? — pergunta ele incrédulo. — Minha doce menina, tenho idade bastante para ser seu pai.

Quase meu avô, verdade seja dita, mas olho para ele.

— Tem? — falo com a voz aguda, como se não soubesse que está com quase 50 e eu ainda não completei 15. — Mas não gosto de garotos. Parecem sempre tão tolos.

— Eles a perturbam? — pergunta ele instantaneamente.

— Oh, não — replico. — Não tenho nada a ver com eles. Mas gostaria de passear e conversar com um homem que conhece um pouco o mundo. Que possa me aconselhar. Alguém em quem eu possa confiar.

— Vai caminhar e conversar comigo nesta mesma tarde — promete ele. — E vai me contar todos os seus pequenos problemas. E se alguém a incomodou da maneira que for, terá de responder por isso.

Faço uma reverência profunda. Estou tão perto dele que minha cabeça quase roça em seus calções. Eu me admiraria muito se isso não o excitou. Ergo o olhar para ele, sorrio e sacudo levemente a cabeça como se maravilhada. Penso que isso é realmente muito bom.

— É uma grande honra — sussurro.

Ana, palácio de Whitehall,
11 de janeiro de 1540

Este é o dia mais maravilhoso da minha vida, sinto que sou realmente rainha. Estou sentada no camarote real, o meu camarote, o camarote da rainha, na construção recente acima dos portões de Whitehall, e embaixo, no nível do terreno da justa, está metade da nobreza da Inglaterra, com cavalheiros eminentes da França e da Espanha que vieram mostrar sua coragem e buscar meu favor.

Sim, o meu favor, pois embora por dentro eu continue a ser Ana de Cleves, não muito considerada nem a mais bonita ou mais doce das garotas Cleves, por fora agora sou a rainha da Inglaterra e é surpreendente como passei a parecer mais alta e mais bela com a coroa em minha cabeça.

O vestido novo me dá mais confiança. Foi feito ao estilo inglês e, apesar de me sentir nua com um decote baixo e sem a peça de musselina até o queixo, finalmente estou me parecendo mais com as outras damas e menos com uma recém-chegada à corte. Estou até mesmo usando um capelo à moda francesa, se bem que o puxei à frente para ocultar meu cabelo. É muito leve e tenho de me conter e não jogar a cabeça e rir com a sensação de liberdade. Não quero parecer mudada demais, leviana demais em meu comportamento. Minha mãe ficaria terrivelmente chocada com a minha aparência, não quero decepcioná-la, nem a meu país.

Já vários rapazes pedem o meu favor para montar nas liças, fazendo uma reverência profunda e sorrindo para mim com um ardor especial em seu olhar. Com um cuidado meticuloso, mantenho a dignidade, concedo meu favor somente àqueles que já têm a sua estima ou em quem já apostou. Lady Rochford é uma conselheira segura nessas questões, ela me manterá longe do perigo de cometer alguma ofensa, e do perigo ainda maior de provocar um escândalo. Nunca me esqueço de que uma rainha da Inglaterra deve estar acima de qualquer sussurro ou flerte. Nunca me esqueço de que acontecia uma justa, exatamente como essa, quando um rapaz e depois outro levaram o lenço da rainha, e esse dia levou à prisão deles por adultério, e seu dia feliz terminou no cadafalso.

Essa corte não se recorda disso; embora os homens que apresentaram as provas e pronunciaram a sentença de sua morte estejam ali hoje, sorrindo e gritando ordens na arena, e aqueles que sobreviveram, como Thomas Wyatt, sorriem para mim como se não tivessem visto outras três mulheres no lugar em que me sento agora.

A arena está flanqueada com tábuas pintadas e assinaladas com postes listrados de verde e branco, as cores dos Tudor, estandartes esvoaçando em cada pau de bandeira. Há milhares de pessoas ali, todas vestidas com suas melhores roupas, em busca de entretenimento. O lugar está ruidoso com as pessoas gritando seus produtos, as garotas vendedoras de flores anunciando seus preços e o tilintar de moedas quando as apostas trocam de mãos. Os cidadãos me saúdam sempre que relanceio os olhos na direção deles, e suas mulheres e filhas agitam seus lenços e gritam "Boa rainha Ana!" quando ergo a mão reconhecendo sua atenção. Os homens jogam os chapéus para o alto e gritam meu nome, e há um fluxo constante de nobres e proprietários de terra ao camarote real para se curvarem sobre minha mão e apresentarem suas damas, e que foram a Londres especialmente para o torneio.

A arena exala o aroma doce de milhares de buquês e areia limpa umedecida, e quando os cavalos entram a galope, são refreados e empinam, levantando uma poeira dourada. Os cavaleiros estão gloriosos em suas armaduras, cada peça polida e lustrosa como prata e a maioria delas belamente trabalhada e incrustada de ricos metais. Os porta-estandartes carregam bandeiras de seda brilhante bordadas com lemas especiais. Muitos vêm como cavaleiros misteriosos, com as viseiras baixadas e nomes estranhos e românticos gritados como seu desafio, alguns estão acompanhados por um bardo que conta em poesia sua história trágica, ou canta a canção deles antes do torneio. Receei que fosse um dia de combates e que eu não fosse entender o que acontecia, mas é tão agradável quanto uma bela representação teatral ver os cavalos se alinharem na liça, os homens bonitos e orgulhosos e a multidão saudando-os.

Desfilam antes do começo e há um quadro vivo para recebê-los na arena. O rei é o centro da cena, vestido como um cavaleiro de Jerusalém e as damas da minha corte estão no cortejo, fantasiadas e sentadas em uma grande carroça conduzida por cavalos ornados com seda azul. Posso ver que representam o mar, mas o que elas significam não sei. Considerando-se o sorriso brilhante da pequena Catarina Howard, na frente, a mão levantada para proteger os olhos, acho que deve representar uma sereia, ou algo no gênero. Certamente está envolvida por uma musselina branca que talvez represente a espuma, e deixou-a, acidentalmente, escorregar deixando exposto um ombro adorável, como se emergisse nua do mar.

Quando eu dominar mais a língua, vou conversar com ela sobre ter mais cuidado com sua reputação e recato. Ela não tem mãe, que morreu quando era pequena, e seu pai é um perdulário negligente que vive no exterior, em Calais. Foi criada pela avó por parte da madrasta, me disse Jane, de modo que talvez não tenha tido ninguém que a alertasse quanto ao rei ficar atento a qualquer tipo de comportamento impróprio. Talvez sua roupa de hoje seja permitida por fazer parte de um quadro vivo; mas a maneira como o pano escorrega deixando à mostra suas costas esguias e alvas é errada, eu sei.

As damas dançam na arena e depois fazem uma reverência e escoltam o rei até o meu camarote, e ele se senta ao meu lado. Sorrio e lhe dou minha mão, como se fizéssemos parte do desfile, e a multidão brada seu prazer ao vê-lo beijá-la. O meu papel é sorrir com doçura e fazer-lhe uma reverência, recebendo-o em seu imponente trono que avulta ao meu. Lady Jane providencia que ele seja servido de uma taça de vinho e doces, e me faz sinal para me sentar ao seu lado.

As damas recuam quando meia dúzia de cavaleiros, todos com armadura escura e uma bandeira azul, surgem, de modo que imagino que sejam a maré ou Netuno, ou qualquer coisa assim. Sinto-me muito ignorante sem entender o significado de tudo isso, mas não tem importância, pois assim que rodeiam o círculo em seus cavalos e os arautos gritam seus títulos e a multidão brame sua aprovação, a justa tem início.

As pessoas estão comprimidas em filas de assentos e o povo mais pobre apinhado nos espaços entre elas. Toda vez que um cavaleiro me apresenta suas armas, a multidão brada sua aprovação e grita "Ana! Ana de Cleves!" repetidamente. Levanto-me e sorrio, aceno agradecendo, não consigo imaginar o que fiz para conquistar tal aclamação pública, mas é maravilhoso saber que o povo da Inglaterra se afeiçoou a mim, tão natural e facilmente quanto me afeiçoei a ele. O rei se levanta do meu lado e pega minha mão na frente de todos.

— Muito bem — diz ele concisamente, e depois sai do camarote. Olho para Lady Jane, para o caso de eu ter de acompanhá-lo. Ela nega sacudindo a cabeça.

— Ele foi falar com os cavaleiros — diz ela. — E com as garotas, é claro. A rainha fica aqui.

Sento-me e vejo que o rei apareceu em seu próprio camarote real no lado oposto ao do meu. Acena para mim e eu aceno para ele. Ele senta-se e eu me sento alguns instantes depois.

— Já é amada — me diz, em voz baixa, lorde Lisle, em inglês, e entendo.

— Por quê?

Ele sorri.

— Porque é jovem. — Faz uma pausa enquanto balanço a cabeça indicando que compreendo. — Querem que tenha um menino. Porque é bonita, e porque sorri e acena para eles. Querem uma rainha bonita e feliz que lhes dará um menino.

Encolho ligeiramente os ombros diante das maneiras simples desse povo complicado. Se tudo o que querem é que eu seja feliz, é fácil. Nunca fui tão feliz em toda a minha vida. Nunca estive tão longe da reprovação de minha mãe e da ira de meu irmão. Sou uma mulher por conta própria, com minha própria posição, com meus próprios amigos. Sou rainha de um grande país, que acho que se tornará ainda mais próspero e mais ambicioso. O rei é um mestre excêntrico de uma corte nervosa, até mesmo eu sou capaz de perceber isso. Mas aqui talvez eu faça diferença. Posso dar a essa corte a estabilidade de que precisa, posso até mesmo ser capaz de aconselhar o rei a ter mais paciência. Posso ver minha vida aqui, posso me imaginar como rainha. Sei que posso fazer isso. Sorrio para lorde Lisle, que tem estado distante de mim nos últimos dias e que não tem sido tão agradável.

— Obrigada — digo. — Espero que sim.

Ele assente com a cabeça.

— Está bem? — pergunto constrangida. — Feliz?

Ele parece surpreso com a minha pergunta.

— Ahn, sim. Sim, Sua Graça.

Procuro a palavra de que preciso.

— Nenhum problema?

Por um instante percebo o medo que passa por sua expressão, a intenção momentânea de confiar seu pensamento a mim. Então, a expressão se desfaz.

— Nenhum problema, Sua Graça.

Vejo seus olhos dirigirem-se para o lado oposto da arena, onde o rei está sentado. Lorde Thomas Cromwell está ao seu lado, cochichando algo em seu ouvido. Sei que em uma corte sempre há facções, o favor de um rei vem e vai. Talvez lorde Lisle tenha ofendido o rei de alguma maneira.

— Sei que ser bom amigo meu — digo.

Ele confirma com a cabeça.

— Que Deus proteja Sua Graça aconteça o que acontecer — diz ele e se afasta de meu assento, se posicionando no fundo do camarote.

Observo o rei se levantar e ir até a frente do camarote. Um pajem o mantém firme em sua perna machucada. Ele pega a manopla e a segura acima da cabeça. A multidão silencia-se, os olhos fixos nele, em seu maior rei, o homem que se fez rei, imperador e papa. Então, quando toda a atenção está nele, faz uma mesura para mim e um gesto com sua manopla. A multidão clama sua aprovação. Devo dar início à justa.

Levanto-me com o dossel dourado acima de minha cabeça. Dos dois lados do camarote, as cortinas balançam o verde e o branco, as cores dos Tudor, minhas iniciais estão por toda parte, meu brasão está por toda parte. As iniciais de todas as outras rainhas estão apenas no lado do avesso das cortinas e não estão visíveis. A julgar por hoje, só há uma rainha: eu. A corte, o povo, o rei, todos conspiram para esquecer as outras e não sou eu que vou fazê-los se lembrar. Esta justa é para mim, como se eu fosse a primeira das rainhas de Henrique.

Ergo a mão e a arena toda silencia. Deixo cair minha luva e nos dois extremos da linha dos combatentes, os cavalos se precipitam quando as esporas pressionam seus flancos. Os dois cavaleiros se arremessam um na direção do outro, o que está à esquerda, lorde Richman, baixa sua lança um pouco depois e atinge seu alvo. Com um baque tremendo, como um machado golpeando uma árvore, a lança atinge seu adversário no centro do seu peitoral e o homem urra e cai do cavalo, jogado violentamente para trás. Lorde Richman conduz seu cavalo para o fim da linha, e seu escudeiro o segura, enquanto ele ergue a viseira e olha para o seu adversário caído na areia.

Entre as mulheres, Lady Lisle dá um breve grito e se levanta.

Instável, o rapaz se levanta, suas pernas vacilando.

— Ele está machucado? — pergunto em voz baixa a Lady Rochford.

Ela assiste avidamente.

— Talvez — replica ela, seu tom de voz exultante, encantado. — É um esporte violento. Ele conhece os riscos.

— Tem um... — Não conheço a palavra inglesa para médico.
— Está andando. — Ela aponta. — Não se feriu.
Tiram seu elmo, ele está branco como neve, pobre rapaz. Seu cabelo castanho cacheado está escuro de suor e grudado em sua face pálida.
— Thomas Culpepper — diz Lady Rochford. — Um parente distante meu. Um garoto bonito. — Lança-me um sorriso dissimulado. — Lady Lisle deu-lhe seu favor, ele tem uma reputação perigosa com as mulheres.
Sorrio para ele quando dá alguns passos vacilantes para se aproximar do meu camarote e me faz uma reverência. Seu escudeiro mantém a mão em seu cotovelo para ajudá-lo a se levantar.
— Pobre garoto — digo. — Pobre garoto.
— Sinto-me honrado em cair a seu serviço — diz ele. Suas palavras são obscurecidas pelo ferimento em sua boca. É um rapaz incrivelmente belo e até mesmo eu, criada pela mais severa das mães, tenho um súbito desejo de retirá-lo da arena e banhá-lo.
— Com sua permissão, montarei para Sua Graça de novo — diz ele. — Talvez amanhã, se puder.
— Sim, mas tome cuidado — replico.
Ele me dá o sorriso mais doce e desventurado, faz uma reverência e se põe de lado. Manqueja para fora da arena e o vencedor dessa primeira justa cavalga a meio-galope ao redor do círculo externo, a lança erguida, agradecendo os gritos da multidão que apostou nele. Olha para trás, para minhas damas, e Lady Lisle está olhando para o rapaz como se o adorasse, e Catarina Howard, com um manto sobre a fantasia, observa-o do fundo do camarote.
— Chega — digo. Tenho de aprender a comandar minhas damas. Têm de se comportar como minha mãe gostaria. A rainha da Inglaterra e suas damas devem estar acima de qualquer crítica. Certamente nós três não podemos ficar boquiabertas ao vermos um rapaz bonito. — Catarina vá se vestir já. Lady Lisle, onde está milorde seu marido?
As duas assentem com a cabeça, e Catarina sai rapidamente. Volto a me sentar em meu trono enquanto outro campeão e seu desafiante entram no círculo. Dessa vez o poema é muito longo e em latim, e minha mão move-se para o meu bolso onde uma carta farfalha. É de Elizabeth, a princesa de 6 anos. Eu a li e reli tantas vezes que sei que a entendi, na verdade a sei quase toda de cor. Ela me promete respeito como rainha e sua absoluta obediência a mim como sua mãe.

Quase choro por ela, menina querida, criando essas frases solenes e as copiando várias vezes, até sua letra parecer regular como a de qualquer escrivão real. Claramente ela espera vir à corte e, de fato, acho que deveria ter permissão para fazer parte do meu séquito. Tenho damas de honra que não são muito mais velhas do que ela, e seria um grande prazer tê-la comigo. Além do mais, ela vive praticamente sozinha, em sua casa com sua governanta e babá. O rei não iria preferir que ela ficasse perto de nós, que fosse supervisionada por mim?

Há uma fanfarra de trombetas e ergo o olhar para ver os cavaleiros irem para um lado e saudarem enquanto o rei atravessa claudicando a arena até ficar na frente do meu camarote. Os pajens correm a abrir as portas para que ele suba os degraus. Tem de ser suspenso por um jovem de cada lado. Já o conheço o bastante para saber que isso na frente de uma multidão vai deixá-lo mal-humorado. Sente-se humilhado e embaraçado, e o seu primeiro desejo vai ser humilhar alguém. Levanto-me e faço uma mesura para recebê-lo. Nunca sei se devo estender a mão ou me inclinar à frente para o caso de ele querer me beijar na boca e todos gritarem vivas. Hoje, diante do povo que gosta de mim, ele me puxa e me beija na boca. É astuto, sempre faz alguma coisa para agradar o povo.

Senta-se em sua cadeira e me sento ao seu lado.

— Culpepper levou um golpe duro — diz ele.

Não entendo bem, portanto não falo nada. Há um silêncio constrangedor e, claramente, é minha vez de falar. Tenho de me esforçar para encontrar algo a dizer e as palavras corretas em inglês. Finalmente, encontro.

— Gosta de lutar? — pergunto.

A carranca que faz para mim é aterradora, suas sobrancelhas se estreitam de tal modo que quase cobrem seus olhos pequenos e furiosos. Claramente eu disse algo errado e o insultei profundamente. Hesito, não sei por que o que disse é tão grave.

— Perdão... — gaguejo.

— Se gosto de lutar? — repete ele com amargura. — Na verdade sim, gostaria de lutar, mas como sou aleijado, e sofro da dor de um ferimento que nunca se cura, que me destrói a cada dia, seria a morte para mim. Provavelmente, em alguns meses. Isso faz ser uma agonia andar, uma agonia me levantar e uma agonia montar, mas nenhum idiota pensa nisso.

Lady Lisle se adianta.

— Senhor, Sua Graça, o que a rainha quis dizer é se gosta de assistir à justa — diz ela rapidamente. — Ela não teve intenção de ofendê-lo, Sua Graça. Ela está aprendendo a nossa língua com uma rapidez notável, mas não consegue evitar alguns pequenos erros.

— Ela não consegue evitar ser tão boçal — grita para ela. O cuspe de sua boca atinge o rosto dela, mas ela não se retrai. Faz uma reverência profunda e assim permanece.

Ele a olha, mas não manda que se levante. Deixa-a nessa posição desconfortável e se vira para mim.

— Gosto de assistir porque é tudo o que me restou — fala rispidamente. — Você não sabe de nada. Fui o maior campeão. Vencia todos. Não uma vez, mas todas as vezes. Lutava disfarçado para que ninguém me favorecesse, e mesmo quando me atacavam com toda a violência que podiam, eu os derrotava. Fui o maior campeão da Inglaterra. Ninguém conseguia me derrotar, eu montaria o dia todo, quebraria dezenas de lanças. Entende isso, sua boçal?

Ainda abalada, assenti com a cabeça, se bem que, na verdade, ele fale tão rápido e com tanta raiva que não entendo praticamente nada do que diz. Tento sorrir, mas meus lábios estão tremendo.

— Ninguém conseguia me vencer — insiste ele. — Nunca. Nenhum cavaleiro. Fui o maior da Inglaterra, talvez do mundo. Eu era invencível, e capaz de montar o dia todo e dançar a noite toda, e me levantar no dia seguinte ao alvorecer para caçar. Você não sabe de nada. Nada. Se gosto de justas? Meu Deus, fui o coração dos cavaleiros! Fui o queridinho do povo, o centro dos torneios! Não havia ninguém como eu! Fui o maior cavaleiro desde a távola redonda! Fui uma lenda.

— Ninguém que o viu jamais se esquecerá disso — diz Lady Lisle, erguendo a cabeça. — É o maior cavaleiro que já se apresentou. Até hoje, nunca vi outro igual. Não existe outro igual. Nenhum deles se compara à Sua Graça.

— Humm — diz ele irritado, e se cala.

Há uma longa e constrangedora pausa e não há ninguém combatendo para distrair a nossa atenção, e todos estão esperando que eu diga algo agradável ao meu marido, que fica em silêncio, o cenho franzido para as ervas no chão.

— Oh, levante-se — diz ele irritado a Lady Lisle. — Seus velhos joelhos vão se enrijecer se ficar abaixada por mais tempo.

— Tenho carta — falo baixo, tentando mudar de assunto, mudar para algo menos controverso.

Ele vira-se e olha para mim, tenta sorrir, mas vejo que está irritado comigo, com meu sotaque, como meu discurso hesitante.

— Você tem carta — repete ele, imitando grosseiramente.
— Da princesa Elizabeth — digo.
— Lady — replica ele. — Lady Elizabeth.
Hesito.
— Lady Elizabeth — digo obedientemente. Pego minha carta preciosa e a estendo a ele. — Ela pode vir? Pode viver comigo?
Ele tira a carta da minha mão e tenho de me conter para não arrancá-la de volta. Quero guardá-la. É a minha primeira carta de minha pequena enteada. Ele torce os olhos para olhá-la e depois estala os dedos para seu pajem que lhe dá seus óculos. Ele os põe para ler, mas esconde o rosto do povo, para que a gente comum não saiba que o rei da Inglaterra está perdendo a vista. Examina a carta rapidamente, depois a entrega, com os óculos, para o pajem.
— É minha carta — falo baixo.
— Vou responder por você.
— Ela pode vir?
— Não.
— Sua Graça, por favor?
— Não.
Hesito, mas minha natureza obstinada, aprendida sob o pulso duro de meu irmão, uma criança de mau gênio, mimada, exatamente como esse rei, me incita.
— Por que não? — pergunto. — Ela escrever para mim, pedir para mim, quero vê-la. Por que não?
Ele se levanta, se apoia no espaldar da cadeira para olhar para mim.
— Ela teve uma mãe tão diferente de você, de todas as maneiras, que não devia pedir a sua companhia — diz ele sem rodeios. — Se ela tivesse conhecido sua mãe, nunca teria pedido para vê-la. E é isso que vou dizer a ela. — Então, desce a escada saindo do meu camarote, e atravessa a arena para o seu.

Jane Bolena, palácio de Whitehall, fevereiro de 1540

Fico esperando ser convocada por milorde duque em algum momento durante o torneio, mas ele não manda me chamar. Talvez ele também esteja se lembrando daquela primavera, de Ana deixando cair o lenço e da risada de suas amigas. Talvez nem mesmo ele consiga escutar o som da trombeta sem pensar no seu rosto pálido e desesperado naquela manhã quente que anunciava o início da primavera. Ele aguarda o fim do torneio e que a vida no palácio de Whitehall volte à normalidade, e então me chama aos seus aposentos.

Este é um palácio perfeito para se conspirar, onde todos os corredores circundam uns aos outros, todo pátio tem um pequeno jardim no centro, onde pessoas podem se encontrar acidentalmente, onde cada aposento tem no mínimo duas entradas. Nem mesmo eu conheço todas as saídas secretas dos quartos para comportas ocultas. Nem mesmo Ana conhecia, nem mesmo meu marido, George, que escapulia com tanta frequência.

O duque ordena que eu o procure privadamente depois do jantar e, portanto, saio furtivamente do salão, sigo o caminho mais longo, para o caso de alguém me ver antes de entrar em seus aposentos, sem bater, em silêncio.

Ele está sentado do lado da lareira. O criado retira os pratos e vejo que jantou sozinho, e comeu melhor do que nós no salão, imagino. A cozinha fica tão distante do salão de jantar nesse palácio antiquado que a comida chega quase fria. Todos que têm aposentos privados mandam sua comida ser preparada em suas próprias câmaras. O duque tem os melhores aposentos aqui, assim como em quase toda parte. Somente Cromwell fica mais bem-instalado do que o chefe da nossa casa. Os Howard sempre foram a primeira das famílias, mesmo quando sua garota não está no trono. Há sempre trabalho sujo a fazer e essa é a nossa especialidade. O duque faz sinal para o criado sair e me oferece um copo de vinho.

— Sente-se — diz ele.

Percebo por essa honra que o trabalho que tem para mim será confidencial, e talvez arriscado. Sento-me e bebo um gole do vinho.

— Como vão as coisas nos aposentos da rainha? — pergunta em tom de voz agradável.

— Muito bem — replico. — Ela aprende a nossa língua com rapidez, já entende quase tudo, acho. Alguns subestimam sua compreensão do idioma. Devem ficar alertas.

— Certo — concorda ele. — E seu temperamento?

— Agradável — respondo. — Não demonstra sentir nenhuma falta de casa. Na verdade, parece ter grande interesse e afeição pela Inglaterra. É boa com as damas mais jovens, vigia-as e as estima, e tem padrões exigentes. Mantém o controle em seus aposentos. É praticante, mas não excessivamente religiosa.

— Reza como uma protestante?

— Não, ela obedece à ordem de serviço do rei — replico. — É meticulosa nisso.

Ele balança a cabeça assentindo.

— Nenhum desejo de retornar a Cleves?

— Nenhum que já tenha mencionado.

— Estranho.

Ele espera. É a sua maneira. Fica em silêncio até a pessoa se sentir obrigada a comentar.

— Acho que há um sentimento ruim entre ela e seu irmão — digo finalmente. — E acho que a rainha Ana era amada pelo pai que adoeceu por causa da bebida no fim de sua vida. Parece que o irmão assumiu seu lugar e sua autoridade.

Ele balança a cabeça compreendendo.

— Portanto, não há nenhuma chance de ela descer do trono e ir para casa?

Sacudo a cabeça.

— Nunca. Ela gosta de ser rainha e nutre a ilusão de poder vir a ser a mãe das crianças reais. Teria o príncipe Eduardo do seu lado, se pudesse, e ficou extremamente desapontada por não poder ver a princ... Lady Elizabeth. Espera gerar filhos dela mesma e quer reunir seus enteados à sua volta. Está planejando sua vida aqui, seu futuro. Ela não partirá por vontade própria, se é isso que tem em mente.

Ele abre as mãos.

— Não tenho nada em mente — replica mentindo.

Espero que me diga o que quer.

— E a garota? — pergunta ele. — A nossa jovem Catarina. O rei gosta dela, não gosta?

— Muito — concordo. — E ela é esperta com ele, como uma mulher com o dobro da sua idade. É muito habilidosa. Parece completamente doce e inocente, e se expõe como uma prostituta de Smithfield.*

— Realmente encantadora. Ela tem ambições?

— Não, somente ganância.

— Ela não pensa no fato de o rei já ter desposado damas de honra de suas esposas?

— Ela é uma tola — digo francamente. — Ela flerta com habilidade porque isso é o que lhe dá mais prazer, mas não consegue planejar mais do que um cãozinho de estimação.

— Por que não? — Ele está momentaneamente distraído.

— Ela não pensa no futuro, não consegue imaginar além da próxima mascarada. É capaz de usar artifícios para ganhar uma bala, mas nem sequer sonha que possa aprender a caçar e conquistar o prêmio maior.

— Interessante. — Expõe os dentes amarelos em um sorriso. — Você sempre é interessante, Jane Bolena. Voltemos ao rei e à rainha. Eu o acompanho ao quarto dela noite sim, noite não. Sabe se ele já conseguiu consumar o ato?

— Todas temos certeza de que não — replico. Baixo a voz, apesar de saber que estou segura nesses aposentos. — Acho que é impotente.

— Por que acha isso?

Dou de ombros.

— Aconteceu com Ana, nos últimos meses. Todos sabemos disso.

Ele dá uma risadinha.

— Sabemos agora.

Foi George, o meu George que disse ao mundo que o rei era impotente, quando estava sendo julgado. Típico de George, sem nada a perder, dizer o que

---

*Smithfield, distrito da cidade de Londres, foi usado para feiras, mercados, justas e execuções. (N. da T.)

não é para ser dito, a única coisa que deveria ter mantido em segredo. Estava desafiando o cadafalso.

— Ele demonstrou-lhe estar insatisfeito? Ela sabe que não o agrada?

— Ele é bastante cortês, mas frio. Como se nem mesmo pensasse nela com prazer. Como se ele não conseguisse ter prazer com nada.

— Acha que ele conseguiria fazer isso com outra?

— Ele está velho — começo, mas o olhar fixo do velho duque me lembra que ele próprio não é mais nenhum jovenzinho. — O que não o impediria, é claro. Mas sofre com a dor na perna e acho que isso se agravou nos últimos tempos. Certamente o mau cheiro piorou e ele manca pesadamente.

— Também percebi.

— E sofre de constipação.

Ele faz uma careta.

— Como todos sabemos. — O último movimento dos intestinos do rei é uma preocupação constante na corte, por interesse próprio e dele. Quando está constipado seu gênio fica muito pior.

— E ela não faz nada para excitá-lo.

— Ela o desencoraja?

— Não exatamente, mas o meu palpite é de que ela não faz nada para ajudá-lo.

— Ela é maluca? Se quer permanecer casada tem de gerar um filho varão dele.

Hesito.

— Creio que foi advertida a não parecer leviana ou lasciva. — Ouço um gorgolejo de risada no fundo de minha voz. — Sua mãe e seu irmão são muito austeros, acho. Ela foi criada com muita severidade. Sua grande preocupação parece ser não dar ao rei motivo para se queixar de que é amorosa e ardente.

Ele dá uma gargalhada.

— O que eles pensam? Enviariam um bloco de gelo a um rei desse tipo e ficaria esperando que ele agradecesse? — Então fica sóbrio de novo. — Então, acha que ela continua virgem? Ele não conseguiu nada?

— Sim, senhor, acho que é virgem.

— Ela vai ficar ansiosa com essa questão, suponho.

Bebo um gole do vinho.

— Não tem ninguém com quem ela confidencie, até onde sei. É claro que talvez fale com suas conterrâneas, em sua língua, mas elas não são íntimas, não há cochichos pelos cantos. Talvez ela se sinta envergonhada. Ou seja discreta. Acho que está mantendo o fracasso do rei um segredo entre eles dois.

— Louvável — diz ele secamente. — Incomum em uma mulher. Acha que ela falaria com você?

— Talvez. O que quer que ela fale?

Ele faz uma pausa.

— A aliança com Cleves pode não ser mais tão importante — diz ele. — A amizade entre França e Espanha está enfraquecendo. Quem sabe não estará se rompendo enquanto falamos? Portanto, se não são mais aliadas, não precisamos mais da amizade dos luteranos da Alemanha contra os papistas unidos da França e Espanha. — Faz uma pausa. — Vou à França pessoalmente, por ordem do rei, à corte do rei Francisco, para descobrir até onde vai sua amizade com a Espanha. Se o rei Francisco me disser que não tem amor pela Espanha, que está cansado deles e de sua perfídia, talvez escolha se unir à Inglaterra contra eles. Neste caso, não precisaremos da amizade de Cleves, não precisaremos de uma rainha de Cleves no trono. — Faz uma pausa para enfatizar seu discurso. — Nesse caso, seria melhor um trono vazio. Seria mais proveitoso se o nosso rei estivesse livre para se casar com uma princesa francesa.

Minha cabeça está girando, como quase sempre acontece quando falo com o duque.

— Milorde, está dizendo que o rei poderia fazer uma aliança com a França agora, e que, portanto, não precisaria mais do irmão da rainha Ana como amigo?

— Exatamente. Não somente não precisaria dele, como a amizade com Cleves poderia se tornar um embaraço. Se França e Espanha não estão se armando contra nós, não precisamos de Cleves, não queremos ficar presos aos protestantes. Podemos nos aliar à França ou à Espanha. Podemos querer nos unir aos grandes jogadores de novo. Podemos até mesmo nos reconciliar com o papa. Se Deus ficar do nosso lado, poderemos conseguir que o rei seja perdoado, que a antiga religião seja restaurada e fazer a Igreja da Inglaterra retornar ao controle do papa. Tudo, como sempre com o rei Henrique, é possível. Em todo o Conselho Privado havia um único homem que achava que o duque William se revelaria um grande trunfo, e esse homem está para cair.

Eu me espanto.

— Thomas Cromwell está para cair?

Ele faz uma pausa.

— A missão diplomática mais importante, a da descoberta do sentimento na França, foi designada a mim e não a Thomas Cromwell. Thomas Cromwell fez a aliança com Cleves. Thomas Cromwell fez o casamento com Cleves. Acontece que não precisamos da aliança, e o casamento não foi consumado. Acontece que o rei não gosta da potranca de Cleves. *Ergo*, ou seja, "portanto", minha cara Lady Rochford, *ergo* podemos dispensar a potranca, o casamento, a aliança e o agenciador: Thomas Cromwell.

— E o senhor se tornará o principal conselheiro do rei?
— Talvez.
— O senhor o aconselharia a fazer a aliança com a França?
— Se for a vontade de Deus.
— E por falar em Deus, ele se reconciliou com a Igreja?
— A Santa Igreja Romana — me corrige ele. — Se Deus quiser, ainda a veremos ser restaurada. Há muito tempo é o que desejo, e metade do país sente como eu.
— E então a rainha luterana não tem mais importância?
— Exatamente, não tem. Ela é um obstáculo.
— E tem outra candidata?

Ele sorri para mim.

— Talvez. Talvez o rei já tenha escolhido, ele próprio, a outra candidata. Talvez sua imaginação tenha-se iluminado e sua consciência lhe obedecerá.
— A pequena Kitty Howard.

Ele sorri.

Falo sem pensar:

— E o que será da jovem rainha Ana?

Há um longo silêncio.

— Como vou saber? — replica ele. — Talvez ela aceite o divórcio, talvez tenha de morrer. Tudo o que sei é que está no meu caminho e terá de sair.

Hesito.

— Ela não tem amigos neste país, a maioria de seus conterrâneos já partiu. Ela não tem nenhum apoio nem conselho de sua mãe ou de seu irmão. Ela corre risco de vida?

Ele encolhe os ombros.

— Somente se for culpada de traição.

— Como poderia ser? Não sabe falar inglês, não conhece ninguém além das pessoas que lhe apresentamos. Como poderia conspirar contra o rei?

— Ainda não sei. — Sorri para mim. — Talvez um dia eu lhe peça para me dizer como ela foi traidora. Talvez você se apresente diante de um tribunal e ofereça prova de sua culpa.

— Não — replico com frieza.

— Você fez isso antes — fala ele com mordacidade.

— Não.

Catarina, palácio de Whitehall, fevereiro de 1540

Estou escovando o cabelo louro e comprido da rainha, ela diante do espelho de moldura prateada. Está olhando para o seu reflexo, mas seus olhos estão apáticos, ela não está vendo a si mesma. Imaginem só! Ter um espelho assim tão maravilhoso, que permite um reflexo perfeito, e não se olhar nele! Parece que levei a vida tentando ter uma visão de mim mesma em bandejas de prata e pedaços de vidro, até mesmo me debruçando no poço em Horsham, e aí está ela diante de um espelho maravilhoso e não sente nenhum fascínio. Realmente ela é bem peculiar. Atrás dela, admiro o movimento da manga do meu vestido enquanto minhas mãos se movem para cima e para baixo, curvo-me um pouco para ver o meu próprio rosto e inclino a cabeça para um lado, para ver a luz em minhas bochechas, depois inclino-a para o outro lado. Tento um leve sorriso, depois ergo as sobrancelhas como se estivesse surpresa.

Olho para baixo e me deparo com ela me observando, e então dou um risinho e ela sorri.

— Você é uma garota bonita, Catarina Howard — diz ela.

Bato as pestanas para nossas imagens refletidas.

— Obrigada.

— Eu não sou — diz ela.

Uma das coisas constrangedoras no fato de ela não falar a língua direito é que faz essas declarações terrivelmente diretas e a gente fica sem saber como responder. É claro que ela não é tão bonita como eu, mas, por outro lado, tem um cabelo lindo, grosso e lustroso, um rosto agradável e uma pele boa e clara, e olhos realmente lindos. Ela devia se lembrar de que quase ninguém na corte é bonito como eu, portanto, não precisa se condenar por causa disso.

Ela não tem nenhum charme, mas isso em parte por ser tão rígida. Não sabe dançar, não sabe cantar, não pode conversar. Nós estamos lhe ensinando a jogar cartas e tudo o mais, como dançar, música, cantar, coisas de que ela não tem realmente a menor ideia. Mas nesse meio-tempo ela é assustadoramente obtusa. E esta não é uma corte em que a bondade de uma obtusa conte muito. Não mesmo.

— Bonito cabelo — digo prestativa.

Ela aponta para o capelo na mesa à sua frente, que é muito grande e pesado.

— Não bom — diz ela.

— Não — concordo. — Muito ruim. Experimentar meu? — Uma das coisas realmente engraçadas ao se tentar falar com ela é que se começa a falar como ela. Eu a imito para as damas jovens à noite, quando deveríamos estar dormindo. "Vocês dorme agora", digo no escuro, e todas caímos na gargalhada.

Ela fica contente com a oferta.

— Seu capelo? Sim.

Tiro os grampos, depois o capelo. Dou uma olhada de relance para mim mesma no espelho enquanto tiro o capelo e meu cabelo se solta. Isso faz eu me lembrar do querido Francis Dereham que adorava retirar meu capelo e passar meu cabelo solto em seu rosto. Ao me ver fazer isso em um bom espelho, com um reflexo fiel pela primeira vez na minha vida, compreendo como eu era atraente para ele. Realmente não posso culpar o rei de me olhar daquele jeito, não posso culpar John Beresby ou o novo pajem que está com lorde Seymour. Thomas Culpepper não tirou os olhos de mim no jantar da noite passada. De fato, a minha aparência está extraordinariamente boa desde que vim para a corte, e pareço ficar mais bonita a cada dia.

Com delicadeza passo o capelo para ela, e quando o pega, ponho-me atrás dela para puxar seu cabelo enquanto o coloca na cabeça.

A melhora é extraordinária; até mesmo ela nota. Sem a moldura quadrada pesada de seu capelo alemão, assentado como uma laje em sua testa, seu rosto se torna mais redondo e mais bonito.

Mas então ela puxa meu belo capelo para a frente, de modo que fica praticamente sobre suas sobrancelhas, exatamente como usou o novo capelo francês no torneio. Está ridícula. Emito um som de irritação e o empurro bem para trás de sua cabeça, depois puxo algumas mechas de cabelo para a frente, para mostrar seu volume louro e brilhante.

Contritamente, ela sacode a cabeça e o puxa de novo para a frente, deixando seu lindo cabelo fora de vista.

— É melhor assim — diz ela.

— Não muito bonito! Não bonito! Tem de usá-lo para trás. Para trás! — exclamo.

Ela sorri com o volume de minha voz.

— Francês demais — é tudo o que diz.

Ela me cala. Acho que tem razão. A última coisa que qualquer rainha da Inglaterra vai querer parecer é francesa demais. Os franceses são definitivamente a última palavra em despudor e imoralidade, e uma rainha inglesa anterior, educada na França, essencialmente francesa, minha prima Ana Bolena, foi quem introduziu o capelo francês na Inglaterra e só o tirou para pôr a cabeça no tronco. A rainha Jane usava o capelo inglês em um triunfo do recato. É parecido com o alemão, medonho, somente um pouquinho mais leve e arqueado, e é esse que a maior parte das mulheres usa hoje. Eu não: uso o capelo francês e para trás o máximo possível, e fica bem em mim, e ficaria bem na rainha também.

— Usou-o na justa e ninguém caiu duro — argumento. — É a rainha. Faça como quiser.

Ela balança a cabeça assentindo.

— Talvez — diz ela. — O rei gosta?

Bem, sim, gosta desse capelo, mas só porque estou debaixo dele. É um velho tão apaixonado que acho que gostaria de mim mesmo que eu usasse uma boina de bufão e dançasse com aquelas roupas coloridas, sacudindo uma bexiga de porco com guizos.

— Gosta muito disso — digo negligentemente.

— Ele gosta rainha Jane? — pergunta ela.

— Sim. Gostava. E ela usava um capelo horroroso, como o seu.

— Ele vai para a cama dela?

Cristo, não sei aonde vai dar isso, mas queria que Lady Rochford estivesse ali.

— Não sei, não estava na corte nessa época — replico. — Francamente, vivia com minha avó. Eu era apenas uma menina. Pode perguntar a Lady Rochford, ou a qualquer uma das damas mais velhas. Pergunte a Lady Rochford.

— Ele dá beijo boa noite em mim — diz ela de súbito.
— Isso é bom — digo com a voz sumida.
— Beija bom dia.
— Oh.
— Só isso.

Olho em volta, a câmara de vestir está vazia. Normalmente, haveria uma meia dúzia de damas ali, não sei onde todas se meteram. Às vezes, ficam por aí, não há nada mais ocioso do que garotas, na verdade. Vejo por que irrito tanto todo mundo. Mas agora realmente preciso de ajuda com essa confissão constrangedora e não há absolutamente ninguém aqui.

— Oh — digo de maneira lânguida.
— Só: beijo, boa noite, e depois beijo, bom dia.

Balanço a cabeça compreendendo. Onde estão aquelas vadias preguiçosas?

— Nada mais — diz ela, como se eu fosse tão idiota que não entendesse a coisa realmente desastrosa que ela está me contando.

Balanço a cabeça de novo. Peço a Deus que alguém chegue. Ninguém. Ficaria feliz até mesmo de ver Anne Bassett agora.

— Ele não pode fazer mais — diz ela de forma direta.

Percebo uma sombra subir à sua face, a coitada está corando de constrangimento. Paro imediatamente de me sentir sem jeito e sinto muita pena dela. Contar é tão constrangedor para ela quanto escutar é para mim. Na verdade, deve ser pior para ela, pois está tendo de me dizer que seu marido não sente nenhum desejo por ela, e que não sabe o que fazer a respeito. É uma mulher muito tímida, muito recatada. E Deus sabe que eu não.

Seus olhos estão cheios de lágrimas e suas bochechas ficam cada vez mais vermelhas. Coitadinha, penso. Coitadinha. Imagino ter um marido velho e feio que não é capaz de fazer isso. O quanto não será nojento? Graças a Deus estou livre para escolher meus amantes e Francis era jovem e de pele lustrosa como a de uma serpente, e me mantinha acordada a noite toda com seu desejo insaciável. Mas ela está presa a um velho doente e terá de encontrar uma maneira de ajudá-lo.

— Sua Graça o beija? — pergunto.
— Não — diz ela direto.
— Ou... — Faço um movimento com minha mão direita ligeiramente fechada na altura do quadril. Ela entende perfeitamente o que quero dizer.
— Não! — exclama, completamente chocada. — Meu bom Deus, não!

— Bem, vai ter de fazer isso — replico francamente. — E deixar que a veja, com as velas acesas. Saia da cama e se dispa. — Faço um pequeno gesto para indicar como deve deixar sua camisa escorregar por seus ombros, deslizar por seus seios. Viro-me de costas para ela e olho por cima do ombro com um leve sorriso, e me abaixo ainda olhando por cima do ombro. Nenhum homem resiste a isso, eu sei.

— Pare — diz ela. — Não bom.

— Muito bom — replico com firmeza. — Precisar fazer. Precisar ter bebê.

Ela vira o rosto para um lado e para o outro, como um pobre animal acuado.

— Precisar ter bebê — repete ela.

Mostro como deve abrir a camisa, passo a mão por meios seios até meu traseiro. Fecho os olhos e suspiro como se tomada por um prazer incrível.

— Assim. Faça assim. Deixe que veja.

Ela olha para mim com a expressão muito grave.

— Não posso — diz ela baixinho. — Catarina, não posso fazer nada disso.

— Por que não? Se ajudar? E se isso ajudar o rei?

— Francês demais — replica ela com tristeza. — Francês demais.

Ana, Hampton Court, março de 1540

Essa grande corte está de mudança, do palácio de Whitehall para outra das casas do rei, chamada Hampton Court. Ninguém a descreveu para mim, mas estou esperando ver uma casa de fazenda de bom tamanho na região rural. Na verdade, preferia uma casa menor onde vivêssemos com mais simplicidade. O palácio de Whitehall é como uma pequena cidade no interior da cidade de Londres e pelo menos duas vezes ao dia, se não sou guiada por minhas damas, me perco. O barulho é constante, de pessoas indo e vindo, discutindo, músicos ensaiando, comerciantes oferecendo mercadorias, até mesmo mascates aparecem para vender coisas às empregadas. É como uma aldeia cheia de gente sem nenhum trabalho de verdade a fazer a não ser fofocar, espalhar boatos e armar confusão.

Todas as grandes tapeçarias, tapetes, instrumentos musicais, tesouros, baixelas, cristais e camas são colocados em um comboio de carroças no dia da partida, como se uma cidade estivesse de mudança. Todos os cavalos estão selados, e os falcões acomodados em carroças especiais, cercados de telas de vime, as cabeças cobertas com capuzes, virando-se para um lado e para o outro, as belas penas no alto do capuz agitando-se como a pluma no alto do elmo de um cavaleiro na justa. Observo-os e penso que sou tão cega e tão impotente quanto eles. Nós nascemos para ser livres, para irmos aonde quisermos, e aqui estamos, cativos do prazer do rei, aguardando sua ordem.

Os cães são açoitados por seus tratadores, espalham-se pelos pátios, latindo e tropeçando de tão excitados. Todas as eminentes famílias fazem as malas, instruem seus próprios criados, preparam seus próprios cavalos e o comboio da bagagem, e damos início à procissão, de manhã cedo, como um pequeno exército, atravessando os portões de Whitehall e seguindo à margem do rio até Hampton Court.

Por uma vez, louvado seja Deus, o rei está feliz, animado. Diz que cavalgará comigo e minhas damas e que me contará sobre a região rural. Não tenho de ir de liteira, como fui obrigada ao chegar à Inglaterra. Agora tenho permissão para cavalgar e um vestido novo para montar, com uma saia comprida que cai em camadas nos dois lados da sela. Não sou uma amazona habilidosa, pois nunca fui treinada apropriadamente. O meu irmão só deixava a mim e Amélia montarmos os cavalos gordos mais seguros de seu pequeno estábulo, mas o rei foi gentil comigo e me deu um cavalo, uma égua dócil de andadura firme. Quando a toco com o calcanhar, ela se adianta a meio-galope, mas quando o medo me faz puxar as rédeas, ela volta a um passo suave. Adoro-a por sua obediência, já que me ajuda a simular meu medo nessa corte intrépida.

É uma corte que gosta de montar, caçar, galopar. Eu pareceria uma idiota se não fosse a pequena Catarina Howard, que monta só um pouco melhor do que eu, de modo que ao me fazer companhia, o rei cavalga mais devagar entre nós duas, e nos diz para apertarmos as rédeas e nos sentarmos eretas, e elogia nossa coragem e progresso.

Ele está tão gentil e agradável que paro de pensar que vai me achar uma covarde, e começo a cavalgar com mais confiança, a olhar em volta e a me divertir.

Deixamos a cidade por estradas sinuosas, tão estreitas que só dá para dois lado a lado, e toda a gente da cidade se debruça às janelas para nos ver passar, as crianças gritando e correndo ao lado do cortejo. Nas estradas mais largas, ocupamos as duas margens e os vendedores do mercado na seção central gritam bênçãos e tiram seus chapéus quando passamos. O lugar está cheio de vida, uma cacofonia de pessoas gritando seus preços, do ribombo estrondoso das rodas das carroças na pavimentação de pedras. A cidade exala o mau cheiro do estrume dos milhares de animais em suas passagens, das vísceras dos açougues e peixarias, o fedor do couro sendo curtido, e a constante nuvem de fumaça. Volta e meia surge uma grande casa no meio da imundície, indiferente aos mendigos às suas portas. Muros altos a protegem da rua e só dá para ver as copas das grandes árvores nos jardins cercados. Os nobres de Londres constroem suas grandes casas do lado de galpões e alugam as entradas a vendedores ambulantes. É tanto o barulho e a confusão que fico tonta, e fico feliz ao passar pelos portões e me ver fora do muro da cidade.

O rei me mostra as valas cavadas no passado para defender Londres dos invasores.

— Nenhum homem vem agora? — pergunto.

— Nenhum tem coragem — replica ele com uma carranca. — Os homens viriam do norte e do leste, se já não tivessem sofrido a fúria da minha ira. E os escoceses viriam, se pudessem. Mas meu sobrinho, o rei Jaime, me teme, e com razão, e a ralé de Yorkshire recebeu uma lição de que não se esquecerá. Metade deles está de luto pela outra metade que está morta.

Não falo mais nada com receio de estragar seu bom humor, e o cavalo de Catarina tropeça, ela leva um susto e se agarra na crina, o rei ri e a chama de covarde. A conversa dos dois me deixa livre para olhar em volta.

Além dos muros da cidade, há casas maiores afastadas da estrada, com pequenos jardins na frente ou pequenos campos plantados. Todo mundo tem um porco e algumas pessoas têm vacas ou cabras, assim como galinhas. É um país rico, vejo isso no rosto das pessoas, com suas bochechas redondas brilhantes e o sorriso dos bem-alimentados. Mais uma milha e penetramos uma região de campos abertos e pequenas fileiras de cercas vivas e plantações, às vezes pequenos povoados e vilas. Em cada cruzamento há um santuário destruído, às vezes uma estátua da mãe de Cristo sem a cabeça, mas ainda assim um buquê de flores frescas a seus pés; nem todos os ingleses se convenceram das mudanças da lei. Em uma ou outra aldeia, um pequeno mosteiro ou abadia está sendo reformado ou demolido. É extraordinário ver a mudança que o rei fez na face de seu país em questão de alguns anos. É como se carvalhos tivessem sido repentinamente banidos, e cada árvore frondosa tivesse sido selvagemente derrubada da noite para o dia. O rei arrancou o coração do seu país e é cedo demais para saber como sobreviverá e respirará sem as casas santas e a vida devota que sempre o guiou.

O rei interrompe a conversa com Catarina Howard e me diz:

— Tenho um grande país.

Não sou tão tola a ponto de comentar que ele destruiu ou roubou um de seus maiores tesouros.

— Fazendas boas — digo — e... — Interrompo-me porque não sei a palavra inglesa para os animais. Aponto para eles.

— Carneiros — replica o rei. — É a riqueza deste país. Suprimos o mundo de lá. Não há um casaco sequer feito na cristandade que não tenha sido tecido com a lã inglesa.

Não é verdade, pois em Cleves tosquiamos nossos próprios carneiros e tecemos a nossa lã, mas sei que o comércio de lã inglês é muito desenvolvido, e além do mais, não quero corrigi-lo.

— Minha avó tem o nosso rebanho nas Downs do Sul* — interrompe Catarina. — E a carne é tão gostosa, senhor. Vou pedir que lhe mande um pouco.

— Vai, menina bonita? — pergunta ele. — E vai prepará-la para mim?

Ela ri.

— Posso tentar, senhor.

— Vamos, confesse. Não sabe preparar uma carne para assar ou fazer um molho. Duvido que já tenha até mesmo entrado em uma cozinha.

— Se Sua Graça quiser que eu cozinhe, vou aprender — replica ela. — Mas admito que comerá melhor com seus próprios cozinheiros.

— Tenho certeza — diz ele. — E uma menina bonita como você não precisa cozinhar. Tenho certeza de que possui outras maneiras de encantar seu marido.

Falam rápido demais para que eu acompanhe, mas fico feliz que meu marido esteja feliz e que Catarina saiba lidar com ele. Ela fala com ele como uma menininha e ele a acha divertida, como um velho trataria uma neta favorita.

Deixo que conversem e fico olhando em volta. A estrada agora segue o amplo e caudaloso rio, repleto de barqueiros, embarcações das famílias nobres, barcos estreitos e velozes, balsas carregadas de mercadorias rumando para Londres, pescadores lançando seus anzóis no rio. As áreas à margem do rio ainda molhadas das inundações do inverno, estão viçosas e brilhantes, com poças de água parada. Uma pequena garça levanta voo de um charco quando passamos — bate suas grandes asas, suspendendo suas pernas compridas, e voa para o oeste à nossa frente.

— Hampton Court é uma casa pequena? — pergunto.

O rei esporeia seu cavalo para que avance e se emparelhe ao meu.

— Uma casa grande — responde. — A casa mais bonita do mundo.

---

*South Downs e North Downs, sul e norte das Downs, uma cadeia de colinas no sudeste da Inglaterra, área de criação de carneiros. (*N. da T.*)

Tenho dúvidas se o rei da França, que construiu Fontainebleau, ou os mouros, que construíram Alhambra, concordariam, mas como não conheço nenhum dos dois palácios, não o contesto.

— Sua Graça a construiu? — pergunto.

Assim que falo, percebo que foi, mais uma vez, a coisa errada a dizer. Achei que o estimularia a me falar sobre a planta e o edifício, mas a sua expressão, antes tão sorridente e bela, de repente se obscureceu. A pequena Catarina responde rapidamente.

— Foi construída para o rei — diz ela. — Por um mentor que se revelou um falso conselheiro. A única coisa boa que fez foi construir um palácio à altura de Sua Majestade. Ou pelo menos foi o que minha avó me disse.

O rosto dele se ilumina, ele ri alto.

— Fala bem, Srta. Howard, realmente, embora devesse ser uma criança quando Wolsey me traiu. Era um conselheiro falso e a casa que ele construiu e me deu é uma bela casa. — Vira-se para mim. — Agora é minha — prossegue ele menos entusiasticamente. — Isso é tudo o que você precisa saber. E que é a casa mais bela do mundo.

Balanço a cabeça assentindo e prosseguimos a viagem. Quantos homens ofenderam esse rei, durante todos esses anos de seu reinado? Ele recua por um momento e fala com seu mestre dos cavalos que cavalga do lado do jovem Thomas Culpepper, os dois conversando e rindo.

Os cavaleiros à nossa frente desviam-se da estrada e vejo um grande portão. Fico pasma com a visão. Realmente é um palácio extraordinário, de tijolos escarlate, o mais caro de todos os materiais de construção, com arcos e pedras angulares de cristal de rocha brilhante. Eu não fazia ideia de que fosse tão grande e bela. Atravessamos o imenso portão de pedra e descemos a estrada sinuosa, os cascos dos nossos cavalos soam como trovão na pavimentação de pedras do grande pátio interno. Os criados saem da casa e abrem as imensas portas duplas, de modo que vejo o salão mais além. Enfileiram-se como uma guarda de honra, usando os uniformes da casa real Tudor, de acordo com a posição ocupada, uma sequência sem fim de homens e mulheres dedicados ao nosso serviço. É uma casa para centenas de pessoas, um palácio maciço construído para o prazer da corte. De novo me sinto subjugada, a riqueza desse país é excessiva para mim.

— O que aconteceu com o homem que construiu a casa? — pergunto a Catarina, quando desmontamos no grande pátio, no meio do barulho da corte, das gaivotas que grasnam sobre o rio além da casa, das gralhas que crocitam nos torreões. — O que aconteceu com o conselheiro que ofendeu o rei?

— Foi o Cardeal Wosley — replica ela baixinho. — Foi considerado culpado de agir contra o rei e morreu.

— Ele também morreu? — pergunto. Não me atrevo a perguntar como morreu o construtor dessa casa do rei.

— Sim, morreu e em desgraça — replica ela concisamente. — O rei se virou de súbito contra ele. Às vezes ele faz isso, sabe?

Jane Bolena, Hampton Court, março de 1540

Estou de volta aos meus antigos aposentos em Hampton Court e, às vezes, quando vou do jardim aos aposentos da rainha, é como se o tempo tivesse parado e eu ainda fosse uma noiva com todo um futuro pela frente, minha cunhada estivesse no trono da Inglaterra, esperando seu primeiro bebê, meu marido tivesse acabado de receber o título de lorde Rochford, e meu sobrinho fosse o próximo rei da Inglaterra.

Às vezes, quando chego a uma das amplas janelas e olho o jardim que desce na direção do rio, quase vejo Ana e George caminhando na trilha de cascalhos, a mão dela na dele, as cabeças bem próximas. É como se pudesse observá-los como costumava fazer então, e ver seus pequenos gestos de afeição, sua mão na cintura dela, a cabeça dela roçando o ombro dele. Quando ela estava grávida, costumava buscar conforto nele, que sempre respondia com ternura à irmã que poderia estar carregando na barriga o próximo rei da Inglaterra. Mas quando fiquei grande, carregando meu bebê no ventre, durante os nossos últimos meses juntos, ele nunca tocou em minha mão ou sentiu qualquer simpatia por meu cansaço. Ele nunca pôs a mão em minha barriga para sentir o bebê se mexer, nunca pôs minha mão em seu braço e me disse para me apoiar nele. Tanta coisa que nunca fizemos juntos e de que sinto tanta falta agora. Se tivéssemos tido um casamento feliz, eu não estaria sentindo mais a sua perda. Ficaram tantas coisas não concluídas e não ditas entre nós. Quando ele morreu, mandei seu filho embora. Está sendo criado por amigos dos Howard e entrará para a Igreja; não tenho ambição nenhuma para ele. Perdi a grande herança Bolena que estava juntando para ele, e não há nenhum crédito no nome de sua família; somente vergonha. Quando perdi Ana e George, perdi tudo.

Milorde duque de Norfolk retornou de sua missão na França e se fechou com o rei por horas. Ele está no auge de seu prestígio, qualquer um pode ver que trouxe boas notícias de Paris. Se eu não percebesse a ascensão da nossa família nos ares superiores dos nossos homens, no ar de autoridade do nosso arcebispo Gardiner, nos rosários e crucifixos nos cintos e pescoços, eu a perceberia no declínio do partido da Reforma: a carranca maldissimulada de Thomas Cromwell, a introspecção do arcebispo Cranmer, a maneira como tentam e não conseguem uma entrevista com o rei. Se interpreto os sinais corretamente, então nosso lado — dos Howard e dos papistas — está em ascensão mais uma vez. Temos a nossa fé, nossas tradições, e temos a garota que atrai o rei. Thomas Cromwell sugou a Igreja, não tem mais riqueza a oferecer ao rei, e a garota, a rainha, pode aprender inglês, mas não a flertar. Se eu fosse um cortesão sem partido definido, buscaria uma maneira de travar amizade com o duque de Norfolk e de me unir a ele.

Ele me chama aos seus aposentos. Percorro os corredores familiares, o cheiro de lavanda e alecrim das ervas espalhadas aqui e ali, a luz do rio atravessando as grandes janelas à minha frente, e é como se seus fantasmas estivessem andando ali na minha frente, descendo a galeria almofadada, como se a sua saia acabasse de desaparecer na virada do corredor, como se eu pudesse ouvir a risada fácil de meu marido no ar iluminado pelo sol. Se eu andar um pouco mais rápido, os alcançarei — ainda hoje é exatamente como sempre foi. Sempre sinto que se me apressar um pouco mais, poderei alcançá-los, e ficar conhecendo os segredos que partilham.

Eu me apresso, mesmo contra a vontade, mas quando viro no corredor almofadado, ele está vazio, exceto pela presença dos guardas Howard à porta, e eles não viram nenhum fantasma. Perdi os dois, como sempre. São rápidos demais para mim na morte, assim como eram em vida. Não me esperavam, nunca me quiseram com eles. Os guardas batem e abrem a porta para mim. Eu entro.

— Como vai a rainha? — pergunta o duque abruptamente de sua cadeira atrás da mesa, e tenho de me lembrar de que se trata da nova rainha e não da nossa querida e enfurecida Ana.

— Está animada e com boa aparência — respondo. Mas nunca será a beldade que foi a nossa garota.

— Ele a possuiu?

É grosseiro, mas presumo que esteja cansado de sua viagem e que não tenha tempo para cortesias.

— Não. Até onde sei, ele continua incapaz.

Há uma longa pausa enquanto ele se levanta e vai até a janela. Penso em quando estivemos ali antes, quando ele me perguntou sobre Ana e George, quando ele olhou pela janela para vê-los caminhando na trilha de cascalhos até o rio. Eu me pergunto se ele ainda é capaz de vê-los hoje, como eu. Na época, ele me perguntou se eu a invejava, se estava pronta a agir contra ela. Disse que eu poderia salvar meu marido, colocando-a em risco. Perguntou se eu amava George mais do que a ela. Perguntou se eu me importaria com a morte dela.

Suas perguntas seguintes desencadearam recordações que eu gostaria de esquecer completamente.

— Acha que ele pode ter sido... — Faz uma pausa. — Que lhe lançaram um feitiço?

Um feitiço? Não acredito no que estou ouvindo. O duque está sugerindo seriamente que o rei está impotente com sua mulher como consequência de uma maldição, ou de um sortilégio, ou de uma imprecação? Evidentemente, a lei do país diz que a impotência em um homem sadio só pode ser causada pelo ato de uma bruxa; mas na vida real todo mundo sabe que doença ou velhice podem tornar um homem fraco, e o rei está excessivamente gordo, quase paralisado de dor, e doente como um cachorro tanto no corpo quanto na alma. Um feitiço? A última vez que o rei alegou ser vítima de um sortilégio, a mulher que ele acusou foi minha cunhada Ana, que foi executada por bruxaria, a prova sendo a impotência do rei com ela e sua luxúria com outros homens.

— Não pode estar pensando que a rainha... — Interrompo-me. — Ninguém pensaria que *esta* rainha... que mais uma rainha... — A sugestão é tão despropositada e tão perigosa que nem mesmo consigo expressá-la com palavras. — O país não suportaria... ninguém acreditaria... não de novo... — Interrompo-me. — Ele não pode continuar a fazer isso...

— Não estou pensando nada. Mas se está impotente, alguém deve ter-lhe lançado um feitiço. Quem mais poderia ser se não ela?

Fico calada. Se o duque está coletando provas de que a rainha enfeitiçou seu marido, então ela é uma mulher morta.

— Ele não tem desejo pela rainha no momento — começo. — Mas certamente não passa disso. O desejo pode acontecer. Afinal ele não é um homem jovem nem um homem saudável.

Ele balança a cabeça concordando. Tento avaliar o que ele quer ouvir.

— E tem desejo por outras — prossigo.

— Ah, isso prova a acusação — diz ele de maneira ardilosa. — O sortilégio atua somente quando se deita com a rainha, portanto ele não pode ser um homem com ela, e então ele não pode dar à Inglaterra um filho homem e herdeiro.

— Se assim quer — concordo. Não adianta eu dizer que é muito mais provável que estando ele velho e quase sempre doente, não tem mais a lascívia que tinha antes, e somente uma pequena vadia como Catarina Howard, com seus artifícios e encanto, pode excitá-lo.

— Então quem lhe lançaria uma maldição? — insiste ele.

Dou de ombros. O nome que eu mencionar já pode dizer adeus à vida, pois se for acusado de bruxaria contra o rei, já está morto. Não haverá a menor chance de provar sua inocência; sob a nova lei, qualquer intenção de traição, qualquer pensamento é um crime tão grave quanto o ato em si. O rei Henrique passou uma lei contra o pensamento do seu povo, e o seu povo não se atreve a achar que ele esteja errado.

— Não imagino quem poderia fazer essa maldade — digo com firmeza. — Não consigo imaginar.

— A rainha recebe luteranos?

— Não, nunca. — É verdade, ela tem todo o cuidado de se ajustar às maneiras inglesas e assiste à missa conforme as normas do arcebispo Cranmer, como se fosse outra Jane Seymour, nascida para servir.

— Ela recebe papistas?

Fico atônita com essa pergunta. É uma garota de Cleves, o coração da Reforma. Ela foi criada para pensar nos papistas como o próprio Satã na terra.

— É claro que não! Nasceu e foi criada como protestante, foi trazida para cá pelo grupo de protestantes, como ela receberia papistas?

— Lady Lisle é íntima dela?

Meu olhar rápido para o seu rosto trai o meu choque.

— Temos de estar prontos, temos de estar preparados. Nossos inimigos estão em toda parte — alertou-me.

— O próprio rei designou Lady Lisle para fazer parte do pessoal da casa, e sua filha Anne Bassett é uma de suas favoritas — replico. — Não tenho nenhu-

ma evidência contra Lady Lisle. — Porque não existe nenhuma e nunca haveria nenhuma.
— Ou Lady Southampton?
— Lady Southampton? — repito incrédula.
— Sim.
— Não sei de nada contra Lady Southampton tampouco — replico.

Ele balança a cabeça. Nós dois sabemos que a prova, principalmente de bruxaria, não é difícil de ser forjada. É um rumor, depois uma acusação, depois uma rajada de mentiras, depois um julgamento e depois uma sentença. Isso foi feito antes para que o rei se livrasse de uma esposa que ele não queria mais, uma mulher que seria levada ao cadafalso sem que nenhum membro de sua família movesse um dedo sequer para salvá-la.

Ele balança a cabeça de novo e espero por um longo momento com um pavor silencioso, achando que pode me ordenar forjar uma prova que será a morte de uma mulher inocente, pensando no que dizer se ele me fizer essa exigência terrível. Torço para reunir coragem para recusar, sabendo que não recusarei. Mas ele não fala nada, faço uma reverência, e me dirijo à porta. Talvez ele tenha terminado o assunto comigo.

— Ele vai encontrar uma prova de conspiração — prediz ele quando minha mão está na aldrava de bronze. — Ele vai encontrar prova contra ela, sabe?

Imediatamente, fico paralisada.
— Que Deus a ajude.
— Vai encontrar prova de que papistas ou luteranos fizeram uma bruxaria para torná-lo impotente.

Tento manter o rosto sem expressão, mas é um desastre tão grande para a rainha, talvez perigo para mim, que sinto o pânico crescer ao escutar as palavras calmas de meu tio.

— Vai ser melhor para nós se ele culpar de traição os luteranos — me lembra ele. — E não o nosso lado.
— Sim — concordo.
— Ou se ele não condená-la à morte, vai conseguir o divórcio com base em que ela já estava comprometida com outro. Se isso falhar, vai tentar o divórcio fundamentando-se no fato de não desejá-la e daí não concordar com o casamento.
— Ele disse "sim" perante testemunhas — sussurro. — Estávamos todos lá.
— Interiormente, ele não concordou — replica ele.

— Ah. — Faço uma pausa. — Ele diz isso agora?

— Sim. Mas se ela negar o contrato anterior com outro, então ele pode alegar que não consegue consumar o casamento porque um feitiço de seus inimigos está atuando contra ele.

— Esses papistas? — pergunto.

— Papistas como o amigo dela lorde Lisle.

Levo um susto.

— Ele seria acusado?

— É possível.

— Ou luteranos? — sussurro.

— Luteranos como Thomas Cromwell.

Minha face trai meu choque.

— Ele agora é luterano?

Ele sorri.

— O rei acreditará no que quiser — replica ele astutamente. — Deus o guiará em sua sabedoria.

— Mas quem ele acha que o desvirilizou? Quem é a bruxa?

É a pergunta mais importante a fazer, sobretudo para uma mulher. É sempre a coisa mais importante para uma mulher saber. Quem será denominada a bruxa?

— Você tem um gato? — pergunta ele sorrindo.

Fico gélida de terror, como se minha respiração fosse neve.

— Eu? — repito: — Eu?

O duque ri.

— Oh, não faça essa cara, Lady Rochford. Ninguém vai acusá-la enquanto estiver sob minha proteção. Além do mais, não tem um gato, tem? Nenhum escondido? Nenhuma boneca de cera? Nada de sabás à meia-noite?

— Não brinque — digo insegura. — Não é um assunto com que brincar.

Ele fica sério imediatamente.

— Tem razão, não é. Quem é a bruxa que está desvirilizando o rei?

— Não sei. Nenhuma das damas. Nenhuma de nós.

— Talvez a própria rainha? — sugere ele baixinho.

— Seu irmão a defenderia — fala ela rapidamente. — Mesmo que não precisem de sua aliança, mesmo que o senhor tenha retornado da França com a promessa de sua amizade, certamente não poderá arriscar a inimizade de seu irmão. Ele poderia levantar a liga protestante contra nós.

Ele encolhe os ombros.

— Acho que vai descobrir que talvez ele não a defenda. E realmente tenho garantida a amizade da França aconteça o que acontecer.

— Parabéns. Mas a rainha é a irmã do duque de Cleves. Não pode ser chamada de bruxa e estrangulada por um ferreiro de aldeia e enterrada em um cruzamento com uma estaca no coração.

Ele abre as mãos como se não tivesse nada a ver com essas decisões.

— Não sei. Simplesmente sirvo à Sua Majestade. Teremos de ver. Mas você devia vigiá-la de perto.

— Tenho de vigiá-la por bruxaria? — Não consigo omitir a incredulidade em minha voz.

— Por prova — diz ele. — Se o rei quer prova, do que quer que seja, nós, os Howard, a daremos a ele. — Faz uma pausa. — Não daremos?

Fico em silêncio.

— Como sempre demos. — Ele espera meu assentimento. — Não daremos?

— Sim, milorde.

Catarina, Hampton Court, março de 1540

Thomas Culpepper, meu parente, a serviço do rei e muito favorecido por não outra razão a não ser seu rosto bonito e seus olhos azuis, é um tratante e não cumpridor de suas promessas, e não vou mais vê-lo.

Eu o vi pela primeira vez anos atrás, quando foi visitar minha avó em Horsham e ela ficou toda alvoroçada e jurou que ele iria longe. Acho que ele nem me notou na época, embora agora ele jure que eu era a virgem mais bonita em Horsham e que sempre fui a sua favorita. É verdade que o vi. Eu estava apaixonada por Henry Manox, o zé-ninguém, mas não consegui deixar de reparar em Thomas Culpepper. Acho que mesmo que estivesse comprometida com o homem mais importante do país, repararia nele. Qualquer um faria o mesmo. Metade das damas da corte está loucamente apaixonada por ele.

Ele tem o cabelo encaracolado escuro e olhos muito azuis, e quando ri, sua voz falha de uma maneira tão engraçada que me dá vontade de rir também. Ele é o homem mais bonito da corte, sem dúvida. O rei o adora porque ele é espirituoso, alegre, um dançarino maravilhoso, um grande caçador e um cavaleiro valente ao combater no torneio. O rei o mantém ao seu lado dia e noite, e o chama de seu garoto bonito e de seu pequeno cavaleiro. Ele dorme no quarto do rei para servi-lo à noite e tem as mãos tão delicadas que o rei prefere ele a qualquer boticário ou enfermeira na hora de enfaixar sua perna.

Todas as garotas perceberam como eu gosto dele e juram que nos casaremos, já que somos primos, mas ele não tem dinheiro em seu nome e eu não tenho dote e, então, do que isso adiantaria para nós? Mas se eu pudesse escolher um homem no mundo com quem me casar, esse homem seria ele. Nunca vi um sorriso tão maroto, e quando olha para mim, parece que me despe e me acaricia o corpo todo.

Graças a Deus agora sou uma das damas da rainha e que ela seja uma rainha tão estrita e recatada, e não acontecerá nada disso, embora se ele tivesse vindo ao meu quarto em Lambeth, encontraria em minha cama uma acolhida calorosa. Eu teria jogado meu bonito Francis de volta a Joan Bulmer se tivesse tido a chance com um rapaz como Tom Culpepper.

Ele retornou à corte depois de ter descansado em casa por causa do ferimento na justa. Levou um golpe grave, mas ele diz que é jovem e que ossos jovens se restabelecem rapidamente.

É verdade, ele é jovem e tão cheio de vida quanto uma lebre, saltando sem nenhum motivo em um campo primaveril. Basta olhar para ele para ver a alegria correndo por suas veias. Ele é imprevisível, é como o sopro do vento da primavera. Estou feliz por ele ter voltado à corte, até mesmo na Quaresma ele alegra o lugar. Mas nessa mesma manhã, ele me fez esperar uma hora no jardim da rainha, quando eu deveria estar em seus aposentos, e ao chegar atrasado, disse que não poderia ficar porque tinha de escoltar o rei.

Não é assim que devo ser tratada e vou lhe dar uma lição. Não vou esperar por ele outra vez, nem mesmo vou aceitar marcar novo encontro na próxima vez que me procurar. Vai ter de pedir mais de uma vez, juro. Não vou flertar durante a Quaresma e isso vai lhe servir de lição. Talvez, na verdade, eu me torne pensativa e séria e nunca mais flerte com ninguém.

Lady Rochford me pergunta por que estou com esse humor quando vamos jantar e eu lhe juro que estou completamente feliz.

— Pois então sorria — diz ela como se não acreditasse em mim nem por um instante. — Milorde duque chegou da França e vai lhe procurar.

Ergo o queixo de imediato e sorrio como se ela tivesse acabado de dizer alguma coisa espirituosa. Até mesmo dou uma risada, minha risada breve, "ha, ha, ha", bem suave e elegante, como ouvi outras damas fazerem. Ela balança ligeiramente a cabeça, aprovando.

— Assim está melhor — diz ela.

— O que o duque foi fazer na França? — pergunto.

— Está interessada nas questões do mundo? — pergunta ela sarcasticamente.

— Não sou uma idiota completa — replico.

— O seu tio é um homem importante junto ao rei. Ele foi à França assegurar a amizade do rei francês de modo que o nosso país não tenha de enfrentar o perigo do santo pad..., quer dizer, do papa, o imperador e o rei da França, todos em aliança contra nós.

Sorrio ao perceber que a própria Jane Bolena quase diz Santo Padre, o que não podemos mais dizer.

— Oh, eu sei sobre isso — respondo. — Querem colocar o cardeal Pole no nosso trono, por maldade.

Ela sacode a cabeça.

— Não fale disso — me adverte.

— Querem — insisto. — E é por isso que sua pobre mãe e todos os Pole estão na Torre. Pois o cardeal convocaria os papistas da Inglaterra a resistirem ao rei, como fizeram antes.

— Eles não resistirão mais ao rei — diz ela secamente.

— Por que agora sabem que estão errados?

— Porque a maioria deles está morta — responde ela direto. — E isso também foi um ato do seu tio.

Ana, Hampton Court, março de 1540

Disseram-me que a corte observa o período da Quaresma com grande solenidade. Não comeremos carne vermelha. Esperava comer peixe durante os quarenta dias, mas descubro, na primeira noite, ao jantar, que a consciência inglesa não é estrita. O rei é flexível com suas próprias necessidades. Apesar do jejum na Quaresma, há uma imensa variedade de pratos seguros no alto pelos criados que entram no salão e se dirigem primeiro à mesa real e ao rei. Eu pego um pouco de cada, como é o costume, e mando que sejam distribuídos por nossos amigos e favoritos pelo salão. Tomo o cuidado de mandá-los à mesa de minhas damas e às damas eminentes da corte. Não cometo nenhum erro e nunca mando meu prato favorito a nenhum homem. Não se trata de nenhuma cortesia vazia, o rei me observa. Cada palavra que pronuncio durante o jantar, tudo o que faço, seus pequenos olhos brilhantes semiocultos por suas bochechas gordas acompanham, como se quisesse me pegar em flagrante.

Para minha surpresa, há galinha em tortas e fricassês, assadas com ervas apetitosas, desossadas; mas na Quaresma não são chamadas de carne. Para o propósito do jejum da Quaresma, o rei ordenou que galinha fosse considerada peixe. Há todas as aves de caça (que também não são carne, segundo Deus e o rei) muito bem-apresentadas, envolvidas umas nas outras para absorverem o aroma e a maciez. Há refinados pratos de ovos (que não são carne), e peixes de verdade: trutas dos lagos e maravilhosos pratos de peixe do Tâmisa e de alto-mar, trazidos por pescadores para alimentar essa corte gananciosa. Há camarão-d'água-doce e *stargazy pies*,* com suas cabecinhas de filhotes de arenque saborosas, todas olhando pela crosta espessa de massa. Há também excelentes pratos de legumes da primavera, raramente servidos na corte, e fico feliz em tê-los em meu prato nessa estação. Comerei pouco agora, e qualquer coisa de que eu goste especialmente será levada ao meu quarto mais tarde, para um jantar privado. Nunca me alimentei tão bem e tão variadamente em toda a minha vida. Minha criada de Cleves teve de alargar o corpete do meu vestido, e há muitos comentários maliciosos a respeito de eu estar engordando, insinuações de que um bebê seria o responsável. Não posso contradizê-los sem me expor e ao rei, meu marido, a comentários ainda piores, portanto, tenho de sorrir e escutá-los me provocarem como se eu fosse uma esposa que fizesse sexo com o marido esperando engravidar, e não uma virgem intocada por ele.

A pequena Catarina Howard entrou e disse que são todos absurdos e que a boa manteiga da Inglaterra me fez ganhar um pouco de peso, e que são cegos se não veem como isso me fez bem. Sou muito grata a ela por isso. Ela é uma coisinha leviana e frívola, mas tem a esperteza da garota tola, já que, como qualquer garota tola, só pensa em uma única coisa, de modo que se tornou perita nessa coisa. E no que ela pensa? O tempo todo, em cada instante do dia, Kitty Howard pensa em Kitty Howard.

Renunciamos a outros prazeres durante o período da Quaresma. Não há entretenimentos alegres na corte, mas leituras de textos sagrados depois do jantar e o canto de salmos. Não há mascaradas nem pantomimas nem justas, é claro. Para mim, é um grande alívio, pois mais do que tudo significa que não há nenhuma possibilidade de o rei aparecer disfarçado. A recordação do nosso desastroso primeiro encontro persiste em mim, e receio que nele também. Não que o fato de eu não reconhecê-lo seja tão insultante; é o fato patente de que, à primeira vista, senti absoluta repugnância por ele. Nunca mais, a partir desse dia, deixei que percebesse, ou por palavra ou ato ou mesmo por um olhar, que o acho tão desagradável: gordo, muito velho, e o mau cheiro que exala me dá engulhos. Porém, por mais que eu prenda a respiração e sorria, é tarde demais para fazer correções. Meu rosto, quando ele tentou me beijar, disse-lhe tudo. A maneira

---

*Stargazy pie, prato típico da Cornualha que consiste em sardinhas (ou filhotes de arenque, manjuba etc.) assadas cobertas com massa, em que as sardinhas são dispostas com a cauda para o centro e a cabeça se projetando na borda, para fora da crosta de massa, dando a impressão de olharem para cima (daí o nome, que na tradução literal seria "torta de olhar para as estrelas"). (*N. da T.*)

como o empurrei, a maneira como cuspi o gosto dele da minha boca! Ainda baixo a cabeça e enrubesço com o terrível constrangimento. Tudo isso marcou-lhe de uma maneira que nada poderá apagar. Ele viu a verdade da minha opinião sobre ele nesse único rápido olhar de soslaio e — o que é pior — viu a si mesmo em meus olhos: gordo, velho, repelente. Às vezes receio que sua vaidade nunca mais se recupere desse golpe. E com a sua vaidade ferida, foi-se sua potência. Tenho certeza de que sua virilidade foi destruída por meu cuspe no chão, e não há nada que eu possa fazer para recuperá-la.

E isso é outra coisa a que renunciamos durante a Quaresma. Graças a Deus. Vou ansiar a chegada dessa época todos os anos. Por vários dias abençoados de celebração e quarenta dias maravilhosos todos os anos de minha vida de casada, haverá quarenta noites em que o rei não virá ao meu quarto, em que não sorrirei quando ele entrar, e tentarei me ajeitar de maneira a facilitar-lhe pôr seu corpanzil sobre o meu, procurando demonstrar disposição, mas não lascívia, em uma cama que fede por causa do ferimento inflamado de sua perna, na penumbra, com um homem que não consegue cumprir seu dever.

O fardo dessa noite infeliz, insultante, noite após noite está me destroçando, me reduzindo a pó. Acordo toda manhã em desespero; sinto-me humilhada, apesar de o fracasso ser todo seu. Fico desperta à noite e o ouço peidar e gemer de dor na sua barriga inchada, e desejo estar longe, em qualquer outro lugar que não a sua cama. Ficarei muito feliz em ser poupada, durante esses quarenta dias, da provação de sua tentativa e fracasso, de ficar acordada sabendo que no dia seguinte ele tentará de novo, e que continuará sem conseguir, e que cada vez que fracassar vai me culpar um pouco mais e gostar menos de mim.

Pelo menos temos esse período quando nos é permitido um pouco de paz. Não preciso me preocupar em como posso ajudá-lo. Ele não precisa se mexer em cima de mim como um grande urso arfando. Ele não virá ao meu quarto, posso dormir em lençóis que cheiram a lavanda, em vez de pus.

Mas sei que esse período vai terminar. A Páscoa vai chegar com as celebrações; a minha coroação, planejada para fevereiro e adiada por nossa grandiosa entrada em Londres, acontecerá em maio. Tenho de aproveitar esse tempo como um descanso bem-vindo da presença de meu marido, mas devo usá-lo para garantir que quando ele retornar ao meu quarto, passemos a nos dar melhor juntos. Tenho de descobrir uma maneira de ajudá-lo a vir para a minha cama e de ajudá-lo a realizar o ato.

Thomas Cromwell é o homem que pode me ajudar. O conselho de Kitty Howard foi o que eu esperava dela: as habilidades sedutoras de uma garota travessa. Como se comportava antes de vir para os meus aposentos, não me atrevo a imaginar. Depois que eu me firmar mais, vou ter uma conversa com ela. Uma garota — uma criança — como ela não deveria saber como deixar cair uma camisa nem sorrir por cima do ombro nu. Ela devia ser malvigiada e muito mal-aconselhada. As damas de minha corte devem estar acima de qualquer crítica, tanto quanto eu. Terei de lhe dizer que ponha de lado todos e quaisquer artifícios de flerte que conheça. E não pode ensiná-los a mim. Não posso ter nem uma única sombra de suspeita sobre o meu comportamento. Por menos que isso, uma rainha morreu neste país.

Espero o jantar terminar e o rei deixar seu lugar e andar pelas mesas, cumprimentando homens e mulheres ao passar. Nessa noite, ele está afável, sua perna deve estar doendo menos. Quase sempre é difícil afirmar o que o atormenta, pois fica mal-humorado por muitas razões diferentes, e se pergunto sobre o motivo errado, posso ofendê-lo também.

Quando o vejo se afastar, baixo o olhar para o salão e o cruzo com o de Thomas Cromwell. Curvo o dedo e ele vem até mim. Levanto-me, aceito seu braço e deixo que me conduza da mesa de jantar até uma janela que dá para o rio, como se estivéssemos admirando a vista e a noite gélida estrelada.

— Preciso de ajuda, mestre secretário — digo.

— O que quiser — replica ele. Está sorrindo, mas sua expressão é tensa.

— Não consigo agradar o rei — digo usando as palavras que ensaiei. — Ajude-me.

Imediatamente, ele parece tomado pela aflição. Relanceia os olhos em volta, como se fosse pedir socorro para si próprio. Estou envergonhada por falar com um homem, mas preciso conseguir um bom conselho em algum lugar. Não confio em minhas mulheres, e falar com meus conselheiros de Cleves, até mesmo com Lotte, seria o mesmo que alertar minha mãe e meu irmão, de quem são servidores. Mas esse não é um casamento de verdade, não é um casamento em atos tanto quanto em palavras. E se não é um casamento, então fracassei em meu dever com o rei, com o povo da Inglaterra e comigo mesma. Tenho de tornar essa união um casamento de verdade. Preciso fazer isso. E se esse homem pode me dizer o que está errado, deve fazê-lo.

— São assuntos... privados — diz ele, sua mão semiocultando sua boca, como se para impedir as palavras de saírem. Ele está retesando a boca.

— Não. É o rei — replico. — É a Inglaterra. Dever, não privado.

— Deve ser aconselhada por suas mulheres, pela chefe de suas damas.

— Você fez o casamento — digo, buscando as palavras. — Ajude-me a torná-lo verdadeiro.

— Não sou responsável...

— Seja meu amigo.

Ele relanceia os olhos em volta como se quisesse fugir, mas não o solto.

— Estão no começo.

Sacudo a cabeça.

— Cinquenta e dois dias. — Quem contou os dias com mais cuidado do que eu?

— Ele explicou seu desgosto com Sua Graça? — pergunta ele de repente. O inglês é rápido demais para mim e não compreendo.

— Explicou?

Cromwell emite um pequeno ruído de irritação com minha ignorância e olha em volta como se fosse chamar um de meus conterrâneos para traduzir. Então se lembra de que essa conversa tem de ser sigilosa.

— O que tem de errado com a senhora? — diz ele simplesmente e bem baixo, a boca ao meu ouvido.

Percebo que minha expressão é de pasmo, e me viro rapidamente para a janela, antes que a corte perceba meu choque e aflição.

— Sou eu? — pergunto. — Ele diz que sou eu?

Os pequenos olhos dele estão agoniados. Está com vergonha de responder, e é assim que fico sabendo. A questão não é que o rei esteja velho, cansado ou doente. Mas sim que não gosta de mim, que não me deseja, talvez até mesmo eu lhe cause repugnância. E percebo pela expressão franzida, preocupada, que o rei já falou de sua repulsa com esse homenzinho desprezível.

— Ele lhe disse que me odeia? — falo sem pensar.

Sua careta de agonia me diz que "sim", que o rei disse a esse homem que não pode se forçar a ser meu amante. Talvez o rei tenha dito o mesmo a outros, talvez a todos os seus amigos. Talvez durante todo esse tempo a corte tenha rido por trás de suas mãos alvas da garota feia de Cleves que veio se casar com o rei e que agora lhe causa repulsa.

A humilhação provoca um ligeiro arrepio em mim e desvio o rosto de Cromwell, e não vejo sua mesura e retirada apressada, como se estivesse querendo evitar uma pessoa que causa azar.

Passo o resto da noite tonta de infelicidade, não consigo expressar minha vergonha. Se não tivesse passado pelo aprendizado árduo na corte de meu irmão em Cleves, teria fugido para o meu quarto e chorado até adormecer. Mas há muito tempo aprendi a ser obstinada, e a ser forte, e já enfrentei a perigosa repulsa de um governante poderoso e sobrevivi.

Mantenho-me alerta como um falcão assustado. Mantenho-me ereta e não deixo o sorriso abandonar meu rosto. Quando chega a hora das damas se retirarem, faço uma reverência ao rei, meu marido, sem trair por um instante a minha angústia por ele me achar tão repulsiva que não consegue fazer comigo o que homens fazem com animais no campo.

— Boa noite, Sua Graça — eu digo.

— Boa noite, querida — replica ele e com tal ternura que, por um momento, tenho vontade de abraçá-lo como meu único amigo nessa corte e contar-lhe meu medo e minha infelicidade. Mas ele já está olhando para além de mim, para longe de mim. Seu olhar repousa em minhas damas e Catarina Howard se adianta e faz uma reverência, e então conduzo-as todas para meus aposentos.

Não falo nada durante o lento retirar de minha gola dourada, de minhas pulseiras, anéis, rede, capelo, mangas, corpete, duas saias, enchimento, anáguas e camisa. Não falo nada quando põem a camisola por minha cabeça e me sento diante do espelho, e me escovam o cabelo, o trançam e prendem minha touca de dormir em minha cabeça. Não falo nada quando Lady Rochford se retarda a sair e pergunta gentilmente se preciso de alguma coisa, se pode me ser útil, se estou bem nesta noite.

Meu padre entra e minhas damas se ajoelham comigo para as orações da noite, e meus pensamentos acompanham o ritmo das palavras familiares enquanto não consigo deixar de pensar em como inspiro repugnância a meu marido, e desde o primeiro dia.

E então me lembro de novo. O primeiro momento em Rochester, quando ele chegou todo cheio de si, e parecendo tão comum, excepcional somente quando avançou para mim, como um comerciante bêbado faria. Mas não era um velho bêbado na cidade rural, era o rei da Inglaterra bancando o cavaleiro errante e eu o humilhei diante de toda a corte, e acho que nunca me perdoará por isso.

Sua repugnância por mim nasceu aí, tenho certeza. A única maneira de ele suportar a recordação disso é dizer como uma criança magoada: "Bem, eu também não gosto dela." Ele me lembra que o empurrei e recusei beijá-lo, e que agora ele me empurra e recusa me beijar. Ele descobriu uma maneira de refazer o equilíbrio me denominando não desejável. O rei da Inglaterra, principalmente este rei, não pode ser visto como não desejável, sobretudo para si mesmo.

O padre acaba as orações e me levanto quando as damas saem em bando do quarto, as cabeças baixas, tão doces em suas camisolas quanto anjinhos. Deixo que se vão. Não peço a ninguém que fique acordado comigo, embora saiba que não dormirei nesta noite. Tornei-me um objeto de repulsa, exatamente como era em Cleves. Tornei-me um objeto de asco do meu próprio marido e não vejo como nos reconciliaremos e faremos um filho se ele não suporta tocar em mim. Tornei-me um objeto de asco para o rei da Inglaterra, e ele é um homem de poder e nenhuma paciência.

Não choro pelo insulto à minha beleza porque agora tenho uma preocupação muito maior. Se sou um objeto de asco para o rei da Inglaterra, e ele é um homem de poder e nenhuma paciência, o que poderá fazer comigo? É um homem que matou uma mulher a quem amava com uma crueldade estudada, a segunda que ele adorou foi executada com uma espada francesa; e a terceira, que lhe deu um filho varão, deixou que morresse por falta de cuidados. O que pode fazer comigo?

Jane Bolena, Hampton Court, março de 1540

Que ela não é feliz está óbvio, mas é uma jovem discreta, muito sensata para a sua idade, e não é facilmente levada a fazer confidências. Tenho sido o mais gentil e simpática que posso, mas não quero que pense que estou investigando por interesse pessoal, e não quero fazê-la se sentir pior do que já se sente. Com certeza deve se sentir sem amigos e estranha em um país onde está começando a aprender a língua e onde seu marido demonstra alívio quando pode evitá-la, e dá uma atenção flagrante a outra garota.

Então, de manhã, depois da missa, ela me procura quando as garotas estão se arrumando para o café da manhã.

— Lady Rochford, quando as princesas virão à corte?

Hesito.

— Princesa Mary — lembro-a. — Mas somente Lady Elizabeth.

Ela emite um "ah".

— Sim. Isso. Princesa Mary e Lady Elizabeth.

— Geralmente, vêm à corte na Páscoa — respondo prestativamente. — Quando poderão ver seu irmão, e saudá-la. Ficamos surpresos por elas não a receberem em sua entrada em Londres. — Eu me interrompo. Estou indo rápido demais para ela. Vejo que franze sobrancelhas esforçando-se para acompanhar o que digo. — Desculpe — falo mais devagar. — As princesas virão à corte para conhecê-la. Virão cumprimentar sua madrasta. Deveriam tê-la recebido em Londres. Geralmente vêm à corte na Páscoa.

Ela balança a cabeça indicando que compreende.

— Devo convidá-las?

Hesito. É claro, pode, mas o rei não vai gostar de ela assumir um poder dessa maneira. Entretanto, milorde duque não fará objeção a um problema entre eles, e não cabe a mim adverti-la.

— Pode convidá-las — digo.

Ela balança a cabeça.

— Por favor, escreva.

Vou até a mesa e puxo a pequena caixa de escrever para perto. As penas estão afiadas, a tinta no pequeno pote, a areia na peneira para espalhá-la na tinta molhada, e uma vara de cera para o lacre. Adoro o luxo da corte, adoro pegar a pena de escrever e uma folha de papel e esperar as ordens da rainha.

— Escreva à princesa Mary que ficarei feliz em vê-la na corte na Páscoa e que será bem-vinda como hóspede em meus aposentos — diz ela. — É esta a maneira certa de dizer isso?

— Sim — respondo, e escrevo rapidamente.

— E escreva à governanta de Lady Elizabeth que ficarei feliz em vê-la na corte também.

Meu coração se acelera, como quando açulam o urso. Ela se verá em apuros se enviar essas cartas. É um desafio ao poder absoluto que é Henrique. Somente ele pode fazer convites. — Pode enviá-las para mim? — pergunta ela.

Estou quase sem fôlego.

— Posso — replico. — Se quiser.

Ela estende a mão.

— Vou ficar com elas — diz ela. — Vou mostrá-las ao rei.

— Oh.

Ela se vira para ocultar um leve sorriso.

— Lady Rochford, nunca faria nada contra a vontade do rei.

— Tem o direito de ter as damas que quiser em sua corte — falo. — É o seu direito como rainha. A rainha Catarina sempre fez questão de escolher seus próprios criados. Ana Bolena também.

— São suas filhas — replico. — Portanto vou lhe pedir antes de convidá-las.

Faço uma reverência, ela me deixa sem nada a dizer.

— Mais alguma coisa? — pergunto.

— Pode ir — responde ela com a voz afável, e saio do quarto. Estou ciente de que ela me testou em lhe dar um mau conselho, ela sabia disso o tempo todo. Tenho de me lembrar de que ela é mais astuta do que qualquer uma de nós imagina.

Um pajem de libré Norfolk está do lado de fora dos aposentos da rainha. Ele me passa um bilhete dobrado e vou para o vão de uma das janelas. Lá fora, o jardim está repleto dos lírios amarelos da Quaresma, de narcisos, e em uma castanheira, cheia de brotos viçosos, há um melro cantando. A primavera está chegando, finalmente, a primeira primavera da rainha na Inglaterra. Os dias de verão, de piqueniques e justas, de caça e de excursões de lazer, passeios de barco no rio e a viagem de verão, passando pelos grandes palácios, vão recomeçar. Talvez o rei aprenda a tolerá-la, talvez ela descubra uma maneira de agradá-lo. Verei tudo isso. Estarei em seus aposentos. Recosto-me na parede almofadada polida para ler o bilhete. Não está assinado, como todos os bilhetes do duque.

O rei fará companhia à rainha somente até a França brigar com a Espanha. Está acertado. O tempo dela conosco pode ser medido em dias. Vigie-a. Reúna provas contra ela. Destrua este bilhete.

Procuro o garoto. Está recostado na parede, jogando ociosamente uma moeda para o alto, apanhando-a de um lado, depois de outro. Faço sinal para que se aproxime.

— Diga a seu mestre que ela quer as princesas na corte — digo baixinho, ao seu ouvido. — Isso é tudo.

Catarina, Hampton Court, março de 1540

O rei está muito irritado no jantar de hoje, posso ver isso na maneira como conduz a rainha, e não relanceia o olhar para mim como sempre faz. Lamento isso, pois estou usando um vestido novo (outro!) amarelo-claro, e apertado no busto, de modo que meus seios estão expostos de maneira encantadora e despudorada. É uma perda de tempo e um problema tentar agradar um homem. Quando você está com sua melhor aparência, o pensamento dele está em outro lugar, ou ele concorda em se encontrar com você e tem de ir a outro lugar, sem uma desculpa decente. Hoje à noite, o rei está tão irritado com a rainha, que mal olha para mim, e desperdicei meu vestido novo por nada. Por outro lado, há um rapaz que é uma gracinha sentado à mesa dos Seymour e que claramente está apreciando o vestido e seu conteúdo; mas não tenho mais tempo para rapazes, já que jurei levar uma vida de abstinência, começando nesta Quaresma. Percebo Tom Culpepper tentando atrair meu olhar, mas não olho para ele. Não vou lhe perdoar facilmente por não cumprir a promessa de me encontrar. Provavelmente vou viver e morrer solteirona, e por culpa sua.

Por que o rei está com raiva e o que ela fez, não sei até depois do jantar, quando vou até sua mesa para dar-lhe o lenço que ela bordou para presentear o rei. Está na moda e é muito elegante. Ela certamente sabe bordar. Se um homem valoriza uma esposa por ela costurar, ela seria a sua favorita. Mas ela nunca lhe dará o lenço, pois quando chego, ele, de súbito, se vira para ela e diz:

— Teremos uma corte alegre na Páscoa.

Ela devia ter sido aconselhada a dizer "sim", e parar por aí. Mas responde:

— Estou alegre. Quero que Lady Elizabeth e a princesa Mary venham à corte.

Ele parece furioso, e vejo as mãos dela se apertarem sobre a mesa.

— Não Lady Elizabeth — diz ele rispidamente. — Não deve desejar a companhia dela, nem ela desejar a sua.

Ele fala rápido demais para ela e percebo que franze o cenho, mas compreende o bastante, isto é, que ele está dizendo "não".

— Princesa Mary — diz ela baixinho. — É minha enteada.

Mal consigo respirar, estou perplexa por ela se atrever a responder. Imaginem ele falar com você nesse tom ameaçador e você fincar pé!

— Não consigo entender por que você quer chamar uma papista convicta à corte — diz ele gelidamente. — Ela não é amiga da sua fé.

A rainha entende o tom, mesmo sem compreender as palavras.

— Eu sua madrasta sou — replica simplesmente. — Eu oriento ela.

Ele dá uma gargalhada e sinto medo dele, mesmo que ela não sinta.

— Ela é quase da sua idade — diz ele indelicadamente. — Não creio que vá querer cuidados maternais de alguém da sua espécie. Sua mãe foi uma das princesas mais importantes da cristandade e, quando as separei, preferiram me desafiar a ficarem juntas por amor. Acha que ela precisa de uma garota da sua própria idade para cuidar dela? Quando ela e a mãe preferiram deixar a morte separá-las a negarem sua fé? Acha que ela vai querer uma mãe que nem mesmo fala inglês? Ela pode falar com você em latim, grego, espanhol, francês e inglês, mas não em alemão. E o que você tem? Oh, sim, seu sublime alemão.

Sei que deveria dizer alguma coisa para distrair sua irritação, mas ele está tão cheio de desprezo e tão ríspido que me assusta. Não consigo dizer nada. Fico ali como uma idiota e me pergunto como ela encontra força para não desmaiar.

Ela está escarlate de vergonha, do decote até o capelo pesado, dá para ver o rubor debaixo da camisa de musselina e debaixo da gola dourada e do tecido que cobre seu pescoço. É doloroso ver seu constrangimento diante da raiva dele e espero que ela debulhe em lágrimas e saia correndo da sala. Mas ela não faz nada disso.

— Aprendo inglês — diz ela com dignidade. — O tempo todo. E sua madrasta sou.

O rei se levanta tão rápido que sua cadeira dourada arrasta no chão e quase vira. Ele tem de se apoiar na mesa. Seu rosto está vermelho e sua têmpora lateja. Estou morta de pavor, olhando para ele, mas ela continua sentada, as mãos juntas sobre a mesa. Ela parece um pequeno bloco de madeira, rígida de medo, mas sem se mover, nem desmoronar. Ele olha furioso para ela como se para calá-la com terror, mas ela fala.

— Vou fazer meu dever. Com nossos filhos, com o senhor. Perdoe se ofendo.

— Convide-a — diz ele enfurecido, e sai pisando pesado em direção à porta atrás do trono, que leva a seus aposentos privados. Ele nunca usa essa porta, de modo que não há ninguém ali para abri-la e ele tem de fazê-lo sozinho. Então desaparece, e somos todos deixados estupefatos.

Ela olha para mim e percebo que sua imobilidade não é calma, ela está paralisada de terror. Agora ele se foi e a corte levanta-se aos trambolhões para fazer reverência à porta batida, e ficamos a sós.

— É direito da rainha convidar damas para seu séquito — diz ela vacilante.

— Venceu — digo sem acreditar.

— Vou fazer meu dever — diz ela de novo.

— Venceu — repito incrédula. — Ele disse "convide-a".

— É a coisa certa — diz ela. — Faço o meu dever, pela Inglaterra. Farei meu dever para com ele.

Ana, Hampton Court, março de 1540

Estou esperando em meus aposentos em Hampton Court pelo novo embaixador que chegou tarde na noite passada e que virá me ver nesta manhã. Tinha pensado que o rei gostaria de vê-lo antes de mim, mas não há nenhum plano para a saudação real.

— Isso é certo? — pergunto a Lady Rochford.

Ela parece um pouco em dúvida.

— Embaixadores geralmente têm uma recepção especial para introduzi-los na corte e ao conselho do rei — replica ela. Abre as mãos como se dissesse que não sabe por que os embaixadores de Cleves devem ser tratados de maneira diferente. — É a Quaresma — sugere. — Não deveriam ter vindo na Quaresma, e sim na Páscoa.

Viro-me para a janela de modo que ela não veja a irritação em meu rosto. Ele deveria ter viajado comigo, vindo para a Inglaterra quando eu vim. Assim eu teria tido um delegado com o rei desde o momento em que pisei na Inglaterra, e que teria ficado comigo. Os condes Overstein e Olisleger me escoltaram, mas sabia que iriam me deixar e voltar para casa, e eles não tinham experiência em cortes estrangeiras. Eu deveria ter tido um embaixador ao meu lado desde o primeiro dia. Se ele estivesse comigo em Rochester quando insultei o rei em nosso primeiro encontro... Mas não adianta lamentar. Talvez agora, tendo chegado, ele encontre uma maneira de me ajudar.

Batem à porta e os dois guardas a abrem.

— Herr Doktor Carl Harst — anuncia o guarda, esforçando-se para pronunciar direito o título, e o embaixador de Cleves entra na sala, me procura com o olhar, e faz uma reverência profunda. Todas as damas de honra fazem uma reverência examinando-o de cima a baixo e notando, com cochichos críticos, a aparência rota da gola de sua jaqueta de veludo e os saltos gastos de suas botas. Até mesmo a pena de sua boina parece ter sofrido uma viagem árdua por terra desde Cleves. Sinto-me corar de vergonha de ser esse homem que representará o meu país na corte mais rica e frívola da cristandade. Vai se tornar alvo de zombaria, e eu com ele.

— Herr Doktor — digo estendendo minha mão para que a beije.

Percebo que fica surpreso com minha roupa elegante, com meu capelo inglês esmeradamente colocado sobre meu cabelo, os belos anéis em meus dedos e as correntes de ouro em minha cintura. Ele beija minha mão e diz em alemão:

— Sinto-me honrado em me apresentar à Sua Graça. Sou seu embaixador.

Meu Deus, ele mais parece um escrivão pobre. Balanço a cabeça aceitando seu cumprimento.

— Tomou seu café da manhã? — pergunto.

Sua expressão é de constrangimento.

— Eu... er... não consegui...

— Não comeu?

— Não encontrei o salão, Sua Graça. Lamento. O palácio é muito grande e meus aposentos ficam a uma certa distância do edifício principal, e não havia ninguém...

Colocaram-no no caminho para os estábulos.

— Não perguntou a ninguém? Há milhares de criados.

— Não falo inglês.

Fico realmente em choque.

— Não fala inglês? Como vai conduzir os negócios do nosso país? Ninguém aqui fala alemão.

— Seu irmão, o duque, achou que os conselheiros e o rei falassem alemão.

— Ele sabe muito bem que não falam.

— E achou que eu aprenderia inglês. Já falo latim — acrescentou ele, defensivamente.

Minha vontade é de chorar de decepção.

— Certamente tem de comer o desjejum — digo, tentando me recompor. Viro-me para Kitty Howard que, como sempre, está ao meu lado, escutando minhas conversas. É bem-vinda à nossa conversa até esse momento. Se consegue entender o alemão o bastante para espionar, pode traduzir para esse embaixador inútil.

— Srta. Howard, por favor, mande uma das damas buscar um pouco de pão e queijo para o embaixador. Ele não comeu o desjejum. E um pouco de ale.

Quando ela sai, me viro para ele.

— Tem alguma carta para mim?

— Sim — diz ele. — Tenho instruções de seu irmão e sua mãe lhe envia o seu amor e espera que honre sua terra e não se esqueça de sua disciplina ministrada com amor.

Balanço a cabeça entendendo. Teria preferido que tivesse me enviado um embaixador competente que também honrasse minha terra a essa bênção fria, mas aceito o pacote de cartas que ele me estende. Ele se acomoda em um extremo da mesa para tomar seu café da manhã e leio as cartas sentada no outro extremo.

Primeiro leio a carta de Amélia. Começa com uma relação dos elogios que lhe fizeram e como está feliz com sua corte em Cleves. Gosta de ser a dona exclusiva dos nossos aposentos. Conta dos novos vestidos e das roupas que eram minhas e que tinham sido ajustadas para ela. Isso fará parte de seu enxoval, pois vai se casar. Inspiro subitamente e Lady Rochford pergunta delicadamente:

— Nenhuma notícia ruim, espero, Sua Graça.

— Minha irmã vai se casar.

— Oh, que bom. Um bom casamento?

Nada em comparação à minha boa sorte, é claro. Eu poderia rir da insignificância do triunfo de Amélia. Mas tenho de reprimir as lágrimas antes de responder.

— Vai se casar com o irmão do meu cunhado. Minha irmã mais velha, Sybilla, é casada com o duque da Saxônia, e ela irá para a sua corte e se casará com seu irmão mais novo. — E assim se tornará uma família feliz e vizinha, penso com ressentimento. Estão todos juntos: mãe, irmão, duas irmãs e seus dois maridos, e somente eu fui mandada para longe, onde espero cartas que não me causam nenhuma alegria, e sim reforçam a sensação de exclusão e falta de generosidade com que meu irmão me tratou durante toda a minha vida.

— Nada que se compare ao seu, então.

— Não existe outro igual ao meu — digo. — Mas ela vai gostar de viver com minha irmã, e o meu irmão gosta de mantê-las perto.

— Nada de zibelina para ela — destaca Kitty Howard, e sua ganância eterna e sem pudor me faz sorrir.

— Não, isso é o principal, é claro. — Sorrio para ela. — Nada é mais importante do que zibelina.

Ponho a carta de Amélia de lado, não consigo ler suas predições confiantes do Natal em família, da caça juntos no verão, das celebrações dos aniversários e criação dos filhos, os primos saxões juntos no mesmo quarto.

Abro a carta de minha mãe. Se esperasse algum conforto dela, teria me desapontado. Ela falou com o conde Olisleger e está muito apreensiva. Ele contou que dancei com homens que não meu marido, que usei um vestido sem a musselina até as orelhas. Soube que pus de lado a roupa de Cleves e que uso o capelo inglês. Lembra-me que o rei se casou comigo porque queria uma noiva protestante de comportamento impecável, e que ele é um homem de temperamento ciumento e difícil. Pergunta se quero ir para o inferno, e me lembra que não há pecado mais grave do que a luxúria em uma mulher jovem.

Largo a carta e vou até a janela olhar o belo jardim de Hampton Court, os passeios enfeitados próximos ao palácio, as trilhas que descem até o rio com o píer e as barcaças reais balançando-se nas amarras. Há cortesãos caminhando com o rei no jardim, vestidos de maneira exuberante, como se estivessem indo a uma justa. O rei, uma cabeça mais alto do que todos os homens em seu séquito, e largo como um touro, está usando uma capa de tecido dourado e uma boina de veludo bordada com diamantes que cintilam mesmo a distância. Está apoiado no ombro de Thomas Culpepper, que está usando uma capa verde-escura fechada por um broche de diamante. Cleves com seu uniforme de fustão e casimira enfestada parece muito distante. Nunca poderei explicar à minha mãe que não me exibo à moda inglesa por vaidade, mas somente para não parecer mais desprezível ainda, e mais repelente do que já sou. Se o rei me puser de lado, Deus sabe que não será por me vestir com elegância excessiva. Será porque eu o desagrado, e assim seria se eu usasse o capelo como minha avó ou como a bonita Kitty Howard. Nada do que eu faça pode agradar o rei; mas minha mãe poderia se poupar o trabalho de me avisar que minha vida depende de eu agradá-lo. Já sei disso. E isso nunca acontecerá. De maneira nenhuma conseguirei agradá-lo.

O embaixador acabou de comer. Volto à mesa e lhe faço um sinal indicando que pode continuar sentado enquanto leio a última carta, a do meu irmão.

> *Irmã, tenho me preocupado muito com o relato dos condes Overstein e Olisleger de sua recepção e comportamento na corte de seu novo marido, rei Henrique da Inglaterra. Sua mãe lhe falará das questões relacionadas a roupas e decoro, eu apenas posso lhe pedir que a ouça com atenção e que não se deixe ser induzida a um comportamento que só nos causará embaraço, e que a envergonhará. Sua tendência à vaidade e comportamento inadequado é conhecido de nós todos. Mas esperamos que isso permaneça um segredo de família. Pedimos que se corrija, sobretudo agora que os olhos do mundo estão sobre você.*

Pulo as duas páginas seguintes, que não são nada além de uma lista das vezes que o decepcionei e as advertências de que um passo em falso na corte inglesa poderia ter as consequências mais graves. Quem saberia disso melhor do que eu?
Continuo a leitura.

> *Esta carta é para apresentar o embaixador que representará o nosso país junto ao rei Henrique e seu conselho. Você lhe dará toda assistência. Espero que trabalhe intimamente com ele para o avanço das nossas esperanças dessa aliança que nos tem desapontado. Na verdade, o rei da Inglaterra parece achar que fez de Cleves seu vassalo, e agora espera a nossa aliança contra o imperador, com quem não temos nenhuma divergência e não criaremos nenhuma só para satisfazer seu marido ou você. Deve deixar isso claro para ele.*
> *Sei que um inglês, o duque de Norfolk, teve o prazer de visitar a corte francesa, e não tenho a menor dúvida de que a Inglaterra está se aproximando da França. Foi para evitar justamente isso que você foi enviada à Inglaterra. Está fracassando com a sua terra, Cleves, sua mãe e comigo. O embaixador a aconselhará como cumprir o seu dever e não esquecê-lo nos prazeres da carne.*
> *Forneci-lhe o transporte para a Inglaterra e um criado para servi-lo, mas você terá de pagar-lhe diretamente. Suponho, pelo que ouvi sobre suas joias e suas roupas novas, e outras extravagâncias ímpias, inclusive, me disseram, zibelinas caras, que possa arcar com isso. Certamente fará melhor gastando sua nova riqueza no futuro do seu país do que em itens de vaidade pessoal que só poderão atrair desonra. Só porque ocupa uma posição alta não quer dizer que possa negligenciar sua consciência como fez no passado. Insisto em que corrija seu comportamento, irmã. Como chefe da família, aconselho-a a abjurar vaidade e lascívia.*

Confiando que esta carta a encontre em tão boa saúde quanto quando partiu, certamente espero que a encontre em boa saúde espiritual. A luxúria não é um substituto de uma boa consciência, como descobrirá se estiver destinada a envelhecer.

Como deseja seu irmão,

William

Largo a carta e olho para o embaixador.

— Diga-me, pelo menos, que já realizou este trabalho antes, que já foi embaixador em outra corte.

Receio que seja algum pregador luterano que meu irmão resolveu empregar.

— Servi a seu pai na corte de Toledo e Madri — replica o Dr. Harst com certa dignidade. — Mas nunca à minha própria custa.

— As finanças de meu irmão estão um tanto difíceis — digo. — Pelo menos, poderá viver aqui, na corte, sem ter que gastar.

Ele balança a cabeça.

— Ele me disse que Sua Graça me pagaria um salário.

Sacudo a cabeça, negando.

— Eu não. O rei me dá minha corte, minhas damas e minhas roupas, mas não dinheiro, ainda não. Esta é uma das questões que levantará com ele.

— Mas quando a rainha da Inglaterra é coroada...

— Casei-me com o rei, mas não fui coroada rainha — replico. — No lugar de minha coroação em fevereiro, tive uma acolhida formal em Londres, e agora espero ser coroada depois da Páscoa. Ainda não recebi minha pensão como rainha. Não tenho dinheiro.

Ele parece um pouco apreensivo.

— Posso supor que não haverá problemas? Que a coroação vai se realizar?

— Trouxe os papéis que o rei pediu?

— Que papéis?

Sinto a raiva crescer em mim.

— Os documentos que provam que meu compromisso anterior foi anulado. O rei os exige, os condes Overstein e Olisleger juraram que os enviariam. Juraram por sua honra. Devem estar com o senhor.

Sua expressão é de espanto.

— Não tenho nada! Ninguém falou nada a respeito de documentos comigo. Engasgo com minha própria língua, de tão aflita.

— Mas nada é mais importante do que isso! Meu casamento foi adiado porque se temia esse contrato anterior. Os emissários de Cleves juraram que mandariam a prova assim que chegassem lá. Tiveram de se oferecer como reféns. Devem ter-lhe contado. Você tem de estar com eles! Ofereceram a si mesmos como garantia!

— Não me disseram nada — repete ele. — E o duque, seu irmão, insistiu em que eu atrasasse minha viagem para me encontrar com eles. Como podem ter-se esquecido de uma coisa assim?

Ao ouvir a menção ao meu irmão, o espírito combativo me abandona.

— Não — respondo cansada. — Meu irmão concordou com este casamento, mas não me dá assistência. Não parece se importar com o meu constrangimento. Às vezes, receio que tenha me enviado a este país somente para me humilhar.

Ele está chocado.

— Mas por quê? Como isso pode ser?

Reprimo a indiscrição.

— Oh, quem sabe? Acontecem coisas entre as crianças no quarto de bebê que nunca são esquecidas ou perdoadas. Deve escrever para ele imediatamente e dizer que preciso da prova de que meu noivado anterior foi anulado. Tem de persuadi-lo a enviá-la. Diga-lhe que sem isso, não posso fazer nada. Não posso exercer nenhuma influência sobre o rei. Diga-lhe que sem isso parecemos culpados de duplicidade. O rei pode suspeitar de nós, e com razão. Pergunte a meu irmão se quer que o meu casamento seja questionado. Se quer que eu seja mandada de volta em desgraça. Se quer que o casamento seja anulado. Se quer que eu seja coroada rainha. Porque a cada dia de atraso fornecemos fundamentos para a suspeita do rei.

— O rei nunca... — começa ele. — Todo mundo deve saber...

— O rei fará o que quiser — digo enfurecida. — Esta é a primeira coisa que se aprende nesta corte. O rei é rei, e chefe da Igreja, é um tirano que não dá satisfações a ninguém. Governa os corpos e as almas dos homens. Neste país, ele fala por Deus. Ele próprio acredita que sabe a vontade de Deus, que Deus fala diretamente através dele, que ele é Deus na Terra. Ele faz exatamente o que deseja e decide o que é certo e o que é errado, e então diz que é a vontade de Deus. Diga a meu irmão que ele me colocará em um perigo real se não cumprir esse ato tão pequeno. Tem de enviar os documentos, senão temerei por minha própria vida.

Catarina, Hampton Court, março de 1540

Manhã de Páscoa, feliz Páscoa para mim. Odeio tanto a Quaresma — pelo que tenho de fazer penitência ou do que tenho de me arrepender? Quase nada. Mas odiei a Quaresma ainda mais este ano, por impedir dança na corte e música, exceto os hinos e salmos mais horríveis; e o pior de tudo foi a ausência total de mascaradas e peças. Mas, finalmente, com a chegada da Páscoa voltaremos a ser alegres. A princesa Mary virá à corte e estamos todos loucos para saber se ela vai gostar de sua madrasta. Estamos rindo antecipadamente desse encontro, com a rainha tentando ser a mãe de uma criança somente um ano mais nova do que ela, tentando falar alemão com ela, tentando orientá-la para a religião reformada. Vai ser tão bom quanto uma peça. Dizem que a princesa Mary é muito séria, triste e devota; enquanto a rainha é serena e alegre em seus aposentos, e nasceu e foi criada como luterana, erasmiana, ou qualquer outra coisa do gênero, de qualquer maneira, reformada. Portanto ficamos todas nas pontas dos pés à janela, para ter uma boa visão da princesa Mary cavalgando para a frente do palácio. Depois, todas corremos, feito um bando de galinhas frenéticas, para os aposentos da rainha antes de a princesa aparecer na escadaria. Lançamo-nos nas cadeiras ao redor da sala e fingimos estar calmamente costurando e escutando um sermão, e a rainha diz: "Garotas travessas", com um sorriso. Em seguida, batem à porta e a princesa entra, e — que surpresa! — conduz Lady Elizabeth pela mão.

Todas nos levantamos para fazer uma reverência, temos de fazer uma reverência bem profunda à princesa Mary para indicar o nosso respeito a uma princesa de sangue azul, e nos erguermos antes de Lady Elizabeth receber tal deferência, já que é apenas uma bastarda do rei, talvez nem sua. Mas lhe dou um sorriso e mostro-lhe a língua quando ela passa por mim, pois é somente uma criança, um pequeno fantoche, coitadinha, de 6 anos, e além do mais, é minha prima, mas com o cabelo mais desconcertante que se pode imaginar, da cor de cenoura. Eu morreria se tivesse um cabelo desse, mas é o cabelo do seu pai, e deve ser melhor tê-lo para uma criança cuja paternidade é duvidosa.

A rainha se levanta para receber as duas enteadas e beija-as nas bochechas, depois as leva para a sua câmara privada e fecha a porta na cara de nós todas, como se quisesse ficar a sós com elas. Portanto temos de esperar do lado de fora sem música nem vinho, sem nenhuma diversão, e o pior de tudo, sem fazer ideia do que está acontecendo por trás da porta fechada. Dou um passo em direção à câmara privada, mas Lady Rochford faz uma carranca para mim. Ergo as sobrancelhas e digo: "O quê?" como se não fizesse ideia de que ela está me impedindo de escutar às escondidas.

Em alguns minutos, todas ouvimos a risada e a voz da pequena Elizabeth, e passada meia hora, abrem a porta e aparecem. Elizabeth está de mãos dadas com a rainha e com a princesa Mary, que chegou tão séria e triste e que agora está sorrindo, e com a aparência corada e bonita. A rainha nos apresenta, cada uma pelo nome, e a princesa Mary sorri graciosamente para todas nós, sabendo que metade de nós é sua inimiga jurada. Finalmente, pedem refrescos e a rainha envia uma mensagem ao rei dizendo que suas filhas chegaram e estão em seus aposentos.

As coisas agora melhoram ainda mais, pois o próximo acontecimento é o rei ser anunciado, e todos os homens virem com ele. Faço uma reverência, mas ele passa por mim sem me olhar nem de relance, indo direto saudar suas filhas. Mostra-se afetuoso com elas, tira do bolso algumas ameixas cristalizadas para a pequena Lady Elizabeth e fala carinhosamente com a princesa Mary. Senta-se ao lado da rainha e põe a mão dela sobre a sua, e fala baixinho ao seu ouvido, e claramente formam uma pequena família feliz, o que seria um belo quadro se ele fosse um sábio avô com três netas bonitas à sua volta, como dá a impressão de ser.

Fico um pouco chateada e irritada, já que ninguém está prestando a menor atenção em mim, e então Thomas Culpepper — a quem não perdoei nem por um instante — se aproxima, beija a minha mão, e diz:

— Prima.

— Oh, mestre Culpepper — exclamo como se estivesse surpresa ao vê-lo. — Está aqui?

— Onde mais poderia estar? Tem uma garota mais bonita na sala?

— Não sei — respondo. — A princesa Mary é uma bela moça.

Ele faz uma careta.

— Falo de uma garota capaz de virar pelo avesso o coração de um homem.

— Não conheço uma garota capaz de fazer isso com o seu, já que não conheço nenhuma garota capaz de fazê-lo chegar na hora em um encontro marcado — digo rispidamente.

— Não pode ainda estar chateada comigo — replica ele, como se fosse de admirar. — Não uma garota como você, que pode ter o homem que quiser com um estalar dos dedos. Não pode estar irritada com alguém tão insignificante quanto eu, quando fui mandado para longe de você, embora meu coração se partisse por ter de deixá-la.

Dou um gritinho ao rir e ponho a mão na boca quando a rainha relanceia os olhos para mim.

— Seu coração nunca se partiria — digo. — Você não tem coração.

— Partiu — insiste ele. — Partiu em dois. Mas o que eu podia fazer? O rei ordenou minha presença, mas o meu coração ficou com você. Tive de parti-lo e cumprir o meu dever, e nem mesmo assim você me perdoa.

— Não o perdoo porque não acredito em nem uma palavra do que disse — replico animadamente. Olho na direção da rainha e vejo que o rei está nos observando. Com cuidado, desvio um pouco minha cabeça de Thomas Culpepper e me afasto ligeiramente. Não quero parecer envolvida demais com ele. Observo de novo discretamente, e realmente o rei está olhando para mim. Curva o dedo, fazendo sinal para que me aproxime, e ignoro Thomas Culpepper e subo até a cadeira real.

— Sua Graça?

— Estão me pedindo um pouco de dança. Faria companhia à princesa Mary? A rainha me disse que você é a que dança melhor entre suas damas.

E agora quem só falta fazer cabriolas como uma italiana? Enrubesço de prazer e desejo de todo coração que minha avó pudesse me ver nesse momento, sendo mandada dançar pelo rei em pessoa por recomendação da rainha.

— É claro, Sua Graça. — Faço uma reverência perfeita, baixo os olhos modestamente, já que todos estão me olhando e estendo a mão para a princesa

Mary. Bem, ela não pula exatamente de alegria ao aceitá-la, e se dirige ao centro da sala para formar a primeira fila da dança comigo, como se não se sentisse muito honrada com sua parceira. Diante de seu rosto grave, inclino um pouco a cabeça e chamo as outras garotas, que formam uma fila atrás de nós. Os músicos tocam um acorde e começamos a dançar.

E quem imaginaria isso? Ela é uma boa dançarina. Move-se graciosamente e mantém a cabeça ereta. Seus pés se movem com leveza e elegância, ela foi muito bem-educada. Mexo ligeiramente meus quadris só para me certificar de que o rei e todos os homens presentes mantenham o olhar em mim, mas para ser franca, tenho certeza de que metade deles está observando a princesa, que vai ficando mais corada à medida que a dança prossegue e que está sorrindo quando terminamos a parte em que conduzimos a parceira por baixo do arco. Tento parecer recatadamente feliz com o sucesso da minha parceira, mas receio parecer estar chupando limão. Não posso ser quem dá destaque à apresentação de outra pessoa, simplesmente não posso. Não é a minha natureza, simplesmente não aspiro ao segundo lugar.

Terminamos com uma reverência e o rei se levanta e grita "Brava! Brava!", que é latim ou alemão ou qualquer outra coisa para hurra!, e sorrio e tento parecer feliz quando ele se aproxima, pega a princesa pela mão, beija-a nas duas bochechas e diz que está encantado com ela.

Fico atrás, modesta como uma pequena flor, mas roxa de inveja pelo elogio ser todo para a criatura sem graça; mas então ele se vira para mim e se curva para falar ao meu ouvido.

— E você, querida, dança como um anjinho. Qualquer parceira sua pareceria melhor só por estar ao seu lado. Acha que vai dançar um dia para mim? Sozinha, para o meu prazer?

E eu, erguendo o olhar para ele e batendo as pestanas, como se estivesse acabrunhada, digo:

— Oh, Sua Graça! Eu esqueceria os passos se tivesse de dançar para Sua Graça. Teria de ser guiada, em cada passo. Teria de me conduzir aonde quisesses.

E ele replica:

— Coisinha linda, sei aonde a levaria, se pudesse.

Ah, sabe?, penso. Velho safado. Não pode honrar sua própria mulher e sussurra coisas para mim.

O rei recua e conduz a princesa Mary de volta à rainha. Os músicos tocam um acorde e os rapazes da corte se adiantam para suas parceiras. Sinto uma mão pegar a minha e me viro com os olhos baixos como se estivesse acanhada por ter sido convidada.

— Não precisa se dar esse trabalho — diz meu tio Norfolk friamente. — Quero falar com você.

Chocada por não ser o belo jovem Thomas Culpepper, deixo que me escolte para o lado da câmara, e lá está Lady Rochford, como se esperando, quero dizer, é claro que está esperando, e me vejo entre os dois. Meu coração afunda até meus sapatos; tenho certeza, mais do que certeza de que ele vai me mandar de volta para casa por flertar com o rei.

— O que acha? — pergunta ele a Lady Rochford por cima da minha cabeça.

— Tio, sou inocente — digo, mas ninguém presta atenção em mim.

— É possível — replica ela.

— Eu diria que é certo — diz ele.

Os dois olham para mim como se eu fosse um pequeno cisne para ser trinchado.

— Catarina, você atraiu o olhar do rei — diz meu tio.

— Não fiz nada! — falo com a voz esganiçada. — Tio, juro que sou inocente! — Espanto-me ao ouvir a mim mesma. Estou pensando em Ana Bolena, que lhe disse estas mesmas palavras e não encontrou nenhuma misericórdia. — Por favor... — sussurro.— Por favor, lhe imploro... Não fiz nada, verdade...

— Fale baixo — diz Lady Rochford, olhando em volta, mas ninguém está prestando atenção em nós, ninguém vai me chamar.

— Você conquistou o interesse do rei, agora tem de conquistar seu coração — prossegue ele, como se eu não tivesse dito nada. — Agiu perfeitamente até agora. Mas ele é um homem de uma certa idade e não quer uma vadia qualquer atrás dele, gosta de se apaixonar, ele gosta mais de perseguir do que de capturar. Quer pensar que está cortejando uma garota com a reputação imaculada.

— E sou! Verdade, sou! Sou imaculada!

— Tem de atraí-lo, estimulá-lo, e ainda assim, recuar sempre.

Espero; não tenho ideia do que ele quer de mim.

— Em resumo, ele não tem de apenas desejá-la, tem de se apaixonar por você.

— Mas por quê? — pergunto. — Para que me consiga um bom marido?

Meu tio se inclina à frente, a boca em meu ouvido.

— Ouça com atenção, sua tola. Para que a torne sua esposa, sua própria esposa, a próxima rainha da Inglaterra.

Minha exclamação de surpresa é silenciada por Lady Rochford, que belisca as costas da minha mão.

— Ai!

— Ouça o seu tio — diz ela. — E mantenha a voz baixa.

— Mas ele é casado com a rainha — murmuro.

— E ainda assim pode se apaixonar por você — diz meu tio. — Coisas estranhas aconteceram. E ele tem de saber que é uma virgem intacta, uma pequena rosa, que é uma garota boa o bastante para ser a rainha da Inglaterra.

Relanceio os olhos para trás, para a mulher que já é a rainha da Inglaterra. Ela está sorrindo para Lady Elizabeth, que está realizando uma dança de pulinhos acompanhando o ritmo da música. O rei bate os pés também acompanhando o ritmo, até mesmo a princesa Mary parece feliz.

— Talvez não neste ano, talvez no ano que vem — diz meu tio. — Mas tem de manter o rei interessado e terá de levá-lo a amá-la honradamente. Ana Bolena o incitou e o manteve afastado durante seis anos, e começou quando ele estava apaixonado pela esposa. Não é trabalho para um dia, é uma obra-prima, será a obra da sua vida. Não poderá lhe dar o menor motivo para achar que há a possibilidade de torná-la sua amante. Ele terá de honrá-la, Catarina, como se você fosse uma jovem feita para o casamento. Pode fazer isso?

— Não sei — replico. — Ele é o rei. Não conhece os pensamentos de todo mundo? Deus não conta para ele?

— Que Deus nos ajude, a garota é uma idiota — murmura meu tio. — Catarina, ele é um homem como qualquer outro, só que agora, na velhice, é mais desconfiado e vingativo do que a maioria. Ele desfrutou uma vida mais fácil do que a maioria, ficou ocioso durante a vida toda. Recebe gentilezas em todo lugar a que vai, ninguém lhe diz "não" desde que se livrou de Catarina de Aragão. Está acostumado a fazer tudo à sua maneira sempre. Esse é o homem que você tem de encantar, um homem criado para a indulgência. Tem de fazê-lo achar que você é especial, ele está cercado de mulheres que fingem adorá-lo. Terá de fazer algo especial. Terá de excitá-lo e mantê-lo afastado de você. É isso o que estou pedindo que faça. Poderá ter vestidos novos e a ajuda de Lady Rochford, mas isso é o que quero. Pode fazer isso?

— Posso tentar — replico em dúvida. — Mas o que vai acontecer depois? Quando ele se apaixonar e se excitar? O que vai acontecer depois? Não posso lhe dizer que espero ser rainha enquanto sirvo à rainha.

— Deixe isso comigo — diz ele. — Você faz o seu papel e eu farei o meu. Mas tem de fazer o seu. Exatamente como é, só que um pouco mais, um pouquinho mais ardente. Quero que o excite sexualmente.

Hesito. Desejo dizer sim, desejo os presentes que ganharei, desejo o alvoroço que provocarei quando todos perceberem que despertei o *interesse* do rei. Mas Ana Bolena, minha prima, sobrinha desse homem, também deve ter sentido como eu. Ele deve ter-lhe dado o mesmo conselho, e vejam aonde isso a levou. Não sei o grau de importância do papel que ele desempenhou na subida dela ao trono, nem se ajudou a sua ida ao cadafalso. Não sei se cuidará mais de mim do que dela.

— E se eu não conseguir? — pergunto. — E se alguma coisa der errado?

Ele sorri para mim.

— Está me dizendo que duvidou, por um momento sequer, de que fosse capaz de fazer qualquer homem se apaixonar por você?

Tento manter o rosto sério, mas minha vaidade é excessiva e sorrio para ele.

— Na verdade, não — respondo.

Jane Bolena, Hampton Court, março de 1540

Estamos cavalgando para Londres, para o palácio de Westminster, para a inauguração do Parlamento. Mas esse retorno a Londres não é igual à nossa partida. Alguma coisa aconteceu. Sinto-me um velho cão de caça, o líder da matilha, que pode erguer a cabeça acinzentada e farejar a mudança do vento. Quando partimos, o rei estava entre a rainha e a jovem Kitty Howard, e qualquer um que olhasse para eles o veria distribuindo sorrisos à sua mulher e à amiga. Agora, para mim, talvez só para mim, a cena é completamente diferente. Mais uma vez o rei cavalga entre sua mulher e sua favorita, mas dessa vez, sua cabeça está o tempo todo virada à esquerda. É como se sua cara redonda tivesse girado em seu pescoço e ficado presa. Catarina prende sua atenção como uma efemérida prende a atenção da gorda e boquiaberta carpa. O rei está com os olhos esbugalhados fixos em Catarina Howard, como se não conseguisse desviá-los, e a rainha, à sua direita, e até mesmo a princesa Mary, do outro lado, não conseguem distraí-lo, não podem fazer nada a não ser prover um escudo para a sua paixonite.

Já vi isso antes — meu Deus — tantas vezes. Estou na corte de Henrique desde que era donzela e ele, um garoto, e o conheço: um garoto apaixonado, e agora um velho tolo apaixonado. Eu o vi dar em cima de Bessie Blount, depois de Maria Bolena, depois de sua irmã Ana Bolena, depois de Madge Shelton, depois de Jane Seymour, depois de Anne Bassett, e agora isso: a menina bonita. Sei como Henrique parece quando está inebriado: um touro, pronto para ser conduzido pelo faro. Ele está assim agora. Se nós, os Howard, o queríamos, conseguimos e agora o temos. Foi capturado.

A rainha refreia seu cavalo para falar comigo, e deixa Catarina Howard, Catarina Carey, a princesa Mary e o rei seguirem juntos à frente. Não viram a cabeça para ver que ela ficou para trás. Ela está se tornando um zero, uma pessoa sem importância.

— O rei gosta de Kitty Howard — comenta ela comigo.

— E de Lady Anne Bassett — digo sem me alterar. — Pessoas jovens o alegram. Gostaram da companhia da princesa Mary, acho.

— Não — replica ela sem rodeios, não há como enrolá-la. — Ele gosta de Catarina.

— Não mais do que de qualquer outra — insisto. — Mary Norris é uma favorita.

— Lady Rochford, seja minha amiga: o que tenho de fazer? — pergunta simplesmente.

— Fazer? Sua Graça?

— Se ele toma uma garota... — Interrompe-se buscando a palavra certa. — Uma prostituta.

— Uma amante — corrijo-a rapidamente. — Prostituta é uma palavra muito vulgar, Sua Graça.

Ela ergue os sobrolhos.

— Mesmo? Amante.

— Se ele tomar uma amante, não deve prestar atenção.

Ela balança a cabeça em sinal de que compreendeu.

— É o que rainha Jane fez?

— Sim, foi, Sua Graça. Ela não dava atenção.

Ela fica em silêncio por um segundo.

— Não acham ela boba por causa disso?

— Eles a achavam rainha — replico. — Uma rainha não se queixa do seu marido, o rei.

— É o que rainha Ana fez?

Hesito.

— Não. A rainha Ana ficava com muita raiva e fazia muito barulho. — Que Deus nos poupe de viver de novo a tormenta que caiu sobre nossas cabeças no dia em que Ana pegou Jane Seymour se contorcendo e dando risinhos no colo do rei. — O rei, então, ficava irritado com ela. E...

— E?

— É perigoso irritar o rei. Mesmo que seja uma rainha.

Ela fica calada, não levou muito tempo para aprender que a corte é uma armadilha fatal para os imprudentes.

— Quem era a amante do rei na época? Quando a rainha fez muito barulho?

É constrangedor contar à nova esposa do rei.

— Ele estava cortejando Jane Seymour, que se tornou rainha.

Ela balança a cabeça. Aprendi que quando ela mais parece apática e idiota é quando ela está pensando mais furiosamente.

— E a rainha de Aragão? Fez muito barulho?

Aqui, estou em terreno mais sólido.

— Ela nunca se queixou, nem uma vez, do rei. Sempre o recebia com um sorriso, independentemente do que soubesse, do que temesse. Sempre foi uma rainha e esposa cortês.

— Mas ele tinha amante? A mesma coisa? Com uma rainha assim ao seu lado? Ela, a princesa com quem se casou por amor?

— Sim.

— Essa amante era Ana Bolena?

Confirmo balançando a cabeça.

— Uma dama de companhia? Sua própria dama de companhia?

Balanço a cabeça de novo, confirmando a marcha impiedosa de sua lógica.

— Então suas duas rainhas foram damas de honra? Ele ver elas nos aposentos da rainha? Ele conhecer elas lá?

— Sim — replico.

— Ele conhecer elas enquanto a rainha observa. Dançar com elas em seus aposentos. Combinar um encontro para mais tarde?

Não posso negar.

— Bom... sim.

Ela olha à frente, para onde Catarina Howard cavalga ao lado do rei e observa quando ele se inclina e põe sua mão sobre a dela, como se corrigisse a sua maneira de segurar as rédeas. Catarina ergue o olhar para ele, como se emocionada por uma honra que mal consegue suportar. Inclina-se ligeiramente para ele, com anseio, nós duas ouvimos um breve risinho ofegante.

— Assim — diz ela direto.

Não me ocorre nada a dizer.

— Entendo — diz a rainha. — Agora entendo. E uma mulher sábia não diz nada?

— Não diz nada — hesito. — Não tem como impedir, Sua Graça. Independentemente do que acontecer.

Ela baixa a cabeça e, para a minha surpresa, vejo uma lágrima cair na parte mais alta da sela, que ela rapidamente cobre com seu dedo enluvado.

— Sim, não posso fazer nada — sussurra.

✣

Estamos instalados em nossos aposentos em Westminster há apenas alguns dias quando sou chamada aos aposentos do meu parente duque de Norfolk. Vou ao meio-dia, antes do almoço, e o encontro andando de lá para cá, absolutamente nada de seu comportamento contido de sempre. É tão extraordinário vê-lo perturbado que fico imediatamente alerta ao perigo. Não entro na sala, mas fico perto da parede, como faria se tivesse aberto a porta errada na Torre e me deparado com os leões do rei. Fico à porta, minha mão na maçaneta.

— Senhor?

— Já soube? Está sabendo que Cromwell será conde? Um maldito conde?

— Mesmo?

— Não acabei de dizer? Conde de Essex. Conde do maldito Essex! O que acha disso, senhora?

— Não acho nada, senhor.

— Eles consumaram o casamento?

— Não!

— Jura? Tem certeza? Devem ter consumado. Conseguiu finalmente e está pagando ao seu cafetão. Deve estar satisfeito com Cromwell por alguma coisa!

— Tenho certeza absoluta. Sei que não consumaram. E ela está infeliz, sabe que ele se sente atraído por Catarina, e está apreensiva com isso. Falou comigo a esse respeito.

— Mas ele está recompensando o ministro que lhe deu a rainha. Deve estar satisfeito com o casamento, alguma coisa o agradou. Deve ter ficado sabendo de alguma coisa, deve ter-se afastado de nós por algum motivo. Está recompensando Cromwell, e Cromwell trouxe-lhe a rainha.

— Juro, milorde, não escondi nada. O rei vai à sua cama quase todas as noites desde o fim da Quaresma, mas não atua melhor do que antes. Os lençóis estão limpos, a trança em seu cabelo não se desfaz, sua camisola nunca se amarrota. Às vezes, ela chora durante o dia, quando pensa que ninguém está olhando. Isso não é atitude de mulher bem-amada, e sim de uma garota magoada. Juro que ela continua virgem.

O duque vira-se para mim com fúria.

— Então por que ele tornou Cromwell conde de Essex?

— Deve ser outra razão.

— Que outra razão? Esse é um grande triunfo de Cromwell, essa aliança com duques protestantes e o rei, essa aliança contra a França e a Espanha, selada com o casamento com a garota de Flandres. Tenho uma aliança com o rei da França na ponta dos dedos. Enchi a cabeça do rei com suspeitas contra Cromwell. Lorde Lisle disse-lhe que Cromwell favorece reformadores, esconde hereges em Calais. O pregador favorito de Cromwell ia ser acusado de heresia. Estava tudo se acumulando contra ele, e então ganha um condado. Por quê? O condado é sua recompensa. Por que o rei o recompensa, se não está satisfeito com ele?

Encolho os ombros.

— Milorde tio, como posso saber?

— Porque está aqui para saber! — grita para mim. — Foi colocada na corte e se mantém na corte, se veste e come na corte, para que saiba de tudo e depois me conte! Se não sabe nada, do que adianta estar aqui? Do que adiantou poupá-la do cadafalso?

Meu rosto se retesa de medo da sua raiva.

— Sei o que se passa nos aposentos da rainha — replico em voz baixa. — Não posso saber o que se passa no Conselho Privado.

— Ousa dizer que eu devia saber? Que sou descuidado?

Sem falar, nego com a cabeça.

— Como se pode saber o que o rei acha se ele guarda suas próprias opiniões e recompensa o homem cuja face ele esbofeteou em público nos últimos três meses? Como alguém pode saber o que está acontecendo quando Cromwell é acusado como o responsável pelo pior casamento que o rei já fez, e agora nos domina como conde, como um maldito conde da maldita Essex?

Vejo que estou pressionada contra a parede e que a seda da tapeçaria está atrás de minhas mãos abertas. Sinto o tecido se umedecer com o meu suor frio.

— Como alguém vai saber o que diabos se passa na cabeça do rei quando ele alterna momentos de astúcia com outros de completo desvario?

Sacudo a cabeça em silêncio. Ele falar no rei e em loucura ao mesmo tempo é o mesmo que traição. Não repetirei isso nem mesmo aqui, nos aposentos Howard.

— De qualquer maneira, tem certeza de que ele ainda gosta de Catarina? — diz o duque mais calmamente.

— Muito. Não tenho a menor dúvida.

— Bem, mande-lhe mantê-lo afastado. Não ganhamos nada se ela se tornar a sua prostituta e ele permanecer casado com a rainha.

— Não há nenhuma dúvida...

— Duvido de tudo — interrompe ele. — E se ele se deitar com ela e com a rainha, tiver um filho varão com ela, agradecerá a Cromwell o acréscimo no quarto de bebês, e estaremos arruinados, nós e a pequena vadia.

— Ele não possuirá a rainha — falo, retornando à minha única certeza.

— Você não sabe nada — diz ele rudemente. — Tudo o que sabe é o que pode ser captado pelos buracos de fechadura, pelos sussurros na câmara privada, e pelo lixo varrido na câmara. Sabe tudo o que pode ser descoberto na sujeira da vida, não sabe nada de política. Eu afirmo que ele está recompensando Cromwell com uma posição com que ele jamais sequer sonhava por ter-lhe dado a rainha de Cleves. E os seus planos e os meus planos foram derrubados. E você é uma tola.

Não há nada que eu possa dizer, portanto espero que me mande sair, mas ele se vira para a janela e faz uma pausa, olhando para fora e roendo a unha do polegar. Passado algum tempo, um pajem vem lhe dizer que está sendo chamado à Câmara dos Lordes, e ele sai sem me dizer mais nada. Faço uma reverência, mas acho que nem mesmo me vê.

Quando desaparece, eu deveria sair também, mas não. Ando por sua sala. Como está silenciosa e ninguém bate à porta, puxo a cadeira. Sento-me à mesa em sua grande cadeira entalhada com o brasão dos Howard, duro e desconfortável atrás de minha cabeça. Eu me pergunto como teria sido se George tivesse vivido e seu tio morrido. George teria se tornado o chefe da família e eu estaria sentada aqui, ao lado dele, por direito próprio. Teríamos concedido posições nessa grande mesa, e maquinado nossos próprios planos, nossas próprias conspirações. Teríamos feito uma grande casa para nós e criado nossos próprios filhos nela. Teríamos sido irmão e cunhada da rainha, nossos filhos teriam sido primos do próximo rei. George certamente teria sido um duque, eu teria sido duquesa. Teríamos sido ricos, a família mais importante no reino. Teríamos envelhecido juntos, ele teria me valorizado por meu conselho e minha lealdade fervorosa, eu o teria amado por sua paixão, sua beleza e sua perspicácia. Ele teria me amado, acabaria certamente me amando. Ele se cansaria de Ana e de seu gênio. Teria aprendido que um amor estável, um amor fiel, o amor de sua esposa era o melhor.

Mas George morreu, e Ana também, os dois mortos antes de aprenderem a me dar valor. E tudo o que restou de nós três sou eu, a única sobrevivente, desejando a herança Bolena, sentada na cadeira Howard, sonhando que ainda estão vivos e que há um futuro grandioso à nossa frente, em vez de solidão e velhice, maquinações triviais, desgraça e morte.

Catarina, palácio de Westminster, abril de 1540

Estou a caminho dos aposentos da rainha, logo antes do jantar, quando sinto uma mão pegar gentilmente em minha manga. Penso imediatamente que é John Beresby ou Tom Culpepper, e me viro rindo para mandar que me largue, quando vejo que é o rei, e faço imediatamente uma reverência.

— Você me reconheceu — diz ele, e vejo que está usando um chapéu grande e uma grande capa, e se crê irreconhecível.

Não respondo: "Você é o homem mais gordo da corte, é claro que o reconheci. É o único homem que mede mais de um metro e oitenta e mais de um metro e trinta de circunferência. É o único homem que fede a carne bolorenta." Digo:

— Sua Graça, oh, Sua Graça, acho que o reconheceria em qualquer momento, em qualquer lugar.

Ele avança, saindo da sombra, e está sozinho, o que é extraordinário. Geralmente tem meia dúzia de homens com ele aonde quer que vá. O que quer que esteja fazendo.

— Como me reconheceu? — pergunta ele.

Sempre que fala comigo, recorro a uma fantasia: imagino que é Thomas Culpepper, o delicioso Thomas Culpepper, e penso em como responderia para encantá-lo, sorrio como se sorrisse para ele, e expresso as palavras que expressaria para ele. De modo que digo sem dificuldade:

— Sua Graça, não ouso dizer — falo pensando "Thomas, não ouso dizer."

— Diga — fala ele.

— Não posso — replico.
— Diga-me, bela Catarina — diz ele.

Isso poderia prosseguir durante o dia inteiro, de modo que mudo a música e digo:

— Tenho vergonha.

E ele insiste:

— Não precisa ter vergonha, querida. Diga-me como me reconheceu.

E respondo, pensando em Thomas:

— É o cheiro, Sua Graça. É o cheiro como o de um perfume, um cheiro bom, que eu adoro, como o de uma flor, um jasmim ou rosas. E depois um cheiro mais forte, como o suor de um bom cavalo, quando está quente por causa da caçada, depois, como o de couro e, depois, uma espécie de fragrância penetrante como a do mar.

— Cheiro assim? — pergunta ele e há admiração em sua voz. Percebo, com um pequeno choque, que é claro que deu certo, embora na verdade cheire ao pus de sua perna, coitado, e muitas vezes a peido, já que vive constipado, e o mau cheiro o acompanha por toda parte, de modo que tem de carregar uma pomada para bloqueá-lo no próprio nariz, mas ele deve saber que, para todo mundo, ele cheira a decomposição.

— Para mim, sim — replico com convicção, pensando forte em Thomas Culpepper e no cheiro agradável de seu cabelo cacheado. — Há um perfume de jasmim, suor, couro e sal. — Baixo os olhos e lambo os lábios, discretamente, nada ostensivo. — Sempre o reconheço por isso.

Pega minha mão e me puxa para si.

— Menina linda — diz ele arfando. — Oh, Deus, que doce virgem.

Arfo levemente como se estivesse com medo, mas ergo o olhar para ele como se quisesse ser beijada. É realmente asqueroso. Ele é igual ao administrador de minha avó em Horsham — muito velho. Quase velho o bastante para ser meu avô, e a sua boca está tremendo e seus olhos estão molhados. Admiro-o porque é o rei, é claro. É o homem mais importante do mundo e o amo como meu rei. E o meu tio deixou claro que há novos vestidos envolvidos nisso, se eu continuar a excitá-lo. Mas não é bom quando ele me envolve pela cintura e põe sua boca molhada no meu pescoço, e sinto sua saliva fria na minha pele.

— Doce virgem — repete ele e me dá um beijo molhado, que é como ser chupada por um peixe.

— Sua Graça! — digo sem fôlego. — Tem de me deixar ir.

— Nunca deixarei que se vá!

— Sua Graça, sou virgem!

Isso funciona perfeitamente bem, ele me solta um pouco e posso recuar, e embora ele segure minhas mãos, não preciso suportar ele respirando na parte da frente de meu vestido.

— É uma doce virgem, Catarina.

— Sou uma virgem honesta, senhor — digo ofegando.

Ele segura firme minhas mãos e me puxa.

— Se eu fosse um homem livre, aceitaria ser minha esposa? — pergunta ele simplesmente.

Fico tão surpresa com a rapidez com que isso acontece, que não consigo dizer nada. Apenas olho para ele como se fosse uma ordenhadora, e idiota como uma vaca leiteira.

— Sua esposa, sua esposa, senhor?

— O meu casamento não é um casamento de verdade — replica ele rapidamente, sem parar de me puxar, sua mão de novo ao redor da minha cintura. Acho que as palavras são somente para me deixar confusa enquanto ele me empurra para um canto e põe sua mão na minha saia, de modo que continuo me movendo e ele falando. — Meu casamento não é válido. Por vários motivos. Minha mulher estava presa a um contrato anterior e não estava livre para se casar. Minha consciência me alertou e pela salvação de minha alma não posso me deitar com ela em uma união sagrada. Sei no fundo do meu coração que ela é mulher de outro.

— Ela é? — Certamente ele não pode imaginar que seja tão tola a ponto de acreditar nisso nem por um instante.

— Eu sei, minha consciência me alerta. Deus fala comigo. Eu sei disso.

— Fala? Sabe disso?

— Sim — replica ele com firmeza. — Portanto, não consinto totalmente no meu casamento. Deus sabia das minhas dúvidas, e não consumei o ato com ela. Portanto, o casamento não é casamento, e logo estarei livre.

Então ele me acha realmente muito tola, porque enganou a si mesmo. Meu Deus, do que os homens são capazes de fazer com seu cérebro quando seu pau está duro. É realmente surpreendente.

— Mas o que vai acontecer com ela? — pergunto.

— O quê? — Sua mão que se arrasta sobre o meu corpete em direção aos meus seios se detém.

— O que vai acontecer à rainha? — pergunto. — Se ela deixar de ser a rainha?

— Como vou saber? — replica ele, como se não tivesse nada a ver com ele. — Ela não devia ter vindo para a Inglaterra se não estava livre para se casar. Ela faltou com a palavra. Pode voltar para casa.

Não acho que ela vá querer ir para casa, não para aquele irmão, e se afeiçoou às crianças reais e à Inglaterra. Mas a mão dele está puxando com urgência minha cintura, e está me forçando a encará-lo.

— Catarina — diz ele com desejo. — Diga que posso pensar em você. Ou existe outro homem jovem? Você é uma mulher jovem, cercada pela tentação em uma corte lasciva, uma corte de mente suja, lúbrica, com muitos rapazes maldosos, obscenos. Suponho que um deles a atraiu, é isso? Prometeu-lhe um presente em troca de um beijo?

— Não — respondo. — Já lhe disse. Não gosto de garotos. São todos muito bobos.

— Não gosta de garotos?

— Nem um pouco.

— Então do que você gosta? — pergunta ele. Sua voz está cheia de admiração por si mesmo. Ele sabe a resposta.

— Não me atrevo a dizer. — Sua mão sobe de novo, daqui a pouco estará acariciando meus seios. Oh, Thomas Culpepper, como eu gostaria que fosse você.

— Responda — diz ele. — Oh, diga-me, Catarina bonita, e lhe darei um presente por ser uma garota franca.

Aspiro o ar limpo.

— Gosto do senhor — replico simplesmente e uma mão aperta, ou melhor acerta em cheio o meu peito, e a outra me puxa, e sua boca desce para a minha, molhada e sugando, e é realmente horrível. Mas por outro lado, me pergunto que presente ganharei por ser uma garota franca.

☙

Ele me dá as propriedades de dois assassinos condenados, isto é, duas casas, alguns bens e algum dinheiro. Mal acredito que tenho duas casas, terra e dinheiro só para mim!

Nunca possuí tanto na vida e nunca ganhei tantos presentes de uma maneira tão fácil. Não é bom seduzir um homem com idade bastante para ser meu pai, quase com idade para ser meu avô. Não é bom ter sua mão gorda esfregando meus seios e sua boca fedorenta no meu rosto. Mas tenho de me lembrar de que ele é o rei, e que é um velho gentil, um velho doce e amoroso, e posso fechar os olhos a maior parte do tempo e fingir que é outra pessoa. Além disso, não é bom ter os bens de homens mortos, mas quando digo isso a Lady Rochford, ela salienta que todos temos os bens de homens mortos, de uma maneira ou de outra, que tudo ou é roubado ou herdado, e uma mulher que espera subir na sociedade não pode se dar o luxo de se incomodar com isso.

Ana, palácio de Westminster, abril de 1540

Achei que seria coroada na festa da primavera, mas falta menos de um mês e ninguém encomendou vestidos ou planejou a ordem da coroação, de modo que começo a achar que não será em 1º de maio, não pode ser. Na ausência de um melhor conselheiro, espero até a princesa Mary e eu estarmos no caminho de volta da capela para o palácio e lhe pergunto o que acha. Gosto dela cada vez mais e confio na sua opinião. Além disso, como foi a filha e depois a exilada dessa corte, sabe melhor do que a maioria o que é viver aqui e continuar a ser uma forasteira.

Quando menciono a palavra "coroação" ela me lança um olhar rápido de tal preocupação que não consigo dar mais um passo. Fico paralisada e choro:

— Oh, o que soube?

— Querida Ana, não chore — replica ela imediatamente. — Perdoe-me, rainha Ana.

— Não estou chorando. — Mostro-lhe meu rosto chocado. — Não estou.

No mesmo instante nós duas olhamos em volta para ver se alguém está nos observando. É assim nessa corte, sempre estamos olhando por cima do ombro procurando o espião. A verdade é apenas contada com murmúrios. Ela chega perto de mim, pego sua mão e a coloco em meu braço, e caminhamos juntas.

— Não pode ser no dia da festa da primavera porque já estaria tudo planejado e pronto se fossem coroá-la — diz ela. — Pensei nisso na Quaresma. Mas não é tão grave. Não significa nada. A rainha Jane tampouco foi coroada. Ele a teria coroado se ela tivesse sobrevivido, já que havia-lhe dado um herdeiro. Ele vai estar esperando que lhe diga que está grávida. Vai esperar que tenha um bebê, que então será batizado, e a coroação se realizará depois.

Ruborizo-me ao ouvir isso e não falo nada. Ela relanceia os olhos para o meu rosto e espera até subirmos a escada, atravessarmos a sala de audiência, atravessarmos a câmara privada e alcançarmos minha pequena câmara reservada, onde ninguém pode entrar sem ser convidado. Fecho a porta na cara curiosa de minhas damas de honra e ficamos a sós.

— Há alguma dificuldade? — diz ela com tato.

— Não de minha parte.

Ela balança a cabeça compreendendo, mas nenhuma das duas quer dizer mais. Nós duas somos virgens, na metade da faixa dos 20 anos, idade de solteironas, receosas do mistério do desejo masculino, receosas do poder do rei, as duas vivendo no limiar de sua aceitação.

— Sabe, odeio a festa da primavera — diz ela de súbito.

— Achei que era uma das celebrações mais importantes do ano.

— Oh, sim, mas é uma celebração selvagem, pagã, não uma celebração cristã.

Isso faz parte de sua superstição papista e por um instante tenho vontade de rir, mas sua fisionomia grave me detém.

— É apenas para receber a chegada da primavera — replico. — Não há nada nocivo nisso.

— É o tempo de se desfazer do antigo e assumir o novo — diz ela. — Essa é a tradição e o rei a leva a sério, como um selvagem. Ele cavalgou em um torneio com uma mensagem de amor a Ana Bolena em seu estandarte, e então trocou minha mãe por Lady Ana em um 1º de maio. Menos de cinco anos depois, foi a vez dela: Lady Ana era a nova rainha da justa, com seus campeões lutando por sua honra diante de seu camarote real. Mas os cavaleiros foram presos nessa mesma tarde e o rei se afastou dela sem nem mesmo se despedir, e esse foi o fim de Lady Ana, e a última vez que o viu.

— Ele não se despediu? — Por alguma razão isso me pareceu o pior de tudo. Ninguém tinha-me contado isso.

Ela sacode a cabeça.

— Ele nunca se despediu. Quando o seu favor desaparece, ele também desaparece. Nunca se despediu de minha mãe tampouco, ele se afastou a cavalo e ela teve de mandar seus criados lhe desejarem boa sorte. Ele nunca lhe disse que não retornaria. Nunca se despediu de Lady Ana. Afastou-se do torneio e mandou seus homens prenderem-na. Na verdade, nunca disse adeus nem mesmo à rainha Jane, que morreu ao lhe dar um filho. Ele sabia que ela estava correndo risco de vida, mas não foi vê-la. Deixou que morresse sozinha. Ele é inclemente, mas não é forte. Não consegue enfrentar mulheres chorando, não consegue enfrentar despedidas. Acha mais fácil virar seu coração, virar o rosto, e simplesmente partir.

Sinto um leve arrepio, vou até a janela e verifico se estão bem fechadas, e tenho de me conter para não fechar as venezianas e eliminar a luz intensa. Há um vento frio vindo do rio, e posso senti-lo quase me gelar enquanto estou ali. Quero sair para a câmara de audiência e me cercar das damas frívolas, com um pajem tocando alaúde, e as mulheres rindo. Quero o conforto dos aposentos da rainha à minha volta, mesmo sabendo que outras três mulheres precisaram de seu conforto antes, e que estão todas mortas.

— Se ele se virar contra mim, como se virou contra Lady Ana, eu não serei alertada — falo em voz baixa. — Ninguém nesta corte é meu amigo, ninguém nunca nem mesmo me disse que eu estava em perigo.

A princesa Mary não tenta me tranquilizar.

— Poderia acontecer, como com Lady Ana, ser um dia ensolarado, um torneio, e então os guardas aparecerem e não ter nenhuma escapatória?

Sua face está pálida. Ela assente com um movimento da cabeça.

— Ele enviou o duque de Norfolk para ordenar minha obediência. O bom duque, que me conhecia desde a minha infância e que serviu minha mãe lealmente, com amor, disse claramente que, se fosse meu pai, me seguraria pelos calcanhares e bateria minha cabeça contra a parede — diz ela. — Um homem que conheci desde pequena, um homem que sabia que eu era uma princesa de sangue azul, que havia amado minha mãe como seu criado mais fiel. Chegou com a aquiescência de meu pai, sob suas ordens, e estava disposto a me levar para a Torre. O rei mandou seu executor e que fizesse o que deveria.

Pego um punhado da tapeçaria valiosa, como se o seu toque pudesse me confortar.

— Mas sou inocente — digo. — Não fiz nada.

— Nem eu tinha feito — replica ela. — Nem minha mãe. Nem a rainha Jane. Talvez até mesmo Lady Ana fosse inocente. Todos vimos o amor do rei se transformar em desprezo.

— Eu nunca o tive — falo baixinho para mim mesma, em minha própria língua. — Se ele abandonou a mulher com quem era casado há 16 anos, uma mulher que ele tinha amado, como pode facilmente dispor de mim, uma mulher de quem ele nunca nem mesmo gostou?

Ela olha para mim.

— O que vai ser de você?

Sei que minha expressão é sombria.

— Não sei — respondo francamente. — Não sei. Se o rei se aliar à França e tomar Kitty Howard como sua amante, suponho que me mande de volta para casa.

— Se não fizer coisa pior — diz ela com a voz bem baixa.

Dou um sorriso pesaroso.

— Não sei o que poderia ser pior do que minha terra.

— A Torre — replica ela simplesmente. — A Torre seria pior. E depois, o cadafalso.

O silêncio que se segue parece durar um longo tempo. Sem falar, levanto-me e vou até a porta que dá para as minhas salas públicas e a princesa recua para que eu possa precedê-la. Atravessamos a sala reservada em silêncio, nós duas assombradas por nossos próprios pensamentos, e passamos pela pequena porta para uma grande agitação e confusão. Criados correm da galeria para a câmara carregando produtos. A mesa está sendo posta em minha sala de audiências, com a baixela de ouro e prata do tesouro real

— O que está acontecendo agora? — pergunto perplexa.

— Sua Majestade o rei anunciou que jantará em seus aposentos — diz Lady Rochford avançando excitada e fazendo uma reverência.

— Ótimo. — Tento parecer satisfeita, mas continuo tomada de terror com o pensamento do desprezo do rei, da Torre e do cadafalso. — É uma honra convidar Sua Graça dos meus aposentos.

— *Aos* meus aposentos — me corrige a princesa Mary, baixinho.

— Aos meus aposentos — repito.

— Vai mudar de vestido para o jantar?

— Sim. — Vejo que minhas damas de honra já estão vestidas com suas melhores roupas, o capelo de Kitty Howard está tão puxado para trás de sua cabeça, que poderia muito bem dispensá-lo, e está carregada de correntes de ouro com pérolas pequeninas. Ela tem diamantes em suas orelhas, voltas e voltas de pérolas ao redor do pescoço. Deve ter recebido dinheiro de alguma parte. Nunca a vi usar mais de um pequeno cordão de ouro antes. Ela me vê olhando e faz rapidamente uma reverência, depois gira para que eu possa admirar o efeito de seu vestido novo de seda rosa com uma saia rosa escuro.

— Bonito — digo. — Novo?

— Sim — replica ela, e seu olhar desvia, como o de uma criança pega em flagrante, e percebo no mesmo instante que todo esse luxo veio do rei.

— Posso ajudá-la a se vestir? — pergunta ela, quase se desculpando.

Balanço a cabeça assentindo, e ela e mais duas outras damas me acompanham à minha câmara privada. Meu vestido já está estendido e Catarina corre ao baú e pega minha roupa de baixo.

— Tão fina — diz ela aprovando, alisando o bordado branco sobre branco de minhas camisas.

Visto a camisa e me sento diante do espelho, de modo que Catarina possa escovar meu cabelo. Seu toque é delicado quando levanta e torce o cabelo para colocá-lo na rede incrustada de ouro, e só discordamos quando ela puxa o capelo para trás de minha cabeça. Eu torno a colocá-lo no lugar, e ela ri de mim. Vejo nossos rostos lado a lado no espelho, e seus olhos encontram os meus, tão inocentes quanto os de uma criança, sem nenhuma sombra de malícia. Viro-me e digo para as outras garotas:

— Deixem-nos a sós.

Dos olhares de soslaio que trocam ao saírem, percebo que seus novos bens são do conhecimento de todos, que todas sabem de onde vêm essas pérolas, e estão esperando que uma tempestade de ciúme desabe na cabecinha de Kitty Howard.

— O rei gosta de você — digo a ela, sem rodeios.

O sorriso desaparece de seus olhos. Ela alterna o peso do corpo de um pé para o outro.

— Sua Graça... — murmura ela.

— Ele não gosta de mim — digo. Sei que estou sendo excessivamente direta, mas não tenho vocabulário para dizer isso como uma inglesa mentirosa.

Sua cor sobe do decote baixo para queimar suas bochechas.

— Sua Graça...

— Você o deseja? — pergunto. De novo, não tenho vocabulário bastante para estender a pergunta.

— Não! — replica ela instantaneamente, mas logo baixa a cabeça. — Ele é o rei... e meu tio diz, na verdade, meu tio me ordena...

— Você não é livre? — sugiro.

Seus olhos cinzentos encontram os meus.

— Sou uma garota — responde ela. — Sou apenas uma garota nova, não sou livre.

— Pode recusar fazer o que querem?

— Não.

Há um silêncio entre nós quando percebemos a simples verdade do que está sendo dito. Somos duas mulheres que reconhecemos que não podemos controlar o mundo. Somos atrizes para os desejos deles. Tudo o que podemos fazer é tentar sobreviver ao que quer que aconteça em seguida.

— O que vai me acontecer, se o rei quiser que seja a sua esposa? — Percebo enquanto as palavras saem desajeitadamente de minha boca, que esta é a pergunta central, tácita.

Ela encolhe os ombros.

— Não sei. Acho que ninguém sabe.

— Ele mandaria me matarem? — sussurro.

Para o meu horror, ela não se retrai de susto nem exclama uma negativa. Ela me olha fixamente.

— Não sei o que ele vai fazer — repete ela. — Sua Graça, não sei o que ele quer nem o que pode fazer. Não conheço a lei. Não sei o que ele é capaz de fazer.

— Ele vai ordenar que fique do seu lado — digo com os lábios frios. — Vejo isso. Esposa ou prostituta. Mas vai me mandar para a Torre? Vai mandar me matarem?

— Não sei — replica ela. Parece uma criança assustada. — Não tenho como dizer. Ninguém me diz nada, exceto que tenho de agradá-lo. E tenho de fazer isso.

Jane Bolena, palácio de Westminster, maio de 1540

A rainha está no camarote real, no alto da arena da justa, e apesar de estar pálida de apreensão, se porta como uma verdadeira rainha. Ela sorri para as centenas de londrinos que foram ao palácio ver a família real e os nobres, as batalhas simuladas, os desfiles, e o torneio. São seis atacantes e seis defensores, e circundam a arena com seu cortejo, seus escudos, seus estandartes, e as trombetas tocam a fanfarra e a multidão grita suas apostas, e é como um sonho com o barulho, o calor e o brilho intenso do sol atacando a areia dourada na arena.

Se eu fico na parte de trás do camarote real e semicerro os olhos, vejo fantasmas. Vejo a rainha Catarina inclinando-se à frente e acenando para o seu jovem marido, posso até mesmo ver seu escudo com o lema: Sir Coração Leal.

Sir Coração Leal! Eu riria se o coração leviano do rei não tivesse sido a morte de tantos. O coração do rei é leal apenas a seus próprios desejos, e hoje, 1º de maio, celebração da primavera, mudou de novo, como o vento da primavera, e está soprando na outra direção.

Dou um passo para o lado e um raio de sol que atravessa uma brecha no toldo me ofusca e, por um instante, vejo Ana na frente do camarote, minha Ana, Ana Bolena, com sua cabeça jogada para trás, rindo, e a linha branca de seu pescoço exposta. Foi um 1º de maio quente, o daquele ano, o último ano de Ana, e ela culpou o sol quando suava de medo. Ela sabia que estava em apuros, mas não fazia ideia da gravidade do perigo que corria. Como poderia saber? Nenhuma de nós sabia. Nenhuma de nós sequer sonhava que ele colocaria esse lindo pescoço longo no cepo e que contrataria um espadachim para decepá-lo. Como alguém poderia imaginar que um homem faria isso à esposa que ele tinha adorado? Ele destruiu a confiança do reino nela. Por que então destruí-la?

Se tivéssemos sabido... mas não adianta dizer "se tivéssemos sabido".

Talvez tivéssemos fugido. Eu, George, meu marido, Ana sua irmã e Elizabeth, a filha dela. Talvez tivéssemos conseguido fugir e nos livrar do terror, ambição e lascívia dessa corte inglesa. Mas não fugimos. Ficamos como lebres, encolhidas na relva extensa ao som dos cães, torcendo para a caçada acabar. Mas nesse dia os soldados vieram buscar o meu marido e minha querida cunhada Ana. E eu? Permaneci calada, deixei-os ir, e nunca disse uma palavra para salvá-los.

Mas essa jovem rainha de agora não é nenhuma tola. Nós tínhamos medo, nós três; mas não sabíamos o quanto deveríamos estar amedrontados. Ana de Cleves sabe. Falou com seu embaixador e sabe que não haverá nenhuma coroação. Falou com a princesa Mary e sabe que o rei pode destruir uma esposa sem mancha, mandando-a para longe da corte, para um castelo onde o frio e a umidade a matarão, se o veneno não matar. Falou até mesmo com a pequena Catarina Howard e sabe que o rei está apaixonado. Sabe que a esperam a vergonha e o divórcio, na melhor das hipóteses. E a execução, na pior.

Ainda assim, ali está ela, no camarote real, com a cabeça ereta, deixando seu lenço cair para dar início ao ataque, sorrindo com sua polidez de sempre ao vencedor, inclinando-se para colocar o diadema de louros em seu elmo e entregar-lhe uma bolsa de moedas de ouro como prêmio.

Pálida sob seu capelo recatado e feio, cumprindo seu dever como rainha da Justa, como cumpriu seu dever desde que pisou neste país. Deve estar morta de medo, mas suas mãos na frente do camarote estão delicadamente juntas e nem mesmo tremem. Quando o rei a cumprimenta, ela se levanta da cadeira e faz uma reverência respeitosa, quando a multidão grita seu nome, ela se vira, sorri e acena, quando uma mulher inferior em seu lugar gritaria por socorro. Ela não perde a compostura.

— Ela sabe? — pergunta alguém em meu ouvido, e me viro para me deparar com o duque de Norfolk. — Será que ela sabe?

— Ela sabe tudo, menos o que vai lhe acontecer — replico.

Ele olha para ela.

— Ela não pode saber. Não pode ter compreendido. Deve ser estúpida demais para compreender o que vai lhe acontecer.

— Ela não é estúpida — digo. — É incrivelmente corajosa. Ela sabe de tudo. Tem mais coragem do que imaginamos.

— Vai precisar — replica ele sem simpatia. — Estou afastando Catarina da corte.

— Afastando-a do rei?

— Sim.

— Não é arriscado? Vai privar o rei da garota que ele escolheu?

O duque sacode a cabeça. Não consegue ocultar seu triunfo.

— O próprio rei pediu que eu a levasse da corte. Vai se casar com ela assim que se livrar de Ana. Foi ele que quis que Catarina fosse afastada. Ele a quer longe para que não se exponha a mexericos enquanto a falsa rainha é eliminada. — Sorri, está quase rindo. — Ele não quer nenhuma mácula de comentários associada com o nome ilibado de Catarina.

— Falsa rainha? — Distingo o estranho novo título.

— Ela não estava livre para se casar. O casamento nunca foi válido, não foi consumado. Deus guiou sua consciência e ele não cumpriu seus votos. Deus impediu-o de consumar o casamento. O casamento é falso. A rainha é falsa. É provavelmente traição fazer uma declaração falsa ao rei.

Hesito. O rei tem razão, como representante de Deus na Terra, em decidir tais questões, mas às vezes, nós mortais somos um pouco lentos em acompanhar as mudanças arbitrárias de Deus.

— É o fim dela? — Faço um pequeno gesto indicando a garota na parte da frente do camarote que responde à saudação do campeão, ergue a mão e sorri para a multidão que grita seu nome.

— Ela acabou — diz o duque.

— Acabou?

— Acabou.

Balanço a cabeça compreendendo. Suponho que isso queira dizer que vão matá-la.

Ana, palácio de Westminster, junho de 1540

Meu irmão finalmente enviou os documentos que mostram que realmente nunca fui casada antes de vir para a Inglaterra, que o meu casamento com o rei foi o meu primeiro casamento, e que é válido, como sei que é, como todo mundo sabe. Os documentos chegaram hoje pelo mensageiro, mas o meu embaixador não consegue apresentá-los. O Conselho Privado do rei está quase sempre em reunião, e não podemos descobrir o que estão discutindo. Insistiram em ter esse documento e agora, não se apressam em examiná-lo. O que essa recente indiferença significa, não consigo imaginar.

Deus sabe o que estão planejando fazer comigo, o meu horror é de me acusarem de algo vergonhoso e de que eu morra em uma terra distante, e minha mãe acredite que sua filha morreu prostituta.

Sei que um grande problema está em preparação por causa do perigo por que passam meus amigos. Lorde Lisle que me recebeu tão gentilmente em Calais, foi preso e ninguém sabe me dizer quais as acusações que tem de enfrentar. Sua mulher desapareceu de meus aposentos sem se despedir. Não me procurou para pedir que intercedesse por ele. Isso deve significar que ele morrerá sem julgamento — meu Deus, talvez já esteja morto — ou que ela sabe que não tenho influência sobre o rei. De qualquer maneira, é um desastre para ele e para mim. Ninguém quer me dizer onde Lady Lisle está escondida, e, na verdade, receio perguntar. Se o seu marido é acusado de traição, então qualquer sugestão de que é amigo meu vai pesar contra mim.

A filha, Anne Bassett, continua a meu serviço, mas alega estar doente e de cama. Quis vê-la, mas Lady Rochford diz que é mais seguro para a garota ficar só. De modo que a porta de seu quarto se mantém fechada, assim como as venezianas. Se ele é um perigo para mim, ou eu para ela, não me atrevo a perguntar.

Mandei chamar Thomas Cromwell que, pelo menos, goza do favor do rei já que foi feito conde de Essex há apenas algumas semanas. Thomas Cromwell, pelo menos, pode permanecer meu amigo enquanto minhas mulheres cochicham por trás de suas mãos, e todos na corte estão prontos para um desastre. Mas milorde Cromwell, até agora, não me respondeu. Alguém certamente tem de me dizer o que está acontecendo.

Queria estar de volta a Hampton Court. Hoje está quente, e me sinto confinada, como um gerifalte em uma gaiola apinhada, um falcão branco, que não é deste mundo: um pássaro branco como a neve e que nasceu para ser livre em lugares frios e selvagens. Queria estar de volta a Calais ou Dover, quando a estrada à minha frente me levava a Londres e ao meu futuro como rainha da Inglaterra, e eu estava cheia de esperanças. Queria estar em qualquer lugar, menos aqui, olhando pela janela um céu azul luminoso, me perguntando por que meu amigo lorde Lisle está na Torre de Londres e por que meu defensor Thomas Cromwell não responde ao meu pedido que venha me ver imediatamente. Certamente ele virá e me dirá por que o conselho tem-se reunido sigilosamente há dias. Certamente ele virá e me dirá por que Lady Lisle desapareceu e por que seu marido está preso. Certamente ele virá logo.

A porta é aberta e me sobressalto, esperando que seja ele. Mas não é Cromwell, nem um homem seu, e sim a pequena Catarina Howard, sua face lívida e seu olhar trágico. Está com a capa de viagem sobre o braço, e assim que a vejo, sinto uma náusea de terror. A pequena Kitty foi detida, ela também foi acusada de algum crime. Vou rapidamente até ela e pego suas mãos.

— Kitty? O que foi? Qual é a acusação?

— Estou segura — fala ofegando. — Estou bem. Segura. Simplesmente voltarei para casa e ficarei com minha avó durante algum tempo.

— Mas por quê? O que dizem que você fez?

Seu rostinho se contorce de aflição.

— Não vou mais ser sua dama de companhia.

— Não vai?

— Não. Vim me despedir.

— O que você fez? — Grito. Essa garota não passa de uma criança, não pode ter cometido nenhum crime. A pior coisa de que Catarina Howard é capaz é a vaidade e o flerte, e esta não é uma corte que pune tais pecados. — Não vou deixar que a levem. Vou defendê-la. Sei que é uma boa menina. O que dizem contra você?

— Não fiz nada — replica ela. — Mas me disseram que é melhor eu ficar longe da corte enquanto está acontecendo tudo isso.

— Tudo o quê? Oh, Kitty, conte-me rápido, o que sabe?

Ela faz um sinal e eu me abaixo, de modo que ela possa sussurrar em meu ouvido.

— Ana, quer dizer Sua Graça, querida rainha, Thomas Cromwell foi preso por traição.

— Traição? Cromwell?

— Psiu. Sim.

— O que ele fez?

— Conspirou com lorde Lisle e os papistas para colocar o rei sob um encantamento.

Minha mente está girando, e não entendo tudo o que ela está dizendo.

— Sob o quê? O que é isso?

— Thomas Cromwell lançou um feitiço — diz ela.

Ao perceber que continuo sem entender a palavra, pega gentilmente meu rosto e o abaixa para que possa falar ao meu ouvido de novo.

— Thomas Cromwell empregou uma bruxa — diz ela baixinho, sem nenhuma inflexão. — Thomas Cromwell contratou uma bruxa para destruir Sua Majestade, o rei.

Inclina-se para trás para ver se agora entendi, e o horror em minha face lhe diz que sim.

— Eles têm certeza?

Ela assente com a cabeça.

— Quem é a bruxa? — falo arquejando. — O que ela fez?

— Lançou um sortilégio que deixou o rei impotente — replica ela. — Amaldiçoou-o de modo que não possa ter um filho com Sua Graça.

— Quem é a bruxa? — pergunto. — Quem é a bruxa de Thomas Cromwell? Quem desvirilizou o rei? Quem eles dizem que é?

O rostinho de Catarina se retesa de medo.

— Ana, Sua Graça, minha querida rainha, e se eu disser que é a senhora?

ಐ

Vivo praticamente retirada do mundo, saindo de meus aposentos somente para jantar diante da corte, quando tento parecer serena ou, melhor ainda, inocente. Estão interrogando Thomas Cromwell e as prisões continuam, outros homens são acusados de traição contra o rei, acusados de empregar uma bruxa para comprometer sua virilidade. Há uma rede de conspiradores sendo revelada. Dizem que lorde Lisle foi o foco em Calais, que cooperava com os papistas e a família Pole, que há muito queria recuperar o trono dos Tudor. No seu segundo comando na fortaleza fugiu para Roma para servir sob as ordens do cardeal Pole, o que prova sua culpa. Dizem que lorde Lisle e seu grupo trabalharam com uma bruxa para garantirem que o rei não tivesse um casamento fértil comigo, para que não fizesse outro herdeiro de sua religião reformada. Porém, ao mesmo tempo, dizem que Thomas Cromwell estava cooperando com os luteranos, os reformadores, os evangélicos. Dizem que me trouxe para que eu me casasse com o rei e que mandou uma bruxa torná-lo impotente, de modo que pudesse colocar sua própria linhagem no trono. Mas quem é a bruxa?, perguntou o tribunal. Quem é a bruxa que era amiga de lorde Lisle e foi levada para a Inglaterra por Thomas Cromwell? Quem é a bruxa? Que mulher foi indicada por esses dois pesadelos do mal? Perguntou de novo que mulher foi trazida para a Inglaterra por Thomas Cromwell, mas é amiga de lorde Lisle?

Claramente, há uma única mulher.

Somente uma trazida para a Inglaterra e que se tornou amiga de lorde Lisle, desvirilizando o rei de modo que ficasse impotente na noite de seu casamento, e em todas as noites seguintes.

Ninguém disse o nome da bruxa, ainda, estão juntando provas.

A partida da princesa Mary foi antecipada e só tive um momento com ela enquanto esperávamos que os cavalos fossem trazidos dos estábulos.

— Sabe que não cometi nenhum ato condenável — digo-lhe coberta pelo barulho dos criados correndo ao redor e de seus guardas pedindo seus cavalos.

— O que quer que ouça falarem de mim no futuro, por favor, acredite que sou inocente.

— É claro — diz ela sem alterar a voz. Não olha para mim. É filha de Henrique, teve um longo aprendizado para não se trair. — Rezarei pela senhora todos os dias. Rezarei para que todos vejam a sua inocência como eu vejo.

— Tenho certeza de que lorde Lisle também é inocente — digo.

— Sem dúvida — replica ela da mesma maneira abrupta.

— Posso salvá-lo? Você pode?

— Não.

— Princesa Mary, por sua fé, nada pode ser feito?

Ela arrisca um olhar de soslaio para mim.

— Querida Ana, nada. Não há nada a fazer a não ser guardar nossas próprias opiniões e rezar por tempos melhores.

— Pode me dizer uma coisa?

Ela olha em volta e vê que seus cavalos ainda não vieram. Pega o meu braço e caminhamos em direção ao pátio do estábulo como se quiséssemos saber se demorariam muito.

— O quê?

— Quem é a família Pole? E por que o rei teme os papistas já que os derrotou há tanto tempo?

— Os Pole são a família Plantageneta, da Casa de York, que alguns dizem ser os verdadeiros herdeiros do trono da Inglaterra — responde ela. — Lady Margaret Pole foi a amiga mais verdadeira de minha mãe, foi uma mãe para mim, é absolutamente leal ao trono. O rei a mantém na Torre agora, como todos os membros de sua família que ele consegue capturar. São acusados de traição, mas todo mundo sabe que não cometeram nenhuma ofensa além de terem o sangue Plantageneta. O rei teme tanto por seu trono que acho que não permitirá que essa família viva. Os dois netos de Lady Margaret, dois meninos, também estão na Torre, que Deus os ajude. Ela, a minha querida Lady Margaret, não será deixada viva. Outros membros da família estão no exílio, não podem retornar nunca mais.

— São papistas? — pergunto.

— Sim — replica ela em voz baixa. — São. Um deles, Reginald, é um cardeal. Há quem diga que são os verdadeiros reis da fé verdadeira da Inglaterra. Mas isso seria traição e a pessoa é condenada à morte se falar sobre isso.

— E por que o rei teme tanto os papistas. Achei que a Inglaterra tinha se convertido à fé reformada. Achei que os papistas tinham sido derrotados.

A princesa Mary sacode a cabeça.

— Não. Eu diria que menos da metade do povo aceita as mudanças, e muitos desejam o retorno dos velhos costumes. Quando o rei renegou a autoridade do papa e destruiu os mosteiros, houve uma sublevação no norte do país, de homens determinados a defender a Igreja e as santas casas. Chamaram de a Peregrinação da Graça, e marcharam sob a bandeira das cinco chagas de Jesus Cristo. O rei enviou o homem mais inclemente do reino liderando o exército para atacá-los. Ele teve tanto medo deles que convocou uma conferência, usou palavras doces e prometeu-lhes perdão e um parlamento.

— Quem foi? — Mas eu já sabia.

— Thomas Howard, duque de Norfolk.

— E o perdão?

— Assim que o exército debandou, ele decapitou os líderes e enforcou seus seguidores. — Ela fala com uma pequena inflexão, como se estivesse se queixando de que a bagagem estava malcolocada na carroça. — Ele prometeu um parlamento e o perdão dando a palavra sagrada do rei como garantia. Também deu sua própria palavra, por sua honra. Não significaram nada.

— Foram derrotados?

— Bem, ele enforcou setenta monges nas vigas do teto da abadia — diz ela com amargura. — Para que não o desafiassem de novo. Mas não, acredito que a verdadeira fé nunca será derrotada.

Ela vira, e agora estamos andando de volta à porta. Sorri e cumprimenta alguém com a cabeça, que lhe grita "boa viagem", mas eu não consigo sorrir com ela.

— O rei teme seu próprio povo — diz ela. — Teme rivais. Ele teme até mesmo a mim. É o meu pai e ainda assim, às vezes, acho que enlouqueceu, quase completamente, por causa da desconfiança. Qualquer medo que sinta, por mais insensato que seja, lhe parece real. Se sonhar que lorde Lisle o traiu, então lorde Lisle será um homem morto. Se alguém sugere que os problemas com você são parte de uma conspiração, então você está correndo um grande perigo. Se puder fugir, deve fugir. Ele não distingue medo e verdade. Não distingue pesadelos e realidade.

— Sou a rainha da Inglaterra — digo. — Não podem me acusar de bruxaria.

Ela vira-se para me encarar pela primeira vez.

— Isso não a salvará — replica ela. — Não salvou Ana Bolena. Acusaram-na de bruxaria e encontraram a prova e foi julgada culpada. Era tão rainha quanto você. — De repente, ri como se eu tivesse dito algo engraçado, e vejo que algumas de minhas damas surgiram do salão e estão nos observando. Também rio, mas acho que qualquer um percebe o medo em minha voz. Ela pega o meu braço. — Se alguém me perguntar o que estávamos falando ao caminharmos de lá para cá, vou dizer que estava me queixando de que me atrasarei, e de que receava ficar cansada.

— Sim — concordo, mas estou tão assustada que estou tremendo, como se estivesse com muito frio. — Direi que foi verificar quando estariam prontos.

A princesa Mary aperta meu braço.

— O meu pai pode mudar as leis desta terra — diz ela. — Agora é crime de traição, passível de morte, até mesmo pensar mal do rei. Não precisa falar nada, não precisa fazer nada. Seus próprios pensamentos secretos agora são traição.

— Sou rainha — insisto com obstinação.

— Escute — diz ela abruptamente. — Ele mudou também o processo de justiça. Não é preciso ser condenada por um tribunal. Pode ser considerada culpada e condenada à morte sem julgamento, com base em um Bill of Attainder,* que nada mais é do que a ordem do rei apoiada por seu Parlamento. E eles nunca se recusam a apoiá-lo. Rainha ou pedinte, se o rei quiser que morra, basta ordenar. Ele nem mesmo precisa assinar um mandado para uma execução, basta usar um selo.

Percebo que estou segurando meu queixo para impedir que meus dentes batam.

— O que acha que devo fazer?

— Fuja — diz ela. — Fuja antes de ele vir buscá-la.

☙

Depois que ela partiu, senti como se minha última amiga houvesse deixado a corte. Retornei aos meus aposentos e minhas damas armaram uma mesa de carteado. Deixo que comecem a jogar e então chamo meu embaixador e o levo ao vão da janela, onde não podemos ser ouvidos, para perguntar se alguém havia-lhe

---

*Ato legislativo que declara a pessoa culpada de um crime, geralmente de traição, sem julgamento, submetendo-a à pena de morte e confisco de seus bens. (N. da T.)

perguntado a meu respeito. Responde que não, que é ignorado por todos, isolado como se fosse portador da peste. Pergunto se pode alugar ou comprar dois cavalos velozes e mantê-los do lado de fora dos muros do castelo para o caso de uma necessidade repentina. Ele diz que não tem dinheiro para alugar ou comprar cavalos e que, de qualquer maneira, o rei tem guardas nas minhas portas dia e noite. Os homens que achei que estavam lá para garantirem minha segurança, para abrirem as portas da minha sala de audiências, para anunciarem quem chega, são agora meus carcereiros.

Tenho medo. Tento rezar, mas até mesmo as palavras da oração são uma armadilha. Não posso parecer estar me tornando uma papista, papista como agora dizem ser lorde Lisle, mas também não posso parecer adotar a religião do meu irmão. Os luteranos são suspeitos de fazer parte da trama de Cromwell para destruir o rei.

Quando vejo o rei, tento me comportar de maneira agradável e calma. Não me atrevo a contestá-lo, nem mesmo protesto minha inocência. O mais assustador de tudo são suas maneiras comigo, afetuosas e cordiais, como se fôssemos conhecidos prestes a nos separar depois de uma curta viagem juntos. Comporta-se como se o nosso tempo juntos tivesse sido um interlúdio delicioso que agora está chegando ao fim naturalmente.

Ele não se despedirá de mim, eu sei. A princesa Mary me avisou. Não há razão para esperar o momento em que me dirá que terei de enfrentar uma acusação. Sei que uma dessas noites, quando eu me levantar da mesa de jantar, lhe fizer uma reverência, e ele beijar minha mão tão cortesmente, será a última vez que o verei. Vou percorrer o corredor com minhas damas me acompanhando e me depararei com meus aposentos tomados por soldados, minhas roupas já guardadas no baú, minhas joias já devolvidas ao tesouro. Do palácio de Westminster à Torre, a distância é curta, me levarão pelo rio no escuro e entrarei pela comporta, e sairei ao lado do cadafalso no gramado da Torre.

O embaixador escreveu ao meu irmão para dizer que estou terrivelmente assustada; mas não espero resposta. William não vai se importar por eu estar morrendo de medo, e quando tomar conhecimento das acusações contra mim, será tarde demais para me salvar. E talvez nem mesmo queira me salvar. Ele permitiu o perigo acontecer, deve me odiar ainda mais do que imaginei.

Se alguém puder me salvar, essa pessoa serei eu mesma. Mas como uma mulher pode se salvar da acusação de bruxaria? Se Henrique disser ao mundo que é impotente porque eu o emasculei, como vou provar que não? Se ele disser ao mundo que pode se deitar com Catarina Howard, mas não comigo, sua causa será provada e minha negativa será apenas mais um exemplo da astúcia satânica. Uma mulher não pode provar sua inocência quando um homem depõe contra ela. Se Henrique quiser me estrangular como uma bruxa, então nada poderá me salvar. Ele alegou que Lady Ana Bolena era bruxa e que morreu por isso. Ele nunca se despediu dela, e a tinha amado com paixão. Simplesmente apareceram um dia e a levaram.

Agora, estou esperando que venham me buscar.

Jane Bolena, palácio de Westminster, junho de 1540

Um bilhete, jogado no meu colo por um dos criados no jantar, quando se inclinou para levar a travessa de carne, manda que eu vá ver milorde imediatamente, e assim que o jantar se encerra, faço o que mandaram. Nesses últimos tempos, a rainha vai direto para o quarto depois do jantar, não vai sentir minha falta na confusão nervosa daquelas de nós que sobraram em seus aposentos esvaziados. Catarina Howard está fora da corte, na casa de sua avó em Lambeth. Lady Lisle está em prisão domiciliar pelos crimes graves de seu marido, e dizem que está completamente abalada de aflição e medo. Ela sabe que vai morrer. Lady Rutland fica calada e vai para seus próprios aposentos à noite, e também deve estar com medo, se bem que não sei que acusação ela pode enfrentar. Anne Bassett foi ficar com sua prima, sob o pretexto de doença; Catarina Carey foi chamada por sua mãe, Maria, que pediu permissão para ela voltar para casa já que não tem passado bem. Tive vontade de rir ao saber dessa desculpa óbvia. Maria Bolena sempre foi hábil em manter a si mesma e os seus longe das confusões. Uma pena ela nunca ter-se esforçado por seu irmão. Mary Norris teve de ajudar sua mãe no campo com algumas tarefas especiais. A viúva de Henry Norris viu o cadafalso na última vez que o rei tramou contra sua mulher. Não quer ver sua filha subir os degraus que seu marido galgou.

Todos estamos cautelosos com o que falamos e retraídos em nosso comportamento. Os maus tempos chegaram mais uma vez à corte do rei Henrique, e todos estão com medo, todos são suspeitos. É como viver em um pesadelo, todo homem, toda mulher, sabe que cada palavra que diga, cada gesto que faça, pode ser usado como prova contra si mesmo. Um inimigo pode transformar uma indiscrição em crime, um amigo pode trair a confiança por uma garantia de segurança. Somos uma corte de covardes e mexeriqueiros. Ninguém mais anda normalmente, todos caminhamos na ponta dos pés, ninguém nem mesmo respira, todos estamos prendendo a respiração. O rei tornou-se desconfiado de seus amigos e ninguém pode se sentir seguro.

Vou sorrateiramente aos aposentos de milorde duque, abro a porta e entro em silêncio. Ele está em pé à janela, as venezianas abertas ao ar noturno quente, as velas em sua mesa tremeluzindo suas chamas na corrente de ar. Ele olha para cima e sorri quando entro na sala, e quase penso que gosta de mim.

— Ah, Jane, minha sobrinha. A rainha vai a Richmond com uma corte muito reduzida, quero que vá com ela.

— Richmond? — Percebo o tremor de medo em minha voz, respiro fundo. Isso significa casa de detenção enquanto investigam as alegações contra ela. Mas por que está me enviando com ela? Também serei acusada?

— Sim. Ficará com ela e anotará cuidadosamente quem entrar e quem sair, tudo o que ela disser. Ficará bem atenta particularmente ao embaixador Harst. Achamos que ele não pode fazer nada, mas você vai ficar alerta para ver se não há nenhum plano de fuga, se não enviam mensagens, esse tipo de coisa.

— Por favor... — Interrompo-me, minha voz enfraquecendo. Sei que essa não é a maneira de lidar com ele.

— O quê? — Continua a sorrir, mas seus olhos escuros estão atentos.

— Não posso impedi-la de fugir. Sou uma mulher, sozinha.

Ele sacode a cabeça.

— Os portos ficarão fechados a partir de hoje à noite. Seu embaixador descobriu que não há nenhum cavalo a comprar ou alugar em toda a Inglaterra. Seu próprio estábulo está bloqueado. Os aposentos dela, fechados. Ela não poderá fugir ou mandar um pedido de ajuda. Todos a seu serviço são seus carcereiros. Você só tem de vigiá-la.

— Por favor, deixe-me ir e servir a Catarina. — Recupero o fôlego antes de dizer: — Ela vai precisar de orientação se quiser ser uma boa rainha.

O duque faz uma pausa para refletir.

— Ela será — replica ele. — É uma idiota, aquela garota. Mas não lhe acontecerá nada de mal ficando com sua avó.

Bate a unha do polegar no dente, pensando.

— Ela vai precisar aprender a ser uma rainha — digo.

Ele hesita. Nós dois vimos rainhas da Inglaterra que foram rainhas de verdade. A pequena Catarina não foi feita para tocar nos sapatos delas, muito menos para calçá-los. Anos de treinamento não conseguiriam torná-la régia.

— Não, não vai — diz ele. — O rei não quer mais uma grande rainha do lado dele. Quer uma garota a quem mimar, uma meninota alegre, uma égua jovem para seu sêmen. Catarina não precisa de nada além de ser obediente.

— Vou dizer a verdade: não quero ir a Richmond com a rainha Ana. Não quero testemunhar contra ela.

— Por que não? — pergunta ele, como se não soubesse.

— Estou farta de julgamentos — digo sinceramente. — Receio os desejos do rei agora. Não sei o que ele quer. Não sei até onde ele irá. Não quero fornecer provas no julgamento de uma rainha, nunca mais.

— Lamento — diz ele sem se abalar. — Mas precisamos de alguém para jurar que teve uma conversa com a rainha na qual ela deixou claro que era uma virgem intacta, absolutamente intacta, além de completamente ignorante do que acontece entre um homem e uma mulher.

— Ela se deita com ele todas as noites — replico com impaciência. — Nós a colocamos na cama na primeira noite. O senhor estava lá, o arcebispo de Canterbury estava lá. Ela foi criada para conceber um filho e gerar um herdeiro, casou-se com este único propósito. Não pode ser ignorante do que acontece entre um homem e uma donzela. Nenhuma mulher no mundo sofreu tentativas mais fracassadas.

— Por isso precisamos de uma mulher de reputação inquestionável para jurar isso — diz ele tranquilamente. — Uma mentira tão improvável precisa de uma testemunha plausível: você.

— Qualquer uma das outras pode fazer isso — protesto. — Já que a conversa nunca aconteceu, já que é uma conversa impossível, certamente não importa quem afirma que existiu.

— Gostaria que o nosso nome fosse citado como testemunha — diz o duque. — O rei ficaria feliz com o nosso serviço. Isso seria bom para nós.

— Vai ser para provar que ela é uma bruxa? — pergunto abruptamente. Estou farta do meu trabalho, farta de mim mesma, e não consigo usar de rodeios com meu tio duque nessa noite. — É, de fato, para provar que ela é uma bruxa e condená-la à morte?

Ele se espicha e me olha de cima.

— Não nos cabe predizer o que os comissários do rei podem descobrir — diz ele. — Vão examinar a prova e emitir o veredicto. Tudo o que você oferecerá será uma declaração sob juramento, o seu juramento perante Deus.

— Não quero a sua morte na minha consciência. — Percebo o desespero em minha voz. — Por favor, que outra pessoa faça esse juramento. Não quero ir com a rainha a Richmond e depois jurar uma mentira contra ela. Não quero ficar vendo quando a levarem para a Torre. Não quero que ela morra com base em minha prova falsa. Tenho sido sua amiga. Não quero ser sua assassina.

Ele espera em silêncio até minha torrente de recusas se encerrar, depois olha para mim e sorri de novo, mas agora sem nenhum calor em sua expressão.

— Certamente — diz ele. — Tudo o que vai fazer será jurar a declaração que teremos preparado, e seus superiores decidirão o que deverá ser feito com a rainha. Você me manterá informado de quem ela vê e do que faz da maneira de sempre. Um homem meu irá com você para Richmond. Você a vigiará com atenção. Ela não pode fugir. E quando isso acabar, você será dama de companhia de Catarina, terá o seu lugar na corte, será dama de companhia da nova rainha da Inglaterra. Será a sua recompensa. Será a primeira dama na corte da nova rainha. Prometo. Será a chefe da sua câmara privada.

Ele acha que me comprou com essa promessa, mas estou farta dessa vida.

— Não posso continuar fazendo isso — digo simplesmente. Estou pensando em Ana Bolena e em meu marido, e nos dois indo para a Torre com todas as provas contra eles, e nenhuma verdadeira. Estou pensando neles indo para a morte sabendo que a sua família prestou depoimento e seu tio aprovou sua condenação à morte. Estou pensando neles confiando em mim, esperando que eu oferecesse prova para a sua defesa, confiantes em meu amor por eles, certos de que eu os salvaria. — Não posso continuar fazendo isso.

— Espero que não — diz ele excessivamente digno. — Queira Deus que nunca mais faça isso. Em minha sobrinha Catarina, o rei finalmente encontrou uma esposa honrada e de verdade. Ela é uma rosa sem espinhos.

— Uma o quê?

— Uma rosa sem espinhos — repete o duque. Mantém a expressão perfeitamente séria. — É assim que vamos chamá-la. É como ele quer que a chamemos.

Catarina, Norfolk House, Lambeth, junho de 1540

Agora, vamos ver, o que tenho? Tenho as casas dos assassinos, as primeiras que o rei me deu, e suas terras. Tenho as joias que ganhei por um abraço rápido em uma galeria silenciosa. Tenho meia dúzia de vestidos, pagos, até agora, por meu tio, a maior parte novos, e capelos combinando. Tenho um quarto só para mim na casa da minha avó, e também minha própria sala de audiências, algumas damas de honra jovens, mas nenhuma casada, ainda. Compro vestidos quase todos os dias, os mercadores atravessam o rio com peças de seda como se eu fosse uma costureira. Ajustam-me vestidos e murmuram, com a boca cheia de alfinetes, que sou a garota mais bonita, a mais sofisticada para quem já costuraram um corpete tão apertado. Curvam-se até o chão para levantar a bainha do vestido e dizem que nunca viram uma garota tão bonita, uma verdadeira rainha entre as garotas.

Adoro isso. Se eu fosse uma alma mais zelosa, mais circunspecta, sei que estaria preocupada com minha pobre senhora, a rainha, com o que será dela, e o pensamento desagradável de que em breve me casarei com um homem que enterrou três esposas e talvez enterre a quarta, e que tem idade para ser meu avô, assim como fede muito... mas não posso ser perturbada por tais preocupações. As outras esposas fizeram o que tinham de fazer, suas vidas terminaram como Deus e o rei quiseram; isso não significa nada para mim. Até mesmo minha prima Ana Bolena não é nada para mim. Não vou pensar nela, nem em nosso tio empurrando-a para o trono e depois para o cadafalso. Ela teve vestidos, sua corte, joias. Teve seu tempo sendo a jovem mais bela da corte, teve seu tempo sendo a favorita de sua família e o orgulho de todos nós. E agora eu terei o meu.

Terei o meu tempo. Serei feliz. Sou tão ávida quanto ela por aparência e riqueza, por diamantes e flerte, por cavalos e dança. Quero a minha vida, quero o melhor de tudo; e por sorte, e pelo capricho do rei (que Deus protege), terei o melhor. Tinha esperado ser vista por um dos homens importantes da corte e escolhida para sua parente e dada em casamento a um nobre jovem que ascendesse na corte. Esse era o auge de minhas esperanças. Mas foi tudo diferente. Muito melhor. O próprio rei me viu. O rei da Inglaterra me deseja, o homem que é Deus na Terra, que é o pai do seu povo, que é a lei, me deseja. Fui escolhida pelo representante de Deus na Terra. Ninguém se põe em seu caminho nem se atreve a contradizê-lo. Não foi um homem comum que me viu e me desejou, nem mesmo um mortal. Foi um semideus que me viu. Ele me deseja e meu tio disse que é meu dever e uma honra aceitar sua proposta. Serei rainha da Inglaterra — pensem nisso! Serei rainha da Inglaterra. Então veremos o que eu, a pequena Kitty Howard, poderei contar como só meu!

Na verdade, fico dividida entre terror e excitação ao pensar em ser sua consorte e sua rainha, a mulher mais importante da Inglaterra. Fico vaidosa por ele me querer, e me forço a pensar nisso e ignorar o desapontamento de que, embora ele seja quase Deus, não passe de um homem como outro qualquer, e muito velho, e um velho praticamente impotente, um velho que nem mesmo é capaz de fazer o que tem de fazer na latrina, e tenho de manipulá-lo como faria com qualquer velho cuja luxúria e vaidade o fizessem me desejar. Se ele me der o que quero, terá o meu favor. Não posso ser mais franca que isso. Quase rio de mim mesma, concedendo ao homem mais importante do mundo o meu insignificante favor. Mas se ele o quer, e se está pagando tão caro por ele, então estou no mercado como qualquer mascate: vendo a mim mesma.

Minha avó, a duquesa, me diz que sou sua menina inteligente e que trarei riqueza e grandeza à nossa família. Ser rainha é um triunfo maior do que nossos sonhos mais ambiciosos, mas há uma esperança que vai além disso. Se eu conceber uma criança e der à luz um menino, nossa família vai subir à posição dos Seymour. E se o menino Seymour, o príncipe Eduardo, morrer (que Deus não permita, é claro), mas *se* ele vier a morrer, então o meu filho será o próximo rei da Inglaterra, e nós, os Howard, seremos parentes do rei. Seremos a família real, ou tão boa quanto, e depois seremos a família mais importante da Inglaterra, e todos terão de me agradecer por sua boa sorte. Meu tio Norfolk se ajoelhará para mim e agradecerá a minha proteção. Quando penso nisso, dou um risinho e não consigo mais devanear, por puro deleite.

Lamento de coração por minha rainha Ana. Gostaria de ter permanecido sua dama de companhia e de tê-la visto ser feliz. Mas o que não pode ser, não pode ser, e eu seria realmente uma tola se lamentasse a minha boa sorte. Ela é como aqueles pobres homens executados para que possamos ter suas terras, ou as pobres freiras retiradas de seus lares para que possamos todos ficar mais ricos. Essas pessoas têm de sofrer para o nosso benefício. Aprendi que assim é o mundo. E não é culpa minha se o mundo é um lugar difícil para outros. Espero que ela seja feliz como eu vou ser. Talvez ela volte para a sua terra e para o seu irmão, onde quer que seja. Coitadinha. Talvez se case com o homem com que tinha-se comprometido. Meu tio disse que ela agiu muito errado vindo para a Inglaterra quando sabia que estava destinada a se casar com outro homem. Foi uma coisa muito revoltante e fiquei surpresa com ela. Sempre pareceu uma jovem tão bem-comportada, não posso acreditar que fizesse algo tão indecente. Evidentemente, quando meu tio fala de um noivado anterior, não consigo evitar pensar no meu pobre e querido Francis Dereham. Nunca mencionei as promessas que trocamos, e realmente acho melhor eu esquecer tudo isso, fingir que nada aconteceu. Nem sempre é fácil ser uma jovem neste mundo cheio de tentações, é óbvio, e não critico a rainha Ana por ter-se comprometido com outro e depois se casado com o rei. Eu não faria isso, é óbvio, mas como Francis Dereham e eu não fomos propriamente casados, nem mesmo noivamos apropriadamente, não considero o fato. Não tive um vestido adequado, de modo que claramente não foi um casamento apropriado, nem votos de união. Tudo o que fizemos foi um devaneio de crianças e trocamos alguns beijos inocentes. Nada além disso, realmente. Mas ela pode fazer pior, se for mandada para casa, do que se casar com o seu primeiro amor. Eu sempre pensarei em Francis com afeto. O primeiro amor é sempre muito doce, provavelmente muito mais doce do que um marido muito velho. Quando eu for rainha, farei algo muito generoso para Francis.

Ana, palácio de Westminster, 10 de junho de 1540

Meu Deus, salve-me, meu Deus, salve-me, todos os meus amigos ou aliados estão na Torre, e não tenho dúvidas de que virão me buscar em breve. Thomas Cromwell, o homem que recebeu o crédito por me trazer para a Inglaterra, está preso, acusado de traição. Traição! Foi criado do rei, foi seu cão. É tão capaz de traição ao rei quanto um de seus cães de caça. Claramente, ele não é um traidor. Claramente, foi preso para ser punido por ter feito o meu casamento. Se essa acusação o levar ao cadafalso e ao machado do carrasco, então resta pouca dúvida de que serei a próxima.

O homem que me recebeu em Calais, meu querido lorde Lisle, é acusado de traição e de ser uma papista secreto, de participar de uma conspiração papista. Estão dizendo que me recebeu bem como rainha porque sabia que eu impediria o rei de conceber um filho. Está preso acusado de traição, de uma conspiração em que eu seria um dos elementos. Não há nenhuma prova de que é inocente. Não há como se defender dizendo que a conspiração é absurda. Nos porões da Torre, há salas terríveis, onde homens cruéis executam um trabalho cruel. Um homem dirá qualquer coisa depois de ser torturado por um deles. O corpo humano não pode resistir à dor que eles infligem. O rei permite que prisioneiros sejam rasgados, pernas arrancadas do corpo, braços arrancados dos ombros. Tal barbaridade é recente neste país; mas é permitida agora, enquanto o rei se torna um monstro. Lorde Lisle é delicado, fala pouco. Não pode tolerar dor, certamente lhes dirá o que quiserem, independentemente do que for. Irá para o cadafalso como um traidor confesso, e quem sabe o que o terão obrigado a confessar sobre mim?

O cerco está se fechando à minha volta. Está tão perto que quase vejo as cordas. Se lorde Lisle diz que sabia que eu tornaria o rei impotente, então sou uma mulher morta. Se Thomas Cromwell diz que sabia que eu estava comprometida com outro, e que me casei com o rei quando não estava livre para fazer isso, sou uma mulher morta. Eles têm meu amigo lorde Lisle, têm meu aliado Thomas Cromwell. Vão torturá-los até conseguirem a prova de que precisam, e depois virão me buscar. Em toda a Inglaterra, há somente um homem que pode me ajudar. Não tenho muita esperança, mas não tenho nenhum outro amigo. Mando chamar meu embaixador, Carl Harst.

É um dia quente e as janelas estão abertas para receber o ar do jardim. Ouço o som da corte passeando de barco no rio. Tocam alaúdes, cantam, e ouço as risadas. Mesmo a distância, sinto o tom de alegria forçada. A sala está fresca e na sombra, mas nós dois estamos suando.

— Tenho os cavalos — diz ele em nossa língua, em um sussurro. — Tive de rodar a cidade toda para encontrá-los e, no fim, comprei-os de alguns mercadores hanseáticos. Pedi dinheiro emprestado para a viagem. Acho que podemos ir imediatamente. Assim que eu encontrar um guarda a quem subornar.

— Imediatamente — concordo. — Temos de partir imediatamente. O que dizem de Cromwell?

— É tudo bárbaro. São selvagens. Ele foi ao Conselho Privado sem a menor ideia de que havia algo errado. Seus velhos amigos e companheiros nobres retiraram as insígnias de sua posição, de sua Ordem da Jarreteira. Lançaram-se sobre ele como corvos em um coelho morto. Foi levado como um criminoso. Não irá nem mesmo ser julgado, não precisam convocar nenhuma testemunha, não precisam provar nenhuma acusação. Será decapitado sem ser julgado por um tribunal. Só é necessária a palavra do rei.

— O rei pode não dizer a palavra? Não lhe concederá clemência? Ele o fez conde há apenas algumas semanas, para demonstrar seu favor.

— Uma simulação, nada além de uma simulação. O rei só demonstrou seu favor para que o seu desprezo caísse com mais peso agora. Cromwell vai implorar misericórdia, certo do perdão, mas não o terá. É certo que morra como traidor.

— O rei se despediu dele? — pergunto, como se fosse uma pergunta vã.

— Não — replica o embaixador. — Nada alertou-o. Separaram-se como em um dia normal, sem palavras especiais. Cromwell veio à reunião do conselho como se nada de extraordinário tivesse acontecido. Achou que lideraria a reunião como secretário de Estado, em uma cerimônia formal, e então, em instantes, se viu detido e seus velhos inimigos rindo dele.

— O rei não se despediu — digo com uma espécie de horror silencioso. — É como dizem. O rei nunca se despede.

Jane Bolena, palácio de Westminster, 24 de junho de 1540

Estamos na sala da rainha em silêncio, costurando camisas para os pobres. Catarina Howard não está, continua com sua avó em Norfolk House, Lambeth, durante toda a semana. O rei a visita quase toda noite, e janta com elas como se fosse um homem comum e não o rei. É conduzido para o outro lado do rio na barcaça real, abertamente, sem se dar o trabalho de ocultar sua identidade.

A cidade toda está comentando, acreditando que em apenas seis meses de casamento, o rei já fez da garota Howard sua amante. Os surpreendentemente ignorantes alegam que já que o rei tem uma amante, a rainha deve estar grávida, e vai tudo bem neste mundo abençoado: um menino e herdeiro Tudor na barriga da rainha e o rei se divertindo em outro lugar, como sempre faz. Aqueles de nós mais bem informados não sentem nem mesmo o prazer de corrigir os que nada sabem. Sabemos que Catarina Howard é guardada como uma virgem vestal, contra os frágeis poderes sedutores do rei. Sabemos que a rainha continua intocada. O que não sabemos, o que não podemos saber, é o que vai acontecer.

Na ausência do rei, a corte se torna indisciplinada, e quando a rainha Ana e nós, as damas, jantamos, o trono está vazio na cabeceira da sala, e não há governo. O salão está ávido, como uma colmeia zumbindo, fervilhando de rumores. Todo mundo quer estar no lado vencedor, mas ninguém sabe qual será. Há lacunas nas mesas grandes, onde algumas famílias abandonaram a corte, quer por medo, quer por desgosto diante de novo terror. Todos os conhecidos como simpáticos aos papistas correm perigo e foram para suas propriedades no campo.

Todos os que são a favor da Reforma temem que o rei se vire contra eles ao assumir de novo uma garota Howard como sua favorita, tendo Stephen Gardiner compondo suas orações, que são exatamente as mesmas de quando vieram de Roma, e o arcebispo Cranmer, adepto da Reforma, estando fora de moda. Restaram na corte os oportunistas e inconsequentes. É como se o mundo todo estivesse ruindo com a desestruturação da ordem. A rainha empurra a comida pelo prato com seu garfo de ouro, a cabeça tão baixa como se quisesse evitar os olhares curiosos e atentos do povo que foi ver a rainha abandonada em seu trono, abandonada em seu palácio, que vai às centenas vê-la, ávidos de ver uma rainha em sua última noite na corte, talvez a última na Terra.

Retornamos aos nossos aposentos assim que a refeição se encerra, não há entretenimentos para o rei já que ele nunca está presente. É quase como se não existisse um rei, e em sua ausência, não existisse nenhuma rainha, nenhuma corte. Tudo mudou, ou estão esperando, temerosos, por mais mudanças. Ninguém sabe o que vai acontecer, e estão todos alertas a qualquer sinal de perigo.

E falam, o tempo todo, de mais prisões. Hoje, soube que lorde Hungerford foi levado para a Torre, e quando me falaram de seus crimes foi como se eu tivesse caminhado do sol de meio-dia para uma casa de gelo. É acusado de comportamento não natural, como foi meu marido: sodomia com outro homem. É acusado de violar sua filha, assim como meu marido George foi acusado de incesto com sua irmã Ana. É acusado de traição e predição da morte do rei, exatamente como George e Ana, acusados juntos. Talvez sua mulher seja convocada para depor contra ele, como me pediram para fazer, estremeço ao pensar nisso, é preciso toda a minha força de vontade para me sentar calmamente na sala da rainha e costurar direito as bainhas. Ouço meus ouvidos rufando, sinto o sangue esquentando minhas bochechas como se eu estivesse com febre. Está acontecendo de novo, o rei Henrique está atacando seus amigos de novo.

É uma sangria, de novo, uma disseminação de acusações contra aqueles de quem o rei quer se ver livre. Na última vez em que Henrique pensou em vingança, os longos dias de seu ódio atingiram meu marido, quatro outros, e a rainha da Inglaterra. Quem duvida que Henrique seja capaz de repetir isso? Mas quem sabe quem ele escolherá?

O único som nos aposentos da rainha é o das agulhas perfurando o pano rústico e o sussurro da linha sendo puxada. As risadas, a música e os jogos que costumavam preencher a sala abobadada foram silenciados, nenhuma de nós se atreve a falar. A rainha sempre se mostrou reservada, cautelosa com suas palavras. Porém, agora, nesses dias de horror, mostra-se mais do que discreta, emudeceu-se em um estado de terror silencioso.

Vi uma rainha temer por sua vida antes; sei como é estar na corte de uma rainha quando todas nós estamos aguardando algo acontecer. Sei como as damas de honra trocam olhares de soslaio quando, no fundo do coração, sabem que a rainha será levada. E como saber em quem mais a culpa será lançada?

Há vários lugares vazios nos aposentos da rainha. Catarina Howard não está, e o lugar fica muito mais silencioso, mais aborrecido, sem ela. Lady Lisle está, em parte, escondida, em parte buscando os poucos amigos que se atrevem a reconhecê-la, farta de chorar. Lady Southampton deu uma desculpa para ir embora. Acho que ela receia que seu marido seja pego na cilada armada para a rainha. Southampton era outro amigo da rainha quando ela chegou à Inglaterra. Anne Bassett conseguiu ficar doente desde a prisão de seu pai, e foi para a casa de sua tia. Catarina Carey foi tirada da corte, sem aviso, por sua mãe que sabe tudo sobre queda de rainhas. Mary Norris foi chamada por sua mãe, que também está familiarizada com esses eventos. Todos os que prometeram à rainha sua amizade eterna, inabalável, estão aterrorizados com a possibilidade de ela reivindicá-la e caírem com ela. Todas as mulheres estão com medo de serem pegas na armadilha que está sendo preparada para ela.

Todas nós, quero dizer, exceto as que já sabem que não são as vítimas, mas a própria armadilha. Os agentes do rei na corte da rainha são Lady Rutland, Catherine Edgecombe e eu. Quando ela for presa, nós três forneceremos provas contra ela. E assim seremos salvas. Pelo menos nós três seremos salvas.

Ainda não me disseram que prova fornecerei, apenas que serei requisitada a fazer uma declaração escrita. Não terão compaixão comigo. Pedi ao duque, meu tio, para ser poupada e ele respondeu que, pelo contrário, eu deveria estar feliz pelo rei voltar a confiar em mim. Acho que não posso dizer nem fazer mais nada. Terei de me entregar a esses tempos, terei de me deixar levar como um pedaço de madeira flutuante na maré do capricho do rei. Tentarei manter minha cabeça acima da água e ter pena dos que se afogam do meu lado. E para ser franca, afundaria o do lado para manter a minha cabeça no alto, e poder respirar. Em um naufrágio, quando estamos nos afogando, é cada um por si.

Há uma batida estrondosa na porta, e uma garota grita. Todas ficamos de pé de um pulo, certas de que são os soldados com a ordem de nossa prisão. Olho rapidamente para a rainha e ela está lívida, mais branca que sal, nunca vi uma mulher tão pálida, a não ser morta. Seus lábios estão roxos de medo.

A porta se abre. É o meu tio, o duque de Norfolk, parecendo soturno e cadavérico com seu chapéu preto na cabeça, como um juiz inclemente.

— Sua Graça — diz ele, entra e faz uma reverência.

Ela sempre parece um vidoeiro prateado. Vou para o seu lado e seguro seu braço para mantê-la firme. Sinto que estremece ao meu toque, e percebo que pensa que a estou prendendo, segurando-a enquanto meu tio pronuncia a sentença.

— Está tudo bem — murmuro, mas, é claro, não sei se está tudo bem. Pelo que sei, há meia dúzia de guardas reais lá fora, no corredor.

Ela mantém a cabeça ereta e o corpo completamente estendido.

— Boa noite — diz ela, com seu sotaque engraçado. — Milorde duque.

— Estou vindo do Conselho Privado — diz ele, macio como a seda em um funeral. — Lamento ter de dizer que a peste deflagrou pela cidade.

Ela franze o cenho ligeiramente, tentando acompanhar as palavras, não eram as que estava esperando. As damas se agitam, todas nós sabemos que não há praga nenhuma.

— O rei está apreensivo com a sua segurança — diz ele lentamente. — Deu ordens para que seja removida para o palácio de Richmond.

Sinto-a oscilar.

— Ele vem também?

— Não.

Então, todos saberão que ela foi mandada para longe. Se houvesse a peste na cidade, o rei Henrique seria o último homem do mundo a estar fazendo passeios de barco para cima e para baixo do Tâmisa, tocando em seu alaúde uma nova canção de amor durante todo o percurso até Lambeth. Se houvesse a praga na névoa noturna que sobe do rio, Henrique já teria ido para New Forest ou para Essex. Ele tem pavor de doença. O príncipe seria despachado para Gales, e o rei há muito teria partido.

Portanto todos que o conhecem, sabem que esse relato de peste é uma mentira, e que a verdade é que isso é o começo da provação da rainha. Primeiro a detenção em casa, enquanto a investigação prossegue, depois, uma acusação, depois uma audiência de testemunhas, o julgamento, a sentença e a morte. Assim foi para a rainha Catarina, para a rainha Ana Bolena, e assim será para a rainha Ana de Cleves.

— Eu o verei antes de partir? — pergunta ela, pobrezinha, com a voz tremendo.

— Sua Graça pediu que eu lhe dissesse que partirá amanhã de manhã. Ele a visitará, sem dúvida, no palácio de Richmond.

Ela oscila quando suas pernas falham; se eu não a estivesse segurando, ela cairia. O duque me faz um sinal com a cabeça, como se aprovando um trabalho bem-feito, depois dá um passo atrás e faz uma reverência. Em seguida, sai como se não fosse a própria morte vindo buscar sua noiva.

Sento a rainha em sua cadeira e mando uma das garotas trazer um copo de água, e outra ir correndo buscar um copo de brandy. Quando voltam, faço com que beba de um copo e depois do outro. Ela levanta a cabeça e olha para mim.

— Preciso ver meu embaixador — diz ela com a voz rouca.

Concordo com a cabeça. Pode vê-lo, se quiser, mas não há nada que ele possa fazer para salvá-la. Mando um dos pajens procurar o Dr. Harst. Deve estar jantando no salão. Em todas as refeições, ele abre caminho pelo salão até uma das mesas no fundo. O duque de Cleves não lhe pagou o bastante para que tivesse sua própria casa, como qualquer embaixador teria. O coitado tem de surrupiar como um rato a comida real.

Ele chega correndo, e se retrai ao vê-la em sua cadeira, curva como se tivesse sido esfaqueada no coração.

— Deixe-nos a sós — diz ela.

Vou para o extremo da sala, mas não saio. Fico ali como se estivesse guardando a porta para impedir que outros entrem. Não me atrevo a deixá-la só, mesmo que eu não entenda o que está sendo dito. Não posso arriscar que ela lhe dê suas joias e os dois escapem pela porta privada para o jardim e a trilha para o rio, embora eu saiba que há sentinelas nos píeres.

Murmuram em sua própria língua, e o vejo sacudir a cabeça. Ela está chorando, tentando lhe dizer alguma coisa, e ele dá tapinhas na sua mão, seu cotovelo, e faz tudo, menos dar tapinhas em sua cabeça, como se o assistente de um caçador pudesse acalmar uma cadela excitada. Recosto-me na porta. Esse não é um homem capaz de arruinar nossos planos. Esse homem não a salvará; não precisamos temê-lo. Esse homem continuará desesperadamente preocupado com o que pode fazer para salvá-la se ela subir ao cadafalso. Se ela está contando com a ajuda dele, então já está morta.

Ana, palácio de Richmond, julho de 1540

Acho que a espera é o pior, e esperar é tudo o que faço agora. Esperar que acusação forjarão contra mim, esperar minha prisão, e dar tratos à bola para encontrar uma defesa. O Dr. Harst e eu concordamos com que eu devo deixar o país, mesmo que isso signifique perder meu direito ao trono, rompendo o contrato de casamento e arruinando a aliança com Cleves. Mesmo que isso signifique a Inglaterra se unir à França contra a Espanha. Para o meu horror, meu fracasso neste país pode significar que a Inglaterra está livre para guerrear na Europa. A única coisa que esperei trazer a este país foi paz e segurança, mas o meu fracasso com o rei pode levar a Inglaterra à guerra. E não posso impedi-lo.

O Dr. Harst acredita que meu amigo lorde Lisle e meu protetor Thomas Cromwell vão morrer e que eu serei a próxima. Não há nada agora que eu possa fazer para salvar a Inglaterra de sua erupção de tirania. Tudo o que posso fazer é tentar salvar a própria pele. Não há como predizer a acusação e nenhuma defesa contra ela. Não haverá uma acusação formal em um tribunal, não haverá juízes nem jurados. Não haverá a menor chance de me defender seja qual for a acusação que inventaram. Lorde Lisle e lorde Cromwell morrerão de acordo com o "Bill of Attainder", tudo o que é preciso é a assinatura do rei. O rei, que acredita que é guiado por Deus, tornou-se um deus com pleno poder de vida e morte. Não há dúvida de que está planejando minha morte também.

Hesito. Como uma tola espero alguns dias, desejando que a situação não seja tão ruim quanto parece. Acho que o rei pode ser bem-aconselhado por homens racionais. Rezo a Deus que fale com ele em termos de bom senso e não reafirme que seus desejos pessoais devem ser supremos. Espero que minha mãe me mande instruções de como agir. Até mesmo espero uma mensagem de meu irmão dizendo que não deixarão que me levem ao tribunal, que impedirá a minha execução, que está mandando uma escolta para me levar para casa. Então, no mesmo dia em que o Dr. Harst disse que viria com seis cavalos e que eu deveria estar pronta para partir, ele aparece sem cavalos, a expressão muito grave, e diz que os portos estão fechados. O rei não está permitindo que ninguém entre ou saia do país. Nenhum navio tem permissão para zarpar. Mesmo que chegássemos à costa — e fugir seria uma confissão de culpa —, não conseguiríamos zarpar. Sou prisioneira em meu novo país. Não há como chegar em casa.

Como uma tola, tinha achado que a dificuldade seria passar pelos guardas à minha porta, conseguir cavalos, escapar do palácio sem ninguém gritar e vir atrás de nós. Mas não, o rei é onividente, como o deus que ele acredita ser. Escapar do palácio teria sido difícil, mas agora não podemos embarcar em um navio para casa. Estou presa nesta ilha. O rei me mantém cativa.

O Dr. Harst acha que isso significa que virão me buscar logo. O rei fechou o país todo de modo que possa me julgar culpada, e me decapitar, antes que minha família tome até mesmo conhecimento de minha prisão. Ninguém na Europa pode protestar ou se revoltar! Ninguém na Europa ficará sabendo até estar tudo terminado e eu morta. Acho que é verdade. É uma questão de dias, talvez até mesmo amanhã.

Não consigo dormir. Passo a noite à janela, observando as primeiras claridades. Acho que será a minha última noite na Terra, e lamento, mais do que qualquer outra coisa, ter desperdiçado a minha vida. Passei o tempo todo obedecendo ao meu pai, depois ao meu irmão, desperdicei esses últimos meses tentando agradar ao rei, não valorizei a pequena centelha que sou eu, exclusivamente eu. Em vez disso, coloquei minha vontade e meus pensamentos abaixo da vontade dos homens que mandam em mim. Se eu tivesse sido o gerifalte, como meu pai me chamava, teria voado alto, me aninhado em locais solitários e frios, e flutuaria ao vento livre. Ao invés disso, fui como um pássaro em uma gaiola, sempre atado e, às vezes, encapuzado. Nunca livre, e às vezes, cego.

Deus é testemunha, se eu sobreviver a esta noite, esta semana, tentarei ser autêntica no futuro. Se Deus me poupar, tentarei honrá-lo sendo eu mesma; não sendo uma irmã ou uma filha ou uma esposa. É uma promessa leviana, pois não acredito que a cumprisse. Não acho que Deus me salvará, não acho que Henrique vá me poupar. Não acho que estarei viva na semana seguinte a esta.

À medida que vai clareando, a luz se tornando dourada com o sol da manhã de verão, fico à janela, trazem-me um copo de ale e uma fatia de pão e manteiga, e procuro no rio o adejar do estandarte, o movimento regular dos remos da barcaça que me levará para a Torre. A qualquer batida de tambor, mantendo o ritmo dos remadores, trazida pelo vento, meu coração ecoa seu pulsar em meus ouvidos, achando que são eles, que hoje vieram me buscar. É engraçado que quando finalmente chegam, já está no meio da tarde. Não é uma tropa, mas um único homem, Richard Beard, que chega sem aviso em um bote leve de remos, quando estou andando no jardim, as mãos frias nos bolsos, e meus pés desajeitados de medo. Ele vem ao meu encontro no jardim privado, quando estou andando entre as rosas, baixando minha cabeça para os botões, porém incapaz de sentir o perfume das flores completamente desabrochadas. A distância, devo lhe parecer uma mulher feliz, uma rainha jovem em um jardim de rosas. Somente quando ele chega perto, percebe a palidez de meu rosto.

— Sua Graça — diz ele, e faz uma reverência profunda, como para uma rainha.

Balanço a cabeça.

— Trouxe uma carta do rei. — Estende-me a carta. Aceito-a, mas não rompo o selo. — O que diz? — pergunto.

Ele não finge que é um assunto privado.

— Diz que, depois de meses de dúvida, o rei decidiu examinar seu casamento. Ele receia que não seja válido porque Sua Graça já estava comprometida a se casar com outro. Vai haver uma investigação.

— Ele diz que não somos casados? — pergunto.

— Ele receia que não sejam casados — corrige-me delicadamente.

Sacudo a cabeça.

— Não compreendo — digo de maneira idiota. — Não compreendo.

༄

Então, chegam todos eles: metade do Conselho Privado com seu séquito e criados, todos vêm para me dizer que devo concordar com um inquérito. Não concordo. Não vou concordar. Passarão, todos eles, a noite aqui comigo no palácio de Richmond. Não vou jantar com eles, não vou consentir no inquérito. Nunca consentirei.

De manhã, me dizem que três de minhas damas serão intimadas a comparecer perante o comitê de investigação. Recusam-se a me dizer o que perguntarão, nem mesmo me dizem quais serão chamadas e prestarão depoimento contra mim. Peço as cópias dos documentos que serão as provas apresentadas ao inquérito, e recusam que eu veja qualquer coisa. O Dr. Harst queixa-se do tratamento e escreve ao meu irmão; mas sabemos que as cartas só chegarão ao seu destino tarde demais, os portos estão fechados e nenhuma notícia deixa a Inglaterra. Estamos sós, eu estou só. O Dr. Harst me conta que antes de seu julgamento, também houve um inquérito sobre a conduta de Ana Bolena. Um inquérito: exatamente como farão sobre a minha conduta. As damas de sua câmara foram questionadas sobre o que ela tinha dito e feito, como as minhas serão. A prova do inquérito foi usada em seu julgamento. A sentença foi acatada e o rei se casou com Jane Seymour, dama de companhia de Ana Bolena, dali a um mês. Nem mesmo me julgarão, será decidido com a assinatura do rei: nada mais. Vou realmente morrer para que o rei possa se casar com a pequena Kitty Howard? É realmente possível que eu vá morrer para que esse velho possa se casar com uma garota com a qual poderia ir para a cama por um preço pouco maior do que o de um vestido?

Jane Bolena, palácio de Westminster, 7 de julho de 1540

Entramos na cidade de Londres, vindo de Richmond, na barcaça real. Foi tudo muito bem-providenciado para nós, o rei não poupou esforços para que ficássemos confortáveis. Somos três: Lady Rutland, Catherine Edgecombe e eu. Três pequenas judas que estão indo cumprir seu dever. Conosco, para nos escoltar, está lorde Southampton, que deve achar que pode recuperar com o rei o terreno perdido quando recebeu Ana de Cleves em sua chegada à Inglaterra, e disse que ela era bonita, alegre e régia. Com ele estão lorde Audley e o duque de Suffolk, ansiosos por cumprir seu papel e conquistar favores. Vão testemunhar contra ela, depois de nós.

Catherine Edgecombe está nervosa, diz que não sabe o que tem de dizer, tem medo que um dos clérigos a interrogue com rigor, e a pegue afirmando o que não devia, céus, até mesmo a verdade pode escapulir se ela for oprimida — que terrível seria! Mas eu estou tão à vontade quanto uma velha e amarga mulher peixeira limpando cavalinhas.

— Nem mesmo vai vê-los — predigo. — Não será interrogada com rigor. Quem contestaria suas mentiras? Ninguém vai querer a verdade, ninguém vai falar em defesa dela. Acho que nem vai ter de falar. Vai ser tudo escrito para nós, só teremos de assinar.

— Mas e se estiver escrito... se a chamarem de... — Interrompe-se e olha rio abaixo. Está com medo demais para proferir a palavra "bruxa".

— Por que precisa ler o que escreverem? — pergunto. — O que importa o que está dito acima de sua assinatura? Concordou em assinar, não concordou? Não concordou em ler.

— Mas não quero prejudicá-la com minha prova — diz ela, a boboca.

Ergo as sobrancelhas, mas não digo nada. Não preciso dizer. Todas nós sabemos que partimos na barcaça do rei, em um belo dia de verão, para sermos conduzidas rio acima para destruir uma jovem que não fez nada errado.

— Já assinou alguma coisa? Quando? Antes? — pergunta ela com hesitação.

— Não — respondo. Sinto um gosto de bílis tão forte que tenho vontade de cuspir na água verde que passa ligeira. — Não. Não foi assim com Ana e meu marido. Vê como estamos aperfeiçoando essas cerimônias? Na época tive de ir ao tribunal e, diante deles todos, jurar sobre a Bíblia e apresentar minha prova. Tive de encarar o tribunal e dizer o que tinha de dizer contra o meu próprio marido e minha própria cunhada. Tive de encará-lo e falar.

Ela estremece ligeiramente.

— Deve ter sido horrível.

— Foi — replico sem me estender.

— Deve ter temido o pior.

— Eu sabia que a minha vida seria salva — replico sem rodeios. — E imagino que seja por isso que você está aqui hoje, como eu estou, como Lady Rutland está. Se Ana de Cleves for julgada culpada e morrer, pelo menos não morreremos com ela.

— Mas o que vão dizer que ela fez? — pergunta Catherine.

— Oh, somos nós que vamos dizer. — Dou uma risada rouca. — Somos nós que vamos fazer a acusação e fornecer a prova. Seremos nós que diremos o que ela fez. Eles apenas dirão que ela morrerá por causa disso. Descobriremos seu crime muito em breve.

☙

Graças a Deus, graças a Deus, não tive de assinar nada que a culpe da impotência do rei. Não tive de apresentar prova de que ela lhe lançou um sortilégio ou o enfeitiçou, ou se deitou com meia dúzia de homens, ou pariu secretamente um monstro. Dessa vez, não tive de dizer nada disso. Todas nós assinamos a mesma declaração, que diz apenas que ela nos contou que se deita com ele todas as noites como uma virgem e se levanta todas as manhãs como uma virgem, e que pelo que nos disse, está óbvio que ela é tão tola que nem mesmo percebeu que havia algo errado. Supostamente a avisamos de que ser uma esposa requeria mais do que um beijo de boa-noite, e uma bênção de manhã, supostamente lhe dissemos que assim ela não conceberia um filho, e ela teria respondido que estava satisfeita em não saber mais do que sabia. Toda essa conversa teria acontecido em sua sala, entre nós quatro, conduzida em um inglês fluente sem um momento de hesitação e sem intérprete.

Procuro o duque antes de a barcaça nos levar de volta a Richmond.

— Eles percebem que ela não fala assim? — digo. — Que a conversa que todas juramos ter acontecido nunca poderia ter acontecido? Qualquer um que esteve nos aposentos da rainha perceberia imediatamente que isso é uma mentira. Na vida real, nos atrapalhamos com as poucas palavras que ela sabe, e repetimos as coisas meia dúzia de vezes antes de todas nós nos entendermos. E qualquer um que a conhece, saberia que ela nunca falaria disso com todas nós juntas. Ela é extremamente discreta.

— Isso não tem importância — diz ele solenemente. — Precisavam de uma declaração que afirmasse que ela é virgem, como sempre foi. Nada mais.

Pela primeira vez em semanas, penso que talvez a poupem.

— Está ele simplesmente a pondo de lado? — pergunto. Não me atrevo a ter esperança. — Ele não a está acusando de emasculá-lo?

— Ele se livrará dela — replica. — A declaração de vocês hoje serve para demonstrar como ela é uma bruxa astuta e trapaceira.

Arfo assustada.

— Como a incriminei como bruxa?

— Declararam que ela sabe que ele é impotente, e em sua câmara com suas próprias damas, ela finge desconhecer completamente o que se passa entre um homem e sua mulher. Como vocês mesmas dizem, quem acreditaria nisso? Quem fala dessa maneira? Que mulher colocada na cama de um rei saberia tão pouco? Que mulher no mundo é tão ignorante? Obviamente ela está mentindo, tanto quanto ocultando uma conspiração. Claramente, ela é uma bruxa.

— Mas... mas... Achei que essa declaração era para inocentá-la — gaguejo. — Uma virgem sem conhecimento nenhum.

— Exatamente — replica ele. O duque se permite um laivo de sorriso. — Aí é que está. Vocês três, todas as três damas respeitadas de sua câmara fizeram uma declaração em que demonstram que ela é tão inocente quanto a Virgem Maria, ou tão ardilosa quanto a bruxa Hécate. Pode ser usada para as duas coisas, exatamente como o rei requer. Fez um bom trabalho, Jane Bolena. Estou satisfeito com você.

Vou para a barcaça sem dizer mais nada; não há nada que eu possa dizer. Ele me guiou uma vez antes, e talvez eu devesse ter escutado o meu marido George, e não o seu tio. Se George estivesse aqui comigo agora, talvez me aconselhasse a procurar em silêncio a rainha e dizer-lhe para fugir. Talvez ele dissesse que amor e lealdade eram mais importantes do que conseguir posição na corte. Talvez ele dissesse que era mais importante ser fiel àqueles a quem se ama do que agradar ao rei. Mas George não está comigo agora. Nunca mais me dirá que acredita no amor. Tenho de viver sem ele, pelo resto da minha vida terei de viver sem ele.

Retornamos a Richmond. A maré está a nosso favor e desejo que a barcaça vá mais devagar e não se apresse a nos levar ao palácio onde ela estará observando a nossa chegada, e com a tez tão pálida.

— O que fizemos? — pergunta Catherine Edgecombe, pesarosa. Está olhando na direção das belas torres do palácio de Richmond, sabendo que teremos de enfrentar a rainha Ana, que seu olhar franco irá de uma a outra de nós, e que saberá que passamos o dia todo em nossa excursão a Londres para fornecer provas contra ela.

— Fizemos o que tínhamos de fazer. Talvez tenhamos salvado sua vida — replico com obstinação.

— Como salvou a da sua cunhada? Como salvou a do seu marido? — me pergunta ela, com uma malícia ferina.

Desvio o rosto.

— Nunca falo disso — digo. — Nunca nem mesmo penso nisso.

Ana, palácio de Richmond, 8 de julho de 1540

É o segundo dia do inquérito que decidirá se o meu casamento com o rei é legal ou não. Se eu não estivesse tão abatida, riria deles reunidos solenemente para examinar a prova que fabricaram. Devemos todos saber qual será o resultado. O rei não chamou os clérigos, que recebem seu dinheiro e servem em sua própria igreja, que são tudo o que resta agora, os fiéis enforcados em cadafalsos por todos os muros de York, por lhes dizerem que é inspirado somente pela luxúria por um rostinho bonito, e que deveria se ajoelhar para pedir perdão por seus pecados e reconhecer seu casamento comigo. Farão um favor a seu mestre e emitirão um veredicto de que eu estava comprometida antes, que não estava livre para me casar, que, portanto, o nosso casamento está anulado. Não posso me esquecer que poderia ter sido muito pior. Se ele tivesse decidido se livrar de mim por má conduta, teriam encontrado provas contra mim.

Vejo uma barcaça sem marca aproximar-se do píer, e vejo o mensageiro do rei, Richard Beard, pular para a terra antes de os cabos serem amarrados. Aproxima-se do píer com agilidade, olha na direção do palácio e me vê. Levanta a mão e atravessa rapidamente o gramado na minha direção. É um homem ocupado, tem de se apressar. Devagar, vou ao seu encontro. Sei que esse é o fim das minhas esperanças de ser uma boa rainha para este país, uma boa madrasta para os meus enteados, uma boa esposa para um mau marido.

Em silêncio, estendo a mão para receber a carta que traz para mim. É o fim da minha mocidade. É o fim das minhas ambições. É o fim do meu sonho. É o fim do meu reinado. Talvez, o fim da minha vida.

Jane Bolena, palácio de Richmond, 8 de julho de 1540

Quem diria que ela se afligiria tanto? Tem chorado como uma garota tomada pela tristeza, seu embaixador inútil lhe dando tapinhas nas mãos, e murmurando-lhe em alemão, como uma galinha velha de penas escuras, o boboca do Richard Beard mantendo sua dignidade, mas parecendo um colegial, agoniado de constrangimento. Começam na varanda, onde Richard Beard lhe entrega a carta, depois a levam para a sala onde suas pernas fraquejam, e mandam me chamar quando ela tem um acesso de gritos.

Molho seu rosto com água de rosas, depois lhe dou um copo de brandy. Isso a acalma por um instante, e ela ergue o olhar para mim, os olhos vermelhos como os de um coelhinho branco.

— Ele renega o casamento — diz ela com a voz entrecortada. — Oh, Jane, ele renega o casamento. Recebeu meu retrato pintado pelo próprio mestre Holbein, me escolheu, pediu que eu viesse, enviou seus conselheiros, trouxe-me para a sua corte. Abriu mão do dote, casou-se comigo, deitou-se comigo, e agora me renega.

— O que ele quer que faça? — pergunto com urgência. Quero saber se Richard Beard trouxe soldados junto, se vão levá-la hoje à noite.

— Quer que eu concorde com o veredicto — diz ela. Promete um... — Interrompe-se por causa das lágrimas quando ia dizer "acordo". São palavras duras para uma jovem esposa ouvir. — Promete termos justos se eu não causar problemas.

Olho para o embaixador, que está enfunado como um galo novo por causa do insulto, depois olho para Richard Beard.

— O que aconselharia à rainha? — me pergunta Beard. Não é nenhum tolo, sabe quem paga meus serviços. Dançarei conforme a música de Henrique, uma harmonia em quatro partes, se necessário, ele pode ter certeza.

— Sua Graça — digo delicadamente. — Não há nada que possa fazer a não ser acatar a vontade do rei e a deliberação de seu conselho.

Ela olha para mim de maneira crédula.

— Como posso acatar? — pergunta ela. — Ele quer que eu diga que fui casada antes de me casar com ele, e que, portanto, nosso casamento não é válido. É uma mentira.

— Sua Graça. — Curvo-me para ela e sussurro, de modo que somente ela escute. — A prova em relação à rainha Ana Bolena foi de um inquérito, igual a esse, até o tribunal e depois, o cadafalso. A prova em relação à rainha Catarina de Aragão foi de um inquérito, igual a esse, levou seis anos para ser examinada, e no fim ela ficou só, sem um tostão e morreu no exílio de seus amigos e de sua filha. O rei é um inimigo implacável. Se ele lhe oferecer quaisquer termos, deve aceitá-los.

— Mas...

— Se não deixá-lo livre ele se livrará da senhora de qualquer maneira.

— Como poderia? — pergunta ela.

Olho bem para ela.

— Sabe a resposta.

Ela me obriga a falar.

— O que ele vai fazer?

— Vai matá-la — replico simplesmente.

Richard Beard se afasta, de modo a poder negar que escutou isso. O embaixador olha fixo para mim, sem entender.

— Sabe disso — falo.

Em silêncio, ela assente com um movimento da cabeça.

— Quem é seu amigo na Inglaterra? — pergunto a ela. — Quem a defenderá?

Vejo que ela cede.

— Não tenho ninguém.

— Pode enviar uma mensagem ao seu irmão? Ele a salvará? Sei que não.

— Sou inocente — sussurra ela.

— Ainda assim.

Catarina, Norfolk House, Lambeth, 9 de julho de 1540

Não posso, não posso acreditar, mas é verdade. Minha avó acaba de me contar, e acaba de saber por meu tio Norfolk, e ele estava lá, portanto ele sabe. Está feito. Examinaram todas as evidências e anunciaram que o casamento do rei com a rainha Ana de Cleves nunca foi válido. Os dois estão livres para se casar com outra pessoa, como se nunca tivessem sido casados.

Estou pasma. Toda aquela cerimônia, e o vestido, as lindas joias, todas nós carregando a cauda, o café da manhã de núpcias, o arcebispo... nada disso contou. Como pode ser? A zibelina! Tampouco contou. Ser rei é isso. Acorda de manhã e decide que está casado, e está. Acorda na manhã seguinte e decide que não gosta dela, e *voilà!* (isto é francês, significa algo como "vejam só!"), *voilà!*, não está casado. O casamento nunca foi válido e agora devem ser vistos como irmãos. Irmão e irmã!

Só mesmo um rei conseguiria isso. Se fosse feito por um homem comum, ele seria considerado um maluco. Mas como é rei, ninguém pode dizer que é loucura, e nem mesmo a rainha (ou o que quer que ela seja agora) pode dizer que isso é loucura. Todos nós dizemos: "Oh, sim, Sua Majestade", e ele vem jantar com minha avó e comigo hoje à noite, e vai me propor casamento e eu vou responder: "Oh, sim, Sua Majestade, muito obrigada", e nunca, mas nunca mesmo, vou dizer que é maluquice, que é obra de um maluco, e o próprio mundo é louco se não o critica.

Eu não sou louca. Posso ser idiota, e posso ser muito ignorante (apesar de estar aprendendo francês, *voilà!*), mas pelo menos não acho que se, diante do arcebispo, digo "aceito", isso não valha nada depois de seis meses. Mas vejo que vivo em um mundo que é governado por um louco e por seus caprichos. Além disso, ele é o rei e o chefe da Igreja, e Deus fala com ele diretamente, portanto se diz que é assim, quem vai contradizê-lo?

Não eu, de qualquer maneira. Posso ter lá minhas ideias (por mais estúpidas que tenho certeza de que são), posso ter pensamentos idiotas na... como ela diz mesmo?... "em uma cabeça que só consegue ter uma ideia disparatada de cada vez". Mas sei que o rei é maluco e que o mundo é maluco. A rainha agora vai ser sua irmã, e eu serei sua esposa e a nova rainha. Serei a rainha da Inglaterra. Eu, Kitty Howard, vou me casar com o rei da Inglaterra, e serei rainha. *Voilà!*, realmente.

Não consigo acreditar que seja verdade. E gostaria que alguém tivesse pensado no seguinte: o que ganho de verdade com isso? Pois eu penso nisso agora. O que o impediria de acordar uma manhã e dizer que eu também já estava comprometida antes e que o nosso casamento régio não é válido? Ou que sou infiel e é melhor mandar me decapitar? O que o impediria de ter uma paixonite por uma de minhas bonitas e idiotas damas de honra, e de me rejeitar por causa dela?

Exatamente! Acho que isso só ocorreu a mim, e a mais ninguém. Exatamente. Nada pode impedi-lo. E gente como minha avó, tão descontraída com seus insultos e tapas, que diz que é uma honra extraordinária e uma ascensão excelente para uma boboca como eu, poderia muito bem considerar o fato de que uma boboca pode ocupar uma posição alta, mas também pode ser derrubada. E quem vai me aparar, então?

Ana, palácio de Richmond, 12 de julho de 1540

Escrevi dizendo que concordo com as descobertas do inquérito, e todos testemunharam, um depois do outro, os homens eminentes que vieram me interrogar, as damas que eu tinha chamado de minhas amigas quando era rainha da Inglaterra, e estavam loucas para servir na minha corte. Admiti que estava comprometida antes e não estava livre para me casar, e até mesmo pedi desculpas por isso.

É uma noite escura, para mim, na Inglaterra. A noite mais escura que já enfrentei. Não serei rainha. Posso permanecer na Inglaterra, por um favor duvidoso do rei, enquanto ele se casa com a menina que era minha dama de companhia, ou posso voltar para casa sem um tostão, e viver com meu irmão, cujo desprezo e negligência me causaram isso. Estou muito só hoje à noite.

Este é o mais belo palácio do reino, com vista para o rio em seu grande parque. Foi construído pelo pai do rei como um palácio suntuoso para ser apreciado em uma região bela e pacífica. Este palácio maravilhoso será parte do pagamento que o rei oferece para se livrar de mim. Ficarei com a herança Bolena, com a casa de sua família: o bonito castelo de Hever. Ninguém mais além de mim parece achar graça nisso: Henrique me subornar com a casa da infância da outra rainha Ana, que é dele só porque mandou decapitá-la. Também receberei uma pensão generosa. Serei a primeira dama do reino, segunda somente à nova rainha, e vista como irmã do rei. Seremos todos amigos. Como seremos felizes.

Não sei como vou viver aqui. Não há refúgio para mim em nenhum outro lugar. Não posso ir para a França ou para a Espanha, nem mesmo para uma casa só minha em algum lugar da Alemanha. Não tenho dinheiro para comprar uma casa assim, e se eu deixar a Inglaterra, não receberei uma pensão tão generosa, não me pagarão nenhum aluguel. Minhas terras serão dadas a outra pessoa. O rei insiste em que eu viva de sua generosidade em seu reino. Não posso esperar encontrar um marido que me ofereça uma casa. Nenhum homem se casará comigo, sabendo que me deitei sob os esforços árduos do rei, noite após noite, e que ele não conseguiu fazer o que devia. Nenhum homem me achará desejável sabendo que a virilidade do rei se retraía ao me ver. O rei informou a seus amigos que sentia repulsa por minha barriga gorda e seios flácidos, e pelo meu cheiro. Fui completamente humilhada. Além disso, a concordância de todos os clérigos da Inglaterra em relação a eu ter sido, anteriormente, prometida ao filho do duque de Lorraine vai ser um obstáculo a qualquer casamento que eu possa desejar no futuro. Terei de enfrentar uma vida de solteira, sem amante, sem marido, sem companheiro. Terei de enfrentar uma vida solitária, sem família. Nunca terei um filho, não terei um filho para me suceder, não terei uma filha a quem amar. Serei uma freira sem convento, uma viúva sem recordações, uma esposa de seis meses, e uma virgem. Terei de enfrentar a vida no exílio. E nunca mais vou rever Cleves. Nunca mais vou rever minha mãe.

 É uma sentença severa para mim. Sou uma jovem de apenas 25 anos. Não fiz nada errado. E, no entanto, ficarei sozinha para sempre: não desejável, solitária e no exílio. Realmente, quando um rei é um deus para si mesmo e realiza todos os seus desejos, o sofrimento recai nos outros.

Catarina, Norfolk House, Lambeth, 12 de julho de 1540

Está feito. Foram necessários apenas seis dias. Seis dias. O rei se livrou da rainha, sua rainha casada legalmente, para que agora possa se casar comigo. Minha avó diz que devo me preparar para a posição mais importante do país, e pensar sobre que damas vou escolher para me servir, e quem vou favorecer com as posições e remuneração à minha disposição. Claramente, meus parentes Howard têm que vir primeiro. Meu tio diz que devo sempre me aconselhar com ele, em todas as coisas, e não ser uma adúltera estúpida como minha prima Ana. Que não devo me esquecer do que aconteceu com ela! Como se fosse possível eu esquecer.

Olho de soslaio, de baixo para cima, para o rei, sorrio, faço reverência de maneira que possa ver meus seios, e uso o capelo bem puxado para trás para que veja meu rosto. Mas tudo correu mais rapidamente do que imaginei, está tudo acontecendo rápido demais. Está tudo acontecendo independentemente de eu querer ou não.

Vou me casar com o rei da Inglaterra. A rainha Ana foi posta de lado. Nada pode salvá-la, nada pode deter o rei, nada pode me salvar — oh, eu não devia ter dito isso. Devia ter dito: nada pode impedir minha felicidade. Ele me chama de sua rosa. Ele me chama de sua rosa sem espinhos. Sempre que diz isso, penso que é justo o tipo de apelido que um homem dá à sua filha. Não a uma amante. Não é de jeito nenhum uma maneira de chamar uma amante.

Ana, palácio de Richmond, 13 de julho de 1540

Então, acabou. Inacreditavelmente, acabou. Coloquei meu nome no acordo que diz que eu não estava livre para me casar. Concordei com que o meu casamento deveria ser anulado e, de repente, ele deixa de existir. Assim, em um estalar de dedos. É nisso que dá ser casada com a voz de Deus quando Ele se vira contra você. Deus avisou Henrique que eu já estava comprometida. Henrique avisou seu conselho. O casamento deixou de existir, apesar de ele ter jurado ser meu marido, vir para a minha cama todas as noites e tentar — e como tentou! — consumar o casamento. Mas ficou demonstrado que foi Deus que impediu seu êxito (não bruxaria, mas a mão de Deus), e então Henrique disse que não foi válido.

Escrevo a meu irmão por ordem do rei e lhe digo que não estou mais casada e que consenti na mudança de meu estado civil. Mas o rei não fica satisfeito com a minha carta e manda que eu a reescreva. Se quiser, a reescreverei uma dúzia de vezes. Se o meu irmão tivesse me protegido como deveria ter feito, como teria sido a vontade de meu pai, isso nunca teria acontecido. Mas ele é um homem vil e um parente desprezível, é um mau irmão; e estou desprotegida desde a morte do meu pai. A ambição do meu irmão fez com que usasse a mim, seu desprezo provocou minha queda. Nem mesmo seu cavalo ele teria permitido que fosse para as mãos de um comprador como Henrique da Inglaterra, e que dessa maneira se perdesse.

O rei ordenou que eu lhe devolvesse a aliança de casamento. Obedeço-lhe nisso, como em tudo o mais. Escrevo uma carta com a aliança dentro. Digo que ali está a aliança que ele me deu e que espero que a destrua, pois é um objeto sem significado e sem valor. Ele não vai sentir minha raiva e minha decepção nessas palavras, pois não me conhece nem pensa em mim. Mas estou com raiva e decepcionada, e ele pode ficar com a aliança, com seus votos de fidelidade, e sua crença em que Deus fala com ele, pois tudo isso faz parte da mesma coisa: uma quimera, uma coisa sem significado nem valor.

E assim é o fim.

E assim é o começo para a pequena Kitty Howard. Desejo-lhe felicidades com ele. Desejo a ele felicidades com ela. Um casamento mais incongruente, mais malconcebido e desastrado é inconcebível. Não a invejo. Do fundo do meu coração, mesmo nesta noite, quando tenho tanto do que me queixar, quando tenho razão para culpá-la de tanta coisa, mesmo agora, não a invejo. Temo por ela, pobre criança, pobre e tola criança.

Posso ficar só, sem amigos, sofrendo a indiferença do rei, mas Deus sabe que o mesmo acontecerá com ela. Eu era pobre e humilde quando ele me escolheu, e o mesmo é válido para ela. Eu era parte de uma facção de sua corte (embora não soubesse disso), e o mesmo é ainda mais válido para ela. Quando outra garota bonita chegar à corte e atrair o olhar dele, como ela fará para prendê-lo? (E com certeza mandarão suas bonitas garotas às dúzias.) Quando a saúde do rei falhar e ele não conseguir fazer um bebê com ela, vai lhe dizer que é o fracasso de um velho e lhe pedir perdão? Não, não fará isso. E quando culpá-la, quem a defenderá? Quando Lady Rochford lhe perguntar a quem ela pode recorrer como amigo, o que vai responder? Quem será o amigo e protetor de Catarina Howard quando o rei se virar contra ela?

Rainha Catarina, palácio de Oatlands, 28 de julho de 1540

Tenho de admitir que é bom estar casada, mas não tive uma cerimônia de casamento que chegasse nem à metade do que foi a dela. Não houve nenhuma recepção suntuosa para mim em Greenwich, e nenhuma volta montada em um belo cavalo para ser saudada por ele com os nobres da Inglaterra atrás. Não houve barcaças navegando rio abaixo, enquanto a cidade de Londres exulta de alegria, de modo que aqueles que acham que se casar com o rei é uma coisa alegre vão reparar em meu casamento, que foi — para ser franca — um negócio clandestino. Pronto! Eu disse, e quem não achasse isso não poderia estar lá. Na verdade, foram muitos no mundo, pois quase ninguém estava aqui.

Disse a Lady Rochford na véspera:

— Por favor, pergunte ao camareiro real, ou o camareiro-mor, ou a qualquer outro que saiba, o que temos de fazer. Onde eu devo ficar, o que devo dizer, o que devo fazer.

Eu queria ensaiar. Gosto de ensaiar se vou aparecer em público e todos vão me observar. Devia ter sido alertada por sua resposta.

— Não tem muito o que ensaiar — replicou ela sombriamente. — Seu noivo, pelo menos, já ensaiou bastante. Você só tem de repetir os votos. E não haverá ninguém para vê-la.

E como ela estava certa! Havia o bispo de Londres oficiando (nem mesmo um arcebispo real para mim), havia o rei, nem mesmo usando um gibão novo, e sim um casaco velho — não foi um insulto? —, havia eu no melhor vestido que pude encomendar; mas não podia fazer um milagre em pouco mais de 15 dias. E nem mesmo uma coroa na minha cabeça!

Ele deu-me algumas joias muito boas. Mandei-as ao ourives para que fossem avaliadas, e são realmente muito boas, embora eu saiba que algumas delas foram trazidas da Espanha por Catarina de Aragão, e quem quer joias que pertenceram a uma amiga de sua avó? Não tenho dúvidas de que haverá zibelinas tão boas quanto as da rainha Ana, e já mandei confeccionar vestidos novos para mim, e ganharei presentes do mundo inteiro, assim que souberem, assim que forem informados.

Mas não há como negar que não foi uma cerimônia suntuosa como eu esperava, e não chegou aos pés da dela. Achei que a planejaríamos durante meses, que haveria procissões e a minha entrada imponente em Londres, que eu passaria minha primeira noite na Torre e depois, desfilaria em procissão até a abadia de Westminster, atravessando as ruas envolvidas em panos dourados, com o povo cantando músicas sobre mim. "Bela Catarina", achei que cantariam. "Rosa da Inglaterra."

Mas não. Em vez disso, houve apenas um bispo, o rei e eu em um vestido encantador de seda cinza esverdeado, que muda de cor quando me movo, um capelo novo, e suas pérolas, pelo menos, e meu tio e minha avó foram as testemunhas, com dois homens de sua corte; depois fomos comer. E então... E então!... É inacreditável! Ninguém falou de outra coisa senão da decapitação de Thomas Cromwell.

Em um desjejum de núpcias! É isso o que uma noiva quer ouvir no dia do seu casamento? Não há brindes à saúde e nenhum discurso para mim, quase nenhuma celebração. Ninguém vem me cumprimentar, não há dança nem flerte e nenhum elogio. Não falam de outra coisa a não ser de Thomas Cromwell porque foi decapitado hoje. No dia do meu casamento! É assim que o rei celebra seu casamento? Com a morte de seu principal conselheiro e melhor amigo? Não é um presente muito bonito para uma garota no dia do seu casamento, é? Não sou como a que está na Bíblia que quis a cabeça de alguém como presente de casamento. Tudo o que eu queria realmente como presente de casamento eram zibelinas, não a notícia de que o conselheiro do rei foi decapitado, pedindo clemência.

Mas as pessoas velhas só falam disso, ninguém considera meus sentimentos, estão completamente fascinados com o que aconteceu, é claro, e falam por cima de mim, como se eu fosse uma criança e não a rainha da Inglaterra, e falam da aliança com a França, e que o rei Francisco vai nos ajudar com o papa. E ninguém pede a minha opinião.

O rei aperta minha mão debaixo da mesa, inclina-se para mim e sussurra:

— Mal posso esperar pela noite, minha rosa, minha joia mais preciosa. — O que não é nada estimulante quando penso que Thomas Culpepper tem de ajudá-lo a se sentar, e sem dúvida terá de levantá-lo para pô-lo na minha cama.

Resumindo, sou a mulher mais feliz do mundo, Deus seja louvado. Mas só um pouco insatisfeita hoje à noite.

E nessa noite abandono velhos hábitos. A essa hora da noite, quando eu estava na câmara da rainha, estávamos nos arrumando para o jantar no salão, examinando uma a outra, mexendo com a que tivesse caprichado no cabelo ou estivesse muito bem-vestida. Uma sempre me acusava de estar tentando atrair um rapaz ou outro, e eu sempre corava e respondia: "Não, de jeito nenhum!", se ficasse chocada com a ideia. A rainha então sairia de seu quarto, riria de nós, e nos conduziria ao salão, e tudo seria muito alegre. A metade do tempo, um rapaz passaria me olhando. Nas últimas semanas tinha sido Thomas Culpepper sempre sorrindo para mim, e todas as garotas em volta me cutucariam e me diriam para ter cuidado com a minha honra. É claro que agora ele nem mesmo olha para mim. Obviamente, não há diversão para uma rainha, até parece que sou tão velha quanto meu marido.

Era mais do que alegre; era agitada, animada e jovem. Havia sempre muitos de nós, todos juntos, todos felizes e fazendo gracejos. De vez em quando, o gracejo se tornava um pouco desagradável, por ciúme ou maldade, e então havia sempre a quem se queixar, um pequeno grupo se formava, e acontecia uma pequena discussão. Gosto de estar em uma turma de garotas, gosto da câmara das damas de honra mais novas, gosto de ser uma das damas da rainha, e de ficarmos todas juntas.

Tudo bem ser rainha da Inglaterra, mas não tenho amigos. Parece que sou só eu e essa gente velha: minha avó, meu tio, o rei e seus velhos do Conselho Privado. Os rapazes a serviço do rei nem mesmo sorriem para mim, agora, até parece que não gostam de mim. Thomas Culpepper faz uma mesura quando me aproximo dele, e não me encara. E os velhos falam entre si sobre coisas que interessam a pessoas velhas: o clima, o fim de Thomas Cromwell, suas propriedades e dinheiro, o estado da Igreja e o perigo dos papistas e hereges, o perigo dos homens do norte que continuam a sentir saudades de seus mosteiros. E fico aqui sentada como uma filha bem-comportada, na verdade, como uma neta bem-comportada, e tudo o que posso fazer é não bocejar.

Viro a cabeça para dar a impressão de que estou prestando atenção ao meu tio, depois viro na outra direção, para o rei. Para dizer a verdade, não ouço nenhum deles. É só um zumbido, tudo zumbe ao meu redor. Não há músicos, não há dança, nada que me divirta, só a conversa de meu marido. E que recém-casada ia querer isso?

Então, Henrique diz baixinho e docemente que está na hora de nos retirarmos, e graças a Deus, Lady Rochford chega e me leva embora. Ela tem uma bela e nova camisola para mim, com um manto combinando, e troco de roupa no quarto de vestir da rainha, pois agora eu sou a rainha.

— Que Deus a proteja, Sua Graça — diz ela. — Realmente subiu muito.

— Sim, Lady Rochford — replico, solenemente. — E vou mantê-la ao meu lado, se me aconselhar e ajudar no futuro, como fez no passado.

— Seu tio me ordenou fazer exatamente isso — diz ela. — Serei a chefe de sua câmara privada.

— Vou indicar minhas próprias damas — digo, com arrogância.

— Não, não vai — replica ela, sorrindo. — Seu tio já fez as principais indicações. Verifico se a porta está fechada, atrás dela.

— Como está a rainha? — pergunto. — Você acabou de chegar de Richmond, não foi?

— Não a chame de rainha — interrompe-me ela imediatamente. — Agora é você a rainha.

Emito um som de impaciência com minha própria estupidez.

— Esqueci. Mas como ela está?

— Estava muito triste quando a deixei — diz ela. — Não por perdê-lo, acho que não. Mas pela perda de nós todas. Ela gostava da vida como rainha da Inglaterra, gostava dos aposentos e de estar conosco, e de tudo relacionado a isso.

— Eu também — digo melancolicamente. — Também sinto falta daquele tempo. Lady Rochford, acha que ela me culpa demais pelo que aconteceu? Ela disse alguma coisa contra mim?

Lady Rochford amarra minha camisola no pescoço. Os cordões são bordados com pérolas pequeninas, é uma camisola agradável ao toque e me confortará em minha noite de núpcias saber que estou usando uma roupa que custa uma pequena fortuna em pérolas.

— Ela não a culpa — diz gentilmente. — Sua boba. Todo mundo sabe que isso não foi obra sua, exceto que é jovem e bonita, e ninguém pode culpá-la por isso. Nem mesmo ela. Ela sabe que não planejou a sua queda e sua infelicidade, tanto quanto não é responsável pela morte de Thomas Cromwell. Todo mundo sabe que você não tem culpa nisso.

— Sou rainha — digo, ofendida. — Achava que importava mais do que qualquer outra pessoa.

— Você é a quinta rainha — salienta ela, sem se comover com minha irritação. — E para ser franca, não houve nenhuma que merecesse o nome de rainha depois da primeira.

— Bem, sou a rainha agora — digo resolutamente.— E isso é tudo o que importa.

— Rainha do dia — diz ela, indo para trás de mim estender a pequena cauda da minha camisola. É muito pesada, carregada de pérolas, é a roupa mais linda. — Uma rainha efemérida. Que Deus a proteja, pequena majestade.

Jane Bolena, palácio de Oatlands, 30 de julho de 1540

O rei, tendo conquistado sua rosa sem espinhos, está determinado a mantê-la perto. Metade da corte nem mesmo sabe que o casamento aconteceu, deixada em Westminster, sem contato com nada do que está acontecendo aqui. Este é o círculo privado do rei, sua nova esposa, sua família, e somente seus amigos e conselheiros de mais confiança, eu inclusive.

Mais uma vez provei minha lealdade, mais uma vez sou a confidente que contará tudo. Mais uma vez sou colocada na câmara da rainha, em seu núcleo mais secreto, podem me colocar aí em confiança para trair. Fui amiga da rainha Catarina, da rainha Ana, da rainha Jane e da rainha Ana. E vi todas elas perderem o favor e morrerem durante o meu serviço. Se eu fosse uma mulher supersticiosa, acharia que sou um vento da peste que sopra a morte tepidamente, com afeição, como o sopro de um sussurro.

Mas não sou supersticiosa e não me atormento pensando no papel que desempenhei nessas mortes, vergonhas e desgraças. Cumpri o meu dever designado pelo rei e por minha família. Cumpri meu dever mesmo quando me custou tudo: o meu único verdadeiro amor e minha honra. O meu próprio marido... mas não adianta pensar em George nesta noite. De qualquer maneira, ele estaria satisfeito: mais uma garota Howard no trono da Inglaterra, uma Bolena na posição mais favorecida. Ele era o mais ambicioso de nós todos. Seria o primeiro a dizer que vale qualquer mentira para se alcançar uma posição na corte, para fazer parte do círculo mais favorecido do rei. Seria o primeiro a entender que há vezes em que a verdade é um luxo com que o cortesão não pode arcar.

Acho que ele ficaria surpreso com o ponto até onde o rei chegou, o quanto facilmente passou do poder para o poder supremo, até o poder absoluto. George não era um tolo; acho que se estivesse aqui agora, estaria alertando que rei sem freio nenhum em sua vontade não é um grande rei (como lhe afirmamos ser), mas um monstro. Acho que, quando George morreu, sabia que o rei tinha estendido os limites da tirania, e que avançaria mais.

Como parece ser o padrão dos casamentos do rei, esse foi acompanhado de uma série de execuções. O rei acerta suas contas com antigos inimigos e com aqueles que favoreciam sua mulher anterior. A morte do conde de Hungerford e seu adivinho ridículo parece descartar o boato de bruxaria. Ele foi acusado de todo tipo de necromancia e atos sexuais selvagens. Dois papistas morrerão por sua participação na conspiração de Lisle, inclusive o tutor da princesa Mary. Isso vai entristecê-la, e servir de advertência também para ela. A amizade com Ana de Cleves não lhe deu proteção; está de novo sem amigos, está correndo perigo de novo. Todos os papistas e simpatizantes dos papistas correm perigo. Seria melhor terem-na alertado. Os Howard voltaram ao poder e apoiam o rei, que estava fazendo a limpeza de seus antigos inimigos para marcar sua felicidade com a nova garota Howard. Também mata um punhado de luteranos, uma advertência a Ana de Cleves e àqueles que pensaram que ela o levaria à Reforma. Quando ela se ajoelhar para rezar, do lado de sua cama no palácio de Richmond, nessa noite, saberá que escapou por um triz. Ele vai querer que ela viva o resto de sua vida com medo.

Catarina, percebi, ajoelha-se para rezar, mas não fecha os olhos, e posso jurar que não diz mais do que uma Ave-Maria. Junta as mãos, com seus dedos alvos e compridos, com força, ajoelha-se, e parece contrita, mas não há nenhum pensamento em Deus na sua mente. Absolutamente nenhum pensamento, eu diria. Nunca há muita coisa nessa cabeça bonita. E se está rezando, é por zibelinas iguais às que a rainha Ana recebeu em seu noivado.

Evidentemente, ela é jovem demais para ser uma boa rainha. É jovem demais para ser qualquer coisa além de uma garota tola. Não sabe nada de caridade com os pobres, nada dos deveres de sua importante posição, nada sobre administrar uma casa e seu pessoal, muito menos um país. Quando penso que a rainha Catarina foi nomeada regente e comandou a Inglaterra, tenho vontade de gargalhar. Essa menina não poderia comandar nem um pombo de estimação. Mas é adorável para o rei. O duque, seu tio, a treinou muito bem na obediência e cortesia, e a minha tarefa é cuidar do resto. Dança graciosamente para o rei, senta-se em silêncio do seu lado enquanto ele fala com homens com idade para ser seus avôs. Sorri quando ele lhe dirige uma observação, e deixa que ele belisque sua bochecha ou a abrace pela cintura, sem fazer cara feia. Outra noite, durante o jantar, ele não conseguiu tirar as mãos dos seios dela, e ela enrubesceu, mas não se retraiu quando ele a apalpou diante de todos. Ela foi criada em uma escola rigorosa, a duquesa é conhecida por ter mão pesada com suas meninas. O duque a ameaçará com o machado se ela não obedecer ao rei em pensamentos, palavras e atos. E temos de lhe fazer justiça, ela é a coisinha mais doce, fica contente com os presentes do rei e está feliz por ser rainha. É fácil para ela agradar ao rei. Ele agora não pede muito. Ele não quer uma mulher de inteligência e propósito moral superiores, como a rainha Catarina de Aragão. Nem uma com a inteligência explosiva e ardente de Ana. Ele quer somente se deliciar com seu corpo jovem e esguio e fazer um bebê nela.

É como se a corte não estivesse presente, nos primeiros dias do casamento. A família dela e os que se aproveitam do casamento desviam os olhos quando ele a puxa para si, a mãozinha se perdendo no punho dele, seu sorriso determinado quando ele tropeça com sua perna doente, seu rubor de constrangimento quando a mão dele desliza por entre suas pernas, debaixo da mesa de jantar. Todo aquele que não tem proveito a tirar desse casamento incongruente acharia perturbador ver uma criança tão bonita ser oferecida a um homem tão velho. Qualquer um que falasse honestamente chamaria isso de uma espécie de estupro.

Felizmente, portanto, não há ninguém aqui que algum dia venha a falar honestamente.

Ana, palácio de Richmond, 6 de agosto de 1540

Ele vai vir jantar comigo. Por que, nem imagino. O camareiro-mor veio ontem e disse ao meu administrador que o rei teria prazer em jantar comigo hoje. Perguntei às damas que continuam comigo se tinham notícias da corte, e uma delas respondeu que ouvira falar que o rei estava no palácio de Oatlands, praticamente só, caçando para esquecer a terrível traição de Thomas Cromwell.

Uma delas me pergunta se o rei estava vindo para me pedir perdão e para eu voltar para ele.

— É possível? — pergunto.

— E se ele se enganou? Se o conselho se enganou? — pergunta ela. — Por que outra razão ele a procuraria tão cedo, logo depois do casamento? Se ele não quer mesmo mais o casamento, por que viria jantar?

Saio para os belos jardins e caminho um pouco, minha cabeça zumbindo de pensamentos. Não parece possível que ele me queira de volta, mas não há dúvida de que se mudou de ideia, pode me levar de volta tão facilmente quanto me descartar.

Eu me pergunto se seria possível recusar voltar para ele. Gostaria de retornar à corte e reconquistar minha posição, é claro. Mas há uma liberdade em ser uma mulher solteira de que aprendi a gostar. Nunca antes, em toda a minha vida, fui Ana de Cleves, Ana simplesmente, e não irmã, filha, esposa, mas Ana: agradando a mim mesma. Jurei que se minha vida fosse poupada, a viveria por mim mesma, e não mandada pelos outros. Encomendei vestidos de cores que acho que caem bem em mim, não preciso obedecer ao código de recato do meu irmão, nem à moda da corte. Mando o jantar ser servido na hora que gosto, como a comida de que gosto; não tenho de me sentar na frente de duzentas pessoas observando cada coisa que faço. Quando saio a cavalgar posso ir tão longe e tão veloz quanto quiser, não tenho de considerar os receios do meu irmão ou o espírito competitivo do meu marido. Se chamo músicos à noite, posso dançar com minhas damas ou escutá-las cantar, não temos de sempre obedecer ao gosto do rei. Não precisamos nos maravilhar com suas composições. Posso rezar a um Deus de minha própria fé nas palavras que eu escolho. Posso ser eu mesma, posso ser eu.

Tinha pensado que o meu coração ficaria exultante com a chance de voltar a ser rainha. A chance de cumprir o meu dever com este país, com o seu povo, com os filhos que passei a amar, e até mesmo conquistar a aprovação da minha mãe e realizar as ambições do meu irmão. Mas percebo, para meu próprio espanto, quando examino meus pensamentos — e finalmente tenho a privacidade e paz para examiná-los — que é melhor ser uma mulher solteira com uma boa renda em um dos palácios mais bonitos da Inglaterra do que ser uma das rainhas amedrontadas de Henrique.

A guarda real chega primeiro, depois seus companheiros, belos e bem-vestidos como sempre. Em seguida, ele chega desajeitado, mancando ligeiramente em sua perna machucada. Faço uma reverência profunda e sinto o mau cheiro familiar de sua ferida quando me levanto. Nunca mais terei de acordar com esse cheiro nos lençóis, penso enquanto me adianto e ele me beija na testa.

Ele me olha de cima a baixo, abertamente, como um homem avaliando um cavalo. Lembro-me de que ele falou para a corte que cheiro mal e que os meus seios são flácidos, e me sinto enrubescer.

— Você parece bem — diz ele a contragosto. Percebo o ressentimento por trás do seu elogio. Ele estava esperando me encontrar sofrendo por um amor não correspondido, tenho certeza.

— Estou bem — replico calmamente. — Feliz em vê-lo.

Ele sorri ao ouvir isso.

— Você devia saber que eu nunca a trataria injustamente — diz ele, feliz com a ideia de sua própria generosidade. — Se for uma boa irmã para mim, verá que serei generoso com você.

Assinto com a cabeça e faço uma mesura.

— Tem alguma coisa diferente em você. — Pega uma cadeira e faz sinal para que me sente ao seu lado em outra mais baixa do que a sua.

Sento-me e aliso a saia bordada do vestido azul.

— O que é? Posso julgar uma mulher apenas por sua aparência. Sei que tem alguma coisa diferente em você. O que é?

— O novo capelo? — sugiro.

Ele balança a cabeça concordando.

— Assenta bem em você. Fica muito bem.

Não falo nada. É do estilo francês. Se a garota Howard retornou à corte, ele vai se acostumar com a altura e extravagância da moda. De qualquer maneira, agora que não uso mais coroa, posso usar o que gosto. É engraçado — se eu estivesse disposta a rir — que ele me prefira vestida segundo meu próprio gosto a quando tentei agradá-lo. Mas o que ele gosta em uma mulher, não gosta em uma esposa. Catarina Howard talvez descubra isso.

— Tenho algumas notícias. — Olha em volta, para a pequena corte, seus homens também presentes. — Deixem-nos a sós.

Saem todos sem pressa, em um ritmo que não o irrite. Estão todos querendo saber o que vai acontecer. Tenho certeza de que não será um convite para que eu volte para ele. Tenho certeza de que não, e ainda assim fico tensa e ansiosa por saber.

— Notícias que podem afligi-la— diz ele para me preparar. Imediatamente acho que minha mãe morreu, longe, e que não tive oportunidade de lhe explicar como fracassei com ela.

— Não precisa chorar — diz ele rapidamente.

Levo a mão à boca e mordo as juntas.

— Não estou chorando — digo com firmeza.

— Ótimo — diz ele. — Além do mais, devia saber que isso acabaria acontecendo.

— Não esperava — digo insensatamente. — Não esperava tão cedo. — Certamente teriam mandado me buscar se soubesse que ela estava tão doente, não teriam?

— Bem, é meu dever.

— Seu dever? — Quero tanto saber se minha mãe falou de mim nos seus últimos dias que mal o escuto.

— Casei-me — diz ele. — Casei-me. Achei que deveria comunicar-lhe em primeiro lugar, antes que ouvisse algum mexerico.

— Achei que era sobre minha mãe.

— Sua mãe? Não. Por que seria sobre sua mãe? Por que eu me incomodaria com sua mãe? É sobre mim.

— Disse que eram más notícias.

— O que poderia ser pior para você do que saber que me casei com outra mulher?

Ah, milhares de coisas, milhares, acho, mas não digo o que penso. O alívio de que minha mãe está viva me atravessa e tenho de me agarrar nos braços da cadeira para me firmar e moldar uma expressão grave e desolada, como sei que queria que eu me sentisse.

— Casado — falo apaticamente.

— Sim — replica ele. — Lamento sua perda.

Então foi feito realmente. Ele não voltará para mim. Nunca mais serei a rainha da Inglaterra. Não poderei cuidar da pequena Elizabeth, não poderei amar o príncipe Eduardo, não poderei satisfazer minha mãe. Está tudo acabado, de fato. Falhei na missão para que fui enviada, e lamento. Mas, meu Deus, estou salva dele. Nunca mais irei para a sua cama. Está tudo feito e encerrado. Tenho de manter os olhos baixos e o rosto imóvel, para que não veja minha alegria com essa liberdade.

— Com uma dama da casa mais nobre — prossegue ele. — Da casa Norfolk.

— Catarina Howard? — pergunto, antes que sua bazófia o faça parecer ainda mais ridículo do que já é.

— Sim — replica ele.

— Desejo-lhe felicidades — digo com a voz firme. — Ela é... — Nesse exato momento terrível, não encontro a palavra em inglês. Quero dizer "encantadora", mas a palavra não me ocorre. — Jovem — concluo insatisfatoriamente.

Ele me lança um olhar rápido e duro.

— O que não é objeção para mim.

— Em absoluto — replico imediatamente. — Quis dizer encantadora.

Ele descontrai-se.

— Ela é encantadora — concorda ele, sorrindo para mim. — Sei que gostava dela quando estava em seus aposentos.

— Gostava — replico. — Sempre foi uma companhia agradável. É uma garota adorável. — Quase digo "criança", mas me contenho a tempo.

Ele balança a cabeça, concordando.

— Ela é a minha rosa — diz ele. Para o meu horror, os seus olhos de velho fanfarrão tirânico se enchem de lágrimas sentimentais. — Ela é a minha rosa sem nem um espinho — diz ele, a voz rouca. — Acho que finalmente a encontrei; a mulher que esperei a vida toda.

Fico em silêncio. É uma ideia tão bizarra que não encontro palavras, nem em inglês nem em alemão, para responder. Que ele esperou a vida toda? Bem, não esperou muito pacientemente. Durante o tempo de sua longa vigília, ele despachou três, ou melhor, quatro esposas, inclusive eu. E Catarina Howard está longe de ser uma rosa sem espinhos. É, na melhor das hipóteses, uma margaridinha: encantadora, um rostinho lindo, mas comum. Deve ser a mais comum das plebeias a se sentar no trono de uma mulher superior.

— Espero que seja feliz — repito.

Inclina-se para mim.

— E acho que teremos um bebê — sussurra. — Não fale nada. Ainda é muito cedo. Mas ela é muito jovem, e vem de uma linhagem fértil. Ela diz que também acha isso.

Concordo com a cabeça. Sua confissão presunçosa a mim que fui comprada e colocada na sua cama para suportá-lo se esforçar inutilmente em cima de mim, se pressionando contra mim, dando tapinhas na minha barriga e puxando meus seios, repele-me tanto que não consigo congratulá-lo em ter conseguido com uma garota o que não conseguiu fazer comigo.

— Agora, vamos jantar — diz ele, livrando-me do meu constrangimento. Levantamo-nos, ele pega a minha mão, como se ainda fôssemos casados, e me conduz para o salão do palácio de Richmond, que foi o palácio favorito do seu pai, e que agora é meu. Senta-se sozinho, em um trono mais elevado do que qualquer outro e eu me sento não ao seu lado — como fazia quando era rainha —, mas embaixo, no salão, a uma pequena distância, como se para lembrar ao mundo que tudo mudou e que nunca mais eu me sentarei ao seu lado como rainha.

Eu não preciso ser lembrada. Já sei disso.

Catarina, Hampton Court, agosto de 1540

Agora, vamos ver, o que tenho?

Tenho oito vestidos novos prontos e mais quarenta (quarenta!, não consigo acreditar nisso!) sendo feitos, e estou muito contrariada com a demora dos costureiros, pois pretendo usar um vestido novo por jantar, a cada dia, de hoje até o dia da minha morte, e mudar de roupa três vezes ao dia. Isso significa três vestidos novos por dia, centenas por ano, e como vou viver até os 50 anos, serão... bem, não consigo calcular, mas realmente serão muitos. Milhares.

Tenho uma gola bordada de diamantes com punhos de diamantes e ouro combinando e um par de brincos.

Tenho zibelinas, como ela tinha, melhores do que as dela, mais espessas e de uma peliça mais lustrosa. Perguntei a Lady Rochford e ela definitivamente confirmou que as minhas são superiores. Portanto, menos uma preocupação na minha cabeça.

Tenho minha própria barcaça (imaginem só!), minha própria barcaça com meu lema gravado. Sim, também tenho um lema, que é: "Nenhuma outra vontade a não ser a sua", que meu tio criou e que minha avó disse que era um certo exagero. Mas o rei gostou e disse que era justamente o que ele estava pensando. Não o entendi direito de início, mas significa que não tenho outra vontade senão a dele — isto é, a vontade do rei. Quando entendi, percebi logo por que qualquer homem gostaria desse lema, se fosse tolo o bastante para acreditar que alguém se dedicaria de corpo e alma a outro.

Tenho meus próprios aposentos aqui em Hampton Court, e são os aposentos da rainha! Inacreditável! Os mesmos aposentos que eu usava como dama de companhia agora são meus e tenho damas para me servirem. A mesma cama em que eu punha a rainha para dormir e a acordava de manhã é agora a minha cama grande. E quando a corte assiste à justa, as mesmas cortinas que envolviam o camarote real são agora minhas e estão bordadas com H e C, exatamente como antes estavam bordadas com H e A. De qualquer maneira, encomendei novas. Parecem-me sapatos de defuntos e não vejo por que teria de aguentar isso. Henrique diz que sou uma gatinha extravagante e que essas cortinas são usadas no camarote da rainha desde a sua primeira mulher, e respondo que é exatamente essa a razão por que quero mudar. Portanto, *voilà!*, também terei cortinas novas.

Tenho uma corte de damas que escolhi; bem, algumas delas. De qualquer maneira, tenho uma corte de damas da minha família. Minha dama mais importante é a protegida do rei, Lady Margaret Douglas, praticamente uma princesa, que me serve! Não que ela faça muita coisa, devo admitir. Nem parece que sou a rainha, a julgar a maneira como me olha com arrogância. Também tenho algumas duquesas, minha madrasta e minhas duas irmãs, assim como dezenas de outras mulheres Howard que meu tio pôs perto de mim. Nunca soube que tinha tantas primas. O resto é formado por minhas antigas companheiras de quarto e amigas do tempo da Norfolk House, que apareceram de súbito para comer do meu prato agora que é farto e que me dão importância, quando não me davam antes. Mas digo a elas que podem ser amigas, mas sem se esquecerem de que sou rainha e tenho de manter minha dignidade.

Tenho dois cachorrinhos de estimação que chamo, de brincadeira e em particular, de Francis e Henry — me referindo a meus dois amantes cachorrinhos Henry Manox e Francis Dereham. Quando lhes dei os nomes, Joan e Agnes caíram na risada, elas estavam comigo na Norfolk House e entenderam exatamente o que eu estava pensando. Mesmo agora, toda vez que chamo os dois cachorrinhos para perto de mim, nós três rimos pensando nos dois rapazes me perseguindo e que agora sou rainha da Inglaterra. O que esses homens devem pensar ao se lembrarem de suas mãos de cima para baixo da minha saia até meu corpete! É escandaloso demais para me atrever a me lembrar. Acho que devem rir muito; rio só de lembrar.

Tenho um estábulo cheio de cavalos só meus e minha égua favorita que chamo de Bessy. Ela é muito doce, tranquila, e um garoto adorável no estábulo a exercita constantemente para que não fique gorda ou rebelde. Ele se chama Johnny e cora como um pimentão quando me vê, e quando me ajuda a desmontar, apoio-me em seus ombros e observo seu rosto pegar fogo.

Se eu fosse uma garota fútil e vaidosa (como meu tio insiste em pensar) o que, graças a Deus, não sou, minha cabeça teria virado com essa lisonja toda, de toda parte da corte, de Johnny ao arcebispo Gardiner. Todos me dizem que sou a melhor esposa que o rei já teve, e o que mais é de admirar em tudo isso é que quase certamente têm razão. Todos me dizem que sou a rainha mais bela do mundo — e provavelmente também é verdade —, se bem que não seja nenhuma grande vantagem quando dou uma olhada na cristandade. Todo mundo diz que o rei nunca amou ninguém como ele me ama e isso é verdade, pois ele mesmo me diz isso. Todo mundo me diz que a corte toda está apaixonada por mim, e isso certamente é verdade, pois em toda parte recebo bilhetes de amor, pedidos e promessas. Os nobres jovens que eu costumava olhar quando era dama de honra, e desejava posição e flertar, são agora a minha própria corte; têm de me adorar a distância, o que é realmente delicioso. Thomas Culpepper me é enviado, de manhã e ao anoitecer, pelo próprio rei, para trocarmos saudações. E sei, simplesmente sei que ele se apaixonou completamente por mim. Provoco-o e rio deles e percebo seus olhos me acompanhando, e tudo isso é adorável. A todo lugar que vou, sou recebida pelos rapazes mais belos do país, combatem nas justas para me divertirem, dançam comigo, vestem-se bem e me entretêm, caçam comigo, velejam comigo, caminham comigo, fazem jogos e praticam esportes para que eu admire, fazem tudo, exceto ficar sobre as patas traseiras e implorar meu favor. E o rei, que Deus o abençoe, me diz: "Vá, menina bonita, dance!" Então se recosta na cadeira e me observa enquanto um rapaz bonito — oh, tão bonito! —, um atrás do outro, dança comigo, e o rei sorri sem parar, como um tio bondoso, e quando volto e me sento ao seu lado, ele sussurra: "Menina bonita, a garota mais bonita da corte, todos a querem, mas você é minha."

É como os meus sonhos. Nunca fui tão feliz na minha vida. Não sabia que poderia ser tão feliz. É como a infância que nunca tive, ser cercada por companheiros de brincadeiras bonitos, meus velhos amigos dos tempos de Lambeth, com todo o dinheiro do mundo para gastar, um círculo de rapazes desejando desesperadamente a minha atenção, observada por um homem terno, amoroso, como um pai gentil que nunca permite que ninguém me diga uma palavra grosseira e que planeja divertimentos e presentes para mim todos os dias. Devo ser a garota mais feliz da Inglaterra. Digo isso ao rei e ele sorri e acarinha debaixo do meu queixo, e responde que eu mereço, pois sem dúvida sou a melhor garota da Inglaterra.

E é verdade, faço por onde ganhar esse prazer, não fico ociosa; tenho deveres a cumprir e os cumpro da melhor maneira possível. Todo o trabalho dos aposentos da rainha deixo para outros, é claro, o camareiro-mor trata de todos os pedidos de ajuda, de justiça e das petições — não devo ser incomodada com essas coisas, e de qualquer maneira, nunca sei o que deveria fazer com todos os pobres e freiras sem lar e padres aflitos. Lady Rochford cuida da administração dos meus aposentos, e se certifica de que tudo seja feito tão bem quanto com a rainha Ana. Mas servir ao rei cabe a mim somente. Ele é velho e seu apetite na cama é forte, mas a execução não é fácil para ele por causa da sua idade e porque ele é muito gordo. Tenho de usar todos os meus truques para ajudá-lo, pobre velho. Deixo que me veja despir a camisola com as velas acesas. Suspiro em seu ouvido como se estivesse desfalecendo de desejo, coisa em que todo homem gosta de acreditar. Sussurro que todos os homens jovens da corte não são nada em comparação a ele, que desprezo seus rostos jovens e tolos e seus desejos frívolos, que quero um homem, um homem de verdade. Quando ele bebe demais ou está cansado demais para ficar em cima de mim, faço um truque que meu querido Francis me ensinou, e monto em cima dele. Ele adora isso, só as prostitutas lhe fizeram isso antes, é um prazer proibido, que Deus não permite sei lá por quê. Excita-o que uma esposa bonita, com o cabelo solto sobre os ombros, se empine em cima dele e o atormente como uma prostituta de Smithfield. Não me queixo de fazer isso, na verdade é muito melhor do que ser esmagada sob ele sentindo seu hálito e o fedor de sua perna apodrecida, que me causa náusea enquanto gemo simulando prazer.

Não é fácil. Ser mulher de rei não é somente danças e festas em um jardim de rosas. Trabalho tão arduamente quanto uma ordenhadora de vacas, mas trabalho à noite, em segredo, e ninguém nunca poderá saber o quanto me custa. Ninguém nunca saberá o nojo que sinto, que tenho vontade de vomitar, ninguém nunca saberá como me arrasa que tudo o que aprendi sobre fazer amor agora seja usado para excitar um homem que faria melhor em dizer suas preces e dormir. Ninguém sabe o esforço que faço para ganhar zibelinas e pérolas. E nunca poderei contar a ninguém. Isso não pode ser dito. É um segredo muito, muito profundo.

Quando finalmente ele acaba e está roncando, é o único momento do dia em que me sinto insatisfeita com minha boa sorte. Frequentemente, nessa hora, me levanto, me sinto inquieta e agitada. Vou passar todas as noites da minha vida seduzindo um velho com idade para ser meu pai? Quase meu avô? Tenho somente 15 anos, nunca mais vou experimentar o gosto doce de uma boca limpa ou vou sentir a maciez da pele jovem, ou ter um peito musculoso em cima de mim? Vou passar o resto da minha vida me sacudindo sobre algo impotente e flácido, e depois gritar de um prazer fingido quando ele se mexe devagar, flacidamente, debaixo de mim? Quando ele peida dormindo, uma grande trombeta real que piora o miasma sob as cobertas, me levanto mal-humorada e vou para a minha câmara privada.

E sempre, como meu anjo da guarda, Lady Rochford está lá, me esperando. Ela entende como é, sabe o que tenho de fazer, e como, em algumas noites, fico irritável e enfadada. Ela tem uma xícara de hidromel quente e bolinhos prontos para mim. Senta-me em uma cadeira do lado do fogo e põe a xícara quente em minha mão, escova meu cabelo devagar e delicadamente, até a raiva passar e eu me acalmar.

— Quando tiver um filho varão, ficará livre dele — sussurra ela tão baixo que quase não a escuto. — Quando tiver certeza de que concebeu uma criança, ele a deixará em paz. E quando tiver um segundo filho, seu lugar estará garantido e poderá ter seus próprios prazeres, e ele não saberá nem se importará.

— Nunca mais sentirei prazer — digo infeliz. — Minha vida acabou antes mesmo de começar. Tenho só 15 anos e já estou farta de tudo.

Suas mãos acariciam meus ombros.

— Ah, vai sim — diz ela com certeza. — A vida é longa, e se uma mulher sobreviver, poderá ter seu prazer de uma maneira ou de outra.

Jane Bolena, palácio de Windsor, outubro de 1540

Devo dizer que supervisionar sua câmara privada não é nenhuma sinecura. Sob o meu comando, tenho garotas que em minha cidade decente seriam açoitadas na carroça para prostitutas. As amigas de Lambeth escolhidas por Catarina são sem dúvida as vadias mais desordeiras que já vieram de uma casa nobre, em que a dona da casa não pode se dar o trabalho de se preocupar com elas. Catarina insistiu em que suas amigas dos velhos tempos fossem convidadas à sua câmara privada e não pude recusar, já que as damas mais velhas não são companhia para elas com idade de serem sua mãe e que foram impostas por seu tio. Ela precisa de amigas de sua própria idade, mas as escolhidas não são garotas dóceis de boa família; são mulheres, mulheres desregradas, uma companhia que estimula seu comportamento indisciplinado, que lhe dá o pior exemplo, e se puderem, continuarão com suas maneiras licenciosas nos aposentos reais. Completamente diferente das normas da rainha Ana, e não vai demorar para que todos percebam. Não posso imaginar o que milorde duque está achando, e o rei dará à sua mulher-criança o que ela quiser. Mas a câmara de uma rainha tem de ser o lugar mais seleto e elegante do país, não uma arena para garotas rudes com a linguagem dos estábulos.

Sua afeição por Katherine Tylney e Margaret Morton é compreensível, embora sejam igualmente vulgares e dissolutas. Agnes Restwold foi uma confidente dos velhos tempos. Mas não acredito que ela quisesse que Joan Bulmer a servisse. Ela nunca mencionou seu nome, sequer uma vez, mas a mulher escreveu uma carta secreta e parece ter deixado seu marido e conseguido ser aceita. Catarina ou foi muito generosa ou ficou com medo demais dos segredos que a mulher poderia revelar, se a recusasse.

E o que isso significa? Catarina permite que uma mulher entre em sua câmara, sua câmara privada, o melhor lugar do país, só porque pode revelar segredos da sua infância? O que pode ter acontecido em sua infância que ela não pode correr o risco de ser revelado? E pode-se confiar no silêncio de Joan Bulmer? Na corte? Em uma corte como essa? Quando todos os falatórios se concentram na própria rainha? Como vou administrar essa câmara quando pelo menos uma das garotas guarda um segredo tão poderoso que pende sobre a cabeça da rainha que pôde exigir ser aceita?

Essas são suas amigas e damas de companhia, e não há como melhorá-las; mas eu tinha esperado que as damas mais velhas designadas para servi-la impusessem um tom mais digno e refreassem o caos infantil que Catarina desfruta. A dama mais nobre de sua câmara é Lady Margaret Douglas, de apenas 21 anos, sobrinha do próprio rei; mas ela quase nunca está aqui. Simplesmente some dos aposentos da rainha durante horas seguidas, e sua grande amiga Mary, duquesa de Richmond, que foi casada com Henry Fitzroy, desaparece com ela. Só Deus sabe aonde vão. Dizem que são grandes poetas e leitoras, o que sem dúvida é uma qualidade. Mas com quem leem e compõem o dia todo? E por que nunca as encontro? As demais damas da rainha são todas mulheres Howard: a irmã mais velha da rainha, sua tia, a nora de sua madrasta, uma rede de parentes Howard, inclusive Catarina Carey, que reapareceu sem demora para se beneficiar da ascensão de uma garota Howard. São mulheres que só se importam com suas próprias ambições, e não fazem nada para me ajudar a administrar os aposentos da rainha para que, pelo menos, deem a impressão de ser o que deveriam ser.

Mas as coisas não são como deveriam ser. Tenho certeza de que Lady Margaret está se encontrando com alguém; é uma tola, e uma tola passional. Ela já irritou seu tio real uma vez e foi punida por um flerte que poderia ter sido muito pior. Foi casada com Thomas Howard, parente nosso. Ele morreu na Torre por tentar se casar com uma Tudor, e ela foi mandada para o convento de Syon, onde ficou até implorar o perdão do rei e dizer que se casaria com quem ele ordenasse. Mas agora escapa dos aposentos da rainha no meio da manhã e só retorna correndo, ajeitando o capelo e dando risinhos, na hora de jantar conosco. Falei com Catarina que ela devia vigiar suas damas e exigir que suas condutas fossem condizentes com a corte real, mas ela ou está caçando, ou dançando ou flertando com rapazes da corte, e seu comportamento é tão insubordinado quanto o de qualquer outra, aliás pior do que o da maioria.

Talvez eu esteja excessivamente apreensiva. Talvez o rei lhe perdoe tudo; neste verão está parecendo um jovem apaixonado e deslumbrado. Levou-a a todas as suas casas favoritas na viagem de verão, e caçou com ela todos os dias, levantando-se ao alvorecer, fazendo as refeições do meio-dia em tendas armadas nas florestas, passeando de barco no rio à tarde, observando-a atirar ao alvo, ou em um torneio de tênis, ou apostando nos rapazes que se exercitam na lança atacando manequins, todas as tardes; o jantar é servido tarde e acompanhado de uma longa noite de entretenimentos. Depois ele a leva para a cama, e o coitado do velho, no dia seguinte, levanta-se de novo ao amanhecer. Ele sorri para ela quando ela gira e ri nos braços dos mais belos rapazes da corte. Capenga atrás dela, sempre sorrindo, sempre encantado, mancando de dor e se empanturrando no jantar. Mas nesta noite ele não vem jantar e dizem que está com um pouco de febre. Eu diria que está quase desfalecendo de exaustão. Tem vivido esses últimos meses como um jovem noivo, quando tem idade para ser avô dela. Catarina não pensou duas vezes, e foi jantar sozinha, de braços dados com Agnes, Lady Margaret chegando em cima da hora e se posicionando furtivamente atrás dela; mas vejo que milorde, o duque, está ausente. Está atendendo ao rei. Pelo menos ele está apreensivo com sua saúde. Não nos beneficiaremos em nada se o rei adoecer e Catarina não estiver grávida.

Catarina, Hampton Court, outubro de 1540

O rei não quer me ver, é como se o tivesse ofendido, o que é extremamente injusto porque tenho sido uma esposa absolutamente encantadora há meses e meses sem trégua, dois meses pelo menos, e nunca ouviu uma palavra indelicada de mim embora só Deus saiba como tenho motivos para isso. Sei muito bem que ele tem de vir ao meu quarto à noite e o suporto, sem falar nada, até mesmo sorrio como se o desejasse, mas ele realmente tem de ficar? A noite toda? E precisa cheirar tão mal? Não é somente o fedor de sua perna, mas ele trombeteia como um arauto em uma justa, e apesar de me dar vontade de rir, é nojento. De manhã, escancaro as janelas para me livrar do fedor dele, mas esse mau cheiro persiste na roupa de cama e cortinados. Não o suporto. Tem dias que penso, penso realmente, que não vou aguentar mais um dia sequer disso.

Mas nunca me queixei dele e ele não tem queixas de mim. Então por que ele não quer me ver? Dizem que está com febre e que não quer me ver quando está impotente. Mas não consigo evitar pensar que ele se cansou de mim. E se está cansado de mim, sem dúvida vai dizer que eu era casada com outro e meu casamento será anulado. Fico muito insegura com isso, e embora Agnes e Margaret digam que ele nunca vai se cansar de mim, que ele me adora, e que qualquer um pode ver isso, elas não estavam aqui quando ele se livrou da rainha Ana, e fez isso tão facilmente e tão sutilmente que nem sabíamos o que estava acontecendo. Certamente ela não sabia o que estava acontecendo. Elas não sabem como é fácil o rei se livrar de suas rainhas.

Mando uma mensagem aos seus aposentos toda manhã e eles sempre respondem dizendo que ele está melhorando. Aí tenho medo de que esteja morrendo, o que não seria de admirar já que é tão velho. E se ele morrer, o que vai ser de mim? Vou ficar com as joias e vestidos? Continuarei a ser rainha mesmo com ele morto? Portanto, espero até o fim do jantar e faço um sinal para que o favorito do rei, Thomas Culpepper, se aproxime. Ele levanta-se de sua mesa e vem para o meu lado imediatamente, deferente e elegante, e falo com muita seriedade.

— Pode se sentar — e ele se acomoda em um banco ao meu lado. — Por favor — digo —, conte-me a verdade, como está o rei?

Ele me encara com seus olhos azuis francos. Ele é incrivelmente belo, tem-se de admitir, e responde:

— O rei está com febre, Sua Graça, mas é de cansaço, não é do ferimento na perna. Não precisa temer por ele. Ele sofreria se lhe causasse preocupação. Ele está muito quente e exausto, nada mais.

Ele é tão gentil que me torno sentimental.

— Tenho me preocupado — replico lacrimosa. — Tenho estado apreensiva com seu estado.

— Não precisa — replica ele gentilmente. — Eu lhe diria se alguma coisa estivesse errada. Ele vai estar de pé em alguns dias. Prometo.

— Minha posição...

— Sua posição é absurda — exclama ele de súbito. — Deveria estar cortejando seu primeiro amor, não tentando governar uma corte e conformar sua vida de modo a agradar um homem com idade para ser seu avô.

Isso não é esperado de Thomas Culpepper, o cortesão perfeito, e arfo surpresa, e cometo o erro de lhe dizer a verdade, como ele fez.

— Na verdade, só posso culpar a mim mesma. Quis ser rainha.

— Antes de saber o que significava.

— Sim.

Ficamos em silêncio. De repente tomo consciência de que estamos diante de toda corte e de que estão todos olhando para nós.

— Não posso falar com você assim — digo de maneira constrangida. — Todos me observam.

— Eu a servirei de todas as maneiras que puder — replica ele baixinho. — E o maior serviço que posso lhe prestar agora é me afastar. Não quero dar motivos para comentários.

— Amanhã, às dez, caminharei no jardim — digo. — Venha me ver então. Em meus jardins privados.

— Às dez — concorda ele, e faz uma reverência e retorna à sua mesa. Viro-me e converso com Lady Margaret como se nada em particular tivesse acontecido.

Ela me sorri discretamente.

— É um rapaz bonito — diz ela. — Mas nada em comparação ao seu irmão Charles.

Olho para onde Charles está jantando com seus amigos. Nunca tinha pensado nele como bonito, mas quase não o via até ir para a corte. Foi mandado quando menino para ser educado longe de casa e eu fui enviada para a minha avó por parte de minha madrasta.

— Que coisa estranha de dizer — comento. — Não é possível que goste de Charles.

— Meu bom Deus, não! — replica ela e seu rosto fica escarlate. — Todo mundo sabe que não posso nem mesmo pensar em um homem. Pergunte a qualquer um! O rei não permitiria.

— Você gosta dele! — digo deliciada. — Lady Margaret, sua matreira! Está apaixonada por meu irmão.

Ela esconde o rosto com as mãos e me espia entre os dedos.

— Não fale a ninguém — me implora.

— Oh, está bem. Mas ele prometeu se casar?

Ela assente com a cabeça timidamente.

— Estamos completamente apaixonados. Espero que interceda por nós com o rei. Ele é tão severo! Mas estamos tão apaixonados.

Sorrio para o meu irmão.

— Bem, eu acho adorável — digo delicadamente. Gosto de ser bondosa com a sobrinha do rei. — E que casamento maravilhoso podemos planejar.

Ana, palácio de Richmond, outubro de 1540

Recebi uma carta do meu irmão, uma carta completamente louca, e que me afligiu tanto quanto me irritou. Queixa-se do rei nos termos mais irados e ordena que eu ou retorne para casa e insista no meu casamento ou não me considere mais sua irmã. Não me oferece nenhum conselho sobre como devo insistir no meu casamento, claramente sequer sabe que o rei já se casou de novo, nem oferece qualquer ajuda se eu quiser voltar para casa. Imagino que ele, ao me oferecer alternativas tão inviáveis, sabe muito bem que só me resta não ser mais sua irmã.

Nenhuma grande perda! Ele me deixou aqui sem uma palavra, me ofereceu um embaixador sem pagá-lo, não enviou prova adequada da renúncia do compromisso com Lorraine, não foi um bom irmão. E não é um bom irmão agora. Muito menos quando o duque de Norfolk e metade do Conselho Privado apareceram furiosos em Richmond, já que tinham, é claro, pegado a carta quase no mesmo momento em que deixou suas mãos, a copiado e traduzido e lido antes que chegasse a mim, e agora queriam saber se acho que, para me defender, meu irmão incitará o sacro imperador romano a guerrear contra a Inglaterra e Henrique.

Tão calmamente quanto consigo, saliento que provavelmente o sacro imperador romano não declararia guerra a pedido do meu irmão e que (enfaticamente) não peço ao meu irmão que declare guerra em meu nome.

— Aviso o rei que não posso controlar meu irmão — digo, falando devagar e diretamente ao duque de Norfolk. — William fará o que quiser. Ele não pede meu conselho.

O duque parece em dúvida. Viro-me para Richard Beard e falo em alemão.

— Por favor, diga à Sua Graça que, se eu tivesse força para fazer meu irmão me obedecer, teria mandado que enviasse o documento que mostra que o compromisso com Lorraine foi revogado — digo.

Ele vira-se e traduz, e os olhos escuros do duque se inflamam com o meu erro.

— Exceto que não foi revogado — me lembra ele.

— Eu me esqueci — replico concordando.

Ele me dá um sorriso gélido.

— Sei que não manda em seu irmão — admite.

Viro-me de novo para Richard Beard.

— Por favor, diga à Sua Graça que essa carta do meu irmão prova que honrei o rei, na medida em que deixa claro que ele confia tão pouco em mim que me ameaça ser cortada da família para sempre. — Richard Beard traduz e o sorriso frio do duque se alarga ligeiramente.

— O que ele pensa e o que faz, como esbraveja e me ameaça claramente, não é escolha minha — concluo.

Graças a Deus, podem ser o conselho do rei, mas não partilham seus terrores irracionais, não veem conspirações onde não existem — exceto quando lhes convém, é claro. Somente quando lhes convêm se livrar de um inimigo como Thomas Cromwell, ou um rival como o pobre lorde Lisle, exacerbam os temores do rei e lhe garantem que são reais. O rei está perpetuamente apreensivo quanto a uma ou outra conspiração, e o conselho tira vantagem de seus medos como um músico afina seu alaúde. Contanto que eu não seja ameaça nem rival de nenhum deles, não alimentarão nenhum medo do rei em relação a mim. Portanto a tênue paz entre mim e o rei não foi rompida pelo discurso imoderado do meu irmão. Eu me pergunto se ele não parou nem por um instante para pensar que sua carta poderia me colocar em perigo. Pior ainda, ele pretendeu me pôr em perigo?

— Acha que o seu irmão vai criar problemas para nós? — pergunta Norfolk, direto.

Respondo em alemão.

— Não por mim, senhor. Ele não faria nada por mim. Nunca fez nada em meu benefício, exceto deixar eu partir. Talvez me use como desculpa, mas não sou a razão. E mesmo que ele pretenda criar problemas, duvido muito que o sacro imperador romano declare guerra ao rei da Inglaterra por causa de uma quarta esposa, quando o rei já tem sua quinta.

Richard Beard traduz e ele e Norfolk têm de dissimular o riso.

— Então, tenho a sua palavra — diz o duque concisamente.

Balanço a cabeça assentindo.

— Tem. E nunca falto com minha palavra. Não causarei problemas ao rei. Quero viver aqui, sozinha, em paz.

Ele olha em volta, é um *connaisseur* de belos edifícios. Construiu sua própria casa e demoliu algumas belas abadias.

— É feliz aqui?

— Sou — respondo, e estou dizendo a verdade. — Sou feliz aqui.

Jane Bolena, Hampton Court, outubro de 1540

Eu deveria ter alertado Lady Margaret Douglas para não se meter com um homem que certamente a deixaria em apuros, mas estava tão absorta em tentar disciplinar Catarina Howard em seus primeiros dias de casamento que não vigiei as damas como deveria ter feito. Além do mais, Lady Margaret é sobrinha do rei, filha da sua irmã. Quem poderia imaginar que o olhar duro e desconfiado do rei a escolheria? Nos primeiros dias de seu casamento? Quando acabara de dizer a nós todos que pela primeira vez em toda a sua vida era feliz? Por que, nas semanas de sua lua de mel, eu acharia que ele tramaria a prisão da própria sobrinha?

Porque é Henrique — esta é a razão. Porque estou na sua corte há tempo bastante para saber que as coisas que ele deixa passar quando está perseguindo uma mulher serão consideradas no momento em que consegui-la. Nada distrai o rei por muito tempo de seu terror desconfiado. Assim que se levantou da cama, sem a suposta febre, se pôs a investigar quem tinha-se comportado mal em sua ausência. Eu estava tão aflita para que não suspeitasse da rainha e de suas amigas tolas, que me esqueci de suas damas. De qualquer maneira, Lady Margaret Douglas nunca teria me dado atenção, considerando-se sua absoluta incapacidade de perceber qualquer sentido nisso. Todos os Tudor obedecem a seus corações e usam a razão depois, e Lady Margaret é igual à sua mãe, a rainha Margaret da Escócia que se apaixonou por um homem sem nada que o recomendasse, e agora a sua filha fez a mesma coisa. Apenas alguns anos atrás, Lady Margaret casou-se com Thomas Howard, meu parente, em segredo, e teve o prazer de estar com ele não mais do que alguns dias, até o rei descobrir o casal e mandar o rapaz para a Torre por sua impertinência. Morreu em meses, e ela caiu em desgraça. É claro! Claro! Qual a surpresa? A sobrinha do rei não pode se casar com quem quiser, não pode se apaixonar por um Howard! Não se pode ter uma das famílias mais importantes da Inglaterra perto do trono por conta própria, chegando ainda mais perto porque uma garota gosta de um olhar escuro, de um sorriso alegre e de uma certa visão inconsequente da vida. O rei jurou que ensinaria a ela o respeito que sua posição merece e durante meses ela foi uma viúva triste.

Bem, agora isso foi reparado.

Sabia que alguma coisa estava acontecendo, e em algumas semanas todo mundo também. Quando o rei ficou de cama com sua febre, o jovem casal abriu mão de qualquer tentativa de ocultar o caso. Qualquer um que tivesse olhos podia ver que a sobrinha do rei estava completamente apaixonada pelo irmão da rainha, Charles.

Outro Howard, é claro, e um favorito; membro do Conselho Privado e parte da liderança da família. O que ele achou que ganharia com um compromisso desse tipo? Os Howard são ambiciosos, porém ele devia ter considerado a possibilidade de se dar mal por querer abraçar o mundo com as pernas. Meu Deus, será que pensou que conseguiria a Escócia por meio dessa garota? Imaginou-se como rei consorte? E ela? Por que não percebeu o perigo que corria? E o que torna esses Howard um ímã para os Tudor? Parece até uma espécie de alquimia, como geleia para vespas?

Eu deveria tê-la avisado de que seria descoberta. Isso era certo. Vivemos em uma casa de vidro, como se os sopradores de vidro venezianos, de Murano, tivessem projetado um tormento especial para nós. Nesta corte não há um único segredo que possa ser guardado, não há nenhuma cortina que possa ocultar nada, não há uma parede sequer que não seja transparente. Tudo sempre é descoberto. Mais cedo ou mais tarde, todo mundo fica sabendo de tudo. E assim que se torna conhecido, tudo é reduzido a milhões de estilhaços.

Procurei milorde duque e me deparei com sua barcaça pronta para zarpar e ele no píer.

— Posso lhe falar?

— Problema? — perguntou ele. — Tenho de aproveitar a maré.

— É Lady Margaret Douglas — replico sem rodeios. — Está apaixonada por Charles Howard.

— Eu sei — diz ele. — Casaram-se?

Até mesmo eu fico chocada.

— Ele é um homem morto caso tenham se casado.

A ideia do irmão da rainha, seu próprio sobrinho, morto por traição, não o perturba. É uma ideia com que já está familiarizado.

— A menos que o rei, em seu espírito de lua de mel, esteja inclinado a perdoar um amor jovem.

— Talvez — concordo.

— E se Catarina levasse o assunto ao rei?

— Até agora ele nunca lhe recusou nada, mas tudo o que ela pediu foram joias e fitas — replico. — Ela pode lhe pedir que outro membro de sua família se case com outro da família dele? Não ficará desconfiado?

— Desconfiado do quê? — pergunta ele com brandura.

Olho em volta. Os barqueiros estão longe demais para escutar, e os criados todos usam libré Norfolk. Ainda assim, chego mais perto dele.

— O rei vai suspeitar que estamos planejando tomar o trono — replico. — Veja o que aconteceu com Henry Fitzroy quando se casou com a nossa Mary. Veja o que aconteceu com Thomas Howard quando se casou com Lady Margaret. Quando esses casamentos Tudor-Howard acontecem, resultam em morte.

— Mas se ele estiver com o espírito generoso... — começa o duque.

— Milorde planejou isso — percebo de súbito.

Ele sorri.

— Certamente não, mas posso ver uma vantagem caso aconteça. Temos o controle de grande parte do norte da Inglaterra, e seria um prazer ver um Howard no trono da Escócia. Um herdeiro Howard do trono escocês, um neto Howard no trono inglês. Vale a pena correr um pequeno risco, não acha? Não vale a pena arriscar para ver se a nossa garota pode realizar isso?

Sou silenciada por sua ambição.

— O rei vai perceber — escapa-me, relutantemente, por medo. — Está apaixonado, mas não cego de amor. E ele é um inimigo muito perigoso, senhor. Sabe disso. E fica ainda mais perigoso se achar que sua herança está ameaçada.

O duque concorda com um movimento de cabeça.

— Felizmente temos outros filhos Howard se o querido Charles nos for tirado. E Lady Margaret é uma tola que pode ser trancafiada na abadia de Syon por mais um ou dois anos. Na pior das hipóteses, não perderemos muito.

— Catarina deve tentar salvá-los? — pergunto.

— Sim. Vale a pena a tentativa — replica com negligência. — É um grande jogo para um grande prêmio — e ele sobe o acesso à barcaça que o aguarda. Observo-os soltarem os cabos e a barcaça jogar na corrente. Os remos são levantados, como lanças, e ao ouvirem a ordem, os remadores os baixam em um movimento suave na água verde. O estandarte Norfolk na popa ondula e a barcaça singra enquanto os remos cortam a água. Em um instante, o duque desapareceu.

Catarina, Hampton Court, outubro de 1540

Como uma boba estou no jardim privado às nove e meia. Não posso confiar a ninguém o segredo de que vou me encontrar com Thomas Culpepper, de modo que mando minhas damas irem para os meus aposentos na minha frente assim que o relógio bate dez horas. Um minuto depois de irem, a porta no muro se abre e ele aparece.

Anda como um homem jovem. Não arrasta uma perna gorda como o rei. Caminha como um dançarino, como se estivesse pronto para correr ou lutar no mesmo instante. Percebo que sorrio em silêncio, ele vem para o meu lado, olha para mim e não diz nada. Olhamos um para o outro por um longo tempo e pela primeira vez não penso no que devo dizer, nem mesmo como olhar. Simplesmente me deixo encantar com sua visão.

— Thomas — murmuro e seu nome é tão doce que minha voz soa etérea.

— Sua Graça — replica ele.

Gentilmente ele pega minha mão e a leva aos lábios. No último momento, quando toca meus dedos com seus lábios, me encara com seu olhar azul e penetrante e sinto meus joelhos fraquejarem somente com esse leve toque.

— Está bem? — pergunta ele.

— Sim — respondo. — Ah, sim. E você?

Ele assente balançando a cabeça uma vez. Ficamos ali em pé como se a música de uma dança acabasse de se encerrar, um olhando nos olhos do outro.

— O rei? — pergunto. Por um momento tinha-me esquecido completamente dele.

— Melhor esta manhã — replica ele. — O médico deu-lhe um purgativo ontem à noite e ele sofreu um pouco durante algumas horas, mas agora fez o que devia fazer e está melhor.

Viro a cabeça só em pensar nisso e Thomas ri.

— Desculpe. Estou acostumado, todos nós, em seus aposentos, nos habituamos excessivamente a falar detalhadamente de sua saúde. Não quis...

— Não — interrompo-o. — Preciso saber tudo sobre isso também.

— Suponho que seja natural, uma vez que se chegou a uma idade tão avançada...

— Minha avó é da idade dele e não fala de purgativos o tempo todo, nem cheira a latrina.

Ele ri de novo.

— Bem, juro que se chegar aos 40, eu me afogarei. Não vou suportar ficar velho e flatulento.

Agora sou eu que rio ao pensar nesse rapaz bonito envelhecendo e se tornando flatulento.

— Vai ficar gordo como o rei — predigo. — E cercado de netos reverentes e uma esposa velha.

— Oh, não espero me casar.

— Não?

— Não consigo me imaginar casado.

— Por que não?

Olha para mim fixamente.

— Estou muito apaixonado. Apaixonado demais. Só consigo pensar em uma única mulher, e ela não é livre.

Fico sem ar.

— Mesmo? E ela sabe?

Ele sorri para mim.

— Não sei. Acha que devo lhe contar?

A porta atrás de mim se abre e Lady Rochford surge.

— Sua Graça?

— Thomas Culpepper veio me dizer que o rei foi purgado e está melhor — falo animadamente, minha voz saindo aguda, fina. Viro-me para ele, sem ousar encará-lo. — Perguntará à Sua Graça se posso visitá-lo hoje?

Ele faz uma mesura sem olhar para mim.

— Vou lhe perguntar imediatamente — replica ele, e se afasta rapidamente do jardim.

— O que sabe de Lady Margaret e seu irmão Charles? — pergunta Lady Rochford.

— Nada — minto imediatamente.

— Ela pediu que falasse com o rei a seu favor?

— Sim.

— Vai falar?

— Sim. Acho que ele vai gostar.

Ela sacode a cabeça.

— Cuidado com como vai fazer isso — me adverte. — Talvez ele não goste.

— Por que não gostaria? — pergunto. — Acho que é muito bom. Ela é tão bonita e é uma Tudor! É um grande partido para o meu irmão!

Lady Rochford olha para mim.

— O rei também pode achar que é um bom partido para o seu irmão — diz ela. — Ele pode achar que é pretensão demais. Talvez vá precisar usar todo o seu encanto e todas as suas habilidades para persuadi-lo a autorizar que se casem. Se quer salvar seu irmão e fazer sua família progredir, é melhor conduzi-lo como sempre tem feito. É melhor escolher a hora certa e ser muito persuasiva. Deve conseguir isso, seu tio ficaria muito satisfeito.

Faço uma breve careta.

— Posso fazer isso — replico confiantemente. — Direi ao rei que é o meu desejo que sejam felizes e ele o realizará. *Voilà!*

— *Voilà!* Talvez — replica ela acidamente, a gata velha.

☙

Mas então tudo dá errado. Acho que devo dizer ao rei quando o vir, hoje à noite, e Lady Margaret concorda em me acompanhar e pedir o seu perdão. Na verdade, estamos as duas muito excitadas, seguras de que tudo correrá bem. Eu vou pedir e ela vai chorar. Mas antes do jantar, Thomas Culpepper vem aos meus aposentos com uma mensagem de que o rei vai me receber de manhã.

Concordo e vou jantar — por que me importar? O rei não compareceu ao jantar tantas vezes que acho que isso não tem importância. Certamente ele não vai desaparecer apressadamente. Mas coitada de mim! Importa-me sim, pois enquanto estou no jantar, na verdade dançando, alguém despeja veneno no ouvido do rei sobre sua sobrinha e, até mesmo, sobre mim e minha má administração dos meus aposentos, e *voilà!*

Jane Bolena, Hampton Court, outubro de 1540

O rei entra em seus aposentos, vira a cabeça para nós três, damas de honra, e diz: "Fora!", como se fôssemos cachorros a receber ordens suas. Somos expulsas dos aposentos como cães açoitados e, à porta entreaberta, ouvimos o estrondo aterrador da sua fúria. O rei, fora da cama somente na metade do dia, sabe de tudo e não gosta nada do que acontece.

Talvez Lady Margaret tenha pensado que Catarina intercederia por ela antes de serem pegos, e que seria persuasiva o bastante. Talvez os amantes tenham pensado que o rei, levantando-se da cama, e voltando a babar por sua mulher, se mostraria magnânimo com os outros amantes, os outros amantes Howard. Enganaram-se tragicamente. O rei expõe o que pensa brevemente e sem rodeios, em seguida sai da sala. Catarina chega correndo, branca como sua gola, molhada de lágrimas, e diz que o rei está farejando conspirações e luxúria na corte de sua rosa, e a está culpando.

— O que vou fazer? — pergunta ela. — Ele perguntou se eu não posso manter o controle de minhas damas. Como eu saberia como controlar minhas damas? Como eu poderia mandar em sua própria sobrinha? Ela é filha da rainha da Escócia, é seis anos mais velha do que eu. Por que me daria ouvidos? O que posso fazer? Ele disse que está decepcionado comigo e que vai castigá-la, disse que os dois enfrentarão seu extremo desprazer. O que posso fazer?

— Nada — respondo. — Não pode fazer nada para salvá-la. — O que seria mais fácil de entender do que isso?

— Não posso deixar o meu próprio irmão ser mandado para a Torre!

Diz isso, sem pensar, justo a mim que vi meu próprio marido ir para a Torre.
— Já vi coisa pior acontecer — digo secamente.
— Oh, sim. — Faz com a mão um gesto de desistência, e vinte diamantes ficam sob a luz e emitem seus fantasmas, Ana e George, indo para a Torre sem uma palavra sequer para salvá-los. — O passado não importa! É agora. Lady Margaret, minha amiga, e Charles, meu irmão. Esperarão que eu os salve.
— Se admitir que sabia que estavam se encontrando, então poderá ser mandada para a Torre também, com eles — aviso. — Ele é contra a relação e o melhor que faz é fingir que não sabia de nada. Por que não consegue entender? Por que Lady Margaret é tão tola? Uma protegida do rei não pode conceder favores como quiser. E a mulher do rei não pode pôr seu próprio irmão na cama de um membro da linhagem real. Todos sabemos disso. Foi um jogo perigoso, imprudente, e fracassou. Lady Margaret deve estar louca para arriscar sua vida por isso. Você estaria louca se fosse conivente.
— Mas e se ela estiver apaixonada?
— Vale a pena morrer por amor?
Isso cessa a pequena balada romântica. Ela encolhe levemente o ombro.
— Não, nunca. É claro que não. Mas o rei não pode decapitá-la por se apaixonar por um homem de boa família e se casar com ele, pode?
— Não — replico asperamente. — Ele vai decapitar o amante dela. Portanto, é melhor dizer adeus a seu irmão e nunca mais falar com ele, a menos que queira que o rei pense que está tramando suplantá-lo com os Howard.
Ela fica lívida ao ouvir isso.
— Ele nunca me mandaria para a Torre — murmura ela. — Sempre acha isso. Está sempre insistindo nisso. Só aconteceu uma única vez, com uma esposa. Não vai se repetir. Ele me adora.
— Ele ama sua sobrinha e ainda assim vai mandá-la para Syon, para ficar aprisionada, e seu amante, para a Torre e para a morte — predigo. — Talvez o rei a ame, mas ele odeia pensar em outros agindo por conta própria. Talvez o rei a ame, mas a quer como uma pequena rainha de gelo. Qualquer lascívia em seus aposentos, ele a culpará por isso e a punirá. Talvez o rei a ame, mas vai preferir vê-la morta aos seus pés a dar poder a uma família real rival. Pense na família Pole na Torre para o resto da vida. Pense em Margaret Pole passando ano após ano lá, inocente como um anjo e com idade para ser sua avó, mas encarcerada para o resto da vida. Gostaria de ver os Howard seguirem o mesmo caminho?

— É um pesadelo para mim! — explode ela, pobre menininha, lívida em seus diamantes. — É o meu próprio irmão. Sou a rainha. Tenho de ser capaz de salvá-lo. Tudo o que fez foi se apaixonar. Meu tio vai ficar sabendo. Ele vai salvar Charles.

— Seu tio não está na corte — digo secamente. — Surpreendentemente ele foi para Kenninghall. Não vai alcançá-lo a tempo.

— O que ele sabe disso?

— Nada — respondo. — Vai descobrir que ele não sabe nada sobre isso. Vai descobrir que se o rei lhe perguntar, ele se mostrará chocado até a alma com tal presunção. Vai ter de abrir mão de seu irmão. Não pode salvá-lo. Se o rei virar a cara, Charles é um homem morto. Eu sei. Melhor do que qualquer outra pessoa no mundo, eu sei disso.

— Não deixou que seu marido morresse sem uma palavra. Não deixou que o rei ordenasse sua morte sem pedir misericórdia para ele! — afirma ela, sem saber nada, absolutamente nada.

Não digo: "Oh, mas deixei. Estava com tanto medo. Temi tanto por mim." Não digo: "Oh, mas deixei e por razões muito mais sombrias do que algum dia conseguirá imaginar." Em vez disso, falo:

— Não importa o que fiz ou deixei de fazer. Terá de dizer adeus a seu irmão e torcer para que algo desvie o rei da sentença de morte, do contrário só terá de lembrá-lo em suas preces.

— Do que adiantaria? — pergunta ela hereticamente. — Se Deus está sempre do lado do rei? Se a vontade do rei é a vontade de Deus? Do que adianta rezar a Deus se o rei é Deus na Inglaterra?

— Silêncio! — falo instantaneamente. — Vai ter de aprender a viver sem o seu irmão, como tive de aprender a viver sem minha cunhada, sem o meu marido. O rei virou a cara e George foi para a Torre e saiu de lá sem cabeça. E tive de aprender a suportar isso. Como terá de fazer.

— Não é certo — diz ela insubordinadamente.

Seguro seus pulsos como faria com uma dama que eu estivesse prestes a esbofetear por ser tão estúpida.

— Aprenda uma coisa — digo rispidamente. — É a vontade do rei. E não existe homem forte o bastante para resistir a ele. Nem mesmo o seu tio, nem o arcebispo, nem o papa em pessoa. O rei fará o que quiser. O seu trabalho é fazer com que ele nunca se vire contra você, contra nós.

Ana, palácio de Richmond, novembro de 1540

Então, devo ir à corte para a ceia do Natal. Ele dá a palavra de que sou segunda somente da pequena Kitty Howard (tenho de aprender a dizer rainha Catarina antes de chegar lá). Recebi hoje uma carta do camareiro-mor, pedindo a minha presença e informando que ficarei nos aposentos da rainha. Sem dúvida terei um dos melhores quartos e a princesa Mary outro, e aprenderei a ver Kitty Howard (rainha Catarina) ir se deitar na minha cama, mudar de roupa em meus quartos e receber os visitantes em minha cadeira.

Se tenho de fazer isso, será feito com elegância, e não tenho outra escolha.

Tenho certeza de que ela vai representar seu papel. Estará ensaiando agora, se a conheço bem. Gosta de praticar seus gestos e sorrisos. Imagino que vá ter um novo e gracioso sorriso preparado para a minha recepção, e terei de ser graciosa também.

Tenho de comprar presentes. O rei adora presentes e, é claro, a pequena Kitty Howard (rainha Catarina) gosta de colecionar pequenos objetos. Se eu levar algumas coisas bonitas, poderei comparecer com certa confiança. Preciso de confiança. Fui duquesa e rainha da Inglaterra, e agora sou uma espécie de princesa. Tenho de reunir coragem para ser eu mesma, Ana de Cleves, e entrar na corte ocupando minha nova posição, com elegância. Vai ser Natal. O meu primeiro Natal na Inglaterra. Dá vontade de rir ao me lembrar de como pensava que estaria alegre, com uma corte feliz, na ceia de Natal. Tinha achado que seria rainha dessa corte, mas acabou que serei apenas uma convidada favorecida. É assim. É assim na vida de uma mulher. Não cometi nenhuma falta e ainda assim não ocupo a posição a que fui chamada a ocupar. Não cometi nenhuma falta e, ainda assim, fui destituída. O que devo fazer é ser uma boa princesa da Inglaterra, quando antes planejara ser uma boa rainha.

Jane Bolena, Hampton Court, Natal de 1540

O rei virou-se contra a família de sua mulher, contra a sua própria sobrinha, e todo mundo fica calado, mantém a cabeça baixa e reza para que seu desfavor não o atinja. Charles Howard, avisado por alguém mais valente do que o resto de nós, escapou rio abaixo em um pequeno barco de pesca, implorou um lugar em um navio e partiu para a França. Ele se unirá ao número crescente de exilados que não conseguem viver na Inglaterra de Henrique: papistas, reformadores, homens e mulheres pegos pelas novas leis de traição, e homens e mulheres cujo crime foi nada além de serem parentes de alguém que o rei chamou de traidor. Quanto maior o seu número, maior a suspeita e medo do rei. Seu próprio pai tomou a Inglaterra com um punhado de homens descontentes, exilados por causa do rei Ricardo. Ele sabe melhor do que ninguém que a tirania é odiada e que, em número suficiente, exilados e pretendentes ao trono podem derrubá-lo.

De modo que Charles está a salvo na França esperando o rei morrer. De certa maneira, a sua vida é melhor do que a nossa. Exilou-se de sua terra e de sua família, mas é livre; estamos aqui, mas mal ousamos respirar. Lady Margaret foi mandada de volta à sua prisão na abadia de Syon. Ela chorou amargamente quando soube que o rei a aprisionaria de novo. Diz que tem três cômodos por onde andar e uma pontinha de vista do rio. Diz que só tem 21 anos e que os dias são terríveis para ela. Diz que os dias passam muito devagar e as noites são eternas. Diz que tudo o que mais deseja é ter autorização para amar um bom homem, se casar com ele e ser feliz.

Todos nós sabemos que o rei jamais permitirá isso. Felicidade se tornou a mercadoria em maior escassez no reino, neste inverno. Ninguém será feliz, exceto ele.

Catarina, Hampton Court, Natal de 1540

Agora, vamos ver, o que tenho?

Tenho a herança Seymour, sim, toda. Todos os castelos, e herdades senhoriais que foram dados a Jane Seymour são meus agora. Dá para imaginar como os Seymour estão furiosos. Num momento, os maiores proprietários da Inglaterra, no momento seguinte, eu apareço, e todas as terras de Jane passam a ser minhas.

Tenho a maior parte das terras que pertenceram a Thomas Cromwell, executado por traição, que bons ventos o levem, diz meu tio. Que também me diz que embora Thomas Cromwell fosse um plebeu, preservava bem suas terras e que posso esperar uma boa renda delas. Eu! Uma renda boa! Embora não saiba nem para que serve arar a terra! Agora tenho até mesmo arrendatários, imaginem só!

Vou ficar com as terras de lorde Hungerford que foi condenado à morte por bruxaria e sodomia, e as terras de lorde Hugh, o abade de Reading. Como sempre, não é lá muito agradável ter terras que pertenceram a pessoas agora mortas, e alguns mortos para me beneficiarem. Mas como Lady Rochford salientou, e me lembro bem (apesar de dizerem que nada fica na minha cabeça por mais do que um instante), tudo vem de pessoas mortas e não há por que sermos excessivamente escrupulosos.

Sem dúvida é verdade, mas não consigo deixar de pensar que ela parece herdar os bens dos mortos com muito entusiasmo. Aprecia sua herança Bolena de um título e queria que a casa viesse junto. Tenho certeza de que se eu fosse uma viúva, seria muito mais triste e contrita do que ela, mas ela nunca menciona seu marido. Sequer uma vez. Se lhe digo: "Não é estranho estar nos aposentos que eram da sua cunhada?", ela me olha com uma carranca e responde: "Silêncio." Ora, até parece que eu ficaria por aí falando que sou a segunda garota Howard a usar a coroa. É claro que não. Mas achava que uma viúva acolheria bem um pouco de reflexão sobre aqueles que ela perdeu. Principalmente se feita com sensibilidade, como faço.

Não eu, obviamente, se enviuvasse, pois o meu caso seria muito diferente. Ninguém esperaria me ver muito triste. Como o meu marido é tão mais velho do que eu, é natural que morra logo, e então ficarei livre para fazer a minha própria vida. Obviamente eu nunca seria descortês comentando sobre isso, pois uma coisa que aprendi rapidamente como cortesã, é que o rei nunca precisa de um retrato fiel dele, por mais que exija uma semelhança fiel dos outros, pobre rainha Ana. Ele não quer ser lembrado de que está velho nem que digam que parece cansado ou que a sua coxeadura se agravou ou que sua ferida está fedendo. Parte de minha tarefa como sua esposa é fingir que ele tem a mesma idade que eu e que só não se levanta e dança com o resto de nós porque prefere ficar sentado me observando. Nunca faço nada, por palavra ou atos, que sugira que estou ciente de que tem idade para ser meu pai, e um pai machucado, gordo, fraco, constipado.

E não posso mudar o fato de sua filha ser mais velha do que eu e mais severa do que eu e mais bem-educada do que eu. Chegou à corte para a ceia do Natal como um velho fantasma lembrando a todos sua mãe. Não me queixo dela, pois não preciso. Sua mera presença ao meu lado, tão séria, tão mais adulta, parecendo mais uma mãe para mim do que eu poderia ser para ela um dia, é o bastante para irritar o rei. E ele solta a irritação em cima dela, fico feliz em dizer. Não preciso fazer nada. Ela faz com que ele se sinta velho e eu faço com que se sinta jovem. Ele não gosta dela e me adora.

E embora seja certo que ele vai morrer logo, eu ficaria muito triste se fosse já, digamos, neste ano. Mas se acontecesse, digamos, no ano que vem, eu seria rainha regente e cuidaria do meu enteado, o príncipe Eduardo. Seria muito bom, acho. Ser rainha regente seria a melhor coisa do mundo. Pois eu teria todos os prazeres e riqueza de uma rainha, mas nenhum rei velho com que me preocupar. Na verdade, todos deveriam se preocupar comigo, e a grande ironia seria que daqui a cinquenta anos eu insistiria em que todos se comportassem como se eu não fosse velha nem estivesse cansada, mas pelo contrário, fosse tão bela toda manhã quanto sou agora.

O pensamento da sua morte é uma coisa que nunca menciono, nem mesmo em minhas orações, pois, surpreendentemente, é traição até mesmo insinuar que o rei pode morrer. Não é um absurdo? Tornar ilegal dizer algo que é tão obviamente verdadeiro! De qualquer maneira, não me arrisco à traição, e, portanto, nem desejo nem rezo por sua morte. Mas às vezes, quando estou dançando com Thomas Culpepper e sua mão está na minha cintura, e sinto seu hálito quente em meu pescoço, acho que se o rei morresse aqui e agora eu poderia ter um marido jovem, poderia sentir de novo o toque de um homem jovem, o perfume do suor na cama, a sensação do corpo jovem e rijo, a excitação do beijo em uma boca limpa. Às vezes, quando Thomas me pega em um movimento na dança e sinto sua mão apertar minha cintura, desejo o seu toque. Sempre que penso nisso, murmuro para ele que estou cansada, e me afasto, ignorando a ligeira pressão de seus dedos, e volto a me sentar ao lado do rei. Lady Margaret é prisioneira na abadia de Syon por amar um homem contra a vontade do rei. Não há por que pensar nisso. Não é muito alegre pensar nisso.

Jane Bolena, Hampton Court, Natal de 1540

Será o Natal de Catarina, o mais feliz que ela já teve. Ela agora é servida pelas damas mais importantes do país e amiga das piores garotas que já traquinaram em um dormitório. Tem sua próprias terras por direito, tem servidores aos milhares, joias que causariam inveja aos mouros, e agora terá de ter o Natal mais feliz de sua vida, e fomos ordenados a lhe proporcionar isso.

O rei está descansado e reanimado, excitado com a ideia de uma celebração deslumbrante para mostrar ao mundo que é o marido viril de uma mulher jovem e bonita. O breve escândalo do caso amoroso de sua sobrinha foi esquecido, ela está trancafiada na abadia de Syon e seu amante fugiu. Kitty Howard culpou todo mundo, menos a si mesma, da permissividade em seus aposentos, e foi tudo perdoado. Nada pode estragar o primeiro Natal dos recém-casados.

Mas logo em seguida surge um beicinho em seu rosto bonito. A princesa Mary vem à corte como é mandada, e curva o joelho diante de sua nova madrasta, mas não se levanta sorrindo. A princesa Mary claramente não se deixa impressionar por uma garota nove anos mais nova do que ela, e não parece a fim de dizer "Mãe" para uma criança tola e fútil, quando esse título querido já pertenceu à maior rainha da Europa. A princesa Mary, que sempre foi uma garota extremamente instruída e séria, uma filha da Igreja, uma filha da Espanha, não pode suportar uma garota mais nova do que ela, empoleirada no trono de sua mãe como um minúsculo cuco, dar um pulo de sua cadeira para ir dançar assim que qualquer um a convide. A princesa Mary conheceu Kitty Howard na primavera passada quando ela era a garota mais vaidosa e fútil a serviço da rainha. Como acreditar que essa pirralha é agora a rainha? Se fosse a Ceia da Anarquia, a princesa Mary riria. Mas essa versão mirrada da realeza não tem graça quando representada todo dia.

A corte fica cada vez mais alegre, como alguns dizem, ou desregrada, como dizem outros. Eu digo que se uma tola jovem é colocada para comandar seu próprio pessoal e autorizada a se dar prazer, o resultado será uma explosão de flerte, adultério, insinceridade, mau comportamento, bebedeira, desonestidade e franca libertinagem. E é isso que vemos. A princesa Mary passa por nós como uma mulher de bom senso em um mercado de tolos. Nada do que vê a agrada.

O beicinho indica ao rei que a noiva-criança está descontente, portanto ele leva a filha para o lado e lhe diz para tomar cuidado com suas maneiras se quiser um lugar na corte. A princesa Mary, que já sofreu coisas piores do que isso, se controla e ganha tempo. Não diz nada contra a menina rainha, simplesmente a observa, como uma jovem sensata observaria uma sucessão de obscenidades. Há algo no olhar sombrio de Mary que torna Catarina tão sem substância quanto um pequeno fantasma risonho.

A pequena Kitty Howard, infelizmente, não se aprimora ao ocupar uma posição importante. Mas ninguém, a não ser seu marido apaixonado, achou que isso aconteceria. Seu tio, o duque, mantém um olho rigoroso em seu comportamento público, e conta comigo para vigiá-la privadamente. Mais de uma vez ele a chamou em seus aposentos para um sermão feroz sobre dignidade e sobre o comportamento esperado de uma rainha. Ela se debulhou em lágrimas, como sabe fazer tão bem. E ele, aliviado com o fato de — ao contrário de Ana — ela não argumentar ou reprová-lo ou mencionar as maneiras polidas da corte francesa, ou rir na sua cara, acha que está entendido. Mas na semana seguinte a desordem impera nos aposentos da rainha, quando as jovens cortesãs correm atrás uma das outras pelas câmaras, inclusive seu quarto de dormir, jogando travesseiros umas nas outras e a rainha no meio, gritando e dançando em cima da cama, concedendo pontos na justa de travesseiros. Então, o que fazer?

Nenhum poder no mundo pode tornar Catarina Howard uma mulher sensível porque não há nada o que trabalhar nela. Falta-lhe educação, treinamento e até mesmo bom senso. Só Deus sabe o que a duquesa achou que estava fazendo com os jovens em sua casa. Enviou Catarina para ter aulas de música — onde foi beijada pelo mestre —, mas nunca lhe ensinou a ler, escrever ou fazer contas. A criança não fala línguas, não sabe ler pauta — apesar das atenções de Henry Manox —, não tem muita voz para cantar, dança como uma prostituta, está aprendendo a montar. O que mais? Nada, nada mais. Isso é tudo.

Tem espírito suficiente para agradar um homem e algumas de suas parvoíces nas madrugadas em Norfolk House ensinaram-lhe alguns truques na cama. Graças a Deus, se empenha em agradar ao rei, e tem-se saído muito melhor do que imaginava. Ele meteu na cabeça que ela é uma garota perfeita. A seus olhos ela substituiu a filha que ele nunca amou, a noiva virgem que seu irmão possuiu primeiro, a esposa de quem nunca teve certeza absoluta. Para um homem que tem duas filhas e que se casou e deitou com quatro mulheres, ele certamente tem um bocado de sonhos não realizados. Catarina terá de ser aquela que finalmente o fará feliz, e ele faz de tudo para se convencer que ela é a garota capaz disso.

O duque me chama aos seus aposentos toda semana, não deixa nada escapar em relação a essa garota Howard, tendo perdido o controle das duas Bolena anteriores.

— Ela está se comportando? — pergunta ele bruscamente.

Balanço a cabeça dizendo que sim.

— É indisciplinada com as garotas de sua câmara, mas não diz nem faz nada em público a que possamos objetar seriamente.

Ele funga.

— Não importa minha objeção. Há alguma coisa a que o rei faria objeção?

Faço uma pausa. Quem sabe a que o rei faria objeção?

— Ela não faz nada que a desonre ou a sua alta posição — replico com cautela.

Ele me olha fixo com uma carranca feroz.

— Não meça palavras comigo — diz ele friamente. — Não a mantenho aqui para que me diga charadas. Ela está fazendo alguma coisa que possa me causar preocupação?

— Ela mostra uma certa queda por um dos camareiros do rei — replico. — Mas nada aconteceu além de trocarem olhares.

Ele franze o cenho.

— O rei viu?

— Não. É Thomas Culpepper, um de seus favoritos. Está cego pela afeição aos dois. Ordena que dancem juntos, diz que formam o par perfeito.

— Eu os vi — diz ele. — Está prestes a acontecer. Vigie bem ela e que nunca fique a sós com ele. Naturalmente, uma garota de 15 anos vai se apaixonar, e nunca por um marido de 49. Vamos ter de vigiá-la por anos. Mais alguma coisa?

Hesito.

— É ambiciosa — falo francamente. — Toda vez que o rei se senta para jantar, ela pede alguma coisa. Ele odeia isso. Todo mundo sabe que ele odeia isso. Mas ainda não odeia nela. Mas por quanto mais tempo ela pode continuar pedindo-lhe uma posição para um primo ou outro, ou para uma amiga ou outra? Ou pedindo um presente?

O duque faz uma marca no papel à sua frente.

— Concordo — diz ele. — Ela vai conseguir o cargo de embaixador na França para William e depois mandarei que não peça mais nada. Mais alguma coisa?

— As garotas que ela colocou na sua câmara — digo. — As garotas que vieram de Norfolk House e Horsham.

— Sim?

— Comportam-se mal também — digo francamente. — E não consigo controlá-las. São garotas frívolas, estão sempre com um caso com um rapaz ou outro, tem sempre uma querendo escapulir sem ser vista ou querendo introduzir um rapaz furtivamente.

— Introduzir? — pergunta ele, de repente atento.

— Sim — respondo. — Nenhum dano é causado à reputação da rainha quando o rei dorme na cama dela. Mas digamos que ele esteja cansado ou doente e não durma com ela uma noite, e os inimigos dela descubram que um jovem subiu sorrateiramente a escada dos fundos. Quem pode afirmar se ele foi ver Agnes Restwold e não a própria rainha?

— Ela tem inimigos — diz ele pensativamente. — Não há um único reformista ou luterano no reino que não ficasse feliz de vê-la cair em desgraça. Já começaram a espalhar rumores contra ela.

— O senhor sabe mais do que eu.

— E há todos os nossos inimigos. Toda família na Inglaterra ficaria feliz em vê-la cair e nós sermos arrastados junto. Foi sempre assim. Eu teria dado qualquer coisa para ver Jane Seymour desonrada por um escândalo. O rei sempre enche a casa com os amigos de suas esposas. Agora somos nós que ascendemos de novo, e nossos inimigos estão se juntando.

— Se não insistíssemos em ter tudo...

— Terei o governo do norte, custe-me o que custar — resmunga com raiva.

— Sim, e depois?

— Não vê? — De súbito, me ataca. — O rei é um homem para favoritos e para adversários. Quando tem uma esposa espanhola, vamos à guerra com a França. Quando está casado com uma Bolena, destrói mosteiros e o papa junto. Quando está casado com uma Seymour, nós, os Howard, temos de nos rastejar e comer as migalhas debaixo da mesa. Quando está com a mulher Cleves, ficamos todos escravos de Thomas Cromwell que fez o casamento. Agora é a nossa vez de novo. Nossa garota está no trono da Inglaterra, tudo o que puder ser retirado cabe a nós tomar.

— Mas e se todos são nossos inimigos? — sugiro. — Se a nossa cobiça nos torna inimigos de todo mundo?

Ele expõe seus dentes amarelos em um sorriso.

— Todo mundo é sempre nosso inimigo — diz ele. — Mas neste momento estamos vencendo.

Ana, Hampton Court, Natal de 1540

"Se tem de ser feito, que seja com elegância." Este se tornou o meu lema, e enquanto a barcaça sobe o rio, vindo de Richmond, com pescadores e homens em botes leves, de remos, tirando o chapéu ao verem meu estandarte e gritando: "Deus abençoe a rainha Ana!" Às vezes, outras saudações menos corteses, como "Eu teria ficado com você, querida!" e "Já experimentou um homem do Tâmisa, por que não?". E outras ainda piores. Sorrio e aceno, repetindo sem cessar para mim mesma: "Se tem de ser feito, que seja com elegância."

O rei não consegue se comportar com elegância; seu egoísmo e frivolidade nessa questão é patente demais para todo mundo. Os embaixadores da França e da Espanha devem ter rido até se fartarem do seu excesso de vaidade. Não se pode esperar que a pequena Kitty Howard (rainha Catarina, devo e vou me lembrar de chamá-la de rainha) se comporte com elegância. Seria o mesmo que pedir a um filhote de um cãozinho que se comporte com elegância. Se ele não a puser de lado em um ano, se ela não morrer de parto, então talvez aprenda a elegância de uma rainha... talvez. Mas agora não tem. Na verdade, nem mesmo era uma boa dama de companhia. Suas maneiras não convinham aos aposentos da rainha. Como ela conviria um dia ao trono?

Sou eu que tenho de mostrar um pouco de elegância, se nós três não nos tornarmos alvo de riso do país inteiro. Terei de entrar em meus antigos aposentos, em meu palácio preferido como uma convidada de honra. Terei de flexionar o joelho diante dessa garota que agora ocupa a minha cadeira, terei de me dirigir a ela como rainha Catarina sem rir ou chorar. Terei de ser, como o rei disse, sua irmã e amiga querida.

Que isso não me dá proteção da prisão e acusação segundo o capricho do rei é tão óbvio para mim quanto para qualquer outro. Ele deteve sua própria sobrinha, e aprisionou-a na antiga abadia de Syon. Claramente parentesco não garante nenhuma imunidade contra o medo, e amizade com o rei não garante nenhuma segurança, como o construtor desse mesmo palácio, Thomas Wolsey, provou. Mas eu, sendo conduzida rio acima, vestida em minhas melhores roupas, parecendo muito mais feliz desde a anulação do meu casamento, talvez possa sobreviver a esses tempos perigosos, suportar a vizinhança perigosa e fazer a minha vida como uma mulher solteira no reino de Henrique, o que claramente não pude fazer como esposa.

É estranha esta viagem em minha própria barcaça, com o estandarte de Cleves acima de minha cabeça. Viajar sozinha, sem a corte me acompanhando em suas barcaças, e sem uma grande recepção à minha espera, me lembra, como todos os dias me lembro, que o rei realmente fez o que queria fazer — e eu ainda hoje não acredito no que está acontecendo. Eu era a esposa, e agora sou a irmã. Há outro rei na cristandade capaz de realizar uma transmutação como essa? Eu era rainha da Inglaterra e agora há outra rainha, ela era minha dama de companhia e agora eu serei sua dama. É a pedra filosofal, transformando metal em ouro no piscar de um olho. O rei fez o que milhares de alquimistas não conseguiram: transformar o metal comum em ouro. Tornou a mais vulgar das damas de honra, Catarina Howard, em uma rainha dourada.

Estamos chegando à costa. Os remadores posicionam seus remos com movimentos experientes, levantando-os de modo que formem uma fileira semelhante a uma avenida, e levanto-me de meu assento na popa, aquecida, envolvida por peles, e me dirijo para onde os pajens e criados baixam a prancha de desembarque.

Que honra! O duque de Norfolk em pessoa está na margem, veio me receber, com dois ou três membros do Conselho Privado, quase todos, percebo, parentes ou aliados dos Howard. Sou favorecida por essa recepção e, por seu sorriso irônico, percebo que se diverte tanto quanto eu. Como vaticinei, os Howard estão em toda parte; o reino estará desequilibrado no verão. O duque não é homem de deixar uma oportunidade lhe escapar; ele vai tirar vantagem, como qualquer veterano endurecido por batalhas faria. Ele agora está no auge, em breve ganhará a guerra. Depois veremos quanto tempo leva até os ânimos se desgastarem no campo dos Seymour, dos Percy, entre os Parr, Culpepper e Neville, entre os clérigos reformistas à volta de Cranmer que estavam acostumados com poder, influência e riqueza, e não vão tolerar ser excluídos por muito tempo.

Sou ajudada a desembarcar, o duque faz uma reverência e diz:

— Bem-vinda a Hampton Court, Sua Graça — como se eu fosse rainha.

— Obrigada — digo. — Estou feliz por estar aqui. — Nós dois sabemos que isso é verdade, pois só Deus sabe como houve dias, vários dias, em que pensei que nunca mais reveria Hampton Court. A comporta da Torre de Londres por onde levam traidores à noite, sim. Mas Hampton Court para a ceia de Natal, não.

— Deve ter sido uma viagem fria — comenta ele.

Aceito seu braço e caminhamos pela senda até o terreno na frente do palácio como se fôssemos amigos queridos.

— O frio não me incomoda — replico.

— A rainha Catarina a está esperando em seus aposentos.

— Sua Majestade é generosa — digo. Pronto, disse. Chamei de Sua Majestade a mais frívola de minhas damas de honra, como se ela fosse uma deusa. E a chamei assim diante de seu tio.

— A rainha está ansiosa para vê-la — diz ele. — Todos sentimos muito a sua falta.

Sorrio e baixo os olhos. Não é modéstia, é para me impedir de gargalhar. Esse homem sentiu tanto a minha falta que estava reunindo provas de que eu teria emasculado o rei usando bruxaria, acusação que teria me levado ao cadafalso antes que qualquer um pudesse me salvar.

Ergo os olhos.

— Estou muito grata por sua amizade — digo secamente.

Atravessamos a porta do jardim e há meia dúzia de pajens e jovens lordes que antes fazia parte do meu pessoal flanando entre a porta e os aposentos da rainha para me saudarem com uma reverência. Estou mais comovida do que demonstro, mas quando um jovem pajem se precipita para mim, se ajoelha e beija minha mão, tenho de reprimir as lágrimas e manter a cabeça erguida. Fui sua patroa por tão pouco tempo, apenas seis meses, que me emociona muito achar que ainda se preocupam comigo, embora outra garota viva em meus aposentos e use seu serviço.

O duque faz uma careta, mas não fala nada. Eu sou muito prudente para comentar, de modo que nós dois nos comportamos como se todas as pessoas na escada e nos corredores, e as bênçãos murmuradas fossem absolutamente normais. Ele segue na frente e os soldados da porta dupla dos aposentos da rainha a abrem e anunciam:

— Sua Graça, a duquesa de Cleves. — E eu entro.

O trono está vazio. A minha primeira impressão me confunde e quase penso, por um instante de desvario, que foi tudo uma piada, uma das famosas piadas inglesas, e que o duque está prestes a se virar e me dizer: "É claro que é a rainha, volte a ocupar o seu lugar!" E todos rimos e tudo volta a ser como antes.

Mas então vejo que o trono está vazio porque a rainha está no chão brincando com um novelo de lã e uma gatinha, e suas damas estão se levantando e, muito dignas, fazem uma reverência, com todo cuidado para não baixarem tanto como se para uma realeza, e sim o bastante para uma pequena realeza, e por fim, a criança Kitty Howard ergue o olhar, me vê e grita:

— Sua Graça! — e se precipita para mim.

Um olhar de relance de seu tio indica como seria inoportuno qualquer sinal de intimidade ou afeição. Faço uma reverência tão profunda quanto faria ao próprio rei.

— Rainha Catarina — digo com a voz firme.

Meu tom a acalma e minha reverência lembra-lhe que teremos de representar diante de vários espiões. Ela se detém e faz uma ligeira mesura.

— Duquesa — diz ela com a voz fraca.

Levanto-me. Queria tanto lhe dizer que está tudo bem, que podemos ser como antes, como irmãs, como amigas, mas teremos de esperar até a porta da câmara ser fechada. Terá de ser sigiloso.

— Sinto-me honrada com o convite, Sua Graça — digo solenemente. — E estou muito feliz por partilhar a ceia do Natal com Sua Graça e seu marido, Sua Majestade, o rei, que Deus o abençoe.

Ela dá um risinho inseguro e então, quando olho para ela significativamente, relanceia os olhos para seu tio e replica:

— Estamos encantados com sua presença em nossa corte. Meu marido, o rei, a beija como a uma irmã, e eu também.

Vem para perto de mim, como claramente foi instruída a fazer, e me oferece a bochecha para eu beijar.

O duque observa e anuncia:

— Sua Majestade o rei virá jantar aqui, com as duas damas nesta noite.

— Então temos de nos preparar para recebê-lo — diz Catarina. Vira-se para Lady Rochford e diz: — A duquesa e eu ficaremos em minha câmara privada, enquanto a sala é preparada para o jantar. Ficaremos a sós. — Em seguida, dirige-se à minha... sua câmara privada como se a tivesse possuído durante toda a sua vida, e me vejo seguindo-a.

Assim que a porta se fecha atrás de nós, ela vem para mim:

— Acho que foi tudo bem, não foi? — pergunta ela. — Sua reverência foi adorável, obrigada.

Sorrio.

— Acho que foi bem.

— Sente-se, sente-se — insiste ela. — Sente-se em sua cadeira, vai se sentir mais à vontade.

Hesito.

— Não — replico. — Não é certo. Você se senta na cadeira e eu ao seu lado. No caso de alguém entrar.

— E se entrarem?

— Seremos vigiadas o tempo todo — digo, procurando as palavras. — Você vai ser vigiada o tempo todo. Tem de tomar cuidado. O tempo todo.

Ela sacode a cabeça.

— Não sabe como ele é comigo — afirma ela. — Nunca o vi assim. Posso pedir qualquer coisa, o que quiser. Qualquer coisa no mundo posso pedir e ter. Ele me permite tudo, me perdoa tudo.

— Ótimo — digo, sorrindo.

Mas seu rostinho não está radiante como quando estava brincando com o gatinho.

— Sei que isso é bom — diz ela com hesitação. — Eu deveria ser a mulher mais feliz no mundo. Como Jane Seymour, sabe? Seu lema era "a mais feliz".

— Vai ter de se acostumar com a vida como esposa e rainha da Inglaterra — digo com determinação. Realmente não quero ouvir arrependimentos de Catarina Howard.

— E vou — diz ela com gravidade. É realmente uma criança, ainda tenta agradar qualquer um que a repreenda. — Vou me esforçar de verdade, Sua Graç... Ana.

Jane Bolena, Hampton Court, janeiro de 1541

Esta é uma corte com duas rainhas: nunca se viu algo parecido. Os que serviam à rainha Ana, agora duquesa, ficaram felizes em revê-la, e felizes em servi-la. O calor com que foi recebida surpreendeu a todos, até mesmo a mim. Mas ela sempre emitiu um encanto à sua volta, que fazia os criados ficarem felizes em lhe prestar qualquer favor, ela sempre agradecia e recompensava-os imediatamente. Lady Kitty, por outro lado, é rápida em mandar e rápida em se queixar, e faz inúmeras exigências. Em resumo, colocamos uma criança para se encarregar do quarto das crianças, e ela está fazendo inimigos de suas companheiras de brincadeiras tão rapidamente quanto distribui favores.

A corte ficou feliz em ver a rainha Ana em seu antigo lugar, e escandalizada, embora fascinada, com o fato de ela dançar tão alegremente com a rainha Catarina, de caminharem de braços dados, de caçarem juntas e de jantarem com seu marido em comum. O rei sorria para elas, como se fossem suas duas filhas favoritas, seu prazer era tão indulgente, sua satisfação nessa feliz resolução tão patente. A duquesa que foi rainha preparou seu caminho com certa habilidade, trazendo belos presentes para o casal, belos cavalos vestidos em veludo púrpura: um presente para um rei. Como se revelou, suas maneiras são refinadas: maneiras de rainha. Por baixo da tensão de ser a ex-mulher no primeiro Natal da corte da nova mulher, Ana de Cleves é um modelo de tato e elegância. Não há uma mulher no mundo capaz de desempenhar esse papel com mais discrição. E é ainda mais notável por ser a única mulher na história da humanidade que fez isso. Outras mulheres no passado podem ter sido postas de lado ou sido obrigadas a se afastarem, a começar pela primeira rainha desta mesma corte, mas nenhuma se afastou elegantemente, como se fosse um gesto coreografado em uma mascarada, e continuou sua dança em outro lugar.

Mais de um homem disse que, se o rei não estivesse completamente atordoado por uma criança precoce, estaria lamentando sua escolha de pôr uma garota frívola no lugar dessa mulher séria e encantadora. E havia mais de uma predição que dizia que ela estaria bem-casada antes de completar um ano, pois quem poderia resistir a uma mulher que caísse de rainha a plebeia e preservasse a postura como se a grandeza fosse interior?

Eu não era um desses, pois penso no futuro. Ela assinou um acordo que diz que estava legalmente comprometida a se casar com outro homem. Seu casamento com o rei não foi válido, portanto, o mesmo aconteceria com seu casamento com qualquer outro. Ele a tinha atado à vida de solteira enquanto o filho do duque de Lorraine vivesse. O rei a amaldiçoara com a condição de solteira e estéril, e duvido que ele tenha até mesmo pensado nisso. Mas ela não é nenhuma tola. Ela deve ter refletido. Deve ter considerado que a barganha valia a pena. E nesse caso, ela é a mulher mais estranha que já vimos na corte. É uma mulher encantadora e graciosa de apenas 25 anos, dona de uma grande fortuna, uma reputação irrepreensível, em seus anos férteis, e que decidiu nunca mais se casar. Que rainha estranha, essa jovem vinda de Cleves se revelou!

Está com boa aparência. Agora vemos que a falta de graça em seu rosto e sua palidez quando era rainha eram causadas pela apreensão por ser a quarta esposa. Agora que a quinta a substituiu, vemos a mulher jovem desabrochar, livre do perigo do privilégio. Usou o tempo no exílio para se aprimorar. Seu domínio da língua é muito maior, agora não luta com as palavras, sua voz é suave e clara. Está mais alegre, agora que pode entender uma observação espirituosa, agora que está com o coração mais leve. Aprendeu a jogar cartas e a dançar. Superou o rigor luterano de Cleves tanto no comportamento quanto na aparência. Está vestida de maneira irreconhecível! Quando penso em como chegou a este país vestida como uma camponesa alemã, em camadas e camadas de tecido pesado, com um capelo que esmagava sua cabeça, e seu corpo envolvido como um tonel de pólvora, e agora vejo essa beldade elegante, vejo uma mulher que aproveitou a liberdade para se refazer. Monta com o rei e conversa seriamente e de maneira interessante com ele sobre as cortes da Europa e o que o futuro reserva para a Inglaterra, e ri com Catarina, como outra garota tola. Joga cartas com os cortesãos e dança com a rainha. É a única verdadeira amiga da princesa Mary na corte, e leem e rezam juntas durante uma hora, privadamente, toda manhã. É a única defensora de Lady Elizabeth, mantém uma correspondência afetuosa com sua ex-enteada e recebeu o papel de guardiã e tia querida. É uma visitante regular do quarto do príncipe Eduardo, cujo rostinho se ilumina ao vê-la. Em suma, Ana de Cleves comporta-se, em todos os aspectos, como uma irmã real bela e muito considerada faria, e todos têm de admitir que ela é perfeita para o papel. Na verdade, muitos dizem que ela foi feita mais para ser rainha — mas isso é lamentar em vão. De qualquer maneira, estamos todas contentes por nosso testemunho não tê-la mandado para o cadafalso; se bem que, se tivessem recebido ordens, como eu recebi, todos os que agora a elogiam teriam apresentado provas contra ela da mesma maneira ávida.

Uma noite, o duque me chama a seus aposentos. Fala primeiro da rainha Ana e de como se comporta bem na corte. Pergunta como Catarina Carey, minha sobrinha, filha de Maria, está se saindo como dama de companhia de sua prima.

— Ela cumpre o seu dever — replico concisamente. — Sua mãe instruiu-lhe bem, quase não lido com ela.

Ele se permite um sorriso afetado.

— E você e Maria Bolena nunca foram grandes amigas.

— Nós nos conhecemos muito bem — digo da minha cunhada egoísta.

— Evidentemente ela ficou com a herança Bolena — diz ele como se para me lembrar, como se eu pudesse me esquecer disso. — Não pudemos salvar tudo.

Concordo com a cabeça. Rochford Hall, minha casa, foi para os pais de George depois de sua morte, e deles para Maria. Deveriam tê-la deixado para mim, ele deveria tê-la deixado para mim, mas não. Enfrentei todo o perigo e horror do que tinha de ser feito e acabei salvando somente o meu título e minha pensão.

— E a pequena Catarina Carey? É outra futura rainha? — pergunta ele, só para me provocar. — Vamos instruí-la para agradar o príncipe Eduardo? Acha que poderemos colocá-la na cama de um rei?

— Acho que vai descobrir que sua mãe já a proibiu isso — replico friamente. — Vai querer um bom casamento e uma vida tranquila para a filha. Ela está farta de cortes.

O duque ri, e deixa o assunto para lá.

— E o nosso passaporte atual para a grandeza, a nossa rainha Catarina?

— Está bastante feliz.
— Não me interessa se é feliz ou não. Mostra algum sinal de estar grávida?
— Não, nenhum — respondo.
— Como ela se enganou no primeiro mês de casamento? Ela deu esperanças a todos nós.
— Ela mal sabe contar — replico irritada. — E não tem noção de como isso é importante. Estou atenta às suas regras agora, não haverá outro erro.
Ele ergue uma sobrancelha para mim.
— O rei é capaz? — pergunta em voz baixa.
Não preciso relancear os olhos para a porta, sei que estamos seguros, ou não estaríamos tendo esse tipo de conversa perigosa.
— Consegue no fim, embora tenha de se esforçar por muito tempo, e fique exausto.
— Ela é fértil? — pergunta ele.
— Suas regras são regulares. E parece saudável e forte.
— Se ela não engravidar, ele vai procurar uma razão — me avisa, como se eu pudesse fazer alguma coisa em relação aos caprichos de um rei. — Se ela não engravidar até a Páscoa, ele vai perguntar por quê.
Encolho os ombros.
— Às vezes essas coisas levam tempo.
— A última esposa que precisou de tempo morreu no cadafalso — diz ele rispidamente.
— Não precisa me lembrar disso. — Irrito-me. — Lembro-me de tudo, do que ela fez, do que tentou e do preço que pagou. E do preço que pagamos. E do preço que tive de pagar.
Minha explosão o choca. Choca a mim. Prometi a mim mesma nunca me queixar. Fiz o que pude. E eles também, nos termos deles.
— Tudo o que quero dizer é que devemos evitar que a questão passe por sua cabeça — me abranda ele. — Claramente seria melhor para nós todos, para a família, Jane, para nós os Howard, se Catarina concebesse uma criança antes de ele se questionar. Antes de a dúvida entrar na cabeça dele. Seria o mais seguro para nós.
— Realizar o impossível — digo friamente. Continuo irritada. — Se o rei não tem potência para lhe dar um filho, o que podemos fazer? É um homem velho, um homem doente. Nunca foi fértil e se tiver alguma potência será afetada pela perna machucada e pelos intestinos presos. O que qualquer um de nós pode fazer?

— Podemos ajudá-lo — propõe ele.

— O que mais podemos fazer? — pergunto. — A nossa garota usa todos os artifícios que uma prostituta de Smithfield usaria. Ela o trabalha como se ele fosse um capitão bêbado em um bordel. Faz tudo o que uma mulher pode fazer, e tudo o que ele consegue é se deitar de costas e gemer: "Oh, Catarina, oh, minha rosa!" Não lhe resta nenhum vigor. Não me surpreende que não haja nenhum bebê a caminho. O que vamos fazer?

— Poderíamos contratar um — responde ele, tão hipócrita quanto um alcoviteiro.

— O quê?

— Poderíamos contratar um vigor — sugere.

— O que quer dizer?

— Quero dizer que talvez haja um jovem, alguém em quem possamos confiar, que ficaria feliz com um caso discreto. Permitiríamos que a encontrasse, a encorajaríamos a tratá-lo gentilmente, e poderiam dar um ao outro um pouco de prazer, e nós poderíamos ter uma criança para colocar no berço Tudor sem ninguém ficar sabendo.

Fico horrorizada.

— O senhor não faria isso de novo — digo sem rodeios.

Seu olhar é gélido.

— Nunca fiz isso antes — fala cuidadosamente. — Eu não.

— É o mesmo que pôr sua cabeça no cadafalso.

— Não se for feito com cuidado.

— Ela nunca ficaria segura.

— Se fosse cuidadosamente guiada, e acompanhada. Se estivesse com ela em cada passo, se estivesse pronta a jurar por sua honra. Quem não acreditaria em você, que foi uma testemunha confiável tantas vezes para o rei?

— Exatamente. Sempre prestei testemunho a favor do rei — replico, minha garganta seca de medo. — Dou provas para o carrasco. Estou sempre do lado vencedor. Nunca ofereci prova para a defesa.

— Sempre prestou testemunho para o nosso lado — me corrige ele. — E continuará no lado vencedor, em segurança. E será parenta do próximo rei da Inglaterra. Um menino Howard-Tudor.

— Mas e o homem? — Quase perco o ar de medo. — Não há ninguém em quem possamos confiar um segredo como esse.

Ele balança a cabeça.

— Ah, sim, o homem. Acho que teríamos de nos assegurar que ele desaparecesse depois de cumprir o seu dever, não acha? Algum tipo de acidente, ou uma luta de espada? Ou ser assaltado por ladrões? Certamente ele teria de ser removido. Não poderíamos arriscar outro... — o duque faz uma pausa antes de proferir a palavra — escândalo.

Fecho os olhos ao pensar nisso. Por um instante, no escuro de meus olhos fechados, vejo o rosto do meu marido virado para mim, sua expressão incrédula ao me ver entrar no tribunal e me sentar diante dos juízes. Um momento de esperança, achando que eu tinha ido salvá-lo. Depois, o horror diante do que eu estava preparada para dizer.

Balanço a cabeça.

— São pensamentos terríveis — digo. — E pensamentos terríveis para serem partilhados comigo. Nós que já vimos essas coisas, que já fizemos esse tipo de coisa... — Interrompo-me. Não posso falar por terror do que ele vai me obrigar a fazer.

— É porque olhou para o horror sem se retrair que falo com você — diz ele, e pela primeira vez nessa noite, há um certo calor em sua voz, quase afeição. — Em quem eu confiaria mais do que em você, minhas ambições para a família? Sua coragem e habilidade nos trouxeram onde estamos. Não tenho dúvidas de que nos levará mais longe. Deve conhecer um rapaz que ficaria feliz em ter uma chance com a rainha. Um jovem que possa se encontrar facilmente com ela, um jovem dependente, que não será uma perda sentida, depois. Talvez um dos favoritos do rei, que ele próprio encoraja a estar com ela.

Estou quase sufocando de medo.

— Não entende — digo. — Por favor, milorde, me escute. Não entende. O que eu fiz... tirei da minha cabeça... nunca falo disso, nunca penso nisso. Se alguém me fizer pensar nisso, enlouquecerei. Eu amava George... Não me faça pensar nisso, não me faça me lembrar disso.

Ele levanta-se. Dá a volta na mesa e põe as mãos em meus ombros. Seria um gesto delicado se não parecesse que me prende na cadeira.

— Vai ter de decidir, minha cara Lady Jane. Vai pensar nisso e me dizer o que acha. Confio inteiramente em você. Tenho certeza de que vai querer fazer o que é melhor para a nossa família. Tenho fé de que sempre fará o que é melhor para si mesma.

Ana, palácio de Richmond, fevereiro de 1541

Estou em casa, e é um alívio estar aqui, podia rir de mim mesma por ser uma solteirona desanimada, me afastando da sociedade. Mas não se trata simplesmente do prazer de chegar em casa, minhas salas, minha vista das janelas e minha própria comida — é o prazer de escapar da corte, essa corte de trevas. Meu Deus, é um lugar pernicioso que estão fazendo para si mesmos, eu me admiro de que alguém consiga viver ali. O humor do rei está mais imprevisível do que nunca. Em um momento está apaixonado por Kitty Howard, acarinhando-a como um libertino, na frente de todo mundo, e ela enrubesce, e ele ri de seu constrangimento. Meia hora depois se enfurece com um de seus conselheiros, jogando sua boina no chão, vociferando contra um pajem, ou silencia e se retira, com ódio e desconfiança, seus olhos atentos ao redor, procurando alguém a quem culpar por sua infelicidade. Seu gênio, sempre saciado, tornou-se um perigo. Não consegue controlá-lo, não consegue controlar os próprios medos. Vê conspirações em toda parte e assassinos em cada canto. A corte está se tornando perita em distraí-lo e confundi-lo, todo mundo teme a súbita virada de seu humor.

Catarina corre para ele quando a quer e se afasta quando está enfurecido, como se fosse um de seus bonitos cães de caça; mas a tensão vai afetá-la com o tempo. E cercou-se das garotas mais frívolas e vulgares que jamais foram admitidas na casa de um cavalheiro. Vestem-se de maneira incrivelmente ostentosa com o máximo de carne exposta e joias que podem; têm péssimas maneiras. São ajuizadas quando o rei está desperto e na corte, desfilam à sua frente e fazem reverência como se ele fosse um ídolo meditando; mas assim que ele sai, se tornam indisciplinadas como colegiais. Kitty não faz nada para controlá-las; na verdade quando as portas de seus aposentos são fechadas, ela é a líder. Pajens e rapazes da corte entram e saem de seus aposentos o dia inteiro, há músicos tocando, jogo, bebida e flerte. Ela mesma é pouco mais que uma criança e é uma grande alegria para ela fazer guerra com água em um vestido caríssimo e depois mudar de roupa. Mas as pessoas à sua volta são mais velhas e menos inocentes, e a corte está se tornando negligente, talvez coisa pior. Mostram decoro rapidamente quando alguém aparece correndo anunciando que o rei está vindo, o que Kitty adora, menininha como é. Mas é agora uma corte sem disciplina. E está se tornando uma corte sem moralidade.

É difícil prever o que vai acontecer. No primeiro mês de casamento, ela disse estar grávida, mas se enganou, e parece não fazer ideia da gravidade desse engano. A partir dali não houve esperanças. Quando parti, o ferimento na perna do rei estava lhe provocando uma dor terrível e ele tinha voltado a ficar de cama, sem ver ninguém. Kitty me disse que acha que ele não é capaz de lhe fazer um filho, e fica com ela como ficava comigo, impotente. Ela me disse que usa tantos artifícios com ele que acaba lhe causando um pouco de prazer, e lhe assegura que é potente e forte, mas a realidade é que raramente ele consegue realizar o ato.

— Fingimos — disse ela infeliz. — Suspiro e gemo e digo que é uma felicidade para mim, e ele tenta, mas na verdade, não consegue nada, é uma imitação patética, não a coisa de verdade.

Eu lhe disse que ela não deve falar disso comigo. Mas ela perguntou, com confiança, quem mais poderia aconselhá-la. Sacudi a cabeça.

— Não pode confiar em ninguém — repliquei. — Teriam me enforcado por bruxaria se eu tivesse dito metade do que me contou. Dizer que o rei é impotente ou predizer sua morte será considerado traição, Kitty. A pena para traição é a morte. Não deve falar disso com ninguém, e se me perguntarem se falou comigo, mentirei e direi que não.

Sua carinha estava lívida.

— Mas o que vou fazer? — perguntou. — Se não posso pedir ajuda e não sei o que fazer? Se é crime até mesmo dizer a alguém o que está errado? O que posso fazer? O que vou fazer?

Não respondi, não tinha resposta. Quando passei pelo mesmo problema e perigo, não encontrei ninguém que me ajudasse.

Pobre criança, talvez milorde duque tenha planos para ela, talvez Lady Rochford saiba o que pode ser feito. Mas quando o rei estiver cansado dela — e deve se cansar dela, pois o que ela pode fazer para gerar um amor duradouro? —, quando ele se cansar dela, e ela não estiver grávida, por que a conservaria? E se tiver a intenção de se livrar dela, fará um acordo generoso como foi o meu caso, já que sou uma duquesa com amigos poderosos e ela é uma menina leviana, pouco inteligente e sem nenhuma defesa? Ou ele encontrará uma maneira mais leve, fácil e barata de se livrar dela?

Catarina, Hampton Court, março de 1541

Vamos ver, o que tenho?

Meus vestidos de inverno estão completos, embora eu tenha um pouco mais sendo feito para a primavera, mas não adiantam nada pois a Quaresma está chegando e não vou poder usá-los.

Tenho os presentes que o rei me deu de Natal, isto é, entre outras coisas de que já me esqueci ou dei para as minhas damas, tenho dois pendentes ornados de 26 diamantes facetados e 27 diamantes brutos, tão pesados que mal consigo erguer a cabeça quando estão em meu pescoço. Tenho um cordão com duzentas pérolas do tamanho de morangos. Tenho o lindo cavalo dado pela minha querida Ana. Agora a chamo de Ana e ela continua a me chamar de Kitty, quando estamos a sós. Mas as joias não fazem diferença, pois também elas têm de ser postas de lado na Quaresma.

Tenho um coro de novos cantores e músicos, mas não podem tocar música alegre para eu dançar durante a Quaresma. Também não posso comer nada gostoso neste período. Não posso jogar cartas ou caçar, não posso dançar nem participar de jogos, faz frio demais para sair de barco e mesmo que não fizesse, logo será a Quaresma. Nem mesmo podemos contar piadas, correr pelos aposentos, jogar bola, já que começará essa terrível, medonha Quaresma.

E o rei, não sei por que, está adiantando a Quaresma este ano. Com um mau humor terrível ele se recolheu aos seus aposentos em fevereiro e agora não sai nem mesmo para jantar, e nunca me vê, nunca é gentil comigo, não me dá nada nem me chama de rosa bonita desde o Dia de Reis. Dizem que ele está doente, mas como sempre mancou, sempre sofre de constipação e sua perna apodrece permanentemente por causa da ferida, não vejo que diferença faz. Além do mais, está tão irritado com todo mundo, nada lhe dá prazer. Ele praticamente acabou com a corte e todos andam nas pontas dos pés como se tivessem medo até mesmo de respirar. Na verdade, metade das famílias voltou para suas casas, já que o rei não está aqui, e nenhum trabalho está sendo realizado pelo Conselho Privado, e o rei não quer ver ninguém, de modo que muitos rapazes foram embora, e não há nenhuma diversão.

— Ele está sentindo falta da rainha Ana — diz Agnes Restwold, porque ela é um gato desprezível.

— Não está — digo. — Por que estaria? Ele a rejeitou por vontade própria.

— Está — insiste ela. — Não viu? Assim que ela partiu, ele ficou calado, depois adoeceu e agora se retirou da corte para refletir sobre o que pode fazer, como pode tê-la de volta.

— É mentira — digo. É uma coisa terrível de dizer para mim. Quem melhor do que eu para saber que é possível amar alguém e depois acordar e não se preocupar nem um pouco com a pessoa? Achei que só acontecia comigo e meu coração frívolo, como diz minha avó. Mas e se o rei também tem um coração leviano? E se ele achou — na verdade como eu achei, como obviamente todo mundo achou — que ela nunca esteve tão bem? Tudo nela que era tão estrangeiro e ridículo desapareceu e ela estava — não sei a palavra — graciosa. Parecia uma rainha de verdade e era, como eu sempre fui, a garota mais bonita na sala. Eu sempre fui a garota mais bonita. Mas só isso. Nunca sou mais do que isso. E se agora ele quer uma mulher refinada?

— Agnes, você age mal aproveitando-se de sua longa amizade com Sua Graça para atormentá-la — diz Lady Rochford. Adoro como ela consegue dizer essas coisas. As palavras são praticamente uma representação e seu tom uma chuvarada de fevereiro escorrendo por nosso pescoço. — Isso é mexerico fútil sobre a saúde do rei, pela qual deveríamos estar rezando.

— Eu rezo — replico rapidamente, pois todos dizem que vou à capela e passo o tempo todo esticando o pescoço na beira do camarote da rainha para ver Thomas Culpepper, que relanceia os olhos para mim e sorri. Seu sorriso é a melhor coisa na igreja, ilumina-a como um milagre. — Eu rezo realmente. E quando é Quaresma, só Deus sabe como não tenho mais nada a fazer a não ser rezar.

Lady Rochford aprova com um movimento da cabeça.

— Na verdade, vamos todos rezar pela saúde do rei.

— Mas por quê? Ele está tão doente? — pergunto-lhe baixinho, de modo que Agnes e as outras não escutem. Às vezes eu realmente desejo nunca ter permitido que viessem para cá. Eram boas como damas na câmara de Lambeth, mas não acho que se comportem adequadamente para serem damas na corte da rainha. Tenho certeza de que a rainha Ana jamais teria damas tão desordeiras quanto as minhas. Suas damas se comportavam melhor, muito melhor. Nunca nos atreveríamos a falar com ela como minhas damas falam comigo.

— A ferida em sua perna fechou de novo — diz Lady Rochford. — Certamente você ouviu quando o médico explicou, não?

— Não entendi — digo. — Comecei prestando atenção, mas depois não entendi. Simplesmente parei de ouvir as palavras.

Ela franze o cenho.

— Anos atrás, o rei feriu gravemente a perna. O ferimento nunca cicatrizou completamente. Isso, pelo menos, você sabe.

— Sei — replico, emburrada. — Até aí, todo mundo sabe.

— A ferida infectou e tem de ser limpa todos os dias; o pus tem de ser drenado.

— Sei disso. Não precisa explicar.

— Bem, a ferida fechou — diz ela.

— Isso é bom, não é? Curou. Ele está melhor.

— A pele fechou, mas por baixo a ferida continua grave — explica ela. — O veneno não sai, sobe para a barriga, para o coração.

— Não! — fico chocada.

— Na última vez que aconteceu, receamos perdê-lo — diz ela seriamente. — Seu rosto ficou negro como o de um cadáver envenenado, ficou deitado como um homem morto até reabrirem a ferida e drenarem o veneno.

— Como a abrem? — pergunto. — É realmente asqueroso.

— Fazem um corte nela e a mantêm aberta — responde ela. — Calçam a pele aberta com lascas de ouro. Têm de enfiar as lascas na ferida para mantê-la em carne viva, do contrário ela se fecha de novo. Ele tem de suportar a dor de uma ferida aberta, e terão de fazer de novo. Fazer um corte em sua perna e depois outro.

— E ele vai ficar bem de novo? — pergunto animadamente. Realmente quero que ela pare de me contar essas coisas.

— Não — responde. — Depois ele voltará a ser como era, vai mancar, sentir dor e o veneno continuará a agir. A dor torna-o irritadiço e, pior ainda, faz com que se sinta velho e cansado. A coxeadura significa que não pode ser o mesmo homem de antes. Você ajudou-o a se sentir jovem novamente, mas agora a ferida faz com que se lembre de que é um homem velho.

— Ele não pode ter achado de verdade que era jovem. Não pode ter acreditado que era jovem e belo. Nem mesmo ter imaginado isso.

Ela me olha com gravidade.

— Oh, Catarina, ele realmente achou que era jovem e que estava apaixonado. E vai ter de fazê-lo pensar isso de novo.

— Mas o que posso fazer? — Sinto o choro vindo. — Não posso enfiar ideias em sua cabeça. Além do mais, ele não vem à minha cama quando está doente.

— Terá de ir a ele — diz ela. — Vá até ele e invente alguma coisa que o faça se sentir jovem e apaixonado de novo. Faça com que se sinta um rapaz cheio de desejo.

Faço uma carranca.

— Não sei como.

— O que faria se ele fosse um homem jovem?

— Poderia lhe dizer que um rapaz da corte está apaixonado por mim — proponho. — Poderia provocar-lhe ciúmes. Há rapazes aqui — estou pensando em Thomas Culpepper — que sei que eu realmente poderia desejar.

— Nunca — diz ela com urgência. — Nunca faça isso. Não sabe como é perigoso fazer isso.

— Sim, mas você disse...

— Não pode pensar em uma maneira que faça ele se acreditar apaixonado de novo sem colocar o seu pescoço em risco? — pergunta ela com irritação.

— Ora! — exclamo. — Só pensei...

— Pense de novo — diz ela de maneira rude.

Não respondo nada. Não estou pensando, não falo nada de propósito, para lhe mostrar que foi rude e que não vou responder.

— Diga-lhe que está com medo de que ele queira voltar para a duquesa de Cleves — propõe ela.

Isso é tão surpreendente que me esqueci de fazer cara feia e a olho espantada.

— Mas foi exatamente o que Agnes acabou de falar e você mandou ela não me atormentar.

— Exatamente — replica. — Porque isso é uma mentira astuta. Porque é quase verdade. Metade da corte está dizendo isso nas suas costas, e Agnes Restwold disse na sua cara. Se por um momento deixasse de pensar só em si mesma, em sua aparência e suas joias, ficaria realmente apreensiva e aflita. E melhor do que tudo, se procurá-lo e se mostrar apreensiva e aflita, então ele achará que duas mulheres o estão disputando e se sentirá de novo confiante em seu próprio charme. Se fizer isso bem, pode tê-lo de volta à sua cama antes da Quaresma.

Hesito.

— Quero que ele se sinta feliz, é claro — replico cautelosamente. — Mas se ele não voltar para a minha cama antes da Quaresma, então não tem muita importância...

— Tem muita importância. Não se trata do seu prazer ou do dele — replica ela gravemente. — Ele tem de fazer um filho em você. Parece que se esquece que não se trata de dançar, cantar ou mesmo de joias ou terras. Você não conquistou a posição de rainha por ser a mulher por quem ele baba, mas para ser a mãe de seu filho. Até que lhe dê um filho, acho que nem mesmo vai coroá-la.

— Tenho de ser coroada — protesto.

— Então, traga-o para a sua cama e lhe dê um filho — diz ela. — Qualquer outra coisa é perigosa demais até de se pensar.

— Vou vê-lo — suspiro de maneira acintosa para que veja que não estou assustada com suas ameaças, pelo contrário, estou indo, cansada, cumprir meu dever. — Vou procurá-lo e dizer que estou infeliz.

Por sorte, quando chego, a sala de audiência está extraordinariamente vazia, de tanta gente que foi para casa. De modo que Thomas Culpepper está quase sozinho, jogando dados, mão direita contra a esquerda, no vão da janela.

— Está vencendo? — pergunto, tentando falar com indiferença.

Ele fica em pé com um pulo ao me ver, e faz uma reverência.

— Sempre venço, Sua Graça — responde ele. Seu sorriso faz meu coração bater acelerado. Faz sim, se faz! Quando joga a cabeça dessa maneira e sorri, ouço meu coração bater.

— Não é muita vantagem quando se joga sozinho — digo em voz alta, e penso: e não é muito inteligente.

— Venço nos dados e venço nas cartas, mas estou apaixonado sem esperança — diz ele bem baixinho.

Relanceio os olhos para trás, Katherine Tylney parou de conversar com um parente do duque de Hertford e não está escutando, dessa vez. Catarina Carey está a uma distância discreta, olhando pela janela.

— Está apaixonado? — pergunto.

— Deve saber disso — replica em um sussurro.

Não me atrevo nem a pensar. Deve estar se referindo a mim, deve estar para declarar seu amor por mim. Juro que se ele estiver falando de outra pessoa, eu morro. Não vou suportar vê-lo querendo outra. Mas mantenho a voz indiferente.

— Saber o quê?

— Deve saber quem eu amo — diz ele. — Mais do que qualquer outra pessoa no mundo.

Essa conversa é tão deliciosa que sinto meus dedos se dobrarem em meus sapatos. Sinto-me quente, tenho certeza de que estou vermelha e que ele vai perceber.

— Devo?

— O rei vai recebê-la agora — anuncia o idiota do Dr. Butt e dou um pulo e me afasto de Thomas Culpepper, pois tinha-me esquecido completamente que estava lá para ver o rei e fazer com que me amasse de novo.

— Vou em um minuto — digo por cima do ombro.

Thomas dá um risinho, e tenho de pôr a mão na boca para não rir também.

— Não, tem de ir — me lembra ele baixinho. — Não pode fazer o rei esperar. Estarei aqui quando sair.

— É claro que vou imediatamente — digo, lembrando-me de que devo parecer chateada com a negligência do rei, e afasto-me rapidamente me precipitando para o quarto do rei, onde ele está deitado na cama como um grande navio em um dique seco, sua perna sobre almofadas bordadas e sua grande cara redonda lívida e expressando pena de si mesmo. Dirijo-me devagar para a sua cama grande e tento parecer ansiosa por seu amor.

Jane Bolena, Hampton Court, março de 1541

O rei está caindo em uma espécie de melancolia, insiste em ficar só, trancado como um velho cão moribundo fedorento, e as tentativas de Catarina de atraí-lo para si estão fadadas ao fracasso já que ela não consegue sustentar o interesse em ninguém além dela por mais de metade de um dia. Ela voltou ao seu quarto, mas dessa vez ele não permitiu nem mesmo que entrasse, e em vez de demonstrar preocupação, ela jogou a cabeça bonita para cima e disse que se ele não a deixasse entrar, não o visitaria de novo.

Mas demorou-se tempo bastante para se encontrar com Thomas Culpepper, que a levou para uma volta no jardim. Mandei Catarina Carey atrás dela, com um xale e outra dama bem-comportada, para lhes dar a impressão de decoro, mas a maneira como a rainha estava segurando seu braço, conversando e rindo, qualquer um podia ver que ela estava feliz em sua companhia, e tinha-se esquecido de tudo relacionado a seu marido deitado em silêncio em um quarto obscurecido.

Milorde duque me lança um olhar demorado e duro no jantar, mas não diz nada, e sei que ele espera que eu consiga que a nossa pequena cadela emprenhe. Um filho varão tiraria o rei de sua melancolia e garantiria a coroa eternamente para a família Howard. Temos de conseguir dessa vez. Nenhuma outra família no mundo tentou duas vezes a um preço tão alto. Não podemos fracassar duas vezes.

Com o orgulho ferido, Catarina convoca músicos à câmara das damas e dança com suas damas e com o pessoal que lhe serve. Não é muito alegre e duas das garotas mais indisciplinadas, Joan e Agnes, descem ao salão de jantar e convidam alguns homens da corte. Quando vejo o que fizeram, mando um pajem procurar Thomas Culpepper para ver se ele é tolo o bastante para vir. Ele é.

Vejo o rosto dela quando ele entra, o rubor, e como se vira rapidamente para o lado e fala com Catarina Carey. Claramente ela está deslumbrada com ele e, por um momento, me lembro que ela não é apenas uma peça em nosso jogo, mas uma garota, uma jovem que está se apaixonando pela primeira vez em sua vida. Ver a pequena Kitty Howard perplexa, gaguejando, corando como uma rosa, pensando em alguém que não ela própria, é ver uma garota se tornar mulher. Seria lindo se ela não fosse rainha da Inglaterra e uma Howard com um trabalho a fazer.

Thomas Culpepper se une ao grupo de dançarinos e se posiciona de maneira a ser parceiro da rainha quando os casais se formarem. Ela fica com os olhos baixos para esconder seu sorriso de prazer e afetar recato, mas quando a dança os coloca juntos e ela pega a mão dele, seu olhar se ergue para ele e os dois se entreolham com desejo absoluto.

Relanceio os olhos em volta, ninguém parece ter notado, e na verdade, metade das damas da rainha lança olhares lânguidos para um ou outro rapaz. Olho para Lady Rutland e ergo as sobrancelhas, ela assente com a cabeça, vai até a rainha e lhe fala ao ouvido. Catarina faz uma carranca, como uma criança desapontada e se vira para os músicos.

— Esta será a última dança — diz ela emburrada. Mas se vira e sua mão se estende, quase involuntariamente, para Thomas Culpepper.

Catarina, Hampton Court, março de 1541

Vejo-o todos os dias e a cada dia nos tornamos mais ousados um com o outro. O rei ainda não saiu de seus aposentos e seu círculo de médicos e de velhos que o aconselham quase nunca vêm aos meus, portanto é como se estivéssemos livres nesses dias — só nós, jovens, juntos. A corte está silenciosa, sem dança nem entretenimentos já que é a Quaresma. Não posso nem mesmo promover dança privadamente em meus aposentos. Não podemos caçar, nem passear de barco no rio, nem jogar, nem nada divertido. Mas podemos caminhar nos jardins ou à beira do rio, depois da missa e, quando caminho, Thomas Culpepper caminha ao meu lado, e prefiro caminhar com ele a dançar, usando a minha melhor roupa, com um príncipe.

— Está com frio? — pergunta ele.

Não estou, envolvida completamente por minhas peles, mas olho para ele e respondo:

— Um pouco.

— Deixe-me aquecer sua mão — diz ele, e a põe sob seu braço, de modo que seja pressionada contra sua jaqueta. Sinto desejo de abrir a jaqueta e pôr as duas mãos dentro. Sua barriga deve ser dura e suave, acho. Seu peito deve ser coberto de pelos claros. Não sei, é tão excitante que não sei. Conheço seu cheiro, pelo menos, eu o reconheço. Tem um cheiro quente, como o de velas de boa qualidade. Seu perfume me queima.

— Está melhor? — pergunta, apertando minha mão no lado do seu corpo.

— Muito melhor — digo.

Estamos caminhando à margem do rio e um barqueiro passa e grita alguma coisa para nós dois. Com apenas algumas damas e cortesãos à frente e atrás de nós, ninguém sabe que sou a rainha.

— Queria que fôssemos apenas um garoto e uma garota caminhando juntos.

— Queria não ser a rainha?

— Não, gosto de ser rainha, e é claro que amo Sua Majestade, o rei, de todo o meu coração, mas se fôssemos simplesmente dois jovens, poderíamos ir a uma hospedaria para comer alguma coisa e dançar, e seria divertido.

— Se fôssemos um garoto e uma garota comuns eu a levaria a uma casa especial que conheço — diz ele.

— Levaria? Por quê? — Ouço um risinho deliciado em minha voz, mas não consigo evitá-lo.

— Tem uma sala privada e uma comida muito boa. Eu lhe ofereceria o melhor dos jantares, e depois a cortejaria — diz ele.

Ofego levemente como se chocada.

— Sr. Culpepper!

— Eu não pararia até lhe dar um beijo — diz ele atrevidamente. — E então eu continuaria.

— Minha avó lhe daria um tapa — ameaço.

— Teria valido a pena. — Ele sorri e sinto meu coração pulsando forte. Tenho vontade de rir alto da alegria dele.

— Talvez eu retribuísse o beijo — sussurro.

— Tenho certeza que sim — diz ele, e ignora meu arquejo deliciado. — Nunca em toda a minha vida beijei uma garota que não me retribuísse o beijo. Tenho certeza que me beijaria e acho que diria: "Oh, Thomas!"

— Então é muito seguro de si, realmente, Sr. Culpepper.

— Chame-me de Thomas.

— Não vou chamar!

— Chame-me de Thomas quando estivermos a sós assim.

— Oh, Thomas!

— Pronto, disse, e ainda nem a beijei.

— Não deve falar comigo de beijar quando tiver alguém perto.

— Eu sei. Nunca deixaria que corresse qualquer risco. Vou protegê-la como a minha própria vida.

— O rei sabe de tudo — aviso-o. — Tudo o que dizemos, talvez até mesmo tudo o que pensamos. Tem espiões por toda parte e sabe o que se passa até mesmo no coração das pessoas.

— O meu amor está oculto lá no fundo — diz ele.

— Seu amor? — Mal consigo respirar.

— Meu amor — repete ele.

Lady Rochford aparece do meu lado.

— Temos de entrar — diz ela. — Vai chover.

Imediatamente, Thomas Culpepper se vira e me conduz em direção ao palácio.

— Não quero entrar — digo obstinadamente.

— Entre e depois diga que vai trocar de vestido e desça para o jardim pela escada de sua câmara privada. Eu a estarei esperando à porta — diz ele baixinho.

— Não foi ao encontro na última vez que marcamos.

Ele dá um risinho.

— Tem de me perdoar por isso, foi há meses. Dessa vez irei sem falta. Tem uma coisa muito especial que quero fazer.

— E o que é?

— Quero ver se consigo que diga "Oh, Thomas" de novo.

Ana, palácio de Richmond, março de 1541

O embaixador Harst me trouxe notícias da corte. Colocou um jovem como criado nos aposentos do rei, e o rapaz contou que os médicos atendem o rei todos os dias e estão lutando para manter a ferida aberta de modo que o veneno possa ser drenado de sua perna. Estão colocando massas de ouro na ferida para que não se feche, e atando a beira com cordão. Puxam a pele do pobre homem como se estivessem fazendo um mingau.

— Ele deve estar sofrendo muito — digo.

O Dr. Harst concorda.

— E está em desespero — diz ele. — Acha que não vai mais se recuperar, acha que dessa vez não vai sobreviver e está com pavor de deixar o príncipe Eduardo sem um tutor de confiança. O Conselho Privado está achando que terão de formar uma regência.

— A quem confiará a guarda do príncipe até sua maioridade?

— Ele não confia em ninguém, e a família do príncipe, os Seymour, são inimigos declarados da família da rainha, os Howard. Sem dúvida dividirão o país entre eles. A paz Tudor terminará quando isso começar, em uma guerra pelo reino entre as grandes famílias. O rei também teme pela fé do povo. Os Howard apoiam a antiga religião e devolverão o país a Roma.

Mordisco meu dedo pensando.

— O rei continua temendo uma conspiração para derrubá-lo?

— Há notícias de uma nova sublevação no norte, em apoio à antiga religião. O rei teme que os homens se manifestem de novo, que isso se propague, acredita que há papistas por toda parte convocando uma rebelião contra ele.

— Nada disso me ameaça? Ele não vai se virar contra mim?

Seu rosto cansado faz uma careta.

— Talvez. Ele também teme os luteranos.

— Mas todo mundo sabe que sou praticante da igreja do rei! — protesto. — Faço tudo para mostrar que ajo conforme as instruções do rei.

— Foi trazida como uma princesa protestante — diz ele. — E o homem que a trouxe pagou com a própria vida. Estou com receio.

— O que podemos fazer? — pergunto.

— Vou continuar vigiando o rei — diz ele. — Enquanto estiver atacando os papistas, estaremos seguros, mas se atacar os reformistas, temos de nos assegurar de podermos voltar para casa, se for necessário.

Estremeço ligeiramente, pensando na tirania desvairada de meu irmão como oposta à tirania desvairada desse rei.

— Não tenho casa lá.

— Pode não ter casa aqui.

— O rei prometeu minha segurança — digo.

— Prometeu-lhe o trono — diz o embaixador prudentemente. — E quem se senta no trono agora?

— Eu não a invejo. — Estou pensando em seu marido matutando sobre seus erros, preso à cama pela ferida supurada, contando seus inimigos e culpando pessoas, enquanto sua febre arde e seu senso de injustiça se torna mais insensato.

— Acho que nenhuma mulher no mundo a invejaria — replica o embaixador.

Jane Bolena, Hampton Court, abril de 1541

— O que aconteceu realmente com Ana Bolena? — me horroriza a criança rainha ao me perguntar no caminho de volta da missa, uma manhã cedo de abril. O rei, como sempre, estava ausente do compartimento real e, pela primeira vez, ela não ficou debruçada para ver Culpepper. Até mesmo fechou os olhos durante as preces, como se rezasse, e parecia pensativa. E agora isso.

— Foi acusada de traição — respondo calmamente. — Certamente já sabe disso, não?

— Sim, mas por quê? Exatamente por quê? O que aconteceu?

— Devia perguntar à sua avó ou ao duque — digo.

— Você não estava lá?

Eu não estava lá? Eu não estava lá em cada segundo de agonia disso tudo?

— Sim, eu estava na corte — respondo.

— Não se lembra?

Como se estivesse gravado na minha pele com uma faca.

— Ah, me lembro, mas não gosto de falar disso. Por que quer conhecer o passado? Não significa nada agora.

— Mas não é nenhum segredo — me pressiona ela. — Não há nada do que se envergonhar, há?

Engulo em seco.

— Não, nada. Mas me custou minha cunhada e meu marido, e o nosso bom nome.

— Por que executaram o seu marido?
— Ele foi acusado de traição, com ela e os outros homens.
— Pensei que tinha sido acusada de adultério.
— É a mesma coisa — replico concisamente. — Se a rainha tem um amante é traição ao rei. Entende? Agora podemos mudar de assunto?
— Então, por que executaram o irmão dela, seu marido?
Trinco os dentes.
— Foram acusados de ser amantes — replico implacavelmente. — Agora entende por que não quero falar sobre isso? Por que ninguém quer falar sobre isso? Podemos não falar mais nisso?
Ela nem mesmo ouve meu tom, de tão chocada.
— Acusaram-na de ser amante de seu próprio irmão? — perguntou. — Como puderam pensar que ela faria uma coisa dessas? Como conseguiram prova disso?
— Espiões e mentirosos — respondo com amargura. — Tenha cuidado. Não confie nessas garotas idiotas que reuniu à sua volta.
— Quem os acusou? — pergunta ela, ainda perplexa. — Quem poderia fornecer uma prova dessa?
— Não sei — respondo, estou desesperada para me afastar dela, de sua busca determinada por essas verdades antigas. — Já faz muito tempo e não posso me lembrar, e mesmo que pudesse, não falaria disso.
Afasto-me dela ignorando o protocolo real, não consigo suportar a suspeita que aparece em sua expressão.
— Quem pode saber? — repete ela. Mas eu já fui embora.

Catarina, Hampton Court, abril de 1541

Estou muito mais tranquila depois de tudo o que soube, e gostaria de ter perguntado antes. Sempre achei que minha prima, a rainha Ana, tinha sido pega com um amante e decapitada por isso. Agora descubro que foi muito mais complicado, que ela estava no centro de uma conspiração de traição, muito tempo atrás para eu entender. Eu receava estar caminhando para o mesmo destino dela. Tinha medo de ter herdado sua perversidade. Mas acabou que havia uma grande conspiração e até mesmo milady Rochford e seu marido foram envolvidos, de certa maneira. Deve ter sido por causa de religião, eu diria, pois Ana era uma sacramentária ardorosa, acho, enquanto agora qualquer um com algum juízo é a favor dos antigos costumes. Por isso, acho que se for muito esperta e discreta, poderei, pelo menos, ser amiga de Thomas Culpepper. Posso vê-lo com frequência, ele pode ser meu acompanhante e confortador, e ninguém precisa saber ou pensar nada sobre. E enquanto ele for um servidor leal do rei e eu, uma boa esposa, não haverá nenhum mal.

Astutamente, chamo minha prima Catarina Carey e peço que disponha as linhas de seda para bordar por tons de cores, como se eu fosse costurar. Se ela estivesse há mais tempo na corte, perceberia logo que é uma artimanha, já que não toco em uma agulha desde que me tornei rainha, mas ela traz um banco e se senta aos meus pés, e dispõe as linhas rosa uma ao lado da outra, e as examinamos juntas.

— Sua mãe nunca lhe contou o que aconteceu com a irmã dela, a rainha Ana? — pergunto em voz baixa.

Ela olha para mim. Tem os olhos castanho-claros, não tão escuros quanto o tom dos Bolena.

— Ah, eu estava lá — responde simplesmente.

— Estava lá! — exclamo. — Mas eu não soube nada disso!

Ela sorri.

— Estava no campo, não estava? Éramos quase da mesma idade. Mas eu era uma criança da corte. Minha mãe era dama de companhia de sua irmã Ana Bolena, e eu era uma das damas jovens.

— Então, o que aconteceu? — Quase sufoco de curiosidade. — Lady Rochford não me conta nada! E fica contrariada quando pergunto.

— É uma história feia e não vale a pena ser contada — replica ela.

— Você também não! Tenho de saber, Catarina. Ela era minha tia também, sabe disso. Tenho o direito de saber.

— Ah, vou lhe contar. Mas continuará a ser uma história penosa. A rainha foi acusada de adultério com seu próprio irmão, meu tio. — Catarina fala calmamente, como se fosse um evento corriqueiro. — E também com outros homens. Foi julgada culpada, ele foi julgado culpado, os outros homens foram julgados culpados. A rainha e seu irmão George foram condenados à morte. Fiquei na Torre com ela. Fui sua dama na Torre. Estava com ela quando vieram buscá-la para a morte.

Olho para essa garota, minha prima, da minha idade, da minha família.

— Você esteve na Torre? — sussurro.

Ela assente com a cabeça.

— Assim que tudo acabou, meu padrasto foi me buscar. Minha mãe jurou que nunca mais voltaríamos à corte. — Ela sorri e dá de ombros. — Mas aqui estou eu — diz ela animadamente. — Como meu padrasto diz: aonde mais uma garota pode ir?

— Você esteve na Torre? — Não consigo parar de pensar nisso.

— Eu os ouvi construir o cadafalso — replica ela séria. — Rezei com ela. Eu a vi sair pela última vez. Foi terrível. Realmente terrível. Não gosto de pensar nisso, nem mesmo agora. — Vira o rosto e fecha os olhos por um breve instante. — Foi terrível — repete. — É uma maneira horrível de se morrer.

— Ela foi julgada culpada de traição — murmuro.

— Foi julgada culpada de traição pelo tribunal do rei — me corrige ela, mas não percebo a diferença.

— Então era culpada.

Ela olha para mim de novo.

— Bem, de qualquer maneira, foi muito tempo atrás, e se era culpada ou não, foi executada por ordem do rei, e agora está morta.

— Deve ter sido culpada de traição. O rei não executaria uma mulher inocente.

Ela baixa a cabeça para ocultar o rosto.

— Como diz, o rei é incapaz de cometer um erro.

— Acha que ela era inocente? — sussurro.

— Sei que não era bruxa, sei que não era culpada de traição, tenho certeza de que era inocente de adultério com todos aqueles homens — replica ela com firmeza. — Mas não contesto o rei. Sua Graça deve saber o que faz.

— Ela sentiu muito medo? — pergunto em um sussurro.

— Sim.

Parece que não há mais nada a dizer. Lady Rochford entra na sala e vê nós duas juntas.

— O que está fazendo, Catarina? — pergunta de maneira irritada.

Catarina ergue o olhar.

— Dispondo para Sua Graça linhas para bordar.

Lady Rochford me lança um olhar demorado e severo. Sabe que não me poria a costurar se não tivesse ninguém olhando.

— Ponha-as de volta na caixa com cuidado, quando terminarem — diz ela, e sai de novo.

— Mas ela não foi acusada — sussurro indicando a porta com a cabeça, a porta pela qual Lady Rochford acaba de sair. — E sua mãe não foi acusada, só George.

— Minha mãe tinha chegado recentemente à corte. — Catarina começa a juntar as linhas. — E tinha sido uma favorita do rei. Lady Rochford não foi acusada porque depôs contra seu marido e a rainha. Não a acusariam, ela era a sua principal testemunha.

— O quê? — Fico tão atônita, que dou um gritinho, e Catarina relanceia os olhos para a porta atrás de nós, como se temesse alguém escutar. — Ela traiu seu próprio marido e sua cunhada?

Ela confirma com um movimento da cabeça.

— Foi há muito tempo — repete ela. — Minha mãe diz que não vale a pena pensar em erros e contas antigas a ajustar.

— Como ela pôde? — gaguejo com o choque. — Como ela pôde fazer uma coisa dessas? Mandar seu marido para a morte? Acusá-lo... do quê? Como meu tio pode confiar tanto em Lady Rochford? Se ela traiu seu próprio marido e a rainha?

Minha prima Catarina se levanta e coloca as linhas na caixa, como foi instruída a fazer.

— Minha mãe me disse para não confiar em ninguém na corte — comenta ela. — Sobretudo em Lady Rochford.

Tudo isso me deixa com coisas sobre o que refletir. Não consigo imaginar como foi naquele tempo, há tantos anos. Não consigo imaginar como era o rei quando jovem, um jovem saudável, talvez bonito e atraente como Thomas Culpepper é hoje. E como deve ter sido para a rainha Ana, minha prima, admirada como sou admirada, cercada de cortesãos como sou, confiando em Jane Bolena, como eu confio.

Não consigo entender o que isso significa. Não consigo entender o que isso significa para mim. Como Catarina diz, foi há muito tempo, e hoje estão todos diferentes. Não posso me deixar assombrar por essas histórias antigas e tristes. Ana Bolena é um segredo vergonhoso da nossa família há tanto tempo que não importa se era inocente ou não, já que acabou executada por traição. E certamente não tem importância para mim, tem? Não tenho de seguir seu exemplo, como se houvesse uma herança Bolena do cadafalso e eu fosse a herdeira. Nada disso faz diferença para mim. Não tenho nada a aprender com ela.

Agora sou a rainha, e levarei minha vida como quiser. Tenho de lidar da melhor maneira possível com um rei que não é um marido de verdade para mim. Não sai do quarto há um mês e não me recebe nem mesmo quando vou visitá-lo. E como nunca me vê, nunca está contente comigo e não me dá nada há meses: nem mesmo uma joia de pouco valor. É tanta grosseria e egoísmo de sua parte que acho que merece que eu me apaixone por outro homem.

Não vou fazer isso, nem mesmo ter um amante, por nada neste mundo. Mas sem dúvida seria culpa sua se eu tivesse. É um mau marido para mim, e todo mundo fica querendo saber se estou passando bem e se há algum sinal de um herdeiro, mas se ele não me recebe em seus aposentos, como vou engravidar?

Hoje à noite estou resolvida a ser uma boa esposa e tentar de novo, por isso mandei meu pajem perguntar se posso jantar com o rei em sua câmara. Thomas respondeu dizendo que o rei está um pouco melhor hoje, e mais animado. Levantou-se da cama e sentou-se à janela para escutar os pássaros no jardim. Thomas veio pessoalmente aos meus aposentos me dizer que o rei me viu brincando com meu cachorrinho e sorriu.

— Sorriu? — pergunto. Eu estava usando um de meus vestidos novos, rosa bem claro, para celebrar o fim da Quaresma, e as pérolas que ganhei no Natal. Para ser franca, eu devia estar encantadora, brincando no jardim. Se soubesse que ele estava olhando! — Você me viu?

Ele virou o rosto como se não se atrevesse a confessar.

— Se eu fosse o rei, teria descido correndo a escada para ir ao seu encontro, com dor ou sem dor. Se eu fosse o seu marido, acho que nunca a deixaria longe dos meus olhos.

Duas de minhas damas de honra chegam e nos olham de relance, curiosas. Sei que estamos um na frente do outro, como se fôssemos nos beijar.

— Diga a Sua Majestade que jantarei com ele, se me permitir, e que farei o possível para animá-lo — falo claramente, e Thomas faz uma reverência e sai.

— Animá-lo? — observa Agnes. — Como? Aplicando-lhe um novo enema? — Todas elas riem como se fosse uma grande tirada.

— Tentarei animá-lo, se ele não estiver determinado a ser infeliz — digo. — E cuidado com suas maneiras.

Ninguém pode dizer que não cumpro meu dever de esposa, mesmo que seja desagradável. E pelo menos nessa noite verei Thomas, que virá para me levar e depois trazer dos aposentos do rei, de modo que teremos alguns momentos juntos. Se pudéssemos ir a algum lugar sem sermos vistos, ele me beijaria, sei que sim, e eu me derreto toda só em pensar.

Jane Bolena, Hampton Court, abril de 1541

— Muito bom — diz meu tio Howard. — A ferida do rei não melhorou, mas pelo menos ele voltou aos bons termos com a rainha. Ele tem ido para a sua cama?

— Na noite passada. Ela teve de desempenhar o papel masculino, montar nele, excitá-lo, ela não gosta disso.

— Não importa, contanto que o ato seja realizado. Ele gosta?

— Certamente. Que homem não gosta?

Ele balança a cabeça assentindo, com um sorriso sinistro.

— E ela desempenhou o seu papel com perfeição? Ele está convencido de que quando se afastou da corte ela ficou desolada com a sua ausência e que está sempre com medo de que volte para a mulher de Cleves?

— Acho que sim.

Ele dá uma breve risada.

— Jane, minha Jane, que duque maravilhoso você não daria. Teria sido o chefe da nossa casa, é um desperdício como mulher. Seus talentos são todos esmagados sendo uma mulher. Se tivesse um reino a defender, teria sido um grande homem.

Não consigo reprimir o sorriso. Tinha percorrido um longo caminho até o chefe da família me dizer que eu deveria ter sido um duque como ele.

— Tenho um pedido a fazer — digo, enquanto gozo de tão alto prestígio.

— Oh, sim? Eu quase diria "tudo o que quiser".

— Sei que não pode me dar um ducado — começo.

— Você é Lady Rochford — me lembra ele. — Nossa luta para manter o seu título foi bem-sucedida, recebeu parte de sua herança Bolena, independentemente do que perdeu.

Não respondo que o título não é muito já que a casa que tem meu nome está ocupada pela irmã de meu marido e por seus filhos, e não por mim.

— Estava pensando em outro título — sugiro.

— Que título?

— Estava pensando que podia me casar de novo — replico, agora, audaciosamente. — Não para deixar esta família, mas para fazer uma aliança com outra casa eminente. Para aumentar nosso poder, nossas influências, para aumentar minha fortuna, e possuir um título mais elevado. — Faço uma pausa. — Por nós, milorde. Para o progresso de todos nós. Milorde gosta que suas mulheres ocupem posições vantajosas, e eu gostaria de me casar de novo.

O duque vira-se para a janela, de modo que não posso ver seu rosto. Fica assim por um longo tempo e quando torna a se virar, não há nada o que ver: sua expressão parece um quadro de tão imóvel e impassível.

— Tem algum homem em mente? — pergunta ele. — Um favorito?

Nego balançando a cabeça.

— Nem mesmo sonharia com isso — replico com esperteza. — Simplesmente apresento a sugestão para que reflita sobre que aliança poderia nos convir, a nós os Howard.

— E que posição lhe conviria? — pergunta ele sedutoramente.

— Gostaria de ser uma duquesa — respondo francamente. — Gostaria de usar arminho. Gostaria de ser chamada de Sua Graça. E gostaria de ter terras em meu nome, por direito próprio, e não por causa de meu marido.

— E por que deveríamos pensar em uma aliança tão importante para você? — pergunta como se eu já soubesse a resposta.

— Porque serei parenta do próximo rei da Inglaterra — murmuro.

— De uma maneira ou de outra? — pergunta ele, pensando no rei doente deitado com nossa garota em cima dele, trabalhando-o com todo empenho.

— De uma maneira ou de outra — replico, pensando no jovem Culpepper preparando seu caminho lentamente para a cama da rainha, achando que está obedecendo aos seus desejos, sem saber que está obedecendo ao nosso plano.

— Vou pensar sobre isso — diz ele.

— Gostaria de me casar de novo — repito. — Gostaria de um homem na minha cama.

— Sente desejo? — pergunta, quase surpreso ao saber que não sou somente uma espécie de cobra de sangue-frio.

— Como qualquer mulher — digo. — Gostaria de um marido e de ter outro filho.

— Mas ao contrário da maioria das mulheres, só quer esse marido se ele for um duque — diz ele com um ligeiro sorriso. — E supostamente rico.

Sorrio de volta.

— Sim, milorde — replico. — Não sou tola a ponto de me casar por amor, como alguns que conhecemos.

Ana, palácio de Richmond, abril de 1541

Cálculo e, para dizer a verdade, um quê de vaidade, me levaram à corte no Natal, e acho sensato estar lá para lembrá-lo de que sou sua nova irmã. Mas o medo me trouxe de volta para casa rapidamente. Muito tempo depois das festividades e presentes serem esquecidos, o medo persiste. O rei estava alegre no Natal, mas na Quaresma, seu humor ficou sombrio, e estou feliz por estar aqui e ser esquecida pela corte. Decidi não ir à corte para a Páscoa, tampouco partirei com eles no verão. Estou com medo do rei, vejo nele a tirania do meu irmão e a loucura do meu pai. Vejo seus olhos irrequietos e desconfiados e tenho a impressão de já tê-los visto antes. Não é um homem que transmita segurança e acho que o resto da corte vai se dar conta de que seu belo rapaz transformou-se em um homem forte, e agora esse homem está gradativamente se tornando incontrolável.

O rei fala iradamente contra os reformadores, protestantes e luteranos, e minha consciência e meu senso de segurança me encorajam a frequentar a igreja e a observar as maneiras antigas. A fé da princesa Mary é um exemplo para mim, porém até mesmo sem ela estaria me ajoelhando ao sacramento e acreditando que o vinho é sangue e o pão é corpo. É arriscado demais não pensar assim na Inglaterra de Henrique, onde nem mesmo os pensamentos estão em segurança.

Por que ele, tolerante com seu poder e prosperidade, fica procurando, como um animal selvagem, a quem ameaçar? Se ele não fosse o rei, o povo diria que é um louco que se casou com uma jovem e que depois de alguns meses do casamento, está caçando mártires para a fogueira. Um homem que escolheu o dia de seu casamento para a execução de seu maior amigo e conselheiro. É um homem louco e perigoso, e aos poucos todos começam a ver isso.

Ele meteu na cabeça que existe uma conspiração de reformadores e protestantes para derrubá-lo. O duque de Norfolk e o arcebispo Gardiner estão determinados a manter a Igreja como está agora, privada de sua riqueza, mas basicamente católica. Querem que a reforma se paralise onde está. A pequena Kitty não pode dizer nada que os contradiga, pois não sabe nada; na verdade, tenho dúvidas de que saiba alguma reza em seu livro de orações. Obedecendo às suas suspeitas, o rei ordenou que os bispos, e até mesmo os padres, persigam e capturem homens e mulheres nas igrejas por toda a Inglaterra que não demonstrem o respeito devido na elevação da hóstia, que os acusem de heresia e mandem queimá-los.

O mercado de carne em Smithfield tornou-se um lugar de sofrimento humano assim como animal, tornou-se um grande centro de queimação de mártires, e abriga um depósito de feixes de madeira e estacas para os homens e mulheres que os clérigos de Henrique podem descobrir para satisfazê-lo. Ainda não chamam de Inquisição, mas é uma Inquisição. Os jovens, as pessoas ignorantes, os idiotas e os poucos com uma convicção apaixonada são interrogados minuciosamente sobre pequenos detalhes de teologia até, confusos e assustados, caírem em contradição. Então são declarados culpados, e o rei, o homem que deveria ser o pai do seu povo, manda que os arrastem e queimem nas fogueiras.

O povo ainda fala de Robert Barnes que perguntou ao xerife quem o estava levando à fogueira, qual a razão de sua morte. O xerife não sabia, também não sabia seu crime. Tampouco a multidão que foi assistir sabia. O próprio Barnes não sabia quando acenderam o fogo ao redor de seus pés. Não tinha feito nada contra a lei, não tinha dito nada contra a Igreja. Era inocente de qualquer crime. Como esse tipo de coisa pode acontecer? Como um rei que foi o belo príncipe da cristandade, o Defensor da Fé, a luz de sua nação, se tornou um — atrevo-me a dizer o nome? — um monstro como esse?

Isso me faz sentir um arrepio como se estivesse com frio, mesmo aqui em minha câmara privada aquecida, em Richmond. Por que o rei se tornou tão vingativo em sua felicidade? Como pode ser tão cruel com seu povo? Por que é tão extravagante em seus acessos repentinos de fúria? Como alguém tem coragem de viver na corte?

Jane Bolena, Hampton Court, abril de 1541

Temos o nosso candidato para o favor da rainha e não fiz quase nada para apressar o flerte. Sem qualquer estímulo além do desejo de uma garota, ela se apaixonou por Thomas Culpepper, e pelo que vejo, ele por ela. A perna do rei está doendo menos e ele tem saído de seus aposentos privados desde a Páscoa, e a corte voltou ao normal. Mas ainda há várias oportunidades para o jovem casal se encontrar e, realmente, ele próprio joga um para o outro, mandando Culpepper dançar com a rainha, ou aconselhando-a no jogo quando Culpepper está dando as cartas. O rei gosta de Culpepper como seu camareiro favorito, e o leva junto a todo lugar, se deleitando com seu charme e sagacidade, e sua boa aparência. Sempre que visita a rainha, Culpepper vai atrás, e o rei gosta de ver os dois jovens juntos. Se não estivesse cego por sua monstruosa vaidade, veria que está jogando um nos braços do outro; mas em vez disso, vê os três como formando um trio alegre, e acha que Culpepper lembra-o em sua juventude.

A rainha-menina e o cortesão-menino são parceiros em um jogo de cartas, com o rei supervisionando as cartas de ambos, como um pai indulgente de dois filhos lindos, quando o duque de Norfolk dá a volta na sala para falar comigo.

— Ele voltou a frequentar o quarto dela? Ela está se deitando com ele como deveria?

— Sim — respondo, quase sem mover os lábios, meu rosto virado para o belo par e o ancião afetuoso. — Mas o efeito, ninguém sabe.

Ele assente balançando a cabeça.

— E Culpepper está disposto a ter relação com ela?

Sorrio e ergo o olhar para ele.

— Como vê, ela está louca de desejo por ele, e ele por ela.

Ele balança a cabeça concordando.

— Foi o que achei. Ele é um importante favorito do rei, o que é bom para nós. O rei gosta de vê-la dançar com seus favoritos. E ele é um cretino sem consciência, o que é vantagem para nós também. Acha que é imprudente o bastante para arriscar?

Levo um momento admirando como o duque é capaz de tramar sem tirar os olhos de sua vítima, e qualquer um acharia que não está falando de nada além do tempo.

— Acho que ele está apaixonado por ela, que arriscaria a própria vida por ela, neste mesmo instante.

— Que lindo — diz ele acidamente. — Teremos de vigiá-lo. Ele tem gênio. Houve um incidente, não houve? Ele violentou a mulher de um guarda-caça, não foi?

Sacudo a cabeça e olho para longe.

— Nunca soube disso.

Oferece-me seu braço e juntos descemos a galeria.

— Violentou-a e matou o marido que tentou defendê-la. O rei perdoou-o pelos dois atos.

Estou velha demais para me chocar.

— Realmente, um favorito — digo secamente. — O que mais o rei lhe perdoaria?

— Por que Catarina se apaixonou justo por ele entre tantos outros? Não há nada nele digno de elogio, exceto juventude, beleza e arrogância.

Rio.

— Para uma garota casada com um homem feio e com idade para ser seu avô, isso provavelmente é o bastante.

— Bem, ela pode tê-lo, se quiser, e posso encontrar outro jovem para colocar no seu caminho. Estou de olho em um antigo favorito dela que acaba de retornar da Irlanda e ainda está apaixonado. Pode encorajá-la durante a viagem de verão? Ela será menos vigiada, e se conceber neste verão, poderá ser coroada antes do Natal. Eu me sentirei mais seguro quando ela tiver a coroa na cabeça e um bebê na barriga, principalmente se o rei adoecer de novo. Seu médico disse que seus intestinos estão bloqueados.

— Posso ajudar os dois — replico. — Posso facilitar o encontro dos dois. Mas nada além disso.

O duque sorri.

— Culpepper é um patife e ela sabe flertar, duvido que precise mais do que isso, minha cara Lady Rochford.

Ele está tão afetuoso e confiante que me atrevo a pôr minha mão em seu braço quando se move de volta ao círculo interno.

— E os meus próprios interesses — lembro-lhe.

Sorri e não hesita.

— Ah, seu desejo de se casar — diz ele. — Estou perseguindo algo. Depois eu conto.

— Quem é? — pergunto. Tolice, mas me pego suspendendo a respiração feito uma garota. Se me casar logo, não é impossível eu ter outro filho. Se eu me casar com um homem importante, poderei iniciar uma grande família, construir uma grande casa, juntar uma fortuna para legar aos meus herdeiros. Poderei fazer mais do que os Bolena fizeram. Poderei ver minha família ascender. Poderei deixar uma fortuna; e a vergonha e o sofrimento do meu primeiro casamento serão esquecidos no glamour do segundo.

— Vai precisar ser paciente — diz ele. — Antes vamos resolver a questão com Catarina.

Catarina, Hampton Court, abril de 1541

É primavera. Nunca prestei tanta atenção em uma estação em toda a minha vida. Mas neste ano o sol brilha tão intenso e os pássaros cantam tão alto que desperto ao amanhecer com cada poro de minha pele como seda, e meus lábios úmidos, e meu coração batendo de desejo. Rio sem motivo, tenho vontade de presentear minhas damas e vê-las felizes. Quero dançar, correr pelas longas aleias do jardim, rodar e cair na grama, sentindo o perfume das primaveras. Tenho vontade de cavalgar o dia inteiro e dançar a noite inteira e jogar a fortuna toda do rei. Tenho um apetite voraz, experimento todos os pratos servidos na mesa real, depois mando os melhores para uma ou outra mesa; mas nunca, nunca mesmo, para ele.

Tenho um segredo, um segredo tão grande que tem dias que acho que não vou conseguir respirar de tanto que queima minha língua, louca para contar. Tem dias que é como uma comichão que me dá vontade de rir. Todo dia, toda noite e dia, é como a pulsação quente e insistente da luxúria.

Uma pessoa sabe, somente uma. Olha para mim durante a missa, quando espio do camarote da rainha e o vejo lá embaixo. Devagar, bem devagarzinho, sua cabeça gira como se sentisse meu olhar. Ele olha para mim, me dá aquele sorriso, o que começa em seus olhos azuis e se move para a sua boca beijável, e depois me dá uma piscadela rápida, insolente. Porque ele conhece o segredo.

Durante a caça, o seu cavalo fica ao lado do meu, e quando sua mão sem luva roça na minha luva, é como seu eu fosse escaldada por seu toque. Nesse momento, não me atrevo nem mesmo a olhar para ele. Não faz nada além disso, do toque delicado, só para me dizer que conhece o segredo, que também sabe do segredo.

E quando estamos dançando e o passo nos aproxima e nos faz dar as mãos e temos, conforme as regras da dança, de nos olharmos enquanto giramos, baixamos o olhar ou olhamos para longe, ou parecemos indiferentes. Não nos atrevemos a ficar perto demais um do outro, não me atrevo a pôr o rosto perto do dele, não me atrevo a olhar em seus olhos, sua boca quente, a tentação do seu sorriso.

Quando beija minha mão ao sair dos meus aposentos, não toca em meus dedos com seus lábios, ele respira neles. É a sensação mais extraordinária, mais forte do mundo. Tudo o que sinto é o calor do seu hálito. Sob seu toque delicado, tão leve, deve perceber os meus dedos se agitarem como uma bela campina sob a brisa.

E que segredo é esse que me faz despertar ao alvorecer e me deixa agitada como uma lebre até escurecer, quando meus dedos tremem ao calor de seu hálito? É tão secreto que não o nomeio nem mesmo para mim. É um segredo. É um segredo. Eu me abraço a ele no escuro da noite, quando o rei Henrique finalmente adormece e posso achar um pedaço da cama que não ficou quente com seu corpanzil nem fedendo com a sua ferida, e formo as palavras em minha cabeça, mas não as murmuro nem para mim mesma: "Tenho um segredo."

Puxo meu travesseiro para mim, afasto um cacho de cabelo do meu rosto, aliso minha bochecha no travesseiro, e estou pronta para dormir. Fecho os olhos: "Tenho um segredo."

Ana, palácio de Richmond, maio de 1541

O meu embaixador, o Dr. Harst, me traz a notícia mais chocante, mais lamentável que já ouvi. Enquanto me contava, eu estremecia a cada palavra. Como o rei pôde fazer uma coisa dessas? O rei mandou executar Margaret Pole, a condessa de Salisbury. O rei ordenou a morte de uma inocente, de uma mulher de quase 70 anos, sem nenhum motivo. Ou se teve um motivo, foi o que governa tantos dos seus atos: nada além de seu próprio rancor insano.

Deus meu, ele está se tornando um homem aterrador. Aqui em Richmond, em minha pequena corte, ponho o manto em volta do meu corpo, digo às minhas damas que não precisam me acompanhar, que eu e o embaixador vamos dar uma volta no jardim. Não quero que ninguém veja o medo em meu rosto. Agora tenho certeza de como fui afortunada, de como escapei por um triz. Fui poupada graças à misericórdia de Deus. Havia todas as razões para temer o rei como um louco assassino. Todos me alertaram e apesar de eu sentir medo não sabia como ele podia ser cruel. Essa perversidade, essa maldade insana contra uma mulher com idade para ser sua mãe, a protegida de sua avó, a melhor amiga de sua mulher, a madrinha de sua própria filha, uma santa mulher, inocente de qualquer crime — isso me prova de uma vez por todas que ele é um homem extremamente perigoso.

Mandou tirarem uma mulher de quase 70 anos da cama e a decapitarem sem nenhuma razão! Absolutamente nenhuma, a não ser causar o desespero do seu filho, de sua família, aqueles que a amavam. Esse rei é um monstro, e apesar de sorrir tão ternamente para a sua jovem esposa, apesar de ser tão gentil e generoso comigo, não posso nunca esquecer que Henrique da Inglaterra é um monstro e um tirano, e ninguém está a salvo em seu reino. Não poderá haver segurança no país com um homem como esse no trono. Ele deve estar louco para se comportar dessa maneira. Esta é a única explicação. Ele deve estar completamente louco, e vivo em um país governado por um rei insano, e dependo de seu favor para a minha segurança.

O Dr. Harst estende seu passo para me acompanhar, estou andando como se pudesse sair desse reino a pé.

— Está angustiada — diz ele.

— Quem não estaria? — Olho em volta, estamos falando em alemão e não podemos ser compreendidos, meu pajem ficou para trás. — Por que o rei mandou executar Lady Pole? Ele a mantém na Torre há anos. Ela não poderia estar tramando contra ele! Ela não vê ninguém a não ser seus carcereiros há anos, ele já matou metade de sua família e prendeu o resto na mesma Torre.

— Ele não achou que ela estava conspirando — responde ele calmamente. — Mas a nova insurreição no norte é para restaurar a antiga religião, estão querendo que a família Pole reine de novo. A família é papista e muito querida, vieram do norte, são a família real de York, os Plantageneta. São da antiga fé. O rei não tolera nenhum rival, nem mesmo um rival inocente.

Estremeço.

— Então por que ele não envia uma missão contra o norte? — pergunto. — Poderia liderar um exército para derrotar os rebeldes. Por que decapitar uma velha senhora em Londres por causa da rebelião no norte?

— Dizem que ele a odeia desde que ela ficou do lado da rainha Catarina de Aragão contra ele — replica com calma. — Quando ele era jovem, a admirava e respeitava. Ela era a última princesa Plantageneta, seu sangue mais azul do que o dele. Mas quando ele rejeitou a rainha, Lady Pole ficou ao seu lado e a defendeu.

— Foi há muitos anos.

— Ele não esquece um inimigo.

— Por que não combater os rebeldes como fez antes?

Ele abaixa mais a voz.

— Dizem que tem medo. Como teve antes. Ele nunca os combateu, mandou o duque, Thomas Howard. Ele não combate pessoalmente.

Dou passadas mais largas e o embaixador me alcança, o pajem fica ainda mais para trás.

— Nunca estarei realmente segura — digo quase para mim mesma. — Não enquanto ele viver.

Ele balança a cabeça concordando.

— Não pode confiar na sua palavra — diz ele sem rodeios. — E se ofendê-lo, ele jamais esquecerá.

— Acha que tudo isso — meu gesto abrange o belo parque, o rio, o palácio deslumbrante —, que tudo isto é somente um suborno? Para me manter calada, manter meu irmão calado, enquanto o rei faz seu filho em Catarina? E que quando ela der à luz, e for coroada rainha, enfim depois de ser feito o que devia ser feito, ele mande me prender por traição ou heresia, ou qualquer outra ofensa que inventar, para mais tarde também me assassinar?

O embaixador fica lívido de medo com minha sugestão.

— Queira Deus que não. Mas não podemos ter certeza — diz ele. — Na época, achei que ele queria um acordo duradouro, uma amizade duradoura com a senhora. Mas não podemos saber. Com esse rei não podemos ter certeza de nada. Na verdade, talvez tenha pretendido uma amizade, mas amanhã mesmo é capaz de mudar de opinião. É o que todos dizem sobre ele. Que é temível e volúvel, nunca sabem quem ele vai ver como inimigo. Não podemos confiar no rei.

— Ele é um pesadelo! — falo sem pensar. — Vai fazer sempre o que quiser, pode fazer tudo o que quiser. Ele é um perigo. É um terror.

O sóbrio embaixador não corrige meu exagero. Balança a cabeça friamente, confirmando.

— Ele é um terror — concorda. — Esse homem é o terror de seu povo. Graças a Deus, a senhora está longe dele. E que Deus proteja sua jovem esposa.

Jane Bolena, Hampton Court, junho de 1541

O rei, apesar de parecer mais velho e abatido, pelo menos retornou à corte e vive como um rei e não mais como um paciente enfraquecido. Seu gênio é uma maldição para os criados, e seus ataques de fúria fazem a corte estremecer. O veneno em sua perna e em seus intestinos transbordam em sua natureza. Seu Conselho Privado anda na ponta dos pés com medo de ofendê-lo: pela manhã, ele diz uma coisa, e à noite, defende apaixonadamente o oposto. Age como se não se lembrasse da manhã, e ninguém se atreve a lembrar-lhe. Aquele que discordar dele é considerado desleal, e a acusação de traição pende no ar como o mau cheiro de sua ferida. Esta é uma corte de vira-casacas habituais, mas ainda assim nunca vi na vida homens mudarem de opinião com tanta rapidez. O rei contradiz a si mesmo diariamente e concordam com ele independentemente do que disser.

A execução da condessa de Salisbury abalou a todos nós, até mesmo os mais insensíveis. Todos nós a conhecíamos, todos nós nos orgulhávamos de ser seus amigos quando ela era a grande amiga e aliada da rainha Catarina, e a última da nossa família real de York. Foi fácil esquecê-la quando perdeu o favor e ficou longe, no campo. Mais difícil foi ignorar sua presença silenciosa quando estava na Torre e, como também todos sabiam, mal-acomodada, com frio e mal-alimentada, lamentando a perda de sua família, com até mesmo seus netos pequenos desaparecidos nas salas trancadas da Torre. Foi insuportável quando o rei, sem aviso, se pôs contra ela e mandou que a tirassem da cama, também sem aviso, e que fosse decapitada.

Dizem que ela fugiu do machado, que não fez um discurso digno nem baixou a cabeça para ele. Não confessou nada e insistiu em sua inocência. Caiu no cadafalso e se arrastou para escapar, o carrasco tendo de correr atrás dela, golpeando seu pescoço mais de uma vez. Causa-me arrepios ouvir isso, me dá náusea ouvir isso. Ela rastejou para escapar do mesmo cepo que prepararam para Ana. Quantas cabeças de mulheres ele colocará sobre esse cadafalso? Quem será a próxima?

Catarina lida com esse Henrique irritável melhor do que esperávamos. Ela não se interessa nem por religião nem por poder, de modo que ele não fala com ela sobre sua política e ela não sabe que as decisões que ele toma pela manhã são derrubadas e substituídas pelo seu oposto quando a noite cai. Sem nenhuma ideia na cabeça, ela não discute com ele. Ele a trata como um bichinho de estimação, um cachorrinho, que está ali para ser acariciado por ele e mandado embora quando o aborrece. Ela reage bem a isso e tem o bom senso de ocultar seus sentimentos por Culpepper sob um véu de esposa dedicada. Além do mais, que dono se incomodaria em perguntar a seu cachorrinho se ele sonha com algo melhor?

Ele a apalpa na frente de toda a corte, sem o menor constrangimento. Durante o jantar, na frente de todos, pega em seu seio e vê o rubor subir ao rosto dela. Pede-lhe um beijo e quando ela lhe oferece a face, ele lhe dá um beijo demorado na boca e apalpa sua anca. Ela nunca o repele, nunca recua. Quando observo com atenção, percebo que se enrijece quando ele a toca, mas nunca faz nada que provoque sua raiva. Para uma garota de 15 anos, ela se sai muito bem. Para uma garota loucamente apaixonada por outro homem, ela realmente se sai muito bem.

Mesmo com os momentos secretos que ela consegue com Culpepper entre a hora do jantar e a dança, à meia-noite está sempre na cama, sua bela camisola amarrada folgadamente, a touca branca fazendo seus olhos parecerem grandes e luminosos: um anjo sonolento aguardando o rei. Se ele vem tarde para a sua cama, ela às vezes adormece. Dorme feito uma criança, e tem o hábito de alisar a bochecha no travesseiro quando deita a cabeça, é muito cativante. Ele chega de camisola com seu manto grosso sobre os ombros largos, a perna doente enfaixada, mas a mancha do pus passando pela atadura branca. A maior parte das noites, Thomas Culpepper fica ao seu lado, a pesada mão real apoiando-se no ombro do rapaz. Culpepper e Catarina nunca trocam mais do que um olhar quando ele leva seu marido velho para a sua cama. Ele olha para a cabeceira atrás dela, onde as iniciais do rei estão entalhadas, entrelaçadas com as dela e olha para os lençóis de seda bordada. Tira o manto dos ombros gordos do rei, enquanto um camareiro ergue os lençóis. Dois pajens levantam o rei até a cama e o firmam quando ele se equilibra na perna boa. O mau cheiro da ferida supurada enche o quarto e Catarina nunca se retrai. Seu sorriso é inalterável e acolhedor. O rei geme quando se deita, e eles gentilmente põem suas pernas debaixo das cobertas, e ela não perde a compostura nem por um instante. Todos saímos, recuando reverentemente, e só depois de fecharmos a porta, relanceio os olhos para Thomas Culpepper e vejo que seu rosto jovem está contorcido com uma carranca.

— Você a quer — digo-lhe baixinho.

Ele me olha de relance com uma negativa em seus lábios, mas então dá de ombros e não diz nada.

— Ela quer você — falo.

De imediato ele agarra meu cotovelo e me leva ao vão da janela, quase coberto pela cortina espessa.

— Ela lhe disse isso? Com estas palavras?

— Sim.

— Quando ela lhe disse isso? O que ela disse?

— Quase todas as noites, depois que o rei adormece, ela sai quarto. Tiro sua touca, escovo seu cabelo, às vezes ela quase chora.

— Ele a machuca? — pergunta, chocado.

— Não — respondo. — Ela chora de desejo. Noite após noite, ela fica em cima dele, para lhe dar prazer, e tudo o que pode fazer por si mesma é se enroscar tesa, como uma corda de arco pronta para disparar.

Culpepper faz uma cara que, se eu não estivesse a serviço de milorde duque, não conseguiria reprimir o riso.

— Ela chora de desejo?

— Como se gritasse de desejo — digo. — Algumas noites lhe dou um pouco de pó sonífero, outras noites, ela toma vinho temperado. Mas ainda assim, há noites em que não dorme por horas seguidas. Fica andando pela câmara, puxando as fitas de sua camisola, dizendo que está queimando.

— Ela sempre sai do quarto quando o rei dorme?

— Se você voltasse em uma hora, ela estaria saindo do quarto — murmuro.

Ele hesita por um momento.

— Não me atreveria — replica ele.

— Poderia vê-la — provoco-o. — Quando sai da cama dele com o desejo não saciado, só querendo você.

Seu rosto é o retrato da fome.

— Ela quer você — repito. — Escovo seu cabelo, ela joga a cabeça para trás e murmura: "Oh, Thomas."

— Murmura o meu nome?

— Ela é louca por você.

— Se fôssemos pegos juntos seria a sua morte, e a minha — diz ele.

— Poderia apenas ir para conversar com ela — digo. — Acalmá-la. Seria prestar um serviço ao rei. Por quanto tempo ela pode continuar assim? O rei apalpando-a todas as noites, despindo-a, passando os olhos e as mãos por todo o seu corpo, tocando em cada polegada dela, e nunca lhe dando um instante de paz? Ela está tensa, já disse, retesada como uma corda de alaúde excessivamente distendida.

Sua garganta se contrai e ele se reprime.

— Se eu pudesse pelo menos falar com ela...

— Volte em uma hora e deixarei que entre — digo. Estou quase sem fôlego como ele, tão excitada com minhas próprias palavras quanto ele. — Podem conversar em sua câmara privada, o rei estará dormindo no quarto. Ficarei com os dois o tempo todo. O que podem dizer, se eu estiver com os dois o tempo todo?

Curiosamente, ele não confia em minha amizade; se retrai e me olha com desconfiança.

— Por que me faria isso? — pergunta. — O que ganharia com isso?

— Sirvo à rainha — replico imediatamente. — Sempre sirvo à rainha. Ela quer a sua amizade, quer vê-lo. Tudo o que faço é tornar isso seguro para ela.

Ele deve estar louco de amor para achar que alguém é capaz de garantir a segurança do encontro dos dois.

— Em uma hora — diz ele.

☙

Espero ao lado do fogo enquanto se extingue. Estou cumprindo meu dever com o duque, mas minha mente desvia o tempo todo para o meu marido George, e para Ana. Ele costumava esperá-la vir da cama do rei, exatamente como espero agora, exatamente como Culpepper esperará pela rainha. Sacudo a cabeça, jurei não pensar mais neles. Ficava louca, antes, ao pensar neles, e agora que desapareceram, não preciso me atormentar mais com eles.

Depois de algum tempo, a porta do quarto se abre e Catarina aparece. Suas olheiras estão fundas e sua face, pálida.

— Lady Rochford — diz ela em um sussurro ao me ver. — Preparou meu vinho?

Sou despertada para o presente.

— Está pronto. — Levo-a para a cadeira mais perto do fogo. Ela põe seus pés descalços sobre o guarda-fogo. Estremece.

— Ele me dá nojo — diz ela inconsequentemente. — Meu Deus, tenho nojo de mim mesma.

— É o seu dever.

— Não posso cumpri-lo — diz ela. Fecha os olhos e põe a cabeça para trás. Uma lágrima corre por debaixo de suas pálpebras fechadas e desliza para a sua bochecha pálida. — Nem mesmo por joias. Não posso continuar a fazer isso.

Faço uma pausa e então, murmuro:

— Vai ter uma visita hoje à noite.

Ela senta-se ereta imediatamente, alerta.

— Quem?

— Alguém a quem quer ver — respondo. — Alguém a quem deseja há meses, talvez há anos. Quem mais gostaria de ver?

O rubor toma seu rosto.

— Não pode estar querendo dizer... — começa ela. — Ele está vindo?

— Thomas Culpepper.

Ela emite um breve arquejo e fica em pé com um pulo.

— Tenho de me vestir — diz ela. — Tem de me pentear.

— Não pode — replico. — Vou girar a chave do quarto de dormir.

— E trancar o rei lá dentro?

— É melhor isso do que ele acordar e sair. Podemos sempre encontrar uma desculpa.

— Quero meu perfume!

— Esqueça.

— Não posso recebê-lo assim.

— Devo detê-lo na porta e mandá-lo embora?

— Não!

Há uma batida discreta na porta, tão discreta que eu não a escutaria se não tivesse ouvidos de espião.

— Aí está ele.

— Não o deixe entrar! — Ela põe a mão em meu braço. — É perigoso demais. Meu Deus, não vou pô-lo em perigo.

— Ele só quer conversar — tranquilizo-a. — Não há mal nenhum nisso. — Sem fazer ruído, abro a porta para ele. — Está tudo bem — digo ao sentinela. — O rei mandou chamar Thomas Culpepper. — Abro mais a porta e Culpepper entra.

Perto do fogo, Catarina se levanta. O fulgor da lareira ilumina seu rosto e doura sua camisola. Seu cabelo, caído sobre o rosto, brilha na luz, seus lábios se entreabrem para dizer o nome dele, sua cor se acentua. As fitas da camisola estremecem em seu pescoço, onde sua pulsação se acelera.

Culpepper vai até ela como um homem em um sonho. Estende a mão que ela aceita e leva imediatamente ao rosto. Ele segura seu cabelo, sua outra mão procura cegamente sua cintura, e se aproximam como se estivessem esperando há meses para se tocarem. E de fato esperaram. As mãos dela vão para os ombros dele, ele a puxa para mais perto, sem uma palavra, ela lhe oferece a boca, e ele baixa a cabeça e aceita.

Giro a chave da porta de entrada para que o sentinela não entre. E volto à porta do quarto de dormir, e fico de costas para ela, meus ouvidos alertas a qualquer ruído do rei. Posso escutar o som estertoroso de sua respiração sibilante, e um arroto alto. À minha frente, sob a luz do fogo, Thomas Culpepper desliza a mão dentro da gola da camisola dela, vejo-a jogar a cabeça para trás, sem resistir, enquanto ele toca seu peito. Deixa que a acaricie e passa os dedos pelo cabelo castanho ondulado, puxando o rosto dele para seu pescoço exposto.

Não consigo desviar o olhar. É como sempre imaginei, quando pensava em George com sua amante. Um prazer como uma faca, desejo como dor. Ele senta-se na cadeira de espaldar alto e a puxa para si. Não posso ver muito mais do que o espaldar da cadeira e as silhuetas dos dois, escuras contra o brilho do fogo. É como um bailado de desejo, quando ele pega seus quadris e faz com que ela escarranche sobre ele. Vejo-a atrapalhar-se com a meia dele, enquanto ele desata a parte da frente de sua camisola. Estão a ponto de realizar o ato comigo observando-os. Não sentem vergonha: eu no mesmo quarto, e seu marido atrás da porta. Totalmente dominados pelo desejo desenfreado, são capazes de fazer aqui e agora, na minha frente. Mas respiro, tenho de ver tudo. A respiração pesada do rei adormecido combina com o arfar silencioso deles. Estão se mexendo no mesmo ritmo, e vejo o brilho da coxa clara dela quando tira a camisola, e o ouço gemer, e então sei que ela abriu as pernas sobre ele, que a penetra. Ouço um suspiro de desejo, e sou eu, excitada com a lascívia de outros. A cadeira range quando ela se agarra no espaldar e balança para a frente e para trás dele, a respiração se acelerando, ele impulsionando dentro dela. Ouço-a começar a gemer quando o prazer cresce e temo que acordem o rei, mas nada pode detê-los, nem mesmo que ele acorde e grite, nem mesmo que ele force a porta e saia. Estão presos um ao outro pelo desejo, não conseguem se soltar. Sinto minhas pernas fraquejarem enquanto os gritinhos de Catarina aumentam, e escorrego para o chão, fico de joelhos, observando-os, mas vejo a cara ávida de George, e sua amante montada nele, até Catarina, de repente, soltar um arquejo e cair sobre o ombro de Thomas, no mesmo momento em que ele geme e a segura, e então, os dois se aquietam.

Parece muito tempo até ela murmurar algo e se mexer. Culpepper a solta, ela se levanta, baixando a bainha da camisola e sorrindo para ele enquanto vai para perto do fogo. Ele se levanta da cadeira e se ajeita, depois estende a mão para ela e a abraça por trás, aninhando-se em seu pescoço, seu cabelo. Como uma menina apaixonada pela primeira vez, ela se vira e lhe oferece a boca, beija-o como se o adorasse, beija-o como se fosse um amor que durasse para sempre.

CB

De manhã, vou procurar milorde duque. A corte está se preparando para caçar e a rainha está sendo erguida para a sela por um dos amigos do rei. O próprio rei, colocado em cima de seu cavalo, está com o humor alegre, rindo das rédeas novas de couro vermelho de Culpepper, e chamando seus cães. O duque não vai montar hoje, e permanece à porta, observando os cavalos e cães no frio da manhã. Antes de montar meu cavalo, paro ao seu lado.

— Está feito — digo. — Na noite passada.

Balança a cabeça como se eu estivesse lhe dizendo o custo do ferreiro.

— Culpepper? — pergunta ele.

— Sim.

— Ela se entregará de novo?

— Quantas vezes puder. Está fascinada.

— Faça com que se mantenha discreta — diz ele. — E me avise quando estiver grávida.

Balanço a cabeça assentindo.

— E o meu caso? — pergunto audaciosamente.

— Seu caso? — repete ele, fingindo ter-se esquecido.

— Meu casamento — replico. — Preciso... me casar.

Ele ergue o sobrolho.

— Melhor estar casada do que queimar por dentro, minha cara Lady Rochford? — pergunta ele. — Mas o seu casamento com George não a impediu de arder por dentro.

— A culpa não era minha — replico rapidamente. — Era dela.

Ele sorri, não precisa perguntar que sombra caiu sobre o meu casamento e inflamou o fogo que incendiou nós todos.

— Que notícias tem do meu casamento? — insisto.

— Estou trocando correspondência, no momento — replica ele. — Quando me disser que a rainha está grávida, a confirmarei.

— Quem é o nobre? — pergunto. — Quem é ele?

— O nobre conde? — pergunta ele. — Espere e veja, minha cara Lady Rochford. Mas acredite, é rico, jovem, bonito e... deixe eu pensar... não a mais de três, talvez quatro passos, do trono da França. Isso a satisfaz?

— Plenamente. — Mal consigo falar de excitação. — Não o decepcionarei, milorde.

Ana, palácio de Richmond, junho de 1541

Recebi uma carta do camareiro-mor me convidando a fazer a viagem de verão com a corte. O rei vai para suas terras no norte, que recentemente se revoltaram contra ele por seu ataque à antiga religião. Vai punir e recompensar, e mandou o carrasco na frente, partindo em segurança atrás. Fico sentada por um longo tempo com a carta em minha mão.

Tento pesar os riscos. Se estiver na corte com o rei e ele gostar da minha companhia, talvez possa garantir minha segurança por mais um ano. Mas da mesma maneira, os homens inclementes de sua corte verão que voltou a gostar de mim e vão fazer de tudo para me afastar dele. O tio de Catarina, o duque de Norfolk, fará o possível para manter sua sobrinha com alto prestígio e não vai gostar nada de comparações entre mim e ela. Terá guardado documentos que provam que fiz parte de uma conspiração papista para destruir o rei. Pode criar provas de coisas piores: adultério ou bruxaria, heresia ou traição. Quem pode saber que declarações solenemente juradas ele reuniu quando achou que eu seria condenada à morte? Não as jogou fora quando o rei decidiu divorciar-se de mim. Deve tê-las guardado. Vai guardá-las para sempre, para o caso de um dia querer me destruir.

Mas se não for, não estarei lá para me defender. Se alguém disser algo contra mim, me associar com os conspiradores do norte ou com a pobre Margaret Pole, a condessa, com o desgraçado Thomas Cromwell, com qualquer coisa que o meu irmão possa fazer ou dizer, não haverá ninguém que fale a meu favor.

Ponho a carta no bolso do vestido e vou até a janela olhar os galhos que balançam no pomar além do jardim. Gosto daqui, gosto de ser dona de mim mesma, gosto de estar no comando de minha própria fortuna. A ideia de entrar na caverna do urso que é a corte inglesa e ter de enfrentar o velho terror monstruoso que é o rei é demais para mim. Acho, e rezo a Deus para estar certa, que não vou viajar com o rei, vou ficar aqui e correr o risco de que falem de mim. Melhor do que viajar sob o perigo constante de atrair inveja. Qualquer coisa é melhor do que estar com ele e ver aqueles olhos de suíno se voltarem para mim e acharem que por algum ato — nada que nem mesmo eu saiba ter cometido — provoquei sua inimizade e ficar em perigo por isso.

Ele é um perigo, é um perigo, é um perigo para todos que estiverem perto dele. Ficarei em Richmond e torcerei para que o perigo que é Henrique me ignore e que eu possa viver aqui em segurança e paz.

Ficarei livre do rebanho assustador que é a corte, ficarei só como um gerifalte, solitário no silêncio arqueado do céu. Tenho razão em estar assustada, mas não vou viver com medo. Vou arriscar. Terei esse verão para mim mesma.

Jane Bolena, Hampton Court, julho de 1541

O duque faz uma visita à sua sobrinha antes de a viagem de verão ter início, e logo percebe que não poderia ter escolhido hora pior. Os aposentos da rainha estão um caos. Nem mesmo os criados mais experientes, nem mesmo sua irmã e sua madrasta veem sentido nas ordens dadas por Catarina, enquanto reclama que não pode partir sem seus vestidos novos, e depois se lembra de que já foram colocados na bagagem e despachados; exige ver sua caixa de joias, acusa uma criada de ter roubado um anel de prata, e depois o encontra, quase se debulha em lágrimas na dúvida se deve ou não levar suas zibelinas a York, e finalmente se joga de bruços na cama e declara que não vai viajar, já que o rei não presta a menor atenção nela, e que prazer terá em York, quando a sua vida não vale a pena ser vivida?

— O que diabos está acontecendo? — sussurra o duque para mim, como se a culpa fosse minha.

— Tem sido assim o dia todo — replico cansada. — Mas ontem foi pior.

— Por que seus criados não cuidam de tudo isso?

— Porque ela interrompe, ordena uma coisa, depois outra. Já fechamos e amarramos seu baú para ser colocado na carroça duas vezes. A responsável por seu guarda-roupa não pode ser culpada, é Catarina que tira tudo de novo atrás de um par de luvas que diz não poder ficar sem.

— É impossível os aposentos da rainha ficarem tão bagunçados — exclama ele, e percebo que, pela primeira vez, está genuinamente preocupado. — Estes são os aposentos da rainha — repete. — Deveriam ser elegantes. Ela deveria ter dignidade. A rainha Catarina de Aragão jamais...

— Nasceu e foi criada para ser rainha, mas estes são os aposentos de uma menina — digo. — E uma garota voluntariosa e mimada. Não se comporta como uma rainha, comporta-se como uma garota. E se quiser virar o lugar de cabeça para baixo por uma fita, fará isso, e ninguém pode lhe dizer para ter modos.

— Você devia poder.

Ergo as sobrancelhas.

— Sua Graça, ela é a rainha. Fez dessa criança a rainha da Inglaterra. Entre a sua criação nas casas de Sua Graça e a indulgência do rei, não lhe ensinaram a ter juízo. Vou esperar até o jantar e então arrumarei tudo, e amanhã tudo isso estará esquecido e ela partirá com tudo do que precisa, e se chegar a deixar alguma coisa para trás, poderá comprar uma nova.

O duque encolhe os ombros e se vira.

— De qualquer maneira, era você que eu queria ver — diz ele. — Vamos para o corredor. Não suporto essa balbúrdia de mulheres.

Pega a minha mão e me conduz para fora da sala. O sentinela põe-se de um lado da porta e nos afastamos para que ele não ouça.

— Pelo menos ela é discreta com Culpepper — diz ele abruptamente. — Ninguém faz ideia. Quantas vezes estiveram juntos?

— Meia dúzia — replico. — E fico feliz que não falem dela na corte. Mas em seus aposentos, pelo menos duas de suas damas sabem que ela o ama. Ela o procura com os olhos, seu rosto se ilumina quando o vê. Sua falta foi sentida pelo menos uma vez na semana passada. Mas o rei vai ao seu quarto toda noite, e durante o dia tem sempre alguém com ela. Ninguém pode provar nada contra eles.

— Terá de descobrir uma maneira de ficarem juntos durante a viagem de verão — diz ele. — Viajando de uma casa para outra, deve haver oportunidades. Não vai adiantar para nós eles só se encontrarem raramente. Precisamos de um filho homem dessa garota, terá de engravidar, de ter relações até engravidar.

Ergo as sobrancelhas ao ouvir tal vulgaridade, mas balanço a cabeça concordando.

— Vou ajudá-la — digo. — Pois sua capacidade de planejar não é melhor do que a de um gato.

— Que planeje como uma cadela no cio — diz ele. — Contanto que ele a tenha.

— E o meu caso? — pergunto para que não se esqueça. — Disse que estava pensando em alguém como marido para mim.

O duque sorri.

— Escrevi ao conde francês. O que acha de ser *madame la comtesse* no inverno?

— Oh! — ofego. — Ele respondeu?

— Demonstrou interesse. Haverá seu dote a ser considerado e um acordo sobre os filhos. Mas prometo uma coisa: se conseguir que essa garota esteja grávida no fim do verão, beijarei sua mão como *madame la comtesse* no inverno.

Quase paro de respirar de ansiedade.

— E ele é jovem?

— É mais ou menos da sua idade, e com uma boa fortuna. Mas ele não insistirá em que viva na França, já perguntei. Ficará feliz com que permaneça dama de companhia da rainha, só pedirá que tenha casa na Inglaterra e na França.

— Ele tem um *chateau*?

— Quase um palácio.

— Eu o conheço? Oh, quem é?

Ele dá um tapinha na minha mão.

— Tenha paciência, minha garota Bolena mais útil. Faça o seu trabalho e terá a sua recompensa. Fizemos um acordo, não fizemos?

— Sim — replico. — Fizemos. Cumprirei a minha parte da barganha. — Olho para ele expectante.

— E eu cumprirei a minha, é claro.

Catarina, castelo de Lincoln, agosto de 1541

Receei que fosse terrivelmente maçante viajar pelo país com pessoas que saem para nos olhar e fazer discursos de lealdade a cada praça de mercado, e o rei senta-se onde pode ser visto pelo povo em cada prefeitura e trinco os dentes para me impedir de bocejar enquanto anciãos gordos discursam em latim — pelo menos suponho que seja latim. Thomas é muito moleque e jura que é etíope porque nos perdemos e estamos na África —, mas é realmente muito engraçado. Os discursos são muito maçantes, mas assim que terminam, há uma mascarada ou dança, um entretenimento, um piquenique, ou algo parecido, e é muito mais divertido ser a rainha em viagem pelo país do que ser rainha na corte, pois passados alguns dias nos mudamos para outra casa ou outro palácio, e não tenho tempo para me aborrecer.

Aqui em Lincoln, o rei mandou que eu e minhas damas nos vestíssemos de verde, e foi como uma mascarada a nossa entrada na cidade. O próprio rei estava de verde-escuro com um arco e flechas no ombro e um gorro com uma pena.

— Ele é o Robin Hood ou a Floresta de Sherwood? — sussurra Thomas Culpepper e tenho de levar minhas luvas à boca para reprimir uma risada.

Todos os lugares a que fomos, Thomas Culpepper sempre estava perto cruzando o olhar comigo ou me fazendo rir, de modo que o discurso mais tedioso é um momento em que sinto seus olhos em mim. E o rei está com o humor e a saúde muito melhores, o que é um alívio para todos nós. Ficou muito irritado com a rebelião no norte, mas parece que agora já foi reprimida e, é claro, ele mandou decapitar a pobre condessa de Salisbury, o que me chateou muito na época, mas agora todas as pessoas más foram derrotadas ou mortas, e podemos voltar a dormir em paz, me disse ele. Fez uma aliança com o imperador contra o rei da França, que vai nos defender da França, ele me disse — agora eles são nossos inimigos, *voilà!* — e isso também é bom.

Não devo perder meu tempo sofrendo pela condessa, pois afinal, ela era muito velha, da idade da minha avó. Mas o melhor de tudo é que quando chegarmos a York, vamos conhecer a corte escocesa, e o sobrinho do rei, o rei Jaime da Escócia. O rei mal pode esperar por isso, nem eu, pois será um grande encontro dos dois países e haverá justas, e os cavaleiros ingleses certamente vencerão pois temos os homens mais valentes e os melhores lutadores. Tom Culpepper vai usar sua nova armadura e eu serei a rainha da Justa, com o novo cortinado no camarote real, e mal posso esperar por isso.

Pratiquei tudo. Ensaiei descer os degraus para o camarote, olhando em volta para sorrir. Ensaiei me sentar no camarote e pratiquei minha expressão graciosa, a que farei quando o povo me aclamar. E ensaiei como devo me debruçar no camarote e entregar os prêmios.

— Devia ensaiar também como respirar — diz Joan Bulmer rudemente.

— Gosto das coisas feitas direito — replico. — Todo mundo vai estar olhando para mim. Quero fazer tudo direito.

Haverá mais de cem cavaleiros ingleses participando do torneio, e acredito que cada um deles pediu para carregar minha prenda. Thomas Culpepper aproveitou a oportunidade para vir à minha sala de audiência, no castelo de Lincoln, ajoelhou-se e perguntou se poderia ser meu cavaleiro.

— O rei ordenou que me pedisse? — digo, sabendo muito bem que não.

Ele tem a elegância de olhar para baixo, como se embaraçado.

— É um pedido meu, do meu coração — diz ele.

— Nem sempre é tão humilde — digo. Estou pensando em um beijo impetuoso e sua mão apertando meu traseiro, como se ele fosse me levantar e pôr sobre seu membro, ali mesmo na galeria, antes de partirmos de Hampton Court.

Ele ergue o olhar, um olhar rápido, de relance, e percebo que está pensando a mesma coisa

— Às vezes me atrevo a ter esperança.

— Certamente age como um homem esperançoso — digo.

Ele dá um risinho e baixa a cabeça. Ponho minhas luvas na boca e as mordo para não rir.

— Conheço minha rainha e dona — diz ele, sério. — Meu coração bate mais forte quando ela passa por mim.

— Oh, Thomas — murmuro.

É tão delicioso que gostaria que isso continuasse o dia inteiro. Uma de minhas damas vem na nossa direção e acho que vai nos interromper, mas Lady Rochford a distrai e ela se detém.

— Tenho sempre de passar direto — digo. — Nunca posso parar pelo tempo que quero.

— Sei — diz ele, e por baixo do tom sedutor há realmente um lamento. Eu o sinto. — Eu sei. Mas tenho de vê-la hoje à noite, tenho de tocá-la.

Não me atrevo a responder, é apaixonado demais, e apesar de só estarem as damas de honra à nossa volta, sei que o meu desejo por ele se inflama em minha face.

— Fale com Lady Rochford — sussurro. — Ela encontrará uma maneira. — Em voz alta, eu digo: — De qualquer maneira, não pode lhe conceder meu favor. Terei de perguntar ao rei quem ele privilegiará.

— Não preciso da prenda se me der um sorriso quando eu for para o combate — diz ele. — Dizem que os escoceses são lutadores excelentes, homens grandes com cavalos fortes. Diga que estará me observando confiante de que não cairei sob a lança de um escocês.

É tão pungente que quase choro.

— Sempre o observo, sabe disso. Sempre o observei lutar, e sempre rezei por sua segurança.

— E eu a observo — diz ele, tão baixinho que mal o ouço. — Eu a olho com tanto desejo, Catarina, meu amor.

Percebo que estão todas me olhando. Levanto-me, um pouco instável, e ele também.

— Poderá montar comigo amanhã — digo, como se não me importasse muito. — Vamos caçar pela manhã, antes da missa.

Ele faz uma reverência e recua, e quando se vira para sair, levo um choque, pois ali, à porta, como um fantasma, tão parecido com um fantasma que por um instante quase acredito que seja um fantasma, está Francis Dereham. Meu Francis, meu primeiro amor, à minha porta usando um manto e um gibão elegantes e um bonito chapéu, como se realmente estivesse se dando muito bem, e tão bonito quanto era naquele tempo em que brincávamos de marido e mulher em minha cama em Lambeth.

— Sr. Dereham — digo claramente, de modo que ele não cometa nenhum erro e perceba que não mais nos trataremos pelo primeiro nome.

Ele entende, pois cai sobre um joelho.

— Sua Graça — diz ele. Tem uma carta na mão e a estende. — Sua respeitada avó, a duquesa, mandou-me trazer-lhe esta carta.

Faço um sinal ao meu pajem, para que Francis veja que não vou me mexer para pegar cartas. O rapaz a pega da mão de Francis e me traz, pois sou muito importante para me curvar. Mesmo sem olhar na sua direção, posso ver Thomas Culpepper enrijecido como uma garça, esperando e olhando fixo para Francis.

Abro a carta da duquesa. São garranchos terríveis, pois ela mal sabe escrever, e como eu mal sei ler, não somos boas correspondentes. Procuro Lady Rochford com os olhos e ela logo vem para o meu lado.

— O que ela diz? — passo-lhe a carta.

Ela a lê rapidamente, e como estou olhando para o seu rosto, e não para a página, percebo uma expressão atravessar seus olhos. Como se ela estivesse jogando cartas e acabasse de ver um naipe muito bom na mão de seu parceiro, ela quase ri.

— Escreve para lhe lembrar deste cavalheiro, Francis Dereham, que serviu em sua casa, quando estava lá.

Tenho de admirar a máscara em sua face, que agora está absolutamente inexpressiva, já que sabe o que Francis foi para mim e eu para ele, pois lhe contei tudo quando eu não passava de uma dama de companhia e ela, uma dama de honra muito mais eminente, na corte da rainha Ana. Agora que penso nisso, já que metade de minhas damas de companhia eram minhas amigas e companheiras naquele tempo, todas elas também sabem que Francis e eu, que nos encaramos agora tão cortesmente, éramos companheiros de cama em todas as noites que ele conseguia entrar no quarto das garotas. Agnes Restwold reprime um risinho e lanço-lhe um olhar que manda que mantenha sua boca cretina fechada. Joan Bulmer, que o teve antes de mim, está completamente paralisada.

— Ah, sim — digo, aceitando a dica de Lady Rochford, e me viro e sorrio para Francis, como se fôssemos conhecidos de longa data. Sinto os olhos de Thomas Culpepper irem de mim aos outros, e acho que vou ter de lhe explicar isso mais tarde, e que ele não vai gostar.

— Ela o recomenda para servir a Sua Graça e pede que o aceite como secretário particular.

— Sim — digo, não sei o que fazer. — É claro.

Viro-me para Francis.

— Milady, minha avó, recomenda-o a mim. — Realmente não vejo por que ela teria interesse em colocá-lo a meu serviço. E não entendo por que em uma posição tão próxima de mim, quando ela própria me deu tabefes e me chamou de vagabunda lasciva por deixá-lo entrar em meu quarto quando eu era menina. — Está em dívida com ela.

— Estou — diz ele.

Inclino-me para Lady Rochford.

— Designe-o — diz ela brevemente em meu ouvido. — Sua avó está mandando.

— Para obedecer à minha avó, tenho o prazer de recebê-lo em minha corte — concluo.

Ele se levanta. É um rapaz tão bonito. Realmente não me culpo por tê-lo amado. Vira o rosto e sorri para mim, como se agora se sentisse acanhado comigo.

— Obrigado, Sua Graça — diz ele. — Eu lhe servirei lealmente. De corpo e alma.

Estendo-lhe a mão para que a beije e quando ele se aproxima, sinto o perfume de sua pele, aquele perfume familiar e sensual, que conheci tão bem. O cheiro do meu primeiro amante, ele significava tudo para mim. Eu mantinha sua camisa debaixo do meu travesseiro, de modo que enterrasse meu rosto nela quando ia dormir e sonhasse com ele. Na época, eu adorava Francis Dereham, e tudo o que queria era não reencontrá-lo agora.

Ele curva-se sobre minha mão e seus lábios em meus dedos são tão macios e dóceis quanto me lembro deles em minha boca. Inclino-me à frente.

— Terá de ser muito discreto enquanto me servir — digo. — Agora sou a rainha e não posso dar margem a comentários, nem sobre o momento atual nem sobre o passado.

— Sou inteiramente seu — diz ele, e sinto aquele arrepio desleal, traiçoeiro, irresistível de desejo. Ele ainda me ama, tem de me amar, do contrário por que teria vindo me servir? E apesar de não termos nos separado em bons termos, lembro-me de seu toque e da excitação de tirar o fôlego provocada por seus beijos, o deslizar de sua coxa nua entre as minhas na primeira vez que veio para a minha cama, o seu desejo insistente, a que não se podia resistir.

— Cuidado com o que fala — digo, e ele sorri para mim como se soubesse no que estou pensando.

— Cuidado com o que lembra — replica ele.

Jane Bolena, castelo de Pontefract, agosto de 1541

Os dois rapazes e meia dúzia de outros, cada um deles com boa razão para acreditar ser o favorito da rainha, cercam-na o dia todo, e a corte mostra toda a tensão de um bordel antes de uma briga. A rainha, excitada com a atenção que tem de toda parte, nas caçadas, no café da manhã, nas mascaradas, age como uma criança que ficou acordada até tarde; está febril de excitação. Por um lado, tem Thomas Culpepper, segurando-a quando desmonta de seu cavalo, do seu lado na dança, sussurrando em seu ouvido quando ela joga cartas, o primeiro a cumprimentá-la de manhã e o último a sair de seus aposentos, à noite. Por outro lado, tem o jovem Dereham, designado para cumprir suas ordens, em sua pequena escrivaninha, como se algum dia ela viesse a ditar uma carta a alguém, constantemente lhe falando em um sussurro, adiantando-se para aconselhar, sempre presente onde não precisa estar. E quantos outros mais? Uma dúzia? Vinte? Nem mesmo Ana Bolena, em seu maior acesso de extravagância, teve tantos rapazes ao seu redor, como cachorros babando na porta de um açougue. Mas Ana, nem mesmo no auge do flerte, parecia ser uma garota que pudesse conceder favores por um sorriso, que pudesse ser seduzida por uma canção, um poema, uma palavra. A corte toda começa a ver que a alegria da rainha, que faz o rei tão feliz, não é a alegria de uma garota inocente que ele acredita adorar somente a ele, e sim a de uma garota coquete que sente prazer na constante atenção masculina.

É claro que há problemas, quase brigas. Um dos homens mais velhos na corte diz a Dereham que ele devia se levantar da mesa de jantar e sair, já que não faz parte do conselho da rainha, e que somente eles se sentam para tomar o vinho. Dereham, que tem a língua solta, responde que já era conselheiro da rainha muito antes de nós todos a conhecermos, e que continuará a acompanhá-la muito tempo depois de sermos dispensados. Resultado óbvio: tumulto. O terror é que chegue aos ouvidos do rei, portanto Dereham é chamado aos aposentos da rainha, que o recebe comigo perto.

— Não posso tê-lo causando problemas com meu pessoal — diz ela duramente.

Ele faz uma mesura, mas seu olhar é confiante.

— Não tive intenção de causar problemas, sou inteiramente seu.

— É muito bom dizer isso — replica ela com irritação —, mas não quero ouvir as pessoas perguntarem o que fui para você e o que você foi para mim.

— Fomos apaixonados — mantém ele com firmeza.

— Isso não deve ser dito nunca — interfiro. — Ela é a rainha. Sua vida anterior é como se nunca tivesse existido.

Ele olha para ela me ignorando.

— Nunca renegarei isso.

— Acabou — diz com determinação, e fico orgulhosa dela. — E não vou admitir comentários sobre o passado, Francis. Não posso ter as pessoas falando de mim. Terei de mandá-lo embora se não ficar calado.

Ele fica em silêncio por um momento.

— Fomos marido e mulher perante Deus — diz ele. — Não pode negar isto.

Ela faz um pequeno gesto com a mão.

— Não sei — replica impotente. — De qualquer maneira, agora acabou. Pode ocupar um lugar na corte somente se nunca falar disso. Não é, Lady Rochford?

— Dá para ficar com a boca fechada? — pergunto. — Não importa essa besteira toda de não negar. Pode ficar se mantiver a boca fechada. Se gosta de contar bravatas, terá de ir embora.

Ele olha para mim com frieza, não há nenhum afeto entre nós.

— Posso manter a boca fechada — diz ele.

Ana, palácio de Richmond, setembro de 1541

Foi um bom verão para mim, o meu primeiro como uma mulher livre na Inglaterra. As fazendas anexadas ao meu palácio estão produzindo bem e as percorri a cavalo, observando a safra amadurecer. Nos pomares, as árvores frutíferas estão ficando carregadas de frutas. Esta é uma região fértil, construímos grandes montes de feno para alimentar os animais durante o inverno, e nos celeiros estamos empilhando grandes montes de grãos para fazer farinha. Se o país fosse governado por um homem que quisesse paz, e que dividisse a riqueza, esta seria uma terra pacífica e próspera.

O ódio do rei, tanto dos papistas quanto dos protestantes, amarga a vida do país. Na igreja, quando a hóstia é levantada, até mesmo as criancinhas são treinadas para manter os olhos fixos nela e a fazerem o sinal da cruz automaticamente. Ouvem de seus pais a ameaça de que se não fizerem o que o rei manda, serão levadas e queimadas. Não há nenhuma compreensão da santidade do ato entre as pessoas pobres, simplesmente sabem que é o desejo do rei eles baixarem a cabeça, fazerem uma mesura e o sinal da cruz, assim como antes tiveram de assistir à missa em inglês, não em latim, e tiveram de ler a Bíblia na igreja, que agora foi levada embora de novo. O rei manda na Igreja assim como ordena impostos cada vez mais injustos: porque ele pode, porque ninguém se atreve a impedi-lo, porque agora é traição até mesmo questioná-lo.

Há rumores de que a rebelião no norte foi liderada por homens corajosos que acharam que podiam lutar por seu Deus contra o rei. Porém os homens mais velhos da pequena cidade dizem que estão todos mortos, e a viagem de verão do rei ao norte, neste ano, será para marchar sobre seus túmulos e insultar suas viúvas.

Não interfiro em nada do que dizem, se chego a ouvir alguma coisa que possa ser considerada traição, me afasto rapidamente e tomo o cuidado de dizer a uma de minhas damas ou a qualquer outro membro do pessoal da casa, que não entendi bem o que disseram. Escondo-me na minha estupidez, acho que será a minha salvação. Faço uma cara de idiota, de quem não entende, e confio em que minha reputação de feiura e impassibilidade me salvem. Em geral, as pessoas não falam nada na minha frente, mas me tratam com uma espécie de gentileza intrigante, como se eu tivesse sobrevivido a uma doença terrível e devesse ainda ser tratada com cuidado. De certa maneira, é verdade. Sou a primeira mulher que sobreviveu a um casamento com o rei. É uma proeza mais extraordinária do que sobreviver à peste. A peste atravessa a cidade, e no auge do verão, nas áreas mais pobres, talvez uma em dez mulheres morra. Mas das quatro mulheres do rei, somente uma emergiu com sua saúde intacta: eu.

O espião do Dr. Harst relata que o ânimo do rei melhorou muito e que seu temperamento abrandou com a viagem ao norte. O homem não recebeu ordens de acompanhar a corte, e ficou para limpar os aposentos do rei na arrumação geral do palácio de Hampton Court, de modo que não sei como a viagem está indo. Recebi uma breve carta de Lady Rochford dizendo que a saúde do rei melhorou e que ele e Catarina estão felizes. Se essa pobre criança não conceber um filho, não creio que se sentirá feliz por muito mais tempo.

Também escrevo para a princesa Mary. Sente-se realmente aliviada porque a questão de seu casamento com um príncipe francês foi definitivamente descartada, já que Espanha e França entrarão em guerra e o rei Henrique se aliará à Espanha. Seu grande medo é uma invasão da França e parte dos impostos odiados está sendo gasta em fortes por toda a costa sul. Do ponto de vista da princesa Mary, só uma coisa importa: se seu pai se aliar com a Espanha, ela não precisará se casar com um príncipe francês. Ela é uma filha tão apaixonada por sua mãe espanhola, que acho que prefere viver e morrer virgem a se casar com um francês. Espera que o rei permita que eu a visite antes do outono. Quando ele retornar da viagem de verão, escreverei para lhe perguntar se posso convidar a princesa Mary para ficar comigo. Gostaria de passar um tempo com ela. Ela ri de mim e nos chama de solteironas reais, e é o que somos. Duas mulheres sem a menor utilidade. Ninguém sabe se sou uma duquesa, uma rainha ou nada. Ninguém sabe se ela é uma princesa ou uma bastarda. As solteironas reais. Eu me pergunto o que será de nós.

Catarina, solar do Rei, York, setembro de 1541

Bem, como eu previ é uma total decepção. O rei Jaime da Escócia não vem e não haverá torneio e cortes rivais, e só sou rainha da pequena corte inglesa, e absolutamente nada de especial está acontecendo. Não vou ver meu querido Thomas lutar, e ele não me verá no camarote real com as novas cortinas. O rei jura que Jaime está com medo demais de mostrar a cara nesta fronteira ao extremo sul, e se isso é verdade é porque não acredita na palavra honorável do rei prometendo uma trégua. E, embora ninguém se atreva a dizer, ele tem razão em ser cauteloso. Pois o rei prometeu uma trégua e sua amizade aos líderes da revolta no norte, e todo tipo de mudança que queriam, jurou em seu nome real. E quando confiaram em sua palavra, ele os capturou e enforcou. Suas cabeças continuam nos muros ao redor de York, e tenho de admitir que é muito desagradável. Falo com Henrique que talvez Jaime também esteja com medo de ser enforcado e ele ri muito, e diz que sou uma gatinha muito esperta e que Jaime deve estar com medo. Mas, na verdade, não acho bom quando as pessoas não confiam em você. Porque se Jaime tivesse podido confiar na palavra do rei, teria vindo e todos teríamos uma temporada alegre.

Além disso, esta é uma bela casa e feita recentemente para nós, mas não consigo deixar de notar que foi uma bela abadia antes de ser o solar do rei, e acho que como o povo de York é um fervoroso simpatizante da antiga fé (se não papistas secretos), deve se ressentir muito de estarmos dançando onde os monges costumavam rezar. É claro que não digo isso, não sou uma perfeita idiota. Mas posso imaginar como me sentiria se tivesse vindo aqui para pedir ajuda e rezar e encontrasse o lugar completamente mudado e um rei gordo e ganancioso sentado no meio de tudo ordenando seu jantar.

De qualquer maneira o que importa é que o rei está feliz e até mesmo eu, surpreendentemente, não sinto tanta falta da justa quanto era de se supor. Estou um pouco decepcionada com a falta de escoceses bonitos e por estar longe dos ourives de Londres. Mas não posso me aborrecer com isso. Espantosamente isso nem mesmo parece importante, pois estou apaixonada. Pela primeira vez em minha vida, me apaixonei completamente, e mal posso acreditar.

Thomas Culpepper é meu amante, é o desejo do meu coração, é o único homem que já amei, é o único homem que amarei. Sou dele e ele é meu, de corpo e alma. Todas as queixas que fiz por ter de me deitar com um homem com idade de ser meu pai foram esquecidas. Cumpro meu dever com o rei como uma forma de imposto, uma taxa que devo pagar; e no momento em que ele adormece, fico livre para estar com o meu amor. Melhor ainda, e muito menos arriscado, é que o rei está tão exausto com as celebrações que muitas vezes nem vem ao meu quarto. Espero até a corte silenciar e então Lady Rochford desce furtivamente a escada, ou abre a porta lateral, ou destranca a porta oculta da galeria, e meu Thomas entra, e podemos passar horas juntos.

Temos de tomar cuidado, temos de ser cautelosos como se nossas vidas dependessem disso. Mas toda vez que nos mudamos para um novo lugar, Lady Rochford descobre uma entrada privada para os meus aposentos, e diz a Thomas como ele deve fazer. Ele aparece sem falta, me ama e eu o amo. Vamos à minha sala e Lady Rochford vigia a porta, e toda noite me deito em seus braços, nos beijamos, sussurramos promessas de amor, que durarão eternamente. Ao amanhecer, ela arranha discretamente a porta, me levanto, nos beijamos, e ele sai sorrateiramente, como um fantasma. Ninguém o vê. Ninguém o vê chegar, ninguém o vê partir, é um segredo maravilhoso.

Evidentemente, as garotas comentam, é um grupinho desregrado. Não acredito que ousassem fazer essas fofocas se a rainha Ana estivesse no trono. Mas como sou só eu, e a maioria delas é mais velha do que eu, e tantas me conhecem desde o tempo em Lambeth, não têm o menor respeito, riem de mim, mexem comigo em relação a Francis Dereham, e receio que observem a hora que vou para a cama, com somente Lady Rochford como companhia, e que minha porta é trancada e ninguém pode entrar.

— Elas não sabem de nada — me assegura Lady Rochford. — E, de qualquer maneira, não contariam a ninguém.

— Não deviam fazer mexericos — digo. — Não pode mandar que mantenham a língua presa em relação a mim?

— Como eu poderia, se você mesma fica rindo com Joan Bulmer ao comentar sobre Francis Dereham?

— Bem, nunca rio quando falam de Thomas — replico. — Nunca menciono seu nome. Nem mesmo no confessionário. Não digo seu nome nem para mim mesma.

— Isso é sensato — diz ela. — Guarde segredo. Um segredo absoluto.

Ela está escovando meu cabelo quando faz uma breve pausa e olha para mim pelo espelho.

— Quando suas regras devem descer? — pergunta.

— Não me lembro! — Nunca conto os dias. — Não era na semana passada? De qualquer maneira, não desceram.

Seu rosto transmite uma espécie de alerta animado.

— Não desceram?

— Não. Escove na nuca, Jane. Thomas gosta que fique bem macio nas costas.

Sua mão se move, mas ela não escova com atenção.

— Não se sente enjoada? — pergunta ela. — Seus seios não estão maiores?

— Não — respondo. E aí me dou conta do que ela está pensando. — Está achando que posso estar grávida?

— Sim — replica ela com um sussurro. — Queira Deus.

— Mas isso seria terrível! — exclamo. — Não vê? Não acha? Lady Rochford, não pode ser um filho do rei!

Ela larga a escova e sacode a cabeça.

— É a vontade de Deus — diz ela devagar, como se quisesse me fazer compreender alguma coisa. — Se está casada com o rei e concebe uma criança, então é a vontade de Deus. É a vontade de Deus que o rei tenha uma criança. Portanto, é *filho* do rei, até onde lhe diz respeito, é filho do rei, independentemente do que aconteça entre você e outro homem.

Sinto-me um pouco confusa.

— Mas e se for filho de Thomas? — No mesmo instante imagino o filho de Thomas, um menininho maroto de cabelo castanho e olhos azuis como os do pai, um menino forte de um pai jovem.

Ela vê minha expressão e adivinha o que estou pensando.

— Você é a rainha — diz ela com firmeza. — Qualquer criança que conceber será filho do rei, como é a vontade de Deus. Não pode pensar nem por um instante em algo diferente.

— Mas...

— Não — interrompe ela. — E deve dizer ao rei que deseja estar esperando um bebê.

— Não é cedo demais?

— Nunca é cedo para dar ao rei motivo de esperança — replica ela. — A última coisa que queremos é dar-lhe motivo de insatisfação.

— Vou dizer a ele — falo. — Virá ao meu quarto hoje à noite. Depois vá buscar Thomas. E lhe contarei também.

— Não — diz ela. — Não vai contar a Thomas Culpepper.

— Mas eu quero!

— Estragaria tudo. — Ela fala rápido, de maneira persuasiva. — Se achar que está grávida, não vai se deitar com você. Vai achá-la repugnante. Ele quer uma amante, não a mãe de seus filhos. Não diga nada a Thomas Culpepper, mas pode dar esperança ao rei. Esta é a maneira certa de lidar com isso.

— Ele vai gostar...

— Não. — Ela sacode a cabeça. — Será gentil, tenho certeza, mas não voltará à sua cama. Vai ter outra amante. Eu o vi conversando com Catarina Carey. Terá uma amante até a gravidez terminar.

— Eu não suportaria isso!

— Então não lhe conte nada. Diga ao rei que tem esperanças e não diga nada a Thomas Culpepper.

— Obrigada, Lady Rochford — replico humildemente. Se não fosse o seu conselho, eu não saberia o que fazer.

Nessa noite o rei veio ao meu quarto, ajudaram-no a subir em minha cama. Fico do lado do fogo enquanto o levantam com esforço e o enfiam debaixo dos lençóis até o queixo, como um bebê imenso.

— Marido — digo suavemente.

— Venha para a cama, minha rosa — diz ele. — Henrique quer a sua rosa.

Trinco os dentes diante da estupidez de ele chamar a si mesmo de Henrique.

— Quero lhe dizer uma coisa. Tenho boas notícias — digo.

Ele se senta na cama, de modo que sua cabeça com a touca de dormir meio de lado balança ligeiramente.

— Sim?
— Minhas regras não desceram — digo. — Posso estar grávida.
— Oh, rosa! Minha doce rosa!
— Está muito no começo — aviso. — Mas achei que gostaria de saber logo.
— Antes de qualquer outra coisa! — assegura-me ele. — Querida, assim que me confirmar, eu a coroarei rainha.
— Mas Eduardo continuará a ser seu herdeiro — falo em dúvida.
— Sim, sim, mas vai tirar um peso da minha cabeça se eu souber que Eduardo tem um irmão. Uma família nunca está segura com somente um único filho homem: uma dinastia precisa de meninos. Um único pequeno acidente e está tudo terminado, mas quando se tem dois meninos, fica-se seguro.
— E terei uma coroação suntuosa — especifico, pensando na coroa, nas joias e vestido, no banquete e nas milhares de pessoas que virão me saudar, a nova rainha da Inglaterra.
— Vai ter a coroação mais suntuosa que a Inglaterra já viu, pois você é a rainha mais importante — prometeu ele. — E assim que retornarmos a Londres, vou declarar um feriado nacional para você.
— Hã? — Parece maravilhoso, um dia para celebrar minha existência! Kitty Howard, *voilà!* — Um dia inteiro para mim?
— Um dia em que todos irão à igreja e agradecerão a Deus tê-la dado a mim.
Só a igreja, afinal. Dou um sorriso pálido, desapontado.
— E o mestre de folias preparará um grande banquete e celebração na corte — prossegue ele. — E todo mundo lhe dará presentes.
Sorrio radiante.
— Parece adorável — digo com satisfação.
— Você é a minha rosa mais querida — diz ele. — Minha rosa sem espinho. Venha agora para a cama, Catarina.
— Sim. — Tomo o cuidado para não pensar em Thomas quando me dirijo à figura inchada na cama grande. Mostro um sorriso largo, feliz e fecho os olhos, de modo a não precisar olhar para ele. Não consigo evitar seu cheiro ou sentir seu corpo, mas não penso nele de jeito nenhum enquanto faço o que tenho de fazer, e depois me deito do seu lado e espero que as fungadelas de satisfação se transformem em roncos quando ele adormece.

Jane Bolena, Ampthill, outubro de 1541

Suas regras tiveram início mais ou menos uma semana depois; mas não fiquei desanimada demais. A mera possibilidade foi o bastante para o rei se sentir mais apaixonado do que nunca, e pelo menos ela tinha aceitado que, apesar de o sol nascer e brilhar somente sobre Thomas Culpepper, ele não precisa estar a par de cada pequeno segredo.

Ela comportou-se muito bem com as pessoas que conheceu durante essa viagem de verão. Mesmo quando estava aborrecida ou desatenta, conservava o sorriso na face, e aprendeu a seguir um pouco atrás do rei e a manter a aparência reservada de obediência. Serve-lhe na cama como uma prostituta paga, e se senta do seu lado no jantar e nunca mostra qualquer alteração da expressão quando ele peida. É uma garota idiota e egoísta, mas pode, com o tempo, se tornar uma boa rainha. Se conceber uma criança e der um filho varão à Inglaterra, poderá viver tempo bastante para ser uma rainha que é admirada.

O rei, de qualquer maneira, está louco por ela. Sua indulgência torna muito mais fácil fazer Culpepper entrar e sair do quarto dela. Tivemos uma noite ruim em Pontefract, quando ele enviou Sir Anthony Denny ao quarto dela sem aviso, e ela estava trancada com Culpepper. Denny tentou abrir a porta e foi embora sem dizer nada. Houve outra noite em que o rei se agitou na cama, quando os dois estavam exatamente do outro lado da porta, e ela teve de voltar rápido para o velho, ainda úmida de suor e beijos. Se o ar não estivesse carregado com o mau cheiro de seus gases, certamente ele sentiria o cheiro lascivo. Em Grafton Regis, os amantes se uniram na latrina — Culpepper se arrastou degraus acima até a câmara de muro de pedra que pende sobre o fosso, e ela disse às suas damas que estava com um enjoo horrível e passou a tarde com ele lá, fazendo sexo freneticamente enquanto o resto de nós preparava poções de leite quente com ale. Se não fosse tão perigoso, seria engraçado. Mas ainda me deixa sem ar, com um misto de medo e luxúria, quando os ouço juntos.

Nunca rio. Penso no meu marido e sua irmã e qualquer riso se desvanece na minha boca. Penso nele prometendo ser seu homem em qualquer perigo. Penso nela, desesperada para conceber um filho varão, certa de que Henrique não poderá lhe dar um. Penso no pacto ímpio que devem ter feito. Então, com um gemido ligeiro, penso que tudo isso é minha fantasia, e que talvez nunca tenha acontecido. A pior coisa da morte deles é que agora nunca saberei o que aconteceu. A única maneira de suportar a ideia do que fizeram e o papel que desempenhei nisso, tem sido, em todos esses anos, não pensar neles. Nunca penso nisso, nunca falo disso, e ninguém nunca fala deles perto de mim. É como se nunca tivessem existido. Esta é a única maneira de suportar o fato de estar viva e eles não: fingir que nunca existiram.

— Então, quando a rainha Ana Bolena foi acusada de traição, o que eles realmente queriam dizer era adultério? — pergunta ela.

A pergunta, direta no ponto delicado do meu pensamento, é como uma punhalada.

— O que quer dizer? — pergunto.

Estamos a cavalo, indo de Collyweston a Ampthill, em uma manhã clara e fria de outubro. O rei está na frente, galopando com os homens jovens de sua corte, achando que está vencendo uma corrida enquanto eles contêm seus cavalos, inclusive Thomas Culpepper. A égua cinza de Catarina marcha a furta-passo, e sigo do seu lado em um dos cavalos Howard. O resto recuou para poder ficar comentando e não há ninguém para me proteger de sua curiosidade.

— Você disse antes que ela e os outros homens foram acusados de adultério — insiste ela.

— Isso foi há meses.

— Eu sei, andei pensando no que disse.

— Pensa muito devagar — replico maldosamente.

— Sei que sim — replica ela, imperturbável. — Andei pensando que acusaram Ana Bolena, minha prima, de traição só porque era infiel ao rei, e a decapitaram. — Relanceia os olhos em volta. — E andei pensando que estou na mesma situação — prossegue ela. — Se alguém souber, vão dizer que sou infiel ao rei. Talvez chamem isso de traição também. E o que vai acontecer comigo?

— Por isso nunca dizemos nada — replico. — Por isso tomamos cuidado. Lembra? Avisei-a desde o começo para ter cuidado.

— Mas por que ajudou a me encontrar com Thomas? Sabendo como sabe do perigo que corremos? Depois de sua cunhada ser morta pelo mesmo motivo?

Não sei o que responder. Nunca pensei que ela me faria essa pergunta. Mas a sua estupidez é tal que fez; ela às vezes vai direto ao mais óbvio. Viro a cabeça como se estivesse olhando para as campinas frias onde o rio, cheio com as chuvas recentes, brilha como uma espada, uma espada francesa.

— Porque pediu para que eu a ajudasse, sou sua amiga.

— Ajudou Ana Bolena?

— Não! — exclamo. — Ela não teria ajuda minha!

— Você não era amiga dela?

— Era cunhada.

— Ela não gostava de você?

— Duvido que algum dia ela tenha me visto. Não tinha olhos para mim.

Isso não interrompe a sua especulação, como eu queria, mas a fomenta. Quase escuto seus pensamentos.

— Ela não gostava de você? — pergunta Catarina. — Ela e seu marido e sua irmã estavam sempre juntos. Mas a deixavam de fora.

Rio, mas a risada não soa tranquila.

— Você fala como se fossem crianças na escola.

Ela assente com a cabeça.

— É exatamente assim na corte real. E você os odiava porque a excluíam?

— Eu era uma Bolena — replico. — Era Bolena tanto quanto eles. Era Bolena por casamento, o tio deles, o duque, é meu tio. Os meus interesses estão na família como os deles estavam.

— Então, por que ofereceu provas contra eles? — pergunta ela.

Fico tão chocada com a sua acusação direta, que mal consigo falar. Olho para ela.

— Onde ouviu isso? Por que está falando nisso?

— Catarina Carey me contou — responde ela, como se fosse comum duas garotas, quase duas crianças, trocarem confidências sobre traição, incesto e morte. — Ela disse que você prestou testemunho contra seu marido e a irmã dele. Você ofereceu provas de que eram amantes e traidores.

— Não ofereci — replico em um sussurro. — Não. — Não suporto ela falar direto nisso, nunca penso no que aconteceu. E não vou pensar hoje. — Eu não era assim — digo. — Você não entende porque é muito menina. Era uma criança quando aconteceu tudo isso. Tentei salvá-lo, tentei salvá-la. Foi um grande plano arquitetado por seu tio. Não consegui, mas deveria. Achei que o salvaria se oferecesse a prova, mas deu tudo errado.

— Foi assim?

— Foi terrível! — grito em minha dor. — Tentei salvá-lo, eu o amava, teria feito qualquer coisa por ele.

Sua bonita carinha jovem está cheia de compaixão.

— Pretendia salvá-lo?

Enxugo as lágrimas com as costas de minha luva.

— Eu teria morrido por ele — digo. — Achei que poderia salvá-lo. Ia salvá-lo. Teria feito qualquer coisa para salvá-lo.

— Por que deu errado? — pergunta ela em um sussurro.

— Seu tio e eu achamos que se eles se confessassem culpados, ela se divorciaria e seria mandada para um convento. Achamos que ele perderia seu título e suas honras e seria banido. Os homens que foram indiciados com ela não eram culpados, todo mundo sabia disso. Eram amigos de George e cortesãos dela, não amantes. Achamos que todos seriam perdoados, como Thomas Wyatt foi.

— Então, o que aconteceu?

Parece um sonho estar contando o que aconteceu. É o sonho que tenho tantas vezes, que me desperta no meio da noite como uma náusea, que me faz levantar da cama e andar e andar pelo quarto escuro até a primeira luz cinza da manhã surgir no céu, e eu saber que minha provação terminou.

— Eles negaram sua culpa. Isso não fazia parte do plano. Deveriam ter confessado, mas negaram tudo, exceto dizer algumas palavras contra o rei, George tinha dito que o rei era impotente. — Mesmo nesse dia claro de outono, cinco anos depois do julgamento, ainda baixo a voz e relanceio os olhos em volta, para me certificar de que ninguém está ouvindo. — Faltou-lhes coragem, negaram sua culpa e não pediram clemência. Mantive-me fiel ao plano, como o seu tio disse que deveria fazer. Salvei o título, salvei as terras, salvei a herança Bolena, salvei a fortuna deles.

Catarina fica esperando que eu fale mais. Não entende que este é o fim da história. É o meu grande ato e o meu triunfo: salvei o título e as terras. Até mesmo ela parece intrigada.

— Fiz o que tinha de fazer para salvar a herança Bolena — repito. — Meu sogro, pai de George e de Ana, tinha construído uma fortuna ao longo da vida. George a aumentara. A riqueza de Ana desapareceria. Eu a salvei. Salvei Rochford Hall para nós, mantive o título. Ainda sou Lady Rochford.

— Salvou a herança, mas eles não a herdaram — diz Catarina, sem entender. — Seu marido morreu, e deve ter pensado que você estava depondo contra ele. Deve ter pensado que apesar de ele não confessar sua culpa, você o estava acusando. Você foi testemunha de acusação. — Ela pensa devagar, fala devagar e devagar diz o pior de tudo. — Ele deve ter pensado que o deixou morrer para ficar com o título e as terras, embora o tivesse matado.

Eu podia ter gritado com ela por dizer isso, por colocar palavras nesse pesadelo. Esfrego o rosto com as costas da minha luva, como se para desfazer minha carranca.

— Não! Não foi assim! Não foi! Ele não pensou assim — digo em desespero. — Ele sabia que eu o amava, que estava tentando salvá-lo. Quando foi para a morte, devia saber que eu estava de joelhos diante do rei, pedindo que poupasse meu marido. Quando ela foi para a morte, devia saber que até o último momento eu estava diante do rei pedindo que a poupasse.

Ela balança a cabeça como se entendesse.

— Bem, só espero que você nunca preste depoimento para me salvar — diz ela. É uma tentativa infeliz de humor. Eu nem sequer dou um sorriso.

— Foi o fim da minha vida — digo simplesmente. — Não foi somente o fim da vida deles, foi a morte para mim também.

Cavalgamos em silêncio por algum tempo, e duas ou três das amigas de Catarina esporeiam seus cavalos para ficarem do lado dela e falarem de Ampthill e de como certamente seremos recebidos, e se Catarina já enjoou do vestido amarelo e o dará a Katherine Tylney. Em um momento, há uma discussão porque Catarina o tinha prometido a Joan, mas Margaret insiste que deveria ser dela.

— As duas podem se calar — declaro, voltando ao momento presente. — Pois a rainha não usou esse vestido mais de três vezes e ele ficará no guarda-roupa até ela usá-lo mais vezes.

— Não me importa — diz Catarina. — Posso encomendar outro.

Ana, palácio de Richmond, novembro de 1541

Entro na igreja, faço o sinal da cruz e uma reverência ao altar, e me acomodo em meu lugar, o banco protegido por paredes altas. Graças a Deus ninguém pode me ver aqui; a porta alta se fecha atrás de mim, as paredes garantem minha privacidade, e mesmo a frente do banco é protegida por uma treliça, de modo que posso ver, mas não ser observada. Somente o padre, se estiver lá no alto, no coro, poderá me ver. Se desvio o olhar da hóstia, ou não faço o sinal da cruz na hora certa, ou uso a mão errada ou faço para o lado contrário, não serei denunciada por heresia. Milhares neste país têm de ficar alertas a cada movimento que façam porque não têm a mesma privacidade que eu. Centenas morrem porque fazem um gesto da maneira errada.

Sento-me, baixo a cabeça, me ajoelho, me sento, obedecendo à ordem do serviço. Mas hoje não tenho muito prazer com a liturgia. Essa é a ordem de serviço do rei, e em cada frase, ouço o poder de Henrique, e não o poder de Deus. No passado, conheci Deus em muitos lugares; nas pequenas capelas luteranas na minha terra, na grande e majestosa St. Paul's em Londres, e no silêncio da capela real em Hampton Court, quando me ajoelhei certa vez ao lado da princesa Mary e senti a paz do paraíso nos envolver; mas parece que o rei tornou a Igreja imprópria para mim e para tantos outros. Deus, agora, está em silêncio: quando caminho no parque, ou à margem do rio, quando ouço um melro cantar ao meio-dia, quando vejo o voo de gansos, que parecem flechas no alto, quando o falcoeiro liberta um pássaro e o vejo pairar a grande altura. Deus não fala mais comigo quando Henrique permite, nas palavras que Henrique prefere. Estou escondida do rei e surda a seu Deus.

Estamos de joelhos rezando para a saúde e segurança da família real quando, para minha surpresa, há uma nova prece inserida sem aviso nas palavras familiares. Sem um pingo de vergonha, o padre pede à minha corte, às minhas damas e a mim, que demos graças à mulher do rei, Catarina.

— Demos graças ao Senhor, que depois de tantos acidentes estranhos que atingiram os casamentos do rei, que tenha sido a Vossa vontade oferecer-lhe uma esposa tão inteiramente ajustada às suas inclinações quanto ela.

Não consigo evitar, e minha cabeça se ergue da submissão reverente. Vejo o olhar surpreso do padre de Richmond, no coro. Está lendo a celebração da mulher do rei em um documento oficial. Recebeu ordens de lê-lo como se fosse mandado ler uma nova lei. Henrique, em sua loucura, ordenou que cada igreja na Inglaterra agradecesse a Deus que, depois de tantos "acidentes estranhos" em seus casamentos anteriores, ele agora tenha uma esposa que se ajusta às suas inclinações. Sinto-me tão ultrajada por essa linguagem, pelo sentimento que expressa, e pelo fato de ter de estar de joelhos escutando esse insulto, que quase me levanto para protestar.

No mesmo instante, uma mão agarra a parte de trás do meu vestido e me puxa para baixo. Cambaleio por um momento e volto a me ajoelhar. Lotte, minha intérprete, me dá um leve sorriso, junta as mãos como em uma imagem de devoção e fecha os olhos. Seus gestos me acalmam. É realmente um insulto, grosseiro e irrefletido; mas reagir a ele é se colocar em grave perigo. Se o rei pede que eu me ponha de joelhos e descreva a mim mesma, para todo o reino, como um acidente estranho, não me cabe ressaltar que nosso casamento não foi nenhum acidente, e sim um contrato bem-planejado e seriamente ponderado, que ele rompeu pela simples e suficiente razão de que preferiu outra pessoa. Não me cabe ressaltar que, como o nosso casamento foi real e válido, ele agora é um adúltero, ou bígamo, vivendo em pecado com a segunda esposa. Não me cabe julgar que se a pequena Kitty Howard, uma criança despreocupada e frívola, é a única mulher que ele encontrou que se ajusta às suas inclinações, ou ela é a maior atriz que já existiu ou ele é o tolo mais iludido que já se casou com uma garota com idade para ser sua filha.

Henrique é um louco babando por uma garota como um bobo senil, e acaba de ordenar a todo o país que agradeça a Deus por sua insensatez. Nas igrejas de todo o reino as pessoas estarão reprimindo o riso, homens honestos estarão amaldiçoando a sorte que os pôs na igreja de Henrique com esse absurdo incluído em suas preces. "Amém", digo alto, e quando nos levantamos para a bênção, mostro ao padre um rosto sereno e devoto. Meu único pensamento, ao deixarmos a igreja, é que a pobre princesa Mary, em Hunsden, sufocará de indignação com o insulto à sua mãe diante da blasfêmia de ter de rezar por Kitty Howard e a imbecilidade de seu pai. Queira Deus que ela tenha o bom senso de não dizer nada. Parece que, faça o rei o que fizer, não devemos dizer nada.

CG

Na terça-feira, uma de minhas damas olhando pela janela, comenta:
— Lá está o embaixador, atravessando correndo o jardim, depois de desembarcar. O que pode ter acontecido?

Levanto-me, o Dr. Harst nunca me visita sem avisar antes. Deve ter acontecido alguma coisa na corte. Meu primeiro pensamento é para Elizabeth ou Mary, meu primeiro medo é que tenha acontecido alguma coisa com elas. Que Mary não tenha sido provocada por seu pai a desafiá-lo!

— Fiquem aqui! — digo às minhas damas de honra, jogo um xale sobre os ombros e desço para recebê-lo.

Ele está entrando no hall quando desço, e imediatamente percebo que aconteceu algo sério.

— O que foi? — pergunto em alemão.

Ele sacode a cabeça para mim e tenho de esperar até os criados virem servi-lo de vinho e biscoitos, e eu poder mandá-los sair.

— O que foi?

— Vim imediatamente, sem saber a história toda porque queria que fosse logo prevenida — diz ele.

— Prevenida do quê? É a princesa Mary?

— Não. É a rainha.

— Está grávida?

Ele sacode a cabeça negando.

— Não sei exatamente. Mas está confinada em suas câmaras desde ontem. E o rei não vai vê-la.

— Ela está doente? Ele tem pavor de contrair a peste.

— Não. Nenhum médico foi chamado.

— Ela não está sendo acusada de conspirar contra ele, está? — menciono o medo maior.

— Vou contar tudo o que sei, e que foi basicamente passado pelos criados que temos nos aposentos do rei. O rei e a rainha foram à missa no domingo, e o padre deu graças ao casamento do rei, como sabe.

— Sim.

— Domingo à noite, o rei estava calado e jantou sozinho, como se estivesse sofrendo a recaída de sua antiga doença. Não foi aos aposentos dela. Na segunda-feira, trancou-se em seus próprios aposentos e a rainha ficou trancada nos dela. Hoje, o arcebispo Cranmer foi falar com ela, e saiu em silêncio.

Olho para ele.

— Ela foi trancada? E o rei se trancou separado?

Ele assente com a cabeça.

— O que acha que isso significa?

— Acho que a rainha foi acusada. Mas ainda não sabemos do quê. O que temos de pensar é se a envolverá.

— A mim?

— Se ela for acusada de uma conspiração papista ou de uso da bruxaria para tornar o rei impotente, as pessoas vão se lembrar que foi acusada de conspirar com papistas e que o rei era impotente também com a senhora. As pessoas vão se lembrar de sua amizade com ela. Vão se lembrar de que dançou com ela no Natal e que ele adoeceu durante a Quaresma, assim que a senhora partiu. Podem achar que as duas tramaram contra ele. Podem até mesmo dizer que as duas fizeram um feitiço contra ele.

Estendo a mão como se para interrompê-lo.

— Não, não.

— Sei que não é verdade. Mas temos de pensar no pior que pode ser dito. E tentar nos proteger. Devo escrever para o seu irmão?

— Ele não vai me ajudar — replico taciturna. — Estou só.

— Então, temos de nos preparar — diz ele. — Tem bons cavalos nos estábulos?

Confirmo com a cabeça.

— Dê-me um pouco de dinheiro e terei mais cavalos prontos por toda a estrada até Dover — diz ele com determinação. — No momento que eu achar que está sendo envolvida, poderemos deixar o país.

— Ele vai fechar os portos — aviso. — Fez isso da última vez.

— Não cairemos na armadilha de novo. Vou contratar um barco de pesca para nos servir — diz ele. — Agora sabemos o que podemos fazer. Sabemos até onde ele vai. Fugiremos antes mesmo de decidirem prendê-la.

Olho para a porta fechada.

— Deve ter alguém a meu serviço que sabe que veio me avisar — digo. — Assim como temos um homem em seu serviço, ele terá posto um espião aqui. Sou vigiada.

— Conheço o homem — diz o Dr. Harst, com prazer. — E ele vai relatar minha visita hoje, mas não dirá mais nada. Ele é homem meu agora. Acho que estamos seguros.

— Seguros como ratos debaixo do cadafalso — digo com amargura.

Ele balança a cabeça.

— Contanto que o machado caia sobre outros.

Estremeço.

— Quem merece isso? Eu não e tampouco a pequena Kitty Howard! O que ela e eu fizemos a não ser nos casarmos com quem mandaram?

— Contanto que a senhora escape, minha missão estará cumprida — diz ele. — A rainha terá de procurar seus próprios amigos para ajudá-la.

Catarina, Hampton Court, novembro de 1541

Agora, vamos ver, o que tenho?

Surpresa, surpresa! Não tenho amigos e achava que tinha dezenas.

Não tenho amantes e achei que era assediada por eles.

Não tenho nem mesmo família, todos desapareceram.

Não tenho marido, pois ele não quer me ver, e não tenho nem mesmo um confessor, pois o arcebispo se tornou meu inquisidor. Todos são tão ruins comigo e isso é muito injusto, não sei o que pensar nem dizer. Vieram me buscar quando eu estava dançando com minhas damas e disseram que o rei tinha dado ordens para eu não deixar meus aposentos.

Por um momento — sou tão tola, minha avó tinha razão quando dizia que não havia alguém mais tolo do que eu —, achei que era uma mascarada e que alguém fantasiado viria me capturar, e outro entraria para me salvar, e haveria um torneio ou uma batalha de mentira no rio, ou outra coisa divertida. O país todo rezou no domingo para agradecer a Deus por eu existir, de modo que eu estava esperando algum tipo de celebração no dia seguinte. Portanto fiquei em meu quarto, atrás de portas trancadas, esperando que um cavaleiro andante entrasse, talvez até mesmo uma torre vindo até minha janela, ou um sítio de brincadeira, talvez uma cavalhada no jardim, e disse às minhas damas:

— Só pode ser uma bela brincadeira, espero!

Mas esperamos o dia todo em meu quarto e embora eu trocasse rapidamente de roupa para me aprontar, ninguém veio, e chamei os músicos para alegrar, mas o arcebispo Cranmer chegou e disse que o horário para dança tinha se encerrado.

Oh, como ele é indelicado! Parece tão sério, como se houvesse algo muito errado. Depois me perguntou sobre Francis Dereham! Logo Francis Dereham que só está me servindo a pedido da minha respeitável avó! Como se a culpa fosse minha! E tudo porque alguma mexeriqueira patética disse ao arcebispo que tínhamos namorado em Lambeth, como se alguém pudesse se importar com isso agora! E tenho de admitir que, se fosse arcebispo, tentaria ser uma pessoa melhor do que a que fica dando ouvidos a mexericos.

Portanto respondo que não é verdade, e que se eu puder ver o rei, facilmente o convencerei a não dar ouvidos a uma palavra contra mim. Então milorde Cranmer realmente me assusta ao falar com sua voz tenebrosa:

— É por isso, senhora, que não verá Sua Graça até seu nome estar completamente limpo. Vamos investigar cada circunstância até termos retirado toda mancha que há contra a senhora.

Bem, não respondo porque sei que a mancha não poderá ser retirada totalmente, ou algo no gênero; mas certamente tudo que aconteceu em Lambeth foi uma questão entre uma virgem e um rapaz, e agora estou casada com o rei, quem vai se incomodar com o que aconteceu há tanto tempo? Foi há milênios atrás, já faz dois anos! Quem vai se importar agora?

Talvez tudo isso já tenha passado amanhã de manhã. O rei tem esses caprichos engraçados às vezes; vira-se contra um ou outro e manda decapitá-los, e muitas vezes se arrepende depois. Virou-se contra a pobre rainha Ana de Cleves, e ela acabou com o palácio de Richmond e sendo sua irmã. Por isso vamos para a cama animadas, e pergunto a Lady Rochford o que ela acha. Ela parece esquisita e responde que acha que posso sair disso se mantiver a calma e negar tudo. Grande estímulo, logo dela que viu o marido ir para a prisão negando tudo. Mas não lhe digo isso com medo de irritá-la.

Katherine Tylney dorme comigo, e ri ao vir para a cama dizendo que aposta que eu queria que ela fosse Thomas Culpepper. Não digo nada, pois queria mesmo. Queria tanto que quase grito por ele. Muito tempo depois que ela adormece, fico deitada acordada e desejo que tudo tivesse sido diferente para mim, que Tom tivesse ido à casa em Lambeth e talvez brigado com Francis, quem sabe o matado, e depois me levado embora e se casado comigo. Se ele tivesse aparecido então, eu nunca teria sido rainha e nunca teria tido o colar de diamantes lapidados. Mas teria dormido a noite toda em seus braços e, às vezes, essa parece que teria sido a melhor escolha. Hoje à noite, com certeza teria sido.

Durmo tão mal que acordo ao amanhecer, e fico deitada no silêncio com a luz cinza atravessando as venezianas, e penso em como daria todas as minhas joias para ver Thomas Culpepper, para ouvir sua risada. Daria a minha fortuna para estar em seus braços. Queira Deus que ele saiba que estou presa em meus aposentos e não pense que estou me afastando dele. Seria horrível se quando eu saísse, ele tivesse se ofendido com minha negligência e estivesse fazendo a corte a outra. Eu morreria se ele começasse a gostar de outra garota. Acho realmente que o meu coração se partiria.

Tenho vontade de lhe enviar um bilhete, mas ninguém pode sair dos meus aposentos e não me arrisco a confiar em um criado com a mensagem. Trazem o café da manhã, não tenho permissão de sair nem mesmo para comer. Não posso nem ir à capela, um confessor vem à minha sala para rezar comigo antes de o arcebispo vir me interrogar de novo.

Começo realmente a achar que não é certo, que talvez devesse protestar contra isso. Sou a rainha da Inglaterra, não posso ser mantida em meus aposentos como se fosse uma garota travessa. Sou adulta, sou uma dama, sou uma Howard. Sou a mulher do rei. O que eles pensam que sou? Afinal sou a rainha da Inglaterra. Acho que vou falar com o arcebispo que ele não pode me tratar dessa maneira. Penso sobre isso até ficar indignada e decido que insistirei com o arcebispo para que me trate como o respeito devido.

Mas ele não vem! Passamos a manhã toda sentadas, tentando costurar, tentando parecer seriamente ocupadas no caso da porta se abrir de repente e milorde arcebispo entrar. Mas não! Somente no fim da tarde, aliás de uma tarde tenebrosa, a porta se abre e ele entra, sua expressão bondosa absolutamente grave.

Minhas damas se agitam como se fossem inocentes como um bando de borboletas aprisionadas com uma lesma bolorenta. Permaneço sentada, afinal sou a rainha. Só queria poder ter a postura da rainha Ana quando vieram buscá-la. Ela realmente parecia inocente, realmente parecia acusada injustamente. Lamento, agora, ter assinado um pedaço de papel para prestar depoimento contra ela. Percebo agora como é desagradável duvidarem de você. Mas como eu ia saber que um dia eu passaria pela mesma situação?

O arcebispo vem na minha direção como se estivesse terrivelmente triste. Está com uma expressão pesarosa, como se lutasse com um argumento dentro de sua cabeça. Por um momento fico certa que ele vai pedir desculpas por ter sido tão indelicado ontem, e depois vai pedir que o perdoe, e me libertará.

— Sua Graça — diz ele em voz baixa. — Fiquei mortificado ao descobrir que Sua Graça empregou Francis Dereham para lhe servir.

Por um momento fico tão perplexa que não falo nada. Todo mundo sabe disso. Meu Deus, Francis causou problemas suficientes na corte para todos saberem disso. Ele não é discreto. Como o arcebispo "descobriria"? Seria o mesmo que descobrir o rio Hull!

— Bem, sim. Todo mundo sabe.

Seus olhos baixam de novo, suas mãos se juntam sobre sua pança coberta pela batina.

— Sabemos que teve relações com Dereham quando vivia na casa de sua avó — diz ele. — Ele confessou.

Oh! Idiota. Agora não posso negar. Por que ele diria uma coisa dessas? Por que bancaria um fanfarrão de língua solta?

— O que mais podemos supor se não que colocou seu amante em uma posição próxima com má intenção? — pergunta ele. — Onde se encontrariam todos os dias? Onde mais ele a procuraria sem a presença de suas damas? Sem nem mesmo precisar ser anunciado?

— Bem, eu não suponho nada — digo atrevidamente. — E de qualquer maneira ele não é meu amante. Onde está o rei? Quero vê-lo.

— Foi amante de Dereham em Lambeth, não era virgem quando se casou com o rei, e foi sua amante depois do casamento — diz ele. — É uma adúltera.

— Não! — repito. A verdade está embaralhada com a mentira, e além do mais, não sei do que eles têm certeza. Se pelo menos Francis tivesse nascido com a capacidade de fechar a boca. — Onde está o rei? Insisto em vê-lo!

— Foi o rei em pessoa que me ordenou investigar a sua conduta — diz ele.

— Não pode vê-lo até ter respondido minhas perguntas e seu nome estiver completamente limpo.

— Vou vê-lo! — Fico em pé com um pulo. — Não pode me manter separada de meu marido. Isso tem de ser contra a lei!

— De qualquer maneira, ele partiu.

— Partiu? — Por um momento a impressão foi de o chão oscilar sob meus pés, como se eu estivesse dançando em uma balsa. — Partiu? Para onde foi? Não pode ter partido. Vamos permanecer aqui até irmos para Whitehall, no Natal. Não há outro lugar aonde ir. Para onde ele foi?

— Foi para o palácio de Oatlands.

— Para Oatlands? — É onde nos casamos. Ele nunca iria para lá sem mim — É mentira! Aonde ele foi? Não pode ser verdade!

— Tive de contar a ele que senti a maior tristeza da minha vida ao descobrir que a senhora foi amante de Dereham e que receio que continue sendo — diz Cranmer. — Só Deus sabe como eu daria tudo para lhe poupar dessa notícia. Achei que ele ia perder o juízo de tanto sofrimento, acho que partiu seu coração. Ele foi imediatamente para Oatlands, levando somente um número pequeno de serviçais. Não quer ver ninguém, a senhora partiu seu coração e se arruinou.

— Oh, Deus, não — falo com a voz enfraquecida. — Oh, Deus. — Isso é muito grave realmente, mas se ele levou Thomas junto, pelo menos meu amor está seguro, e não somos suspeitos. — Vai se sentir solitário sem mim — falo, esperando que o arcebispo diga os nomes de seus acompanhantes.

— Parece que vai enlouquecer de dor — replica ele impassível.

— Oh, Deus. — O que posso dizer? O rei já era louco antes disso, e não podem pôr a culpa em mim. — Ele não tem nenhuma companhia? — pergunto astutamente. Queira Deus que Thomas esteja a salvo.

— Seu camareiro — replica ele. Graças a Deus, Thomas não corre perigo. — Tudo o que tem a fazer agora é confessar.

— Mas não fiz nada! — exclamo.

— Introduziu Dereham em seu pessoal.

— A pedido da minha avó. E ele não ficou sozinho comigo, nem tocou em minha mão. — Extraio um pouco de força de minha genuína inocência. — Arcebispo, fez muito mal em perturbar o rei. Não sabe como ele fica quando se sente abalado.

— Tudo o que pode fazer é confessar. Tudo o que pode fazer é confessar.

Pareço tanto uma pobre alma caminhando pesadamente para Smithfield com um feixe de lenha para ser morta na fogueira que me interrompo, e dou um risinho nervoso, de puro terror.

— Realmente, arcebispo, não fiz nada. E me confesso diariamente, sabe que sim, e nunca fiz nada.

— Ri? — diz ele horrorizado.

— Oh, por causa do choque! — replico com impaciência. — Tem de me deixar ir a Oatlands, arcebispo. Tem realmente. Tenho de ver o rei e explicar.

— Não, tem de explicar para mim, minha criança — diz ele com veemência. — Tem de me contar o que fez em Lambeth, e o que fez depois. Tem de fazer uma confissão honesta e completa, e talvez eu possa salvá-la do cadafalso.

— Cadafalso? — digo a palavra com um grito esganiçado, como se nunca a tivesse escutado antes. — O que quer dizer com cadafalso?

— Se enganou o rei, então cometeu um ato de traição — fala ele bem devagar e claramente, como se eu fosse uma criança. — A punição para traição é a morte. Deve saber disso.

— Mas não o traí — falo rapidamente. — Cadafalso! Posso jurar sobre a Bíblia. Posso jurar por minha vida. Nunca cometi traição, nunca cometi nada! Pergunte a qualquer um! Pode perguntar a qualquer um! Sou uma boa garota, sabe que sou, o rei me chama de sua rosa, sua rosa sem espinho. Não tenho outra vontade senão a sua...

— Na verdade, terá de jurar tudo isso sobre a Bíblia. Portanto, certifique-se de não afirmar nenhuma mentira. Agora me conte o que aconteceu entre a senhora e o rapaz em Lambeth. E lembre-se de que Deus escuta cada palavra que diz, além do que já temos a confissão dele, que nos contou tudo.

— O que ele confessou? — pergunto.

— Não importa. Conte-me a senhora. O que fez?

— Eu era muito jovem — replico. Olho discretamente para seu rosto, para ver se há sinal de estar inclinado a sentir pena de mim. Está! Está! Seus olhos estão realmente cheios de lágrimas. Esse é um bom sinal, tão bom que me sinto mais confiante. — Eu era muito menina e todas as garotas na câmara das damas se comportavam muito mal, acho. Não eram boas amigas nem conselheiras.

Ele assente com um movimento da cabeça.

— Permitiam que os rapazes da casa fossem à câmara das garotas?

— Sim. E Francis entrava para cortejar outra garota, mas acabou gostando de mim. — Faço uma pausa. — Ela não tinha nem metade da minha beleza, e na época eu não tinha nem essas roupas lindas.

O arcebispo dá um suspiro não sei por quê.

— Isso é vaidade. Devia estar confessando seu pecado com o rapaz.

— E estou! Estou confessando. Estou muito angustiada. Ele era muito insistente. Insistiu muito. Jurou que estava apaixonado por mim, e acreditei nele.

Eu era muito jovem. Prometeu se casar comigo. Achei que íamos nos casar. Ele insistia.

— Ele foi à sua cama?

Quero dizer: "Não." Mas se o idiota do Dereham contou-lhes tudo, então tudo o que posso fazer é abrandar o fato.

— Foi. Não o convidei, mas ele insistiu. Ele me forçou.

— Ele a estuprou?

— Sim, praticamente.

— E não gritou? Estava no quarto com as outras garotas? Elas a teriam escutado.

— Deixei que fizesse. Mas não queria.

— Então ele se deitou com a senhora.

— Sim. Mas nunca nu.

— Ficava completamente vestido?

— Quis dizer que nunca ficava nu, exceto quando baixava suas meias. E aí ficava.

— Ficava o quê?

— Ficava nu. — Até mesmo para mim isso soa fraco.

— E tirou sua virgindade.

Não vejo como evitar isso.

— Er...

— Foi seu amante.

— Não acho...

Ele se levanta como se fosse embora.

— Isso não vai ajudá-la em nada. Não posso salvá-la se mente para mim.

Estou com tanto medo que ele vá embora que grito, corro atrás dele e agarro seu braço.

— Por favor, arcebispo. Vou lhe contar. É que estou com tanta vergonha, e lamento tanto... — Agora estou soluçando, ele parece tão severo, e se não ficar do meu lado, como vou explicar tudo isso ao rei? E tenho medo do arcebispo, mas terror absoluto do rei.

— Conte. Deitou-se com ele. Eram como marido e mulher um para o outro.

— Sim — digo, forçada à honestidade. — Sim, éramos.

Ele tira minha mão de seu braço como se eu sofresse de alguma infecção de pele e ele não quisesse me tocar. Como se eu estivesse com lepra. Eu, que há apenas dois dias era tão preciosa que o país todo agradeceu a Deus o rei ter-me encontrado! Não é possível. Não é possível que as coisas tenham dado errado tão rapidamente.

— Vou levar em conta a sua confissão — diz ele. — Rezarei a Deus. Tenho de contar ao rei. Consideraremos que acusações terá de enfrentar.

— Não podemos simplesmente esquecer que tudo isso aconteceu? — murmuro, minhas mãos se contorcendo juntas, os anéis pesando em meus dedos. — Foi há tanto tempo. Foi anos atrás. Ninguém mais se lembra disso. O rei não precisa saber, o senhor mesmo disse que partirá seu coração. Diga-lhe apenas que não aconteceu nada importante. E tudo não pode voltar a ser como era?

Ele olha para mim como se eu estivesse completamente louca.

— Rainha Catarina — diz ele gentilmente —, traiu o rei da Inglaterra. O castigo é a morte. Não consegue entender isso?

— Mas isso tudo foi muito antes de eu me casar — digo em tom de lamúria. — Não foi trair o rei. Eu nem mesmo o conhecia. Com certeza o rei me perdoará por meus erros de menina, não? — Sinto o pranto subindo à minha garganta e não consigo contê-lo. — Certamente não me julgará com crueldade por erros cometidos na minha infância, quando eu não passava de uma menina sem tutores capazes. — Engasgo. — Certamente, Sua Graça será generosa comigo, não? Ele me amou e o fiz muito feliz. Agradeceu a Deus por mim, e isso, isso não é nada. — As lágrimas correm por meu rosto, não estou fingindo, estou absolutamente aterrorizada por estar ali, enfrentando esse homem terrível, tendo de me enrolar em mentiras para minorar as coisas. — Por favor, senhor, me perdoe. Por favor, diga ao rei que não fiz nada grave.

O arcebispo se afasta de mim.

— Acalme-se. Acalme-se. Não falaremos nada mais agora.

— Diga que me perdoará, que o rei me perdoará.

— Espero que sim, espero que ele possa. Espero que possa ser salva.

Agarro-me nele, soluçando incontrolavelmente.

— Não pode ir sem antes me prometer que serei salva.

Ele se arrasta para a porta, apesar de eu não largá-lo, como uma criança chorona.

— Senhora, tem de se acalmar.

— Como posso me acalmar quando me diz que o rei está com raiva de mim? Quando me diz que a punição é a morte? Como posso ficar calma? Como posso me acalmar? Tenho somente 16 anos, não posso ser acusada, não posso ser...

— Solte-me, senhora, este comportamento não lhe convém.

— Não vai sair sem me abençoar.

Ele me empurra para que o solte e faz o sinal da cruz rapidamente sobre a minha cabeça.

— Pronto. Como quiser, *in nomine... filii...* Pronto, fique quieta.

Jogo-me no chão chorando, mas ouço a porta se fechar, e mesmo sem ele ali para me ver, não consigo parar de chorar. Mesmo quando a porta interna se abre e minhas damas entram, continuo chorando. Mesmo quando se alvoroçam ao meu redor e dão tapinhas na minha cabeça, eu não me levanto e não me animo. Estou com tanto medo, estou com muito medo.

Jane Bolena, Hampton Court, novembro de 1541

O diabólico arcebispo aterrorizou a garota a ponto de ela quase perder o juízo, e ela agora não sabe se mente ou confessa. Milorde duque vem com ele para mais uma visita e enquanto tentam tirar a rainha aos soluços da cama, ele para ao meu lado.

— Ela vai confessar Culpepper? — pergunta ele em um sussurro tão baixo que tenho de me inclinar para ele para conseguir ouvir.

— Se deixar o arcebispo falando com ela, confessará qualquer coisa — aviso-o em um sussurro rápido. — Não consigo acalmá-la. Ele a atormenta com esperança e depois, a ameaça com a danação. Ela é apenas uma garota tola, e ele parece determinado a quebrá-la. Ele vai enlouquecê-la, se continuar ameaçando-a.

Ele dá uma breve risada, quase um gemido.

— É melhor ela rezar pela loucura, seria a única coisa que a salvaria — diz ele. — Meu Deus, duas sobrinhas como rainhas da Inglaterra e as duas terminaram no cadafalso!

— O que poderia salvá-la?

— Não podem executá-la se for louca — replica ele de maneira distraída. — Não se pode ser julgado por traição quando se está louco. Teriam de mandá-la para um convento. Deus meu, é ela gritando?

Os gritos sinistros de Kitty Howard implorando para ser poupada estão ecoando pelas salas enquanto as mulheres tentam forçá-la a encarar o arcebispo.

— O que vai fazer? — pergunto. — Isso não pode continuar.

— Vou tentar ficar fora disso — replica ele impassivelmente. — Espero vê-la com o juízo recuperado hoje. Vou aconselhá-la a confessar sua culpa com Dereham e negar Culpepper, porque então não terá feito nada pior do que se casar já estando comprometida, como Ana de Cleves. Talvez consiga escapar com isso. Ele pode até mesmo aceitá-la de volta. Mas como está, é capaz de se matar antes que o carrasco a golpeie.

— Ficar fora disso? — pergunto. — E eu?

Sua expressão é insensível.

— Você o quê?

— O conde francês — respondo imediatamente. — Qualquer que seja o contrato, o aceitarei. Viverei com ele na França durante alguns anos, onde ele quiser. Vou me esconder até o rei se recuperar disso, não posso voltar ao exílio, não posso voltar a Blickling. Não vou aguentar. Não posso passar por tudo de novo. Realmente não posso. Aceitarei o conde francês mesmo que o acordo seja ruim. Mesmo que ele seja velho e feio, mesmo que seja deformado. Aceitarei o conde francês.

O duque, repentinamente, dá uma gargalhada, como um urso açulado, gritando na minha cara. Retraio-me, mas sua risada é horrivelmente sincera. Nessas salas terríveis, cheias de mulheres gritando para Catarina ter compostura e seu lamento agudo e medonho, e o arcebispo rezando mais alto que o barulho, o duque escancara sua vontade de rir.

— Um conde francês! — grita ele. — Um conde francês! Está maluca? Ficou maluca como minha sobrinha?

— O quê? — pergunto perplexa. — Do que está rindo? Silêncio, milorde. Silêncio. Não há nada do que rir.

— Nada do que rir? — Ele não consegue se conter. — Nunca houve nenhum conde francês. Nunca haveria um conde francês ou um conde inglês ou um barão inglês. Nunca haveria um dom espanhol ou um príncipe italiano. Nenhum homem no mundo vai querê-la. É tão tola que não sabe disso?

— Mas disse que...

— Disse qualquer coisa que a fizesse continuar trabalhando para mim, assim como você diria qualquer coisa que conviesse à sua própria causa. Mas nunca achei que acreditasse em mim. Não sabe o que os homens pensam de você?

Sinto minhas pernas começarem a tremer, é como no passado, quando soube que teria de traí-los. Quando soube que teria de ocultar minha falsidade de mim mesma.

— Não sei — replico. — E não quero saber.

Suas mãos duras se apoiam em meus ombros e ele me arrasta para um dos caros espelhos de moldura dourada da rainha. No suave reflexo prateado, vejo meus próprios olhos arregalados me encarando, e seu rosto implacável como o rosto da própria morte.

— Olhe — diz ele. — Olhe para si mesma e saiba quem é: sua mentirosa, esposa falsa. Não há um homem sequer no mundo que se casaria com você. É conhecida em toda a Europa como a mulher que entregou o marido e a cunhada ao carrasco. É conhecida em cada corte da Europa como uma mulher tão vil que mandou seu próprio marido para a forca... — ele me sacode — ... para ser baixado ainda vivo, em seus calções molhados de urina — me sacode de novo —, para ser cortado do escroto até a garganta, para ver sua barriga, seu fígado e seus pulmões arrancados e lhe mostrado, para sangrar até a morte enquanto queimavam seu fígado e seu coração, sua barriga e seus pulmões na sua cara — me sacode de novo — e então, finalmente, ser cortado como um animal pelo açougueiro: a cabeça, os braços, as pernas.

— Não fizeram isso com ele — digo em um sussurro, mas meus lábios mal se movem no reflexo.

— Não graças a você — replica ele. — É disso que o povo se lembra. O rei, seu pior inimigo, poupou-lhe a tortura a que você o mandou. O rei deixou que fosse decapitado, mas você o entregou para ser estripado. Você, no banco das testemunhas, jurou que ele e Ana tinham sido amantes, que ele possuíra a própria irmã, que ele era um sodomita, com metade da corte, jurou que eles tinham tramado a morte do rei, condenou sua vida, mandando-o a uma morte que você não desejaria nem a um cachorro.

— O plano foi seu. — No espelho, meu rosto está esverdeado de náusea da verdade por fim expressa claramente, meus olhos escuros esbugalhando-se de horror. — O plano foi seu e não meu. Não posso ser culpada pelo que aconteceu. Disse que nós os salvaríamos. Seriam perdoados se oferecêssemos provas e eles confessassem sua culpa.

— Você sabia que era mentira. — Ele me sacode como sacudiria um rato. — Sabia, sua mentirosa. Nunca depôs para salvá-lo. Prestou testemunho para salvar seu título e sua fortuna, chamava-a de sua herança, a herança Bolena. Sabia que se apresentasse prova contra seu marido, o rei a deixaria com seu título e terras. No fim, era tudo o que você queria. Era tudo o que lhe importava. Mandou esse jovem e a beldade de sua irmã para a morte para salvar sua própria pele e seu título miserável. Mandou-os para a morte, uma morte selvagem, porque eram belos, alegres e felizes na companhia um do outro e porque a excluíam. Você é o protótipo do despeito, da inveja e da luxúria pervertida. Acha que algum homem lhe confiaria um título? Acha que algum homem correria o risco de chamá-la de esposa? Depois disso?

— Eu ia salvá-lo. — Exponho meus dentes para nós dois no espelho. — Acusei-o para que pudesse confessar e ser perdoado. Eu o teria salvado.

— Você é uma assassina pior do que o rei — diz ele brutalmente, e me joga para o lado. Bato na parede e me seguro na tapeçaria, para não cair. — Testemunhou contra sua própria cunhada e seu próprio marido, ficou à cabeceira da cama enquanto Jane Seymour morria, testemunhou contra Ana de Cleves e a teria visto ser decapitada, e agora, sem dúvida, verá outra prima ir para o cadafalso, e confiantemente espero que preste depoimento contra ela.

— Eu o amava — digo obstinadamente, insistindo na única acusação que não suporto escutar. — Não vai negar que eu amava George. Eu o amava de todo o meu coração.

— Então, você é pior do que uma mentirosa e uma amiga falsa — replica ele friamente. — Pois o seu amor levou o homem amado à morte mais deplorável. Seu amor é pior do que o ódio. Muitos odiavam George Bolena, mas foi a sua palavra de amor que o levou à morte. Não vê como é má?

— Se ele tivesse ficado do meu lado, se tivesse sido fiel a mim, eu o teria salvado — grito com dor. — Se ele me amasse como a amou, se não tivesse me excluído de sua vida, se eu tivesse sido tão preciosa para ele quanto ela...

— Ele nunca teria sido fiel a você — diz o duque, com desprezo e veneno em sua voz. — Ele nunca a teria amado. Seu pai o comprou por uma fortuna, mas ninguém e nenhuma fortuna a tornariam uma pessoa que despertasse amor. George a desprezava, Ana e Maria riam de você. Foi por isso que os acusou, nada nessa mentira afetada e abnegada tem alguma verdade. Acusou-os porque como não podia ter George, preferiu vê-lo morto a amando sua irmã.

— Ela ficou entre nós — falo ofegando.

— Seus cães se meteram entre vocês. Seus cavalos. Ele amava os cavalos em seu estábulo, amava seus falcões em suas gaiolas mais do que a amava. E você teria matado cada um deles, cavalo, cão e falcão, por puro ciúme. Você é uma mulher má, Jane, e a usei como usaria um resto de lixo. Mas agora terminei com essa garota tola, Catarina, e com você. Pode aconselhá-la o melhor que puder como se salvar. Pode prestar depoimento a favor dela, pode testemunhar contra ela. Não me importa nenhuma das duas.

Sinto a parede atrás de mim e me impulsiono à frente para encará-lo.

— Não pode me tratar dessa maneira — digo. — Não sou nenhum resto de lixo, sou sua aliada. Se se virar contra mim, vai se arrepender. Conheço todos os seus segredos. O bastante para mandá-la para a morte, o bastante para mandá-lo junto. Vou destruí-la e destruí-lo junto. — Agora ofego, vermelha de raiva. — Eu a levarei ao cadafalso e todos os Howard com ela. Mesmo que desta vez eu morra!

Ele ri de novo, mas quando se cala, sua raiva se extingue.

— Ela é um caso perdido — diz ele. — O rei está farto dela. Eu estou farto dela. Posso me salvar e é o que farei. Você vai cair com a vadia. Não vai conseguir se safar duas vezes.

— Contarei ao arcebispo sobre Culpepper — ameaço. — Vou contar que quis que se tornassem amantes. Que me mandou unir os dois.

— Pode dizer o que quiser — replica ele calmamente. — Não vai ter prova. Somente uma pessoa foi vista levando-lhe mensagens e deixando-o entrar em seus aposentos. Você. Tudo o que disser para me incriminar, agravará sua culpa. Vai morrer por isso, e só Deus sabe como pouco me importa que morra ou não.

Grito, grito, caio de joelhos e me agarro em suas pernas.

— Não diga isso, eu lhe servi, durante anos fui sua criada mais fiel e quase não fui recompensada. Tire-me daqui, e ela pode morrer, Culpepper pode morrer, mas nós dois nos salvaremos.

Devagar, o duque se abaixa e solta minhas mãos, como se eu fosse uma espécie de erva viscosa que tivesse se emaranhado, de maneira desagradável, em suas pernas.

— Não, não — diz ele, como se tivesse perdido todo interesse na conversa. — Não. Ela não pode ser salva e não levantarei um dedo para salvá-la. O mundo será um lugar melhor quando você estiver morta, Jane Bolena. Sua falta não será sentida.

— Sou sua. — Ergo o olhar para ele, mas não me atrevo a agarrá-lo de novo, e ele se afasta, bate na porta que dá para o mundo exterior, onde as sentinelas, que sempre estão do lado de fora para impedir a entrada de alguém, nos mantêm trancafiadas. — Eu sou sua — grito. — Inteiramente sua. Eu o amo.

— Não quero você — diz ele. — Ninguém a quer. E o último homem que você prometeu amar morreu por causa de seu testemunho. Você é podre, Jane Bolena, por mim o carrasco pode terminar o que o diabo começou. — Faz uma pausa com a mão na porta, como se ocorresse um pensamento. — Acho que será decapitada na torre verde, onde mataram Ana — diz ele. — Uma ironia. Eu diria que ela e seu irmão estão rindo de você no inferno, esperando por você.

Ana, palácio de Richmond, novembro de 1541

Transferiram Kitty Howard para a abadia de Syon, e ela está sendo mantida prisioneira, com apenas algumas de suas damas. Prenderam dois jovens que serviam na casa de sua avó. Serão torturados até confessarem o que lhes mandarem dizer. As damas de sua confiança também foram levadas para a Torre para serem interrogadas. Sua Graça, o rei, retornou de sua cisma privada no palácio de Oatlands para Hampton Court. Dizem que está muito calado, muito melancólico, mas não enraivecido. Devemos agradecer a Deus por ele não estar com raiva. Se não tiver um de seus acessos de fúria vingativa, talvez se resigne e ela seja degredada. Ele vai anular seu casamento com ela baseado em seu comportamento abominável — foram essas as palavras exatas que usou ao se dirigir ao Parlamento. Se Deus quiser vão concordar com ele, com que ela não foi feita para ser rainha, e a pobre criança será libertada, e suas amigas poderão voltar para casa.

Ela poderia ir para a França, seria um deleite para essa corte, que teria prazer em observar sua vaidade e beleza. Ou talvez ela pudesse ser convencida a viver no campo, como eu, e se tornar mais uma irmã do rei. Poderia até mesmo morar comigo, e seríamos amigas como éramos nos velhos tempos, quando eu era a rainha que ele não queria, e ela era a virgem que ele queria. Ela poderia ser mandada a milhares de lugares diferentes, onde não causaria nenhum mal ao rei e onde sua frivolidade faria as pessoas rirem, onde se tornaria uma mulher sensível. Com certeza todos estão de acordo com que ela não pode ser executada. Simplesmente é jovem demais para ser executada. Não é uma Ana Bolena, que planejou e forçou seu caminho ao trono ao longo de seis anos de luta, e que foi derrubada por sua própria ambição. Essa é uma garota com tanto juízo quanto um de seus gatinhos. Ninguém seria tão cruel a ponto de mandar uma criança dessa para o cadafalso. Graças a Deus, o rei está triste e não com raiva. Se Deus quiser, o Parlamento vai aconselhá-lo a anular o casamento, e queira Deus que o arcebispo Cranmer se satisfaça com a desgraça da rainha com base em suas aventuras amorosas infantis, e não comece a investigar suas loucuras depois do casamento.

Não sei o que está acontecendo na corte atualmente, mas a vi no Natal e ano-novo, e achei, então, que ela estava pronta para um amante, e querendo amar. E como poderia se conter? É uma garota se tornando mulher com um marido com idade para ser seu pai, um homem doente, impotente, talvez até louco. Mesmo uma mulher sensível em circunstâncias como essa procuraria amizade e conforto em um dos jovens que a cercam. E Catarina gosta de flertar.

O Dr. Harst vem a cavalo de Londres para me ver, e assim que chega, manda minhas damas saírem para que conversemos a sós. Portanto sei que são notícias graves da corte.

— Notícias da rainha? — pergunto assim que elas deixam a sala e nos sentamos, lado a lado, como conspiradores, diante do fogo.

— Ela continua a ser interrogada — diz ele. — Se há ainda algo a ser dito, eles o extrairão dela. É mantida fechada em seus aposentos em Syon, não tem permissão para ver ninguém. Não pode nem mesmo dar uma volta no jardim. Seu tio abandonou-a e ela não tem nenhum amigo. Quatro de suas damas estão trancafiadas com ela, e iriam embora se pudessem. Suas amigas mais íntimas também foram detidas e estão sendo interrogadas na Torre. Dizem que ela chora o tempo todo e implora que a perdoem. Está agoniada demais para comer ou dormir. Dizem que vai morrer de fome.

— Que Deus a ajude, pobre pequena Kitty — digo. — Que Deus a ajude. Mas certamente têm provas para a anulação do casamento com o rei, não têm? Ele pode se divorciar dela e libertá-la, não?

— Não, eles agora estão buscando provas de coisa pior — diz ele abruptamente.

Ficamos os dois em silêncio. Nós dois sabemos o que ele quer dizer com isso, e tememos que se descubra coisa pior.

— Vim vê-la por uma razão mais grave do que essa — diz ele.

— Deus meu, o que pode haver de pior?
— Soube que o rei está pensando em tê-la de volta como sua mulher.

Por um momento fico tão atônita que não consigo dizer nada. Então, agarro-me aos braços esculpidos da cadeira e observo as pontas dos meus dedos ficarem brancas.

— Não pode estar falando sério.
— Estou. O rei Francisco, da França, está desejoso de que vocês dois voltem a se casar e de que seu irmão e o rei se aliem a ele em uma guerra contra a Espanha.
— O rei quer outra aliança com o meu irmão?
— Contra a Espanha.
— Podem fazer isso sem mim! Podem fazer uma aliança sem mim!
— O rei da França e o seu irmão querem que reconquiste o trono e o rei quer se livrar da lembrança de Catarina. Tudo voltaria a ser como antes. Como se ela nunca tivesse existido. Como se a senhora tivesse acabado de chegar à Inglaterra, e tudo corresse como planejado.
— Ele é Henrique da Inglaterra, mas nem mesmo ele é capaz de girar o relógio ao contrário! — grito, me levanto bruscamente da cadeira, atravesso a sala. — Não vou fazer isso. Não vou me arriscar. Ele mandará me matar em um ano. É um assassino de suas esposas. Ele aceita uma mulher e a destrói. Tornou-se um hábito. Será a minha morte!
— Se ele fizer um acordo honrado...
— Dr. Harst, escapei dele uma vez, sou sua única esposa que saiu do casamento viva! Não vou voltar para perder a minha cabeça no cadafalso.
— Fui informado de que ele ofereceria garantias...
— Trata-se de Henrique da Inglaterra! — falo agressivamente. — É um homem que foi a morte para três de suas mulheres e que agora está construindo um cadafalso para a quarta! Não há garantia nenhuma. Ele é um assassino. Se vocês me puserem em sua cama, serei uma mulher morta.
— Ele vai se divorciar de Catarina Howard, tenho certeza. Ele declarou isso perante o Parlamento. Sabiam que ela não era virgem ao se casar com ele. As notícias de seu comportamento escandaloso foi passada aos embaixadores nas cortes europeias. Ela é chamada publicamente de prostituta. Ele vai repudiá-la. Não vai matá-la.
— Como pode ter tanta certeza?

— Não há razão nenhuma para ele matá-la — replica ele gentilmente. — A senhora está nervosa, não está pensando claramente. Ela casou-se com ele sob falsa aparência, o que é pecado, e ela errou. Ele comunicou isso. Mas como ainda não eram casados, ela não o enganou, ele não tem razão para fazer outra coisa senão deixá-la ir embora.

— Então por que está procurando mais provas contra ela? — pergunto. — Se já tem o bastante para chamá-la de prostituta, já que tem o bastante para envergonhá-la e se divorciar dela? Por que precisa de mais provas?

— Para punir os homens — replica ele.

Olhamos um para o outro, nenhum dos dois sabe no que acreditar.

— Eu o temo — digo desconsoladamente.

— E tem razão, ele é um rei assustador. Mas divorciou-se da senhora e manteve sua palavra. Fez um acordo justo e a tem mantido em paz e próspera. Talvez ele se divorcie dela e faça um acordo, talvez seja a sua maneira de agir agora. Depois vai querer se casar com a senhora de novo.

— Não posso — digo em voz bem baixa. — Acredite-me, Dr. Harst, mesmo que tenha razão e Catarina seja perdoada, mesmo com a sua generosidade, eu não correria o risco de me casar com ele. Não vou suportar estar casada com ele de novo. Ainda agradeço a Deus de joelhos, toda manhã, a minha boa sorte de escapar por um triz. Quando o Conselho lhe perguntar, ou o meu irmão perguntar, ou o embaixador perguntar, deve dizer-lhes que assumi minha condição de solteira, que acredito ter-me comprometido com outro como o próprio rei disse. Exatamente como ele disse: não estou livre para me casar. Convença-os de que não pode ser. Juro que não vou conseguir. Não vou colocar minha cabeça no cadafalso e ouvir o zunido do machado baixando.

Catarina, abadia de Syon, novembro de 1541

Agora, vamos ver, o que tenho?

Tenho de admitir que não estou me saindo nada bem.

Tenho seis capelos ao estilo francês debruados de dourado. Tenho seis pares de mangas, tenho seis saias sem adornos, seis vestidos, azul-marinho, preto, verde-escuro e cinza. Não tenho joias, não tenho com o que me divertir. Não tenho nem mesmo meu gatinho. Tudo o que o rei me deu foi tirado dos meus aposentos por Sir Thomas Seymour — um Seymour! levando os pertences de uma Howard! Imaginem como vamos nos sentir lesados por isso! — para serem devolvidos ao rei. Portanto, como fica demonstrado, nada do que contei antes era realmente meu. Eram um empréstimo e não presentes.

Tenho três cômodos com tapeçarias desgastadas. Minhas damas vivem em um e eu nos outros dois, com minha meia-irmã Isabel, Lady Baynton e mais duas damas. Nenhuma delas fala comigo, por ressentirem a posição em que se encontram, por causa de minha natureza perversa, exceto Isabel, que foi mandada para me fazer tomar consciência do meu pecado. Tenho de admitir que não são lá uma companhia muito estimuladora em um espaço confinado. Meu confessor está preparado para quando eu o chamar, se eu fosse uma idiota querendo ser enforcada confessando a ele o que neguei a todo mundo, e duas vezes por dia, Isabel resmunga comigo como se eu fosse sua criada. Tenho alguns livros de oração e a Bíblia. Tenho costura a fazer, camisas para os pobres; mas certamente eles já devem ter camisas suficientes a esta altura, não? Não tenho pajens nem cortesãos, nem bufões ou músicos ou cantores. Até mesmo meus cachorrinhos foram levados e sei que sentem saudades de mim.

Meus amigos todos desapareceram. Meu tio desapareceu como a neblina da manhã, e me disseram que a maior parte de meu pessoal, Lady Rochford, Francis Dereham, Katherine Tylney, Joan Bulmer, Margaret Morton e Agnes Restwold, está na Torre sendo interrogada a meu respeito.

Mas o pior de tudo é que soube hoje que levaram Thomas Culpepper também para a Torre. Meu pobre e belo Thomas! A ideia de ele sendo preso por um homem de armas feio é um horror, mas pensar em meu Thomas sendo interrogado me faz cair de joelhos e afundar a cara no tecido grosseiro de minha cama e chorar. Devíamos ter fugido quando percebemos que estávamos apaixonados. Se pelo menos ele tivesse vindo a mim antes de eu vir para a corte, quando eu ainda estava em Lambeth. Se pelo menos eu tivesse lhe dito que era sua, só sua quando cheguei à corte, antes de tudo dar errado.

— Quer o seu confessor? — pergunta Lady Baynton friamente ao me ver chorando. Eles a mandaram dizer isso, estão ansiosos por me ver ceder e contar tudo.

— Não — respondo logo. — Não tenho nada a confessar.

E é tão terrível o fato de esses cômodos serem os cômodos de Lady Margaret Douglas, onde ela foi mantida sozinha, em silêncio, pelo crime de ter-se apaixonado. Imaginem só! Ela esteve aqui exatamente como eu, andando de lá para cá nessas mesmas três peças, presa por amar um homem, sem saber qual seria a acusação nem a sentença, nem quando aconteceria. Ficou aqui sozinha, em desgraça, por treze meses, esperando que o rei a perdoasse, se perguntando o que ia acontecer. Foi levada há apenas alguns dias para deixar o lugar para mim — não acredito! —, levaram-na para Kenninghall, onde será aprisionada de novo até o rei perdoá-la, se chegar um dia a perdoá-la.

Penso nela, uma mulher jovem, só um pouquinho mais velha do que eu, trancada sozinha como eu, aprisionada pelo crime de amar um homem que a amava, e agora eu gostaria de ter caído de joelhos diante do rei e suplicado que fosse bondoso com ela. Mas como eu ia saber que um dia estaria exatamente na mesma situação? Nos mesmos cômodos? Suspeita de ser uma jovem apaixonada, como ela? Queria ter dito a ele que ela era apenas uma garota, talvez tola, e que devia ser orientada, não detida e castigada. Mas não falei em sua defesa, nem da pobre Margaret Pole, nem de todos os homens e mulheres em Smithfield. Não falei em defesa dos homens do norte que se insurgiram contra ele. Não disse uma palavra em defesa de Thomas Cromwell, mas me casei no dia de sua morte, sem um momento sequer de piedade. Não falei em defesa da filha do rei, a princesa Mary, e pior ainda, me queixei dela. Não falei em defesa de minha rainha Ana, a quem eu amava, a quem prometi minha lealdade e amizade, e quando me pediram, assinei um documento contra ela, sem me dar o trabalho de lê-lo. E agora, não há ninguém que, de joelhos, vá pedir clemência por mim.

É claro que não sei o que vai acontecer. Se tivessem prendido Henry Manox com Francis Dereham, então ele diria o que eles quisessem ouvir. Não nos separamos como amigos e ele não gostava de Francis. Ele diria que fomos quase amantes e que o deixei por Francis Dereham. Meu nome ficará completamente sujo, e minha avó, furiosa.

Acho que vão perguntar às garotas de Lambeth tudo sobre mim. Agnes Restwold e Joan Bulmer não são, lá no fundo, amigas sinceras. Gostavam de mim quando eu era rainha e podiam obter favores, mas não me defenderão ou mentirão por mim. E se tirarem meia dúzia de outras da vidinha que levam, dirão qualquer coisa por uma viagem a Londres. Se perguntarem a Joan Bulmer qualquer coisa sobre Francis Dereham, ela contará tudo, não tenho dúvida. Todas as garotas, sem exceção, da Norfolk House, sabem que Francis me chamava de esposa, e que eu respondia. Que me deitava com ele como marido e mulher, e não sei — para ser franca — se estávamos casados ou não. Na verdade, nunca pensei nisso. Katherine Tylney vai contar tudo sobre Lambeth rapidinho. Só espero que não lhe perguntem sobre Lincoln, ou Pontefract, ou Hull. Se ela começar a falar sobre as noites que eu não passava no quarto, vai acabar levando a Thomas. Oh, Deus, se pelo menos eu nunca tivesse posto os olhos nele. Ele estaria a salvo agora, e eu também.

Se falarem com Margaret Morton, ela vai contar que briguei com ela quando tentou abrir a porta do meu quarto e viu que estava trancada. Thomas, o meu querido Thomas, estava na cama comigo, e tive de atravessar o quarto correndo e gritar para ela ter mais respeito, com a porta entreaberta para que não o visse. Ela riu na minha cara, sabia que havia alguém lá dentro. Ah, Deus, eu devia não ter brigado com elas tantas vezes. Devia tê-las amansado com presentes, vestidos, e talvez hoje mentissem por mim.

E agora que penso nisso, me lembro que Margaret estava na minha sala de audiências quando Thomas estava comigo em minha câmara privada, certo dia, em Hampton Court. Passamos a tarde toda ao lado do fogo, nos beijando e tocando, rindo dos cortesãos do lado de lá da porta. Fiquei excitada com a nossa ousadia na época; agora belisco minhas mãos até minha pele estar vermelha e inchada, ao pensar em como fui idiota. Mas não me arrependo, nem mesmo neste momento. Mesmo que eu morra hoje à tarde, não vou me arrepender de ter tido sua boca na minha e de ter sido tocada por ele. Graças a Deus pelo menos tivemos esse tempo juntos. Não queria não tê-los vivido.

Daqui a pouco me trarão outra bandeja com comida. Não vou tocar nela. Não consigo comer, não consigo dormir, não consigo fazer nada a não ser ficar andando de lá para cá nestes cômodos, e pensar que Lady Margaret Douglas também fazia isso, sentindo saudades do homem que ela amava. Ela não teve metade de suas amigas falando dela para o mundo. Não teve cada inimigo dos Howard instigando o rei a ficar contra ela. É a mulher mais infeliz que conheço, e uma afortunada em comparação a mim.

Sei que Lady Rochford vai continuar minha amiga. Eu sei que vai. Sabe o que Thomas significa para mim e eu para ele. Não vai pôr sua cabeça em risco, ela já correu perigo antes, sabe como responder às perguntas. É uma mulher mais velha, uma pessoa experiente. Antes de nos separarmos, ela me disse: "Negue tudo", e é o que farei. Ela sabe o que deve ser feito. Sei que vai se manter segura, e a mim.

Ela sabe tudo, é claro, isso é o pior. Sabe quando me apaixonei por Thomas e ela arranjou todos os encontros secretos e as cartas e as vezes que podíamos passar despercebidos. Ela o escondia para mim, atrás das cortinas, e uma vez, no vão da escada em York. Ela me passava às escondidas por corredores sinuosos em casas estranhas, para que eu o encontrasse. Ele tinha um quarto só para ele em Pontefract, e nos encontramos lá, uma tarde, depois da caça. Ela dizia onde podíamos estar juntos, e uma noite, quando o próprio rei tentou forçar a porta, achando que podia ir para a minha cama, ela não perdeu o controle, gritou para ele que eu estava doente e dormindo, e o mandou embora. Ela fez isso! Mandou o rei da Inglaterra embora e sua voz não tremeu nem por um segundo. Ela tem muita coragem, não vai chorar e confessar. Acho que mesmo que a torturem, ela simplesmente vai encará-los com sua expressão fria e não vai falar nada. Não receio que me traia. Confio que vá negar tudo o que perguntarem. Sei que posso confiar nela para me defender.

Exceto... exceto que não paro de pensar que ela não pôde salvar seu marido quando ele foi acusado. Ela não gosta de falar sobre ele, e isso também me intriga. Sempre achei que era porque ficava triste demais ao pensar nele, mas agora me pergunto se não haverá algo pior do que isso. Catarina Carey tem certeza de que ela não testemunhou a favor deles, mas sim contra eles. Como seria possível? E disse que ela salvou a herança deles e não eles. Mas como eles morreram e ela pôde se salvar sem fazer algum tipo de acordo com o rei? E se ela traiu uma rainha — que era a sua própria cunhada — e condenou seu próprio marido, por que me salvaria?

Oh, tenho esses pensamentos assustadores só por causa da situação em que me encontro, que não é nada fácil. Sei disso. Pobre Margaret Douglas, deve ter quase enlouquecido andando de lá para cá nestes cômodos, sem saber o que aconteceria com ela. Imagino o que é passar um ano aqui, andando de um cômodo ao outro, sem saber se será libertada um dia. Não suporto a espera, e pelo menos, ao contrário dela, sei que logo serei libertada. Tenho certeza de que tudo dará certo, mas me preocupo com algumas coisas, na verdade com tudo. Uma das coisas é sobre como Ana Bolena foi morta, como George Bolena foi morto, e Jane, sua mulher, escapou. E por que ninguém nunca falou sobre isso? E como ela pôde salvar a herança dele, mas seu testemunho não pôde salvá-lo?

Tenho de parar com isso, pois começo a achar que ela talvez testemunhe a meu favor e me leve ao mesmo lugar onde Ana Bolena foi parar, e isso é um absurdo, pois Lady Ana era uma adúltera, uma bruxa e culpada de traição. E tudo o que fiz foi ir um pouquinho longe com Henry Manox e Francis Dereham quando era menina. E, desde então, ninguém sabe o que fiz, e vou negar tudo.

Meu Deus, se interrogarem Thomas, sei que vai mentir para me proteger, mas se o torturarem...

Isso não é nada bom. A ideia de Thomas sendo torturado me faz gritar como um urso ao ser baixado para a arena com os cachorros. Thomas sofrendo! Thomas gritando como estou gritando! Mas não quero pensar nisso. Isso não pode acontecer. Ele é o garoto amado do rei, o rei o chama de garoto querido. O rei jamais machucaria Thomas, e nunca me machucaria. Ele não tem motivos para desconfiar de Thomas. E acho que se ficar sabendo que Thomas me ama e que eu o amo, vai entender. Se você ama alguém, sabe como se sente. Talvez até mesmo ria e diga que depois que o nosso casamento tiver sido anulado, poderemos nos casar. Talvez nos abençoe. Ele já perdoou outros, principalmente seus favoritos. Não é a mesma coisa se eu fosse Margaret Douglas e me casasse sem a sua permissão. Não é o mesmo que eu tê-lo desafiado. Eu nunca faria isso.

Meu Deus, ela deve ter pensado que morreria aqui. Foram apenas alguns dias e já me vejo talhando meu nome nos muros de pedra. O aposento dá para os longos jardins, posso ver o sol na relva clara. Este lugar era uma abadia, e as freiras que aqui viviam eram o orgulho da Inglaterra, pela austeridade de sua ordem e beleza de seu canto. Ou foi isso que Lady Baynton contou. Mas o rei tirou as freiras daqui e se apossou do edifício, de modo que agora dá a impressão de se viver em uma igreja, e juro que o lugar é assombrado pela tristeza delas. Não é um lugar que tenha a ver comigo, de jeito nenhum. Afinal, sou rainha da Inglaterra, e se não rainha da Inglaterra, sou Catarina Howard, membro de uma das famílias mais importantes do reino. Ser Howard é ser um dos primeiros.

Agora, vejamos, tenho de me animar de alguma maneira. De modo que o que tenho? Oh, não é muito animador. Na verdade, não é nada animador. Seis vestidos, o que não é muito, e de cores sem graça, cores de velha. Dois cômodos para meu uso exclusivo e um pequeno número de pessoas me servindo. Se eu considerar o lado positivo, estou melhor do que quando era a pequena Catarina Howard em Lambeth. Tenho um homem que me ama e a quem eu amo até o fundo da minha alma, e uma boa chance de ser libertada para me casar com ele, acho. Tenho uma amiga leal em Lady Rochford, que testemunhará a meu favor. Tom morreria para me salvar, portanto tudo o que tenho a fazer quando o arcebispo voltar é continuar a confissão sobre Francis Dereham e Henry Manox, e nunca dizer uma palavra sobre Tom. Posso fazer isso. Até mesmo uma tola como eu pode fazer isso. E depois, tudo dará certo e quando eu contar de novo, já terei de volta todas as minhas coisas lindas. Não tenho dúvida. Não tenho a menor dúvida.

Mas enquanto me tranquilizo, as lágrimas não param de correr de meus olhos e soluço e soluço. Não paro de chorar, embora saiba que minhas chances são boas. Na verdade, está tudo bem para mim, sempre tive sorte. Simplesmente não consigo parar de chorar.

Jane Bolena, Torre de Londres, novembro de 1541

Estou com tanto pavor que acho que vou enlouquecer. Ficam me perguntando sobre Catarina e o tolo do Dereham, e no começo achei que poderia negar tudo. Eu não estava em Lambeth quando foram amantes, e certamente não foram amantes. Poderia dizer-lhes tudo o que sei e com a consciência limpa. Mas quando o grande portão de madeira bateu e a sombra da Torre caiu gélida sobre mim, senti um terror que nunca sentira antes.

Os fantasmas que me assombram desde aquele dia de maio, se apossaram de mim. Estou onde andaram, sinto a frieza das mesmas paredes, conheço o mesmo terror, estou vivendo suas mortes.

Meu Deus, deve ter sido assim para ele, para George, meu amado George. Ele deve ter ouvido o portão bater, deve ter visto esse volume de pedra que é a Torre bloqueando o céu, devia saber que seus amigos e seus inimigos estavam em alguma parte entre essas paredes, falando qualquer coisa para se salvarem e o condenarem. E agora estou eu aqui andando onde ele andou, e agora sei o que sentiu, e agora conheço o medo como ele conheceu.

Se Cranmer e seus inquisidores investigarem a vida de Catarina somente antes de ela vir à corte, já terão o bastante para destruí-la; e do que precisam mais? Se se ativerem a seu caso com Manox e com Dereham, não precisarão de nada de mim. Nem mesmo a conhecia nessa época. Não tem nada a ver comigo. Portanto, eu não teria nada a temer. Mas se é assim, por que estou aqui? O espaço é exíguo, o piso é de pedra e as paredes são de pedra úmida. As paredes estão marcadas com as iniciais das pessoas que passaram por aqui antes de mim. Não procuro GB, "George Bolena"; acho que enlouqueceria se visse o seu nome. Vou me sentar calmamente à janela, e olhar o pátio lá embaixo. Não vou procurar seu nome, tatear a pedra fria procurando "Bolena", e tocar onde ele esculpiu seu nome. Vou ficar sentada aqui, calmamente, e olhar pela janela.

Não, isso não é nada bom. A janela dá para o patíbulo, a câmara em que estou presa dá para o mesmo lugar em que Ana foi decapitada por causa de meu depoimento. Não posso olhar para esse lugar, não posso olhar para o verde viçoso dessa relva — mais verdejante do que qualquer relva pareceria no outono —, se eu olhar para lá certamente perderei o juízo. Deve ter sido assim para ela, enquanto esperava, e devia saber que eu conhecia o bastante para condená-la. E devia saber que eu queria que fosse decapitada. Ela sabia que havia me atormentado, me provocado, e rido de mim até eu perder o controle por ciúme, deve ter-se perguntado até onde minha raiva insana me levaria, se até mesmo à sua morte. Então ela sabia. Sabia que testemunhei contra os dois, que me manifestei alto e claro, e que os condenei sem sentir remorso. Bem, agora sinto, só Deus sabe como sinto remorso.

Sinto como se tivesse escondido a verdade de mim mesma durante todos esses anos, mas foi preciso um homem inclemente, o duque de Norfolk, dizê-la e essas paredes frias para torná-la real para mim. Tive ciúme de Ana e de seu amor por George, da dedicação que ele lhe tinha, e testemunhei não a partir do que eu sabia ser um fato, mas do que os prejudicaria mais. Que Deus me perdoe. Transformei sua ternura, cuidado e generosidade com sua irmã em algo sujo, obsceno e perverso porque não suportei ele não ser nada disso comigo. Eu o levei à morte para puni-lo por me negligenciar. E agora, como em uma peça antiga em que os deuses se enfurecem, continuo a ser negligenciada. Nunca me senti mais só. Cometi o pecado mais grave que uma esposa poderia cometer, e ainda assim não me satisfiz.

O duque se retirou para o campo, nem Catarina nem eu o veremos de novo. Eu o conheço muito bem para saber que sua única preocupação é salvar a própria pele e manter sua amada fortuna. E o rei precisa de um Howard para marchar, lutar e executar por ele. O rei pode odiá-lo por esse segundo adultério, mas não cometerá o erro de perder um comandante além de uma esposa. A avó de Catarina por parte da madrasta, a duquesa, pode perder a vida por isso. Se provarem que ela sabia que Catarina, aos seus cuidados, era pouco mais que uma vadia, irão acusá-la de traição: por não ter avisado ao rei. Ela deve estar rasgando documentos e fazendo os criados jurarem guardar segredo, dispensando criados mais antigos, limpando os quartos dela. É capaz de esconder o bastante para se salvar.

Mas e eu?

Meu caminho está definido. Não direi nada sobre Thomas Culpepper, e sobre Francis Dereham o que posso dizer é que era secretário da rainha a pedido de sua avó, e que nada se passou entre eles sob minha vigilância. Se descobrirem sobre Thomas Culpepper (e se pesquisarem só um pouco, certamente descobrirão), então saberão de tudo. Se isso acontecer, direi que ela se deitou com ele em Hampton Court, quando o rei ficou doente, até o dia em que todos nos ajoelhamos e agradecemos a Deus por tê-la. Que eu sabia que ela era uma vadia desde o primeiro dia, mas que ela tinha ordenado, e o duque também, que eu não me manifestasse, que eu não era livre para fazer o que achava certo.

É o que vou dizer. Ela vai morrer por causa disso, e o duque talvez morra por causa disso; mas não eu.

Isso é tudo o que vou considerar.

A minha sala dá para o este, o sol nasce às sete horas da manhã, e estou sempre acordada para vê-lo. A Torre lança uma sombra comprida que atravessa a relva iluminada, o local em que ela morreu, como se apontasse um dedo sinistro para a minha janela. Se pensar em Ana, em sua beleza e porte, em sua inteligência e sagacidade, acho que vou enlouquecer. Ela ficou neste aposento, e desceu essa escada, e saiu para o pedaço de relva (que eu poderia ver se fosse à janela, mas nunca vou) e baixou a cabeça no cadafalso, e morreu com valentia, sabendo que tinha sido traída por todos que tinham-se beneficiado com a sua ascensão. Sabendo que o seu irmão e seus amigos, o pequeno círculo que tanto a amara, tinham morrido no dia anterior, sabendo que prestei o testemunho fatal, que seu tio aprovou a sentença de morte e o rei a celebrou. Não consigo pensar nisso. Tenho de tomar cuidado e não pensar nisso.

Meu Deus, ela sabia que eu a tinha traído. Meu Deus, ele foi morto por traição no cadafalso sabendo que o traí. Talvez ele não tenha percebido que foi por amor. Foi uma coisa tão tenebrosa, um gesto de tamanho ódio, que ele nunca poderia ter sabido que eu o amava e que não suportava vê-lo olhar para outra mulher. Muito menos Ana. Muito menos ele ser o que era para ela.

Sento-me e olho para a parede. Não posso suportar olhar pela janela. Não consigo suportar acompanhar o que está escrito nas paredes da cela por medo de esbarrar com suas iniciais. Sento-me e cruzo as mãos no meu colo. Quem me vir me achará composta. Sou uma mulher inocente. Sou tão inocente e digna como, digamos, Lady Margaret Pole, que também foi decapitada do lado de lá de minha janela. Nunca falei uma palavra em sua defesa, tampouco. Meu Deus, como posso respirar o ar deste lugar?

Ouço o arrastar de vários pés na escada. Quantos acham de que precisam? A chave range no cadeado, a porta se abre. Estou irritada com a lentidão. Acham que podem me assustar com esse teatro de ameaça? Então, entram. Dois homens e os guardas. Reconheço Sir Thomas Wriothsley, mas não o escrivão. Agitam-se pela sala, montam a mesa, puxam uma cadeira para mim. Fico em pé e tento parecer firme, minhas mãos apertadas. Então me dou conta de que as estou contorcendo para me manter quieta.

— Queremos perguntar sobre o comportamento da rainha em Lambeth, quando ela era menina — diz ele. Faz um sinal com a cabeça para o escrivão começar a anotar.

— Não sei nada sobre isso — respondo. — Como podem ver em seus registros, eu estava no campo, em Blickling Hall, depois vim servir à rainha Ana, a quem prestei bom e honrado serviço. Só conheci Catarina Howard quando veio servir à rainha Ana.

O escrivão faz uma marca, somente uma. Eu a vejo. É um sinal de conferência. O que significa que sabiam o que eu ia dizer, e que não valia a pena ser anotado. Prepararam-se para esta entrevista, não devo confiar em nada do que disserem. Sabem o que querem dizer e o que querem que eu responda. Tenho de estar preparada. Tenho de me armar contra eles. Queria pensar com clareza, que meus pensamentos não estivessem tão atrapalhados. Tenho de ficar calma, de ser perspicaz.

— Quando a rainha empregou Francis Dereham como seu secretário, sabia que ele era um velho amigo e ex-amante dela?

— Não, eu não sabia nada de sua vida anterior — replico.

O escrivão faz outro sinal de conferência. Este também era esperado.

— Quando a rainha pediu que chamasse Thomas Culpepper aos seus aposentos, conhecia quais eram suas intenções?

Fico pasma. Como passamos de Francis Dereham para Thomas Culpepper assim? Como sabem de Thomas Culpepper? O que ele lhes disse? Estará sendo torturado, e a dor o fez vomitar a verdade?

— Ela nunca me pediu isso — digo.

O escrivão traça um travessão.

— Sabemos que ela pediu que fosse buscá-lo, e sabemos que ele foi. Agora, para salvar a sua vida, vai nos contar o que aconteceu entre Thomas Culpepper e Catarina Howard?

A caneta do escrivão está preparada, sinto as palavras em minha boca seca. É o fim. Ela está arruinada, ele é um homem morto, eu estou à beira da traição, de novo.

Ana, palácio de Richmond, dezembro de 1541

A viúva duquesa de Norfolk foi interrogada em seu leito de doente sobre o comportamento de sua neta. Será julgada por ter deixado a garota se casar com o rei sem avisá-lo de que ela não era virgem. Isso agora é chamado de traição. Será acusada de traição porque sua neta teve um amante. Se for considerada culpada, será a cabeça de mais uma velha senhora no cadafalso de Henrique.

Dereham e Culpepper são acusados de traição presumível. O motivo é terem tido relações sexuais com a rainha. Dereham é acusado mesmo sem provas, e quase todo mundo acha que ele se deitou com ela muito tempo antes de ela ser rainha, muito tempo antes de eu ser rainha. Ainda assim, isso será chamado de traição. O rei chamou Catarina Howard de "prostituta comum" — oh, Kitty, que ninguém fale assim de você! Os dois rapazes assumiram a culpa de traição presumível com esperança de serem perdoados. Os dois negaram ter-se deitado com a rainha. O juiz — por incrível que possa parecer a qualquer um que não seja súdito do rei Henrique — é o duque de Norfolk, que conhece mais o caso do que qualquer outro homem. Sua Graça, o duque, retornou do campo para ouvir o depoimento de sua sobrinha Catarina prometendo se casar com Dereham, admitindo-o em seu quarto e em sua cama. Ele ouviu o depoimento de Dereham sendo introduzido para servir a ela quando era rainha, o que era o bastante para os dois serem julgados culpados. Por que, os inquisidores perguntam com indignação, Dereham viria trabalhar para a rainha se não para seduzi-la? A ideia de que ele estaria pensando em tirar proveito da posição dela, como todos os outros fizeram, inclusive seu tio, não foi mencionada.

Culpepper começou negando tudo, mas depois que as damas de companhia da rainha fizeram suas declarações, inclusive Lady Rochford, percebeu que estava perdido e agora se confessa culpado. Os dois serão enforcados, e antes de morrerem terão a barriga cortada, as tripas retiradas e sangrarão até a morte pelo crime de amar a garota bonita que se casou com o rei.

É um prenúncio do destino de Catarina. Sei disso, e rezo de joelhos por ela todos os dias. Se os homens acusados de a amarem serão mortos da maneira mais cruel que a Inglaterra pode arquitetar, as chances de ela ser perdoada e libertada são improváveis realmente. Tenho medo que ela passe o resto de sua vida na Torre. Meu Deus, ela só tem 16 anos. Eles não acham que há dois anos ela era jovem demais para ter juízo? O seu próprio tio não acha que para uma menina de 14 anos é muito difícil resistir a uma tentação quando é constantemente encorajada a ser indulgente com os próprios caprichos em tudo? Nem mesmo levo em conta o que Henrique pensou, Henrique está louco. Não pensou em nada a não ser em seu próprio prazer com ela, em sua própria convicção de que ela o adorava. É por isso que ela pagará: por desapontar os sonhos vaidosos de um louco. Como eu fiz.

Quando me afastei dele com nojo em Rochester, ele me odiou e me puniu assim que pôde, me chamando de feia, gorda de seios e barriga flácidos, afirmando que eu não era virgem, que cheirava mal, na verdade, que fedia. Quando Kitty escolheu um homem bonito e jovem, preferindo ao seu corpo inflado e pútrido, chamou-a de imoral e de prostituta. Puniu-me com a vergonha e o exílio da corte, em seguida teve prazer em demonstrar sua generosidade. Não creio que ela saia disso da mesma maneira.

Estou de joelhos em meu genuflexório, em minha câmara privada, quando sinto a porta atrás de mim se abrir silenciosamente. Tenho andado com tanto medo, até de minha própria sombra, nesses tempos perigosos, que me viro rapidamente. É Lotte, minha secretária, e seu rosto está lívido.

— O que foi? — levanto-me imediatamente. Tropeço quando os saltos de meus sapatos se prendem na bainha de meu vestido, e quase caio, tendo de me segurar no pequeno altar. A cruz oscila e cai no chão.

— Prenderam sua dama de companhia Frances e também seu escudeiro Richard Taverner.

Ofego de terror, e preciso de um tempo para recuperar o fôlego. Ela confunde minha perplexidade com incompreensão, e repete o que acabou de dizer em alemão.

— Prenderam sua dama de companhia Frances e levaram também Richard Taverner.

— Qual a acusação? — pergunto em um sussurro.

— Não disseram. Os inquisidores estão aqui agora. Seremos todos interrogados.

— Devem ter dito alguma coisa.

— Apenas que seremos todos interrogados. Até mesmo a senhora.

Estou gélida de medo.

— Rápido — digo. — Vá ao estábulo já e consiga um garoto que a leve em um barco a Londres e procure o Dr. Harst. Diga-lhe que estou em grave perigo. Rápido. Vá pela escada do jardim e não deixe que ninguém a veja.

Ela assente com a cabeça e se dirige à pequena porta particular que dá para o jardim enquanto a porta da minha sala de audiências é aberta e cinco homens entram.

— Pare onde está — ordena um deles, ao ver a porta aberta. Lotte para, nem mesmo olha para mim.

— Estava apenas indo ao jardim — diz ela em inglês. — Preciso de ar. Não estou passando bem.

— Está presa — replica ele.

Avanço.

— Com base no quê? O que é alegado contra ela?

O homem mais velho, que não conheço, vem na minha direção e faz uma breve mesura.

— Lady Ana — diz ele. — Comentários circulam em Londres de que houve má conduta em sua casa. O rei ordenou que investigássemos. Qualquer um que tente esconder qualquer coisa ou que não cooperar com a investigação será considerado inimigo do rei e culpado de traição.

— Somos todos bons súditos de nosso rei — replico imediatamente. Sinto o medo em minha voz. Ele também deve percebê-lo. — Mas não há má conduta em minha casa, sou inocente de qualquer mau comportamento.

Ele assente com a cabeça. Supostamente Kitty Howard disse a mesma coisa, assim como Culpepper e Dereham.

— Estes são tempos difíceis e temos de erradicar o pecado — replica ele simplesmente. — Por gentileza, permaneça nesta sala, com esta dama como companhia, se quiser, enquanto interrogamos seu pessoal. Depois viremos falar com a senhora.

— Meu embaixador deve ser informado — digo. Não posso ser tratada como uma mulher qualquer. Meu embaixador tem de tomar conhecimento do seu inquérito.

O homem dá um sorriso.

— Ele está sendo interrogado em sua casa neste exato momento — replica ele. — Ou melhor, na hospedaria em que vive. Se eu não soubesse que foi embaixador de um grande duque, acharia que era um mercador fracassado. Ele não tem muitos bens, tem?

Ruborizo-me constrangida. É mais uma vez um feito de meu irmão. O Dr. Harst nunca recebeu um salário apropriado, nunca teve uma casa apropriada. Agora estou sendo insultada por sua mesquinharia.

— Pode interrogar quem quiser — digo o mais corajosamente que consigo. — Não tenho nada a esconder. Vivo como o rei estabeleceu quando assinamos nosso acordo. Vivo sozinha, entretenho-me de maneira apropriada, meus aluguéis são coletados e minhas contas são pagas. Até onde sei, meus criados obedecem a uma disciplina ponderada e frequentamos a igreja e rezamos de acordo com a norma do rei.

— Então não tem nada a temer — diz ele. Olha para a minha face lívida e sorri. — Por favor, não fique assustada. Somente os culpados demonstram medo.

Dou um ligeiro sorriso forçado e vou para a minha cadeira, e me sento. Seu olhar dirige-se ao crucifixo caído e ao tecido puxado do genuflexório, e ele ergue a sobrancelha, chocado.

— Derrubou o crucifixo de Nosso Senhor? — murmura horrorizado.

— Foi um acidente. — Até mesmo para mim soa fraco. — Pegue-o, Lotte.

Ele troca um olhar de relance com os outros homens, como se esta fosse uma prova a ser considerada. Em seguida, sai da sala.

Catarina, abadia de Syon, Natal de 1541

Vamos ver... o que tenho?

Ainda tenho meus seis vestidos, tenho dois cômodos com vista para o jardim que desce para o rio onde agora posso caminhar, se quiser; mas não quero, já que faz um frio gélido e chove o tempo todo. Tenho uma bonita lareira de pedra e um bom estoque de lenha é mantido para mim quando as paredes ficam frias, e úmidas quando o vento sopra do leste. Tenho pena das freiras que levaram a vida toda aqui, e rezo a Deus para ser libertada logo. Tenho uma Bíblia e um livro de orações. Tenho um crucifixo (muito simples, sem pedras preciosas incrustadas) e um genuflexório. Tenho o relutante serviço de duas damas que ajudam a me vestir, e Lady Baynton e mais duas que se sentam comigo à tarde. Nenhuma delas é muito alegre.

Acho que isso é tudo o que tenho agora.

O que piora a situação é que estamos na época do Natal, e adoro o Natal. No ano passado, dancei com a rainha Ana na corte, o rei sorrindo para mim, eu usava meu pingente com 26 diamantes lapidados e meu cordão de pérolas. A rainha Ana me trouxe um cavalo com arreios de veludo violeta. Dancei com Thomas todas as noites e Henrique disse que formávamos o casal mais bonito do mundo. Thomas segurou minha mão à meia-noite e ao me dar um beijo na bochecha, murmurou em meu ouvido: "Você é linda."

Ainda posso ouvi-lo, ainda posso ouvir seu sussurro: "Você é linda." Agora ele está morto, separaram sua linda cabeça de seu corpo, e eu talvez continue bonita, mas não tenho nem mesmo um espelho para me confortar.

Talvez seja uma coisa idiota de dizer, porém, mais do que qualquer outra coisa, estou surpresa com o quanto tanta coisa mudou em tão pouco tempo. A ceia de Natal, quando eu estava recém-casada e era a rainha mais bela do mundo, foi no ano passado, e agora aqui estou eu na pior situação que já vi, talvez a pior em que alguém pode estar. Acho que estou aprendendo a grande sabedoria que vem do sofrimento. Fui uma garota muito tola, mas agora sou uma mulher. Na verdade, acho que serei uma boa mulher se tiver a chance de voltar a ser rainha. Realmente acho que, dessa vez, serei uma boa rainha. E como o meu amor, Thomas, está morto, espero ser fiel ao rei.

Quase não suporto pensar em Thomas morrendo por minha culpa. Quando penso que ele não está mais aqui, que desapareceu, não consigo compreender. Nunca pensei na morte antes, nunca tinha-me dado conta de que era tão definitiva. Não consigo acreditar que nunca mais o verei neste mundo. Isso me faz acreditar em paraíso, e espero encontrá-lo lá, e nos amarmos de novo; só que dessa vez, eu não estarei casada.

Tenho certeza de que quando me libertarem, todo mundo vai perceber que agora sou uma pessoa melhor. Não fui atormentada como o pobre Thomas, nem torturada como o torturaram. Mas ainda assim sofri, da minha maneira boba. Sofri pensando nele, tentando guardar nosso segredo e temendo por minha vida. E sinto a sua falta. Continuo apaixonada por ele, embora ele não esteja neste mundo e não possa estar apaixonado por mim. Continuo apaixonada por ele mesmo estando morto, e sinto sua falta como qualquer mulher jovem sente falta de seu amante nos primeiros meses da relação. Fico pensando que vou vê-lo e, depois, me lembro de que nunca mais o verei. Isso é mais doloroso do que eu achava possível.

De qualquer maneira, a única coisa boa é que agora não há ninguém para testemunhar contra mim, já que Thomas e Francis estão mortos. Eles eram os únicos que sabiam o que aconteceu, e agora não podem mais testemunhar contra mim. Isso deve significar que o rei tem intenção de me libertar. Talvez me solte no Ano-Novo, e terei de partir e viver em um lugar pavoroso. Ou quem sabe o rei me perdoe agora que Thomas está morto e permita que eu seja sua irmã como a rainha Ana, e assim, pelo menos, poderei ir à corte no verão e para a celebração do Natal. Talvez no Natal que vem eu esteja feliz de novo. Talvez eu ganhe presentes maravilhosos no ano que vem, e quando me lembrar deste Natal triste, ria de mim mesma por ser tão tola a ponto de acreditar que a minha vida tinha terminado.

Os dias são terrivelmente longos, embora clareie tão tarde e escureça tão cedo. Fico feliz por enobrecer com o sofrimento, porque caso contrário pareceria pura perda de tempo. Estou jogando minha juventude fora neste lugar deprimente. Vou completar 17 anos, praticamente uma velha. É terrível ter de esperar uma semana atrás da outra neste lugar, enquanto minha juventude me é tirada. Conto os dias na parede do lado da janela, e quando olho para as marcas feitas, tenho a impressão de que prosseguem sem fim. Às vezes, perco um dia, não o incluo, de modo que o tempo não pareça tão longo. Mas isso faz a contagem ficar errada, o que é uma amolação. É muito idiota não ser capaz nem mesmo de manter a contagem dos dias. Mas não tenho certeza se quero realmente saber. E se ele me prender aqui durante anos? Não, isso não pode acontecer. Espero que o rei passe o Natal em Whitehall e, depois do Dia de Reis, dê ordens para me libertarem. Mas nem vou saber direito quando é, pois já misturei a contagem. Às vezes acho que a minha avó estava certa e sou uma boba, o que é muito desanimador.

Receio que o rei ainda esteja muito chateado comigo, embora eu tenha certeza de que ele não vai me culpar por tudo como o arcebispo Cranmer parece fazer. Mas quando eu o vir, estou certa de que me perdoará. Ele é como o velho administrador da duquesa, que nos dizia que seríamos castigados por alguma travessura, por exemplo pular no feno ou quebrar os galhos das macieiras, e batia em um ou dois dos meninos e quando chegava a minha vez, e eu o olhava com lágrimas nos olhos, acarinhava minha bochecha e dizia que eu não devia chorar, que era tudo culpa das crianças mais velhas. Espero que o rei seja assim quando eu conseguir vê-lo. Já que ele sabe de tudo, saberá que sempre fui uma garota tola e facilmente desencaminhada? E certamente, em sua sabedoria, vai entender que me apaixonei e não pude me conter? Alguém da sua idade deve entender que uma garota pode se apaixonar e se esquecer do que é o certo e o errado. Uma garota pode se apaixonar e não conseguir pensar em mais nada além de quando vai estar com o rapaz que ela ama. E agora que o pobre Thomas foi levado de mim e que nunca mais vou vê-lo, não fui punida o bastante?

Jane Bolena, Torre de Londres, janeiro de 1542

E assim, esperamos.
O rei deve estar pensando em perdoar a vadia da rainha, já que está demorando tanto. E se perdoá-la, vai me perdoar também, e escaparei do machado mais uma vez.

Ha, ha! Que piada a minha vida se tornou, a ponto de eu acabar aqui, na Torre, onde o meu marido ficou aguardando o seu destino, enquanto eu abandonava a corte, a vida na corte, enquanto eu ficava segura e protegida em Norfolk. Escapei uma vez, escapei com meu título e uma pensão. Por que me apressei em retornar?

Acreditei, genuinamente, que o libertaria. Achei que se confessasse tudo em seu nome, eles veriam que ela era uma bruxa, como diziam, e uma adúltera, como a chamavam, e que ele tinha sido seduzido e escravizado, e o libertariam para que ficasse comigo, e eu o teria levado para casa, para a nossa casa, Rochford Hall, e ele teria ficado bem de novo, e teríamos tido nossos filhos e sido felizes.

Esse era o meu plano, era o que devia ter acontecido. Eu realmente achava que ela seria decapitada e ele não. Achava que veria seu lindo pescoço partido, mas que, finalmente, teria meu marido a salvo em minha própria cama. Achava que o confortaria pela perda dela e que ele acabaria vendo que não tinha sido uma perda tão grande.

Não mesmo.
Não, não mesmo.

Acho que às vezes pensei que ela seria morta e merecidamente por ser a vadia ardilosa que era, e que ele morreria também, por culpa dela, e que se daria conta, no patíbulo, de como deveria tê-la abandonado e me amado. De que eu sempre fui uma esposa leal e de que ela nunca foi uma boa irmã. Talvez tenha pensado que, se o fizesse subir os degraus do patíbulo para fazê-lo ver como ela havia sido uma amiga falsa, então teria valido a pena. Na verdade, nunca acreditei que eles morreriam e que nunca mais os veria. Nunca acreditei realmente que eles desapareceriam da minha vida, desta vida, e eu nunca mais os veria. Como se pode pensar uma coisa dessas? Que haveria um dia a partir do qual nunca mais atravessariam a porta de braços dados, rindo de alguma piada privada, o capelo dela tão alto quanto o cabelo escuro e cacheado dele, sua mão no braço dele, igualmente confiantes, igualmente belos, igualmente régios. O casal mais inteligente, mais espirituoso, mais glamouroso da corte. Que mulher, casada com ele, e olhando para ela, não desejaria que morressem, em vez de andarem eternamente de braços dados, ostentando sua beleza e seu orgulho?

Oh, Deus, espero que a primavera chegue mais cedo neste ano, as tardes escuras parecem pesadelos sem fim nesta pequena sala. Fica escuro até as oito da manhã, depois a luz cai às três da tarde. Às vezes se esquecem de substituir as velas e tenho de me sentar perto do fogo para ter alguma luz. Sinto frio o tempo todo. Se a primavera se adiantar e eu puder ver a claridade da manhã surgir dourada sobre o peitoril de pedra, terei sobrevivido a estes dias escuros, e terei certeza de que verei outros. Segundo meus cálculos — e quem conhece o rei melhor do que eu? —, se ele não a tiver decapitado até a Páscoa, não o fará mais.

Portanto, se ele não tiver mandado decapitá-la até a Páscoa, eu escaparei, pois por que ele a pouparia e me mataria, eu que sou acusada com ela? Se ela tiver juízo e mantiver o controle e negar tudo, poderá sobreviver. Espero que alguém tenha-lhe dito que se negar Culpepper, mas confessar que se casou diante de Deus com Dereham, poderá viver. Se ela se declarar mulher de Dereham, então não terá traído o rei, mas somente Dereham; e como sua cabeça está na ponte de Londres, não poderá reclamar. Dá vontade de rir, é uma saída tão óbvia para ela, mas se ninguém a orientou, ela é capaz de morrer por falta de perspicácia.

Meu Deus, por que eu, que fui irmã de Ana Bolena, fui conspirar com uma estúpida como essa vadia Catarina?

Errei ao confiar no duque de Norfolk. Achei que estávamos agindo juntos, achei que ele encontraria um marido para mim, que me casaria com um bom partido. Agora sei que não se pode confiar nele. Eu já deveria estar sabendo disso. Usou-me para manter Catarina sob controle, depois para colocá-la no caminho de Culpepper. E agora foi para o campo, e sua própria madrasta, o filho dela e sua mulher estão aqui, na Torre, em algum lugar, e todos morrerão por terem participado da mentira ao rei. Ele não moverá um dedo para salvar sua madrasta, não moverá um dedo para salvar sua sobrinha; e Deus sabe que não moverá um dedo para me salvar.

Se eu sobreviver, se for poupada agora, descobrirei uma maneira de denunciá-lo por traição e o verei confinado a uma sala, vivendo o terror diário, esperando o ruído da construção do cadafalso abaixo da sua janela, esperando o encarregado da Torre vir anunciar que amanhã será o dia, que amanhã ele vai morrer. Se eu sobreviver, ele me pagará pelo que me disse, pelo que me chamou, pelo que fez a eles. Sofrerá nesta pequena sala o que estou sofrendo agora.

Quando penso nisso acontecendo comigo, quase enlouqueço de horror. Meu único conforto, minha única segurança, é que se eu enlouquecer de terror, não poderão me executar. Um louco não pode ser decapitado. Eu riria se o som de minha risada ecoando entre estas paredes não me atemorizasse tanto. Um louco não pode ser executado, portanto no fim, se as coisas se agravarem ainda mais, escaparei do cadafalso onde Catarina morrerá. Pretendo fingir estar louca, e então me mandarão de volta a Blickling, e aos poucos recuperarei meu juízo.

Tem dias que desvario um pouco, para que vejam que tenho a tendência. Há dias em que grito que está chovendo, e deixo que me encontrem soluçando porque a ardósia do lado de lá de minha janela está brilhando de tão molhada. Há noites em que grito que a lua está murmurando sonhos bons para mim. Assusto a mim mesma, para ser franca. Durante alguns dias, quando não estou bancando a louca, penso que devo ser louca, que devo ter sido louca, completamente louca, talvez desde a minha infância. Louca ao me casar com George que nunca me amou, louca por amá-lo e odiá-lo com tamanha paixão, louca por sentir um prazer tão intenso ao pensar nele com uma amante, louca por prestar testemunho contra ele, e mais louca ainda por amá-lo com tanto ciúme, a ponto de ser capaz de mandá-lo para o cadafalso...

Basta, tenho de parar. Não posso pensar nisso agora. Não posso ter isso diante de mim agora. Tenho de fingir ser louca. Não vou enlouquecer. Tenho de fingir loucura, não ser dominada por ela. Tenho de me lembrar de que fiz tudo o que era possível para salvar George. Qualquer coisa que disserem contra isso é mentira. Fui uma esposa boa e fiel e tentei salvar meu marido e minha cunhada. E tentei salvar Catarina também. Não posso ter culpa de todos os três terem sido tão maus. Na verdade, eu deveria ser digna de pena por ter tido tal má sorte na minha vida.

Ana, palácio de Richmond, fevereiro de 1542

Estou sentada em minha sala, as mãos juntas no colo, três membros do Conselho Privado com suas expressões graves na minha frente. Mandaram chamar o Dr. Harst, finalmente, portanto este deve ser o momento do julgamento, depois de semanas de interrogatórios em minha casa, exame dos relatos de todos os que moram comigo, até mesmo da conversa com os garotos dos estábulos, sobre por onde eu cavalgava e quem me acompanhava.

Claramente investigaram a possibilidade de eu manter encontros secretos, mas se suspeitavam de mim conspirando com o imperador, com a Espanha, com a França ou o papa, não posso saber. Devem suspeitar que tenho um amante, talvez me acusem de participar de uma assembleia de bruxas. Perguntaram a todos por onde ando e quem me visita regularmente. O foco do inquérito são as pessoas que me fazem companhia, mas desconheço do que suspeitam.

Como sou inocente de conspirar, de luxúria ou bruxaria, serei capaz de manter a cabeça erguida e declarar minha consciência tranquila, mas há uma garota muito mais nova do que eu sendo julgada por sua vida e há homens e mulheres absolutamente puros que foram mortos na fogueira deste país meramente por discordarem do rei a respeito da elevação da hóstia. A inocência não é mais o bastante.

De qualquer maneira, mantenho a cabeça erguida, pois sei que quando uma força muito maior do que a minha me ataca, seja ela meu irmão em sua crueldade arbitrária ou o rei da Inglaterra em sua loucura vaidosa, é sempre melhor manter a cabeça erguida e minha coragem, e esperar que o pior aconteça. O Dr. Harst, em contraste, está suando, há gotas de suor em sua testa, e volta e meia, enxuga a face com um lenço encardido.

— Houve uma alegação — diz Wriothsley pomposamente.

Olho para ele calmamente. Nunca gostei dele nem ele de mim, mas por Deus, ele serve a Henrique. O que quer que Henrique queira, esse homem lhe entregará com a aparência de legalidade. Vamos ver o que ele quer agora.

— O rei soube que deu à luz uma criança — diz ele. — Soubemos que um menino nasceu da senhora neste verão, e que tem sido mantido oculto por seus confederados.

O queixo do Dr. Harst cai até quase seu peito.

— O que é isso? — pergunta ele.

Mantenho a expressão absolutamente serena.

— É uma mentira — digo. — Não conheci nenhum homem desde que me separei de Sua Graça, o rei. E como vocês mesmo provaram na época, antes também não. O próprio rei jurou que eu era virgem, e continuo virgem. Podem confirmar com minhas damas que não dei à luz nenhuma criança.

— Já perguntamos às suas damas — replica ele, está gostando disso. — Interrogamos cada uma delas e obtivemos respostas diferentes. Tem inimigos em sua casa.

— Lamento ouvir isso — digo. — E errei em não manter com mais rigor a disciplina e a ordem. Às vezes, damas de honra mentem, mas a culpa é exclusivamente minha.

— Disseram-nos coisas piores do que isso — diz ele.

O Dr. Harst está rubro e com falta de ar, ofegando. Está se perguntando, assim como eu, o que pode ser pior do que um parto secreto. Se isto é uma preparação para a *mise-en-scène* de um julgamento e a acusação de traição, então a causa está sendo construída cuidadosamente contra mim. Duvido que possa me defender contra testemunhos jurados, e o bebê recém-nascido de alguém.

— O que poderia ser pior? — pergunto.

— Dizem que não houve nenhuma criança, mas que simulou ter um menino, e que garantiu aos seus confederados que é o filho do rei e herdeiro do trono da Inglaterra. Planejou com papistas traidores colocá-lo no trono da Inglaterra e usurpar os Tudor. O que diz disso, senhora?

Minha garganta está seca, percebo que busco as palavras, uma réplica persuasiva, mas nada me ocorre. Se quiserem podem me prender agora, com base somente nesta alegação. Se têm uma testemunha de que fingi dar à luz, de que eu afirmei ser filho do rei, então têm uma testemunha para provar que sou culpada de traição, e me unirei a Catarina em Syon, e morreremos juntas, duas rainhas desgraçadas em um único cadafalso.

— Digo que não é verdade — replico simplesmente. — Quem lhes disse isso é um mentiroso, e prestou falso testemunho. Não sei de nenhuma conspiração contra o rei, e eu nunca participaria de nada contra ele. Sou sua irmã e súdita leal como mandou que eu fosse.

— Nega que tem cavalos prontos para levá-la à França? — diz ele de súbito.

— Nego. — Assim que as palavras saem de minha boca, percebo que foi um erro, pois saberão que temos cavalos prontos para partir.

Sir Thomas sorri para mim, sabe que me pegou.

— Nega? — pergunta de novo.

— Estão prontos para mim — diz o Dr. Harst, a voz tremendo. — Tenho dívidas, como sabe, envergonho-me de dizer que tenho muitas dívidas. Achei que, se meus credores me pressionassem demais, deveria ir a Cleves, pedir mais dinheiro ao meu patrão. Tenho os cavalos preparados para o caso de meus devedores virem atrás de mim.

Olho para ele com absoluta incredulidade. Fico perplexa com a rapidez da mentira; mas eles não sabem disso. Ele faz uma mesura.

— Peço-lhe perdão, Lady Ana. Deveria ter-lhe dito. Mas senti vergonha.

Sir Thomas relanceia o olhar para os outros dois conselheiros, que balançam a cabeça para ele. É uma explicação, embora não a que teriam preferido.

— Bem — diz ele repentinamente —, seus dois criados que inventaram essa história contra a senhora devem ser presos por difamação e levados à Torre. O rei determinou que a sua reputação permanecesse intocada.

A mudança é quase excessiva para mim. A impressão é que deixarei de ser suspeita, e logo acho que é um ardil.

— Estou grata à Sua Majestade por sua atenção fraterna — digo com cautela. — Sou sua súdita mais leal.

Ele balança a cabeça assentindo.

— Ótimo. Temos de ir, agora. O conselho vai querer saber que o seu nome está limpo.

— Está indo? — pergunto. Sei que quer me pegar em um momento de alívio. Não sabe como estou com medo. Acho que nunca celebrei ter escapado, pois nunca confiei nisso.

Como em um sonho, levanto-me da cadeira e o acompanho para fora da sala, descemos a escadaria até a porta da frente, onde sua escolta o aguarda, montada com o estandarte real na frente.

— Espero que o rei esteja bem — digo.

— Está muito triste — replica Sir Thomas francamente. — É um caso grave, muito grave realmente. Sua perna tem doído muito e o comportamento de Catarina Howard causou-lhe grande sofrimento. A corte inteira está de luto neste Natal, quase como se ela tivesse morrido.

— Ela será libertada? — pergunto.

Ele me lança um olhar rápido e defendido.

— O que acha?

Sacudo a cabeça, não sou tão tola a ponto de expor meus pensamentos, sobretudo quando acabei de ser interrogada.

Se eu falasse a verdade, diria que há meses acho que o rei perdeu o juízo e que ninguém tem coragem de contestá-lo. Ele pode libertá-la e aceitá-la de volta como esposa, pode chamá-la de irmã ou mandar decapitá-la, dependendo do seu humor. Ele pode me chamar para se casar comigo ou mandar me decapitar por traição. É um louco monstruoso e ninguém além de mim parece saber disso.

— O rei será o juiz — diz ele, confirmando meus pensamentos silenciosos. — Somente ele é guiado por Deus.

Jane Bolena, Torre de Londres, fevereiro de 1542

Rio, pulo, às vezes olho pela janela e converso com as gaivotas. Não vai haver julgamento, nem interrogatório, nenhuma oportunidade de limpar meu nome, de modo que não é nenhuma vantagem me manter sã. Não ousam colocar a idiota da Catarina perante um tribunal, ou ela se recusou a ir, sei lá, e não me importa. Tudo o que sei é o que me dizem. Falam muito alto comigo, como se eu fosse surda ou velha, e não louca. Dizem que o Parlamento aprovou a condenação sem julgamento de Catarina e a minha por traição e conspiração. Fomos julgadas e consideradas culpadas sem processo, sem juiz ou júri ou defesa. Esta é a justiça de Henrique. Pareço vazia e rio afetada, canto uma canção e pergunto quando vamos caçar. Não deve demorar muito, agora. Em alguns dias, buscarão Catarina em Syon e depois, vão decapitá-la.

Enviam o médico do próprio rei, o Dr. Butt, para me ver. Ele vem todos os dias, se senta em uma cadeira no centro da sala e me observa por baixo de suas sobrancelhas grossas como se eu fosse um animal. Ele julgará se estou louca. Isso me faz rir alto de verdade, sem fingimento. Se esse médico soubesse quando alguém está louco, teria trancafiado o rei há seis anos, antes de ele assassinar meu marido. Faço uma reverência ao bom médico e danço à sua volta. Rio quando pergunta meu nome e o da minha família. Sou absolutamente convincente, vejo isso em seu olhar compassivo. Sem dúvida ele relatará ao rei que perdi o juízo e terão de me libertar.

Ouçam! Prestem atenção! Estou ouvindo! O barulho das serras e dos martelos. Espio pela janela e bato as mãos como se deliciada ao ver os trabalhadores montando o cadafalso: o cadafalso de Catarina. Vão decapitá-la debaixo da minha janela. Se eu tiver coragem, poderei assistir a tudo. Terei a melhor vista. Quando ela morrer, me mandarão embora, provavelmente para a minha família em Blickling, e então poderei voltar, devagar e secretamente, a ser sã. Vou me dar um tempo, não quero ninguém atrás de mim me interrogando. Dançarei por um ano ou dois, cantando e falando com as nuvens, e no fim, quando o novo rei, o rei Eduardo, subir ao trono e os antigos agravos forem esquecidos, retornarei à corte e servirei à nova rainha da melhor maneira possível.

Oh! Uma prancha é baixada com um estrépito e um homem jovem é esbofeteado por ter-se descuidado. Vou colocar uma almofada na janela e passar o dia todo observando-os. É tão bom quanto uma mascarada na corte vê-los medir, serrar e construir. Quanto fuzuê para se construir essa plataforma quando o espetáculo vai durar somente alguns minutos! Quando trazem o meu jantar, bato as mãos e aponto, e os carcereiros sacodem as cabeças, põem os pratos na mesas e saem silenciosamente.

Catarina, abadia de Syon, fevereiro de 1542

É uma manhã como qualquer outra, silenciosa, nada para fazer, nenhum entretenimento, nenhuma diversão, nenhuma companhia. Estou tão farta de tudo e de mim mesma que quando ouço passos lá fora, fico absolutamente deleitada com o pensamento de alguma coisa acontecendo — não me preocupa o quê. Corro como uma criança à janela alta e olho para fora, e há uma escolta real vindo do rio e atravessando o jardim. Vieram de barcaça, e carregam o estandarte do meu tio, o duque, os homens vestem seu libré, e lá está ele próprio, parecendo poderoso e mal-humorado como sempre, na frente, acompanhado de meia dúzia de membros do Conselho Privado.

Finalmente! Finalmente! Sinto-me tão aliviada que quase choro ao vê-los. É o meu tio que voltou para mim! Meu tio voltou para me dizer o que fazer. Finalmente serei libertada. Finalmente ele veio me ver, e serei libertada. Acho que serei levada por ele para uma de suas casas no campo, o que não vai ser muito divertido, mas melhor do que aqui. Ou talvez eu tenha de ir para mais longe, talvez a França. A França seria maravilhoso, exceto que não sei falar francês ou somente *voilà!*, mas certamente quase todo mundo deve falar inglês, não? E se não, poderão aprender?

A porta se abre e o encarregado do meu pessoal entra. Seus olhos estão cheios de lágrimas.

— Senhora — diz ele. — Vieram buscá-la.

— Eu sei! — digo com alegria. — E não precisa pôr meus vestidos no baú porque não me importa não vê-los mais, vou encomendar novos. Aonde vão me levar?

A porta abre-se mais um pouco e lá está o meu tio em pessoa, a expressão severa como deve ser, pois obviamente será uma cena muito solene.

— Sua Graça! — digo. Mal me contenho para não lhe dar uma piscadela. Então, conseguimos, não? Aqui estamos de novo. Ele, parecendo austero e eu aguardando minhas ordens. Ele vai planejar alguma coisa para eu ser perdoada e voltar ao trono em um mês. Achei que estava em apuros, que ele tinha-me abandonado, mas aí está ele, e aonde vai, a prosperidade sempre o acompanha. Olho bem para a sua face ao me erguer da reverência sorrindo e vejo que parece tremendamente solene, portanto fico séria também. Baixo o olhar e pareço extremamente penitente. Estou muito pálida por ter permanecido dentro de casa o tempo todo, e realmente acho que com os olhos baixos e, nos lábios, um leve beicinho, devo parecer angelical.

— Sua Graça — digo em um tom baixo, melancólico.

— Trago notícias da sua sentença — diz ele.

Espero.

— O Parlamento do rei se reuniu e aprovou um Bill of Attainder contra você.

Se eu soubesse o que é isso, saberia melhor o que responder. Como não sei, acho melhor arregalar os olhos e parecer simpática. Suponho que um Bill of Attainder é uma espécie de perdão oficial.

— O rei deu seu consentimento.

— Sim, sim, mas e daí? O que isso significa para mim?

— Será levada para a Torre e executada, privadamente, assim que possível. Suas terras e seus bens serão confiscados pela Coroa.

Realmente não faço ideia do que ele está falando. Além do mais, graças à sua proteção deficiente de minha fortuna real, de qualquer maneira agora não tenho terras nem bens. Não me esqueci de Thomas Seymour levando minhas joias como se ainda pertencessem à sua irmã.

O duque parece um pouco surpreso com o meu silêncio.

— Entendeu?

Não respondo nada e continuo a parecer angelical.

— Catarina! Entendeu?

— Não sei o que "attainted" quer dizer — admito. Parece um pedaço de carne que foi vendido.

Ele olha para mim como se eu não fosse certa do juízo.

— "Attainder" — me corrige ele. — Não "attainted", "attainder".

Dou de ombros. O que importa como se diz? Significa que vou voltar à corte?

— Significa que o Parlamento a condenou à morte e o rei consentiu — diz ele em voz baixa. — Será feito sem julgamento. Vai morrer, Catarina. Será decapitada no cadafalso da Torre.

— Morrer?
— Sim.
— Eu?
— Sim.

Olho para ele. Deve ter um plano.

— O que devo fazer? — pergunto em um sussurro.

— Deve admitir seus pecados e pedir perdão — replica ele prontamente.

Fico tão aliviada que quase choro. É claro que serei perdoada se disser que me arrependo.

— O que devo dizer? — pergunto. — Diga-me exatamente o que devo dizer.

Ele tira do bolso uma folha de papel enrolada. Ele sempre tem um plano. Graças a Deus para ele, sempre tem um plano. Eu a desenrolo e examino. É terrivelmente comprida. Ele balança a cabeça para mim, evidentemente devo lê-la inteira. Começo a lê-la em voz alta.

O primeiro parágrafo sou eu reconhecendo meu grande crime contra o rei, contra Deus e toda a nação inglesa, o que acho um exagero já que tudo o que fiz foi o que centenas de outras jovens fazem diariamente, sobretudo quando estão casadas com homens velhos e desagradáveis; e no meu caso, fui tratada de modo muito grosseiro. De qualquer maneira, leio as palavras no papel e o duque assente com a cabeça, os conselheiros fazem o mesmo, portanto parece ter sido obviamente a coisa certa a dizer, todos estão satisfeitos comigo, o que sempre é melhor. Queria que tivessem me dado o papel antes para que eu ensaiasse. Gosto de fazer as coisas direito quando as pessoas estão observando. Desenrolo o pergaminho para a parte seguinte, dizendo que imploro à Sua Majestade não imputar o crime aos meus parentes, à minha família, mas estender sua misericórdia infinita e benevolência a eles, para que não sofram por meus erros.

Lanço um olhar duro ao meu tio, pois está claro que ele está se certificando de que não sofrerá pelos problemas criados por mim. Sua expressão é perfeitamente suave. Em seguida, peço ao rei que, depois de minha morte, dê minhas roupas às minhas damas, já que nada mais tenho para lhes dar. É tão triste que mal consigo continuar a ler em voz alta. Imagine só! Eu, com tudo o que possuí, sem nada para dar! Imagine só eu dar minhas roupas porque nunca mais as usarei! E como é absurdo pensar que eu daria a mínima ao que aconteceria com esses seis vestidos degradantes, seis pares de mangas, seis saias e seis capelos franceses sem uma única joia, e nas cores mais tristes que se pode imaginar. Podem queimá-los, que pouco estou ligando.

Mas apesar dos vestidos e do meu tio salvar a própria pele, quando termino o discurso, estou chorando de tristeza, e todos os conselheiros parecem mortificados. É uma cena realmente pungente que relatarão ao rei, e não tenho dúvida de que ele vai se comover ao me imaginar implorando perdão para os outros e dando meus vestidos. É tão triste que me faz chorar, apesar de eu saber que é tudo faz de conta. Se eu achasse que era de verdade, cairia definitivamente prostrada.

Meu tio balança a cabeça. Fiz o que ele queria e agora cabe a ele persuadir o rei de que fiz minha penitência e estou pronta para a morte. Isso deve ser tudo o que alguém pode pedir, acho. Saem em grupo por onde vieram, e tenho de me sentar na minha única cadeira, em meu vestido sem graça, e esperar que voltem para me dizerem que como estou tão arrependida, fui perdoada.

☙

Estou esperando a barcaça, desta vez, acordada tão cedo nesta manhã. Geralmente, sem motivo para me levantar e sem nada o que fazer, tento dormir do café da manhã até o jantar, mas hoje tenho certeza de que virão me trazer o perdão do rei e quero parecer bem. Assim que clareia, bato o sino chamando minha criada e disponho meus vestidos. Humm, que opções tenho diante de mim! Tenho um vestido preto, dois de um azul-marinho bem escuro, quase preto, um verde-escuro quase preto, um cinza, e para o caso de eu precisar, outro preto. Portanto o que vou vestir? Qual devo escolher? Visto o preto, mas com as mangas verde-escuras e um capelo verde-escuro que simbolizarão minha penitência e meu amor pelo verde Tudor para aqueles que se interessam por essas coisas. Ressalta a cor dos meus olhos, o que é sempre bom.

Não sei como será feito, e sempre gosto de estar preparada para essas cerimônias. Meu mordomo costumava me dizer onde eu devia ficar e como devia olhar, e gosto de praticar. Isso vem por eu ter sido feita rainha ainda muito jovem e não ter sido criada para isso. Mas até onde sei, nenhuma rainha nunca foi perdoada por adultério ou traição, e tudo o mais, de modo que, suponho, vamos ter de agir como se levássemos adiante o processo. De qualquer maneira, o velho lobo que é o meu tio sem dúvida me guiará por tudo isso.

Estou vestida e esperando às nove da manhã, mas ninguém vem. Assisto à missa, como o desjejum em um silêncio amuado, e nada. Mas então, logo depois do meio-dia, escuto os bem-vindos passos pesados nas pedras e corro para a janela. Vejo o chapéu preto quadrado de meu tio balançando, nas mãos dos outros conselheiros, o estandarte real na frente, e corro de volta à cadeira, junto os pés, cruzo as mãos no colo e baixo os olhos em grande penitência.

Abrem as portas duplas e todos entram juntos, com suas melhores roupas. Ponho-me de pé e faço uma reverência ao meu tio, como devo fazer, já que é o chefe da minha família, mas ele não faz o mesmo a mim, como rainha. Espero. Estou surpresa por ele não parecer mais aliviado com a conclusão de tudo isso.

— Viemos para levá-la à Torre — diz ele.

Balanço a cabeça indicando que entendo. Achei que iríamos a Kenninghall, mas talvez isso seja melhor, o rei quase sempre usa a Torre como seu palácio de Londres, talvez eu vá encontrá-lo lá.

— Como quiser, milorde duque — digo com doçura.

Ele parece um pouco surpreso com o meu tom reservado. Tenho de me esforçar muito para não rir.

— Catarina, você vai ser executada — diz ele. — Vai para a Torre como uma traidora condenada.

— Traidora? — repito.

— Eu lhe disse da última vez — diz ele com impaciência. — Foi condenada por um Bill of Attainder. Eu lhe disse. Não foi chamada a se apresentar ao tribunal, você entendeu? Confessou seus pecados. A confissão foi inserida contra o seu nome. Agora chegou a hora da sentença ser cumprida.

— Confessei para ser perdoada — digo.

Ele olha para mim exasperado.

— Mas não foi perdoada — diz ele. — Tudo o que restou para ser confirmado foi a sentença.

— E? — falo um pouco imprudentemente.

Ele respira fundo como se para dissipar sua irritação.

— Sua Graça concordou com que fosse condenada à morte.

— Ele vai me perdoar quando eu chegar à Torre? — sugiro.

Para minha maior apreensão ele sacode a cabeça.

— Pelo amor de Deus, menina, não seja tão imbecil! Não pode esperar que isso aconteça. Não há nenhuma razão para que tenha esperanças. Quando ele soube o que você fez, puxou a espada e disse que ia se matar. Acabou, Catarina. Deve se preparar para a morte.

— Isso não pode acontecer — respondo. — Só tenho 16 anos. Ninguém pode me condenar à morte quando tenho somente 16 anos.

— Eles podem — replica ele sombriamente. — Acredite-me, eles podem.

— O rei vai impedi-los.

— É a sua própria vontade.

— O senhor vai impedi-los.

Seu olhar é frio como o de um peixe numa pedra de mármore.

— Não vou.

— Alguém tem de detê-los!

Ele vira a cabeça.

— Levem-na — diz.

Meia dúzia de homens entra na sala, a guarda real que costumava desfilar tão bonito para mim.

— Eu não vou — digo. Agora estou realmente com medo. Ergo bem o corpo e faço cara feia para eles. — Não vou. Não pode me obrigar.

Eles hesitam um pouco e olham para o meu tio. Ele faz um gesto rápido e vigoroso com a mão.

— Levem-na — repete ele.

Viro-me e corro para a minha câmara privada, e empurro a porta atrás de mim, mas eles vêm rápido na minha direção e a pegam antes que bata. Agarro-me em um dos postes da cama e firmo os dedos com força.

— Não vou! — grito. — Não pode me obrigar. Não podem me tocar! Sou rainha da Inglaterra! Ninguém pode tocar em mim!

Um dos homens me agarra pela cintura. O outro avança e solta minhas mãos do poste, e assim que se soltam, esbofeteio o primeiro com tanta força que ele me larga, mas um terceiro me segura de novo, e o segundo agarra minhas mãos, de modo que por mais que eu lute, ele as força para as minhas costas e ouço uma das mangas rasgar.

— Larguem-me! — grito. — Não podem me segurar. Sou Catarina, rainha da Inglaterra. Não podem tocar em mim, minha pessoa é sagrada. Larguem-me!

Meu tio está à porta, seu rosto sinistro como o do diabo. Faz um sinal com a cabeça para o homem que está do meu lado, que se abaixa e segura meus pés. Tento chutá-lo, mas ele me pega como se eu fosse um pequeno potro pinoteando, e os três se arrastam para fora da sala comigo segura entre eles. Minhas damas estão em lágrimas, o mordomo está lívido de terror.

— Não deixe que me levem! — grito. Sem falar, ele sacode a cabeça. Vejo que se agarra à porta para se apoiar. — Socorro! — grito. — Mandem chamar... — Interrompo-me, pois não há ninguém a quem chamar. Meu tio, guardião e mentor está esperando, isso está sendo feito sob suas ordens. Minha avó e irmãs e madrasta estão presas, o resto da família está freneticamente insistindo que não me conhecia. Não há ninguém para me defender, e ninguém nunca me amou, a não ser Francis Dereham e Tom Culpepper, e estão mortos.

— Não posso ir para a Torre! — grito soluçando, sem fôlego por causa de seus passos largos e puxões, eu suspensa entre eles como um saco. — Não me leve para a Torre, suplico. Leve-me ao rei, deixe-me falar com ele. Por favor. Se ele estiver decidido, então irei para a Torre, morrerei com dignidade, mas ainda não estou pronta. Só tenho 16 anos. Ainda não posso morrer.

Eles não dizem nada, sobem a prancha de acesso à barcaça e me contorço pensando que posso me jogar na água e fugir, mas eles têm as mãos imensas e me agarram com força. Eles me suspendem e firmam na plataforma na parte de trás da barcaça, quase se sentam em mim para me manterem quieta. Seguram minhas mãos e meus pés, e choro, imploro que me levem ao rei, e desviam o olhar para o rio, como se fossem surdos.

Meu tio e os conselheiros sobem a bordo, parecendo homens indo ao próprio funeral.

— Milorde duque, ouça! — grito, e ele sacode a cabeça e vai para a frente da barcaça, onde não pode me ver nem escutar.

Estou com tanto medo que não consigo parar de chorar, as lágrimas correndo por meu rosto e meu nariz escorrendo e esse brutamontes não larga minha mão, e não posso nem mesmo enxugar meu rosto. Faz frio onde minhas lágrimas molharam minhas bochechas e sinto o gosto nojento de catarro, e não me deixam nem mesmo enxugar o nariz.

— Por favor — digo. — Por favor. — Mas ninguém me escuta.

A barcaça desce o rio velozmente, a maré está a favor e os remadores mantêm as pás dos remos na horizontal, de modo a aproveitar a parte mais segura da corrente na ponte de Londres. Ergo o olhar, e me arrependo na mesma hora, pois vejo de imediato as duas cabeças recém-expostas, recentemente decapitadas, Tom Culpepper e Francis Dereham, como gárgulas molhadas, os olhos arregalados e os dentes à mostra, uma gaivota tentando encontrar apoio sobre o cabelo escuro de Dereham. Colocaram suas cabeças em estacas do lado das formas apodrecidas, medonhas, de tantos outros, e as aves bicam seus olhos e línguas, e enfiam os bicos afiados em seus ouvidos para retirarem seus miolos.

— Por favor — murmuro. Já nem sei o que estou implorando agora. Só quero que isso pare. Só queria que não estivesse acontecendo. — Por favor, senhores... por favor.

Estamos chegando à comporta, que é erguida silenciosamente assim que os guardas nos veem. Os remadores posicionam os remos e o barco desliza para o cais interno à sombra escura do muro. O representante autorizado da Torre, Sir Edmund Walsingham, está nos degraus, esperando para me receber, como se eu estivesse chegando para ficar nos aposentos reais, como se eu ainda fosse a rainha, e uma rainha bonita, a propósito. As pontes levadiças baixam na água atrás de nós quando as correntes giram, me retiram da barcaça, e segurando minhas mãos, levam-me degraus acima, meus pés tropeçando.

— Bom dia, Lady Catarina — diz ele, cordial como sempre. Mas não respondo nada porque não consigo parar de soluçar, soluços que vêm e vão a cada respiração. Olho para trás e meu tio está em pé na barcaça, esperando para me ver entrar. Ele ficará do lado de lá da comporta, como um barco a vela varando corredeiras assim que cumpre seu dever. Vai ficar desesperado de medo que a sombra da Torre caia sobre si. Vai voltar correndo ao rei para assegurá-lo de que a família Howard entregou sua menina má. Sou eu quem vai pagar pela ambição Howard; não ele.

— Tio! — grito, mas ele faz um sinal com a mão como se para dizer: "Levem-na embora." E me levam. Conduzem-me degraus acima, passamos pela Torre Branca, e atravessamos o gramado. Os trabalhadores estão construindo uma plataforma na relva, um pequeno palco de madeira de cerca de três pés de altura, com degraus largos. Outros estão cercando o caminho. Os homens do meu lado andam um pouco mais rápido e olham a distância, e isso me dá a certeza de que é o meu cadafalso, e a cerca é para conter a multidão que irá me ver morrer.

— Quantas pessoas virão? — pergunto, os soluços dificultando minha respiração.

— Umas duas centenas — responde o encarregado, pouco à vontade. — Não será aberta ao público. Somente à corte. Como um favor à senhora. São ordens do próprio rei.

Balanço a cabeça compreendendo, que grande favor, penso. À frente, a porta da Torre se abre e subo a escada de pedra estreita com um homem na minha frente, que me levanta e um atrás que me empurra.

— Posso andar — digo, e largam meus braços, mas ficam perto, do meu lado. Minha sala é no primeiro andar, com uma grande vidraça dando para o gramado. O fogo está aceso na lareira, há um banco do lado e uma mesa com uma Bíblia, e além da mesa, uma cama.

Os homens me soltam e ficam à porta. O encarregado e eu nos olhamos.

— Deseja alguma coisa? — pergunta ele.

Rio alto ao ouvir uma pergunta tão absurda.

— Como o quê? — pergunto.

Ele encolhe os ombros.

— Alguma iguaria ou conforto espiritual.

Recuso sacudindo a cabeça. Nem mesmo sei mais se existe Deus, pois se Henrique é especial para Deus e conhece Sua vontade, então suponho que Deus quer que eu morra, mas privadamente, como um favor especial.

— Queria que me trouxessem o tronco — digo.

— O tronco, milady?

— O tronco onde serei executada. Posso tê-lo aqui?

— Se quiser... mas... para que o quer?

— Para praticar — replico com impaciência. Vou até a janela e olho para baixo. O gramado vai estar cheio de gente que tinha orgulho de fazer parte da minha corte, pessoas que faziam qualquer coisa para se tornarem minhas amigas. Agora virão assistir à minha morte. Se vou fazer isso, é melhor fazer direito.

Ele ofega. É claro que não entende o que quero dizer, é um velho, vai morrer em sua cama com seus amigos assistindo ao seu último suspiro. Mas eu serei vista por centenas de olhos críticos. Quero fazer isso graciosamente, já que tenho de fazê-lo.

— Mandarei que o tragam imediatamente — diz ele. — Quer ver seu confessor agora?

Balanço a cabeça assentindo. Se bem que se Deus sabe tudo e já decidiu que sou tão má, que devo morrer antes de completar 17 anos, é difícil entender qual o sentido de uma confissão.

Ele faz uma reverência e sai. Os soldados fazem uma reverência e fecham a porta. Giram a chave ruidosamente. Olho pela janela os trabalhadores armando o cadafalso lá embaixo. Parece que concluirão o trabalho hoje à noite. Talvez esteja pronto amanhã.

É preciso dois deles para trazerem o tronco, resfolegando como se fosse pesado, e vários olhares de relance me são lançados como se eu fosse excêntrica por precisar ensaiar. Na verdade, se tivessem sido rainha da Inglaterra como eu, quando ainda era uma menina, saberiam o conforto que é realizar as cerimônias de maneira correta. Não há nada pior no mundo do que não saber o que se deve fazer e parecer um bobo.

Ajoelho-me diante da coisa e abaixo a cabeça sobre ela. Não vou dizer que seja confortável. Experimento com a cabeça virada para um lado e, depois, para o outro. Não muda muito uma ou outra direção, nem a vista vai mudar, já que estarei com os olhos vendados, e por baixo da venda, meus olhos estarão bem fechados, esperando como uma criança que isso não esteja acontecendo de verdade. A madeira é macia, fria sob minha bochecha quente.

Acho que realmente tenho de fazer isso.

Sento-me em meus calcanhares e olho a maldita coisa. De fato, se não fosse tão terrível, eu riria. O tempo todo achei que tinha a herança Bolena da graça, beleza e encanto, e por fim tudo o que acabei herdando foi isto: o tronco dela. Esta é a minha herança Bolena. *Voilà:* o tronco do carrasco.

Jane Bolena, Torre de Londres, 13 de fevereiro de 1542

Ela vai ser decapitada hoje, e a multidão já se reúne no gramado. Da janela, dá para ver muitos rostos conhecidos. São amigos e rivais que remontam anos e anos comigo, éramos crianças quando Henrique VII estava no trono, e algumas de nós fomos damas de honra na corte da rainha Catarina de Aragão. Aceno alegremente, e duas delas me veem, apontam e olham fixamente.

O tronco está chegando! Eles o mantiveram em algum lugar, e dois trabalhadores o erguem ao cadafalso e espalham serragem ao redor, para absorver seu sangue. Debaixo do cadafalso, há uma cesta cheia de palha para aparar sua cabeça. Sei tudo isso, pois já vi antes, mais de uma vez. Henrique é um rei que usa o carrasco com muita frequência. Eu estava presente quando Ana Bolena foi decapitada, eu a vi subir os degraus para o cadafalso, ficar diante da multidão, confessar seus pecados e rezar por sua alma. Ela olhou por cima de nossas cabeças para o portão da Torre, como se estivesse esperando o perdão que lhe tinham prometido. Nunca chegou, e ela teve de se ajoelhar e pôr a cabeça no tronco e abrir os braços, como sinal de que a espada podia baixar. Muitas vezes me perguntei como seria abrir os braços como se fosse voar e, no momento seguinte, ouvir aquele zunido e sentir o cabelo na nuca se levantar com o vento da lâmina passando e...

Bem, Catarina logo vai saber. A porta atrás de mim se abre e um padre entra, muito austero em suas vestes, com uma Bíblia e um livro de orações abraçados no peito.

— Minha filha — diz ele. — Está preparada para a hora da sua morte?

Rio alto e parece uma risada tão genuinamente louca que rio de novo. Não consigo lhe dizer que está enganado e que não posso ser condenada à morte, por que sou louca, mas aponto para ele e digo:

— Olá! Olá! Olá! — bem alto.

Ele dá um suspiro e se ajoelha no chão à minha frente, junta as mãos e fecha os olhos. Afasto-me dele para o outro lado da sala e digo: "Olá?" Mas ele dá início às orações de confissão e penitência e não presta a menor atenção em mim. Algum idiota deve ter-lhe dito que estou preparada para a morte, e acho que devo prosseguir com isso, já que não posso argumentar com ele. Acho que, na última hora, virão comutar a sentença de prisão. "Olá!", repito, e subo na saliência da janela.

Há uma agitação na multidão e todos esticam o pescoço para olhar para a porta ao pé da Torre. Fico na ponta dos pés e pressiono meu rosto contra a vidraça fria de modo a ver para onde todos estão olhando. É ela: a pequena Kitty Howard, cambaleando para o cadafalso. Suas pernas parecem ter cedido, está sendo carregada por um guarda e uma dama de companhia, eles praticamente a arrastam para os degraus, e então seus pequenos pés hesitantes falham e têm de levantá-la e empurrá-la para a plataforma. Rio da incongruência, depois me surpreendo com o horror de estar rindo de uma garota, quase uma criança, a caminho da morte. Então me dou conta de que soa como se eu estivesse louca, e rio de novo para o padre que reza por minha alma na sala atrás de mim.

Ela parece ter desmaiado, batem em seu rosto e beliscam suas bochechas, desse pobre pinguinho de gente. Ela tropeça na frente da plataforma, se segura no corrimão e tenta falar. Não consigo ouvir o que diz, duvido que alguém tenha escutado. Vejo seus lábios, parece que está dizendo? "Por favor."

Ela cai para trás, a seguram e a forçam a se ajoelhar diante do tronco, ela se segura nele, como se pudesse salvá-la. Mesmo daqui vejo que está chorando. Então, delicadamente, assim como faz na hora de dormir, como se fosse uma menininha se deitando para dormir, afasta uma mecha de cabelo do rosto e põe a cabeça na madeira lisa. Vira a cabecinha e apoia a bochecha no tronco. Hesitantemente — como se desejasse não precisar fazer isso — estende as mãos trêmulas, o carrasco se apressa e o machado cai como um raio.

Grito ao ver o sangue jorrar e como sua cabeça ricocheteia na plataforma. O padre atrás de mim se cala, e me lembro de que não posso me esquecer de meu papel, nem por um momento, e portanto grito:

— Kitty, é você? É você, Kitty? É um jogo?

— Pobre mulher — diz o padre e se levanta. — Dê-me um sinal de que confessou seus pecados e morra em paz, pobre coisinha insensata.

Pulo do peitoril da janela, pois ouvi a chave girar na fechadura. Estão vindo me buscar para levar para casa. Eles vão me levar pela porta dos fundos, sairemos apressadamente pela comporta e depois, acho, subiremos em uma barcaça discreta provavelmente para Greenwich e, mais tarde, talvez de barco, seguiremos para Norwich.

— Hora de partir — digo com alegria.

— Que Deus a abençoe e perdoe — diz o padre. Estende a Bíblia para que eu a beije.

— Está na hora de partir — repito. Beijo-a, já que é tão urgente, e rio de sua expressão triste.

Os guardas se postam cada um de um lado meu, e descemos rapidamente a escada. Mas quando acho que vamos para a parte de trás da Torre, me conduzem para a entrada da frente, para o gramado. Paro imediatamente, não quero ver o corpo de Catarina Howard ser embrulhado como roupa velha para lavar, e me lembro de que tenho de parecer louca, até o momento em que me colocarem no barco, tenho de parecer ter perdido o juízo, para não ser decapitada.

— Rápido, rápido! — digo. — Depressa!

Os guardas, em resposta, pegam meus braços, e a porta é aberta.

A corte continua reunida, quase como se estivessem esperando por mais um espetáculo no palco manchado de sangue. Não gosto de ter de passar por eles, de passar por meus amigos, que se sentiam honrados em me conhecer. Na fila da frente vejo meu parente, o conde de Surrey, parecendo um pouco nauseado com a serragem no sangue de sua prima, mas rindo com desprezo de tudo isso. Rio também e olho de um guarda para o outro.

— Depressa! Depressa! — digo.

Fazem uma careta como se isso fosse desagradável, apertam o punho e andamos na direção do cadafalso. Hesito.

— Eu não — digo.

— Vamos, Lady Rochford — diz o homem à minha direita. — Suba.

— Não! — protesto, firmo os calcanhares, mas eles são muito mais fortes do que eu. Eles continuam a subir.

— Venha, seja uma boa garota.

— Não podem me executar — digo. — Sou louca. Não podem executar uma mulher louca.

— Podemos — replica o homem.

Contorço-me, tentando me libertar. Quando me forçam a ir para a escada, firmo o pé no primeiro degrau e tento me libertar, e têm de lutar para me fazer subir.

— Não podem — digo. — Sou louca. O médico disse que sou louca. O rei enviou seus próprios médicos, eles vieram diariamente para se certificarem de que sou louca.

— Ele mudou a lei, não mudou? — diz, ofegante, um dos guardas. Mais um deles se une ao grupo e me empurra por trás. Suas mãos duras nas minhas costas me impulsionam à frente. Estão erguendo o corpo envolvido de Catarina e sua cabeça está na cesta, seu belo cabelo castanho dourado caindo de lado.

— Eu não! — insisto. — Sou louca.

— Ele mudou a lei — grita o guarda para mim acima da risada da multidão, que se animou com essa luta para me fazer subir os degraus do patíbulo. — Mudou a lei para que qualquer um condenado por traição possa ser decapitado, louco ou não.

— O médico, o médico do rei disse que sou louca.

— Não faz diferença, ainda assim vai morrer.

Seguram-me na frente da plataforma. Olho as caras ávidas rindo. Ninguém nunca gostou de mim nesta corte, ninguém vai derramar uma lágrima por mim. Ninguém vai protestar contra mais uma injustiça.

— Não sou louca — grito. — Mas sou completamente inocente. Boa gente, peço que implorem a misericórdia do rei. Não fiz nada de errado exceto uma única coisa, uma coisa terrível. E fui punida por isso, sabem que fui punida. Ninguém me culpou, mas foi a pior coisa que uma esposa poderia ter feito... Eu o amava... — Há um rufar de tambores que abafa tudo, menos meu pranto. — Lamento, lamento por isso...

Arrastam-me do corrimão e me forçam a me abaixar na serragem manchada. Forçam minhas mãos no tronco, que estão molhadas de sangue. Quando as olho, estão vermelhas de sangue como se eu fosse uma assassina. Morrerei com sangue inocente nas minhas mãos.

— Sou inocente — grito. Lutam para vendar meus olhos, de modo que eu não veja nada. — Sou inocente de tudo. Sempre fui inocente de tudo. A única coisa que fiz, o único pecado que cometi foi contra George, por amor a George, meu marido George, que Deus me perdoe por isso. Quero confessar...

— Ao contar três — diz o guarda. — Um, dois, três.

Cinco anos depois

Ana, castelo de Hever, janeiro de 1547

Então, finalmente está morto, o marido que me renegou, o homem que não cumpriu a promessa de sua juventude, o rei que se tornou tirano, o erudito que enlouqueceu, o garoto querido que se transformou em um monstro. Foi sua morte que salvou sua última mulher, Catarina Parr, que seria presa por traição e heresia. Mas a morte que foi sua aliada, parceira e alcoviteira por tanto tempo finalmente veio buscá-lo.

Quantos o rei matou? Podemos começar a contar agora que a morte paralisou sua vontade assassina. Milhares. Ninguém nunca vai saber. Por todo o país pessoas foram queimadas por heresia, enforcadas por traição. Milhares e milhares de homens e mulheres cujo único crime foi discordarem dele. Papistas que se aferraram à religião de seus pais, reformadores que queriam novos costumes. A pequena Kitty Howard cujo único crime foi amar um rapaz da sua idade e não um homem com idade para ser seu pai, e apodrecendo da perna para cima. Esse foi o homem que chamam de grande rei, do maior rei que a Inglaterra já teve. Isso não nos ensina que não deveríamos ter um rei? Que um povo deve ser livre? Que um tirano continua a ser um tirano mesmo quando tem um rosto bonito sob a coroa?

Penso na herança Bolena, que tanto significou para Lady Rochford. No fim, ela foi herdeira. Herdou a morte de sua cunhada, de seu marido. Sua herança e a da pobre Kitty foi a morte no cadafalso, como eles. Também tenho meu quinhão da herança Bolena, este pequeno e bonito castelo na região rural de Kent, a minha casa favorita.

Acabou. Vou vestir luto pelo rei, comparecer à coroação do príncipe, o menino que amei e que agora será rei Eduardo. Tornei-me o que tinha prometido a mim mesma, se fosse poupada do machado de Henrique. Prometi que assumiria minha própria vida, segundo meus próprios critérios, que desempenharia meu papel no mundo como uma mulher de mérito próprio; e foi o que fiz.

Agora sou uma mulher livre, livre dele e, finalmente, livre do medo. Se baterem à minha porta à noite, não me levantarei com um sobressalto, o coração disparado, achando que minha sorte acabou e que ele mandou os soldados me buscarem. Se um estranho chegar à minha casa, não desconfiarei de que é um espião. Se alguém me pedir notícias da corte, não recearei uma cilada.

Vou ter um gato e não temerei ser chamada de bruxa, vou dançar sem receio de ser chamada de prostituta. Vou montar meu cavalo e ir aonde quiser. Vou planar como um gerifalte. Vou levar a minha própria vida e fazer o que quiser. Serei uma mulher livre.

E isso não é pouca coisa para uma mulher: a liberdade.

Nota da Autora

Ana de Cleves e Catarina Howard são as duas menos conhecidas mulheres de Henrique VIII; como é tão frequentemente o caso, achamos que as conhecemos bem. Neste relato ficcional de relatos reais, tentei a convenção de que uma era feia e a outra, idiota, para considerar a vida e circunstâncias dessas duas mulheres muito jovens que foram, tão brevemente, as mulheres mais importantes da Inglaterra, esposas sucessivas de um homem à beira da loucura.

Os principais fatos históricos dos personagens são como os descrevo aqui. Descobri poucos detalhes sobre a infância de Ana de Cleves, mas achei que a doença de seu pai e o domínio autoritário de seu irmão eram interessantes para explicar sua decisão posterior de se arriscar a permanecer na Inglaterra. Sua beleza e encanto foram extensamente comentados na época e retratados na pintura de Holbein. Acredito que o desastroso encontro em Rochester foi o responsável pela rejeição de Henrique, que teve seu amor-próprio ferido. A conspiração para acusá-la de bruxaria ou traição, como uma alternativa ao divórcio, está bem-documentada, principalmente pela historiadora Retha Warnicke, e foi claramente uma mentira, assim como outras provas fornecidas ao inquérito sobre seu casamento.

A infância de Catarina Howard é mais conhecida, mas extraída quase completamente das provas apresentadas contra ela. Meu relato ficcional explora os fatos históricos e minha preferência foi por compreender Catarina como uma garota nova em uma corte de pessoas muito mais velhas e mais sofisticadas. Sua carta que sobreviveu a Thomas Culpepper mostra, creio eu, uma jovem sinceramente apaixonada.

A personagem de Jane Bolena, Lady Rochford, foi extraída da história — poucos romancistas se atreveriam a inventar o horror que ela parece ter sido. Ela realmente forneceu a prova crucial que levou à execução de seu marido e de sua cunhada, e não parece haver outra explicação para isso se não o ciúme e uma determinação de preservar sua herança. Ela esteve à cabeceira do leito de morte de Jane Seymour, e forneceu prova que poderia ter levado Ana de Cleves ao cadafalso (como descrevo). A prova contra ela e sua própria confissão mostram claramente que encorajou o adultério de Catarina Howard consciente do perigo fatal que corria a jovem rainha. A sugestão de que fez isso com o propósito de a rainha engravidar é minha. Sugeri que ela simulou loucura na esperança de escapar do cadafalso, mas espero ter mostrado, neste e no livro *A irmã de Ana Bolena*, que Jane Bolena nunca foi completamente sã.

Em meu site www.phippagregory.com há uma árvore genealógica e mais informações sobre a escrita deste livro.

As obras seguintes foram inestimáveis na pesquisa para este livro:

Baldwin Smith, Lacey, *A Tudor Tragedy, The Life and Times of Catherine Howard*, Jonathan Cape, 1961.
Bindoff, S.T., *Pelican History of England: Tudor England*, Penguin, 1993.
Bruce, Marie Louise, *Anne Boleyn*, Collins, 1972.
Cressy, David, *Birth, Marriage and Death: Ritual Religions and the Life-cycle in Tudor and Stuart England*, OUP, 1977.
Darby, H.C., *A New Historical Geography of England before 1600*, CUP, 1976.
Denny, Joanna, *Katherine Howard, A Tudor Conspiracy*, Portrait, 2005.
Elton, G.R., *England under the Tudors*, Methuen, 1955.
Fletcher, Anthony, *Tudor Rebellions*, Longman, 1968.
Guy, John, *Tudor England*, OUP, 1988.
Haynes, Alan, *Sex in Elizabethan England*, Sutton, 1997.
Hutchinson, Robert, *The Last Days of Henry VIII*, Weidenfeld and Nicolson, 2005.
Lindsey, Karen, *Divorced, Beheaded, Survived, A Feminist Reinterpretation of the Wives of Henry VIII*, Perseus Publishing, 1995.
Loades, David, *Henry VIII and His Queens*, Sutton, 2000.
Mackie, J.D., *Oxford History of England: The Earlier Tudors*, OUP, 1952.
Mumby, Frank Arthur, *The Youth of Henry VIII*, Constable and Co., 1913.
Plowden, Alison, *The House of Tudor*, Weidenfeld and Nicolson, 1976.

———, *Tudor Women: Queens and Commoners*, Sutton, 1998.
Randall, Keith, *Henry VIII and the Reformation in England*, Hodder, 1993.
Robinson, John Martin, *The Dukes of Norfolk*, OUP, 1982.
Routh, C. R. N., *Who's Who in Tudor England*, Shepheard — Walwyn, 1990.
Scarisbrick, J. J., *Yale English Monarchs: Henry VIII*, YUP, 1997.
Starkey, David, *The Reign of Henry VIII: Personalities and Politics*, G. Philip, 1985.
———, *Six Wives: The Queens of Henry VIII*, Vintage, 2003.
Tillyard, E. M. W., *The Elizabethan World Picture*, Pimlico, 1943.
Turner, Robert, *Elizabethann Magic*, Element, 1989.
Warnicke, Retha M., *The Marrying of Anne of Cleves*, CUP, 2000.
———, *The Rise and Fall of Anne Boleyn*, CUP, 1991.
Weir, Alison, *Henry VIII: King and Court*, Pimlico, 2002.
———, *The Six Wives of Henry VIII*, Pimlico, 1997.
Youings, Joyce, *Sixteenth-Century England*, Penguin, 1991.

Este livro foi composto na tipografia Minion,
em corpo 11/15, e impresso em papel
off-white no Sistema Digital Instant Duplex
da Divisão Gráfica da Distribuidora Record.